부스러기들

부스러기들

이르사 시구르다르도티르 | 박진희 옮김

황소자리

이 책을 선장으로 살다 가신 나의 할아버지
포르스테인 에이욜프손(1906~2007)께 바칩니다.

프롤로그

브리냐르는 두 손으로 외투를 단단히 여몄다. 따듯한 막사 생각이 간절해지면서 대체 이 시간에 밖에서 뭐하는 짓인가 하는 생각이 절로 들었다. 항구에 작은 움직임이라도 포착될라 치면 이렇게 칼바람을 맞으면서까지 보초를 서야 하다니, 이 얼마나 구질구질한 인생이란 말인가.

브리냐르가 경계를 서는 늦은 시간의 항구는 늘 그렇듯 한산했다. 그런데 오늘 갑자기 다른 시간대 항구의 모습은 어떤지 전혀 모른다는 생각이 그의 머리를 스쳤다. 본래 그는 낮 시간대의 시끌벅적함보다는 어둠이 깔린 밤바다와 사람 없는 선박들을 좋아했다. 자신과 상관없이 활기를 띄는 항구를 지켜보는 것이 보잘것없는 자기 인생에 대한 통렬한 인정이라도 되는 듯 느껴졌기 때문이다.

브리냐르의 시야에 어린 여자아이의 손을 잡고 선착장으로 걸어오는 노부부의 모습이 들어왔다. 그들 뒤로 목발을 짚은 젊은 남자가 절뚝거리며 오고 있었는데, 브리냐르에게는 이 남자의 모습이 노부부보다 오히려 자연스럽게 느껴졌다. 손목시계를 보니 시간은 자정에 가까웠다. 그에게는 아이가 없지만, 이 시간에 아장거리는 어린아이를 재우지 않고 데려나오는 게 일반적이지 않다는 사실 정도는 알았다. 어쩌면 저들도 브리냐르처럼 이제 곧 항구에 정박할 유명한 요트를 구경하기 위해 살을 에는 추위를 견디는지도 모른다. 아니면 승선한 아이슬란드 선원들을 만나려고 나왔거나. 그는 예상이 맞을 경우를 대비해 일행에게 접근하지 않기로 했다. 어쨌든 저들도 이유가 있어 여기 나온 것일 테니, 괜히 남 일에 참견하고 싶지 않았다. 물론 그럴싸한 업무상 핑계를 지어낼 수도 있겠지만 브리냐르는 거짓말에는 젬병이었다. 그러니 부자연스러운 설명이 튀어나올 가능성이 높았다.

그는 남아도는 부품처럼 가만히 서있는 대신, 30분 전쯤 선착장에 들어와 항구가 잘 보이는 곳에 정차한 '세관' 마크가 새겨진 작은 밴 쪽으로 다가갔다. 운이 좋다면 운전자가 온기 있는 차 안으로 그를 초대할지도 모른다. 브리냐르는 창문을 똑똑 두드렸다. 그 순간 평소 같으면 한두 명이었을 세관원이 셋이나 타고 있다는 사실에 흠칫 놀랐다. 창틀에 모래라도 끼었는지 차유리가 끽끽거리면서 내려갔다.

"안녕하십니까." 브리냐르가 인사를 건넸다.

"안녕하쇼." 운전자가 인사를 했다. 나머지 두 세관원의 시선은 항구에 고정돼 있었다.

"요트 때문에 나오셨나요?" 그는 밴에 접근한 걸 후회하면서 물었다. 차 안에 초대받을 희망은 저 멀리 달아나 버렸다.

"옙." 운전자는 고개를 돌리더니 동료들과 같은 곳을 향해 시선을 고정했다. "구경하러 나온 건 아니고요."

"많이 나오셨네요?" 브리냐르의 입에서 입김이 허옇게 뿜어져 나왔지만 세관원들은 신경도 쓰지 않았다.

"뭔 일이 있는 모양이죠. 뭐, 큰일은 아니겠지만 우리를 침대에서 끌어낼 정도는 되는가 봅니다." 운전자는 바람막이 점퍼의 지퍼를 올렸다. "요트에서 무선통신에 답을 안 하고 있답니다. 아마 기술적인 문제겠지만 그래도 사람 일은 모르는 거니까요."

브리냐르는 선착장에 있는 사람들을 향해 손을 흔들었다. 아이는 이제 노인의 품에 안기고, 목발 짚은 젊은 남자는 근처 계선주에 앉아있었다. "저 사람들도 요트를 보러 나온 모양이에요. 가서 확인해볼까요?"

"그러고 싶으시다면야." 운전자는 그저 브리냐르를 떼어놓고 싶을 뿐, 그가 무슨 일을 하든 아무런 관심이 없는 게 분명했다. "그렇지만 밀수품을 전달받으러 나온 건 아닐 거요. 저 사람들 부두로 걸어오는 걸 지켜봤는데 달리는 속도가 휠체어보다도 느려 보입디다. 아마 승객 가족들이겠죠."

브리냐르는 차창에서 팔을 떼고 바로 섰다. "저는 저쪽으로 가보겠습니다. 손해 볼 건 없잖아요."

세관원들에게선 아무런 대꾸도 들을 수 없었고 차창 유리 올라가는 끽끽 소리만 울려퍼질 뿐이었다. 자신을 외투 옷깃을 세웠다. 선착장에 서있는 저들에게 브리냐르를 맞아줄 따듯한 밴은 없을지라도 최소한 세관인들처럼 쌀쌀맞게 굴지는 않을 것이다. 길내기 한 마리가 꽥꽥거리며 어두워진 가로등 위를 홀로 날아오르면서 자기 존재를 알렸다. 브리냐르는 새로 지은 콘서트홀의 희부연 윤곽 쪽으로 사라지는 갈매기를 보면서 걸음을 재촉했다.

"안녕하세요." 그는 사람들에게 다가가며 인사를 건넸다. 선착장에서 기다리던 사람들은 가라앉은 목소리로 인사를 받았다. "저는 항만경비대 대원입니다. 혹시 누구를 기다리시나요?"

흐릿한 가로등 아래서도 안도하는 노부부의 표정이 또렷했다. "예, 저희 아들 부부가 곧 도착합니다." 노인이 말했다. "얘가 아들 부부 막내딸이에요. 엄마 아빠가 돌아온다고 좋아서 어쩔 줄 몰라하기에 애들도 놀래줄 겸 데리고 나왔지요." 노인은 약간 쑥스러운 표정을 지으며 덧붙였다. "그래도 괜찮겠죠?"

"물론이죠." 브리냐르는 노부부의 손녀를 향해 미소를 지어보였다. 아이는 할아버지 품에 꼬옥 안긴 채 컬러풀한 니트모자 아래로 수줍게 바깥을 내다보고 있었다. "그러니까, 가족 분들이 요트를 타고 오시는 모양이네요?"

"네, 그걸 어떻게 아셨어요?" 이번엔 노부인이 놀란 표정으로 물었다.

"오늘 밤에 들어오는 유일한 선박이거든요." 브리냐르는 젊은 사내 쪽으로 돌아서며 말했다. "선생님도 누굴 기다리시나요?"

남자는 고개를 끄덕이더니 일어서려고 안간힘을 썼다. 그는 말을 시켜줘서 고마웠는지 사람들이 있는 곳으로 절뚝거리며 다가왔다. "제 친구가 선박 엔지니어입니다. 배가 도착하면 집까지 태워다주기로 했거든요. 근데 이렇게 추울 줄 알았으면 그냥 택시 타고 들어가라고 할 걸 그랬습니다." 남자는 쓰고 있던 털모자를 귀 아래까지 끌어당겼다.

"친구 분이 신세를 크게 지셨네요." 브리냐르는 세관원들이 타고 있는 밴의 문이 열리는 것을 보고는 바다 쪽으로 시선을 돌렸다. "아, 이제 요트가 도착한 모양이에요."

눈부시게 하얀 뱃머리가 항구 입구에 당당히 모습을 드러냈다. 브리냐르가 요트에 대해 들었던 소문은 전혀 과장이 아니었다. 선체가 항구 안으로 완연한 모습을 드러내는 순간, 눈앞의 요트가 보통 선박이 아니라는 사실을 모두가 실감했다. 적어도 아이슬란드 기준에서는 그랬다.

"세상에!" 자기도 모르게 감탄사를 내뱉은 브리냐르는 까칠한 세관원들이 근처에 없다는 사실에 안심했다. 요트는 흘수선에서부터 3층 높이로 우뚝 솟은 모양에다 갑판이 최소 네 개는 되는 듯했다. 이보다 더 큰 선박을 본 적은 있지만, 이만한 규모의 요트를 보는 건 정말이지 흔치 않은 일이었다. 요트는 이곳에 정박하는 대형 선박들에 비해 훨씬 세련된 맵시를 뽐냈다. 따라서 이 요트가 레이캬비크 항구에 정박하거나 북해의 물살을 가르는 것보다는 훨씬 흥미로운 목적을 위해 설계되었을 거라고 누구나 짐작할 만했다. 온화한 기후에서 에메랄드빛 바다를 가르기에 안성맞춤일 호화 요트였다. "정신을 쏙 빼놓는 물건이네." 브리냐르는 혼자 중얼거리다가 몸을 앞으로 구부리고는 얼굴을 찡그렸다. 선장이 술에 취한 게 분명했다. 요트가 방파제를 향해 지나치게 빠른 속도로 위태롭게 돌진하고 있었다. 그가 뭐라고 더 내뱉을 틈도 없이 끼이익, 히는 꿍음이 귓전을 때렸다. 꿍음은 한동안 계속되다가 서서히 잦아들었다.

"이게 대체 무슨…?" 목발 짚은 남자가 아연실색한 표정으로 요트를 쳐다봤다. 그는 잠시 기우뚱하게 축 늘어졌던 몸을 바로 세우고는 방파제를 향해 목발을 달그락거리며 달리기 시작했다. 세관원들도 방파제 쪽으로 질주했고 노부부는 입을 떡 벌린 채 그 자리에 멈춰서 있었다. 몇 년 간 항구에서 근무했지만 이런 광경은 브리냐르에게도 처음이었다.

하지만 무엇보다 이상한 것은 배 위에서 어떤 움직임도 포착되지 않는다는 사실이었다. 조타장치가 들여다 보이는 커다란 창문 너머로 사람의 그림자 하나 찾을 수 없었다. 이런 상황이라면 당연히 갑판 위로 올라와야 할 선원들조차 모습을 드러내지 않았다. 브리냐르는 사람들에게 잠시 그 자리에 있으라고 당부한 뒤 곧 돌아오겠다는 말을 다급하게 덧붙였다. 황급히 뛰어가는 도중에 그는 어린아이의 얼굴을 흘끗 보았다. 아이는 눈을 휘둥그레 뜨고 있었다. 그 눈동자에는 수줍음 대신 슬픔이 아른거렸다.

브리냐르가 반대편 입구에 다다랐을 무렵 요트는 잔교 한쪽 끝에 막혀 멈춰선 상태였다. 거대한 금속 선체가 목재 잔교와 충돌해 구겨지는 모습을 멍하니 바라보면서, 브리냐르는 꾸역꾸역 서류작업을 하느라 밤을 새우게 될 자신의 모습을 상상하고 있었다. 선체 겉면이 찢겨나가는 소리에 귀청이 떨어질 듯했지만 그 꿍음 속에서도 브리냐르는 등뒤에서 희미한 울음소리가 새어나오는 걸 분명히 들었다. 가족과 친구가 탄 요트가 구겨지는 광경을 속수무책 지켜봐야 하는 사람들의 고통을 생각하니 가슴이 아렸다. 대체 무슨 일이 벌어지고 있는 걸까? 세관원들이 기계 결함을 언급했지만 아무리 엔진에 이상이 있는 요트라 해도 이 정도로 조종이 엉망일 수는 없지 않은가? 만약 조종이 어려운 상황이었다면, 항구 밖 해안에서 맴돌며 무전으로 구조요청을 한 뒤 대기할 수도 있었다. 그런데 요트를 이런 식으로 정박시키다니. 선장은 도대체 무슨 생각을 하고 있었던 걸까?

잔교를 따라 조심스럽게 요트에 접근하는 세관원들의 얼굴에도 당혹감이 떠올랐다.

"무슨 일입니까?" 브리냐르가 맨 뒤에서 걸어가던 세관원의 어깨를 붙잡고 물었다.

"내가 그걸 어떻게 압니까?" 세관원의 대답은 퉁명스러웠지만 불안하게 떨렸다. "선원들이 술에 취했나보죠. 아니면 약이라도 빨았거나."

세관원들이 도착한 잔교의 끝부분은 뱃머리와 충돌해 부서졌고, 뱃머리의 표면 역시 매끄럽게 반짝이던 모습을 잃어버린 채 여기저기 긁히고 깨져있었다. 세관원들이 요트를 향해 사람들을 불러봤지만 어떤 대답도 돌아오지 않았다. 세관원들 중 상급자로 보이는 남자는 전화기를 붙들고 경찰과 거친 말투로 통화하고 있었다. 통화를 마친 상급자는 머리 위로 흐릿하게 보이는 뱃머리를 뚫어져라 응시했다. "배 안으로 진입해보자고. 곧 경찰도 도착할 텐데 여기서 대기할 이유가 없어. 지금 돌아가는 모양새가 영 마음에 안 들어. 스테비, 가서 사다리 좀 가져와."

스테비라는 세관원은 지시가 달갑지 않은 표정이었지만 돌아서서 밴이 있는 곳으로 달려갔다. 아무도 입을 열지 않았다. 이따금 세관원들이 선원들을 불러봤지만 소용이 없었다. 세관원들의 고함에 침묵만이 되돌아오는 상황 앞에서 점점 더 불안해지던 브리냐르는 막내 세관원이 사다리를 가져오자 그나마 마음이 진정되었다. 누가 봐도 책임자인 듯한 상급자가 나머지 두 세관원을 이끌고 요트 안으로 진입하기 시작했다. 브리냐르는 세관원들이 요트로 올라가는 동안 사다리를 붙잡아주었다. 세관원들을 들여보낸 그가 잠시 서성이는 사이 경찰이 도착했다. 경찰들이 눈앞의 상황을 확인하고 고개를 가로젓는 동안 브리냐르는 자기 신원을 밝혔다.

그때 세관원 중 한 명이 갑판 위에 나타나더니 아까보다 더 넋나간 듯한 표정으로 난간에 기대 소리쳤다. "배 안에 아무도 없습니다."

"뭐라고요?" 경관 하나가 대꾸하고는 이내 사다리를 타고 올라가려는 자세를 취하며 중얼거렸다. "말 같지도 않은 소리."

"정말이에요. 배에 아무도 없습니다. 개미 한 마리도 안 보여요."

사다리 네 번째 가로대에 멈춰선 경관이 세관원의 얼굴을 바라보려고 목을 길게 뺐다. "그게 어떻게 가능합니까?"

"전들 압니까. 확실한 건 이 안에 아무도 없다는 사실이에요. 아무래도 요트가 버려진 것 같습니다."

잠시 아무런 말도 없었다. 브리냐르는 잔교 맞은편으로 고개를 돌려 육지 끝에 서있는 노부부와 아이, 목발 짚은 남자를 바라보았다. 아니나 다를까. 다들 그 자리에서 기다리라는 브리냐르의 지시를 무시한 것이다. 경찰들은 처음부터 그들의 존재를 알아채지 못했거나 믿기지 않는 상황에 정신이 팔려 그들은 안중에 없는 듯했다. 브리냐르는 자기 선에서 일을 처리하기로 마음먹었다. 그는 일행이 자기 쪽으로 걸어오는 모습을 보고는 속도를 내 뛰어갔다. 현장에서 가장 많은 것을 잃게 될 사람들이지만 요트에 접근할 권한은 없었다. 경찰이 철저히 현장을 수사하는 데 방해가 되면 곤란했다.

"더 이상 다가오지 마세요, 잔교가 무너질 수 있어요." 브리냐르가 사람들을 향해 외쳤다. 잔교가 진짜 무너질 가능성은 없었지만 그것이 그가 순간적으로 생각해낼 수 있는 전부였다.

"무슨 일이에요? 왜 저 사람이 배에 아무도 없다고 하는 거예요?" 노부인의 목소리가 심하게 떨렸다. "당연히 배 안에 있을 텐데요. 아이에르랑 라라, 쌍둥이들까지 전부 다요. 분명 저 안에 있어요. 세관원들이 배 안을 제대로 수색하지 않은 거예요."

"걱정 마세요." 이 사람들을 어디로 데려가면 좋을지 당장 떠오르지 않았지만 그렇다고 계속 여기 머물게 할 수는 없었다. "착오가 있었을 겁니다. 일단 차분히 기다려보죠." 브리냐르는 이들을 전부 막사 안으로 들일 수 있을지 가늠해보았다. 다소 비좁기는 해도 최소한 커피를 대접할 수는 있을 것이다. "다들 무사하실 거예요."

목발 짚은 젊은 남자의 눈길이 브리냐르와 마주쳤다. 남자는 노부인만큼이나 떨리는 목소리로 입을 열었다. "원래 내가 저기 있어야 하는 건데." 뭐라고 말을 더 하기도 전에 남자는 아이가 자신의 말 한 마디 한 마디에 귀를 기울이고 있다는 사실을 알아챘다. 하지만 그 사실도 남자의 딸꾹질을 막지는 못했다. "젠깅!"

노인은 그들을 비웃기라도 하듯 머리 위에서 아가리를 떡 벌리고 있는 박살난 뱃머리만 멍하니 응시했고, 브리냐르는 그런 노인의 어깨를 양손으로 잡아 뒤로 돌려야 했다. "부탁입니다만, 어린 손녀를 생각하셔야죠." 그는 아이를 향해 고개를 돌리며 당부했다. "여긴 아이가 있을 곳이 못 됩니다. 지금 중요한 건 아이를 다른 곳으로 데려가는 거예요. 무슨 일인지는 곧 파악될 겁니다."

하지만 브리냐르의 노력은 너무 늦어버렸다. 충격이 이미 아이를 정복해버린 뒤였다.

"엄마 죽었어." 아이의 맑고 높은 목소리가 또렷이 울렸다. 그것은 브리냐르가, 그리고 말할 것도 없이 다른 이들 역시 그 순간 가장 듣고 싶지 않은 말이었다. "아빠 죽었어." 상황은 계속 악화됐다. "아다 언니 죽었어. 비가 언니 죽었어." 아이는 크게 한숨을 쉬더니 할머니의 다리를 와락 끌어안았다. "다 죽었어." 아이는 혼자 조용히 흐느끼기 시작했다.

1장

수리기사는 목을 긁적이면서 짜증과 놀라움이 뒤섞인 표정을 지었
다. "어쩌다 이렇게 된 건지 다시 한 번 정확히 설명 좀 해주세요."
그는 작은 스패너로 복사기 덮개를 가볍게 두드렸다. "복사기 수리
를 수도 없이 했지만 이런 경우는 처음입니다."

토라는 애써 미소를 지었다. "저도 알아요. 기사님 말씀이 다 맞
겠죠. 그런데 고칠 수 있어요, 없어요?" 토라는 복사기에서 올라오
는 악취에 콧구멍을 틀어막고만 싶었다. 지나고 보니 사무실에서
직원들과 파티를 연다는 발상 자체가 멍청하게 느껴졌지만 지난
주만 해도 누군가 복사기 유리판 위에 구토를 한 뒤 덮개를 사뿐히
닫을 거라고는 상상조차 못 했다. "제 생각에는 복사기를 수리점으
로 가져가셔서, 거기서 수리를 하는 게 제일 좋을 듯해요."

"주말 동안 그냥 놔두지 말고 바로 전화를 주셨으면 피해가 좀
덜했을 겁니다."

수리기사의 말에 토라는 더 이상 참지 못하고 쏘아붙였다. 이 구

17

역질나는 냄새를 견디는 것만으로도 충분히 힘든데 수리기사의 핀잔까지 참아야 한다니. "제가 분명히 말씀드리는데요, 일부러 전화를 늦게 드린 게 아니에요." 말을 내뱉자마자 토라는 후회했다. 우두커니 서서 말하는 시간이 길어질수록 수리도 늦춰질 게 뻔했다. "그냥 복사기를 가져가서, 다른 데서 고쳐오시면 안 되나요? 냄새 때문에 도저히 일을 할 수가 없어요."

우중충한 월요일 아침, 직원들이 사무실에 들어서자마자 역겨운 악취가 코를 찔렀다. 한껏 축제 분위기를 내던 지난 금요일 저녁에 누구도 이 냄새를 알아채지 못했다는 게 이해가 안 되지만, 바꿔 말하면 다들 사무실에 있었고 그 중 하나인 토라 역시 이 냄새를 맡지 못했다는 뜻이었다.

"제 생각에는 그 쪽이 좋겠어요. 하루이틀 정도 복사기 없이 지낼 수 있겠죠, 뭐." 이 말은 엄밀히 말해 부정확한 서술이었다. 이건 사무실의 유일한 복사기이자 모든 컴퓨터가 연결된 메인 프린터였다. 다만 토라는 복사기가 뿜어내는 유독가스를 없앨 수만 있다면 커다란 희생도 감내할 각오가 돼있었다. 짜증나는 수리기사는 말할 것도 없고.

"그러면 다행이게요. 이틀 이상 걸릴 겁니다. 새 부품을 주문해야 하는 상황이라면 몇 주 걸릴 수도 있어요."

"부품요?" 토라는 비명을 지르고 싶은 심정이었다. "새 부품이 왜 필요해요? 작동에는 아무런 이상이 없어요. 그냥 깨끗이 청소만 해주시면 됩니다."

"그건 부인 생각이고요." 수리기사는 다시 복사기 앞으로 오더니 딱딱하게 말라버린 토사물을 스패너로 쿡 찔렀다. "위산이 기계 내부에 무슨 짓을 했을지 아무도 모릅니다. 그게 안으로 흘러들었을 텐데, 복사기는 아주 정교한 장치라고요."

토라는 회사가 새 복사기에 돈을 쏟아부을 형편인지 머릿속 장부를 들추었다. 변호사에게 할 일이 많아지는 경제불황 덕분에 토라의 회사는 최근 들어 승승장구했다. 실제로 이 사고도 직원들과 최근의 성공을 자축하기 위해 마련한 자리에서 벌어진 일이고, 직원 수도 이제 토라와 동업자인 브라기 외에 다섯 명이었다. "새 걸 사려면 얼마나 들까요?"

기사가 제시한 액수는 새 복사기 값이라기보다는 토라의 회사 지분 값에 가까웠다. 아무리 요즘 들어 로펌이 잘 나간다고 해도 경미한 불편을 피하자고 그런 고액을 펑펑 쓸 수는 없는 노릇이었다.

토라의 표정을 읽은 수리기사가 구원에 나섰다. "이렇게 작은 고장 때문에 새 복사기를 사자고 돈을 들이는 건 말도 안 되죠." 기사는 스패너를 공구함에 집어넣으며 말했다. "가정보장보험이 있으면 수리비를 보상받을 수 있을지도 몰라요."

"그게 무슨 말씀이세요? 복사기는 사무실 집기인데요."

"아니, 제 말은 그게 아니고요." 기사가 입술을 씰룩거리며 설명했다. "토한 거요. 아시잖아요. 예를 들어 저한테 가정보장보험이 있으면 제가 일으킨 손해에 대해서는 보상을 해주기도 하잖아요, 그러니까…, 제 말은…."

토라의 얼굴색이 붉그락푸르락 변하더니 마침내 팔짱까지 꼈다. "제가요? 대체 무슨 근거로 제가 이런 짓을 했다고 생각하시죠? 저랑 전혀 상관없는 일이라고요." 수리기사에게 복사기를 보여준 후부터 지금까지 토라가 했던 말들 중 범인이 토라라고 추정할 만한 내용은 전혀 없었다. 그렇다고 해도 진짜 범인이 자백을 한 것도 아니고 이제 와서 자수할 가능성도 없어보였다.

기사는 놀란 표정을 지었다. "그래요? 제가 착각을 한 모양이네요. 접수처에 있는 아가씨가 부인 얘기를 해서요."

토라의 얼굴은 이제 검푸르게 변했다. 사실 토라도 예상은 하고 있었다. 벨라, 그 맹랑한 비서가 아니면 누구겠는가. "그렇게 말했어요? 정말요?" 수리기사와 입 아프게 말씨름하는 게 무의미하다고 생각한 토라는 더 이상 아무 말도 하지 않았다. 사악한 비서의 말에 속아 넘어간 게 수리기사의 잘못은 아니었다. 토라는 당장이라도 접수처로 뛰쳐나가 벨라의 목을 조르고 싶은 충동을 억누르며 최대한 상냥한 미소로 말을 이었다. "아, 그 친구 말은 전혀 신경 쓰실 필요 없어요. 뭐든 좀 이해가 느리거든요. 상황을 잘못 파악한 게 이번이 처음도 아니고, 딱한 것."

표정으로 보건대 기사는 두 여자 모두 제정신이 아니라고 생각하는 듯했다. "아, 그럼 전 이만 가보겠습니다. 이따가 복사기 가지러 다시 들르겠습니다. 그게 가장 현명한 해결책이겠네요." 기사가 공구함을 들어올려 가슴에 꼭 품어안은 모양을 보아하니 이제는 좀 평범한 일을 하러 가고 싶어 안달이 난 듯했다. 토라도 수리기사를 탓할 수는 없었다.

토라는 벨라가 활짝 웃으며 앉아있는 안내 데스크까지 수리기사를 배웅했다. 토라가 벨라를 향해 의미심장한 눈빛을 보냈지만 그녀의 능글거리는 미소에서 불안함 같은 건 전혀 보이지 않았다. "아, 벨라. 말해준다는 걸 깜빡했네. 약국에서 아까 전화 왔었어. 주문한 인공항문 봉투가 도착했다던데, 더블엑스라지 사이즈로."

수리기사는 급하게 사무실 문을 나서다가 문턱에 발이 걸려 휘청거렸다. 그 탓에 하마터면 그 순간 복도에 나타난 노부부를 넘어뜨릴 뻔했다. 노부부는 허둥대며 둘이 동시에 사과를 하고는 문 앞에서 머뭇거렸다. 다른 누군가가 또 자기들 무릎에 걸려 넘어지기라도 할까봐 겁이 난 듯한 모양새였다. 토라가 나타나 충돌사고에 대해 넘칠 정도로 양해를 구하지 않았더라면 노부부는 이 불상사를 구실 삼아 발길을 돌렸을지도 모른다. 토라는 노부부의 얼굴에 떠오른 표정을 알아봤다. 저런 표정을 지으며 사무실에 들어서는 고객이 워낙 많아 그 수를 헤아리지 못할 정도다. 어쩔 수 없이 변호사를 구해야 하는 상황에 대한 당혹감에다, 수임료 문제가 거론될라 치면 굴욕감을 안고 사무실을 떠날 수도 있다는 두려움이 뒤섞인 표정. 비범한 상황에 처한 평범한 사람들의 얼굴이었다.

수리기사가 사무실을 나서면서 연출해놓은 어색함이 가시자마자 토라는 노부부에게 용건을 물으면서 몸을 움직여 접수처에 앉아있는 벨라를 재빨리 가렸다. 벨라가 입은 검정 티셔츠의 악마 그림이 풍만한 가슴 위로 선명하게 도드라지고, 그 아래에는 영어로 음탕한 욕설이 적혀있었다.

"변호사와 상담을 하러 왔어요." 노인의 목소리는 겉모습만큼이나 감정이 느껴지지 않았다. 그가 구역질나는 악취를 맡았는지 아닌지 감을 잡을 수조차 없는 목소리였다. 부부는 둘 다 정년퇴직할 나이로 보였다. 노부인은 여기저기 하얀 캔버스 천이 드러날 정도로 해진 적갈색 인조가죽 핸드백을 움켜쥐고 있었다. 노인의 외투 소매 아래로 비어져 나온 셔츠 소매끝동 역시 닳아있었다. "전화를 했는데 안 받으셔서. 영업 중인 게 맞나요?"

벨라는 접수처의 전화를 하루 종일 친구들과 수다나 떠는 데 이용하는 듯했다. 전화요금 고지서로 미루어 그녀는 해외에 사는 친구들만 골라 사무실에서 통화를 하고 있었다. 혹은 전화벨이 울리도록 내버려둔 채 평화롭게 인터넷 서핑을 즐기기도 했다. "예. 물론 영업 중입니다. 안타깝게도 저희 접수처 직원의 건강이 좀 안 좋아서 전화를 못 받았어요." 로펌의 그 누구도 벨라가 이 일에 부적합한 사람이라고 대놓고 비난하지 않았다. 따라서 이 말은 아무리 나쁘게 봐도 악의 없는 거짓말이었지만, 업무에 임하는 태도만으로 볼 때 벨라의 병세는 만성적이었다. "아무튼 직접 들러주셔서 감사합니다. 제 이름은 토라 구드문즈도티르이고, 이 로펌 변호사입니다. 원하시면 지금 상담을 해드릴 수 있습니다." 토라는 노부부와 인사를 나누고 악수를 하는 동안 두 사람 모두 두드러질 정도로 손아귀에 힘이 없다고 느꼈다.

노인의 이름은 마르게이르 카렐손, 노부인의 이름은 시그리두르 베투르리다토티르였다. 토라가 아는 이름은 아니었다. 개인 사무실로 들어가면서 토라는 노부부의 얼굴이 다소 부어있다고 생각했다. 입김에서 술 냄새가 풍기지는 않았지만 외모에서 알코올 의존증 징후가 보였다. 하지만 지금 이 단계에서 토라가 상관할 문제는 아니었다.

노부부는 커피를 사양하고 바로 본론으로 들어갔다. "사실 저희가 왜 여기 있는지도 잘 모르겠습니다." 마르게이르가 말했다.

"예, 뭐 흔한 일입니다." 노부부의 기분을 풀어주기 위해 토라는 거짓말을 했다. 토라를 찾아오는 의뢰인 대부분은 기대치가 비현실적이라는 문제가 있기는 해도 원하는 바를 명확히 알았다. "혹시 누군가 저희를 추천해주셨나요?"

"그런 셈이죠. 친구들 중 하나가 사무실에 커피 배달해주는 사업을 하는데 그 친구가 여기를 추천해줬습니다. 규모도 크고 유명한 로펌은 저희 형편에 너무 비싸서 가고 싶지 않았거든요. 그 친구 말이 이곳은 분명 가격이 쌀 거라고 해서요."

토라는 애써 정중한 미소를 지었다. 커피 배달원에게 토라의 로펌은 그다지 대단한 인상을 남기지 못한 게 분명했다. 그렇게 된 가장 큰 원인은 벨라가 회사 이미지의 많은 부분을 책임진다는 데 있었다. "저희 회사가 다른 대형 로펌들에 비해 수임료가 낮은 건 맞습니다. 그런데 어떤 문제 때문에 오셨는지 말씀해주시겠어요? 내용을 알아야 제가 어떤 도움을 드릴 수 있을지 설명하고, 원하시는 서비스의 수임료에 관해서도 논의할 수 있으니까요."

부부는 서로 운을 떼기 주저하면서 조용히 토라를 바라보았다. 결국 노부인이 무릎 위 핸드백을 고쳐잡고는 먼저 입을 열었다. "저희 아들이 실종됐어요. 며느리와 쌍둥이 손녀들까지 함께요. 저희가 뭘 어쩌면 좋을지 모르는 상황인 데다 우리 둘만으로는 도저히 감당이 안 되는 일이라 도움이 필요합니다. 사실 우리 늙은이는 근근이 입에 풀칠이나 하면서 살아가는 형편이거든요. 세나가 사라진 아들 부부의 두 살짜리 딸도 우리가 돌보고 있으니…."

　노부부는 알코올 중독에 걸린 게 아니었다. 충혈된 눈과 부은 얼굴은 훨씬 더 비극적인 사정을 담고 있었다. "그렇군요." 토라는 사실 그 뉴스에 큰 관심을 쏟지 않았지만 전후상황은 대충 짐작하고 있었다. 지난 이틀 간 미디어는 레이캬비크 항구를 들이받은 요트에서 선원과 승객이 단 한 명도 발견되지 않은 미스터리한 실종사건으로 도배되었다. 그 실종자 중에 노부부의 아들 내외와 쌍둥이 손녀가 포함된 것이다. 대다수 사람들처럼 토라 역시 이 전대미문의 사건에 대한 보도를 접했지만 그때까지 사건의 중요한 내용은 거의 공개되지 않은 상태였다. 때문에 토라가 파악할 수 있는 것도 그만큼 제한적이었다. 다만 이번 사건이 파산한 아이슬란드 은행들 중 한 곳의 뒷수습을 위해 출범한 금융분쟁조정위원회와 관련 있다는 사실 정도는 알았다. 호화 요트의 소유주가 요트 구입을 위해 은행에서 대출받은 돈을 상환할 능력이 없다는 사실이 드러나자 조정위원회가 요트를 압류한 것이다. 요트는 국제시장에서 재판매되기 위해 유럽 대륙에서 아이슬란드로 이동하던 중이었다. 그런데 정박 과정에서 극적인 사고가 발생했고 수습과 수리 등을 이유로 재판매는 연기된 상황이었다. 배 안에 있던 사람들에게 무슨 일이 벌어졌는지에 대해서는 희미한 단서조차 발견되지 않은 상태였다. 설사 단서가 있었다고 해도 미디어의 손에 들어가지 않은 것만은 분명했다. 감쪽같이 사라진 일곱 명의 승선자에 대한 뉴스만으로도 전국을 충격으로 몰아넣기에 충분했지만, 파산한 요트 소유주의 젊은 아내가 미디어 가십 칼럼에 단골로 등장하던 유명인

사라는 사실이 알려지면서 사건은 더 많은 이목을 집중시켰다. 보도 내용으로 보건대 기자들은 확실한 정보도 없이 승객과 선원들이 폭풍에 휩쓸려 배 밖으로 떨어졌을 가능성이 가장 높다며 추측성 기사를 쏟아냈다. "그럼 혹시 요트에 승선하기로 되어있었다는 조정위원회 직원이 아드님이신가요?"

"맞아요." 시그리두르는 목구멍으로 넘어오려는 슬픔을 겨우 삼켰다. 당장이라도 무너질 듯한 그녀가 가까스로 말을 이었다. "행여 아이들이 살아있을 거라는 희망까지 저희가 버렸을 거라고는 생각지 않으시겠지만, 가망이 점점 사라지는 게 사실이에요. 경찰이 전해주는 얼마 안 되는 얘기로는 전혀 낙관할 수가 없군요."

"예, 물론 그러실 거예요." 가족이 멀쩡히 살아서 나타날지 모른다는 한 줄기 희망에 기댄 사람들에게 애도를 표하는 게 적절한지 토라는 가늠할 수 없었다. "사실 저희 로펌은 해상보험 문제를 전문적으로 취급하는 곳이 아닙니다. 당연히 공인된 해손정산인도 고용하지 않았고요. 혹시 그런 종류의 서비스를 원하신다면, 유감이지만 저희가 해드릴 게 별로 없을 겁니다."

노인은 고개를 저으며 말했다. "저는 공인 해손정산인이 뭐하는 사람인지도 모르겠습니다."

"해손정산인은 해상보험을 전문적으로 다루는 사람이에요. 해난사고로 발생한 피해에 대해 컨설팅해주기도 하죠."

"아, 저희는 그런 건 필요 없습니다. 그냥 일반적인 자문을 받았으면 해서요. 이를테면 영어로 편지 쓰는 일 같은 거 말이지요. 할 줄 아는 외국어가 없다보니 편지 쓰는 게 엉망일 수밖에요. 그래서 외국어도 할 줄 알고 저희를 대신해 이쪽 일을 봐줄 수 있는 사람을 고용하는 게 낫겠다 싶었습니다. 게다가 지금 저희가 사회복지국 사람들과 실랑이를 할 수 있는 처지가 아니다 보니, 손녀 문제로 그쪽 담당자랑 얘기할 때 도움이 필요합니다."

"복지국에서 손녀를 데려가려고 하나요?"

"예, 그럴 예정이랍니다. 그나마 지금 당장 데려가지 못하는 건 상황이 불확실하기 때문입니다. 그러니까 해외로 나가기 전에 부모가 아이를 우리한테 맡겼으니 아직까지는 우리에게 손녀를 돌볼 권한이 있는 거지요. 다만 당국에서 조치를 취할 준비를 하고 있다니 당장이라도 법원명령서를 들고와 현관문을 두드리지나 않을지 불안합니다." 마르게이르는 괴로운 마음에 잠시 말을 멈췄다. "아이에르는 외동아들입니다. 우리에게 남은 혈육은 이제 시가 뒤그가 전부예요."

토라는 책상에 올린 두 손을 첨탑 모양으로 모았다. 노부부에게 손녀를 떠나보내야 할지도 모른다는 말을 하기란 결코 쉬운 일이 아니었다. 마르게이르와 시그리두르는 나이도 많았고 경제적으로도 아주 불리한 위치였다. "기분 상하게 하고 싶은 마음은 없지만, 그렇다고 아들 부부가 사망했을 경우 두 분이 손녀를 키울 수 있을 거라는 헛된 희망을 안겨드리고 싶지도 않습니다. 사실 두 분이 양육권을 얻으실 가능성은 매우 낮아요. 법은 두 분 편이 아니에요. 가족 입양에 허용된 연령층이 매우 제한적이라 두 분은 그 범위에 포함되지 않을 겁니다. 안타깝지만 이 원칙에 있어서 아동보호기관이 예외를 두는 사례를 본 적이 없어요." 노부부가 반박을 위해 입을 달싹거리자 토라는 서둘러 말을 이었다. "하지만 지금은 이런 문제를 논의할 단계가 아닌 것 같습니다. 두 분은 레이캬비크에 거주하시나요?"

"예, 바로 근처에 살아요. 여기도 걸어서 왔는걸요." 시그리두르가 대답했다. "공기가 아직은 좀 쌀쌀해도 해가 났더라고요."

사람들이 불편한 주제에 대해 논의할 때 억지로 꺼내놓는 이야기의 소재는 그야말로 천차만별이다. 그런 이야기를 늘어놓으면 진짜 말해야 할 주제를 피해갈 수 있을 거라고 믿는 듯하다. 토라는 날씨 얘기나 하면서 엉뚱한 길로 빠지고 싶은 생각이 추호도 없었다. "그럼 손녀는요? 아들 부부도 레이캬비크에 사나요?" 이 질문에 노부부는 그저 고개만 끄덕였다. "거주지는 손녀 양육권 문제에 대해 어느 지방정부가 결정권을 갖는지와 관련이 있습니다. 원하시면 어디서 관할권을 행사하는지 알아봐드릴 수 있어요. 그리고 두 분이 손녀를 위한 최선이라고 확신하신다면, 소송을 해서 양육권을 온전히 인계받도록 도울 수도 있고요. 하지만 이미 말씀드렸듯이 후자는 가능성이 매우 희박합니다. 직계가족일 경우에도 연령 제한에 걸려 양육권 청구를 기각당한 사례는 허다해요. 지독히 부당한 결정이란 점, 저도 잘 압니다."

노부부는 돌이 되기라도 한 듯 미동도 없었다.

"잠시 법리적인 사항은 미뤄두고 제가 조언을 하나 해도 될까요. 제가 만약 두 분의 입장이라면 이 문제에 대해 지금 당장은 걱정하지 않을 겁니다. 걱정거리는 이미 충분하실 테고 무엇보다 손녀를 위해 강건함을 잃지 않으시는 게 중요하니까요. 앞으로의 일에 대해 미리 걱정하지 않으셨으면 좋겠네요."

"물론이죠." 노인이 고개를 들고 말했다. "저희도 그 점은 잘 알고 있습니다."

당연한 일이지만 노부부는 충격과 비통함에 어떻게 대처해야 하는지 토라보다 훨씬 더 잘 이해하고 있었다. "영문 서한에 대해 언급하셨죠. 어디에 필요한 서한인가요?" 토라는 이것이 감정을 덜 자극하는 주제이길 바랐다.

"저희 아들이랑 며느리가 해외보험사에 생명보험을 들어둔 게 있습니다." 마르게이르가 입을 열었다. "여행을 떠나기 전에 아들이 보험증서를 저희한테 맡겼고, 사고가 날 경우 어떻게 대처해야 하는지 방법을 알려줬어요. 저희가 이해하기로는 가입자가 사망한 경우 보험사에 즉시 그 사실을 알려줘야 한답니다. 그러니까 저희는 변호사님이 현재의 상황에 대해 설명하는 편지를 보험사에 써주셨으면 합니다."

왜 이렇게 서두르는 걸까? 토라는 의문이 들었다. "제가 알기로 초동수사가 마무리되기 전까지는 통지서한을 보내실 필요가 없을 겁니다. 공식적으로 아드님과 며느님은 아직 실종상태이니까요."

"예, 압니다. 그리고 변호사님은 저희가 돈 욕심에 눈이 멀어 보험금부터 챙기려 한다고 생각하실 수도 있겠죠." 노인이 토라의 눈을 똑바로 응시했다. 토라는 생각이 완전히 들통나버린 상황을 자신이 능숙하게 위장하고 있기만을 바랐다. "하지만 그건 사실이 아닙니다. 저희가 시가 뒤그를 잃지 않기 위해서는 재정보증이 필요한데 보험금이 있으면 그 문제가 해결됩니다. 저는 연금 말고는 가진 게 없고 시그리두르는 파트타임으로 학교 식당에서 일하는 처지이니, 저희로서는 손녀를 키우기가 쉽지 않습니다. 보험금만 있으면 저희 처지가 훨씬 유리해지겠죠."

"보험증서는 가지고 오셨나요?"

노부인은 핸드백을 뒤적여 서류뭉치가 잔뜩 든 투명한 서류파일을 꺼내더니 토라에게 건넸다. "이게 원본이라 다시 돌려주셔야 해요. 지금 한 부 복사하시겠어요?"

"죄송하지만, 그럴 수가 없네요. 복사기가 고장났거든요. 나중에 하죠." 토라는 붉어지는 얼굴을 가리려고 서류뭉치를 향해 몸을 수그렸다. 보험증서는 두 개였다. 노부부의 아들 아이에르와 그의 아내 라라의 이름으로 가입한 생명보험. 아이에르가 사망할 경우 수혜자는 라라였고, 라라가 사망할 경우 남편이 수혜자였지만 두 증서 모두 최초 수혜자가 보험금을 받을 수 없는 상황에서는 아이에르의 부모에게 보험금이 돌아가도록 되어있었다. 보장금액은 두 증서가 동일했는데 금액을 확인한 토라는 자신의 눈을 의심하지 않을 수 없었다. 부부가 든 생명보험 금액은 모두 합쳐 200만 유로(약 25억 원)에 달했다. 아이 하나를 키우기에 차고 넘치는 액수였다. 토라는 목소리를 가다듬었다. "실례가 안 된다면, 어째서 아드님 부부가 이렇게 엄청난 금액의 생명보험에 가입하게 됐는지 말씀해주실 수 있나요? 혹시 빚이 많았나요?"

"누군들 이상하지 않겠어요." 시그리두르가 남편을 바라보며 말했다. "당신은 아는 거 없어요?"

"저도 모릅니다. 상당한 금액의 주택 담보대출을 받은 걸로 압니다만, 빚이 정확히 얼마인지는 모르겠어요. 아무리 그래도 대출금이 집값보다 많지는 않을 겁니다. 분수에 넘치게 사는 애들도 아니고, 집도 그냥 테라스식 주택입니다. 하지만 누가 알겠습니까. 집이 넘어가면 보험금이 대출금 갚는 데 쓰일지. 요즘 시절이 보통 수상해야 말이죠."

"200만 유로면 3억 크로나가 넘는다는 건 아시죠? 테라스식 집 한 채 때문에 그 정도의 빚을 졌을 가능성은 아주 낮습니다."

"뭐라고요?" 노부부가 동시에 목소리를 높였다. 마르게이르는 무슨 말인지 이해할 수 없다는 표정으로 토라를 쳐다보면서, 마치 그렇게 하면 이해하는 데 도움이 되기라도 한다는 듯 고개를 한쪽으로 기울였다. 하기야 그의 세상이 발칵 뒤집혀버렸으니 차라리 그 각도로 세상을 바라보는 게 더 합리적일 법도 했다. "3억 크로나라고요? 제가 계산했을 땐 3,000만 조금 넘었는데요."

"0을 하나 빼먹으셨네요." 토라는 커다란 구식 계산기를 가져다가 숫자를 두드린 다음 화면에 뜬 수많은 0을 노부부에게 보여줬다. 그 정도 돈이면 노부부는 자리에서 벌떡 일어나 크고 비싼 로펌으로 달려갈 수도 있었다. 하지만 지금으로서는 계산기 속에나 존재하는 숫자에 불과했다. "엄청난 액수입니다."

놀라운 소식을 접한 뒤로 노부부는 어떤 궁금증도 제기하지 않았다. 여전히 그 소식에 어리둥절한 상태에서 수임 절차를 밟았고, 노부부의 품에 굴러 들어올지도 모를 거금에도 불구하고 토라는 가장 낮은 수임료를 제시했다. 돈은 어린 손녀의 양육에 사용하거나 아니면 아이가 더 자랄 때까지 은행에 맡겨두는 편이 나을 것이다. 사건 자체가 매우 흥미로워 보일 뿐더러 조사 때문에 돌아다니다 보면 적어도 며칠 간은 구역질나는 냄새로부터 자유로워질 수도 있었다. 노부부가 떠나기 위해 일어서려는 순간, 토라는 노부부가 대답을 할 수 있을지 모호한 질문을 던졌다. "혹시 아드님 부부가 부모님을 보험증서 상의 수혜자로 올린 이유를 아시나요? 부모님보다는 딸들을 수혜자로 지정하는 게 좀 더 일반적이라는 생각은 안 해보셨어요?"

노부부는 잠시 눈빛을 교환했다. 그러고는 마르게이르가 입을 열었다. "뭐, 비밀이랄 것도 없지만 잘 모르는 분이랑 이런 얘길 하려니 좀 그렇군요."

"다른 사람들 귀에 들어갈 일은 절대 없을 겁니다."

"라라한테 아주 질 나쁜 남동생이 하나 있답니다. 항상 돈을 따라 다니면서 흥청망청 쓸 생각이나 하는 놈이죠. 아이에르는 만에 하나 딸들이 보험금을 받게 될 경우 그놈이 자기 조카들을 협박해 돈을 뜯어낼 수도 있고, 아니면 어떻게든 아이들의 재정후견인이 될 방법을 찾아내기라도 할까봐 걱정했어요. 황당무계하다고 생각하실 수 있지만 그 동생이란 작자는 무슨 짓이든 할 사람입니다. 후견인 자격을 얻기 위해 한동안 나쁜 버릇을 고친 척 연기를 하고도 남죠. 반대로 우리는 아들 부부 대신 아이들을 위해 돈 관리도 해주고 그 망할놈이 부리는 수작에도 넘어가지 않을 거라고 믿었던 모양입니다. 라라의 부모도 문제가 있어요. 아들놈의 못된 행동을 막아줄 만한 위인들이 아니었으니 누가 봐도 후견인으로 적합하지 않았습니다."

"그렇군요. 듣고 보니 두 분을 수혜자로 지정한 건 현명한 예방 조치였어요." 토라는 노부부를 문까지 배웅하면서 새로운 소식이 들어오는 대로 연락을 달라고 부탁했다. 그 동안 토라는 보험과 관련한 문제에 대해 조사해보기로 했다.

토라와 노부부가 접수처 앞에 서있는 동안 두 남자가 사무실 귀퉁이에서 복사기를 실은 짐수레를 조심스럽게 이동하고 있었다. 토사물 악취가 그 어느 때보다 지독하게 진동했다. "복사가게에 들러서 보험서류를 한 부 복사해주시면 어떨까요. 보시다시피 저희 복사기는 지금 사용할 수가 없습니다. 제가 내일 아침 댁으로 찾으러 가겠습니다. 두 분께 폐를 끼치는 게 아니라면요."

"예, 그러세요." 시그리두르가 대답했다. "저희 주소랑 연락처도 가지고 계시니까요. 오시기 전에 전화 한 번 주시겠어요? 뭐 저희는 거의 집에 붙어있긴 해요." 노부부는 인사를 하고 복사기가 진로를 막아서기 전에 자리를 떠났다. 그 자리에 선 채 잠시 생각에 잠겼던 토라는 복사기를 옮기던 수리점 직원 한 명이 그녀의 어깨를 살짝 두드리자 화들짝 놀라 현실로 돌아왔다.

"보고 싶어하실 것 같아서요." 직원은 A4용지 한 장을 토라에게 건넸다. "이게 복사기 안에 있더라고요." 직원은 씩 웃으며 한 쪽 눈을 찡긋하더니 복사기를 옮기던 동료에게로 달려갔다. 토라는 직원이 건넨 종이를 찬찬히 들여다보았다. 종이 속 이미지는 거의 검정색으로 보일 만큼 어두웠지만 복사기 플래시에 비친 얼굴의 정체를 확인하기에는 부족함이 없었다. 범인은 복사기에 몸을 구부리고 토하는 동안 실수로 복사 버튼을 누르고 말았던 것이다. 토라는 흐리멍덩한 윤곽을 가만히 응시했다. 윤곽의 주인공은 벨라였다. 그러면 그렇지, 누구겠어? 토라는 뒤로 돌아서 벨라를 향해 욕설을 퍼부으려 했지만 범인은 이미 사라진 뒤였다. 필요할 때는 얼마든지 발빠르게 움직일 수 있는 부류였다.

물증을 손에 넣은 승리감에 취해 토라는 자기 사무실로 당당하게 돌진했다. 한 가지는 분명했다. 자리로 돌아오는 즉시 벨라는 대가를 치르게 될 터이지만 그때까지 토라에게는 처리해야 할 일들이 있었다. 하지만 요트 사건 때문에 일상적인 업무에 집중하기 힘들었다. 모든 상황이 너무도 기묘했다. 상류층이나 가입할 법한 보험증서는 사건의 불가사의함을 더욱 가중시켰다. 굵은 빗방울이 창문을 세차게 두드리기 시작하자 토라는 폭풍우 한가운데 배 안에 갇힌다는 것이, 구조될 가능성이 희박하다는 사실을 알면서도 배 밖으로 떨어져 바닷속으로 가라앉지 않기 위해 발버둥친다는 것이 어떤 기분일지 상상하다가 팔에 소름이 돋는 걸 느꼈다. 토라는 사람들이 구명정을 타고 표류하다가 무사히 발견되기를 바랐지만, 배 안의 사람들은 예상치 못하게 비극적인 최후를 맞았을 가능성이 높았다.

토라는 컴퓨터 스크린을 향해 돌아앉았다. 맡고 있는 소송 업무 처리를 30분쯤 미룬다고 어떻게 되지는 않겠지. 잠시 요트 사고에 관한 생각을 되살리고 싶었다. 인터넷에서 관련 정보를 샅샅이 훑어보던 토라는 노부부에게 미처 묻지 못한 중요한 질문 하나가 떠오르자 아차 싶은 마음이 들었다. 노부부의 아들은 애초 왜 요트 여행을 하게 된 걸까? 그것도 가족과 함께. 겨울이 완전히 풀려산

것도 아니고, 아무리 호화 요트라 해도 항해를 하기에 이상적인 기후는 아니었다. 그리고 은행의 조정위원회는 무슨 생각으로 일개 직원이 회사 자산을 가족여행에 이용하도록 허락했을까? 이 사건에는 눈에 보이는 것 너머의 진실이 숨어있는 게 틀림없었다.

2장

이번 여행에서 처음 느낀 것도 아니지만, 아이에르는 자신이 참으로 엉뚱한 곳에서 태어났다고 혼자 중얼거렸다. 아이슬란드의 추위 속에서 옷으로 꽁꽁 싸매고 견뎌야 하는 인생 따위가 운명일 리 없지 않은가? 리스본의 날씨 치고는 선선한 편이었지만 북극 인근 아이슬란드 기온과는 비교조차 안 되게 온화한 날이었다. 아이에르는 가벼운 옷차림으로 거리를 걷는 즐거움을 만끽했다. 발아래 인도는 도시 전체가 하얀 자갈로 포장되어 있었다. 울퉁불퉁한 자갈길 위를 걷는 일도 어딘가 묘하게 매력적이었다. 물론 아이에르 옆에서 하이힐을 신은 채 금방이라도 넘어질 듯 걷는 아내 라라는 이런 생각에 동의할 리 없었지만. 아이에르와 라라는 자동차가 발명되기 훨씬 더 전에 지어진 구시가지의 좁고 가파른 골목길을 따라 걸었다. 좀 헤맸지만 그들이 찾는 광장이 강변 근처에 있다고 했으니, 내리막길을 따라 내려가는 것만은 분명했다. 아이에르는 주변을 돌러보다가 뒤처져 따라오는 쌍둥이 딸들을 빌견했나.

"얘들아, 얼른 와. 이러다가 늦겠다. 10분 뒤에 아저씨 만나기로 했단 말이야."

두 딸은 좀 더 속도를 냈지만 여덟 살짜리에게 10분은 영원과도 같은 시간이었다. 그러므로 아이들은 서둘러야 할 이유를 전혀 납득하지 못했다. 언제나처럼 아르나가 둘의 속도를 결정했다. 아르나는 세상 빛을 먼저 본 언니였다. 태어난 순서는 우연이었다 쳐도, 아이에르는 두 딸이 자궁 안에서 각자의 역할을 정하고 세상에 나온 것 같다는 인상을 자주 받았다. 대담하고 외향적인 아르나는 보통 자기 생각을 밀고 나가는 반면, 신중하고 내성적인 빌쟈는 천천히 생각하고 움직이는 편이었다. 언니 아르나가 일단 돌진하고 보는 성격이라면 빌쟈는 멈춰서서 생각에 골몰하는 아이였다. 하지만 둘의 외모는 거의 같은 사람이라고 해도 과언이 아니었다. 빌쟈가 안경을 쓰지 않았다면 잘 모르는 사람들이 누가 누군지 분간하기란 사실상 불가능했다.

"이 인도에는 돌이 몇 개나 있어요, 아빠?" 언니 뒤를 따라오던 빌쟈가 땅바닥에 시선을 고정하며 물었다.

"아빠도 잘 모르겠습니다, 공주님. 100만 개 더하기 일곱 개, 정도가 아닐까." 호텔에서 나올 때 아이에르는 자갈의 개수에 대해 이야기할 일은 없길 바랐다. 둘째가 자갈의 개수에 집착할 줄은 예견했지만 아이가 정말로 돌의 개수를 세어볼 거라고는 상상도 못했다.

"얘들아! 저기야." 라라가 골목길 아래를 가리키며 말했다. "리스본에 저렇게 큰 광장이 여러 개일 리 없지."

이 순간을 기다려왔다는 듯 아이들은 광장을 향해 쏜살같이 달리기 시작했다. 아이들은 놀라울 정도로 엄마를 빼닮았다. 웨이브 진 검은 머리칼에 초록빛 눈동자, 도드라진 앞니와 체구, 심지어 손도 라라의 축소판 같았다.

약속 장소가 가까워질수록 이상한 우울함이 아이에르를 서서히 감싸왔지만 그 이유가 뭔지 딱 짚어 얘기할 수는 없었다. 어쩌면 거리 끝 장대한 광장에 도사린 모종의 불안 때문이었을 것이다. 지금 이 순간 완벽하기만 한 삶이, 이보다 더 좋아질 수 없는 삶이, 어쩌면 이제부터 내리막길로 접어들 일만 남았다는 인식 때문이었을지도 모른다. 불현듯 아이에르는 이 순간을 그냥 흘려보내고 싶지 않아졌다. "요트 타는 걸 다음으로 미루면 어떨까?"

"뭐?" 라라가 놀란 눈으로 바라보았다. "그게 무슨 소리야?"

괜한 소리를 했나 싶어 아이에르는 미안해졌다. 단지 미안함뿐이었을까? "그러니까, 여기서 휴가를 더 보내는 대신 요트 여행을 취소하면 어떨까 해서. 선원들이 나를 꼭 원하는 것도 아니고 부족한 선원 수는 다른 방법으로도 채울 수 있으니까."

아이에르의 목소리에 낯선 어조가 끼어들었지만 어디서 그런 말투가 나온 건지 그 자신도 알지 못했다. 몇 분 전까지만 해도 요트 여행을 하늘이 주신 기회라 생각하며 들떴는데, 갑자기 육지를 떠나기가 두려워졌다. 겉으로 보이는 화려함과 달리 요트 안에는 사실 공간이 그리 많지도 않았다. 게다가 리스본은 가는 곳마다 작은 레스토랑이며 카페에, 즐길거리가 끝도 없이 이어져서 네 식구에게 부족함이 없었다. 하지만 배 위에서는 대체 온종일 무얼 하며 시간

37

을 보낸단 말인가? 카드게임? 아이에르는 광선이라도 뿜어내는 것처럼 화창한 이 도시를 떠나고 싶지 않아졌다. 시선이 닿는 곳마다 활기 넘치는 색채들이 기분을 돋워주는 곳, 특히 파스텔톤 타일이 붙은 담벼락은 다른 어디에서도 만날 수 없는 풍경이었다. 이런 환경에 둘러싸여 지내는 건 인간의 영혼에 이로울 게 틀림없었다. 이런 곳에서 어찌 불행할 수 있겠는가? 이와 반대로 요트를 타고 바다로 나가면 여정 내내 난간에 기대 지독한 뱃멀미에 시달리며 구토나 해야 할 것이다. 대체 무슨 생각으로 선원 중 한 명이 빠졌다는 사실을 알았을 때 자신이 그 자리를 메우겠다고 나섰던 것일까? 어째서 그냥 농담이었다고 말한 뒤 예정된 비행기를 타고 집으로 돌아가지 않았을까?

라라와 아이들이 아이에르를 가만히 올려다보았다. 아이에르는 순간 빌쟈의 눈에서 아빠의 속마음을 이해한다는 표정을 읽었다. 다만 아이의 안경 렌즈가 뿌옇게 얼룩진 탓에 확신할 수는 없었다. 아이는 시선을 내리깔더니 다시 자갈 개수를 세기 시작했다.

"그러니까 아빠는 요트 타러 가기 싫다는 거예요?" 아르나가 턱을 치켜들었다. "페이스북에 요트 타고 아이슬란드로 돌아간다고 벌써 다 말해버렸는데." 이 정도면 상황을 마무리짓기에 충분하다는 듯한 말투였다.

"아니야, 아빠가 그냥 해본 소리야."

어쩌면 아이에르는 그저 선장을 만나는 게 내키지 않는지도 모른다. 전날 선장과의 전화통화는 순조롭지 않았다. 아이슬란드로 요트를 이동하는 데 드는 비용이 예상을 훌쩍 뛰어넘을지도 모른다는 소식에 아이에르가 실망스러워 하는 내색을 했기 때문이다. 요트 운반에 필요한 모든 절차는 아이에르의 책임이었다. 선장은 빠진 선원을 대체할 리스본 거주자를 채용해야 하는데, 그러려면 훨씬 더 많은 비용이 추가된다고 말했다. 이 달갑잖은 소식을 상사에게 어찌 전해야 할지 난감해하던 아이에르는 대체인력에 지불해야 할 인건비 액수까지 듣고 나자 부아가 치밀었다. 하지만 선장역시 지지 않고 거세게 쏘아붙였고 아이에르는 결국 북해 오지까지 짧은 항해를 하겠다고 나서는 사람은 거의 없다는 사실을 받아들여야 했다. 정확히 기억나지 않지만 대화 어디쯤에선가 아이에르는 부족한 인원을 스스로 충원하겠다고 나섰다. 마음에 전혀 없는 말은 아니었지만 설마 선장이 그 제안을 액면 그대로 받아들일 거라고는 예상치 못했다. 더구나 아이에르가 유람선 해기사면허증 소지자라는 사실까지 알고 난 선장은 더 이상 들어보려고도 않은 채어떻게든 발을 빼려는 아이에르의 노력을 일축해버렸다. 선장은 아이에르가 레이캬비크 네이폴스비크 만 외곽으로 나간 적조차 없는 초짜라는 사실 따위 전혀 중요하지 않다고 말했다. 당장 이들에게 중요한 문제는 선박의 최소안전운항 인원 규정을 충족시키는 것일 뿐, 아이에르의 경험 부족은 고민거리가 아니었다. 게다가 아이에르가 선장이나 항해사, 엔지니어 자격으로 배에 타는 것은 아니지 않은가. 아이에르가 그 문제를 걱정한다면 말이다.

아이에르가 유람선 해기사면허증을 따기 위해 훈련을 받을 때만해도 자신이 호화 요트의 대체 선원이 될 거라고는 꿈도 꾸지 못했다. 그는 작은 범선 한 척을 공동소유하고 싶다는 오랜 꿈을 위해

돈을 모으려 했었다. 그러나 부부의 월급을 합쳐도 생활이 빠듯해
진 후로 이 꿈은 저만큼 밀려났다. 애지중지 모아둔 얼마 안 되는
돈마저 가족과 리스본으로 충동적인 겨울휴가를 떠나오면서 다 써
버린 상황이었다. 애초 바다 항해 같은 건 계획에도 없었다.

아이에르가 가족을 줄줄이 데리고 왔다는 이야기를 들은 선장은
그제야 깜짝 놀랐다. 하지만 그때는 이미 아이에르가 배에 탈 생각
에 잔뜩 흥분한 상태였다. 호화 요트를 타고 바다를 항해하는 건
이번이 처음이자 마지막 기회일지 모른다. 또 배를 타면 그의 속을
썩이던 비용 문제 역시 한 번에 해결할 수 있었다. 결국 새로운 소
유주의 대리인 자격으로 아이에르는 선장에게 통보했다. 더 이상
논의의 여지는 없다고.

그 사이 아이에르는 조정위원회 소속 상사에게 선박을 아이슬
란드로 옮기는 데 직접 참여하겠다고 보고했다. 상사는 다른 업무
에 정신이 팔린 상태에서 아이에르의 보고 내용을 승인했다. 게다
가 워낙 천문학적인 액수에 익숙해진 그는 계획 변경으로 인한 재
정적인 이익마저 아무렇지 않게 묵살해버렸다. 아이에르와 짧게 통
화하는 동안 상관은 더 시급한 업무를 처리하러 가야 한다는 점을
몇 번이고 강조했다. 애초 아이에르와 통화를 한 이유도 부하 직원
이 요트 명의를 위원회의 이름으로 차질 없이 변경했는지 확인하기
위해서였다. 상사는 아이에르의 설명을 자르며 출장에서 돌아오면
보자는 말만 성의 없이 중얼거렸다. 다시 말해 상사는 아이에르와
그의 가족이 요트에 타는 것에 동의했다는 사실은 고사하고, 요트
운반을 위해 아이에르가 어느 나라로 출장을 갔는지조차 기억하지

못했다.

자신의 출장에 대해 상사가 그렇게나 무관심했다는 사실을 다시금 떠올리자 항해에 대한 아이에르의 막연한 두려움은 더욱 커졌다. 평소라면 아이에르는 아르나처럼 항해에 대한 기대감으로 들떠 어쩔 줄 몰라야 했다. 지난 밤만 해도 두 부녀는 흥분해서 팔짝팔짝 뛴 반면, 라라와 빌쟈는 좀 더 차분한 반응을 보였다. 라라는 자기가 수영에 능숙하지 않다며 전전긍긍했고 빌쟈는 여느 때처럼 속마음을 내비치지 않은 채 조용히 상황을 지켜보기만 했다. 하지만 라라도 마침내 남편과 큰딸의 열정에 동화되었고, 이번 여행을 준비하는 과정에서 가장 큰 활기를 불어넣었다. 그러니 여행이 취소된다면 라라는 크게 낙담할 것이다. 아이에르는 어떻게든 불안감을 떨쳐내야 했다. 더구나 잠시 후면 선장과 대면을 할 터이니 마음을 다잡기로 했다. "자, 어서 가자. 아저씨 기다리시겠어."

아내와 아이들은 갑자기 달라진 그의 태도에 놀라 다시 한 번 아이에르를 올려다보면서도 조용히 뒤를 따랐다. 아이에르가 안내서에서 읽은 대로 유럽에서 가장 크다는 코메르시우 광장의 장대한 모습이 눈에 들어오는 순간, 훈훈한 바람이 봄의 전령처럼 네 사람을 향해 와락 안겨들었다. 그 바람과 함께 아이에르의 불안감도 날아가 버렸다. 저 멀리 티 없이 잔잔한 바다는 모든 것이 잘될 거라고 아이에르를 안심시키기라도 하듯 반짝였다. 정말 그랬다. 잘못될 게 뭐 있단 말인가? 아이에르는 혼자 웃었다. 대체 뭐가 그리 불안했던 걸까? 보나마나 멋진 여정이 될 것이다. 선장보다 훨씬 더 까다로운 젊은 고객들도 보란 듯이 설득해온 지난 이니던가. 사실 아이에르가 요트와 관련된 형식적 절차를 처리하게 된 것도 유능한 중재자로서의 능력을 인정받았기 때문이다. 지난 이틀 간 아이에르는 포르투갈의 여러 관공서를 오가면서 미납된 항구사용료를 지불하고, 허가증을 발급받고, 소유권 이전을 증명할 수 있는 서류들을 해당 관청에 제출했다.

테주 강 반대편으로 예수상이 도시를 향해 두 팔 벌리고 서있었다. 우뚝 솟은 지주 위에서 웅장함을 자랑하는 예수상은 리우데자네이루의 관광명소 '구원의 예수상' 축소판이었다. "아빠, 저기 좀 봐요. 예수님이 또 있어." 아르나가 예수상을 가리키며 말했다.

빌쟈는 손으로 햇빛을 가리고는 말없이 조각상을 바라보았다. 빌쟈는 도시의 인간과 동물들이 모두 예수님의 보호 아래 있다는 엄마의 말을 무척 인상 깊게 들었다. 쌍둥이가 신을 믿는지는 정확히 알 수 없지만 아이에르는 아마 그럴 거라고 생각했다. 스스로 크리스천이라고 생각하면서도 아이에르와 라라 모두 교회에 나가거나 집에서 신앙에 대해 이야기를 한 적이 없었다. 그러나 아이에르의 부모님은 교회에 다니셨으므로 그 두 분이 손녀들에게 자연스럽게 신앙 이야기를 꺼내셨을 거라 짐작했다.

"왜 레이캬비크에는 사람들을 지켜주는 예수님이 없어요?"

빌쟈의 물음에 아르나가 아빠의 소매를 끌어당기며 말했다. "너무 바보 같아."

"그래, 좀 그렇지." 아이에르는 선장과 만나기로 한 카페를 찾아 광장을 훑어보면서 건성으로 대답했다.

작은 건물 안으로 들어선 아이에르의 눈은 실내 어둠에 적응하느라 잠시 시간이 걸렸다. 테이블에 혼자 앉아있던 선장은 아이에르와 가족들이 다가오는 모습을 보고는 자리에서 일어났다. 선장은 자신을 트라인이라고 소개했다. 그는 너무 무례하게 여겨지지 않는 선에서 최대한 짧게 악수를 하려고 했지만 아이에르는 선장의 손에 얼마나 많은 굳은살이 박여있는지 단번에 알아차렸다. 아마 선장은 육체노동으로 투박해진 자신의 손이 부끄러웠을 것이다.

라라가 바에서 아이들에게 음료수를 사주는 동안 트라인은 아이에르와 대화를 나누었다. "서류작업은 마무리되었소?" 선장의 목소리는 악수만큼이나 무뚝뚝했다. "가급적이면 오늘 저녁에 항해를 시작하고 싶소. 이곳을 빨리 떠날수록 집에 도착하는 시간도 빨라지니까."

"저도 시간 끌 이유가 없다고 생각합니다. 규정상 필요한 서류는 모두 준비됐고요. 혹시라도 누락된 게 있으면 어떻게든 해결해봐야죠." 아이에르는 의자를 끌어당겼다. 고무보호대가 빠진 철제의자 다리 하나가 타일 바닥에 끌리면서 끼익, 소리를 냈다.

"저녁 6시까지 배에 승선할 수 있겠소?" 선장은 여전히 아이에르와 눈을 맞추지 않았다. "그때가 가장 좋은 시간대이기도 하고 나는 아직 해가 떠있을 때 출발하고 싶소. 7~8시 무렵에는 어두워지기 시작하니 말이오."

"저는 좋습니다." 아이에르는 선장에게 웃음을 지어보였다. 일이 예상과 달리 순조롭게 풀리고 있었다. 선장이 또다시 이의를 제기했다면 아이에르는 분명 마음을 고쳐먹었을 것이다. 어쩌면 선장은 아이들이 있는 자리에서 차마 가족의 승선을 거부할 수 없었는지 모른다. "이제 생필품만 사면 됩니다. 다른 건 모두 준비했습니다."
트라인 선장이 아무런 대꾸도 하지 않았지만 아이에르는 신경 쓰지
않고 계속해서 말을 이어나갔다. 라라가 음료수를 주문하는 중이
니 금방이라도 아이들이 테이블로 돌아올 참이었다. "그러면 제 아
내와 아이들이 동행하는 건 괜찮은 거죠?"

선장의 표정은 바뀌지 않았고, 시선은 아이에르 너머 뭔가에 고
정돼 있었다. "내 생각은 이미 말씀드리지 않았소. 이번 항해에 아
이들을 데리고 가는 건 전적으로 반대요. 아이들은 무슨 사고를 칠
지 종잡을 수가 없소. 전화상으로 분명히 얘기했는데도 선생은 혼
자 갈 생각이 없는 걸 보니 차라리 이 지역 사람을 찾아보는 게 나
을 뻔했습니다."

때마침 라라가 아이들과 함께 테이블로 걸어오기 시작했다. 쌍
둥이는 오렌지에이드가 담긴 유리잔을 들고 활짝 웃으며 음료수를
쏟지 않으려 조심조심 걸었다. "저도 그 점은 알고 있습니다." 아이
에르는 선장을 납득시키려 애썼다. "아이들은 저희가 잘 단속할 겁
니다. 전적으로 저희 책임이니까요. 그럼 오케이하신 겁니다?"

선장이 앓는 소리를 했다. "내가 뭐 말 안 한 거라도 있소? 나한
테 선택권이 있는 것도 아니잖소?"

"예, 그건 아니지요." 아이에르는 빌쟈의 유리잔을 받아들어 테
이블 위에 내려놓았다. 아르나는 부주의하게 유리잔을 내려두다가
음료수가 흘러넘치는 바람에 잔 아래 작은 오렌지에이드 웅덩이를
만들고 말았다. 그러자 라라는 마치 요트를 조심스럽게 사용하겠
다는 약속에 대해 시범이라도 보이듯 재빨리 음료수를 닦아냈다.

"저희 방도 따로 있는 건가요, 트라인 선장님?" 라라는 선장을 향해 매력적인 미소를 지어보였다. 아이에르는 아내에게 선장과의 의견충돌에 대해 이야기하지 않았다. 따라서 라라는 선장이 자신들에게 호의적이라고만 알고 있었다. "아직 요트를 직접 보지 못했는데, 남편 말이 아주 근사한 배라고 하더군요."

"네, 방은 물론 있죠. 빈 선실은 충분합니다. 그걸 선실이라고 불러도 될지 모르겠지만요. 개인 전용실에 가깝습니다. 저랑 남자애들은 일하느라 정신이 없어서 자동적으로 선원구역에 머물 테니 여러 선실 중 원하는 방을 고르시면 됩니다. 이만하면 뭐 불평할 게 없죠."

"남자애들도 배에 타요?" 아르나가 물고 있던 빨대를 빼면서 얼굴을 찌푸렸다. 쌍둥이가 이성에 열광할 나이가 되려면 아직 한참 기다려야 했다.

"뭐, 아저씨한테는 남자애들이지만 꼬마 숙녀한테는 남자 어른이지요." 다행스럽게도 선장은 아르나에게 눈을 찡긋해보였다. 항해가 시작되면 이 사소한 문제들은 분명 언제 그랬냐는 듯 잊힐 것이다. "둘 다 20대거든." 선장이 또다시 아르나에게 눈을 찡긋하며 덧붙였다. "그리고 둘 다 머리가 좀 모자라단다."

"아하." 아르나가 키득거렸다. "그 아저씨들 이름이 뭐예요?"

"한 명은 할리라고 하는데, 아마 할도르라는 이름을 줄여서 그렇게 부르는 거겠지. 그리고 다른 한 명은 로푸투르라고 해. 왜냐면 성격이 로프티하거든(로프티lofty는 오만하다는 의미—옮긴이)."

아르나는 선장의 말을 농담으로 이해하지 못하고 얼굴을 찡그렸다. "아저씨가 농담하시는 거예요, 공주님." 아이에르는 혹시라도 딸이 또다시 말대꾸를 할까봐 아르나의 어깨에 팔을 둘렀다. "로푸투르가 그 아저씨 진짜 이름이야. 그리고 두 분 다 전혀 머리가 모자라지 않아요." 사실 아이에르는 선장이 농담을 하는 건지 아닌지 전혀 알 수가 없었다. 어쩌면 두 선원 모두 멍청한지 몰랐지만, 만약 그랬다면 위원회에서 그들을 채용하지 않았을 것이다. 특히 트라인 선장을 강력하게 추천하는 사람들이 많았다. 선원 채용 담당자가 아니었기 때문에 아이에르는 직접 추천서를 확인하지 않았지만 모르긴 몰라도 이렇게 고가의 선박이 걸려있는 항해에 위원회가 아무 선원이나 채용했을 리 없었다. "그나저나 부상당했다는 선원은 어떻게 됐나요?"

선장은 또 얼굴을 일그러뜨렸다. "그 멍청한 자식이야 고생 좀 하고 있을 거요. 다리가 부러진 모양이오. 보나마나 술집 순례하다가 그랬겠지. 그 자식 친구인 할리는 아니라고 합디다만, 그런 부류는 술에 절어 필름이 끊기지 않고는 외국 항구에 발을 들여놓을 수 없는 놈들이죠. 듣기로는 지금 집으로 돌아가는 중이라고 합디다. 선생이 그 자리를 대신하는 거요." 선장은 냉소 가득한 미소를 지으며 말했다. "재미 삼아 손님까지 한 트럭 이끌고 말이오."

"그럼요. 아주 운수 좋으신 겁니다." 아이에르는 뭐라고 더 쏘아붙이고 싶었지만 입을 꾹 다물었다. 아무리 사교적인 대화로 위장했다고 해도 쌍둥이가 있는 곳에서 언쟁을 벌이고 싶지 않았기 때문이다.

빌쟈는 말없이 앉아서 선장을 바라보았다. 빌쟈가 낸 소리라곤 조용히 오렌지에이드를 홀짝이는 게 전부였다. 어린 빌쟈에게는 사람의 성격을 정확히 꿰뚫는 능력이 있었다. 아이에르는 딸의 생각이 몹시 궁금했지만 그렇다고 당장 물어볼 수는 없었다.

　항해 전까지 준비할 시간이 충분할 거라고 예상했었다. 그럼에도 아이에르와 라라가 항구에 도착한 건 약속 시간보다 30분 가까이 지난 뒤였다. 그 탓에 육지에서 하얀 요트를 감상할 여유는 없었지만, 라라는 생각보다 요트가 훨씬 크다며 감탄했다. 장본 것들을 배 위에 싣느라 한바탕 난리법석을 피워야 했다. 라라는 아이들만 부두에 서있게 하는 건 불안하다며 짐 나르는 일에 별다른 도움을 주지 못했다. 트라인 선장이나 다른 두 선원도 손가락 하나 까딱하지 않았다. 그들은 조타실에 느긋하게 앉아 아이에르 가족이 이리저리 오가는 모습을 웃으며 구경할 뿐이었다. 짐을 모두 배 위에 싣고 나니 아이에르의 몸에서는 땀이 비 오듯 쏟아졌다. 마음 같아서는 쇼핑한 물건들 틈에서 맥주나 한 병 꺼내 마시고 싶은 생각이 간절했다. 하지만 아이에르가 와인 한 상자를 옮길 즈음 선장의 얼굴에 떠오른 표정으로 미루어 짐작컨대, 맥주를 꺼내는 건 별로 좋은 생각이 아니었다. 적어도 배에 탄 직후에는 말이다.

　"이런, 이런." 트라인이 식량상자 옆에 서서 숨을 헐떡이는 아이에르에게로 다가왔다. 트라인의 시선이 다시 와인상자에 내리꽂혔다. 하필이면 제일 앞에 놓인 와인상자는 곤혹스러울 만큼 눈에 잘 띄었다. "보아하니 유람할 생각으로 배에 탄 손님들 덕분에 이번 항해의 성격이 꽤나 달라지겠군. 우리가 선생의 직원이라는 착각에 빠지는 일은 없었으면 합니다." 이 모든 상황을 무표정하게 지켜보고 있던 할리와 로푸투르를 향해 선장이 고갯짓을 한 뒤 말을 이었다. "이미 말했다시피 선생은 경계를 서야 할 수도 있소. 그러니 술을 너무 많이 마시는 건 선생한테 도움이 안 될 거요."

"걱정 마십시오." 아이에르는 선장의 짜증나는 소리를 그냥 듣고만 있지 않을 작정이었다. "과음하지 않을 겁니다. 그리고 식사도 저희가 알아서 해먹을 거고요. 원하시면 선원들 식사도 저희가 준비하죠." 아이에르는 선장의 태도가 부드러워지길 바랐다. 요트의 공간이 아무리 넓다고 해도 몇 날 며칠 항해를 앞둔 상황에서 서로 으르렁거리는 분위기가 감돌면 금세 폐소공포증을 느끼고 말 것이다. 아이에르는 라라와 쌍둥이가 조심조심 배 안으로 들어오는 모습을 바라보았다. 아르나가 갑판 위로 내려앉자 번쩍거리는 갑판의 표면이 쿵하고 공허한 소리를 냈다. 마치 요트가 속빈 껍데기, 텅 빈 공간을 둘러싼 화려한 포장지라도 되는 듯한 느낌이었다. 그게 사실이 아님을 잘 알았지만 쿵, 소리가 머릿속에서 윙윙 울리며 요트가 번쩍이는 표면 아래 알맹이 없는 튜브에 불과할지도 모른다는 괜한 걱정이 스멀스멀 올라왔다. 하기야 아이에르가 체험한 항해용 선박이라고는 면허증 취득할 때 몰아본 낡아빠진 소형보트와 사촌이 소유한 작은 범선이 전부였으니, 고급 선박의 진가를 알아보지 못하는 것도 당연했다.

아이에르는 아내와 아이들이 배에 오르는 것을 도왔다. 해가 진 후 기온이 떨어졌음에도 불구하고 라라의 손바닥이 땀에 흥건히 젖어있어서 아이에르는 깜짝 놀랐다. 반대로 빌샤의 손은 차갑고 건조했다.

"자기야 이것 좀 볼래?" 라라는 입이 귀에 걸려서 요트 위를 흐뭇하게 바라보았다. 그녀는 쌍둥이의 성화에 못 이겨 여태 아이들에게 맡겨두었던 서류가방을 남편에게 건네면서 볼에 입을 맞췄다. "우와." 가까이에서 보니 요트는 부두에서 보던 것보다 훨씬 몸집이 크고 화려했다. 다만 갑판 위 가구와 설비 대부분이 하얀 천으로 덮여있어서 실제로 구경할 거리는 그리 많지 않았다. 그래도 캔버스 천의 윤곽으로 시설물의 모양새를 짐작할 수는 있었기 때문에 평소 갑판이 어떤 모습일지 상상하는 건 어렵지 않았다. "완벽하다." 라라가 앞으로 걸어가더니 테이블과 뱃머리를 따라 줄지어선, 벤치 시트의 윤곽처럼 보이는 캔버스 천 아래를 들여다보았다. "이것 봐. 우리 밖에서 밥도 먹을 수 있겠다." 라라는 눈을 크게 뜨고 주변을 두리번거리던 딸들에게 말했다. 아르나는 자기 엄마처럼 신이 난 모양이었지만 안경을 쓴 빌쟈는 그저 먼 곳을 응시하는 듯한 표정이었다. 아이에르는 그런 빌쟈의 속마음을 헤아리기 힘들었지만 아이가 무슨 생각을 하는지 감을 못 잡는 일에도 익숙해진 상태였다. 빌쟈의 표정은 다소 냉랭했지만 당장은 요트의 시설들에 호기심을 보였고 그건 일단 좋은 신호라고 할 수 있었다. 라라 역시 그 점을 눈치채고는 활기차게 가구 위에 덮인 캔버스 천을 벗겨내기 시작했다. "진짜 멋진 여행이 되겠는걸."

"그게 좋은 생각일지 모르겠소. 일단 항해를 시작하면 쌀쌀해질 테니 밖에 나와 앉아있거나 식사를 하기는 상당히 어려울 거요." 선장이 조타실 문 앞에 서서 말했다. 찌증스러운 기분이 목소리에 드러나지 않도록 선장은 놀라울 정도로 훌륭하게 감정을 제어했다. "원래 상태로 두는 게 좋을 겁니다. 천을 다시 덮는 일이 꽤 까다로운 데다가 그렇게 덮여있어야 흐트러지지 않으니까."

라라는 주변을 둘러보며 쾌활한 미소를 지었다. "걱정 마세요. 저희 식구들 이래봬도 건강 하나는 믿을 만해요. 날이 좀 쌀쌀해도 밖으로 피크닉을 나오면 틀림없이 기분도 좋아질 거예요." 라라는 한층 더 기운차게 천을 힘껏 끌어당겼고 마침내 타원형의 테이블이 완전히 모습을 드러냈다.

아이에르는 선장이 말실수를 하기 전에 주의를 딴 데로 돌려야 겠다고 생각했다. 라라는 여간해선 용서를 잘 안 하는 성격이어서 한번 심사가 뒤틀렸다 하면 여행 내내 앙심을 품고도 남을 사람이었다. "제가 나중에 원상복구할게요. 딸들도 도울 거예요." 아이에르의 말에도 선장의 표정은 바뀌지 않았다. 무안해진 아이에르는 항구와 그 너머를 내다보면서 그들 앞에 펼쳐질 짙푸른 망망대해를 떠올렸다.

"그럼 이제 짐은 다 실은 거요?" 선장이 퉁명하게 물었다.

"할리랑 로푸투르는 어디 있어요? 그 아저씨들 보고 싶은데." 아르나가 선장을 향해 물었다. 선원 둘은 어디로 간 건지 보이지 않았다.

"할리는 엔진실에서 출발 준비를 하고 있고 로푸투르는 할리를 도와주고 있단다." 아르나를 바라보던 선장은 다시 아이에르와 눈을 맞췄다. "이 요트 소유주한테 돈 문제가 생긴 이후로 거의 작동을 안 했던 터라 평소보다 더 철저하게 엔진을 점검하라고 지시했소. 바다 한가운데서 엔진이 고장나는 건 싫잖소, 안 그렇소?" 선장의 말은 어쩐지 지나치는 소리처럼 들리지 않았다.

"물론. 그런 일은 없어야죠." 갈매기 한 마리가 요트 옆 잔잔한 물 위를 걷다가 두 날개를 활짝 펴더니 느긋하게 날아올랐다. 아이에르는 자신이 상황에 맞지도 않는 서류가방을 여전히 움켜쥐고 있다는 사실을 퍼뜩 깨달았다. 가방을 든 모습은 당장이라도 이 항해 전문가들의 손아귀로부터 벗어나 사무실로 달려가려는 듯한 자세였다. 그럼에도 그는 어울리지 않는 서류가방을 더욱 꽉 쥐었다. 미끄러운 갑판 때문에 가방이 배 밖으로 떨어져버릴 가능성이 있었기 때문이다.

선장이 불만스러운 말투로 입을 열었다. "그런데 인터넷도 위성전화도 연결되지 않더군요. 그건 선생이 처리하기로 되어있지 않았소? 적어도 나는 선생이 그런 일을 처리하려고 여기 온 거라고 들었소만." 선장은 잘못을 따져묻기라도 하는 듯 아이에르의 서류가방을 노려보았다. "그게 안 된다고 배가 안 가는 건 아니지만, 그래도 안 되는 것보단 낫지 않겠소."

아이에르는 갈매기에게서 시선을 뗐다. 마치 트라인이 엄한 선생님이고, 자신은 숙제를 해가지 못한 학생이라도 되는 듯 양심의 가책을 느끼는 이 상황이 못마땅하고 분했다. 서류가방은 그런 인상을 더욱 도드라지게 했다. "안타깝지만 그 문제는 제가 해결을 못 했습니다. 소유주가 어마어마한 통신료를 체불한 상태라 그 돈을 갚기 전까지는 통신사에서 새로운 계정을 열어주지 않겠다고 하더군요. 매우 불합리한 처사이기도 하고 시간이 좀 지나면 통신사가 물러섰을지 모르지만, 언쟁을 할 만한 시간적인 여유가 없었습니다. 다른 통신사를 통해 이번 항해에 사용할 계정을 마련할 수도 있었겠지만 저로서는 이 동네가 어떻게 돌아가는지 모르니 방법을 못 찾겠더군요."

"나한테 물어보지 그랬소. 내가 다른 업체를 알아봐줬을 텐데." 선장은 아이에르를 똑바로 쳐다보더니 시계로 눈을 돌렸다. "뭐, 이제는 그런 걸 걱정하기엔 너무 늦어버렸지만. 곧 출발하겠습니다. 일단 몸을 붙들어둘 만한 걸 찾아보는 게 좋을 거요. 배의 흔들림에 곧 익숙해지겠지만 그래도 넘어질 필요까지는 없으니." 선장은 조타실 안으로 들어갔다.

아이에르는 다급한 마음에 서류가방을 쇼핑물품들 사이에 안전하게 집어넣었고, 신경 쓰이던 가방을 치워버리고 나자 마음이 한결 가벼워졌다. 아이에르는 두 손으로 양 팔을 문질렀다. 공기가 점점 차가워졌기 때문에 얇은 점퍼만으로는 추위를 막을 수가 없었다. 아내와 아이들은 뱃머리의 푹신한 벤치에 앉아있었다. 라라는 벤치에 앉아 자신의 품에 꼭 안긴 빌쟈의 머리칼을 조심스럽게 쓰다듬었다. 멀리서 보기에 빌쟈는 부두를 따라 밧줄에 매인 채 끝없이 늘어선 다른 요트들에 집중하는 듯했지만 아이의 얼굴이 아이에르의 시야에 제대로 들어오지 않았다. 어쩌면 아이는 얼룩진 안경렌즈 뒤로 두 눈을 감고 있는지도 몰랐다. 가족에게 다가간 그는 자신을 향해 고개를 든 라라의 눈썹에 조용히 입을 맞췄다.

"얘들아 어떤 거 같아? 요트 타니까 좋아?" 빌쟈가 관찰하고 있었을지 모르는 요트들을 훑어보던 아이에르는 이 세상 그 많은 돈이 얼마나 불공평하게 분배되어 있는지를 새삼 절감했다. "계속 이렇게 날씨가 따뜻하지는 않을 거야. 우리는 북쪽을 향해 갈 테니까. 파도가 좀 칠 수도 있고."

"기가 막히게 멋져." 라라는 손으로 빌쟈의 고개를 돌리며 말했다. 미소를 짓는 그녀의 눈 주위로 자잘한 주름이 졌다. 아이에르는 그게 매력적이었지만 라라에게 눈가 주름은 끝없는 슬픔의 원천일 뿐이었다. 그녀는 빌쟈의 머리에 입을 꾹 맞추고 머리칼을 손으로 쓸어주며 속삭였다. "바다로 나가면 뱃멀미도 하고 몸도 이리저리 흔들려서 재미날 거야." 라라는 또다시 딸의 머리에 있는 힘껏 입을 맞추었다.

아이에르는 아르나를 두 팔로 끌어안았고, 둘은 말없이 육지 위 움직임을 바라보며 앉아있었다. 잠시 후 할리가 갑판으로 나오더니 부두 위로 뛰어올라 요트를 고정시켰던 밧줄을 풀어 던지고는 다시 갑판으로 내려왔다. 다시 한 번 갑판의 표면에서 쿵하는 소리가 울려퍼졌다. 할리가 아래층으로 내려간 후 얼마 지나지 않아 요트가 움직이기 시작했다.

배는 바다를 향해 미끄러지듯 나아갔다. 저녁 햇살에 비친 도시는 평온했고 파스텔 톤 건물들은 그 어느 때보다 사랑스러운 자태를 드러냈다.

"신나지 않으세요, 안경쟁이 꼬마 숙녀님?" 아이에르가 빌쟈의 보송보송한 턱을 감싸 얼굴을 자기 쪽으로 돌렸다. 빌쟈는 수심에 가득 찬 얼굴로 아빠를 쳐다보았다.

"이제 누가 우리를 돌봐줘요, 아빠?" 아이는 밀려지는 서내한 네

수상을 가리키며 말했다.

"예수님. 당연히 예수님이 우리를 돌봐주시잖아. 그렇지? 우리가 어디에 있든 상관없이."

"우리가 바다에 있을 때는 돌봐주지 않잖아요. 예수님은 이 도시만 돌봐주시는 거예요."

아이에르가 웃으며 말했다. "아니야, 그렇지 않아. 예수님은 우리가 어디에 있든 돌봐주셔." 거대한 파도가 몰아치는 무자비한 바다가 그들을 기다리고 있었다. 난생 처음 아이에르는 자신에게 신앙이 있기를, 자신이 무언가를 믿는 사람이길 간절히 바랐다. 바다로 나가면 대체 누가 그들을 돌봐준단 말인가?

"당신 괜찮아?" 라라가 손을 뻗어 남편의 어깨를 꽉 잡았다.

"응? 당연하지. 다 괜찮고말고."

그녀는 남편의 말을 믿는 것 같지 않았지만 아무런 대꾸 없이 도시의 풍경을 향해 시선을 돌렸다. 아이에르는 우울해지는 기분에서 벗어나려고 애썼다. 이 순간을 최대한 즐기지 않는 것이야말로 멍청한 짓이다. 다 괜찮을 거야. 선장의 말에 따르면 항해거리가 1,600해리 정도이니까 계획대로라면 5~6일 후 그들은 아이슬란드에 도착할 것이다. 일기예보도 나쁘지 않았다. 이 여행이 불쾌한 경험이 될 거라고 예견할 이유는 전혀 없었다. 시간도 빠르게 흘러갈 것이다. 그러니, 잘못될 게 뭐 있겠는가?

3장

겨울은 쉬이 물러날 기색을 보이지 않았다. 봄은 잠시잠깐 모습을 드러냈다가 금세 사라져버리기를 반복했다. 눈 깜짝할 사이의 해빙은 헛된 희망만을 남기며 사람들로 하여금 자신이 무엇을 그리워하고 있는지 절감하게 했다. 토라는 추위에 벌벌 떨며 항구에 선 채 조정위원회 대리인을 만나 요트 안을 둘러보길 기다렸다. 토라의 얇은 재킷은 북풍을 전혀 막아주지 못했고 북풍은 감탄스러울 정도로 끈질기게 바다의 물기를 항구를 향해 몰아치며 그녀의 입술에 불쾌한 소금 맛을 남겼다.

"아, 내가 대체 무슨 생각으로 여태 미용실엘 안 갔지?" 평소보다 길게 자라 바닷바람에 세차게 날리는 머리칼이 얼굴을 때리고 입술에 바른 립글로스에 들러붙었다. 토라는 차에서 내리기 전에 립글로스를 바른 걸 후회했다.

"제가 그걸 어떻게 알아요?" 벨라는 토라보다 북풍을 잘 견디고 있었다. 벨라의 기기색 군용재킷은 토라의 깃보다 두꺼운 천으로 만들어진 데다 툭 튀어나온 주머니 역시 추위를 막아줄 든든한 내장재 역할을 하고 있었다. 게다가 벨라의 머리는 너무도 짧아서 손으로 별 짓을 다 한다고 해도 결코 헝클어질 수 없을 정도였다. 귀끝에 매달린 커다란 싸구려 귀고리만 앞뒤로 흔들릴 뿐이었다. "그나저나 이 남자는 언제 온대요?"

"곧." 벨라와 외근을 하는 건 딸과 어린 손자를 데리고 돌아다니는 일보다 더 힘들었다.

"아직 도착 안 했어요?"

벨라의 잔소리에 절대 굴복해서는 안 됐다. 토라는 복사기 사건 때문에 아직 벨라에게 화가 나있었지만, 정작 벨라에게 그 일은 안중에도 없다는 사실에 더 화가 났다. 사실 토라는 자신의 비서에게 굴복한 게 아니었다. 벨라가 요트를 둘러볼 수 있도록 데리고 가라고 고집을 부린 건 동료 브라기였다. 지난 달 토라는 브라기를 설득해서 벨라를 지방법원에 데리고 가게 만들었고 이번 일은 그에 대한 복수였다. 토라는 그 사실을 잘 알면서도 마지못해 브라기의 제안을 받아들였다. 당시 토라는 아주 중요한 의뢰인을 기다리는 중이었는데 벨라를 접수처에서 떼어놓기 위해 떠올린 유일한 방법이 브라기를 도우라는 명목으로 법원에 딸려보내는 것이었다. 브라기의 증언에 의하면 법원에 간 벨라는 도움을 주기는커녕 옆자리에 앉아 판사와 기소인 측 변호사를 번갈아 위협적인 눈빛으로 노려보기만 했다고 한다. 그럼에도 불구하고 브라기는 승소했고, 겸손하게도 승소의 공을 벨라에게 돌리면서 이제부터는 중요한 사건이 있을 때 벨라를 행운의 마스코트처럼 항상 데리고 다녀야겠다고 말하기까지 했다.

"이 배에는 어딘가 오싹한 데가 있어요. 그 얘기 못 들으셨어요?" 벨라는 이렇게 말하면서 요트가 정박한 방향으로 침을 뱉는 역겨운 행동을 했지만 침은 요트를 맞추지 못하고 수면 위를 잠시 떠다니다 흩어져버렸다.

"그게 무슨 소리야?"

"요트에 이상한 구석이 있다고요. 인터넷에서 읽었어요. 그걸 보니까 배에는 아예 오르지도 말아야겠던데요."

토라도 인터넷에서 훑어보았던 그 선정적인 기사를 가리키는 게 분명했다. 그걸 기사라고 부를 수 있을지 모르겠지만, 요트 건조 당시 조선기사 한 명이 사고를 당해 배 전체에 피를 흘렸으며 아마 그때부터 요트가 저주에 걸렸을 것이라고 암시하는 내용이었다. 그 이후 요트가 건조되는 동안 재앙이 끊이지 않았다는 것이다. 손 하나를 잃은 용접기사가 있는가 하면 기술자가 심한 화상을 입는 식으로 사고가 이어졌다. 그리고 요트가 처녀항해를 떠나기 직전에는 조선소 소유주가 스스로 목숨을 끊었고, 이것으로도 충분치 않았는지 처녀항해 때는 승객 중 한 명이 배 밖으로 떨어져 익사하는 일까지 있었다는 것이다. 하지만 기사에는 정보의 출처가 언급되지 않았고 토라는 읽자마자 수상하기 짝이 없는 글이라고 의심했다. 설령 기사에 눈곱만큼의 진실이 담겨있다고 해도 내용 대부분은 누가 봐도 소설처럼 허황된 이야기임이 분명했고, 이런 이야기가 요트 매각 가격에 영향을 미쳤을 것이다. 마지막 소유주가 은행에서 빌은 대출금으로 요트를 내입했고 이제는 그 대출금으로 인해 배를 압류당한 상황인데, 가격은 10년 전 첫 항해 때와 비교해 절반으로 떨어졌다. 요트는 네 명의 주인을 거칠 때마다 이름이 바뀌었다. 마지막 소유주 역시 이에 뒤질세라 아내인 카리타스의 이름을 따 배의 이름을 '레이디 K'로 지었다. 토라에게 이 이름은 어딘가 촌스럽게 느껴졌다. 그래서 다음번 소유주도 전통에 따라 이름을 바꾸었으면 좋겠다고 생각했다. 토라는 카리타스를 개인적으로 알지 못했다. 다만 호화로운 라이프스타일과 고가의 디자이너 의상에 대한 애호 덕분에 가십기사의 단골손님으로 유명한 인물이었다. 아마 그래서인지 사고가 나기 전에는 요트에 걸렸다는 저주에 관한 어떤 기사도 아이슬란드 미디어에서 찾아볼 수 없었다. 미디어는 그저 카리타스의 화려함과 그녀가 걸친 값비싼 옷들에 대한 찬양만 늘어놓을 뿐이었다.

"온라인에서 읽는 것 중 절반은 믿을 게 못 돼, 벨라. 그 기사 쓴 기자는 아마 경찰조사에서 별다른 결론이 나오질 않으니 기삿거리를 찾으려고 안달이 났을 거야. 요트에 대해 구글링을 하다가 말도 안 되는 헛소문들을 찾아냈을 게 뻔해. 그런 쓰레기 기사를 믿을 거라면 대체 여기엔 왜 따라온 거야?"

"농담하세요? 애초에 저주 때문에 따라온 거라고요." 벨라는 도통 알 수 없는 표정으로 요트를 유심히 살폈다. 토라는 고개를 내저었다. 이 철딱서니 없는 여자애의 기이한 행동에는 도무지 한계라는 게 없어보였다.

잠시 후 소형차 한 대가 항구 근처에 멈춰섰다. 차는 지저분한 데다 휠캡도 빠져있었다. 토라는 차를 주의 깊게 바라보면서도 그

차에 조정위원회에서 나온 직원이 타고 있을 거라는 생각은 전혀 하지 않았다. 운전석의 문이 벌컥 열리자마자 코카콜라 캔 하나가 굴러 떨어지더니 바람에 휩쓸려 날아가 버렸다. 캔은 운전자가 차 밖으로 나올 때까지도 아스팔트 도로 위를 달그락거리며 나뒹굴었다. 그리고 꾀죄죄한 소형차와 놀라운 만큼 대조적으로 멀끔하게 차려입은 젊은 남자가 운전석에서 내렸다. 남자가 토라와 벨라가 있는 곳으로 가볍게 걸어왔다.

"늦어서 죄송합니다. 오래 기다리셨죠?" 남자는 두 여자의 시선을 피하며 짐짓 분주하게 코트 주머니에서 열쇠꾸러미를 꺼냈다.

순간 토라의 타고난 정중함이 발휘됐다. "아뇨, 전혀요. 걱정하실 거 없습니다." 마음 같아서는 20분 동안 부둣가에 서서 바닷바람을 맞으며 기다리는 동안 추워서 죽는 줄 알았다고 따지고 싶었지만, 일단은 직원의 비위를 맞추는 게 상책이었다. "파나르 씨 되시죠?"

젊은 직원이 고개를 끄덕였다. "와, 이 요트는 정말 물건이에요. 볼 때마다 너무 근사해서 깜짝 놀란다니까요." 직원은 한 손으로 건널판자 난간을 짚더니 운동선수마냥 힘차게 계단 위로 뛰어오르고는 두 여자를 향해 자기 뒤를 따르라는 듯 손짓을 했다. "올라오세요. 직접 보셔야죠." 직원의 검정 코트가 망토처럼 펄럭였다.

벨라는 그런 식의 묘기가 얼마나 눈꼴사나운지 항의라도 하듯 직원을 쏘아보았다. 반면 토라는 대수롭지 않다는 듯 직원을 따라 판자 위로 뛰어올라 조심스럽게 계단을 건넌 뒤 요트의 갑판 위에 발을 내디뎠다. 토라의 등 뒤에서 판자 위로 육중하게 쿵 소리가 들려오는 것으로 보아 벨라 역시 올라탄 모양이었다. 갑판은 토라의 예상보다 더 넓었다. 갑판은 조타실을 사이에 두고 위아래 두 층을 차지하고 있었다. 위층을 차지한 전갑판은 뱃머리까지, 아래층의 후갑판은 바다로 곧장 연결된 출입구들이 있는 선미까지 뻗어있었다. 두 개의 주갑판 이외에도 위층에는 보다 작은 크기의 갑판 두 개가 더 있었는데 그 중 하나는 자쿠지가 들어갈 정도로 아담한 크기였다. 신문에 실린 사진은 요트의 화려함을 제대로 담아내지 못했다. 덕분에 토라는 요트를 둘러보면서 약간 어리벙벙한 기분마저 들었다. 영화에서나 나올 법한 요트였지만 웬일인지 토라에게는 요란스러운 외관이 별로 매력적이지 않았다. 더구나 토라가 생활하는 사회적 반경에서는 요트를 체험할 일이 없기 때문에 그 위에서 지내는 게 어떤 의미이지 상상할 수조차 없었다. 토라의 생각은 사라진 승객들에 대한 걱정으로 이어졌다. 토라가 파나르만큼 요트의 외관에 푹 빠지지 못한 것도 어쩌면 승객들 때문인지 모른다. 그녀가 보기에 인생에는 요트 이외에도 '근사함'의 범주에 포함되는 것들이 많았다. 오히려 토라에게는 요트의 내부가 불안하게 느껴졌다. 마치 수술실처럼 하얗게 번쩍이는 배경이 고통과 아픔만을 위한 것인 양. 왜 그런 이미지가 떠올랐는지는 그녀 자신도 알지 못했다. 아마 이제부터 사건에 대한 퍼즐을 맞춰가야 하는 상황 때문이었을 것이다.

"경찰이 이미 요트 전체를 샅샅이 뒤져보았겠죠." 토라는 주변을 둘러보았지만 어디에서도 최근의 조사 흔적을 찾을 수 없었다.

"경찰에다 해양사고조사부, 저희 은행 자체 조사원까지 다 뒤져

봤어요. 제가 조사원 수행을 맡았기 때문에 요트 내부는 잘 알죠."
파나르는 조타실과 승객 구역으로 통하는 문의 자물쇠에 열쇠를
꽂았다. "배에서 대체 무슨 일이 있었는지 알아낸 사람은 여태 한
명도 없었고, 앞으로 알아낼 수 있을지도 모르겠어요. 혹시라도 변
호사님이 다른 이들은 미처 보지 못한 무언가를 찾아내 아이에르
의 부모님이 부탁하신 대로 미스터리를 파헤치신다면 또 모르죠."
파나르의 미소로 짐작하건대 그는 그런 일이 일어날 가능성이 거의
없다고 믿는 듯했다.

"아이에르와는 아는 사이였나요?" 토라는 이 질문에 파나르가
'예'라고 답할 일은 없다고 생각했다. 둘이 잘 아는 사이라고 보기
에는 그의 태도가 너무나도 명랑하고 유쾌했기 때문이다.

"네, 물론 알았죠. 같은 사무실에서 일했어요. 공동 프로젝트를
맡은 적은 없으니까 친밀한 사이까지는 아니었고요. 그렇다 해도
이 모든 상황이 말이 안 된다는 걸 알 만큼은 가까웠죠. 이런 일을
당할 사람이 아니었거든요." 파나르는 얼굴을 찌푸렸다. "가정적인
사람이었어요. 왜 있잖아요. 동료들하고 어울려 술 마시러 가는 일
도 거의 없고, 일 끝나면 집으로 가기 바빴습니다."

토라는 성실하고 가정적인 남자로 사는 것과 바다에서 예기치
못한 사고를 당하는 것 사이에는 어떤 연관관계도 없다고 지적하
고 싶은 충동을 꾹 눌렀다. 동료의 일을 과거형으로 서술하는 것
또한 부적절하다고 생각했지만, 토라 역시 현재 상황이 충분히 그
렇게 추정할 만하다고 인정하지 않을 수 없었다. "물론 아이에르와
다른 승객들이 살아서 발견될 가능성은 아직도 있습니다. 아주 낮

아보이긴 하지만 가능성을 완전히 배제할 수는 없죠."

파나르는 제정신이 아니라는 듯한 표정으로 토라를 쳐다보았다. 그는 회의적인 말투로 말했다. "어쩌면요, 그러길 바라야죠. 미스터리를 풀고 사람들을 산 채로 발견해낸다면 만사형통이겠죠."

"네. 가능성이 아주 낮겠지만요." 파나르의 비꼬는 듯한 미소가 아니더라도 토라 역시 가능성이 매우 희박하다는 걸 잘 알았다. 대체 조사는 어디서부터 시작하며, 무엇을 찾아내야 한단 말인가? 그녀의 임무는 아이에르와 라라의 시신이 발견되지 않았음에도 불구하고 해외 보험사에 그들이 사망했음을 증명하는 것이다. 요트 안에서 증거가 발견될 확률은 낮을 뿐더러 그런 게 있다고 해도 토라가 중요한 증거물을 곧바로 알아볼 가능성은 제로에 가까웠다. 토라는 배에 대해 아는 게 없었고, 이 수수께끼 같은 사건에 대한 답은 폭풍이나 누수 등의 원인으로 인해 바다 깊은 곳 어딘가 잠들어 있을 게 거의 확실했다.

"혹시라도 도움이 될지 모르겠지만, 해양사고조사부에서는 변호사님이 조사에 관여하는 것에 전적으로 찬성한다고 했습니다." 파나르가 격려하듯 말했다. 초반의 비아냥거리던 태도와 비교할 때 많이 진전된 모습이었다. "심지어 제가 열쇠를 가지러 갔을 때 이야기를 나눈 조사원은 변호사님이 이런 일을 매일 다루는 사람들은 미처 생각지 못했던 새로운 각도에서 사건을 바라볼 수 있으면 좋겠다고 얘기했어요. 변호사님에게 이번 사건은 일반적이지 않은 반면, 통상적으로 이런 일을 접하는 전문가들은 기존의 잣대를 그대로 들이대려고 한답니다. 그리고 이번 사건이 전혀 특이한 케이스가 아니라고 덧붙였어요. 이런 일은 사실 빈번하게 일어나는데 모두를 만족시킬 만한 답을 찾아내는 사람은 아무도 없다는군요. 온갖 가설을 제기하지만 정작 그 중에 들어맞는 건 하나도 없다는 거죠."

파나르의 말은 토라의 사기를 전혀 북돋워주지 못했다. 주위를 돌아보니 벨라가 갑판을 가로질러 토라가 있는 곳으로 조심스럽게 다가오고 있었다.

"혹시 그 조사원이 이번 사건에 대한 가설을 언급했나요?" 토라가 물었다.

구멍에 끼인 듯한 열쇠를 직원이 잠시 아래위로 흔들어대자 자물쇠가 열렸다. "아뇨, 저도 물어보지 않았고요. 그런데 저희 사무실에서 도는 이야기가, 승객들 정신이 반쯤 나간 상태였을 거라고 하더군요. 배가 가라앉는다고 생각하고는 배 밖으로 몸을 던졌을 거라고요. 그게 유일한 희망이라고 생각했겠죠. 하지만 어째서 승객들이 그렇게 정신적으로 무너져 버렸는지는 아무도 모르죠. 일사병에 걸렸을 수도 있고요."

"정말 그럴 가능성이 있을까요? 구명정이 있는데 사람들이 바다로 뛰어들었을 것 같진 않아서요." 토라는 주위를 둘러보았다. 구명정은 어디에도 보이지 않았지만 그날 오전 파나르가 보내준 조사보고서에 따르면 구명정은 아직 배 안 어딘가 제자리에 있어야 했다. "그 사이에 구명정이 옮겨졌나요?"

"아뇨, 아직 여기 있습니다. 드럼통이 반듯이 누워있는 것 같은 저 컨테이너 보이시죠?" 토라는 그이 손가락이 가리키는 곳을 보고 고개를 끄덕였다. "저 안에 고무보트가 들어있어요. 저런 컨테이너가 총 네 개입니다. 저 컨테이너를 포함해서 배 앞뒤에 각각 한 개씩, 뱃머리에도 저런 게 하나 더 있죠. 제가 알기로는 손도 안 댄 상태예요. 어쩌면 당황한 나머지 구명정을 물에 띄우는 방법을 알아내지 못했을 수도 있어요. 그런데 마치 의도적으로 구명설비가 눈에 잘 띄지 않도록 요트를 설계한 듯한 게 좀 이상하잖아요. 요트의 인테리어와 어울리지 않았던 모양이죠. 게다가 어쩌면 승객들이 출항 전에 안전수칙을 제대로 인지하지 않았을 수도 있고요."

토라는 벨라가 있는 쪽으로 몸을 돌렸다. "저 드럼통 사진 좀 찍어줄래? 요트를 한 바퀴 돌아보면 저런 게 세 개 더 있을 거야. 그리고 통 주위에 게시된 사용설명서 사진도 찍어줘. 구명튜브랑 뭐 그런 것들도 같이."

고무보트가 배 안에 그대로 있다는 건 뭔가 상상을 초월하는 일이 벌어졌다는 명확한 증거였다. 어린 막내가 집에서 부모를 기다린다는 사실을 잘 알면서도 배를 버리고 다른 두 아이와 함께 바다로 뛰어들 수밖에 없는 상황이란 대체 어떤 것인지 토라는 머릿속으로 그려보려고 애썼다. 십중팔구 자신의 부모와 함께 사망했을 두 쌍둥이를 떠올리자니 눈에 넣어도 아프지 않은 딸 솔리와 아들 길피가 생각났다. 스무 살이 다 된 길피는 토라의 눈에 여전히 애처럼 보였지만 그럼에도 불구하고 벌써 한 아이의 아빠였다.

토라는 솔리와 길피, 두 아이의 어깨를 끌어안고 억지로 배 끄트머리로 데려가 함께 얼음장 같은 파도 속으로 몸을 던지자고 애원하는 자신의 모습을 상상해보려고 노력했다. 아니, 그건 말이 안 되는 얘기였다. 바다에 대한 지식이 전무한 사람이라도 그런 상황에서 바다에 뛰어들면 살아남을 가망이 없다는 것쯤은 알 수 있다. 설령 그들이 일사병에 걸렸다고 해도 상황은 달라지지 않을 것이다.

"안으로 들어오세요. 여기서부터 진짜 볼 만할 겁니다." 누가 봐도 파나르는 토라에게 요트를 팔아먹으려고 하는 영업사원 같은 모습이었다. "이것 좀 보세요. 웬만한 호텔보다 훨씬 더 고급스럽지 않나요?"

토라는 듣는 둥 마는 둥 고개를 끄덕였다. 요트 내부에 감탄하기는커녕 그녀는 냄새와 뒤섞인 퀴퀴한 내부 공기에 화들짝 놀랐다. "여기서 희한한 냄새가 나지 않아요?"

파나르가 코를 킁킁거렸다. "흠, 그런 거 같네요. 비누나 뭐 그런 냄새처럼. 어쩌면 내부를 청소했을지도 모르죠. 물론 저 모르게 그런 일을 할 만한 사람은 없지만요." 파나르가 숨을 들이마시자 콧구멍이 벌렁거렸다. "아, 이제 안 나요. 하지만 제 말에 너무 신경 쓰지 마세요. 제 후각은 별로 민감한 편이 아니거든요."

파나르의 말이 맞았다. 정체 모를 향은 더 이상 나지 않았다.

요즘 유행에 맞춰 무척이나 세심하게 내부를 만들었다는 것을 토라 역시 알아챘지만 그녀의 신경은 사람이 머물렀던 흔적에 온통 집중되어 있었다. 검은 가죽 덮개를 씌운 안락의자 옆 테이블에는 바닥을 향해 펼쳐진 책 한 권이 놓여있고, 공간 뒤쪽에 자리한 커피테이블 위에는 DVD 케이스와 잡지 몇 권이 놓여있었다. 그 외에도 와인 잔과 빈 와인 병이 테이블에서 굴러다녔다. 바짝 말라붙은 와인 자국은 유리로 덮인 테이블을 핑크색으로 물들였다. 몇몇 옷가지가 의자 위에 무더기로 쌓여있었는데, 아마도 경찰들이 수사 과정에서 그렇게 올려둔 듯했다.

"물건을 만져도 되나요? 혹시 경찰들이 추가 수사를 하러 오지는 않을까요?" 이렇게 묻는 순간 토라는 물건들 위에 하얀 지문채취용 파우더가 뿌려져 있는 걸 발견했다.

"아뇨. 추가 수사는 없을 겁니다. 거의 하루를 통째로 요트 수사에 썼으니까요. 어디든 마음껏 뒤져보셔도 됩니다. 저한테 아무것도 손대지 말라고 당부한 사람은 없었어요. 뭐, 여기가 살인 현장이라도 되는 건 아니잖아요. 제가 보기에 경찰은 이 사건을 사고로 여기는 모양이에요. 아니면 기껏해야 실종사건 정도."

요트는 쉼 없이 부드럽게 흔들렸고, 토라는 배의 움직임에 따라 와인 병도 있던 자리를 크게 벗어나지 않은 채 조금씩 이리저리 구르고 있다는 걸 알아챘다. 요트와 부두의 충돌 사고를 설명한 보고서 내용을 본 사람이라면 누구라도 병이 테이블에서 바닥으로 굴러떨어졌을 거라고 짐작할 수 있었다. 수사가 진행되는 동안 경찰이 병을 테이블 위에 올려둔 게 틀림없었다.

"요트가 방파제에 부딪혔을 때 물건들이 다 나뒹굴지 않았을까요?" 벽에 삐딱하게 걸린 두 그림 중 하나에 카리타스처럼 보이는 여자의 모습이 담겨있었다.

"네, 분명 그랬을 겁니다. 물건들이 사방에 흩어져 있었거든요. 수사 시작할 때 찍은 사진을 봤는데 그야말로 난장판이었어요." 파나르는 주위를 둘러보며 덧붙였다. "사실 요트의 가구들은 상당히 거센 파도에도 넘어지거나 벽에서 떨어지지 않게끔 설계되지만, 승객 소지품 같은 경우 이야기가 다르죠."

토라는 라운지 안을 둘러보다가 물었다. "여기 걸려있던 그림들은 어떻게 됐나요?" 두 벽을 차지한 짙은색 목재 장식판자에 사라진 액자의 흔적이 남아있었다. "혹시 액자가 떨어져버린 뒤로 복구를 안 한 건가요?"

"아뇨. 재정 문제가 심각해지면서 전 소유주가 감정가를 매겨보려고 그림들을 가져갔어요. 요트가 내용물 전체와 함께 시장에 나오긴 했지만, 경제 위기가 정점에 달한 시점이라 이렇게 비싼 장난감을 살 여력이 되는 사람들조차 구입을 꺼렸거든요. 배가 최대한도 대출 담보로 잡혀있다는 사실도 매력적이지 않았고요. 은행과는 판매가를 합의하지도 않은 상태였죠. 담보에 그림은 포함되지 않았기 때문에 소유주는 그림을 가져다 마음대로 팔아치웠고, 실제로 상당한 금액을 벌어들였을 거예요. 알아보니 고가의 명화도 포함된 모양이더라고요. 하지만 이 배의 그림만으로 현금을 충당하지 못하자 자기 소유 주택 여러 채에 장식품으로 걸어두었던 그림들까지 팔아치웠을 거라고 합니다. 그렇게 엄청난 부가 순식간에, 흔적도 없이 사라질 수 있다는 게 믿기지 않을 뿐이죠. 분명 충격적인 경험이었을 겁니다."

"당연히 그랬겠지요." 토라에게 슈퍼리치의 삶을 그려볼 만한 상상력이 없다고 해도 막대한 재산을 잃는 기분이 어떤지 짐작하기란 그리 어렵지 않았다. 돈에 익숙해지는 건 쉽지만 반대로 생활수준을 낮추는 건 전혀 다른 문제였다. 그걸 이해하기 위해 꼭 부자일 필요는 없었다.

"말씀하신 사진 다 찍었어요." 양 볼이 빨개진 벨라가 라운지에 나타났다. 벨라는 안을 둘러보더니 별거 없다는 듯한 표정을 지어 보였다. "세상에, 싸구려 같네. 이런 요트는 좀 세련됐을 줄 알았는 데." 벨라는 카리타스의 초상화를 가만히 들여다보다가 말을 이었 다. "저 백치 좀 보세요. 쟤랑 같은 학교 다녔었는데, 완전 골빈 애 였죠."

파나르의 얼굴에 떠오른 분노에 찬 표정을 보자 토라는 터져나 오는 웃음을 참을 수가 없었다. 하지만 토라의 경험상 벨라가 계속 지껄이게 놔둬서는 별로 득 될 게 없었다. 벨라는 특히 가장 부적 절한 상황에서 상스러운 입버릇을 발휘하는 경향이 있었고, 파나 르는 그런 걸 좋아할 사람처럼 보이지 않았다.

"객실 구역은 어디죠? 이번엔 그 쪽을 둘러보러 갈까요? 벨라, 승객들이 남겨둔 소지품 포함해서 여기 사진들 좀 찍어줄래?" 토라 는 이렇게 말하며 파나르와 함께 객실이 있는 아래층 갑판으로 내 려갔다.

파나르가 언급한 대로 선실은 웬만한 호텔방보다 더 휘황찬란하 게 꾸며져 있었다. 적어도 토라가 다니는 호텔들보다는 그랬다. 파 나르의 말에 따르면 요트에는 네 개의 고급 객실과 선원 및 객실 청소부들이 머무는 다섯 개의 선실, 그리고 기관실에 인접한 엔지 니어용 선실이 하나 더 있었다. 이번 항해는 일반적인 크루즈 여행 이 아니었으므로 청소부가 없었다. 따라서 청소부용 객실은 손대지 않은 상태였지만 선원들이 사용한 두 개의 선실에는 사람이 머문 흔적이 남아있었다. 파나르의 말에 의하면 엔지니어용 선실에도 잠을 잔 흔적이 있었다. 그리고 두 개의 객실은 사용한 흔적이 뚜렷했지만, 나머지 두 개의 객실은 사용하지 않은 상태였다. 파나르는 아이에르 부부가 마스터스위트룸을 사용했다고 확인해주었다. 여행가방에서 넘쳐나와 마스터스위트룸 바닥에 뒹구는 옷들은 라라의 것임이 확실했다. 따라서 굳이 확인받을 필요조차 없었다.

정돈되지 않은 침대 위에는 똑같은 컬러링북 두 권과 왁스크래용 여러 자루가 이리저리 흩어져 있었다. 토라는 컬러링북 두 권을 집어들어 빠르게 훑어보았다. 쌍둥이는 상당히 많은 그림에 색칠을 마친 상태였다. 각 컬러링북의 첫 장에는 쌍둥이의 이름표가 붙어있었다. 한 권에는 아르나, 다른 한 권에는 빌쟈라고 쓰인 모양이 둘 다 심혈을 기울여 이름표를 만들어 붙인 티가 역력했다. 토라가 살펴본 결과 둘은 첫 번째 그림에서 시작해 순서대로 색칠을 해나갔고 두 아이 모두 열두 번째 그림을 마무리한 뒤 열세 번째 그림의 색칠을 시작한 참이었다. 두 컬러링북의 그림을 하나씩 비교해보니 모든 그림은 거의 동일하게 색이 칠해져 있었다. 완성할 시간이 충분치 않았기 때문이었는지 두 책 모두 미완으로 남은 열세 번째 그림이 두드러지게 눈에 들어왔다. 열세 번째 그림에는 졸리 엘리펀트가 기다란 코로 큰 공이 떨어지지 않게 균형을 잡는 모습이 담겨있었다. 어린애 같은 코끼리 이미지와 그 이미지에 형형색색 생기를 불어넣은 두 아이의 예기지 못한 숙명이 겹쳐지면서 소름끼치는 대조를 이루었다. 두 아이 모두 공 전체와 코끼리 등에 걸쳐진 의상의 반 정도만 색칠을 한 상태였다.

토리는 빌쟈가 어맥 귀퉁이에 그려둔 무언가를 발견했다. 아바도 자기 언니가 진도를 따라잡기를 기다리며 그렸을 이 그림에서 아이가 무엇을 묘사하려고 했는지 파악하기는 쉽지 않았다. 긴 머리의 여자가 입을 떡 벌린 채 팔다리를 아무렇게나 벌리고 있고, 여자의 주변을 동그라미가 감싸는 모양새였다. 밑그림은 검은색으로 그려졌지만 여자의 드레스는 초록색으로, 주변은 파란색으로 칠해져 있었다. 멋대로 상상력을 발휘하자면 토라가 보기에 그림은 추락하는 누군가의 모습을 구명 튜브를 통해 바라보는 듯했다. 그렇지만 그녀가 다른 상황에서 책을 발견했더라면 분명 지금과는 매우 다르게 해석했을 것이다. 토라는 책을 덮고는 다른 컬러링북과 함께 침대 위에 다시 올려두었다.

옷장 가운데 문 하나가 열려있었다. 덕분에 토라는 열린 틈으로 빼곡하게 들어찬 드레스를 보게 됐다. 라라의 옷이 아니라는 건 확실했다. 옷장을 자세히 들여다보고 싶은 마음을 억제할 수가 없었다. 옷장 안 드레스들은 하나같이 디자이너 의상이었다. 아마도 드레스 한 벌 가격이 토라가 가지고 있는 옷 전체보다 비쌀 것이다. 토라는 이런 옷들을 소유함으로써 감당해야 하는 온갖 귀찮은 일들을 떠올렸다. 쉴새없이 세탁소에 들락거리고, 고가의 원단이 망가지지 않을까 안절부절 못했을 것이다. 실제로 얼룩이 묻은 스커트도 보였다. 아무리 고가 의상이라고 해도 예상치 못한 사고까지 피해갈 수는 없었다. 비싼 드레스를 바라보는 건 즐거웠지만 토라는 디자이너 의상으로 가득 찬 여행가방을 질질 끌고 다니지 않아도 된다는 사실에 새삼 감사했다.

그 순간 옷장 안 깊숙한 곳에서 무언가 반짝, 빛났다. 토라가 긴

드레스 한 벌을 꺼내니 치맛단의 장식용 술에 대롱대롱 매달린 안경 하나가 눈에 띄었다. 안경은 마치 추상적인 장신구처럼 보였다. 렌즈는 멀쩡했지만 요트의 전 여주인이 착용한 것이라고 하기에는 안경이 매우 작았다.

"이 안경이 누구 건지 아세요?" 토라는 파나르에게 안경을 보여주기 위해 드레스를 들었다.

파나르는 고개를 저었다. "전혀 모르겠는데요. 아마 카리타스가 독서용 안경으로 쓴 게 아닐까요?"

"그분 스타일은 아닌 거 같아요." 토라는 빨간 안경테를 찬찬히 살펴보았다. 드레스와 안경을 원래의 자리에 되돌려놓는 게 좋을 듯했다. 안경 따위가 중요한 단서일 리 없었다. 잃어버린 안경 하나 때문에 승객 모두가 한꺼번에 배 밖으로 뛰어내리는 일은 없다. 안경은 어쩌면 실종된 가족이 요트에 타기 훨씬 전부터 거기에 있었는지 모른다. 토라는 옷장 문을 닫고 계속해서 방안을 둘러보았다.

방안에서 빈 와인 병 하나가 또 발견됐다. 이번에는 침대 옆 바닥에 굴러다니고 있었다. 누군가 항해 동안 와인을 마신 게 분명했다. 그걸 제외한 방안의 물건들은, 적어도 부부의 소지품은 아주 평범했다. 하지만 인테리어는 달랐다. 요트의 다른 실내장식들만큼이나 화려하고 고급스러웠다. 윤이 나는 짙은 밤색 마호가니 장식이 천장에 박힌 조명등에 반사되어 빛나고 있었다.

침실에 딸린 욕실은 사방에 널린 화장품과 수건, 샤워가운, 비누들로 엉망이었다. 아마 충돌로 인한 결과였을 것이다. 토라는 부족한 대로 입구에 서서 욕실 안을 둘러보았다. 고급스러운 욕실 내장재나 냉온수 혼합 수도꼭지에 감탄하겠다고 굳이 난장판을 헤치고 들어가 볼 필요는 없었다. 토라가 객실을 살펴보면서 파악한 건 부부가 배 위에서 대부분의 시간을 편안하게 보냈다는 정도였다. 하지만 토라가 그 부부와 같은 상황이었다면 설령 소문으로만 접했다 해도 절대 아는 사람의 침실에서 잠을 자지는 않았을 것이다. 여전히 옷장에 그 사람의 옷이 가득하고 예쁜 화장대 위에 그가 사용했을 보석함이 놓여있는 경우라면 더욱 그럴 것이다. 아이에르와 라라처럼 평범한 사람이라면 무게가 꽤 나가는 고상한 보석함을 휴가지에 가지고 다니지 않는다. 그런데 토라가 보석함을 살펴보기 위해 뚜껑을 열자 그 안에는 값비싼 귀중품 대신 사진과 엽서 등 카리타스의 인생과 여행의 추억이 담긴 기념품들이 가득했다. 토라는 뚜껑을 도로 닫았다. 이전 소유주의 젊은 안주인이 이 사건에 연루됐을 가능성은 제로에 가까운 데다 그녀가 타블로이드 지의 단골이었다고 해도 타인의 사적인 기억들을 염탐할 엄두는 나지 않았다. 그렇기는 하지만 토라는 욕실을 나오면서 한 벽면을 거의 다 차지한 거대한 거울을 바라보며 자신의 몸에 찬탄하는 카리타스의 모습을 떠올리지 않을 수 없었다. 여주인이 진짜 어떤 사람이었는지 알지 못한다는 점을 고려하면 사실 이런 상상은 지극히 편견에 가까웠다. 토라는 다음번에 카리타스를 떠올릴 때에는 좀 더 공정해지리라 다짐했다.

두 아이는 부부가 묵었던 객실 바로 옆, 약간 작은 크기의 객실에 머물렀다. 파나르가 객실 문을 열자마자 코를 찌르는 딸기 향이 두 사람을 덮쳤다. 머리가 지끈거릴 정도로 달콤한 향 때문에 토라는 몸을 아예 돌려버렸다.

파나르가 상황을 설명했다. "여기서 샴푸 통이 터져버렸어요. 왜 이런 냄새가 나는 샴푸로 머리를 감는지 도통 모르겠지만 물로 헹구고 나면 향이 이 정도로 지독하지는 않겠죠."

두 아이는 더블침대를 함께 사용했다. 뒤엉킨 이불 가운데에 토끼 솜인형 두 개가 덩그러니 놓여있었다. 그 광경을 본 토라는 주체할 수 없는 슬픔에 휩싸였다. 슬픔을 한껏 더 부채질하듯 아이들이 침대 머리판에 붙여놓은 어린 동생의 사진이 눈에 들어왔다. 아이는 자라서 언젠가는 어린 나이 덕분에 가족과 함께 항해에 나서지 못한 자신의 운명에 감사해 할지도 모른다. 사진의 모서리를 살짝 들어보니 사진과 판을 이어 붙여준 블루택이 눈에 띄었다. 토라의 짐작이 맞았다. 카리타스는 블루택을 사용할 부류가 아니었다. 토라는 바닥에 떨어진 분홍색 헬로키티 양말 한 짝을 집어들어 침대에 올려두었다.

"세상에, 정말 못할 짓이네요."

"그렇죠." 파나르가 제법 진심 어린 목소리로 대답했다. "승객들이 살아서 돌아온다면 더 바랄 게 없겠습니다. 바다에서 표류하다가요. 어쩌면 아무도 몰래 다른 나라로 도망쳐 버렸을지도 모르죠."

"도망을 쳐요?" 토라는 그런 가능성은 상상도 못 했다. "그 가능성을 진지하게 제기한 사람이 있었나요?"

파나르의 얼굴이 분홍빛으로 변하는 걸로 보아 무심코 내뱉은 말을 후회하는 게 분명했다. "아뇨, 없습니다. 사무실에서 사람들이 속삭이는 소리를 듣기는 했지만 별 의미 없는 얘기였어요. 아이에르가 위원회 자금을 횡령했고 그래서 도망친 거라는 둥 헛소리를 한 사람이 있었거든요. 자신의 죽음을 위장한 뒤 횡령한 돈으로 외국에서 떵떵거리며 살아갈 거라고요."

"가능성 있는 이야기인가요? 저는 위원회에서 압류해 처분권을 가진 자산에 대해서는 엄격하게 관리할 거라고 생각했는데요."

"물론 엄격히 관리합니다. 헛소문에 불과해요. 아이에르가 돈을 횡령하지 않았다는 건 두 말할 필요도 없이 확실합니다. 정말 돈을 횡령했다면 경영진에서 철저하게 조사를 했을 테고 만약 작은 위법 행위라도 적발됐으면 회사 전체에 소문이 파다했을 겁니다. 그런 일을 은폐하기는 불가능하죠. 어떻게든 말이 새나갔을 거예요."

토라는 머리판에 붙은 아이의 사진을 다시 돌아보며 입을 열었다. "돈 문제와는 별개로 저는 사람들이 의도적으로 사라져버린 게 아니라는 데 제 목숨이라도 걸 수 있어요. 사람들은 아이 하나만 혼자 남겨두지 않거든요. 다 데리고 가거나 아니면 다 남겨뒀을 거예요. 선원들은 또 어떻고요? 과연 아이에르가 남자 선원 셋까지 데리고 도망칠 계획을 세웠을까요?"

"말도 안 되는 헛소문입니다, 이미 말씀드린 것처럼. 아이에르가 뭘 훔쳤을 리도 없고요. 말씀하신 것처럼 앞뒤가 맞지 않아요."

토라는 몸을 구부려 침대 아래를 흘끔 살펴보다가 나머지 헬로 키티 양말 한 짝을 발견했다. 짝을 맞춰놓고 싶은 충동을 느낀 토라는 몸을 바닥으로 굽히면서 이 참에 화제를 돌려보기로 마음먹었다. 파나르처럼 입 싼 인간과 한 가족에게 일어난 비극적인 사건에 대해 논하고 싶지는 않았다.

"위원회에서는 요트를 어떻게 처리할 계획이죠? 수리하려면 비용이 엄청나게 들지 않나요?" 몸을 구부렸음에도 양말은 여전히 손에 닿지 않았다. 토라는 있는 힘껏 팔을 뒤틀어 뻗었다.

"그렇죠." 파나르가 두 걸음 더 가까이 다가오는 모습이 쭈그리고 있는 토라의 시선 안으로 들어왔다. "결과적으로 요트를 포르투갈 항구에 정박시켜 두는 게 더 나을 뻔했으니까요. 요즘 같은 때는 대서양 반대편으로 가야 더 높은 값을 받을 수 있겠지만, 그래봤자 요트 값으로는 수리비 건지기도 충분치 않을 겁니다."

"왜 유럽보다 북미에서 요트 값을 후하게 받을 거라고 생각하세요?" 토라는 펜이나 다른 도구를 찾으려고 방을 둘러보며 물었다.

"거기까지는 나쁜 소문이 따라가지 못할 확률이 높거든요. 대다수 유럽 브로커들은 요트에 얽힌 이야기를 알 테니 가격에 영향을 미칠 수밖에 없죠. 브로커들이 보기에 요트에 대한 소문은 수리로 고칠 수 있는 게 아니거든요. 하지만 미국과 중남미에서라면 새 출발을 할 수 있죠."

"이번 사건 때문에 평판이 더 나빠졌겠네요." 양말을 낚아챌 도구를 찾지 못한 토라는 관절이 거의 빠져나갈 정도로 힘껏 팔을 내뻗었다. 그러자 손가락 두 개가 간신히 양말에 닿았다. 이제 팔을 조금만 더 뻗으면 두 손가락으로 양말을 집을 수 있는 상황이었다.

"네. 뻔하죠, 뭐. 그리고 아이에르도 사라졌으니 이제 요트는 제 소관이 됐습니다. 사실 아이에르한테 고마워해야죠. 잘하면 저한테는 승진의 기회가 될 수도 있으니까요."

토라는 손가락을 조금 더 뻗어보았지만 소용이 없었다. "그럼 아이에르의 업무를 인계받으신 건가요?"

양말 한 짝을 꺼내오고 말겠다는 일념에 사로잡혀 바닥을 기어다니는 자신의 모습을 파나르가 어떻게 생각할지 따위는 이제 토라의 안중에 없었다. 기필코 양말 두 짝을 맞출 때까지 토라는 그 자리에서 한 발짝도 움직이지 않을 작정이었다.

"네. 매물을 한 건 처리한 뒤라 타이밍도 딱 좋았어요. 이 요트는 흥미로운 건이기도 하고요. 저주라는 게 우리 입장에서는 말도 안 되는 소리 같지만 선원들은 미신을 맹신하는 걸로 유명하잖아요. 그러니 요트에 관한 안 좋은 소문이 대서양을 건너기라도 하는 날에는 진짜 골치 아픈 일이 생기는 거죠."

마침내 토라는 두 손가락으로 양말을 집었다. 겨드랑이 근육이 미친 듯이 화끈거렸지만 양말을 놓치는 일은 없어야 했다. 토라는 양말이 제대로 집혔는지 확인하기 위해 몸을 수그려 침대 아래를 들여다보았다. 그 순간, 침대 아래의 어떤 물체를 발견한 토라가 너무 놀란 나머지 뒤로 빠르게 물러나다가 뒤통수를 찧고 말았다. 통증이 극심했지만 당장이라도 심실을 터뜨릴 기세로 쿵쾅대는 자신의 심장 박동에 토라는 정신을 차릴 수조차 없었다.

"맙소사." 토라는 아픈 곳을 문질렀다.

"머리 부딪히셨어요?" 파나르가 걱정스러운 목소리로 물었다. "제가 좀 볼까요? 피는 안 나요?"

파나르에게 뒤통수를 보여주자 상처 부위를 찾으려고 머리칼을 헤집는 손길이 느껴졌다.

"어쩌다 다친 거예요?"

"공간을 잘못 계산했어요."

토라는 자신이 침대 밑에서 목격한 것을 파나르에게 말하지 않을 생각이었다. 때마침 벨라가 복도에 모습을 드러낸 터라 더욱 그랬다. 파나르와 벨라가 요트에 걸린 저주에 대해 떠들어댄 까닭에 토라가 환영을 본 게 분명하다. 그냥 그뿐이다. 요트 안의 풍경이 다소 소름끼친다는 사실은 부정할 여지가 없었다. 최근에 일어난 사건을 떠올리면 당연한 일이었다. 풀리지 않은 미스터리는 상상력의 좋은 먹잇감이라는 사실을 토라는 누구보다 잘 알았다. 별일 아닌 것으로 토라의 정신은 계속해서 스스로를 상대로 농간을 부리고 있었다. 그렇지 않다면 토라가 침대 아래에서 봤다고 착각한, 헬로키티 양말을 신은 어린아이의 두 발은 대체 무엇으로 설명할 수 있단 말인가?

4장

"이곳에다 시가 뒤그 사진 붙이고 싶어. 그러면 매일 밤 잠들기 전에 시가 뒤그에게 잘 자라고 인사할 수 있잖아." 아르나가 막내동생의 사진을 침대 머리판에 대보이며 말했다. "여기가 한가운데야?"

라라가 침대 발치로 다가왔다. "그래, 딱 한가운데야." 라라는 딸들 옆에 앉으며 말했다. "사진을 잠깐 떼어봐. 그래야 엄마가 사진을 제대로 붙일 수 있지." 라라는 손톱만한 회색 블루택 덩어리를 사진 뒷면 모서리에 붙인 다음 사진을 머리판에 꾹 눌렀다. "됐다." 라라는 블루택 봉지를 빌샤의 책가방에 도로 집어넣고 지퍼를 잠갔다. "내일은 꼭 숙제해야 한다. 담임선생님이랑 휴가지에서도 열심히 공부할 거라고 약속했잖아. 운 좋게 크루즈 여행을 하게 됐더라도 약속은 지켜야지."

라라는 몸을 살짝 뒤로 보내 사진을 감상했다. 두 살짜리 막내딸은 근심이라고는 없는 행복한 표정으로 아이에르가 뒤뜰에 달아준 그네에 앉아 가족들을 향해 눈을 빛내고 있었다. 라라는 어린 딸의 동그란 얼굴에 최면이라도 걸린 것마냥 사진을 빤히 쳐다보다가 문득 비애감에 사로잡혔다. 아마도 아이들을 돌봐주는 시부모와 나눈 시원치 않은 전화 통화 때문이었을 것이다. 배가 항구를 떠난 직후, 신호가 끊기기 직전에 라라는 갑판 위에서 막내딸에게 인사하기 위해 전화를 걸었다. 하지만 시가 뒤그는 가족들이 어떤 상황인지를 정확히 이해하지 못했고, 라라는 그제야 딸에게 자세히 설명하지 않은 걸 후회했다. 가족들이 얼마나 자기를 사랑하는지 이야기해주지 못하고, 할머니 할아버지 말씀 잘 듣는 착한 아이가 돼야 한다고 말하지 못한 게 후회스러웠다. 착한 사람이 되어야 한다고도 말해야 했는데.

라라는 고개를 내저었다. 괜히 감상적인 기분에 빠질 필요는 없었다. 무엇보다 선장의 말대로 요트가 아이슬란드 해안으로부터 몇 해리 안에 다다르기 전까지는 통신 기능이 되살아날 가능성도 없기 때문에 후회를 하기에는 이미 늦어버렸다. 게다가 아이에르가 배 위에서 사용할 수 있는 위성전화를 준비하지 못했으니 항해 동안 막내와의 대화는 이제 없을 터였다.

"엄마, 나 배 아파." 자그마한 코끝에 안경을 비뚤게 얹은 빌쟈가 평소보다 더 창백한 얼굴로 언니 옆에 누워 칭얼거렸다. 라라는 두 딸의 안색을 비교해보고 나서야 빌쟈의 칭얼거림이 단순히 객실의 무드조명 때문만은 아니라는 것을 알아챘다.

"너 뱃멀미 하는 거야." 아르나가 구역질난다는 듯한 표정으로 동생을 쳐다봤다. "조금 있으면 먹은 거 다 토할 걸."

라라는 빌쟈의 이마에 손을 얹었다. 축축했다. 뱃멀미에 드는 약

79

이라도 있는지 알 수가 없었다. 출발 전에 뱃멀미에 관해 미리 알아봤어야 하는데. 하지만 크루즈 여행은 준비할 틈도 없이 갑작스럽게 찾아왔다. 배 위에서 생길 수 있는 문제가 그것만도 아니었지만 어쩔 도리가 없었다. 선장이라면 분명 뱃멀미를 포함한 온갖 긴급상황에 필요한 대처법을 알고 있을 것이다.

"속이 메스껍다고 해서 무조건 토를 하는 건 아니에요, 공주님." 엄마의 그럴싸한 조언에 빌쟈는 안도하는 표정을 지었다. "자, 조금만 기다리면 엄마가 젖은 수건을 이마에 올려줄게. 코카콜라도 좀 마셔볼까. 구역질 날 때 마시면 도움이 되거든."

"아니, 안 마실래." 빌쟈가 얼굴을 찡그렸다. 목구멍으로는 뭐든 넘기고 싶지 않은 모양이었다. "배가 이상해." 아이는 애원하는 듯한 눈빛으로 엄마와 눈을 맞췄다. "나는 먹은 거 다 토하기 싫어."

"토하는 거 좋아하는 사람 없어요, 공주님. 가만히 누워있으면 그런 일 없을 거야." 라라는 욕실에서 수건 한 장과 함께 혹시나 하는 마음으로 작은 휴지통도 들고 나왔다. 사실 라라도 속이 별로 편치 않았다. 엔진의 웅웅거림과 선체의 흔들림에 한동안 시달린 탓에 숙취 상태에서 담배 연기를 들이마시는 것과 흡사한 기분이 들었다.

"빌쟈는 이 배가 가라앉을 거래." 아르나의 목소리에서 두 쌍둥이가 서로에 대해 불만을 늘어놓을 때 써먹는 억울한 말투가 느껴졌다. 엄밀히 말하자면 아르나는 어쩌다가 한 번씩 빌쟈에 대한 불만을 토로했을 뿐이고, 빌쟈는 그런 일이 거의 없었다.

입에 머금은 웃음기가 눈으로까지 퍼지지 않았다는 걸 라라는 잘 알았다. 그녀 역시 어렴풋이 느껴지는 불안감에 괴로워하던 참이었다. 웨스트먼 제도에 갈 때 페리선을 몇 번 탔던 걸 제외하고 이것이 라라의 첫 정식 항해라는 점을 고려할 때 불안감은 어쩌면 자연스러운 일이었다. 주위를 둘러싼 모든 풍경이 낯설었다. 라라는 육지의 안정감과 선상에서의 며칠을 맞바꾼 셈이었다. 이곳에서는 누가 갑자기 병에 걸린다고 해도 병원에 갈 수 없다. 치통이 시작된다고 해도 치과에 갈 수 없는 것이다. 뭔가 빠뜨린 물건이 있다는 걸 알아챘다고 해도 슈퍼마켓으로 달려갈 수 없었다. 하지만 그보다 더 최악은 따로 있었다. 영원히 끝나지 않을 것처럼 느껴지는 대서양의 거대함이 바로 그것이었다. 라라는 종종 세계지도를 펼쳐놓고 대륙과 대륙의 크기를 가늠해보았지만 그런 2차원적 이미지들은 지금 눈앞에 펼쳐진 광활하고 너른 바다를 절대로 표현할 수가 없었다. 바다, 바다, 끝없는 바다. 누군가 배 밖으로 떨어질 때 바로 알아차리지 못하면 그 사람이 구조될 확률은 낙타가 바늘구멍 통과하는 것만큼이나 낮을 것이다.

"우리 배는 당연히 안 가라앉아. 이렇게 큰 요트에는 아무 일도 일어나지 않아." 아이들이 못 믿겠다는 표정을 짓자 라라는 덧붙였다. "엄마가 트라인 선장님한테 물어봤는데 선장님이 이 요트는 가라앉을 수 없는 배래. 그러니까 걱정할 필요 전혀 없어." 이번엔 설득이 먹혀 들어간 모양이었다. 하지만 정작 라라야말로 자신의 말을 믿을 수 있었으면 좋겠다고 생각했다.

빌쟈는 코끝에 기우뚱하게 걸쳐진 안경 뒤로 눈을 감고 베개에 기대 누웠다. 아르나는 잔뜩 심통이 난 표정으로 동생을 쏘아보며 자기 전에 하고 싶었던 뱀사다리 게임판을 만지작거렸다.

"책 읽으세요, 공주님. 빌쟈는 자야 해. 하지만 내일 아침에는 괜찮아질 거야." 라라는 빌쟈의 얼굴에서 안경을 조심스럽게 들어올려 침대 옆 테이블에 내려놓았다.

"엄마는? 엄마도 게임 안 해?" 아르나는 이미 답을 알고 있었다. 라라는 부모로서 훌륭한 자질을 여럿 갖추고 있었지만 딸들과 게임을 하는 데에는 영 소질이 없었다.

"응, 안 해요. 엄마는 아빠랑 얘기하러 가야 하거든. 그렇지만 우리 딸이 잠들기 전에 별일 없는지 내려와 볼게." 라라는 아이들의 양 볼에 뽀뽀를 하고 아르나에게 귓속말로 속삭였다. "혹시 빌쟈가 토하기 시작하면 엄마랑 아빠한테 와. 갑판 위에 있을게."

라라는 문 앞에 서서 아이들에게 키스를 불어 날리고는 마지막으로 시가 뒤그의 사진을 향해서도 키스를 날렸다. 광택지에 인쇄된 막내딸의 작은 눈이 라라를 쳐다보았다. 아이의 통통한 손가락은 그네 줄을 단단히 움켜쥐고 있었다.

"당신 뱃멀미에 대해서 아는 것 좀 있어?" 전 갑판으로 올라간 라라는 아이에르 옆 푹신한 벤치에 풀썩 주저앉았다. 아이에르는 레드와인 한 병을 따고 와인 잔 두 개까지 준비해둔 상태였다. "빌쟈가 뱃멀미에 시달리는 거 같아. 아니면 곧 그렇게 될 예정이거나." 라라는 머리칼을 쓸어내리며 한숨을 내쉬었다. "나도 와인 조금만 따라줘, 아니 왕창 따라줘. 나도 머리가 좀 띵하기는 한데, 별일이야 있겠어."

아이에르는 라라에게 생일선물로 받은 부부 동반 와인교실에서 배운 대로 잔에 와인을 반 정도 채웠다. "신선한 공기를 들이마시는 거 말고 뱃멀미에 특효약은 아마 없을 거야. 갑판에 나와있는 게 도움이 될 텐데." 항해강습 때도 배우지 못한 뱃멀미에 관한 상식을 어디서 배웠는지 아이에르는 기억해낼 수 없었다. 그는 와인 한 모금을 마셨다. "와, 이거 괜찮네. 우리가 와인은 잘 골랐어." 그는 앞으로 이런 호사를 좀 더 자주 누릴 수 있기를 바랐다. 이제 돈 걱정도 더는 할 필요가 없으니 안락한 미래가 그들 앞에 펼쳐진 셈이었다. 나이 들어간다는 것은 사람들 말처럼 그렇게 나쁜 일만은 아니었다.

라라도 남편을 따라 와인을 마셨지만 훨씬 더 많은 양을 들이켰다. "빌쟈를 데리고 와야 하나? 우리 옆에 누워있게 하면 되잖아. 그런데 애가 벌써 잠들어 버렸어. 어쩌면 깜빡 잠이 들었을 수 있으니까 그냥 놔두는 게 나을지도 모르겠네." 라라는 잔을 테이블에 내려놓았다. 와인 잔은 넓은 볼과 보기 드물게 쭉 뻗은 손잡이 부분으로 이루어져 있었다. 짐작하건대 저렴한 잔은 아닐 테고, 터무니없이 비싼 쪽에 가까울 것이다. "선장한테 조언을 구해볼까?"

"아니, 그러지 마." 아이에르가 아내에게 팔을 둘렀다. "가능하면 선장 귀찮게 하지 말자. 게다가 그 사람이 우리랑 같이 술을 마시고 싶어할지도 모르는데, 이런 순간에 선장 상대하고 싶지 않아. 그냥 단둘이서만 즐기자."

어두운 밤이었다. 난간 너머로 아무것도 시야에 들어오지 않았다. 무엇이든 집어 삼켜버릴 듯한 어둠이었다. 철썩이는 파도 소리와 요트의 부드러운 흔들림이 아니라면 두 사람은 육지 위에 있다고 착각할 정도였다.

라라는 밤의 암흑으로부터 시선을 거둬, 흐릿하게 빛나는 남편의 얼굴을 바라보았다. "요트가 가라앉을 거라고 빌쟈가 겁을 먹었어." 라라는 이렇게 말하며 애써 크게 웃어보았지만 자신의 귀에도 가식적으로 들렸다. "그래서 그럴 일은 절대 없을 거라고 안심시켰지. 내 말이 맞잖아, 그치?"

"당연하지." 아이에르가 손가락으로 잔의 손잡이 부분을 쓸어내리자 끼익하는 소리가 났다. "그러니까 요트가 침몰할 만한 상황이 발생할 수는 있겠지만, 그러려면 최소한 엄청난 폭풍이 몰아치거나 다른 선박과 충돌하는 정도는 되어야겠지." 아이에르는 라라가 듣고 싶어하는 답은 그게 아니라는 사실을 알아챘다. "이번 항해에서는 그런 일이 있어날 리 없어. 전혀."

라라는 이런 문제에 대해 계속 이야기할 기분이 아니었다. 그렇다고 사방에서 요트를 잠식해오는 암흑을 응시할 기분도 아니었다. 자신들이 얼마나 외롭게 버려져 있는지를 새삼 느끼게 만들기 때문이었다. 다른 배들의 불빛이나 구름 사이로 반짝이는 별들이라도 볼 수만 있다면 상황은 달라졌을 것이다. 포르투갈 해안을 막 떠났을 때만 해도 크고작은 배들을 얼마든지 볼 수 있었지만 육지에서 멀어질수록 보이는 선박의 수는 줄어들었고, 마침내 망망대해에 홀로 남겨졌다. "후갑판에 앉아있는 게 더 좋았을 텐데." 라라는 조타실의 커다란 유리창을 흘긋 쳐다보았다. "저기서 세 남자가 우릴 감시하고 있다고 생각하면 마음이 너무 불편해."

"감시 안 해." 아이에르가 고개를 돌려 위층에 있는 조타실을 보았다. "저것 봐. 아무도 없잖아. 트라인은 자러 갔을 거고, 로푸투르는 라운지에서 책 읽고 있을 거야. 그러니까 분명 할리 혼자 조타실에 남아 일을 할 텐데, 조타를 전담한다는 게 말 그대로 조타장치 앞에 서서 전방만 주시하는 거잖아. 이 배는 거의 자동조종장치에 따라 움직이거든."

아이에르가 조타실에서 시선을 떼기 무섭게 할리의 염색한 더벅머리가 슬그머니 모습을 드러냈다. 라라는 할리의 얼굴을 똑바로 식별하지 못했지만 그가 자기들을 훔쳐본다는 것만은 분명히 알 수 있었다.

"저 사람 우리 쪽을 보고 있어." 라라는 할리가 자신의 입술을 읽기라도 할까봐 작게 속삭였다. "대체 저 사람은 뭐가 문제지?"

"그만해. 저기서는 우리가 보이지도 않아. 할리는 밝은 불이 켜진 방에 있고 우리는 어두운 곳에 나와있어. 우리한테 저 사람이 보인다고 저 사람도 우리를 볼 수 있는 건 아니야." 아이에르는 이렇게 말하면서도 조리실에서 가져온 작은 촛대의 양초 불을 껐다. "자, 이제 우리를 훔쳐보는 건 아예 불가능해. 당신도 잘 안 보여. 바로 내 옆에 앉아있는데 말이야."

아이에르의 말이 합리적이긴 했지만 라라는 할리가 여전히 자신들을 쳐다보고 있다고 확신했다. "저 남자는 이상하게 날 불편하게 만들어. 아까 내가 그 사람한테 말을 좀 걸어보려고 했는데 못 들은 척하면서 아예 쳐다보지도 않더라. 말도 전혀 안 하고. 그러면서 우리가 안 보고 있다고 생각할 때는 우리를 빤히 쳐다본다니까. 애들한테까지 그러는데 정말 소름 끼쳐. 표징은 얼마나 음산하냐고. 꼭 애들을 배 밖으로 던져버리고 싶어하는 표정이야."

"여보, 그만 좀 할래? 할리는 그저 애들한테 관심 가질 틈이 없는 평범한 청년이야. 애 없는 젊은 사람 치고 애들 예뻐 죽는 사람이 어디 있겠어. 반대로 할리가 애들한테 너무 관심을 보였으면 당신은 더 걱정했을 거야."

라라는 입술을 깨물었지만 할리의 하얀 머리통에서 시선을 뗄 수 없었다. 그의 모습이 창에서 사라지고 나서야 라라는 한시름 놓을 수 있었다. 그녀는 와인을 한 모금 더 마시고는 남편 어깨에 기댔다. "지독하게 돈이 많아서 항상 이렇게 살면 어떨 거 같아?"

"좋겠지, 아마. 하지만 스트레스도 많을 거야. 자기가 쌓아올린 제국이 무너지기 시작했을 때 이 요트 주인 기분이 어땠겠어. 참담한 심정이었을 거야. 특히 이 정도의 재산을 다시 모으는 게 불가능하다는 사실을 본인도 잘 알았을 테니 말이야."

"재산을 많이 잃었어?"

"뭐 확실치는 않아. 돈 문제에 있어 부자들이 얼마나 위장을 잘하는지 알면 당신 깜짝 놀랄 거야. 여기저기 은닉해두고, 온갖 유령회사며 바지사장 동원하고. 그래서 재산 규모를 완전히 밝혀내는 건 불가능하지. 이번 파산 이후로 우리가 회수한 재산을 조사해보니까 어딘가 거액의 자금을 숨겨둔 정황이 포착됐어. 어쩌면 너무 많은 곳에 분산시켜 놓아서 본인도 다 파악이 안 될 거야." 갑자기 요트가 한 차례 요동치더니 다시 이전처럼 느긋하게 흔들리기 시작했다. 아이에르는 균형을 잡기 위해 벤치 등받이를 붙잡아야 했다. "알고 보니 아내인 카리타스가 가진 정보가 좀 있더라고. 그래서 자기 명의로 등록된 재산은 자기가 갖는다는 조건으로 그 정보를 우리 쪽에 넘겨주기로 했지. 그러다가 갑자기 마음을 바꿔버린 거야. 입 다무는 대가로 큰 재산을 받기로 한 게 틀림없어. 아니면 자기 명의인 줄 알았던 게 사실은 다 남편 이름으로 되어있어서 결과적으로 얻을 게 없을지도 모르고."

"마음을 바꿔버렸다고?" 라라는 테이블 가장자리를 꽉 붙잡았던 손의 힘을 풀었다. "너무 간단하네."

"내 말이 그 말이야." 아이에르는 와인 한 모금을 더 삼키며 어둠 속에서도 감춰지지 않는 만족스러운 표정을 지었다. "상황이 좋지 않았는데도 다행히 은닉한 재산의 상당 부분을 압류했어. 이 요트도 그 중 하나였고. 적어도 이제는 자기 시중 들어줄 직원들 데리고 사치스럽게 크루즈 여행은 못 다니게 됐지. 그래도 여전히 사는 건 흠잡을 데 없이 풍족할 거야. 빠듯한 우리 형편이랑은 비교가 안 되지."

"안주인 옷은 아직도 우리 방 옷장 안에 가득 걸려있던데. 내 짐을 풀어서 옷장에 좀 걸어두려고 보니까 뭘 더 넣을 수 없을 정도로 빼곡하더라고. 그 여자는 저런 옷들을 잃는 게 아무렇지 않을까? 나라면 다 챙겨갔을 텐데."

아이에르는 찌꺼기만 남기고 와인 잔을 비웠다. "요트가 사전 통보 없이 봉쇄돼 버렸거든. 안에 있는 물건들을 처리할 시간이 없었지. 어차피 그 여자, 옷이 워낙 많아서 몇 벌쯤 없어져도 눈치도 못 챘겠지만. 그리고 보니 선장이 요트에 오를 때 봉쇄테이프가 뜯겨져 있었다는데, 다행히 없어진 건 없다디고. 자물쇠도 그대로인 길로 봐서 아마 침입하려다가 포기한 모양이야. 누군가 나타났거나 아님 지레 겁을 집어먹었을지도 모르지."

"어쩌면 카리타스나 그 여자 남편이었을 수도 있지. 열쇠를 가진 누군가." 라라는 와인을 한 입 가득 삼키면서 조타실을 향해 흘끔 시선을 날렸다. 할리의 모습은 어디에도 보이지 않았다. "그런데 다시 생각해보니 카리타스는 아니었을 것 같아. 그 여자였으면 옷을 가져갔겠지."

"카리타스한테 그 드레스들이 필요하겠어? 그 옷들 아니라도 부족한 게 없을 텐데."

"돈이 많다고 해서 특별히 애착이 가는 옷이 없으란 법은 없어. 더군다나 그런 이브닝드레스라면 말야." 라라는 와인 병을 집어들어 아이에르의 잔에 가득 들이부었다. 와인교실에서 남편만큼 많은 걸 배우지는 못한 탓이다.

"나한테 드레스가 맞을까? 나중에 심심해지면 드레스나 입어보면서 시간 때울 수 있잖아."

"드레스는 손대지 않는 게 상책이야." 아이에르가 와인이 가득 찬 잔을 집어들더니 약간 못마땅하다는 표정을 지었다. "꼭 필요한 물건이 아니면 그냥 두는 게 좋아." 아이에르가 웃으며 말을 이었다. "필수적인 물건, 이 와인 잔처럼. 이렇게 좋은 와인을 머그잔에 마실 수는 없잖아."

난데없이 문 두드리는 소리가 소란스럽게 들려왔다. 그 바람에 깜짝 놀란 라라가 자리에서 벌떡 일어나다가 와인 잔을 넘어뜨렸고 하마터면 테이블 위에 있던 물건들까지 모조리 떨어뜨릴 뻔했다. "이게 대체 무슨 소리야?" 라라가 고개를 들어보니 조타실 창문 앞에 서서 유리창을 쾅쾅 두드리는 할리의 모습이 눈에 들어왔다. 그는 라라와 아이에르를 향해 손을 흔들고 있었다.

아이에르가 눈썹을 치켜올렸다. "원하는 게 뭐지?"

"그걸 알아낼 방법은 하나뿐이지." 라라가 자리에서 일어섰다. "와인 들고 와. 여긴 쌀쌀해질 것 같아. 할리랑 이야기한 다음에 바로 안으로 들어가자. 라운지에서 마시는 게 더 아늑할 거야. 그러면 할리로부터 감시 당할 일도 없을 테고."

"로푸투르가 거기 소파에 누워있는 거 잊었어?"

"우리가 가서 닭살 돋게 스킨십해서 쫓아버리면 되지." 라라는 웃으며 면도를 안 한 아이에르의 입에 길고 진하게 키스를 하다가 배가 갑자기 요동치는 바람에 몸이 한쪽으로 기우뚱하고 말았다. 보아하니 바다는 둘의 애정 행각이 못마땅한 모양이었다.

"엄마랑 아빠 갑판 위에 있을 거라고 했잖아, 우리 딸. 왜 그리로 오지 않았어?" 라라는 큰딸을 이불로 꼭 감싸주고는 아이가 졸다가 바닥에 떨어뜨린 책을 집어들었다.

"엄마가 앞 갑판이라고 했는지, 뒤 갑판이라고 했는지 기억이 안 났어. 괜히 올라갔다가 엉뚱한 쪽으로 가게 될까봐 무서웠단 말이야. 그냥 선장 아저씨한테 가서 도와달라고 하려 했지. 그런데 선장 아저씨는 없고 할리 아저씨만 있었어."

"우리 딸 잘했네." 아이에르는 손으로 빌쟈의 눈썹을 쓰다듬으며 이마의 온도를 체크했다. "열은 없네. 이마가 그냥 좀 축축해. 이찌면 열이 내렸을 수도 있고. 빌쟈가 토하지는 않았지, 아르나?"

아르나는 고개를 끄덕였다. "자고 있었어. 깨우려고 하다가 나한테 토할지도 몰라서 안 깨웠어. 그래서 위층으로 달려간 거야. 빌쟈 혼자 여기에 오래 남겨두기 싫었거든. 그 아줌마랑 같이."

"아줌마?" 라라는 아르나에게 열이 옮은 것은 아닌지 아이의 이마에 손을 대어 체온을 재보았다. 어쩌면 두 아이 모두 휴가 기간 동안 유행성 바이러스에 감염된 것인지도 몰랐다. "무슨 아줌마?"

"내 꿈에 나온 아줌마. 그 아줌마가 나를 해치려고 했어. 빌쟈도 그렇고."

"그냥 꿈을 꾼 거야. 배 위에 아줌마는 딱 한 명밖에 없는데, 그게 엄마잖아. 설마 엄마가 널 해치려고 하겠어?" 라라는 아르나의 코끝을 살짝 누르며 말했다. "죽었다 깨어나도 그렇게 못하지."

라라의 말은 별 효력을 발휘하지 못했다. "아줌마는 우리가 여기 있는 걸 싫어해. 아마 이 침대가 그 아줌마 침대인가봐." 아르나가 바로 앉으며 말했다. "엄마 아빠랑 같이 자면 안 돼?"

"그건 그냥 꿈이에요, 귀염둥이 공주님. 이 침대는 주인이 없어. 아빠 사무실 사람들이라면 모를까. 그리고 그분들은 네가 여기서 자도 전혀 상관 안 하셔. 이 문제에 있어 그 정체불명의 아줌마는 참견할 권리가 하나도 없어요. 눈 꼭 감고 있으면 엄마가 너 잠들 때까지 옆에 있어줄게. 하지만 눈을 뜨면 엄마는 그냥 가버릴 거야, 약속?"

아르나는 알겠다고 대답했다. 라라는 방 불을 끄고 아르나의 옆에 앉았다. 아이에르는 까치발로 문까지 걸어가 벽에 기댄 뒤 아주 조심스럽게 문을 천천히 열었다. 밖으로 나가 등뒤로 문을 조용히 닫는 남편을 향해 라라는 문을 약간 열어두라고 부탁하려다가 마음을 고쳐먹었다. 살짝 열어두면 쾅하고 닫히기밖에 더하겠는가. 라라는 한 쪽 팔로 아르나를 감싸안았고, 얼마 지나지 않아 아이의 숨소리는 깊고 고르게 변했다. 자리에서 바로 일어날 수는 없었기에 라라는 아이들의 잠자는 소리를 들으며 한동안 침대에 가만히 앉아있었다. 라라가 조심스레 자리에서 일어나 겨우 몸을 폈을 때 아르나는 몸을 뒤척이며 마치 악몽을 또 꾸기라는 하듯 얼굴을 찌푸렸다. 순간 라라는 아이 곁에 더 있어야 하나 고민했다. 하지만 아르나의 숨소리가 이내 잦아들었고 위층에서 남편이 기다리고 있다는 사실을 떠올렸다. 밖으로 나가려던 라라는 문간에 잠시 멈춰서 코를 쿵쿵거렸다. 코를 찌르는 짙은 향수 냄새가 복도에서 풍겨오기 시작했던 것이다. 하지만 객실 밖으로 나와 냄새를 다시 맡았을 때에는 오히려 향기가 옅어졌다. 라라는 자신이 잠깐 착각을 한 거라고 생각했다. 그리고 다시 한 번 공기를 들이마셨을 때 향기는 완전히 사라져버렸다.

라라는 어깨를 한 번 으쓱하고 아이들이 자고 있는 선실 문을 닫았다. 그러고는 흐릿하게 조명이 켜진 좁다란 복도를 따라 위층으로 올라갔다.

5장

토라가 요리보다 귀찮게 여기는 일은 그다지 많지 않았다. 이 주제에 있어서 그녀는 지난 몇 년 사이 부쩍 음식에 대해 지대한 관심을 보이는 대부분의 친구 부부들과 성향이 갈렸다. 심지어 한 친구는 토라와 토라의 남자친구 매튜를 위한 크리스마스 선물로 요리교실 수강증을 끊어주고는 본인의 결정에 아주 만족스러워 했다. 토라와 매튜는 '중동의 마법'이라는 이름의 요리교실에 의무감으로 참석했지만, 강사는 두 사람에게 요리의 즐거움이라는 마법까지 전파해주지는 못했다. 수업이 끝나갈 때까지도 둘은 처음과 마찬가지로 요리에 대해 아는 게 전혀 없었으나 다행히 쿠스쿠스를 맛있게 만드는 방법만은 배웠다. 한번은 문제의 친구가 자신의 선물에 대한 성과를 맛보겠다며 저녁식사에 초대해줄 것을 요구했는데, 그 결과는 참으로 남부끄러운 경험이 되고 말았다. 레이캬비크의 중동 식당이라고는 케밥을 테이크아웃으로 판매하는 곳이 유일했기 때문에 둘은 인도음식을 사와서 냄비에 대충 담아 쿠스쿠스와 함께 대접하기로 했다. 그런 다음 인터넷에서 적당한 아랍어 단어를 찾아 음식에 이름을 붙여 소개했다. 식사에 초대받은 친구들은 둘의 음식 솜씨에 감동을 받았고, 그 중에서도 알자지라 치킨을 제일 좋아했다. 다만 가짜 디너쇼가 너무 성공적이었던 나머지 내년에는 크리스마스 선물로 또 다른 요리강습을 받아야 한다는 사실이 토라를 걱정스럽게 만들 뿐이었다.

적성에 맞지 않는 요리강습은 몇 년 간 토라와 매튜가 사모은 수많은 요리책들보다 나을 게 없었다. 토라는 여전히 요리에 있어 구제불능이었다. 그 결과 아직 어린 손자 오리를 제외한 나머지 식구들이 끼니를 해결하기 위해 총동원되고 있었다. 하지만 가족들의 요리 실력은 참담하게도 그녀만큼이나 보잘것없었다. 그나마 실력이 가장 나은 토라의 딸 솔리 역시 제대로 된 식사를 준비하기에는 인내심이 부족했다. 솔리가 제일 좋아하는 건 머핀 굽기이지만 가족들의 식습관이 아무리 엉망일지언정 아직까지는 케이크로 저녁식사를 때울 만큼 망가지지는 않았다. 게다가 솔리가 매번 주방을 사용하고 나면 공습을 당한 자리처럼 초토화되고 말았다. 아들 길피와 그의 여자친구 시가는 이제 곧 함께 가정을 꾸릴 나이가 되어서 요리에 좀 더 관심을 보일 법도 했지만, 그 역시 뜻대로 되지 않았다. 길피와 시가 모두 입맛이 까다로워서 한번은 채식을 했다가 금세 생식으로 돌아서거나 그도 아니면 생식과 채식을 동시에 하기도 했던지라 가족 모두 두 사람이 이번엔 어떤 음식 열풍을 좇아가고 있는지 기억하기를 포기한 지 오래고, 본인들조차 까먹기 일쑤였다. 오늘 저녁에는 입맛이 변덕스러운 두 사람이 오리까지 데리고 시가네 부모님과 식사를 하기 위해 외출했기 때문에 뭘 먹을지 정하는 건 그리 어렵지 않았다. 냉장고가 텅 비어있지만 않다면 말이다.

"중국 음식 어때?" 토라가 냉장고 문을 닫으며 말했다. "포장해 와서 먹을 수도 있고 아니면 컵누들을 먹어도 되고."

"포장해와서 먹자." 매튜가 테이블에 깔아두었던 포크와 나이프를 얼른 치우기 시작했다. 토라와 매튜는 이제 젓가락을 사용하는데 꽤 능숙했다. "컵누들은 이제 더 못 먹겠어. 적어도 올해에는 싫어, 더 이상은."

"내가 빵이라도 구울까?" 솔리가 저녁 전에 마치려던 숙제를 놔두고 고개를 들었다. 사회 과목 숙제로 인도의 식민지 역사에 대해 한 장짜리 보고서를 내야 하지만 솔리 앞에 놓인 종이에는 뱀과 코끼리, 호랑이 그림만 그려져 있을 뿐 한 글자도 적히지 않았다. 이건 아무리 좋게 봐준다고 해도 주제와는 거리가 멀었다.

"아니야, 됐어. 그럴 필요 없어." 이렇게 말한 매튜는 자존심이 상한 솔리의 표정을 보고는 딱 잘라 거절한 것을 금세 후회했다. "그러니까 아저씨 말은 숙제를 먼저 끝내는 게 좋겠다는 뜻이지. 지금 저녁식사보다는 그게 훨씬 중요하잖아. 아니면 주말에 빵을 좀 구울 수도 있고. 감초를 넣어서 초콜릿 힙을 구워보는 건 어때?" 매튜는 그게 솔리가 가장 뿌듯해하는 메뉴라는 걸 잘 알았지만, 뿌듯함과 결과물이 언제나 균형을 이루는 건 아니었다. "잠깐 쉬면서 아저씨랑 같이 주문한 중국음식 찾으러 갔다 올까?"

매튜의 제안에 솔리는 동물 스케치에 가까운 사회 숙제를 재빨리 옆으로 치워버렸고, 사이 좋게 어울리는 두 사람을 지켜보던 토라는 기쁨으로 마음 한편이 따뜻하게 차오르는 걸 느꼈다. 반면 길피와 매튜는 서로에게 상냥했지만 딱히 가깝다고 할 수는 없었다. 아이들이 엄마와 매튜의 관계를 인정해주지 않았더라면 둘은 적어도 지금과 같은 관계를 유지하지 못했을 것이다. 토라에게는 솔리와 길피, 그리고 오리의 행복이 무엇보다 우선이었기 때문이다. 그것이 지금까지 토라가 살아온 방식이었고 누구도 그녀의 방식에 대해 불만을 제기하지 않았다. 누구보다 매튜는 토라의 우선순위를 전적으로 존중했다. 여기에 토라 스스로도 자신의 삶이 아이들에게 지나치게 얽매이지 않도록 노력했고 덕분에 매튜와의 시간도 아쉽지 않게 보낼 수 있었다. 그런데 갑자기 전 남편 한스가 아무런 상의도 없이 노르웨이에서 격월 근무를 시작하면서 단둘이 보낼 시간을 갖는 게 어려워졌다. 한스 역시 이혼 이후 어렵게 새 출발을 했고, 주택 거품이 한창일 때 거액의 주택 담보대출을 받아 무리하게 집을 사는 바람에 후폭풍에 시달려야 했기 때문에 토라는 전 남편의 처지를 이해하려고 노력했다. 해외에서 일을 하면 대출금 일부를 청산하는 데 도움이 될 테니 말이다. 그 여파로 아이들이 아빠와 보내던 주말의 절반을 토라가 떠맡게 되었지만 다행히 오랫동안 함께 살던 토라의 부모가 마침내 이사를 나가면서 부담이 어느 정도 상쇄되었다. 게다가 스페인에 사두고 거의 사용을 안 하던 휴가용 주택을 팔아버린 후 경제적으로도 넉넉해졌다. 하지만 토라의 어머니가 이사를 나가면서 이 가족은 너무나 귀중한 요리사를 잃어버린 셈이었다.

매튜가 솔리를 데리고 중국음식을 찾으러 간 동안 토라는 가방에서 요트 사건 관련 서류철을 꺼냈다. 미스터리를 해결하고 싶은 마음이야 굴뚝같지만 성공할 가능성이 희박하다는 건 토라 스스로도 잘 알았다. 알 수 없는 승객들의 행방만큼이나 요트 자체가 토라의 상상력에 불을 지폈다. 천성적으로 꽤나 현실적인 사람임에도 토라는 그 핏기 없는 작은 발의 이미지를 도저히 떨쳐버릴 수 없었다. 그렇다고 그 이미지가 초자연적 현상이라고 생각하는 건 아니었다. 반대로 토라는 자신의 뇌가 만들어낸 환영이라고 확신했다. 승객들은 실종됐을지 몰라도 그들이 남긴 흔적은 배 안 곳곳에 남아있어서 토라의 두뇌로 하여금 모자란 부분을 채워넣도록 하기에 충분했다.

부둣가에서 헤어지기 전 파나르는 아이에르의 상사가 이 사건을 해결하는 데 본인이 할 수 있는 것은 무엇이든 돕기로 했다는 말을 토라에게 전했다. 치명적인 항해에 아이에르를 보낸 것은 다름 아닌 자신의 결정이었으니 이 사건에 대해 적지 않은 책임감을 느낀 것이다. 토라는 은행으로부터 사건과 관련된 서류 사본과 함께 요트가 레이캬비크 항구에 도착한 이후 조정위원회에서 작성한 피해 보고서를 얻을 수 있는지 파나르에게 물었다. 파나르는 알아보겠다고 대답했지만 솔직히 연락이 올 것이라고는 기대하지 않았다. 그럼에도 그녀는 휴대폰이 울릴 때까지 책상 앞에서 거의 앉지를 않았다. 마침내 전화를 한 파나르는 토라에게 보낼 서류를 취합 중이라고 했고, 토라는 퇴근길에 조정위원회 사무실에 들러 서류철을 받아왔다.

서류봉투에서 꺼낸 종이는 그리 두툼하지 않았다. 서류철 앞부분에는 그간 요트에서 근무한 선원 명단이 몇 장을 차지하고 있었다. 명단이 프랑스어로 작성된 것으로 보아 아마도 해외에서 입수한 듯했다. 조정위원회가 요트를 압류하기 전까지 배는 모나코에 등록되어 있었으니 당연한 일이었다. 명단을 정독하다 보니 선원들의 국적은 다양했고, 정작 프랑스 국적자는 별로 없다는 게 눈에 띄었다. 토라의 시선이 형광펜으로 표시된 한 선원의 이름에서 멈췄다. 할도르 토르스틴손. 아이슬란드 이름이었다. 토라는 이 사람과 꼭 이야기를 나눠봐야겠다고 생각했다.

문제의 할도르라는 남자가 요트에서 일한 기간은 겨우 3개월 정도였다. 명단에 있는 다른 선원들에 비하면 일한 기간은 짧았지만 그렇다 하더라도 요트에 대해 어느 정도 알고 있을 것이다. 물론 일을 자진해서 그만두거나 잘렸을 가능성도 배제할 수는 없었다. 그래서 배의 전 소유주나 다른 선원들에게 앙심을 품었다면 증언에 영향을 미칠 수도 있으니 오히려 조사에 방해가 될지도 몰랐다. 그렇지만 안전절차와 인명구조 용구 등 토라가 보험회사에 심의를 요청하기 전에 알아야 할 사항들에 대해 상세하게 말해줄 수 있는 사람임에는 틀림없었다. 보험사에 제출할 심의서에 빈틈이 많을수록 심의 결과 발표도 늦어지게 된다. 이는 보험사들이 흔히 써먹는 수법이다. 답을 해주는 대신 특정사항에 대해 질의를 하고, 질의에 대한 답을 해주면 또 다른 질문을 던지는 수법을 반복하면서 시간을 끄는 것이다. 이런 수법에 휩쓸리면 심의 절차는 몇 달이고 늘어진다. 그러니 애초 철저하게 논증이 된 보고서를 제출하는 것이 무엇보다 중요했다.

　선원 명단 다음으로 요트의 선박등록증이 나왔다. 등록증은 토라가 이미 알고 있는 사실, 카리타스와 그녀의 남편이 첫 번째 소유주가 아니라는 것, 그리고 요트를 구입한 이후에는 배의 이름을 레이디 K로 변경한 사실 따위를 나열하고 있었다. 레이디 K라는 이름은 다시 봐도 세련되지 못한 선택이었다. 토라는 자기 이름을 따서 배 이름을 지었다면 어떠했을지 상상했지만, 레이디 T라는 이름은 훨씬 더 우스꽝스러울 뿐이었다.

　명단을 계속해서 훑어보던 토라는 카리타스와 그녀의 남편이 요트를 소유했던 시기에 할도르라는 선원이 요트에서 일했다는 사실을 알아챘다. 어쩌면 사건과 관련이 없을지도 모르지만 토라는 그 사실을 머릿속에 새겨두었다.

　서류에서 토라의 주의를 끈 또 다른 내용은, 이것이 요트의 적재물을 가리키는 정확한 용어인지 알 수 없지만, 요트의 물품 목록이었다. 목록이 작성된 용지는 해외의 한 선박 중개업체 것으로, 조사해보니 대형 선박 판매를 전문으로 하는 곳이었다. 용지에는 배 안 모든 물건들의 가치가 여러 장에 걸쳐 정리돼 있었다. 목록은 4년여 전에 작성된 것이기 때문에 현재의 내용물과 정확하게 일치하지 않을 가능성도 있었다. 목록을 살펴보는 동안 토라의 눈은 점점 더 커졌다. 일상적으로 사용하는 물건들이 그렇게 비싸리라고는 전혀 예상치 못했던 것이다. 소파 하나가 토라의 차보다 더 비싼가 하면, 식칼 한 세트가 토라네 부엌의 모든 집기들, 식탁과 의자를 포함한 집기들을 전부 합친 것보다 더 값이 나갔다. 목록에는 제트스키와 잠수복, 낚시도구 등 선박 여행과 관련된 기기와 장비 등이 망라되었다. 토라는 바다로 통하는 해치가 나있는 창고에서 제트스키를 봤지만, 잠수복과 낚싯대를 본 기억은 없었다. 선거 유세를 다니듯 여러 창고와 벽장을 잠깐씩만 둘러보느라 세세하게 살피지 못한 공간도 있을 테니 그럴 수도 있겠다 싶었다. 게다가 도둑의 구미를 당기기에 충분한 고가의 장비들이므로 누군가 들어와서 손쉽게 훔쳐 가버렸을 가능성도 있을 거라고 토라는 생각했다. 최근 들어 매튜가 연어 낚시에 흥미를 갖기 시작했는데, 남자친구가 탐내는 낚시장비의 가격을 듣고 이미 눈물을 흘렸던 토라였기에 물품 목록에서 낚시도구의 가격을 확인했을 때는 크게 놀라지 않았다. 토라는 그저 매튜가 배를 타는 일에서 멀어지게 해달라고 신에게 빌었다.

다음 장을 확인하던 토라가 순간 멈칫했다. 종이 위에는 단 한 줄의 정보뿐이었다. 카리타스 카를스도티르라는 이름과 전화번호, 그리고 이메일 주소. 토라는 얼굴을 찡그렸다. 신상정보가 서류에 포함된 사실이 뜻밖이라고 생각하면서도 이 정보가 포함된 것이 우연인지, 아니면 어떤 목적에 따른 것인지 궁금해졌다. 토라는 전화기를 집어들어 서류에 나온 번호로 전화를 걸어봤지만 연결할 수 없는 번호라는 음성메시지만 흘러나왔다. 마찬가지로 카리타스의 계정으로 이메일도 보내봤지만 메일은 즉시 되돌아왔다. 실수로 포함된 정보임에 틀림없었다.

매튜와 솔리가 포장음식을 가지고 집에 돌아왔을 때에도 토라는 여전히 서류 내용에 대해 천천히 곱씹고 있었다. 저녁 식사 내내 도라의 머릿속은 요트와 서류에 대한 생각으로 가득해서 솔리의 말에도 성의 없이 건성으로 대답을 했다.

식사를 마친 토라는 다시 서류를 검토하기 시작했다. 그녀는 딸이 들을 수 없는 곳에서 매튜와 사건에 대해 의논하고 싶은 마음이 간절했지만, 식사가 끝나고 솔리가 숙제를 하러 자리를 뜰 때까지 기다려야만 했다. 딸이 어깨 너머로 요트 사건에 대해 듣게 되는 날에는 영영 배 근처에는 가지 않겠다고 선언할지도 모를 일이었다. 알사탕이 목에 걸려 죽을 뻔한 아이를 구해준 어느 항공승무원의 뉴스를 접한 이후로 솔리는 딱딱한 사탕은 절대 입에 대지 않았는데 그게 벌써 3년 전 일이었다.

"매튜, 배에 대해 아는 것 좀 있어?"

"하나도 모르지. 내가 아는 건 물고기를 잡거나 화물을 나르거나 바닷길이나 내륙 수로로 여행을 다닐 때 사용된다는 것 정도야." 매튜가 웃음을 지었다. "좀 도움이 됐어?"

"아니 전혀."

"그런데 그건 왜 물어?"

"미스터리한 요트와 관련된 사건을 맡게 됐거든. 오늘 아침에 그 요트를 둘러보고 왔는데, 내부 공기가 아주 으스스했어. 어쩌면 내가 호화 요트는 고사하고, 배에 대해 전반적으로 아는 게 없어서 그랬을지도 모르지. 아차, 내가 하려던 얘기는 그게 아니야. 이 사건이 생명보험금 청구 건이랑 얽혀있다 보니까 일반적인 상황에서 발생한 사망사건보다 조사하기가 훨씬 더 골치 아프거든."

"배에 대한 배경지식이 꽤 있어야겠네."

"그럴 수도 있고, 아닐 수도 있고." 토라는 랩톱을 가지고 왔다. 월 초라 아직 길피가 해외 웹사이트 브라우징 포인트를 다 써버리지 않았기 때문에 마음껏 검색을 할 수 있었다. "배에 탄 사람들이 갑자기 사라져서 영영 나타나지 않는 게 일반적인 사건이라고 생각해?"

매튜가 어깨를 으쓱했다. "나도 듣기야 했지만 얼마나 일반적인지는 전혀 알 수 없지. 어렸을 때 아주 충격적인 이야기를 들은 적은 있는데, 그게 실제 사건인지 아닌지는 정확히 모르겠네. 배에 탄 선원들이 모두 사라진 후로도 오랫동안 바다를 떠돌아다닌 유령선에 관한 이야기였어. 배 이름은 기억이 안 나. 온라인에서 검색을 해보지 그래? 검색했는데 나오는 게 없으면 아마도 그런 종류의 사건이 드물거나 어쩌다 한 번 있을까 말까 하다는 뜻이겠지. 그게 당신한테 얼마나 도움이 될지는 솔직히 잘 모르겠지만."

"자꾸 호기심이 생겨서…. 그 소름 끼치는 요트의 분위기가 머릿속에서 떠나질 않아." 토라는 잠시 멈추었다가 말을 이었다. "뭐라고 표현해야 좋을지 모르겠는데 사람들이 아직도 거기에 있는 느낌이야. 자기들이 사라져버렸다는 사실을 아직 깨닫지 못한 것처럼. 정신 나간 소리 같지?"

"아니, 아주 이상한 말은 아니지." 웃지 않는 것으로 보아 매튜는 토라의 말이 전혀 터무니없다고 생각하지 않는 모양이었다. "최근에 누군가 죽은 장소에 가면 왠지 모르게 느껴지는 기묘한 분위기가 있어. 경험상 그런 장소에 가면 머릿속이 혼란스러워지면서 이상한 생각을 하게 된단 말이지. 내가 처음으로 조사차 살인사건 현장에 갔을 때는 흰청이 들리고 누가 닐 민진다는 착각마저 들너라고. 그런 종류의 공포는 생전 처음이었으니 그랬던 거지."

　토라는 안심이 됐다. 매튜의 말은 합리적이었다. 토라 역시 변호사로 일하면서 시신을 비롯한 끔찍한 광경들을 종종 목격해왔지만 베테랑 형사도 아닌 자신이 생소하기만 한 상황을 이성적으로 판단하기는 쉽지 않을 터였다. 다시 말해 토라의 머리는 아무 이상이 없다는 뜻이었다. 또는 그러지 않기를 바랄 수밖에. 벨라에게 비슷한 체험을 하지 않았는지 물어볼 수 없다는 사실이 안타까웠지만 비서에게 헛것을 봤는지 대놓고 물어보는 건 정신 나간 짓이었다. 토라는 벨라가 이용해 먹을지도 모르는 자신의 약점을 아직은 노출시킬 준비가 되어있지 않았다.

　토라는 카리타스의 외국인 남편 굴람에 관해 검색해보았다. 큰 도움이 될 만한 정보는 아니었지만 사건의 배후 사정을 좀 더 알고 싶었기 때문이다. 아이슬란드 신문들은 굴람과 국내 금융위기를 연관지어 그의 파산을 다루었지만 토라는 경제 기사만 보면 따분해지는 탓에 당시에는 기사 헤드라인만 대충 훑어보고 지나쳤었다. 검색엔진에 굴람의 이름을 입력하니 그의 활동 영역에 비해 한없이 초라할 정도로 적은 결과가 나왔다. 아마 굴람은 세간의 시선에서 벗어나 있는 걸 선호한 모양이었다. 그는 자신의 이름으로 거대한 기업을 쌓아올리기보다는 다른 사람들의 회사에 주요 투자자로 참여하는 스타일이었다. 이러한 사업 스타일 덕분에 금융시스템 망에 걸리지 않고 활동할 수 있었다는 사실 또한 검색을 통해 알았다.

　검색으로 찾아낸 기사들은 대략 세 가지 종류로 분류됐다. 첫째는 굴람의 재정적 파탄을 고소해하는 아이슬란드의 여론을 보여주는 기사, 둘째는 그의 투자활동을 지나가듯 언급하는 국제 경제 관련 기사, 마지막으로 그가 거의 엑스트라처럼 등장하는 제트족들에 관한 해외 가십칼럼들이었다. 카리타스의 존재감 덕분에 이런 기사들은 아이슬란드 언론에까지 흘러들었고, 국내 기사에서 이 커플의 삶은 예상대로 과장되어 있었다. 아이슬란드 사람들은 해외 상류층에 성공적으로 진입한 자국민에 대해, 특히나 사치스런 라이프스타일을 누리는 이들에 대해 지나치다 싶을 정도로 관심을 갖는 경향이 있었다. 쏟아지는 세상의 이목을 즐기며 사는 미모의 젊은 여성에 대한 관심이야 더 말할 것도 없었다.

이 중에서 토라의 관심을 가장 많이 끈 것은 세 번째 종류의 기사들이었다. 어쩌다 보니 자기 삶의 테두리 안으로 들어온 카리타스라는 여자에 대해 강한 호기심이 생겼던 것이다. 세 번째 종류의 기사들은 주식시장이나 주가에 대한 언급 대신 공식만찬 행사와 화려한 파티들에 초점을 맞추면서, 참석 인사들이 걸친 의상은 어떤 디자이너 브랜드인지 떠들어댔다. 사실 굴람은 행사의 주연이 될 정도의 거물은 아니었다. 따라서 이 커플의 사진은 거의 예외 없이 여러 장의 사진 끄트머리에 빈칸 채우기 용으로 등장할 뿐이었다. 굴람은 카리타스를 옆에 끼지 않고는 절대 공식행사에 모습을 드러내지 않았고, 그래서 토라는 카리타스가 없었다면 그의 사진은 아예 게재되지도 않았을 것이라고 생각했다. 굴람의 아이슬란드인 아내는 보기 드물게 화려한 미인이었다. 반면 조각 같은 몸매로 마음만 먹으면 모델이 될 수도 있었을 그녀와 대조적으로 남편은 퉁퉁한 얼굴에 뗑띨띨한 체격을 가진 사내였다. 내버리를 삼수기 위해 머리칼을 반대편으로 가련하게 빗어넘긴 헤어스타일은 카리타스가 남편을 보기 위해 고개를 숙일 때마다 만나야 하는 광경이었을 것이다. 그럼에도 불구하고 모든 사진 속에서 그에게 착 달라붙어 있는 카리타스의 모습을 봤다면 누구라도 굴람이 동화 속에 나오는 왕자님이라고 생각했을지 모른다. 매번 고가의 새 드레스를 걸치고 등장하는 카리타스가 검정 재킷을 입은 남편의 떡 벌어진 어깨에 가느다란 팔을 걸친 모습이라니. 둘의 대비는 극명했다. 생기 없는 안색에 장의사처럼 옷을 입은 굴람과 반대로 카리타스는 영구 태닝으로 구릿빛 피부를 자랑하며 강렬한 색상의 의상을 즐겨 입었다. 남편은 대머리인 반면 카리타스는 길고 숱 많은 금발을 자연스럽게 늘어뜨린 모습이었다. 굴람의 턱살은 축 늘어진 반면 카리타스의 광대뼈는 높이 솟아있었고, 장신구를 일절 하지 않은 남편과 반대로 카리타스는 액세서리를 할 수 있는 곳이라면 어느 부위든 보석으로 휘감고 있었다. 작은 데다 제대로 관리마저 안 된 이빨을 가진 남편에 비해 카리타스의 치아는 큼직하고 고른 데다 눈부실 정도로 하얘서 마치 카탈로그를 보고 주문한 공산품 같았다. 그녀가 카메라 앞에서 항상 환하게 웃으며 치아를 드러내는 데 반해 남편이 우거지상을 쓰는 데에는 그럴 만한 이유가 있었다. 두 사람의 결혼은 과연 상극의 결합이었다.

셀러브리티 관련 기사를 샅샅이 뒤져도 단서 하나 나오지 않자 토라는 전략을 바꾸어 카리타스에 관한 정보를 검색하기 시작했다. 아이슬란드 매체에 실린 한 토막기사에 따르면 카리타스는 남편보다 서른 살쯤 연하였고 굴람이 카리타스가 일하던 레이캬비크의 호텔에 머물면서 두 사람이 만났다고 한다. 호텔에서 근무할 당시 그녀의 직함은 정확히 언급되지 않았지만 만난 지 3개월 만에 두 사람은 결혼에 골인했다. 굴람에게는 세 번째, 카리타스에게는 첫 번째 결혼이었다. 카리타스는 굴람과의 사이에서도, 이전의 어느 관계에서도 아이를 갖지 않은 상태였다. 또 다른 기사는 굴람이 파산 위기에 처했을 당시 카리타스가 그에게 이혼을 요구했다고 주장했다. 토라는 예전에 슈퍼마켓에서 장을 보다가 관련 기사의 헤드라인을 언뜻 본 기억을 희미하게 떠올렸다. 애초 카리타스가 굴람에게 끌렸던 이유야 실망스러울 정도로 뻔한 것이었으니 이혼을 요구했다는 소식은 전혀 놀라울 게 없었다. 누구나 아는 그렇고 그런 사이였으므로 서로 첫눈에 반했다느니 하는 이야기야말로 오히려 공허하게 들릴 뿐이었다. 토라는 어째서 지금까지 아름답고 젊은 여자와 돈 한 푼 없는 늙은 남자가 결혼했다는 이야기를 한 번도 들어본 적이 없는지 신기하게 생각했다. 하지만 그렇다고 해서 그게 토라와 무슨 상관이겠는가? 사람들은 자기와 다른 것에 끌리기 마련이고, 의도가 무엇이든 두 사람만 합의에 만족한다면 어차피 나쁠 것은 없었다. 그럼에도 카리타스와 굴람의 경우, 둘의 행복은 오래 가지 못했다. 카리타스가 결혼 4년 만에 이혼소송을 제기했기 때문이다.

관련 소식을 더 검색해보니 이 부부가 결국 갈라서지 않기로 합의했다는 기사가 나왔다. 두 사람이 의견 차이를 잘 봉합한 듯했다. 토라는 이혼이 무산된 이유가 카리타스에게 합의금으로 지불할 현금이 없어서는 아닐까 의심했지만, 한편에서는 굴람이 중앙은행의 분쟁조정위원회를 포함해 채권자들로부터 상당한 자금을 은닉하는 데 성공했다는 소문이 나돌았다. 누가 봐도 카리타스에게는 호텔 직원으로 돌아가는 것보다 갑부 남편 곁에 머무는 것이 더 나은 선택지였다. 사실 그녀가 이혼을 포기한 가장 큰 이유는 아이슬란드 사교계의 협소함이었다. 셀러브리티 가십기사에 단골로 등장하던 새파란 젊은 여자에게 그토록 불명예스럽게 집으로 돌아가는 것은 그다지 매력적인 옵션은 아니었을 것이다. 카리타스가 중앙은행의 조사에 협조할 의향이 있다고 전한 파산 직후의 기사들은 근거 없는 것으로 드러났고, 이후 언론사들이 사실 확인을 위해 카리타스에게 질의했을 때에도 이렇다 할 답변을 들을 수 없었다. 요트 사건이 보도된 이후 카리타스는 연락이 두절된 상태였다. 실제로 그녀는 지구상에서 완전히 종적을 감춰버린 듯했다. 굴람의 대리인은 카리타스가 언론의 지나친 관심을 피해 브라질에 머물고 있다고 밝혔지만 정작 아이슬란드에 살고 있는 그녀의 모친은 그 사실을 확인해주지 못했다.

"매튜." 토라는 노트북에 열중해있었다. "당신 혹시 은행에서 요트 소유주 부부에 대해서 들은 얘기 없어? 소유주인 남자가 당신네 은행이랑 직접적으로 거래 안 한 건 아는데, 혹시 그 부부에 대한 소문 같은 게 돌지는 않았나 해서. 카리타스의 현재 행적이라든가, 아니면 그 여자가 남편의 사업 문제와 관련해 새로운 정보를 제공하기로 했다든가?"

매튜가 토라의 말을 정확히 이해하기까지는 시간이 좀 걸렸다. 그의 아이슬란드어 실력은 크게 향상됐지만 가끔 독일어 모드에서 아이슬란드어 모드로 바뀌는 데 시간이 걸렸다. "응. 듣기는 했지만 반복할 만한 가치가 있는 내용은 아니야. 여자 직원들은 카리타스에 대해 떠들고, 남자들은 굴람에 대해 험담하는 정도였지."

"뭐라 그러는데?"

"흥미로운 내용은 하나도 없어. 굴람이 거액의 자산을 빼돌린 건 분명하지만 철저한 조사가 진행되고 있는데도 전혀 추적이 안 된다, 그리고 그 아내는 숨죽이고 살자면 돈 많은 걸 과시할 수 없을 테니 분명 아이슬란드로 돌아오고 싶지 않을 거다, 뭐 이런 얘기. 소문으로는 카리타스가 금융당국이나 특별검사에게 조사받는 걸 두려워하고 있다던데. 소문을 얼마나 진지하게 받아들여야 할지 모르겠지만. 아무튼 그냥 추측에 불과할 거야."

토라는 잠시 생각을 하더니 입을 열었다. "카리타스의 부모나 형제들을 수소문해서 연락해봐야겠어. 그 여자한테 연락이 닿을 방법을 알려줄지 몰라. 그리고 그녀라면 분명 요트에 관해 쓸 만한 정보를 쥐고 있을 거야. 선원들이 출항 당시에 인지하지 못한 문제가 있었을 수도 있고. 요트를 압류당하기 한참 전부터 부부는 이 배를 사용하지 않았거든. 어쩌면 결함 때문에 그랬을 수 있지."

"그런 배를 굴리는 데 매일 수백만 크로나가 들어가기 때문일 수도 있잖아. 이런 불황에 그들도 허리띠를 졸라맸을 테니까." 매튜가 하품을 했다. "그리고 그 여자가 대체 뭐 때문에 당신이랑 이야기를 하겠어?"

토라가 랩톱을 닫았다. "물론 그럴 의향은 눈곱만큼도 없겠지. 하지만 그래도 시도해볼 만하잖아." 토라는 늘어서게 기시개를 켰다. "그 여자 남편 혹시 범죄자야?"

"어떤 범죄자를 말하는 거야? 총 같은 거 든 범죄자, 아니면 신용등급 가지고 장난치는 범죄자?"

"총 든 범죄자."

"아닐걸. 왜 그렇게 생각해?"

"그냥 굴람에게는 가장 적당한 시기에 카리타스가 종적을 감춰버렸다는 사실이 너무 간편하잖아. 원래는 남편에게 불리한 증언을 하기 위해 아이슬란드로 돌아오는 중이었는데, 다음 순간에 갑자기 사라져버리다니. 난 그 여자가 정말 죽은 건 아닌지 의심스러워지기 시작했어. 남편 쪽에서 제거해버렸을지 누가 알아? 미디어에서 그 여자 사진을 마지막으로 찍어서 공개한 지도 좀 됐잖아. 언론에서는 그 여자 행방을 알아내려고 며칠 간 혈안이었는데 말이야. 그리고 재정적으로 뭐가 문제인지는 몰라도 남의 눈에 띄지 않게 지내는 건 그 여자답지 않아. 평소 같으면 미디어의 관심을 받으려고 안달이 났을 텐데. 어쩌면 모든 상황은 연결되어 있는 건지도 몰라. 조정위원회에서 보내준 서류 속에 그 여자 이름이랑 더 이상 안 쓰는 전화번호, 이메일 주소가 명기된 종이 한 장이 포함돼 있었어. 그걸 보고 난 후 문득 그런 생각이 들었지. 어쩌면 조정위원회가 뭔가를 찾아내긴 했는데 내부 기밀유지 규정 때문에 공개를 못 하고 있는 건 아닐까, 이 정보를 단서 삼아 따라가다 보면 옳은 방향으로 조사를 할 수 있지 않을까 하고."

"그럴 가능성은 별로 없어보이는데." 매튜는 이해가 안 된다는 표정이었다. "고작 이름과 연락처가 적힌 종이 한 장 찾아냈다고 해서 그 여자가 죽었다고 단정지을 수는 없잖아. 그리고 정말 그 여자가 죽었다고 여긴다면 가족들과 접촉하는 건 바보 같은 짓이야. 그들을 찾아가서 뭘 어떻게 할 건데? 가족들한테 메시지를 전해달라고 부탁한 다음 그 여자한테서 답이 없으면 정말 죽었겠거니 추정할 거야?" 매튜는 실실거리며 물었다. "당신이 생각해도 그다지 훌륭한 방법은 아니지 않아?"

"아니, 내 의도는 그게 아닌데. 그저 가족이나 가까운 친척을 하나 만나서 이야기하는 걸로 충분해. 가족들도 카리타스의 소식을 못 들었다는 게 확실해지면, 그때는 그 여자한테 뭔가 문제가 생겼다는 가정에 힘이 실리게 되잖아. 어쨌든 미디어에 모습을 드러내지 않는 거야 그럴 수도 있다지만, 사랑하는 가족들에게조차 소식을 전하지 않는 건 다른 문제지. 신문에 난 모친의 답변 중에서 유일하게 진실인 걸 꼽으라면, 그건 딸이 어디 있는지 전혀 모른다는 사실이야. 반면 은행은 카리타스의 행방을 알고 있을 가능성이 다분해. 그 여자와 연락이 닿게 해줄 수도 있을 테고. 현재로서 내가 바라는 건 그거야."

매튜는 여전히 납득이 안 된다는 표정으로 고개를 저었지만 바로 그때 길피가 잠이 든 오리를 안고 시가와 함께 방 문 앞에 나타났다. 시가는 길피에게서 아이를 받아안고는 토라의 침실 안으로 들어왔지만 길피는 어색하게 방안을 서성였다. 새로운 소식을 말하고 싶어 안달이 난 게 틀림없었다. "아빠가 노르웨이에서 전화를 했어요."

"아, 그래? 어떻게 지낸데?" 토라가 물었다.

"아빠가 좋은 제안을 하나 했어요. 끝내주는 제안이죠, 사실 이 정도면." 길피는 소파 팔걸이에 걸터앉으며 말했다. 요즘 들어 키가 부쩍 자라기는 했지만 아직도 더 많이 자랄 것이다. 아마 토라가 알아채기도 전에 어른이 되어있을 것이다. "아빠가 노르웨이의 석유회사에서 일하는 아저씨를 한 명 알게 됐는데, 저만 원하면 일자리를 알아봐 줄 수 있다고 했나봐요."

"일자리?" 토라는 몸을 바로 세우며 물었다. "여름 동안 일할 곳 말하는 거야?"

"아뇨. 겨울까지 일할 곳요. 급여가 말도 안 되게 세더라고요."

"잠깐 있어봐." 너무나 많은 질문이 토라의 머릿속을 맴돌고 있어서 어떤 질문을 먼저 던져야 할지 알 수가 없었다. "엄마는 네가 고등학교 졸업하면 바로 대학 진학할 걸로 알았는데. 말도 안 되는 생각이잖아, 그렇지 않아? 그리고 시가는 어떻게 할 건데? 고등학교 졸업하려면 아직 1년 남았잖아. 설마 시가랑 오리도 데려갈 생각이야, 아니면 아이슬란드에 남겨놓을 거야?"

"남은 1년은 원격수업 받으면 돼요. 그리고 저는 1년 휴학하면 되고요. 그동안 내가 진짜 공부하고 싶은 게 뭔지 생각할 시간도 가질 수 있잖아요. 저축도 좀 할 수 있고요. 급여가 진짜 세다니까요?" 길피의 의지는 확고했다. 지금 당장 인터넷으로 비행기 표라도 끊을 기세였다.

"노르웨이 급여 수준이 높을지는 몰라도 생활비는 살인적이야. 돈을 버는 족족 생활비로 나가버릴 거야. 노르웨이 아파트 월세가 얼마인 줄은 알고 그래?" 토라는 아들의 열정을 꺾어버릴 방법을,

이게 얼마나 철없는 생각인지 깨닫게 할 방법을 짜내기 위해 온 힘을 다했다. 그녀는 오래 지나지 않아 아들이 아내와 손주를 데리고 자기들만의 가정을 꾸리기 위해 독립할 것이라는 사실을 잘 알고 있었다. 다만 지금으로서는 세 사람을 낯선 타국에 빼앗겨 버리는 일만은 어떻게든 막고 싶었다. 올 가을 길피가 대학에 진학하면 얼마 지나지 않아 독립하리라고 예상은 했지만, 손주까지 데리고 해외에 나가서 살 것이라고는 상상조차 못했다.

"그래서 이 제안이 끝내주는 거예요. 아빠는 큰 아파트에서 혼자 지내는데 로테이션 근무 때문에 그 공간을 격월로만 사용하잖아요. 그러니까 우리 세 식구가 들어가면 한 달은 아빠랑 같이 사용하고 나머지는 우리가 독차지하게 되는 거죠." 길피는 눈을 빛냈다. "이보다 더 좋은 조건이 어딨어요. 근무조건도 환상적이라고요. 2주 근무하고 나면 3주는 쉴 수 있어요."

토라는 꽥하고 소리를 질렀다. "그럴 리가 있겠어! 대체 어떤 일자리인데?"

"석유굴착기에서 일하는 거예요. 헬리콥터로 시설까지 실어다 준대요." 완벽한 미래 계획에 푹 빠진 길피의 얼굴에서 웃음기가 가시지 않았다.

"그렇구나." 토라는 웃어야 할지 울어야 할지 종잡을 수가 없었다. 토라의 전 남편은 워낙 멍청한 생각을 많이 하는 사람이었지만, 이번 제안은 단연 최악이었다. 내 아들이 석유굴착기에서 일을 한다니. 길피는 북극해든 어디든 간에, 바다 한가운데 둥둥 떠있는 이 빌어먹을 철제 굴착시설 같은 환경에서 지내본 경험은 고사하고 레이캬비크 밖에서 살아본 경험도 없는 철부지였다. "급여가 좋은 이유는 그 일이 극도로 위험천만한 작업이라서 그런 거야. 게다가 너는 경험도 전혀 없고 아직 어리잖아. 매번 헬리콥터를 타고 나가는 것만 해도 너무 위험해. 상의할 가치도 없는 제안이야."

순간 길피의 얼굴이 굳어졌다. "상의할 가치도 없지 않아요." 길피가 자리에서 일어섰다. "그리고 결정은 어차피 엄마 몫이 아니에요. 이력서 작성해서 아빠한테 보낼 거예요. 그 아저씨에게 전달해 달라고요. 나를 써줄지 장담할 수는 없지만, 만약 채용하겠다면 저는 그 일 하고 싶어요." 길피는 매튜를 바라보며 도움을 구하는 눈빛을 보냈지만 돌아오는 건 알 수 없는 표정뿐이었다. 길피는 다시 시선을 엄마에게로 돌렸다. "엄마는 제 계획을 그냥 있는 그대로 받아들일 수는 없나요? 어쩌면 그렇게 항상 부정적이에요?" 길피는 쿵쿵거리며 자기 방으로 들어가 버렸다.

토라는 가만히 앉아 감정을 가라앉히려 애쓰며 중얼거렸다. "대체 그 망할 굴착시설에서 뭘 어쩌겠다는 거야? 자동차에 기름도 혼자 못 넣는 애가. 매번 주유소 직원한테 넣어달라고 하면서."

매튜가 대수롭지 않다는 듯 어깨를 으쓱했다. "길피처럼 젊은 남자애들이 못할 일이 뭐가 있겠어. 내가 보기엔 좋은 경험이 될 거 같은데."

토라가 매튜를 노려봤다. "당신 지금 농담하는 거지?"

하지만 매튜의 표정은 진지하기만 했다. 이제 길피의 계획에 반대하는 사람은 토라 자신뿐인 듯했다. 혼자라도 아들의 계획을 저지할 묘안을 짜내야 했다. 목숨을 잃을 수도 있는 일자리를 덥석 받아들이지 못하도록, 무엇보다 손자 오리로부터 안정적인 삶을 앗아가지 못하도록 막아야 했다. 토라는 손자에게 있어 자신의 존재가 곧 안정적인 삶이라고 철석같이 믿고 있었다. 아무리 길피와 시가가 좋은 부모이고 아들을 정성으로 돌본다고 해도 아직은 한 아이를 키우는 데 필요한 성숙함이 부족했다. 토라는 불현듯 자신 또한 길피와 비슷한 나이에 엄마가 되었다는 걸 자각하고는 멈칫했다. 사실 이른 나이에 엄마가 된 것 치곤 결과가 나쁘지 않았다. 맙소사, 이제는 토라의 뇌조차 토라에게서 등을 돌려버린 모양이었다.

토라는 세상만사가 다 짜증이 난다는 듯 다시 랩톱을 열어버렸다. 어차피 내일 아침이면 길피가 마음을 고쳐먹을 공산이 크기 때문에 그녀는 더 이상 이 문제로 고민하며 기운을 소진하고 싶지 않았다. 주의를 딴 데로 돌릴 겸 버려진 선박에 관한 사례를 검색해보기 시작했다.

검색 결과에는 온갖 정보와 기사들이 무질서하게 섞여있었다.

6장

밤새 날씨가 악화되면서 요트는 파도를 따라 속수무책으로 요동쳤다. 먹장구름이 태양을 가리면서 한 차례 폭우를 예상케 했고 바다는 납빛 하늘을 비추며 점점 더 위협적인 잿빛으로 변했다. 승객들의 기분 역시 날씨와 비슷하게 침잠해갔고, 지루함을 못 이긴 쌍둥이는 얼굴을 잔뜩 찡그렸다. 앞으로의 항해가 이들이 기대했던 모험과는 다르게 흘러갈 듯 보였다.

"아빠, 왜 파도의 윗부분은 하얀 거야?" 빌쟈는 온 가족이 모여 있는 라운지 소파에 앉아 창밖을 뚫어져라 바라보았다.

"왜냐하면 파도가 저렇게 높이 일 때는 바닷물이 공기랑 뒤섞이기 때문이야. 그러니까 바다에서 산소를 공급받아야 하는 물고기들한테는 좋은 일이야." 사실 아이에르는 이유를 몰랐다. 학창시절에도 자연 과목을 좋아한 적이 없었지만, 자신의 대답 정도면 꽤 그럴싸하다고 생각했다. 연산이나 수학적 문제야말로 그의 적성에 맞았다. 예외가 들어설 틈이 없는 논리적 주제. "조심하세요, 공주님. 잡을 것이 있는 곳으로만 다녀야지." 아이에르는 빌쟈가 소파가 있는 곳을 향해 라운지를 불안하게 가로질러 가는 모습을 지켜보았다. 요트는 격렬하게 뛰놀았고, 그날 아침 언제부터인가 네 식구 모두 제대로 중심을 잡고 설 수가 없었다. 아이에르는 자기도 다른 식구들만큼이나 창백하게 보일 거라 짐작했다. 다들 멀쩡해 보이려고 노력했지만 배의 작은 움직임에도 네 식구의 위장은 들고 일어났다.

라라는 소파에 길게 누워 두 팔로 얼굴을 감싸고 있었다. 그녀는 계속 두통을 호소했고 아침식사조차 거의 먹지 못했다. 반면 두 딸은 다음 끼니를 언제 때울지 알 수 없다는 듯 게걸스럽게 먹어치웠다. 그 모습을 보며 아이에르는 적어도 당장은 아이들의 메스꺼움이 가라앉은 것이길 바랐다. 그러나 그는 파리하고 무기력한 가족들을 보면서 자신이 얼마나 이 여행에 대해 낙관적이었는지 자각했다. 지금 침울해 보이는 건 둘째 딸만이 아니었다. 아르나 역시 상태가 좋지 않았다.

"내 머리가 평소보다 커보이지 않아?" 라라는 한 쪽 팔을 들어올렸다. 그녀의 머리는 여느 때와 다르지 않았다. 유일한 차이점이라면 팔에 눌린 자국이 뺨에 빨갛게 남았다는 것뿐이다.

"아니, 내 눈엔 아주 멀쩡하게 보이는데." 아이에르는 갑작스러운 위경련에 대처하기 위해 숨을 내쉬었다.

"내 눈에는 더 커보여." 아르나는 엄마의 머리를 더 자세히 보기 위해 몸을 앞으로 수그렸다. 라라는 끙끙 앓는 소리를 냈다.

"이럴 떼는 밀 히는 게 좋은지 알이?" 아이에르는 움직일 기운을 내보기 위해 두 무릎을 탁 쳤다. "갑판 위로 올라가면 기분이 나아질 거야. 선장 아저씨가 한 말 기억하지? 신선한 공기를 들이마시면 마법 같은 효과가 있다고 했잖아. 그러니까 한번 시도해서 손해볼 건 없겠지. 그런 다음 낮잠을 좀 자고 일어나면 새로 태어난 기분이 들걸." 사실 선장은 누워있으라는 조언은 한 적이 없지만, 아이에르는 잠을 자면 도움이 될 거라 확신했다. 항해강습에서는 이런 상황에 어떻게 대처해야 하는지 가르쳐주지 않았다. 아이에르는 수업을 듣는 동안 강사에게 뱃멀미에 대해 물어볼까 생각도 했었지만, 굳이 자신의 경험 부족을 탄로내고 싶지 않았다. 함께 강습을 받은 사람들 또한 대부분 무경험자라는 사실을 감안하면 아이에르의 이런 생각은 터무니없었다. 경험 많은 선원이라면 뭣 하러 해기사면허증 강습을 듣겠는가. "자, 위로 올라가자."

네 식구의 움직임은 굼떴다. 아이에르는 라라가 똑바로 설 수 있게 부축해야 했다. 멀겋게 변한 라라의 눈은 초점을 맞추기 어렵다는 듯 껌뻑였다. "나 이제 죽을 건가봐." 아이에르의 부축을 받아 밖으로 나가면서 라라가 남편의 귀에 대고 중얼거렸다. "이 고문을 멈춰줄 약 같은 게 어디 없을까?"

"이제 와서 먹기에는 너무 늦지 않았을까 싶지만 그래도 혹시 모르니까 잠들기 전에 몇 알 먹어두자. 지금 당장은 한 알이라도 삼켰다가는 다 게워낼 거 같아. 알이 아무리 작아도." 아이에르는 갑판으로 난 문의 걸쇠를 열기 위해 잠시 멈췄다. 밖으로 통하는 모든 문은 안에서 걸쇠로 고정되어 있다는 사실에 익숙해지기까지 시간이 좀 걸렸지만 결국에는 문손잡이를 잡고 부질없이 흔들어댈 필요가 없다는 걸 체득했다. "할리가 갑판 위에 나와있네." 아이에 르는 문에 난 현창을 통해 난간에 걸쳐 서있는 젊은 남자의 뒷모습을 가만히 바라보았다. 할리의 담배에서 피어오르는 연기는 그의 머리 위로 솟아오르기도 전에 강풍에 휩쓸려 날아가 버렸다. 아이에르가 생각하기에 이 상태에서 담배 연기까지 맡았다가는 정말 큰 일이 날 것만 같았다. 강풍이 부는 게 오히려 다행인지도 몰랐다. 아이에르는 문을 열고 난 다음에도 문손잡이를 꽉 붙들고 있었다.

할리가 고개를 돌리더니 먼저 인사를 했다. "좋은 아침이에요." 네 식구가 일어났을 때만 해도 침대에 누워있던 할리는 약간 부은 눈에다 짧은 머리가 소용돌이치듯 납작하게 눌린 모습으로 갑판 위에 서있었다.

서로 아침인사를 나누었지만 아이들의 목소리는 몰아치는 파도와 바람소리에 거의 묻혀버렸고, 라라는 목이 잠겨 쉰소리만 겨우 냈다. 아이에르만이 유일하게 평소 때와 거의 비슷한 목소리로 인사를 했다. "신선한 공기를 좀 마시면 기운을 되찾을 수 있을 거 같아서요."

"네, 조심하세요. 바람이 아주 셉니다." 할리는 엄지와 검지로 집고 있던 꽁초를 가볍게 바다로 튕겨버렸다. "사람이 배 밖으로 날아갈 정도예요. 애들은 말할 것도 없고."

두 쌍둥이는 그의 시선을 영 불편해했다. 아이에르는 빌쟈의 작은 손이 자기 손 안으로 미끄러져 들어와 꽉 움켜쥐는 걸 느꼈다.

"제가 잘 보고 있을 겁니다." 아이에르는 아르나의 손까지 붙잡으며 말했다. "익숙해지는 데 얼마나 걸릴까요? 뱃멀미 말입니다."

할리가 무심하게 어깨를 으쓱했다. "저야 모르죠. 한 번도 뱃멀미에 시달린 적이 없으니까."

아이에르는 그를 향해 욕을 퍼부어주고 싶은 충동을 꾹 눌렀다. "그러면 다른 사람이 뱃멀미하는 걸 본 적도 없으십니까?"

"뭐, 보기는 했지만. 그 끝이 어땠는지 전혀 기억이 안 나네요. 그건 그렇고, 그쪽은 뱃멀미 하는 사람 치고는 안색이 꽤 좋아 보이네요. 보통은 난간에 매달려 먹은 걸 다 토해내야 정상인데."

"제발, 더 이상 아무 말도 하지 마세요." 라라는 홧김에 말을 내뱉자마자 입을 꾹 닫아버렸다. 할리가 옆을 지나쳐 안으로 들어갈 때 라라는 욕지기가 치미는 걸 느꼈지만 간신히 참아냈다.

"심호흡을 해, 여보. 이제 저 치도 들어가 버렸으니 우리끼리 깨끗한 바다 공기만 들이마시자." 할리가 사라지자 두 아이는 서로 손을 잡아빼려고 안달이 났지만 아이에르는 아이들의 손을 굳게 쥐었다. "아빠 손 꽉 잡고 있어야 해. 아저씨가 하는 말 들었잖아. 엄마랑 아빠는 너희들이 바다로 날아가 버리는 거 싫어." 그러자 아이들은 꼼지락거리던 손가락을 바로 멈췄다.

"저 남자는 어딘가 한참 잘못 됐어. 꼭 우리한테 원한이라도 품은 사람 같아." 라라는 숨을 깊게 들이마셨다.

"그냥 좀 무례한 사람이야." 아이에르가 숨을 고르게 쉬기를 반복하자 효과가 나타나는 듯했다. 복부의 불편함이 조금 가라앉고 관자놀이의 통증도 약간 누그러졌다. "아빠처럼 숨 쉬어봐, 얘들아. 훨씬 나아질 거야."

"그렇게 숨 쉬려면 눈을 감아야 하는데, 그러기 싫어." 빌쟈는 조

금 전 갑판으로 나왔을 때보다 훨씬 더 파리하게 보였다. "눈을 감
으면 그 아줌마가 보인단 말이야."

"무슨 아줌마?" 아이에르는 아르나의 손을 놓치지 않으려고 주
의를 기울이면서 상체를 구부렸다.

"그림 속 아줌마. 그 아줌마 꿈을 꿨는데, 눈을 감으면 또 그 아
줌마 꿈 꿀까봐 무서워."

"무슨 그림 말이에요, 공주님?"

"라운지에 있는 그림. 벽에 걸린 액자 속에 있는 거." 네 식구를
향해 일정한 간격으로 튀어오는 바닷물 때문에 빌샤의 안경은 아
주 미세한 물방울로 뒤덮였다.

아이에르는 딸이 말하는 그림이 뭔지 떠올리려고 머리를 쥐어짰
다. 하지만 타블로이드 지에 나오는 낯선 이들의 사진을 몇 시간이
고 자세히 뜯어볼 수 있는 라라와 달리 그는 사람들에게 큰 관심을
두지 않았다. 또한 페이스북에 올라온 친구들의 사진을 보는 데 지
나치게 많은 시간을 보내곤 하는 아내의 취미를 도통 이해하지도
못했다. "라라, 애가 지금 무슨 소릴 하는 거야?"

"카리타스 초상화. 이 요트 전 소유주의 아내 말야. 텔레비전 옆
에 걸려있잖아. 설마 그걸 못 알아본 거라면 당신 정말 어디가 안
좋은 거야." 라라가 이렇게 말하며 엷은 미소를 지은 덕분에 안색
은 조금 덜 창백하게 보였다. "아니면 내 매력에 흠뻑 빠져서 딴 여
자 볼 정신이 없었던 건가?"

아이에르는 어떻게 대답해야 할지 몰랐다. 질문에 동의하는 게
틀린 답은 아닐지 겁이 났다. 그는 대답 대신 자신의 손을 잡아당

119

기는 빌쟈에게로 몸을 돌렸다. "목걸이 하고 있는 아줌마 말이야, 아빠. 그림 속에서. 내 꿈에서도 목걸이를 하고 있었어. 그런데 이상하게 얼굴은 달라보였어."

"그래, 목걸이가 달랐나 보구나." 아이에르는 보석류에 관해서는 더더군다나 무관심했다. 그는 딸의 손을 꽉 쥐었다. "사람은 원래 깨어있을 때 본 걸 꿈속에서 보기도 해. 그래서 아줌마가 꿈에 나온 거야. 그러니까 눈 감아도 걱정할 거 하나 없어요, 우리 딸. 꿈은 사람을 해치지 못하거든. 꿈은 우리 머릿속에만 있는 생각 같은 거야. 우리가 잠을 잘 때는 경계심을 늦추기 때문에 좀 어지러운 생각이 들기도 하거든." 아이에르는 꿈을 꾸는 게 술에 취하는 것과 비슷하다는 말까지 할 뻔했다. 이성이 잠깐 집을 비우면 온갖 망상이 그럴싸하게 보이는 법이다. 다행히 그는 제때 자신의 망상을 억눌렀다. 그의 망상은 틀림없이 빌쟈를 혼란에 빠뜨렸을 것이다.

"나도 그 아줌마 나오는 악몽 꿨어. 어젯밤에 엄마한테 말했어." 아르나는 고개를 들어 아빠를 쳐다봤고 아이에르는 딸을 향해 미소를 지으면서 양 손을 꽉 잡았다. 하지만 아르나는 아빠를 향해 웃어보이는 대신 불안하게 덧붙였다. "내 친구 헬가가 그러는데 꿈은 우리한테 메시지를 주는 거래. 우리 둘이 똑같은 꿈을 꿨으면 우리한테 뭔가를 알리려고 한 게 틀림없어. 어쩌면 그 아줌마가 이 배 안에 숨어있을지도 모르잖아."

"그럴 일은 없어. 둘이 같은 꿈을 꾼 건 너희가 쌍둥이라서 그래. 잠을 잘 때도 둘이 비슷한 생각을 하는 거야. 예전에도 그랬었잖아, 그렇지?" 바로 그때 난데없이 쾅하고 문이 열렸고 그 탓에 아이들은 아무 대답도 할 수 없었다.

열린 문 사이로 할리가 나타나더니 한 쪽 발로 문이 닫히지 않도록 고정시켰다. "이거 받으세요. 이거라도 드시면 나아질 거예요." 그는 주먹을 내밀고는 누군가 가까이 오길 기다렸다. "뱃멀미에 먹는 약인데 제가 선실에서 찾았어요. 선장님 말로는 효과가 있을 거래요. 반창고형 멀미약이 효과는 더 좋은데 그건 찾을 수가 없더라고요."

라라가 다가가 약을 집어들었다. "고마워요." 라라는 약을 가만히 살펴보더니 손가락을 오므렸다. "약효가 빨랐으면 좋겠네요." 할리는 어깨를 으쓱하더니 안으로 들어갔고 그 뒤로 문이 휙 닫혀버렸다. 그리고 걸쇠가 달칵, 하고 잠기는 소리가 들렸다. "아주 경사 났네. 우리 식구 갑판에 갇혀버린 거야?" 라라가 물었다.

"아니야." 아이에르가 아내를 안심시켰다. "같은 경첩에 달린 걸쇠가 안이랑 밖에서 다 작동하게 돼있어서 괜찮아. 내가 시험해봤어." 아이에르는 아이들이 배 안이나 갑판 위에 갇히지는 않을까 걱정이 됐었다. 어른들의 관심을 받고 싶을 때 아이들이 무슨 일을 벌일지 아무도 모르기 때문이다. "자, 이제 숨을 몇 번 더 들이마시고 안으로 들어가서 멀미약 먹을까? 음료수랑 같이 먹으면 알약이 훨씬 더 잘 내려갈 거야." 그는 가슴을 있는 힘껏 펴고 크게 숨을 내쉬었다. 이 동작을 몇 번 반복하면 도움이 될 거라는 희망적인 생각으로 그는 몰아치는 바다에 시선을 고정했다. 하지만 도저히 파도의 움직임을 읽어낼 수도, 앞으로 닥쳐올 일에 대해 마음의 준비를 할 수도 없었다. 파도의 움직임은 그만큼 예측불가능했다. 수면이 잔잔해지며 모든 게 평온하게 보이다가도, 순식간에 배는 코르크 마개마냥 파도에 이리저리 뒤흔들리고 말았다.

아이에르는 이 지점의 바다 깊이가 어느 정도일지 궁금했지만 대강의 깊이조차 짐작하기 어려웠다. 대륙붕을 지나고 어느 정도 시간이 흘렀기 때문에 대양저까지는 아마 수 킬로미터 정도일 터였다. 어쩌면 그렇게 깊지 않을지도 모를 노릇이었다. 아이에르는 자연계에 관한 자신의 무지함에 또 한 번 좌절했다. 이 정도의 지식은 학교에서 배울 만한 수준이었지만 그의 머릿속은 새하얗기만 했다. 아마 가장 깊은 지점이라고 하더라도 해저까지 수백 미터에 불과할지도 몰랐다. 아이에르는 전혀 감을 잡을 수가 없었다. 어쩌면 이런 내용은 교과목에 포함되지 않았을지도 모른다. 바다의 깊이가 어찌 되든, 그게 무슨 상관이란 말인가? 배가 가라앉으면 사람들도 다 가라앉을 테고, 100미터 아래로 가라앉든 1,000미터 아래로 가라앉든 익사하는 건 매한가지였다.

이런 암울한 고민으로는 기운이 북돋워질 리 만무했다. 아이에르는 복잡한 생각을 머릿속에서 떨쳐내려 애썼다. 우울한 생각이 자신을 압도하도록 내버려두는 건 의미 없는 짓이었다. 걱정거리에 상상의 날개를 달아주게 되면 끝도 없이 자가증식한다는 것을 경험을 통해 잘 알고 있었다. 라라를 만나기 훨씬 전, 대학 친구들과 해변으로 여행을 갔다가 친구들의 꾐에 빠져 어쩔 수 없이 스쿠버다이빙을 하게 된 그때처럼 말이다. 첫 날 받았던 다이빙 훈련은 수영장에서 진행하는 속성 코스였다. 하지만 그날 밤 다른 친구들이 (상당한 돈까지 들여가며) 자신들이 곧 맞닥뜨릴지 모를 위험을 전혀 감지하지 못한 채 골아떨어져 있는 동안, 아이에르는 한숨도 잘 수 없었다. 이리저리 뒤척이는 사이 다이빙 사고로 인한 수만 가지 사망 시나리오가 그의 머릿속을 스쳐 지나갔고, 결국에는 다이빙을 하지 않으리라 혼자 다짐하기에 이르렀다. 그렇지만 막상 다음날 아침이 되자 아이에르는 친구들 앞에서 체면을 잃고 싶지 않았고 결국 배를 타고 바다로 나갔다.

투명한 청록빛 바닷물에 빠져죽어도 어쩔 수 없다고 이미 체념했기 때문인지 아이에르가 보여준 다이빙 실력은 예상 외로 훌륭했다. 심지어 다이빙 강사는 물속에 있는 동안 침착함을 잃지 않고 차분하게 대처한 그를 콕 집어 칭찬하기까지 했다. 그날 그가 공황상태 직전까지 갔던 것은 바다 밑바닥에 도달했을 때였다. 수중안경을 통해 생경한 주변환경과 기묘한 생명체들을 보고 있자니 절대 이곳에 뼈를 묻는 일은 없어야겠다는 강한 저항감이 샘솟았던 것이다. 다행히 호흡기로 규칙적인 심호흡을 하는 데 집중하다 보니 공포심을 억누를 수 있었다. 그러나 상승할 때가 되자 아이에르는 자신의 머리 위에서 다가오는 불빛을 보고는 코로 호흡하고 싶은 제어불가능한 충동이 엄습해오는 걸 느꼈다. 어쩔 수 없이 그는 수면에 닿을 때까지 아래만 보며 견뎌야 했다. 또 한 번의 공황이 닥쳤던 것은 강사와 함께 헤엄쳐갔던 바다의 어느 지점에서였다. 그곳에서 해저가 칠흑 같은 어둠과 적막한 심연으로 멀어져 가는 광경을 보았고, 아이에르의 몸에서는 소름이 돋았다. 그런데 아이에르는 왜 그때의 기억을 지금 떠올리는 것인가?

"안으로 들어가자." 라라가 아이에르의 말을 끊어냈겠다. "여기서 공기를 더 들이마셨다가는 폐가 소금으로 가득 차겠어."

"들어가자, 아빠." 빌쟈까지 조르기 시작했다. "나 여기 더 있기 싫어."

아이에르는 자기 역시 안으로 들어가고 싶은 마음이 간절하다는 걸 감추려고 애썼다. 불현듯 두 딸을 양 팔로 낚아채서 요트 안 가장 깊은 곳에 꼭꼭 숨겨두고 싶은 갈망마저 일었다. 바다 밑바닥에서 생을 마감하고 싶지 않다는 간절함보다 두 딸 역시 그런 종말을 맞이하게 될지도 모른다는 두려움이 훨씬 더 강렬했던 것이다.

얼마 후, 아이에르는 약효가 나타나는 것을 느꼈다. 가족 중 누구라도 구토를 하기 전에 약을 복용한 게 다행이었다. 그렇지 않았더라면 정말 골치 아픈 상황이 벌어졌을 것이다.

"당신이 말한 그림이 이거야?" 욕지기가 많이 가라앉고 나자 아이에르는 그제야 주변을 둘러볼 여유가 생겼다. 그는 카리타스임에 분명한, 거슬릴 정도로 과도하게 금박 장식이 된 젊은 여자의 초상화를 가리켰다. 초상화의 지극히 키치스러운 색채는 옛 대가들에게나 어울릴 법한 화려한 액자와 완벽한 부조화를 이루고 있었다.

"응, 아름답지 않아?" 라라는 눈을 빛내며 남편의 반응을 기다렸다.

"이렇게 봐서는 잘 모르겠어. 뭐, 예뻐보이기는 하네."

안락의자에 팔다리를 벌리고 아무렇게나 앉아있던 라라는 한 쪽 발을 들어 남편을 툭 치며 말했다. "거짓말하지 마. 가서 자세히 보고 얘기해."

아이에르는 겨우 자리에서 일어났다. 이제 막 격렬한 운동을 마친 것처럼, 어쩌면 끝을 모르고 흔들리는 배에 따라 파도타기를 한 것처럼 온몸이 쇠약해진 기분이었다. "내가 이런 일까지 해야 한다니."

리스본에서 떠나오기 전 급하게 구입한 컬러링북에 색칠을 하던 쌍둥이들이 고개를 들었다. 두 아이는 부모보다 훨씬 더 빠르게 회복했고 얼마 안 가 소파에 늘어져 있는 게 따분해졌다. 카리타스의 시선은 아이에르를 뒤쫓는 듯한 느낌이었다. 그림에 가까이 다가서자 그녀의 눈이 조금 더 커보였다. 카리타스의 미모가 훌륭하다는 것은 부인할 여지가 없지만 아이에르의 취향은 분명 아니었다. 흠잡을 데 없이 인위적으로 다듬어진 데다 자신의 외모를 지나치게 의식하는 게 확연히 드러났다. 인간미라고는 찾을 수 없었다. 적어도 그녀가 풍기는 인상은 그런 느낌이었다. 아이에르가 신문에 게재된 카리타스의 사진을 스치듯 훑어볼 때 가장 눈에 띄었던 것은 머릿결이었다. 기억을 되짚어보면 사진 속 카리타스의 머릿결은 아주 굵고 건강했다. 때문에 아이에르는 모발이 그녀의 외양 중 어쩌면 유일하게 억지로 손대지 않은 부위일 것이라고 생각했다. 머릿결을 표현하는 데 들어간 섬세하기 그지없는 붓질로 보건대 화가역시 같은 인상을 받은 게 분명했다. 나머지 부분들이 다소 엉성한 방식으로 그려진 것에 비해 금발은 완벽한 곡선을 이루며 양 어깨에 걸쳐 흐르고 있었는데, 어쩌면 머리칼의 곡선은 작가의 예술적 상상으로 완성된 것인지도 몰랐다. 아이에르는 신문 속 사진에서 카리타스의 머릿결이 쭉 펴져 있었는지, 아니면 굴곡이 졌었는지 기억해내지 못했다. 물감의 가벼운 색조는 머릿결의 자연스러운 색채를 꽤나 성공적으로 포착해냈고 그래서 요즘 수많은 젊은 여자들이 선호하는 탈색 모발과는 매우 달라보였다. 하지만 나머지 부분의 색조 표현은 빌쟈가 말한 목걸이의 커다란 붉은 보석처럼 상당히 조악하고 요란하여, 진귀하다기보다는 크리스마스 트리에나 장식하는 모조품 같았다. 카리타스가 걸친 드레스와 옷 색상에 맞춰 손발톱에 바른 매니큐어 역시 마찬가지였다. 그을린 듯한 피부색 또한 과도하게 균일하고 밋밋해서 마치 관절이 부자연스러울 정도로 매끄럽게 연결된 바비인형을 모델로 그린 것은 아닌가 하는 착각이 들 정도였다. 모델의 마른 몸매와 전혀 균형이 맞지 않게 과장된 가슴 표현에서도 바비인형 같은 분위기가 풍겼다.

아이에르는 몸을 좀 더 구부려 목걸이를 자세히 들여다봤지만 왜 이것이 세 여자에게 그토록 깊은 인상을 남겼는지 도통 감이 안 왔다. 목걸이의 체인은 금이나 백금으로 만들어진 심플한 스타일이었고 심장 모양 커다란 붉은 보석은 모델의 풍만한 양 가슴 사이를 파고들었다. 가장자리에 자잘한 흰색 보석들이 빼곡이 박혀있는데, 아이에르가 보기에는 다이아몬드 같았다. 붉은 심장 끝에 매달린 파란 물방울 모양 보석 역시 매우 값비싸 보였다. "이 붉은 보석 이름이 뭐더라?"

"루비." 라라가 대답했다. 정작 자신은 보석을 별로 소유하지 않았고 평소 관심도 보이지 않던 사람 치고는 놀라울 정도로 즉각적인 답이었다. 라라에게도 견진성사 때 선물로 받은 보석 몇 점과 연애 시절 아이에르에게 받았던 반지, 목걸이가 있기는 했다. 결혼 이후 라라는 남편에게 그 선물이 둘의 관계가 이만큼의 시간을 함께 해왔음을 증명하는 징표라고 고백했었다. 아이에르는 지난 몇 년 간 아내가 보석을 제대로 갖춰 착용하는 모습을 보지 못했다. 제왕절개로 쌍둥이를 출산할 당시 순산을 바라는 마음에서 목걸이를 차고 퉁퉁 부은 손가락에 억지로 반지까지 끼워넣은 이후로 보석 장신구를 차려고 하지 않았다. 어쩌면 그 이후 라라에게 행운이 필요한 상황이 별로 없었을 수도 있다. 하지만 지금 이 순간, 아이에르는 아내가 이번 여행에 보석들을 가지고 왔기를 바라는 자기 자신을 발견했다.

"〈비쿠다구르〉(아이슬란드의 주간지—옮긴이)에 저 목걸이에 관한 기사가 났었어. 그 여자 남편이 거액을 들여 선물한 거라 카리타스가 절대 몸에서 떼놓지 않은 장신구라더군. 결혼선물로 준 거라던데."

"뭐?" 아이에르가 몸을 휙 돌렸다. "그러니까 나도 당신한테 결혼선물을 줬어야 한다는 말이야? 왠지 모르겠는데 결혼선물은 하객들이 알아서 하는 거라고 생각했거든."

남편의 말에 활짝 미소를 지은 라라의 안색이 한결 밝아보였다. "글쎄, 나도 그런 건 잘 몰라. 아마 해외 슈퍼리치들 사이에서 유행하는 관습인가 보지. 걱정 마, 당신이 무슨 결례라도 저지른 건 아니니까. 하지만 엄밀히 말해 아이슬란드 전통에 따르면 첫날밤을 치른 다음날 아침에는 신랑이 신부한테 선물을 줘야 한대. 우리야 그날이 실질적인 첫날밤도 아니었고 내가 무슨 싱이라도 빌을 만한 일은 없었으니까." 라라는 자세를 바로 하고 앉았다. "그래서, 카리타스에 대한 당신의 감상평은 뭐야? 솔직히 말해봐."

"예쁘기는 한데, 내 취향은 아냐."

"예, 퍽도 그러시겠네요." 라라는 불신감을 감추지 않았다. 아이들은 엄마와 아빠를 번갈아보며 목이 빠져라 아빠의 반응을 기다렸다.

"진심이야. 너무 완벽해서 흥미가 생기지가 않아. 그리고 예쁘고 잘생긴 사람들은 좀 이상한 구석이 있잖아. 모두가 자기들을 특별하게 대해주니까 절대 자기 내면은 계발할 줄 모르지." 아이에르가 그림에 등을 돌리자 카리타스의 시선이 쏘아보듯 그의 등에 내리꽂혔다. "모든 사람이 그렇다는 건 아니고 과학적인 근거가 있는 것도 아니지만 난 정말 그렇게 생각해. 저 여자도 틀림없이 어딘가 부족한 사람일 거야."

라라는 만족스러운 표정을 지었다. "당신 사람 보는 눈이 있네. 내가 수집한 정보에 의하면 완전 골빈 여자야. 인터뷰할 때 보면 진짜 얄팍하고 우쭐거리기만 한다니까."

아르나가 원망스럽다는 듯 말했다. "아빠는 항상 우리한테 예쁘다고 하잖아. 그럼 우리도 나쁜 사람 되는 거야?"

곱고 부드러운 머리칼이 드리워진 두 딸의 작은 얼굴은 아이에르가 여태까지 살아오면서 마주한 그 어떤 것보다 아름다웠다. 하지만 그 아름다움의 진가는 사소한 결함들에 있었다. 조금은 커다란 앞니, 웃을 때 비뚤어지는 입모양, 주근깨, 고르지 않은 눈썹과 선실로 들어와 직접 손가락으로 닦은 빌샤의 얼룩진 안경까지.

"아빠가 좀 전에 말했듯이 법칙이라고 항상 옳은 건 아니야. 틀릴 때도 아주 많지. 그렇지만 오직 자신의 외모에만 신경 쓰는 사람들은 얼마 안 가서 매력을 잃게 마련이야. 하지만 우리 공주님들은 아니지. 그럴 일은 절대 없을 거야."

"다행이다." 아르나는 흡족해하는 표정이었다.

빌쟈는 깊은 생각에 잠겨있었다. 빨강색 왁스 크레용을 손에 들고 있었는데, 크레용은 평소와는 다르게 전혀 떨림이 없는 아이의 손에 가만히 누워있었다. "내 꿈에 나온 아줌마는 나쁜 사람이 아니었어. 그냥 불행하게 보인 거지. 어쩌면 그림 속 아줌마가 아닐 수도 있겠다."

"아니면 정말 좋은 아줌마인데 아빠가 한참 잘못 짚은 것일 수도 있지." 아이에르는 환하게 미소를 지었다. "아빠가 실수한 게 이번이 처음도 아니잖아."

빌쟈가 반쯤 칠해진 그림 위에 빨간 크레용을 천천히 내려놓았다. "나도 그랬으면 좋겠어, 아빠. 아줌마가 좋은 사람이었으면 좋겠어." 빌쟈는 다시 색칠을 시작했다. 크레용의 빨간색이 한 면 가득, 그림을 뒤덮었다. 아이에르가 서있는 곳에서 그 모습은 마치 크레용이 피를 흘리며 서서히 죽어가는 것처럼 보였다.

7장

알고 보니 바다 한가운데서 사람들이 흔적도 없이 사라진 사건은
전혀 드문 일이 아니었다. 온라인에서 찾아낸 이야기를 읽느라 토
라는 한참 동안 랩톱에 붙어있었다. 그러니까 가족 모두가 잠든 후
에도 늦게까지 깨어있었던 것은 단지 집안 두 남자들에 대한 분노
때문만은 아니었다. 실종된 사람들의 이야기가 지닌 매력은 한편
으로 토라를 가장 곤혹스럽게 하는 문제이기도 했다. 하나의 예외
조차 없이 모든 사건이 풀리지 않는 미스터리로 남아있었기 때문이
다. 레이디 K에 승선한 선원과 승객들의 운명 또한 크게 다르지 않
을 것이다. 미스터리한 사건의 등장인물로 살다가 차츰 그 이름과
사건 내용마저 사람들의 뇌리에서 잊히고 마는 것이다.

그 중에서 가장 잘 알려진 사건은 메리 셀레스트 호에서 사라
진 선원과 승객들에 관한 이야기였다. 1872년 뉴욕을 떠나 이탈리
아 제노바로 향하던 메리 셀레스트 호는 출항 한 달 만에 돛을 모
두 올린 채 대서양에 버려져 표류하는 상태로 발견되었다. 구명정

가운데 한 척이 없어지기는 했지만 배는 여전히 항해에 지장이 없을 정도였고 6개월치 식량과 식수도 그대로 남아있었다. 화물은 물론이고 선원 여덟 명과 승객 두 명의 소지품까지 훼손되지 않은 상태로 보존되어 있었지만, 선박에 비치해야 할 서류들은 발견되지 않았고 유일하게 남은 선장의 항해일지로는 안타깝게도 배 위에서 무슨 일이 벌어졌는지를 밝혀낼 수 없었다. 메리 셀레스트 호의 미스터리는 레이디 K와 꺼림칙할 정도로 유사했다. 특히 선장의 아내와 한 살짜리 딸이 함께 승선했다는 사실 때문에 더욱 그렇게 느껴졌다. 선원과 선장의 가족들은 마치 증발이라도 해버린 듯했다. 이 사건의 원인은 이후에도 밝혀지지 않았고 항해 역사상 가장 당혹스러운 사건으로 남게 되었다.

토라가 찾아낸 실종 미스터리는 역사책에 등장할 정도로 오래된 사건만 있는 게 아니었다. 지난 10년 간 발생한 다섯 건을 포함해 비교적 최근에 일어난 사건들도 꽤 있었다. 가장 충격적이었던 것은 2007년 세 명의 남자 선원이 종적을 감춘 채 호주 해안에서 발견된 요트 캐즈 2호 사건이었다. 발견 당시 요트의 상태는 흠잡을 데가 없었다. 선원들이 사라진 사실만 제외하면 배 안의 모든 것은 정상으로 보였다. 식탁에는 음식이 올려졌고 랩톱 전원은 켜있었으며 엔진도 여전히 작동 중이었다. 게다가 구명조끼를 비롯한 안전장비들은 모두 제자리에 있었고 폭력이나 강도의 흔적도 찾아볼 수 없었다. 레이디 K와 유일한 차이점이라면 캐즈 2호에서는 실종되기 전 선원들의 모습이 담긴 비디오카메라가 발견되었다는 사실이었다.

토라는 승객 중 누군가가 분명 카메라나 카메라 기능이 있는 전화기를 휴대했을 테고 따라서 레이디 K에서도 비슷한 물건이 발견되었을 가능성이 높다는 결론에 이르렀다. 토라는 경찰에 확인 요청을 해보기로 마음먹었다. 캐즈 2호에서 발견된 영상은 미스터리를 해결하는 데 아무 도움도 되지 않았지만 레이디 K의 경우에는 이야기가 달라질지도 몰랐다.

토라는 승선한 선원이 모두 사라져버린 사건을 다룬 기사 내용보다는 유람선에서 자취를 감춘 사람들에 관한 기사와 글이 이렇게나 많다는 사실에 더 호기심을 느꼈다. 검색 결과를 살펴보니 연평균 열 번씩은 이런 사건이 발생하고 있었다. 유람선으로 여행하는 엄청난 인원에 비하면 그리 빈번한 게 아닐 수도 있지만 그렇다 해도 여전히 눈에 띄는 빈도였다.

사실 토라에게 이러한 통계치는 부차적인 문제에 불과했다. 그도 그럴 것이 생명보험금 지급 문제에 있어서 실종자 가족에게 유리한 결론이 나는 경우는 아주 드물었기 때문이다. 피보험자의 사망 증명이 불가능하다는 것을 빌미로 보험회사들은 보험금 지급을 거부했고, 법원 역시 이러한 보험사들의 논리가 타당하다고 판단했다. 이런 법리적 경향은 아이에르의 부모에게 유리하게 작용하지 않겠지만 이번 사건이 이전 사례들과는 달리 평가되어 다른 결말을 얻을 수 있기를 토라는 바랄 뿐이었다. 타국에서 새로운 삶을 시작하고자 하는 사람이 자기를 포함해 일곱 명이나 연루된 음모를 꾸몄다는 주장은 얼토당토않았다. 뿐만 아니라 여러 항구를 거치는 유람선과 달리 문제의 요트는 대부분의 항해 시간 동안 육지에서 멀리 떨어진 바다 한가운데 있었다. 따라서 누군가 요트에서 뛰어내려 살아남았을 것이라고는 상상도 할 수 없었다.

"생명보험 관련해서 그 노부부는 언제 만나기로 했어?" 커피메이커 앞에서 그날만 벌써 두 잔째를 마시기 위해 컵에 커피를 따르던 토라 옆으로 브라기가 다가왔다.

"2시. 그건 왜 물어?" 토라는 컵에 우유를 살짝 부었다.

"아, 내가 맡은 사건과 관련된 서신이 하나 있는데 좀 봐줄 수 있나 해서. 돌아가는 꼴을 보니 법정까지 갈 수도 있겠더라고. 소송 당사자들 감정을 좀 누그러뜨릴 방법을 찾아줄 수 있지 않을까 싶어서. 난 아이디어가 바닥나 버렸는데 혹시 해줄 만한 조언이 있다면 대환영이지." 브라기 역시 커피를 내리기 위해 커피메이커의 버튼을 눌렀다. "자기 줄 사본을 하나 복사하려고 했는데, 그게 아무래도…, 그리고 나도 점심 전까지는 검토를 마쳐야 하거든."

"지금 빨리 봐줄게."

브라기는 만족스런 표정으로 고개를 끄덕였다. "그런데, 복사기가 언제쯤 돌아오는지 알아? 아주 불편해 죽겠다니까. 아까는 하마터면 복사용지 사러 문구점까지 가려고 했지 뭐야. 그런데 복사기 고장났다는 생각이 번쩍 들더라고."

"내 것까지 두 부 인쇄해올 생각은 못 했어?" 토라는 씨익 웃으며 커피 한 모금을 마셨다. "나도 마찬가지야. 복사기가 없으니까 너무 불편해. 내가 수리점에 확인해봐야겠어. 그 동안 자기는 벨라 시켜서 한 부 더 복사해오라고 하지 그래? 기왕이면 한 번에 한 장씩만 넣어서. 이게 다 벨라 잘못이니까 좀 번거롭게 만들어도 싸지." 토라는 수리점에 전화를 걸기 위해 자신의 사무실로 돌아왔다. 수화기를 들면서, 토라는 카리타스의 모친에게도 전화를 걸어보기로 마음먹었다. 매튜의 극단적인 반대에도 불구하고 혹시라도 호의적인 반응을 보일지 모른다는 생각이 들었기 때문이다. 시도해서 손해 볼 것은 없지 않은가.

벨라가 차문을 어찌나 세게 닫았는지 토라는 차가 망가지는 건 아닌지 걱정스러웠다. 밖은 여전히 쌀쌀했다. 그날 아침 뉴스에서 북부 지역에는 눈이 내릴 것이라고 예측했지만, 아무리 그래도 봄은 곧 고개를 내밀 예정이었다. 딱 꼬집어 이유를 설명할 수 없지만 토라는 가혹하지 않은 이번 추위가 지나면 곧 봄이 올 거라고 예상했다. 그러니까 기상학적 근거나 미래를 내다보는 능력에 기댄 예상은 아니었다. 하지만 머리칼을 사방으로 흩날리는 칼바람 사이에 서있자니 토라는 자신의 예측이 완전히 빗나갔음을 다시 한 번 실감했다. 눈도 제대로 뜨기 힘든 정도였지만 외투에 달린 모자를 끌어당겨 간신히 머리에 덮어씌운 덕분에 시야가 확보됐다. 토라는 카리타스 모친과의 만남을 의외로 손쉽게 주선했고, 지금 레이캬비크 남부 아르나르네스 교외에 위치한 그녀의 집 앞에 서있었다. 토라는 온라인 검색으로 모친의 이름을 알아낸 뒤 그 이름으로 전화번호부를 뒤져 전화를 걸었다. 하지만 카리타스의 부친에 대한 정보는 전혀 찾을 수가 없었다. 카리타스의 부계 성은 카를스도티르였는데 모친의 번호에 등록된 명단 중 '카를'로 시작되는 이름은 없었다. 아마도 부모가 이혼을 했거나 부친이 사망한 듯했다. 이유야 어쨌든 낯선 변호사와의 만남을 반가워할 정도였으니 카리타스의 모친은 무척이나 외로웠던 게 분명하다.

"맙소사, 눈 뜨고 못 봐줄 집이네." 이번에도 벨라는 강풍이 몰아치는 인도에서도 끄떡없는 모습으로 문제의 집에 대해 악평을 늘어놓았다. 토라가 보기에도 스페인 풍 빌라 같은 건물은 아이슬란드의 기후와 전혀 어울리지 않았다.

"쉿!" 토라는 비서를 향해 얼굴을 찡그렸다. "우리 목소리를 들으면 어쩌려고."

"장난하세요?" 벨라는 소리를 꽥 지르더니 두리번거렸다. "강풍 때문에 변호사님 목소리도 들릴까 말까예요. 바로 제 옆에 서있는데도 말예요."

"그래도 그렇지." 토라는 집안에 들어가서 말조심하라고 벨라에게 주의를 주려다가 이내 포기했다. 어차피 소용없는 일이었다. 토라는 카리타스와 동갑인 데다 같은 학교까지 다닌 비서의 동행이 쓸모 있기를 바랐다. 함께 요트를 방문했을 당시 벨라가 이 사실을 지나가듯 내뱉었지만 카리타스가 이 사건과 무관할 것이라고 짐작하고는 더 이상 묻지 않았다. 게다가 파나르를 앞에 두고 벨라가 더 오래 떠들어대도록 부추기는 것은 현명하지 않았다. 당시 비서는 당장이라도 부적절한 말을 내뱉고 싶어 못 견디겠다는 표정이었기 때문이다. 서류뭉치에서 카리타스의 연락처를 발견한 이후, 토라는 비서에게 둘의 관계에 대해 물었지만 벨라로부터 돌아온 반응이라고는 같은 나이에 같은 학교를 다녔다는 사실이, 둘이 친

135

구라는 뜻도, 둘이 아는 사이였다는 뜻도 아니라는 분노에 찬 설명 뿐이었다. 토라는 벨라의 화가 가라앉을 때까지 기다렸다가 다시 물었다.

알고 보니 벨라는 카리타스를 꽤 분명하게 기억하고 있었다. 학창시절 카리타스가 여왕벌 같은 존재감을 뽐냈다는 사실을 고려하면 별로 놀라운 일은 아니었다. 그렇지만 두 사람이 같은 패거리에 속했을 가능성은 전혀 없으니 카리타스는 인기 있는 아이들과, 벨라는 부적응자들과 어울렸을 게 뻔했다. 물론 벨라가 이런 식으로 설명한 것은 아니지만 토라는 행간을 읽을 줄 알았다. "카리타스의 모친이 널 기억할까?"

둘은 지나치게 야단스레 장식되어 아이슬란드의 환경과는 상극을 이루는 연철 대문을 통해 안으로 들어갔다. 포장된 소로가 집까지 연결되고, 집은 바다 옆 아담한 토지 위에 서있었다. "그럴 리가 없죠. 걔네 엄마는 옛 시절을 잊고 싶어 미칠 지경일 걸요. 그때는 이렇게 으리으리한 집에서 못 살았어요. 제 기억에 카리타스는 엄마랑 작은 아파트에 살았던 거 같은데, 아마 지역정부 소유의 공공 아파트였을 거예요. 걔네 엄마는 동네 가게에서 일했고요."

"그 뒤로 확실히 형편이 좋아졌나 보네." 토라는 목소리를 낮추며 벨라와 함께 현관으로 다가갔다. "자기 딸이랑 알고 지내던 학교 동기가 우연히 소식을 듣고 함께 들르는 설정이야, 잊지 마." 토라가 속삭였다. "그리고 제발 부탁인데 카리타스 욕 좀 하지 마. 그 여자 광팬인 척하라고."

벨라는 역겹다는 듯 코웃음을 쳤지만 토라의 걱정처럼 대놓고 부탁을 거절하지는 않았다. 현관 옆에는 욕조처럼 하얗고 커다란 콘크리트 화분 몇 개가 놓였는데, 지난 여름에 심었을 꽃의 줄기가 완전히 시들어 마른 흙 밖으로 삐죽 튀어나온 채 바람에 몸을 떨고 있었다. 토라는 차라리 사자상이 더 잘 어울렸겠다고 생각했다. 그녀는 벨을 누르고는 덧붙였다. "안 그러면 다시는 외근 데리고 나오지 않을 거야. 외근을 재활용센터로 나간다고 해도 말이야."

"그걸 협박이라고 하시는 거예요?"

토라가 채 대꾸하기도 전에 문이 열리더니 나이든 여자가 나왔다. "오, 들어오세요. 어서요. 바람이 너무 심하게 불어서 다 날아가 버리게 생겼지 뭐예요." 노부인은 태닝을 해서 어딘가 가죽제품 같아진 팔에 댕그랑거리는 여러 개의 금팔찌까지 차고 두 사람을 향해 손짓을 했다. 진짜 금처럼 보이지는 않았지만 어차피 토라는 보석감정사가 아니었다. "두 분이 벨을 눌렀을 때 마침 아래층 창문에 대고 담배를 피우고 있었어요. 얼른 들어오세요."

토라와 벨라는 황급히 안으로 들어가 문을 닫았다. 세 사람은 집의 다른 부분들에 비해 의외로 비좁은 현관 앞 홀에 서서 복작거렸다. 토라는 코트를 벗다가 팔꿈치로 노부인의 턱을 가격하게 되지는 않을까 조심스러웠다. 출발이 나쁘면 모든 걸 망칠 수 있는 법이다.

"정말 근사한 집이네요." 토라는 노부인을 따라 홀로 내려갔다. 내부 인테리어는 토라의 취향과 거리가 멀었지만 금박과 벨벳 장식을 세련미의 정점으로 여기는 사람들이 있다는 것쯤은 잘 알았다. 복도와 응접실 여기저기에는 보조탁자와 꽃병과 그림이, 선반 위에는 자질구레한 장식품이 어수선하게 널려있었다. 토라로서는 이 모든 것들의 먼지를 다 털어야 할 노부인이 안쓰러울 지경이었다. 가까이서 보니 응접실은 실제로 대청소가 필요한 상태였지만, 토라는 혹여 무례해 보일까봐 지나치게 오래 들여다볼 엄두를 내지 못했다. 어쩌면 청소부가 일을 그만두었을지도 모르는 일이다. 딸에게 경제적으로 의존하고 있었던 것을 고려하면 전혀 가능성이 없는 이야기도 아니었다.

"앉으세요. 저는 커피를 좀 가져올게요." 모친이 응접실을 빠져나간 사이 토라와 벨라는 공간을 찬찬히 살펴볼 수 있었다. 벨라의 표정으로 보건대 토라보다도 가구와 장식품들이 대단치 않다고 여기는 듯했다. 벨라는 기분 나쁜 냄새라도 맡은 것처럼 윗입술을 오므렸다. 사실 벨라에게 있어서 이보다 더 어색한 장소는 찾기 힘들었다. 그녀의 신경은 온통 카리타스의 사진에 쏠려있었다. 단독사진도 있고, 남편과 함께 촬영한 사진도 있었는데 보나마나 벨라로 하여금 차라리 잊고 싶은 10대 시절을 떠올리게 했을 것이다. 다만 흥미로운 사실은 사진이 모두 나이든 갑부와 결혼한 시점 이후 촬영되었다는 점이었다. 유년기나 10대 시절의 사진은 단 한 장도 없었다.

"커피 나왔습니다." 모친은 장미 무늬의 찻잔 여러 개와 같은 무늬 커다란 커피포트로 가득 찬 은쟁반을 겨우 들고 나타났다. 쟁반 위에는 크림 단지와 설탕이 담긴 그릇, 앙증맞은 은 스푼도 놓여있었다. "두 분 다 커피 드실래요? 저도 한 잔 마시고 싶지만 요즘 혈압 수치가 하늘을 찌르려고 해서 끊으려 노력 중이랍니다." 중년

부인이 자신의 건강 상태를 떠벌리는 동안 토라와 벨라는 고개를 끄덕였고, 그녀는 두 사람의 찻잔은 물론 자신의 잔에도 커피를 따랐다. "그런데, 둘 중 어떤 분이 토라 변호사님이세요?"

"접니다." 자신의 비서와 헷갈리고 싶지 않은 마음에 토라는 큰 소리로 말을 내뱉었다. "제가 토라입니다. 저랑 통화 하셨죠. 그리고 여기는 저희 사무실에서 근무하는 벨라예요."

부인은 벨라에게 악수를 청했다. "반가워요. 베가라고 부르세요." 부인은 벨라와 눈을 마주치고는 유심히 그녀를 바라보았다. "얼굴이 낯이 익어요. 우리 어디서 만난 적 있나요?"

"어릴 때 부인이랑 같은 동네에서 살았습니다. 카리타스와 같은 학교 같은 학년이었고요. 아마도 그때 기억이 나신 것 같은데요."

베가는 곧바로 불안한 기색을 보였다. 분명 자신의 과거가 들춰지는 것이 불편했을 것이다. 토라는 이런 가능성을 미리 고려하지 못한 자신이 원망스러웠다. "벨라가 저한테 따님이 어렸을 때 너무 예뻤던 걸 기억한다고 말한 적이 있어요. 물론 지금도 아주 아름답지만요."

베가는 다소 안도하는 표정을 지었다. 매우 다행스럽게도 벨라는 적어도 얼굴을 일그러뜨리지는 않았다. "카리타스는 항상 특별한 아이였어요. 갓난아기 때도 꼭 천사 같은 얼굴이었죠." 베가는 옛 시절을 들려주며 애정 어린 미소를 지었다. 아마 두 사람에게 예의를 갖추기 위해 발랐을 립스틱이 작은 선을 그리며 약간 번져 나왔는데, 번져나온 선이 입술을 두툼하게 만드는 바람에 베가를 실제보다 더 나이 들어 보이게 했다. 카리타스가 모친을 빼닮았나고 말하기는 어려워도 확실히 비슷한 구석은 있었다. 하지만 우스 꽝스러울 정도로 많은 양의 화장품을 덧칠하고 있으니 그 아래 실제 얼굴이 어떻게 생겼는지 구분하기는 어려웠다. 젊은 시절에는 아름다웠지만 세월이 지나면서 노화를 극복하기 힘들었는지도 모른다. 종아리는 여전히 우아하고 늘씬하게 쭉 뻗어있었는데, 무릎까지 내려오는 스커트에 하이힐까지 신고 자리에 맞지 않게 과하게 차려입은 것을 보니 본인도 그 사실을 잘 아는 듯했다. 하지만 날씬한 종아리와 비교했을 때 다른 부분들은 거의 부어있다시피 했고, 표정 역시 의기소침해 보였다. "딸아이가 얼마나 보고 싶은지 말로 다 못할 정도랍니다. 딸이랑 정말 가까운 사이거든요. 언제나 둘뿐이었으니까요. 아빠라는 사람은 없는 거나 다름없다 보니 서로 더욱 각별할 수밖에요. 모녀라기보다 친구 사이 같았어요." 베가의 목소리는 갈수록 더 공허하게 들렸다.

"그럴 수 있지요." 토라가 말했다. "따님이 아이슬란드에 있을 때는 어머님이랑 여기서 함께 머물렀나요?"

"대부분은 그랬어요. 혼자 머무를 때는요. 이 집이 딸아이 부부 소유이기는 해도 제가 여기 살고 있으니까요. 순전히 두 사람 부탁 때문에 그러는 거죠. 안 그러면 계속 도둑이 들거든요. 그렇지만 사위가 같이 있을 때는 호텔에서 지내요. 별로 자주 오는 편도 아니었는데, 요즘에는 거의 오지를 못해요. 뭐 그리 놀랄 일도 아니지만." 베가는 새침하게 고개를 돌리며 말을 이었다. "카리타스도 이제 더 이상은 견디지를 못하더라고요."

"은행이랑 문제가 생겨서 그렇다는 말씀이신가요?" 토라는 베가의 기분이 상하기라도 할까봐 감히 대출금이나 파산 같은 단어는 꺼낼 생각도 하지 않았다.

"그렇죠. 너무 끔찍하답니다." 베가는 커피를 한 모금 마시고는 테두리에 다홍색 얼룩이 진 찻잔을 내려놓았다. "아시다시피 그 문제에 대해서는 상의를 할 수가 없어요. 그 사악한 특검 귀에 뭐가 들어갈지 알 수 없으니까요. 어떻게 굴람처럼 돈 많은 남자가 돈 때문에 사기를 쳤다고 소설을 쓸 수가 있죠? 굴람은 전혀 그럴 필요가 없는 사람이에요, 제가 장담합니다." 베가는 코를 훌쩍이더니 어색하게 멋을 부린 머리칼을 쓸어넘겼다. "두 분이 특검 밑에서 일한다고 생각하지는 않아요. 그러기에 두 분은 너무 선해 보여요."

벨라를 선한 사람으로 착각한다는 사실이야말로 평소 이 나이 든 부인을 찾아오는 사람이 거의 없었다는 점을 증명했다. 과거의 친구와 지인들을 멀리 하면서까지 사교적으로 힘든 시간을 보냈을 테지만 돌아온 것은 아이슬란드 상류사회에서 자신은 환영받지 못한다는 냉혹한 현실인식뿐이었을 것이다. 누가 봐도 벼락부자임이 확실한 베가는 기존 상류층에게 자신들도 그녀와 별반 다르지 않은 태생임을 상기시키는 불편한 존재였을 것이다.

"카리타스한테는 별 영향 없지요? 그러니까 경제적으로 말이에요." 벨라는 진심으로 걱정하는 친구 역할을 믿기 힘들 정도로 잘 소화해냈다.

베가는 잠시 동안 가만히 고민하더니 근심을 떨쳐버리기라도 하듯 어깨 위로 한 손을 툭툭 쳤다. "뭐, 소문내시면 안 되는 일이기는 하지만 카리타스는 괜찮아요. 서민들이 파산했을 때랑은 다르니까요. 딸이랑 사위는 펀드 같은 것도 이것저것 가지고 있기는 한데 이놈의 현금유동성 위기인지 뭔지, 아시잖아요. 그 짜증나는 리먼 브라더스 같은 회사들 때문에요. 정말이지, 너무 불공평해요. 애초에 대출을 더 받게 해줬으면 문제가 되지도·않았을 텐데 말예요. 제 생각을 솔직히 말씀드리면요, 그게 다 질투심 때문에 그런 겁니다. 가진 게 너무 많으니까 빼앗아가기로 작정을 한 거라고요. 하지만 다행히도 그렇게 되지는 않았죠, 완전히는요."

토라는 공감하는 표정을 지었다. 베가가 몇몇 사기꾼들을 리먼 브라더스 홀딩스로 착각하고 위기의 모든 탓을 리먼 브라더스에게 뒤집어씌우려는 모습은 딱해 보이기까지 했다. "전화상으로 말씀 드렸다시피, 저희는 따님과 따님 남편 분이 소유했던 요트에 대해 몇 가지 여쭤볼 게 있어서 오게 됐습니다. 따님 부부 재정 상황에 대해서는 아는 게 없지만 별 문제 없다니 다행이네요. 문제는, 아마 소식을 접하셨겠지만 며칠 전 요트가 텅 빈 채로 발견되었다는 점입니다. 요트를 국내로 운송하던 선원과 승객들도 사라진 상태죠. 저는 실종된 가족 친척의 의뢰를 받게 되었고요." 베가의 얼굴에서 희생자들에 대한 일말의 동정심도 보이지 않자 토라는 다른 전략을 써보기로 했다. "그런데 이 충격적인 사건이 아니더라도 요트는 판매가 어려울 거라더군요."

"그래요?" 베가는 심하게 숱을 쳐서 펜슬로 두껍게 칠한 두 눈썹을 치켜올렸다. "파손이라도 됐나요? 예전에 딸 부부가 그 요트 사려고 큰돈 썼는데."

"네, 심각하게 파손됐어요. 한데 이번 사건 이후에는 파손이 아니라 평판 때문에 가격이 떨어질 거라고 합니다. 듣자하니 항해의 세계에는 미신을 믿는 사람들이 많은 모양이더라고요."

"카리타스도 그것 때문에 손해를 보게 될까요?" 토라와 벨라를 번갈아 쳐다보는 부인의 두 눈에 불안한 기색이 역력했다.

"아뇨. 꼭 그렇지는 않을 겁니다." 토라는 요트 소유권이 이전되었다는 사실을 베가가 알고 있는지 확신할 수 없는지라 매우 조심스럽게 다음 말을 꺼냈다. "은행의 분쟁조정위원회에서 배를 압류한 상태입니다. 알아보니 따님 남편께서 요트 대금을 지불하는 데 대출금 일부를 사용하셨고, 그래서 요트에 대한 청구권이 은행에 있다고 합니다. 금융기관들이 어떤지 잘 아시죠?" 토라는 '가차 없다'는 표현을 덧붙이려다가 과장하는 것처럼 보일까봐 자제했다.

베가는 고개를 끄덕였지만 어딘지 산만해 보였다. "네, 그 부분에 대해선 알고 있어요. 그 뉴스를 들었을 때 저와 함께 머물고 있었거든요." 베가는 잠시 뜸을 들였다. "딸아이가 국내에 있었던 게 그때가 마지막이었던 걸로 기억해요. 안 그래도 굴람에게 이혼을 요구할까 고심하고 있었는데 그 뉴스가 결정타가 된 셈이죠. 거기에다 정부에서도 딸아이를 끝도 없이 귀찮게 했어요. 부부의 재정 문제를 조사한답시고 애를 계속 소환해대니 그럴 만도 했죠." 베가는 넌더리가 난다는 표정이었다. "믿어지세요? 세상에 개인 재정문제보다 더 사적인 문제가 어디 있다고!" 그녀는 답을 기다리지 않고 말을 이었다. "그것 때문에 애가 미치기 일보직전이었어요. 심지어 관련 서류를 다 넘겨줘 버리고 마음의 평화라도 찾을까 고민했었다니까요. 그러던 찰에 요트 소식을 들었는데, 거는 정말이지 에

가 돌아버리는 건 아닌가 싶었어요. 그렇지만 워낙 담력이 있는 애라서 곧바로 해외로 출국해버린 거죠. 물론 나야 딸아이가 너무 그립지만 걔 입장에서는 이 난리법석이 진정될 때까지 떨어져 있는 게 나을 거예요."

"혹시 어디로 갔는지는 알고 계신가요?"

"리스본으로 갔어요. 요트가 거기 있었거든요. 배 안에 있던 여러 가지 물건을 챙겨놔야 했던 거죠. 은행이 몰수할 권리가 없는 개인적인 물품들요. 비서가 한 명 있어서 대신 보내도 됐지만, 카리타스는 모든 걸 직접 처리하고 싶어했어요. 비서라는 애가 별로 똑똑하지 않았거든요. 저는 딸아이가 왜 직접 처리하고 싶어했는지 이해가 가요."

"따님이 아직 리스본에 있나요? 혹시 저랑 전화로라도 대화를 나눌 마음의 준비가 되어있을까요? 요트에 대해 따님보다 더 많이 알고 있는 사람은 없을 테고, 그렇다면 선원과 승객들에게 무슨 일이 벌어졌는지 밝혀내는 데 도움을 줄 수 있지 않을까 싶어요. 가령 배 위에 다른 사람들은 모르는 구명정이 있었다든지, 반대로 그런 것이 없었다고 증언해줄 수도 있을 겁니다. 아니면 선원들도 몰랐던 결함을 따님이 알고 계셨을 가능성도 있죠. 요트에 문제가 있었다는 가정을 뒷받침할 만한 정보라면 무엇이든 좋습니다. 제가 생명보험금과 관련된 사건을 다루고 있는데 배를 탔던 사람들이 사망했다는 게 증명되어야 보험금이 지불되거든요." 토라는 베가가 뉴스를 통해 승객들의 소식을 접하는 과정에서 아이에르가 조정위원회 소속이었음을 알아챘을 경우를 대비해 그와 가족들의 이름을 의도적으로 언급하지 않았다.

괘종시계가 30분을 알리며 한 번 울렸다. 토라는 자신의 손목시계를 들여다보고는 아직 10시 20분밖에 되지 않았다는 것을 확인했다. 확실히 이 집에는 먼지 터는 일 이외에도 신경 써야 할 부분이 많았다. 베가가 갑자기 두 손님에게 커피를 더 권했다. 두 사람은 제안을 받아들였고, 토라는 베가의 회피 전략을 애써 무시하면서 질문을 반복했다.

"딸이 통화를 하려 할지 모르겠어요. 이 난장판에 심하게 데인데다가 제가 보기에는 자기 전화가 도청될까봐 무서워하는 것 같아요. 그러니까 제 말은, 여길 떠나고 나서는 한 번도 전화를 안 했어요. 보통은 연락을 하며 지내려고 애쓰거든요." 베가는 은쟁반 위의 식기들을 다시 배치해 찻잔과 포트 모두 두 사람을 향하게 돌렸다. "어쨌든 저는 그 애 엄마니까요."

"지금은 어디에 있을까요? 약속드리지만 저희는 금융감독원이나 여타 정부기관과는 전혀 관계가 없습니다." 토라는 찻잔을 잔받침 위에 바르게 내려놓으려고 주의를 기울였다.

"브라질요. 저는 그렇게 생각해요." 베가는 벨라가 커피를 한 번에 거의 다 들이마시는 모습을 쳐다보았다. "오늘 아침에 딸이 보낸 엽서 한 장이 도착했어요. 여행을 다니면서 엽서를 보내줘요. 작년 제 생일 때도 그랬고요. 그때 딸애는 미국에 있었거든요."

"오늘 아침에 받으신 엽서 좀 볼 수 있을까요?" 단도직입적으로 질문을 던지는 벨라에게 토라는 뽀뽀라도 퍼부어주고 싶은 심정이었다.

"아뇨. 죄송하지만 그럴 수는 없겠어요." 베가는 벨라의 질문에 기분이 상한 표정이었다. "사적인 서신이고 이게 요트와 관련이 있는지도 잘 모르겠고요."

아무리 좋게 봐준다고 해도 사적인 메시지를 누구나 읽을 수 있는 엽서에 적어 보낸다는 것은 앞뒤가 맞지 않았다. 하지만 이런 견해를 카리타스의 모친에게 전달하기란 너무 어려운 일이었고 토라에게도 딱히 묘안이 없었다. 게다가 베가의 말이 옳았다. 이 사건과 엽서는 관련이 없었다. "혹시 요트에 타보신 적 있으세요?" 토라는 능숙하게 주제를 돌렸다.

"네. 두 번 타봤어요." 우쭐대는 베가의 태도를 보고 토라는 자신의 고양이를 떠올렸다. "정말 황홀한 경험이었죠." 베가는 숨이라도 멎을 듯 감탄하며 몸을 약간 뒤로 젖혀 머리를 부풀렸다. 그 바람에 희끗희끗한 모근이 드러나고 말았다.

"요트에 타셨을 때 구명장비에 대해 언급한 사람은 없었나요? 따님이나 사위가 구명장비에 대해 설명해주지는 않았나요?"

"저는 사위를 자주 만나지도 못했을 뿐더러 어쩌다 만나도 요트 얘기는 하지 않았어요. 우선 제 영어가 별로 능숙하지 않고, 그 주제가 머릿속에 떠오르지도 않았거든요. 카리타스가 결혼을 하고 따로 살기 시작한 이후 몇 번 만났을 때에는 가급적 중요한 문제들을 상의하려고 애썼어요. 가령 아이는 언제 가질 예정인지 하는 문제들 말이에요. 저는 딸이 집에 와서 좀 길게 머물거나 아니면 제가 해외에 있는 딸을 찾아가 함께 더 많은 시간을 보내고 싶었어요. 하지만 카리타스는 늘 시간이 빠듯하더라고요. 사위는 사업 때문에 항상 바쁜 사람인 데다 카리타스를 독차지하고 싶어했던 것 같아요. 물론 그 마음이야 충분히 이해하죠." 베가는 느끼한 미소를 지었다. "그렇다고 사위가 항상 자기 좋을 대로만 한 건 아니에요. 기본적으로 딸 문제에 있어서는 아무래도 제 권한이 더 많으니까요. 어쨌든 걔는 제 딸이잖아요." 베가는 부정적인 이야기를 조금이라도 한 것이 마음에 걸렸던지 다급하게 말을 이었다. "오해는 마세요. 제가 사위한테 앙심이라도 품은 건 아니니까요. 정반대죠. 굴람은 남자로서도 훌륭하고 카리타스한테도 얼마나 끔찍한지 몰라요. 딸이 원하는 건 뭐든 다 갖게 해준다니까요."

"나이가 좀 많죠. 약간 불편하지는 않으세요? 어머님이랑 나이가 비슷할 텐데요." 벨라는 또다시 까다로운 질문을 아무렇지도 않게 던졌다. 퍽, 하고 정곡을 찌른 것이다.

이번에는 베가의 웃음기가 눈까지 닿지 않았다. "저보다 약간 많죠. 하지만 남자는 여자랑 많이 다르잖아요. 남자가 여자보다 성숙하는 속도가 느리니 그 정도 나이 차는 충분히 극복할 수 있죠." 어색한 침묵이 뒤따랐다. 세 사람 중 누구도 성숙도에 있어서 남자가 여자보다 30년 가까이 뒤처진다는 말을 믿지 않았다. "어찌 되었든 구명장비에 대해 떠들 필요는 전혀 없었어요. 그 요트는 절대 가라앉을 수 없는 배예요." 베가는 깔보는 듯한 시선으로 두 사람을 바라봤다. "실제로도 가라앉지 않았잖아요, 그렇죠? 그 정도면 세상 그 어떤 구명장비라도 그 사람들이 실종되는 걸 막을 수 없었을 겁니다." 토라와 벨라는 아무런 대꾸도 하지 못한 채 그저 순한 양처럼 얌전히 앉아있었다. 더분에 베가는 더욱 의기양양해져서 말했다. "요트에 있는 동안에는 그냥 즐거운 시간을 보내는 것 외에는 다른 걸 할 시간도, 그러고 싶은 마음이 생길 틈도 없었죠. 그렇게 좋은 음식에 고급 와인을 실컷 먹고 마셔본 건 난생 처음이었어요. 꼭 음식이 컨베이어벨트에서 시간 맞춰 착착 나오는 것 같았다니까요." 또다시 베가는 세상을 다 가진 고양이 같은 표정이었다.

세 사람은 괘종시계가 (10분 빠른) 11시를 알릴 때까지 계속해서 대화를 나눴다. 의미 있는 이야기가 거의 나오지 않자 토라는 대화를 마무리할 기회를 잡아 베가에게 환대에 대한 감사인사를 하고 자리에서 일어났다. 두 사람이 집에서 나와 멀어지는데 베가가 갑자기 둘을 불러세웠다. "카리타스랑 혹시라도 연락이 닿으시면 엄마한테 전화 좀 달라고 전해주시겠어요? 재산세 때문에 작은 오해가 생겨서 급하게 연락을 해야 하거든요."

토라는 뒤를 돌아 딸의 집 현관에 서있는 중년 여인을 쳐다봤다. 베가의 경제력으로는 도저히 감당할 수 없는 돈을 끊임없이 들이부어야 하는 집일 것이다. 카리타스가 진심으로 모친의 행복을 바랐다면 좀 더 아담한 집과 더 넓은 인간관계가 절실하다는 것을 잘 알았을 것이다. "네, 물론이죠. 그렇게 하겠습니다."

토라와 벨라는 다시 차를 향해 걸어갔지만 현관문이 닫히는 소리는 들리지 않았다. 말할 것도 없이 베가는 여전히 현관에 서서, 특별할 것 없었던 둘의 방문을 곱씹기라도 하듯 멀어지는 두 사람의 뒷모습을 바라보았다. 차를 타고 떠나오는 토라의 기분은 어딘지 애잔했다.

"카리타스의 늙은 남편이 아내의 입을 닫거나 이혼을 피하려고개를 죽였을 가능성이 있지 않을까요?" 벨라는 안전벨트를 매려다 말고 토라를 향해 고개를 돌렸다. "엽서 같은 소리 하시네. 엽서는 누구나 훔쳐볼 수 있잖아요. '리우에서 즐거운 시간 보내고 있어요. 키스, 키스 카리타스가.' 분명 그 남편이란 작가가 카리타스 필체를 미리 확보해뒀을 거예요. 그리고 구글 번역기를 사용해서 아이슬란 드어로 썼겠죠. 생각해보세요. 요트에 자기 물건 가지러 간 이후로 걜 본 사람이 한 명도 없어요." 카리타스에 대한 미움에도 불구하고 벨라는 옛 동창에 대한 뉴스를 하나도 빠짐없이 챙겨보고 있었다.

토라는 도박을 전혀 좋아하지 않았지만 설령 상습적인 도박꾼 이었다고 해도 벨라가 말한 가능성에 돈을 걸지는 않았을 것이다. "그게 사실이 아니기를 바라야지." 카리타스의 모친을 위해서라도 말이다.

8장

"아, 이거 너무 맛있다. 내 입으로 말하긴 좀 그렇지만." 라라는 입 안에 음식을 잔뜩 넣은 채 말했다. 하지만 금세 입 안에 있던 걸 삼키고 말을 이었다. "오늘 아침에만 해도 다시는 음식이 내 입으로 넘어가는 일 없을 줄 알았는데." 네 식구는 거의 온종일을 침대에 갇혀있다시피 했다. 쌍둥이는 책 한 권씩을 들고 샌드위치마냥 엄마 아빠 사이에 누워, 읽다가 졸다가를 반복했다. 아이에르 역시 몇 번 고개를 떨구기는 했지만 웬일인지 그때마다 곧바로 정신을 차렸다. 반면 라라는 남편과 아이들의 뒤척임에도 불구하고 최소 두 시간 동안은 세상 모르고 잠들어 있었다. 뱃멀미 약을 먹은 이후 몸이 완전히 나른해져서 기면상태로 오후나절을 허비했지만 덕분에 몸은 리스본 항구를 떠나기 전만큼이나 가뿐해졌다. 그렇다고 완전히 나은 것은 아니지만.

조타장치 당번인 로푸투르를 제외하고 모두 주방에 앉아있었다. 네 식구가 식사를 차리는 데 열성을 다하는 모습을 봤다면 누구라도 파티를 준비하는 줄 알았을 것이다. 기운이 돌기 무섭게 장난 치고 싶어 안달이 난 쌍둥이에게는 저녁식사를 위한 식탁 준비 임무가 주어졌다. 임무에 진지하게 임한 두 아이는 풀을 먹여 빳빳한 하얀 식탁보를 찾아내고 리넨 냅킨에는 은으로 된 냅킨 고리까지 끼웠다. 여기에 우아하고 세련된 유리잔만 더하면 나머지 식기들과 완벽하게 조화를 이뤘을 것이다. 아이에르는 와인도 몇 병 꺼내와 파티 분위기를 완성했다. 선장은 식사 초대에 바로 응했다. 아마 초대를 한 게 쌍둥이였기 때문에 거절하기 어려웠을 것이다. 할리 는 처음에는 거절했지만 선실에서 샌드위치나 먹겠다는 자신의 말 을 선장이 일축해버리자 마지못해 제안을 받아들였다. 그가 자신 의 결정을 후회하는지는 알 수 없지만 식사 내내 고개도 들지 않고 접시에 코를 박고 있었던 것으로 보아 적어도 음식에 대해서는 만 족하는 듯했다.

식사 준비를 맡은 라라와 아이에르는 냉장고를 뒤져 소화할 수 있겠다 싶은 재료들을 모조리 꺼내 요리를 시작했다. 완성된 요리 들은 큰 접시에 담겨 식탁에 놓였다. "건배!" 아이에르는 다른 사 람들도 건배에 참여하길 기다리며 잔을 높이 들었다. "저희가 센스 없이 화이트와인도 몇 병 챙겨온다는 걸 깜빡했네요. 생선요리를 할 거라고 예상했어야 하는데."

"괜찮습니다." 선장이 레드와인을 한 모금 쭈욱 들이켰다. "우리 는 별로 까다로운 사람들 아닙니다. 그렇지, 할리?"

"네." 젊은 선원의 목소리는 여느 때처럼 무뚝뚝했다. 어쩌면 아 직은 어린 나이 때문일 수도 있고, 아니면 가족 단위 승객에 익숙

151

하지 않았을 수도 있다. 아이에르도 자기 사무실에 가족 넷이 들이닥친다면 똑같은 기분이었을 것이다. 할리는 와인 한 모금을 마셨지만 딱히 맛을 음미하는 얼굴은 아니었다. 어쩌면 그는 맥주를 선호하는 부류일지 모른다. 어쨌든 그는 식탁에 앉은 네 명의 성인 중에서도 아주 어린 축에 속했다.

"두 분은 술을 조금 드셔도 괜찮은 거죠? 제 말은, 근무 중에라도요?" 라라는 포크로 생선 조각을 찍어들었다.

"그럼요. 지금은 자동항해 중이고 부드러운 속도로 순항 중이라 괜찮습니다. 밤에는 최대한 느리게 움직이지만 낮 동안에는 그만큼 빠르게 가거든요. 지금은 그냥 빈둥거리는 시간대이니 술을 좀 마셔도 상관없습니다. 이따가 조타 당번이 돌아오면 원래의 선장 모습으로 돌아갈 겁니다. 걱정 마십쇼. 와인 한 잔 마신다고 취하지는 않으니까요."

"밤에는 누가 배를 움직여요?" 빌쟈가 물었다.

"아저씨들이 돌아가면서 조타 당번을 하긴 하는데, 일이 그리 많지 않단다. 조타장치 가까이 있는 소파에 그냥 앉아서, 뭔가 잘못될 경우를 대비해 한 시간 간격으로 우리 위치를 표시하면 되지."

"뭐가 잘못되는데요?" 아르나가 생선에서 가시를 찾다 말고 고개를 들며 말했다. 가시를 바르다 보니 아이의 식사시간은 늘어졌고, 접시에 놓인 참치 스테이크는 산산조각이 났다.

선장은 당황하는 기색이었다. 그 질문에 대답할 준비가 되어있지 않다는 게 빤히 보였다. "글쎄. 그렇게 표시를 하면 정전이 되거나 GPS가 작동을 멈춰버리는 상황이 생기더라도 우리 위치를 알 수 있거든. 하지만 전기가 나갈 가능성은 높지 않고, 그런 일은 실제로 일어나지 않을 거야. 그리고 만일 뭔가 잘못된다고 해도 우린 무사할 거란다. 최악의 상황이 일어나도 다른 배에 도움을 요청할 수 있거든."

"그치만 주변에 다른 배는 하나도 없잖아요." 이렇게 말하는 빌쟈는 아르나보다 열심히 음식을 먹어치우고 있었다. 아르나보다 더 먼저 멀미에 시달린 까닭인지 혈색도 빨리 돌아왔다. 두 아이 모두 카리타스나 악몽에 대해서는 이야기를 꺼내지 않는 게 다행스러웠다. "지금까지 한 척도 못 봤고 소리도 들리지 않는걸요."

"우리 눈에 보이지 않아도 배들은 바다에 있단다. 바다는 아주아주 넓거든. 그렇지만 네가 관심 있다면 아저씨가 조타실에 있는 장비들을 보여줄 수 있어. 다른 배들이 근처 어디쯤에 있는지 알려주는 장비가 있거든. 우리한테는 레이더도 있으니까. 그렇고 말고."

"길을 알려주는 거예요?" 접시만 바라보던 빌쟈가 마침내 고개를 들었다.

선장은 미소를 지었다. "그래. 레이더는 우리 주변 바다에 뭐가 있는지 알려주거든. 그래야 다른 것들과 충돌하지 않을 수 있어."

라라는 선장의 잔에 와인을 좀 더 따랐다. 조금 전까지만 해도 선원들은 네 식구가 없는 사람인 양 굴었다. 직접적인 질문에는 대답을 했지만 자발적으로 대화를 이어가지는 않았다. 할리와 로푸투르는 여전히 시큰둥했지만 적어도 선장은 한결 부드러워진 태도였다. "전에도 이 요트로 항해하신 적이 있으세요?" 라라는 대놓고 표현하기는 않았지만 선원들이 기리다스에 관한 흥미로운 사실

거리를 은연중에 흘리지는 않을까 기대했다. 라라는 타블로이드를 통해 그녀에 관한 기사와 소식을 워낙 많이 접해서 마치 잘 아는 듯한 기분마저 들었다.

"아뇨. 저는 며칠 전에야 이 요트를 처음 봤습니다만 여름에 이 요트를 타고 지중해를 항해할 기회가 있었다면 정말 좋았겠다 싶습니다. 카리브해도 좋고요." 선장은 어두컴컴한 창밖을 응시했다. 식사를 위해 의자에 앉았을 즈음부터 비가 내리기 시작하더니 빗방울이 후드득 유리창을 때렸고 그 소리 덕분에 실내는 꽤나 아늑하게 느껴졌다. "하지만 이런 요트에서 선원 일을 하는 건 자원봉사나 다름없습니다. 트롤선에서 일하고 받는 돈의 반도 안 주려고 하거든요. 돈 있는 사람들이 지갑 여는 데는 훨씬 더 야박해요."

"할리 씨는요?" 아이에르는 어떻게든 젊은 선원도 대화에 끌어들이려 애를 썼다.

"있어요." 젊은 선원이 할 줄 아는 대답이라고는 이 단음절 낱말뿐인 듯했다. 그러다 할리는 갑자기 말을 이었다. "딱 3개월 동안이었습니다. 그래서 지금 여기 오게 된 거고요. 요트 사정을 아는 사람이 있으면 좋겠다고 생각한 거죠."

"와, 어땠어요?" 라라는 자신의 숨은 의도가 너무 노골적으로 드러나지 않기를 바랐다. "이런 요트가 아이슬란드 사람 소유였다니 놀랍잖아요."

"소유의 의미가 뭐냐에 따라 달라지겠지." 아이에르가 끼어들었다. "요트는 그 여자 남편 이름으로 등록되어 있었으니까. 어쩌면 남편 회사의 재산이라고 하는 게 더 정확할 수 있겠네." 아이에르는 아내의 의도를 파악하지는 못했지만 자신의 말이 그녀를 짜증나게 했다는 건 눈치챘다.

"무슨 말인지 아시잖아요." 라라는 다시 할리 쪽으로 몸을 돌리며 말했다. "어땠어요?"

할리는 접시로 시선을 떨구더니 하나 남은 감자알을 이리저리굴렸다. "아, 뭐 그다지 특별한 건 없었어요."

"그렇지만 아주 특별한 경험이었을 텐데요." 라라는 할리와 시선을 맞추려고 애썼지만 끝내 실패하고 말았다. "얘기 좀 해주세요. 가령 카리타스가 어땠다든지? 그 남편이란 사람은 어땠는지?"

"다른 사람들이랑 똑같았습니다. 제가 해드릴 수 있는 얘긴 그정도죠. 근무 중에 있었던 일에 대해서는 발설하지 않는다는 계약서에 서명도 했어요. 특히 손님이나 소유주에 대해서요. 그러니까그런 내용은 정말 이야기 할 수 없습니다." 할리는 헛기침을 했다. "혹시 모르죠. 소유주였던 사람이 파산해서 계약도 휴지조각이 됐을지도요. 저야 알 수 없죠. 그렇다고 해도 달라질 건 없습니다. 어차피 재미있는 사건은 일어나지 않았으니 할 얘기도 없죠."

"지금 그 얘기는, 그치들이 자네한테 계약서에 서명하도록 했으니 엔진에 관한 정보도 공유하지 않겠다는 건가?" 선장이 팔짱을끼며 말했다. "누구라도 그렇게 생각할 수밖에. 자네 일하는 거 보고 있으면 이 요트에 대해 아는 게 없는 사람 같거든." 선장은 할리가 눈치채지 못하게 라라를 향해 눈을 찡긋했다. 할리의 얼굴은 온통 새빨개졌다.

"거기 애들도 있었어요?" 아르니는 기밀유지 조항이 무슨 뜻인지 전혀 이해를 못 했거나 아니면 자신과는 상관없는 일이라고 무시해버린 듯했다.

"아저씨도 모르신대요, 공주님." 조정위원회에서 매일같이 기밀 유지 계약서를 다루는 아이에르로서는 그런 주제가 오르내리는 것이 불편했다. 그는 젊은 선원의 신념을 지켜주고 싶었다. 그런 미덕은 존중받아 마땅하다. 그러기에 아이에르는 라라를 진지하게 노려봄으로써 메시지를 최대한 전달하려고 했다. 하지만 라라는 그런 남편을 못 본 척했다.

"아니야, 알고 계실 거야. 예, 아니오로 대답하면 되잖아, 그치?" 아르나는 포크를 내려놓고 또다시 공격을 감행했다. "거기 애들도 있었어요?" 아르나는 사람에 대해 애정 어린 관심을 보이는 라라를 닮은 반면 빌쟈는 아이에르를 빼닮았다. 쌍둥이의 외모는 판박이였지만 내면은 너무도 달랐다.

"아니." 할리가 아르나의 질문에 대답을 하는 건지 더 이상 질문하지 말아달라고 하는 건지는 불분명했다.

"적어도 여기서 근무했던 게 즐거웠는지 아닌지는 말해주실 수 있잖아요." 라라는 쉽사리 물러날 생각이 없었다.

"아뇨." 다들 처음에는 할리가 대답을 거부하는 건지 아니면 이전의 경험에 대해 이야기하려는 건지 알지 못했다. 하지만 그의 다음 대답이 모든 의혹을 일소해버렸다. "요트에서 일하는 건 별로 즐겁지 않았고, 그래서 이번에 일자리 제안을 받았을 때도 망설였습니다."

"그랬군요." 이건 라라가 기대한 답과는 거리가 멀었다. "뱃멀미라도 하셨어요?"

배가 항구를 떠난 이후 처음으로 사람들은 할리가 진심으로 즐거운 표정을 짓는 것을 보았다. "아뇨. 뱃멀미는 안 했습니다."

"그럼 뭐가 문제였어요?" 라라는 자신의 발을 누르는 남편의 경고를 알아채지 못한 척했다.

"이 배에는 섬뜩한 구석이 있어요. 뭐라고 설명은 못하겠지만, 이 배는 어딘가 잘못돼 있습니다." 할리는 선장을 향해 불쾌한 미소를 지었다. "선장이 머저리 같은 인간이기도 했죠. 뭐, 흔한 일이지만."

선장이 코웃음을 쳤다. "허튼소리. 이런 배에 대해 뭐라도 안다는 듯 떠드는군. 그래봤자 뱃일 한 지 3~4년인 주제에? 이 요트는 내가 항해해본 배 중에서도 최고에 속해. 나는 베테랑이라고."

할리는 또다시 얼굴을 붉혔다. 이번에는 창피함이 아닌 분노 때문이었다. "제가 언제 배 성능 가지고 뭐랬습니까?" 그는 와인을 한 모금 마셨다. "분위기가 문제라고요. 이 배는 어딘가 소름이 끼쳐요. 그렇게 생각한 게 저만도 아니었고요."

"정말입니까?" 아이에르는 이 말을 뱉어버리고는 금세 후회했다. 두 아이가 절대 들어서는 안 될 대화였다. 아이들은 바른 자세로 앉아 귀를 크게 연 채 저녁은 먹지 않고 오가는 대화를 빠짐없이 주워담고 있었다.

"다른 선원들이 이 배에 관한 소문을 알려줬어요. 내용이 다 일치하고요. 제가 딱히 미신을 믿는 사람은 아니지만 배에 걸린 저주에 관한 소문을 듣고 나니 꺼림칙했어요. 선원들이 그냥 농담으로 던진 얘기가 아니라고요." 할리는 돌연 말을 멈추더니 마지막 남은 감자덩이를 입에 우겨넣었다. "저녁 감사합니다." 할리는 자리에서 일어나 곧바로 나가버렸다.

조타실에 들어선 아이에르는 처음 승선했을 때 기대했던 것과는 크게 다른 조타실 내부에 다시 한 번 놀랐다. 무슨 기능을 하는지 알 수 없는 컴퓨터 스크린이며 장치들이 늘어선 모습이, 선박의 조타실이라기보다 라디오 수리점에 더 가까운 인상을 풍겼다. 그의 예상과 유일하게 일치하는 것은 창문 앞에 서있는 멋스러운 목재 조타륜이었다. 하지만 항해 첫 날 선장으로부터 조타륜은 오직 자동조종 장치가 고장난 경우에만 사용한다는 설명을 들었다. 선원들이 어떤 이유로든 배를 수동으로 조종해야 할 때는 보통 컴퓨터 게임용 컨트롤러와 거의 비슷한 크기의 조종간을 사용한다. 항법장치 외에도 요트에는 상당한 공간을 차지하는 통신시스템이 갖춰져 있었다. 아이에르는 비록 선장이 알려준 작동원리를 그대로 설명할 자신은 없었지만 적어도 각 시스템이 어떤 기능을 하는지는 대략적으로 기억했다. 그렇다 하더라도 아이에르는 자신이 요트에서 첨단장비들을 직접 작동하는 일은 없기를 바랐다. 만약 그런 일이 생긴다면 배는 제자리에서 빙글빙글 돌게 될지도 모른다.

"컴퓨터 화면에다 시스템 모니터까지 모두 주시하려면 힘들지 않아요?" 아이에르는 조타실 한가운데 있는 테이블에 차가운 맥주 한 병을 툭 내려놓았다. 테이블에는 미끄럼방지용 천이 깔려있었고, 격량에 물건이 굴러 떨어지는 것을 막기 위해 크롬으로 된 가장자리가 살짝 솟은 형태였다. 맥주병에 성에가 끼어 표면이 축축했기 때문에 아이에르는 테이블에 펼쳐진 해도 가까이에 병을 내려 놓지 않으려고 조심했다. 항해강습을 받을 때 비슷하게 생긴 해도를 본 적이 있었다. 강습 때만 해도 지도를 뒤덮은 선과 숫자의 의미를 이해할 수 있었지만 지금은 해도와 실제 바다 사이에서 연관성을 조금도 찾을 수가 없었다. "맥주 한 병 가져왔습니다. 선장님이 곧 교대해주신다고 하니 한 병 정도는 괜찮을 것 같아서요."

"고맙습니다." 로푸투르는 지금까지의 무뚝뚝한 태도를 유지할 것인지 잠시 내적 갈등을 하는 듯하더니 맥주를 향해 손을 뻗었다. "안 그래도 더 이상은 못 참겠다 싶던 참이었어요. 염병할 라디오가 말썽을 부리는데 못 고치겠네요. 돌아버리겠습니다." 그는 맥주를 벌컥벌컥 들이켰다.

"뭐가 문제예요?"

"빌어먹을 전파방해가 그치질 않아요. 이상한 교신 요청이 몇 번 있었어요." 로푸투르는 카드 단말기처럼 생긴 기계를 향해 고개를 까딱했고, 기계에서는 종이가 혓바닥처럼 내밀려 있었다. "네비텍스 수신기NAVTEX(Navigation Telex)에서 경보가 발견됐어요. 여기서 멀지 않은 곳에 화물선에서 떨어져 나온 컨테이너가 하나 있답니다. 어쩌면 그거랑 관련된 요청일지도 모르죠."

"네비텍스가 뭡니까?" 아이에르는 기계로 다가가 종이에 인쇄된 영어 텍스트를 들여다보며 물었다. 텍스트는 글자와 숫자들로 나열되어 있었다.

"네비텍스는 항해 경보와 관련된 메시지를 수신하는 기계예요. 기상경보, 빙하경보를 비롯해 표류하는 긴테이니 등등 나쌍한 위협

요소에 대해 알려주죠. 지금처럼요."

"우리가 위험에 빠진 건 아니죠?" 아이에르는 그가 '아니오'라고 대답하리라 예상했으므로 질문은 어딘가 모순적인 어조였다. 로푸투르가 너무도 여유 있어 보이는 데다 심각한 상황이었다면 벌써 선장을 부르러 갔을 것이다.

로푸투르는 차가운 맥주 한 모금을 넘겼다. "아뇨, 그럴 리 없을 겁니다." 그의 신경은 레이더에 쏠려있었다. "아내 분이랑 아이들은 자러 간 모양이죠?"

"아, 애들은 침대에 누웠죠. 아내가 애들한테 책을 읽어주고 있거든요. 어제처럼 악몽을 꾸지나 않을까 걱정돼서요. 사실 저도 잠자리에 들 시간이긴 하지만 온종일 침대에 누워있었거든요. 이 바다 공기라는 게 사람을 나른하게 만드네요." 아이에르는 맥주병을 만지작거리며 물었다. "그쪽도 가정이 있으세요?"

레이더에서 고개를 든 로푸투르는 이 질문에 기분이 상한 듯했다. 잘 알지도 못하는 사람과 사생활에 대해 이야기하는 게 껄끄러웠거나 아니면 아이에르가 아픈 곳을 건드렸는지도 모른다. 젊은 나이였으니 최근 여자친구와 헤어졌는지도 모를 일이다. 아이에르는 그런 질문을 한 것을 곧바로 후회했지만 어쩌면 로푸투르의 반응을 오해한 건지도 모른다. 한참 만에 젊은 선원이 내뱉은 대답은 고작 이거였기 때문이다. "아뇨. 아직 없습니다."

그 순간 요트가 급강하하더니 쿵하고 울리는 소리와 함께 다시 상승하면서 배 전체를 흔들었다. 아이에르는 균형을 잡기 위해 테이블을 붙들어야 했다. 지난 한 시간 동안 바다는 비교적 고요했기 때문에 전혀 대비가 안 된 상태였다. "으아!" 무릎을 펴고 바로 서던 아이에르는 예상 밖의 흔들림에도 로푸투르가 눈 하나 깜빡하지 않았다는 걸 알아챘다. 언제 그랬냐는 듯 바다는 다시 평온을 되찾았고 요트 역시 정상적인 리듬으로 돌아갔다. "이 첨단장비들은 이런 상황을 미리 예측할 수 없나요?"

"파도가 밀려올 때 제가 미리 경고해줄 수 있는지 물으신 거라면 대답은 '아니오'입니다. 가장 확실한 방법은 뱃머리를 내다보시는 거예요." 로푸투르는 고개를 돌려 여러 모니터를 쭉 훑어보았다. "안을 둘러보시는 건 괜찮습니다. 기기에 손만 대지 마세요."

아이에르는 선원의 초대를 거절하고 싶지도, 선장이 이미 조타실이 어떻게 굴러가는지 알려줬다는 사실을 지적하고 싶지도 않았다. 초대를 거절했다가는 냉담한 사람처럼 보이고 자칫 나약한 사무직 노동자라는 자신의 진짜 정체가 드러날까 겁이 났다. 더욱이 이제야 마음을 터놓기 시작한 선원의 우호적인 제안에 응답하지 않는다는 건 애석한 일이다. "저게 레이더인가요?" 아이에르는 어떤 기능을 하는지 너무나 잘 알고 있는 커다란 멀티 컬러스크린 앞에 서서 물었다. 스크린 위에는 원반 모양 도형이 떠있었고 그 위로 방사 패턴의 신호가 느리게 회전하면서 밝게 빛나는 구역을 따라가다가 점차 희미해지기를 반복했다.

"네." 로푸투르가 다가와 말했다. "이건 요트의 송신기에서 뻗어 나오는 레이더의 파동을 보여주는 겁니다. 파동이 뭔가를 건드리면 다시 튕겨나와서 그 모습이 스크린에 잡히는 거죠. 우리는 지금 이 원반의 흰가운데, 여기 있는 겁니다." 아이에르트는 무시를 가상하며 고개를 끄덕였고 로푸투르는 계속해서 설명을 했다. "보시다시피 주변에 아무것도 없죠. 이게 굉장히 드문 경우라서 우리가 정해진 코스에서 벗어난 것은 아닌지 궁금해지려던 참이었습니다. 혹시라도 GPS가 잘못 설정되어 있다면 모를까요."

"어떤 상황인 것 같으세요?"

"우린 정상적인 진로에 있습니다. 그냥 우연일 뿐이죠."

"레이더가 오작동할 수도 있나요? 스크린에 잡히지 않는 선박이 있다거나?"

"글쎄요. 여기는 그리 혼잡한 해로가 아니라서 별로 대단한 문제는 아닐 겁니다. 우리 배가 어장에 들어서게 되면 다른 선박들이 보일 거예요. 우리 아래에 있는 바다는 죽은 바다인 셈이에요. 모든 생명체가 어선에 빨려 들어가 버린 거죠. 좀 우울한 얘깁니다."

"그럼 컨테이너는요? 컨테이너도 보이게 될까요?"

로푸투르는 어깨를 으쓱했다. "물에서 얼마나 높게 떠다니냐에 따라 달라지죠. 파동이 뭔가에 튕겨져 나와야 하는데 만약 컨테이너가 물속에 잠겨있기만 하면 파동이 감지할 수 없어요. 그럴 때는 사실 파도가 거센 게 더 좋아요. 그러면 물체가 파도에 실려 위아래로 움직일 테니 포착하기 쉽죠."

그는 아이에르에게 또 다른 스크린을 보여줬다. "이건 음향측심기라는 겁니다. 이렇게 깊은 바다에서는 전혀 쓸모가 없지만 얕은 물에서 항해할 때는 필수적인 장비죠."

아이에르는 오전에 했던 생각을 떠올리며 물었다. "여기는 얼마나 깊어요?"

로푸투르는 스크린에 몸을 구부리고 대답했다. "3,200미터 정도요. 이 정도 깊이면 햇빛이 해저까지 도달하지 못해서 그곳의 생활형은 아주 달라요. 그렇게 깊은 곳에서 생명체가 살아간다는 것 자체가 놀랍죠. 수면보다 압력이 300배 정도 셉니다. 거긴 심해어들에게도 아주 깊은 곳이죠." 로푸투르는 어둠 속에서 뭔가 발견하기라도 할 듯이 창밖을 내다보았다. "심해어들은 그 자체로도 기묘한 생명체예요. 제 눈으로 직접 보지는 못했지만 종종 어선 그물에 걸려 배 위로 올라오면 압력 차이 때문에 풍선처럼 부풀어 올라요. 우리도 대기권 밖으로 끌려나가면 똑같이 되겠죠."

아이에르는 아가리에 손전등 같은 조명이 달려있는 심해어의 사진을 기억해냈다. 심해어의 한 종류인 그 물고기는 전등으로 호기심 많은 다른 물고기들을 꾀어내어 덥석 잡아먹는다고 했다. 하지만 아이에르는 로푸투르에게 차마 그 이야기를 꺼내지 못했다. 선원들이 자기 같은 풋내기를 놀리려고 지어낸 장난질일 수도 있다고 생각했기 때문이다.

그때 갑자기 귀에 거슬리는 소리가 로푸투르 쪽의 스피커에서 흘러나왔다. "아, 저 새끼 또 시작이네." 로푸투르는 몸을 스피커 쪽으로 약간 구부렸다. 잠시 동안 스피커에서는 아무 소리도 흘러나오지 않았고 창문을 때리는 빗방울과 두 사람의 숨소리만 들려올 뿐이었다. 그러다가 스피커가 또다시 치직거리더니 이번에는 다른 소리도 함께 흘러나왔다. 아이에르에게 그 소리는 마치 다이빙을 할 때 빵하고 터지던 기포 소리처럼 들렸다.

"이게 말씀하신 무선통신기인가요?" 로푸투르는 기기에 신경을 곤두세운 채 고개만 끄덕였다. "고장 때문에 이런 잡음이 생기는 건가요?"

통신기는 이제 잠잠해졌다. "글쎄요. 결함이 있는 것 같습니다. 누군가 메시지를 송신하는 게 아니라면 아무 소리도 나지 않아야 정상이거든요. 하지만 어느 누가 이런 잡음을 내보내려고 시간을 허비하겠어요. 알 수 없죠. 이건 통신 범위가 아주 짧은 VHFVery High Frequency(초단파─옮긴이) 채널 16인데, 파장이 기껏해야 수평선 정도까지 닿습니다. 어쩌면 다른 선박에 보내려던 메시지의 피드백을 우리가 수신했을지도 모르죠. AISAuto Identification System(선박자동식별장치─옮긴이)에 따르면 30해리 이내에는 어떤 선박도 없는 것으로 확인되니까, 그럴 가능성도 있습니다." 로푸투르는 아이에르의 멍한 표정을 확인하고는 말을 이었다. "모든 선박에는 정보를 내보내는 송신기가 설치돼 있어요. 인근 해역에 어떤 선박이 있는지, 목적지는 어디고 현재 위치는 어디인지 등을 알려주죠. AIS는 반경 35해리 이내의 모든 전송 내용을 송신하는 자동추적 시스템이에요. 해안경비대와 항만관리국에서도 이 시스템을 활용해서 해상교통의 흐름을 파악합니다."

통신기에서 또다시 잡음이 들려오자 두 사람은 기기를 뚫어져라 응시했다. "혹시 메시지를 내보내는 통신기에 결함이 있는 게 아닐까요?" 아이에르는 젊은 선원이 자신의 의견을 경청하는 눈빛으로 바라보자 터무니없이 뿌듯해졌다. "그러니까 누군가 메시지를 내보내려고 하는데 그쪽 기기에 문제가 있어서 정상적인 송신이 안되는 거죠."

"그럴 수 있어요." 로푸투르가 말을 이으려는 순간 다시 잡음이 들려오기 시작했다. 이번에는 치직거림 대신 기포와 사람 목소리로 추정되는 소리 같았지만 왜곡이 심해서 단정지을 수는 없었다. 또다시 정적이 찾아왔다. 하지만 완전한 정적은 아니었다. 아이에르는 채널이 여전히 연결되어 있다는 느낌이 들었다. 마치 채널 반대편의 누군가가 가만히 앉아 통신기를 응시하는 듯한 기분이었다. 로푸투르는 마이크를 집어들었다. "여보세요." 대답이 없었다. "여보세요. 여기는 레이디 K. 우리 위치는 리스본 해안 북서쪽에서 316해리 떨어져있다. 신원을 밝혀라. 오버." 로푸투르의 영어에서 아이슬란드 억양이 짙게 배어나오기는 했어도 그의 말은 충분히 해독 가능했다. 대답은 없었다. "신원을 밝혀라. 오버." 여전히 답이 없었다. 로푸투르는 마이크를 제자리에 꽂았다. "어떤 등신이 장난치는 게 틀림없어요."

"다만 통신기에 접근할 수 있는 등신이네요." 아이에르는 분위기를 바꾸기 위해 최대한 쾌활한 어조로 말했다. 이상하게도 조타실의 공기는 어딘가 무거웠다. 그쪽 누군가가 곤경에 처했더라도 고장난 이 통신기 때문에 도움을 청하지 못할지도 모르는 일이었다. 어쩌면 두 사람이 타고 있는, 심지어 아이들을 태운 요트인지도 몰랐다. "다시 통신을 해봐야 할까요?"

"레이디 K." 순간 두 사람은 얼어붙은 채 시선만 스피커를 향했다. 스피커에서 흘러나온 소리는 요트의 이름을 아주 또렷하게, 잡음이나 기포 소리도 없이, 단 두 단어만을, 어떠한 오해의 여지도 없이 발음했다. "레이디 K." 소리는 다시 한 빈 반복됐다. 아이에

165

르는 등줄기를 따라 소름이 돋는 것을 느꼈다. 스피커에서 흘러나오는 목소리는 음탕한 말이라도 내뱉듯 악의가 스며있어서 극도로 불쾌한 감정을 불러일으켰다. 두 단어에는 어떤 서두름이나 절박함도 실리지 않았다. 각 음절이 정확하게 발음될 뿐이었다. 스피커 반대편에 있는 존재가 누구든, 그는 위험에 처한 게 아니었다. 통신기는 다시 잠잠해졌고, 이번에는 채널이 완전히 꺼졌다.

아이에르는 손에 들린 맥주병을 내려다보며 그만 마셔야겠다고 생각했다. 상상력이 고삐 풀린 망아지처럼 날뛰는 것으로 보아 알코올 때문에 이성적인 사고가 불가능해진 듯했다. 잠시 후 통신기가 조용해지자 이 모든 상황이 갑자기 우스워졌다. 로푸투르의 말대로, 어떤 멍청이가 통신기로 장난을 치는 게 분명했다. 아이에르는 씩 웃어버리거나 농담을 던질 요량으로 젊은 선원을 쳐다보다가 멈칫했다. 선원의 표정은 조금 전과 같은 사람이라고 믿기 힘들 정도로 달라져 있었다. 순수하게 공포에 사로잡힌 얼굴. 아이에르는 이 무뚝뚝한 뱃사람이 겁에 질린 모습을 보고 크게 동요했다. 동시에 할리가 저녁식사 자리에서 꺼낸, 저주받은 요트에 관한 소문을 떠올렸다. 소문은 이 상황을 어느 정도 설명해주었지만 아이에르를 진정시키는 데는 아무런 도움도 되지 못했다.

일순 두 남자의 시선이 삐, 소리를 내기 시작한 레이더에 꽂혔다. 호출신호는 빠르고 다급하게 울렸다. 흐릿한 검은 형체가 스크린 상의 요트 바로 옆 지점에서 깜빡이기 시작한 것이다. 조금 전까지 아무것도 잡히지 않던 바로 그 지점에서 말이다.

9장

"지방법원에 가서서 아드님과 며느님 명의의 재산에 대해 관리인 신청을 하시길 권해드립니다. 당장 오늘내일은 아니라도 상황이 크게 바뀌지 않는 한 서두르시는 게 좋을 듯합니다. 만약 법원 판결이 두 분께 유리하게 난다면 가족들 사망 추청시각도 결정이 될 거예요." 토라의 제안이 시그리두르와 마르게이르를 언짢게 만들었다는 게 두 사람의 표정에서 그대로 드러났지만, 토라는 개의치 않고 말을 이었다. 그녀가 자신의 사무실이 아닌 노부부의 집에서 만나기로 한 것도 바로 그런 연유에서였다. 가혹한 현실을 감당하기에는 익숙한 환경이 더 나았다. "1981년 제정된 실종자에 관한 법률 첫 번째 조항에 따라 권리를 보장받으실 수 있습니다. 이 법률의 목적이 일차적으로 실종된 개인의 이익을 보호하는 데 있거든요. 다시 말해서, 재산권을 비롯해 실종자의 권리를 보호하는 법이죠. 관리인 신청을 하시고 나면 제가 실종 사실에 관한 모든 자료를 법원에 제출할 테고, 법원은 자료들이 증거로서 충분한지 판단하겠죠. 법률 비용은 부담하지 않으셔도 될 겁니다. 이런 사건의 경우 법률구조기금에서 지원을 하니까요."

"다행입니다. 아시겠지만 저희한테는 그럴 만한 돈이 없어요. 판결이 불리하게 나기라도 하면 저희는 비용을 감당할 수가 없습니다." 마르게이르는 작고 보잘것없는 집안을 봐달라는 듯이 손을 흔들었다. 토라는 이미 집안 가구들이 낡긴 했어도 관리가 잘 되어있다는 사실을 알아챘다. 거실에는 상자 모양 TV 수상기가 코바늘로 뜬 직물 위에 놓였고, 하얗고 깔끔한 삼각형의 직물이 거치대 가장자리 아래로 늘어뜨려져 있었다. 과거와 최근 모습을 볼 수 있는 여러 개의 가족사진은 TV 양쪽을 차지했는데, 사진 속 인물들의 활기찬 미소는 음울한 분위기와 전혀 어울리지 않았다. 자그마한 구닥다리 식탁에는 슈퍼마켓에서 산 꽃다발이 꽂힌 화병이 있었는데, 토라는 친구나 친척이 조의로 보낸 꽃이 아닐까 짐작했다. 꽃잎이 축 늘어져 아름다움은 시들고 소임을 다했지만 감히 내다버릴 생각을 못 한 듯했다. 집안 곳곳에서 애도의 흔적이 묻어났다.

토라는 다른 사안을 꺼내기 전에 잠시 말을 멈췄다. 노부부가 자신의 조언을 충분히 이해하고 이제 곧 제기할 다른 문제와 혼돈하지 않기를 바랐기 때문이다. "아드님 내외의 생명보험 약관을 검토했는데요, 보험료를 지불받는 데 방해가 될 만한 내용은 안 보였습니다. 이런 보험에 흔히 따라붙는 내용, 즉 가입일로부터 일정 기간 이후에 사망이 발생해야 한다는 조항도 없었고 피보험자가 자살할 경우 청구권을 무효화한다는 내용도 없었습니다. 저야 자살일 리 없다고 생각하지만 만약 보험사가 자살을 주장하면 상황이 복잡해질 수 있어요. 애초에 단순한 사건도 아니고요."

"그래요?" 마르게이르는 반문했지만 그다지 관심 있는 표정은
아니었다.

"네. 그러니까 청구가 이뤄질 만한 사건이 발생하면 보험사는 지
체 없이 그 사실을 통보받아야 하는 거죠. 아드님 부부의 실종이
이 경우에 해당합니다." 토라는 계속해서 설명했다. "보험사에 통
보할 때는 지방법원이 요구하는 증거자료와 거의 동일한 자료를
제출해야 합니다. 이렇게 되면 상황이 참 간소해지겠죠. 하지만 보
험사는 최초 청구를 거부할 가능성이 높아요. 아주 흔한 일입니다.
아이슬란드에서도 최근 유사한 사건이 있었어요. 어떤 남성이 미
국에서 아이슬란드까지 요트로 항해를 하던 중에 사라졌는데 해외
보험사는 그 남성이 사망했다는 주장을 받아들이지 않았어요. 그
래서 아이슬란드 지방법원에 소송이 제기됐는데, 실종된 남성이 사
망한 것으로 추청된다는 법원 판결이 내려져서 결국 보험사는 강제
로 생명보험금을 지불하게 됐죠. 저는 이 사건도 비슷한 방식으로
전개될 거라고 확신합니다. 다만 법원은 증거자료들뿐 아니라 친
지들을 비롯해 관련 정보를 알고 있는 사람이라면 누구든지 조사
를 하도록 해요. 따라서 가족과 친척이 법정에 출두해야 할 가능성
도 염두에 두어야 해요."

"그럼 공판이 해외에서 열리게 됩니까? 외국 보험사라고 했으니
말예요. 외국 법정에 설 만한 기운이 남아있을지 모르겠습니다."
마르게이르의 목소리는 마치 연극의 대사를 따라 읽듯 이상할 정
도로 무신하게 들렸다.

"아뇨. 실종자가 가장 최근 거주했던 곳이 여기니까 아이슬란드 법원이 관할권을 가집니다. 보험사가 어디에 기반을 두고 있는지와는 별개로요. 이 사건은 레이캬비크 지방법원에 배정되겠죠." 토라는 잠시 추가 질문을 기다리다가 말을 이었다. "감당하셔야 할 것도 많고 타이밍도 좋지 않습니다만, 곧바로 보험사에서 요구하는 입증서류들을 취합하는 작업에 착수하는 게 어떨까 합니다. 그런 다음 보험사에 사건을 통보하는 거죠. 미루는 건 아무런 의미가 없습니다. 만약 아드님 부부가 무사히 나타난다면, 그런 일이 가급적이면 빨리 일어났으면 좋겠지만, 그 경우 보험사에 사실을 통보하기만 하면 됩니다. 이미 보험금이 지불된 상황이라면 반환하면 되고요. 보험금 가운데 합당한 이유로 이미 소모된 금액이 있다면 그건 반환하지 않아도 됩니다."

"저희는 보험금을 사용할 생각이 없어요. 처음 뵀을 때 말씀드린 것처럼요." 시그리두르는 손으로 머리칼을 쓸어넘겼다. 그녀의 머리칼은 기름지고 지저분하게 보였다. 셔츠에는 두 군데에 또렷한 얼룩이 졌고 바지 역시 세탁할 때가 지난 듯했다. 마르게이르의 덥수룩한 수염과 감지 않은 머리는 그를 중병에서 이제 막 회복한 환자처럼 보이게 했다. 노부부에게는 고통에서 허우적거리는 것 외에 다른 선택지가 없었을 것이다. "그 돈은 시가 뒤그의 몫이니 아이 양육에만 사용할 거예요. 그리고 변호사님이 말씀하신 법적 절차에 필요한 비용으로요."

"그 정도 돈은 보험금 총액에 흠집도 못 내는 수준이에요."

"그런가요?" 노부인이 쏘아붙였다. 마르게이르는 아내의 반응이 토라를 불쾌하게 만들지는 않을까 아내의 무릎에 손을 얹었다. 하지만 토라는 노부인의 반응에 감정이 섞여있지 않다는 걸 잘 알았다. 시그리두르는 세상 모두에게 화가 났을 뿐이다. 그녀는 말을 이었다. "좀 전에 서류와 함께 증거를 보내야 한다고 말씀하셨죠. 그게 무슨 뜻인가요?"

"요트가 언제 항구를 떠났는지, 요트가 리스본을 떠날 때 제공한 항로 정보, 기상상황, 선원과 승객들이 승선한 채 어디서 마지막으로 목격되었는지 등을 입증할 서류들입니다. 그리고 승객들이 긴급하게 요트를 버렸다거나 아니면 그들이 파도에 쓸려 바다로 떨어졌다는 것을 증명하는 보고서를 비롯해 조사와 관련된 제반 자료를 제출해야 합니다. 조사 관련 자료는 제가 경찰을 통해 입수해보겠습니다. 경찰이 협조하지 않으면 법원명령서를 신청해 강제집행하도록 할게요." 조금 전보다 더 낙담한 표정을 짓는 노부부를 보며 토라는 안심시켰다. "걱정 마세요. 서류는 제가 모두 알아서 처리할 겁니다. 안 그래도 걱정거리가 산더미 같으실 텐데요."

"정말 그래요." 마르게이르는 괴로움을 감추려고 하지 않았다. "저희는 당장이라도…, 그러니까 저도 이걸 뭐라고 표현해야 할지 모르겠습니다."

"실성하기 직전이죠." 시그리두르가 단호하게 덧붙였다. 그녀는 얼굴을 살짝 붉히더니 자신의 슬픔을 숨김 없이 드러내며 말했다. "제일 끔찍한 건 라디오와 신문을 통해 사건 소식을 듣고 읽는 거예요. 뉴스로 수없이 봐왔던 사망 소식이며 사고 소식이 머리에서 떠나질 않아요. 지금껏 그런 보도가 사고 가족들을 얼마나 고통스럽게 하는지 제대로 이해하지 못하고 살았어요. 물론 딱한 사람들이라고 동정은 했어도 그런 일이 나한테 닥칠 거라고 상상조차 못했어요. 우리가 그 딱한 사람들이 될 줄 말이에요." 시그리두르는 크게 훌쩍이다가 등을 바로 펴고 앉았다. "뉴스가 그나마 좀 잦아들어서 다행이죠. 또 하나 괴로운 건, 이제 와서 소용없다는 것은 알지만 애초에 어떻게 그런 일이 벌어졌는지 자꾸 곱씹어보게 된다는 거예요. 배를 타고 귀국할 계획은 전혀 없었으니까요." 노부인은 너무 괴로워서 토라를 쳐다볼 수 없다는 듯 시선을 옆으로 돌렸다. 어쩌면 그녀는 이렇게 생각하는 스스로가 창피하게 여겨졌을지 모르지만, 비탄에 빠진 여인이 그런 생각을 하는 건 오히려 자연스러웠다. "만약 그 선원이 다치지만 않았더라면 계획대로 비행기를 타고 집에 돌아왔겠죠. 그리고 아이에르가 항해 훈련을 받지만 않았더라도. 그때는 대체 무슨 생각으로 그런 걸 하겠다고 한 건지 이해를 못하겠지만, 선원으로 나서달라는 부탁을 받지도 않았을 거예요." 시그리두르는 감정이 복받치자 잠시 말을 멈췄다. "그랬으면 아들도, 며느리랑 쌍둥이들도 여전히 살아있었겠죠."

마르게이르는 그 옆에서 꿈쩍도 않고 허공만 바라보았다. 비슷한 생각이 그의 머릿속을 스쳐 지나가는 게 틀림없지만 그는 자신의 생각을 낯선 사람과 나누고 싶어하지는 않았다.

토라는 밝은색이 입혀진 듀플로 블록 하나를 집어들어 곁으로 살금살금 다가와 있던 노부부의 손녀에게 건넸다. 아이는 뭔가 신나는 일이 일어나기를 바라는 듯 손에 쥔 블록을 내려다보았다. 토라는 아이가 두 살이라는 사실을 떠올렸다. 자신의 손자 오리가 두 살이던 때가 바로 어제처럼 느껴졌다. 여자아이 주위로 슬픈 공기가 감돌았다. "아이는 이 상황을 어떻게 받아들이고 있나요?" 토라가 시가 뒤그를 향해 다정하게 웃어보이자 아이는 놀란 표정을 지었다. "이런 사건을 이해하기에는 아직 어린가요?"

"무슨 일이 일어나고 있는지 짐작도 못하죠. 밤마다 엄마 보고 싶다고 울어요." 시그리두르는 몸을 떨었다. "어찌 해야 할지 모르겠어요. 이런 일을 어떻게 아이한테 설명하겠어요? 사회복지사가 아동심리학자랑 함께 왔었는데 두 사람 다 아무런 조언도 해주지 못했어요."

"너무나 드문 사건일 테니까요. 가족 전체가 이렇게 실종되는 일은 흔치 않잖아요. 아마 그분들도 어떻게 대처해야 좋을지 몰라 당혹스러웠을 겁니다." 아이는 재미없다는 듯 블록을 토라에게 내밀었고, 토라는 블록을 집어들었다. "제 말은, 제가 감히 두 분 입장이 될 수 없으니 그 심정을 온전히 이해한다고 말씀드릴 수 없다는 뜻이었습니다. 누구도 겪어서는 안 될 비극이니까요. 어쩌면 아이가 너무 어려서 상황을 이해할 수 없는 게 다행일지도 모르겠습니다." 토라는 시그리두르가 자신의 의견에 동의하는지 아닌지 표정에서 읽어낼 수 없었다. 그녀의 얼굴은 마치 돌로 변하기라도 한 듯, 여생 동안 입꼬리가 아래로 처져있어야 하는 저주에 걸린 듯했다. 마르게이르의 표정을 읽어내기는 더욱 어려웠다. 그나마 식별가능한 건 그가 아내보다 훨씬 더 회복불능 상태라는 정도였다. "손녀를 어떻게 할지 좀 더 고민을 해보셨나요? 여전히 접근권은 원하실 기 같은데요, 최소한 말입니다."

"당연하죠." 노부인이 대답했다. "그렇지만 아직도 양육권을 요구할지 말지 결정을 못 내렸어요. 물론 마음 같아서는 우리가 키우고 싶지만 양육권을 얻는다는 보장도 없고, 또 그게 아이를 위해 최선인지도 잘 모르겠어요. 전화로 말씀드렸다시피 사회복지사들이 어제도 오고 오늘 아침에도 왔는데, 자기들이 유리하다는 걸 확신하는 태도였어요. 보험금 여부와 관계없이 그들은 아이를 데려갈 테고, 그러면 우리만 덩그러니 남겠죠. 상황이 너무 불리해보여요. 복지사들이 대놓고 말은 안 했지만 눈빛을 보니 알겠더라고요." 시그리두르는 여전히 아무 말도 없이 토라를 쳐다보는 어린 손녀를 내려다보았다. "불행히도 삼촌이나 고모도 없어요. 아이에르는 외동인 데다 라라에게도 그 쓸모없는 남동생을 제외하면 다른 형제가 없거든요. 그 작자가 시가 뒤그를 입양한다는 건 고려할 가치도 없죠. 그리고 사돈 내외 형편도 우리보다 나을 게 없는 상황이라 아이를 맡을 수 없다고 하시더군요. 당연히 직접 찾아뵙고 전화로도 상의를 해봤지만, 안사돈은 거의 제정신이 아닌지라 아이가 몇 시간 동안 그 집에 머무는 것도 못 견뎌했어요. 아이한테 온당치 않을 수도 있지만 매일 밤 저희가 아이를 기를 수 있게 해달라고 기도하지 않고는 못 배기겠어요. 직장에도 사직서를 제출했으니 저랑 남편 둘이서 아이를 돌보는 데 열중할 수 있을 거예요." 노부인은 슬픔에 빠진 자기 자신에게 화를 내듯 눈가를 훔쳤다. "아이 이름도 제 이름을 따서 지었어요. 그런데 아이를 빼앗기게 되면 너무나 불공평하잖아요. 손녀마저 우리 인생에서 사라져버리면 우리는 애초에 자식이 없는 사람이 돼버려요. 마치 이 가족사진들이 빌려온 것처럼 되어버린다고요." 시그리두르는 사진 액자들을 가리켰다.

　아이는 블록을 달라고 토라를 향해 손을 뻗었고 토라는 아이의 작은 손바닥에 장난감을 내려놓았다. 순간 토라는 아이를 자기가 직접 입양해 조부모의 접근권을 보장해주고 싶다는 강한 충동을 느꼈다. 하지만 그건 잠깐의 충동에 불과했다. 자신이 어린아이를 키울 상황이 아니라는 현실적 조건과 별개로 그런 결심은 다급하게 내려서는 안 되는 것이었다. "준비가 되는 대로 그 문제에 대해서도 제가 알아보겠습니다. 아동복지국에서 당분간 아이를 데려가지 않는다고 해도 시간은 그리 많지 않을 겁니다. 아드님 부부가 사망한 걸로 판결이 나자마자 아동복지국은 본격적으로 시가 뒤그건을 처리하려 할 테니까요." 토라는 더 이상 말을 이을 수 없었다. 아이에르와 라라의 유언과 생명보험에 관련된 절차는 어떻게든 합리적인 선에서 처리할 거라고 자신할 수 있지만 아이의 앞날에 관해서는 어떤 것도 장담할 수 없었다. 토라가 생각하는 최상의 시나리오는 마음씨 좋은 젊은 부부가 시가 뒤그를 입양하고, 조부모에게 정기적 방문권을 허락해주는 것이었다. 설령 방문 횟수가 조부모 마음에는 흡족하지 않더라도 말이다. 토라는 보다 더 다급한 문제에 대해 논의하기로 마음먹었다. 만약 노부부가 토라에게 양육권이나 방문권 신청을 대리해달라고 요청했다면 그 문제가 당연히 우선했겠지만, 당장은 다른 걱정거리들이 있었다. "보험사에 서신을 보내야 하는데요, 거기에 담아야 하는 핵심요점과 관련해 제가 드리는 질문에 답을 해주시면 감사하겠습니다." 노부부는 와세가

175

바뀌는 데 안도하며 토라의 부탁을 받아들였다.

"아드님이나 며느님이 중대질병 진단을 받은 적이 있나요? 최근이거나 생명보험에 가입하기 이전에요. 만약 아드님 부부가 보험에 가입할 때 건강상태에 관해 정확히 밝히지 않았다면 보험은 무효가 될 수도 있어요. 근래에 앓았던 어떤 질병이라도 두 분의 사망을 의심할 만한 근거가 될 수 있습니다."

"두 사람 다 아주 쌩쌩했어요. 크게 아파본 적이 한 번도 없었습니다." 마르게이르는 의심의 여지가 없다는 어조였다. "둘 다 담배도 안 피웠고 술도 적당히 마셨어요." 그는 마치 빈틈이 없는 건강증명서라도 제출하듯 말했다.

"다행이에요. 증빙서류를 제출해야 할 경우를 대비해 아드님 부부의 보건소 담당의사 이름을 알 수 있을까요?"

"어떤 보건소를 다녔는지 잘 모르겠어요." 시그리두르가 대답했다. 그녀는 혹시나 하는 마음으로 남편을 쳐다봤지만 두 사람 모두 대답하지 못했다.

"괜찮습니다. 거주지에 있는 보건소에 확인해보면 알 수 있을 겁니다. 이제 사건 자체에 대한 질문을 좀 드리겠습니다. 혹시 휴가를 떠나기 전에 아드님이 가족들이랑 함께 배를 타고 귀국할 수도 있다는 가능성을 전혀 내비치지 않았나요?"

마르게이르는 짜증난다는 표정이었지만 정작 입을 열었을 때는 이전처럼 단조롭고 감정이 섞이지 않은 목소리였다. "한 마디도 없었습니다. 그랬다면 우리한테 말을 했겠지요. 우리가 제 딸을 돌보고 있었으니까요. 안 그래요? 전혀 계획에 없었던 일이라고 확신합니다."

"사람들이 여러 가능성에 대해 논의하다가 나중에 계획을 수정하는 일은 흔합니다. 배로 귀국하는 문제에 대해 곰곰이 생각해보다가 계획을 철회했을 수도 있고요. 그게 아니라니 다행입니다. 아이에르가 선원으로 합류한 게 어쩔 수 없는 선택이었다는 두 분의 주장을 뒷받침해 줄 겁니다." 토라는 모든 의혹을 제거하고 싶었다. 사실 의혹을 제기하는 것은 토라로서도 즐겁지 않았다. 하지만 항해가 막판에 이루어진 결정이라는 사실만 증명되면 보험사에서 가족 실종을 사전에 계획한 것이라고 아무리 주장하더라도 인정되지 않을 것이다. 음모를 실행하는 데에는 적잖은 사전준비가 필요하기 마련이다. 그러므로 아주 촉박한 시간 안에 모든 준비를 마쳤을 가능성은 희박하다. 아이슬란드를 떠나기 전에 흔적도 없이 사라지기로 마음먹은 것이 아니라면, 애초 그런 계획을 세우지 않았다고 보는 것이 타당한 결론이었다. 어떤 경우라도 실종을 계획했다는 가정은 터무니없었다. 도대체 어떤 사람이 그렇듯 종적도 없이 사라져서 나이든 부모를 비탄에 빠지게 하겠는가? 바로 이 순간 라라의 부모도 겪고 있을 그러한 고통을. "배를 타고 아이슬란드로 돌아올 생각을 했는데 미처 두 분께 말을 안 했을 가능성은 전혀 없나요?"

시그리두르는 셔츠 소매 끝동에 풀려나온 실밥을 뽑아냈다. 그녀의 손톱은 심하게 물어뜯겼고 손등에는 핏줄이 불거져 나와 있었다. 관절염 때문인지 손가락은 약간 구부러진 상태였다. "당연히 저는 그 질문에 대답을 할 수가 없어요. 변호사님이 이미 무슨 얘기를 들으셨는지는 모르겠지만 제가 말씀드릴 수 있는 건 혹시라도 아들 부부가 배를 타고 돌아올 계획을 했다손 치더라도 우리한테는 입도 뻥끗 안 했다는 거예요. 한 마디도요." 노부인은 자신의 주장을 확실히 하기 위해 남편을 흘끗 쳐다보았다.

"저한테도 안 했습니다." 그의 목소리에는 흔들림이 없었다. "그리고 아들 부부는 우리한테 여행에 관한 얘기를 할 기회가 많았어요. 그런 얘기가 없었던 이유는 애초 계획에 포함되지 않았기 때문일 겁니다." 몸짓으로 판단하건대 그는 토라가 상상했던 것보다 더자신의 감정을 잘 통제하는 듯했다.

"네. 그 부분에 대해서는 걱정하지 않기로 하죠." 토라는 노부부의 마음속에 의심을 심어준 것은 아닌지 후회했다. 두 사람에게 근심거리는 이미 충분했다. "아드님 부부가 이메일이라든지 여행계획을 확인할 수 있는 다른 메시지를 보내지는 않으셨나요? 예를 들어 전화번호라든지, 머무는 호텔 정보라든지. 만일의 경우를 대비해서 말예요."

"저희는 이메일을 쓰지 않아요." 시그리두르가 말했다. "그렇지만 아이에르가 이동날짜와 호텔 정보가 적힌 목록, 그리고 휴대폰 번호를 줬어요. 시가 뒤그만 남겨두고 여행을 가는 게 처음이라 굉장히 불안해했거든요. 목록은 아직 냉장고에 붙어있어요. 가져올까요?" 토라가 고개를 끄덕이자 노부인은 힘겹게 자리에서 일어났다. 부엌으로 걸어가면서 시그리두르는 통증 때문에 괴롭다는 듯 손을 엉덩이에 올렸다. 양육권 싸움에서 이겨야 하는 토라의 입장에서 그 광경은 전혀 자신감을 북돋워주지 못했다. 하지만 목록을 살펴보고 난 토라는 기운을 되찾을 수 있었다. 목록이 사건에 대한 토라의 해석을 뒷받침해준 것이다. 아이에르의 가족은 휴가를 마치고 비행기로 귀국해 이전과 같은 일상으로 돌아올 예정이었다. 깔끔하게 손글씨로 정리된 일정표에는 가족이 런던과 리스본에서 머무를 두 호텔의 전화번호와 항공편 명, 도착 및 출발 시각이 나와있었다. 언제 어디서든 연락이 닿을 수 있고, 부모가 자신들의 위치를 정확하게 파악할 수 있도록 애를 쓴 흔적이 역력하게 드러나는 증거였다. 노부부는 토라가 이후에 돌려준다고 약속한다면 일정표를 가지고 가도 좋다고 허락했다.

"휴가 도중에 소식을 듣기는 하셨나요? 가령, 리스본 항구를 떠나기 전이라든지."

"아, 그럼요." 시그리두르가 대답했다. "전화를 자주 했어요. 마지막으로 전화했을 때 배를 타고 돌아온다고 알려줬죠. 요트에 승선해서 이제 막 항구를 떠나던 참이었어요. 아이에르랑 라라 둘 다와 통화를 했죠. 아이에르가 배를 타고 귀국하게 된 연유를 간단하게 설명하기는 했지만 실은 막내딸 목소리를 들으려고 전화한 거였어요." 그녀는 몸을 숙여 손녀를 안아올렸다. "신호가 끊기기 전에 다시 전화하겠다고 하고서는 그 뒤로 연락이 끊겼어요. 이유는 저도 모르겠지만, 예상했던 것보다 수신이 더 빨리 끊겼던 모양이죠. 항구에서 얼마나 멀리 나가야 휴대폰 연결이 끊기는지는 전혀 모르겠어요."

"그건 저도 마찬가지입니다." 토라는 항해 도중 위성전화나 무선통신을 통해 노부부와 아이에르 쪽이 통화했기를 바랐다. 그랬다면 가족의 실종 시점을 파악하는 게 쉬웠을 것이다. 하지만 이제 어쩔 수 없는 문제였다. 분명 경찰은 선장이 항구와 나눈 통신기록처럼 실종 시간 범위를 좁혀줄 정보를 가지고 있을 것이다.

시가 뒤그는 볼을 할머니의 가슴에 착 붙인 채 꼭 껴안았다. 편안한 자세를 찾으려고 잠시 뒤척이던 아이는 이내 고개를 돌려 토라를 바라보았다. 아이의 커다란 회색 눈동자는 무엇을 기대하는지 불분명했지만 골똘히 토라를 응식했다. 어쩌면 아이는 토라가 자신을 시험하거나 이것저것 물어보기 위해 찾아온 또 다른 사회복지사라고 생각했을지 모른다. 아이에게 질문에 대답할 능력이 있는 것처럼 보이지는 않았다. 아이는 토라가 방문한 이후로 한 마디도 하지 않고 있었다. "아직 말을 할 줄 모르나요?"

아이의 할머니가 대답했다. "오, 아니에요. 아는 단어가 얼마나 많은데요. 하지만 말이 부쩍 줄었어요. 그러니까… 그 이후로. 생각하시는 것보다 이해력이 좋아요. 사실 그래서 저희는 복지국에서 나온 전문가들이 아이한테 대체 무슨 말을 할지 걱정스러워요. 그런 전문가들이 아이 상태를 더 잘 안다고 생각하시겠지만요."

"그게 무슨 말씀이에요?" 토라는 어리둥절해서 물었다. "부적절한 행동을 목격하셨다는 건가요?"

"그건 아니지만, 어제 복지국 사람들이 찾아와 아이와 면담할 때 저희가 곁에 있는 걸 허락하지 않았어요." 마르게이르가 한 손을 뻗어 시가 뒤그의 다리를 부드럽게 쓰다듬으며 설명했다. "그 이후 아이가 갑자기 다른 사람들로부터 들은 게 분명한 단어를 내뱉기 시작했지요. 우리한테 들었을 리는 없으니 그 정부에서 나온 높으신 관료 양반들한테 주워들은 게 틀림없습니다. 우리가 손님을 초대할 기력이 없었기 때문에 아이는 다른 사람들을 구경도 못 했거든요." 마르게이르는 손녀를 쓰다듬던 손을 거두었다. "그렇다고 집에 찾아온 사람들을 몽땅 돌려보냈다는 건 아닙니다."

"대체 아이가 무슨 말을 했길래 그러시나요?"

노부부는 대답하고 싶지 않은 듯 입술을 오므렸다. 잠시 두 사람이 시선을 마주치더니 시그리두르가 대답을 종용하듯 남편에게 무언의 신호를 보내자 마르게이르가 입을 열었다. "사건과 관련된 말들이에요. 혼자서는 지어낼 수 없는 말입니다. 두 살짜리가 디, 이, 에이, 티, 에이치(death: 죽음—옮긴이)가 뭔지 어찌 알겠어요. 디, 알, 오, 더블유, 엔, 아이, 엔, 지(drowning: 익사)는 말할 것도 없죠." 마르게이르는 단어의 철자를 천천히 나열했다. "가족 아닌 사람들한테 들은 게 틀림없습니다. 말씀드린 것처럼 그게 누군지는 뻔하죠."

토라의 머리가 갑자기 빠르게 회전하기 시작했다. 아이가 그런 단어를 사회복지사나 심리학자가 아닌 부모로부터 들었을 가능성이 있을까? 어린 딸 앞에서 부부가 음모를 꾸몄다면? 충분히 개연성이 있는 가정이었다. 자신의 부모와 언니들에게 무슨 일이 생겼다는 걸 직감한 아이가 이제야 그 단어들을 떠올렸을지 모른다. 토라는 유도심문을 하기 위해 입을 열었지만 적당한 질문이 떠오르지 않았다. 만약 라라와 아이에르가 정말 어느 해변에 누워 일광욕을 즐기고 있다면 노부부는 그 사실을 알지 못하는 게 분명했다. 노부부가 연기를 하고 있다고 생각하기에는 두 사람의 비통함이 너무나 사실적이었고, 당혹스러움은 손에 만져질 듯 또렷했다. 곱씹어 볼수록 이 가정은 불가능해 보였다. 누구도 자신의 부모나 자식에게 그런 짓을 할 수는 없을 것이다. "아이들은 쉽게 산만해지죠." 토라가 말했다. "보나마나 얼마 안 가서 다른 데 관심을 갖게 될 겁니다." 토라는 아이와 눈을 맞췄다. "야옹이 같은 거? 야옹이 좋아해요? 아줌마는 한 마리 있지, 좀 뚱뚱한 야옹이."

시가 뒤그는 할머니의 가슴에서 고개를 들었다. 아이의 입술은 살짝 벌어져 있었고 그 사이로 고인 침이 반짝거렸다. 창문으로 비치는 기묘한 빛 때문에 침은 거의 은빛으로 빛났다.

"엄마."

토라는 자신의 얼굴이 빨갛게 달아오르는 걸 느꼈다. 도대체 무슨 생각으로 이런 상황에서 아이에게 고양이 이야기를 꺼냈단 말인가? 그녀는 아동심리에 대해서는 문외한이었지만 아이 둘에 손자까지 키우면서 실전 훈련은 거의 완료한 셈이었다. 그렇다고 해도 실전 경험만으로는 충분할 리 없었다. "네, 공주님." 토라는 다른 할 말을 떠올리지 못한 채 아이가 입을 다물거나 조부모 중 하나가 끼어들어 주기를 바랐다. 하지만 노부부는 잘 모르는 사람인 변호사 앞에서 너무 많은 걸 보여줬다는 사실이 당혹스러웠는지 말없이 앉아있기만 했다.

"엄마 입에 물 들어갔어." 아이는 입을 삐죽거렸다. "어머나."

토라는 당황한 나머지 기침을 했다. "이게 두 분이 말씀하셨던 건가요?"

노부부는 고개를 끄덕였고 두 사람의 눈은 불안하게 흔들렸다.

"더 있어요." 시그리두르는 거의 속삭이듯 말했다. "기다려보세요."

아이는 조부모의 관심이 오직 자신에게 쏠려있다는 것을 눈치 채지 못한 듯했다. 아이가 눈을 휘둥그렇게 뜨고 토라를 바라보았다. 토라는 아이가 말하고자 하는 것을 제대로 표현하지 못하는 상황에 좌절하고 있다는 느낌을 받았다. "어머나. 불쌍한 아다랑 비가." 아이는 아랫입술을 삐죽 내밀어 자신의 슬픔을 드러냈다. "나쁜 물."

토라는 자신이 똑바로 들은 것인지 실감할 수가 없었다. 아이는 자신의 쌍둥이 언니 아르나와 빌쟈를 떠올리는 듯했다. "나쁜 물이라고?" 토라가 물었다.

아이는 고개를 끄덕였다. "불쌍한 아다랑 비가." 아이는 토라를 향해 고개를 떨궜다. 어린아이가 하기에는 거북할 정도로 어른스러운 제스처였다. "큰 나쁜 물. 입에 물 들어갔다."

가방 안에 들어있던 토라의 휴대폰이 울렸다. 열려있는 가방 틈 사이로 하늘색 불빛이 눈에 띄었다. 토라는 휴대폰의 갑작스런 방해에 어느 때보다 반가움을 느끼며 미안하다는 듯 가방 안으로 손을 넣었다. 화면에 사무실 전화번호가 번쩍거렸다. 토라는 신호음을 무음으로 바꿨지만 화면에는 전화번호가 계속해서 깜빡거렸다. "어른들이 한 말을 따라 하는 것처럼 들리지는 않네요."

"그렇다면 어디서 저런 소리를 들었겠어요? 그 이후로 다른 아이들을 만나지도 않았는데…." 시그리두르는 토라가 아이를 잡아채 갈까봐 두렵다는 듯 손녀를 껴안았다. 자신의 목소리가 날카롭게 올리자 그녀는 아이가 자신의 분노를 듣지 못하도록 석성스럽

183

게 두 손으로 양쪽 귀를 덮었다.

"혹시라도 아이가 가족들의 사고 소식에 대해 이야기하는 걸 어깨 너머로 듣고 사건을 나름대로 이해해보려고 노력하고 있는 건 아닐까요?" 큰 물은 누가 봐도 바다를 가리키는 것이 분명했고 입속의 물이라는 것은 익사를 아이 수준에서 이해한 것이라고 짐작할 수 있지만, 그래도 두 살짜리 아이가 그러한 단어의 뜻을 이해한다고 기대할 수는 없었다.

"저도 알 수 없죠. 제가 알기로는 아이 앞에서 사고에 대해 이야기한 사람은 없어요. 하지만 원인이 무엇이든 간에 견디기 힘들 정도로 괴로운 일이에요. 간밤엔 아이가 깨서 훌쩍거리며 이런 말을 더듬거리고 엄마를 찾았어요. 오늘 아침에도 같은 일이 반복됐고요. 지금은 차분하지만 지난밤에는 완전히 겁에 질려서 정신이 나간 상태였죠. 엄마 찾는 아이한테 무슨 말을 해줄 수 있겠어요. 엄마의 행방을 아는 사람이 아무도 없는데요."

"저는 감히 상상도 못 하겠습니다." 토라는 이제 대화를 마쳐야 할 시간이라는 걸 알아차렸다. 이들은 가족의 실종으로 인한 분노와 비탄을 억누르며 미래에 대한 불안 속에서 마음을 끓이고 있었다. 그러한 불확실함을 끌어안고 산다는 것은 말로 표현할 수 없는 중압감일 것이다. 토라는 이런 상태에 던져진 사람들에게 조언을 해야 했던 사회복지사와 심리상담사가 측은하게 느껴졌다. "저, 이런 말씀드리면 순진하다고 생각하실지 모르겠지만 가족들이 어딘가에서 구명정을 타고 표류하다가 발견되기를, 그래서 곧 모든 게 제자리를 찾기를 진심으로 기원합니다."

노부부는 처음에는 의심의 눈초리로 토라를 바라보다가 이내 그 진심을 받아들인 듯했다. 마르게이르가 몸을 쭉 폈다. "저희도 그렇습니다." 그는 손가락 관절 마디마디가 새하얘질 정도로 주먹을 꽉 쥐었다. "말씀 안 드려도 잘 아시겠지만요."

토라의 무릎에 올려놓은 휴대폰은 이제 더 이상 깜빡거리지 않았다. 토라가 휴대폰을 힐끗 쳐다보자 화면은 한 번 반짝하며 문자 메시지의 도착을 알렸다. "잠시만요." 아마도 브라기나 다른 사무실 동료들이 자신을 급하게 찾는 것이라고 생각했다. 하지만 문자 메시지는 벨라로부터 온 것이었다. '시신 발견, 온라인 기사 뜸. 요트에서 나온 듯.'

구명정을 타고 표류 중인 실종자들을 발견할지도 모른다는 희망은 순식간에 사라졌다.

10장

통화를 마친 토라는 낙담했다. 해변으로 휩쓸려온 시신에 대한 디테일을 하나도 빠짐없이 듣는 것까지는 애당초 바라지도 않았다. 다만 자신의 노고에 대한 작은 보답이라도 받고 싶었다. 사건에 대해서는 다행히 온라인뉴스 웹사이트에서 더 많은 정보를 얻을 수 있었다. 그렇지만 경찰은 단 한 문장으로 그녀의 질문을 가로막아버렸다. '죄송합니다만 지금으로서는 어떤 정보도 알려드릴 수 없습니다.' 토라는 여전히 시신의 성별과 나이에 대해서도 알지 못했고 시신과 요트의 관련 여부조차 확인할 수 없었다.

"누구래요? 알아냈어요?" 벨라는 사무실 출입구 문틀에 기대어 선 채 김이 모락모락 나는 커피가 담긴 머그컵을 들고 있었다. 커피향이 사무실에 은은하게 퍼졌고, 그 향기를 맡은 토라는 지금 자신에게 카페인이 얼마나 필요한지 절감했다. 아주 잠깐이지만 그녀는 벨라에게 한 모금만 얻어마실까 하다가 그 정도로 절박하지 않다는 생각에 마음을 접었다.

"공개할 수 없다는군." 토라는 컴퓨터 앞에 앉아 새로운 뉴스가 올라오지는 않았는지 확인했다. 추가 뉴스는 없었다.

"그 빌어먹을 경찰 놈들이 도움이 될 리가 없지." 벨라가 얼굴을 일그러뜨렸다.

"아, 그 사람들은 그냥 수사 원칙을 따르는 거야. 세간에 공개하기 전에 가장 가까운 친족에게 먼저 알려야 하니까." 토라의 생각은 시신의 신원을 누구보다도 궁금해할 노부부와 어린 시가 뒤그에게 가닿았다. 하지만 다시 생각해보면 타들어가는 심정으로 소식을 기다리는 선원의 가족도 있을지 모르는 일이었다. 신문들은 실종된 선원들의 명단을 공개했지만 가족관계까지 밝히지는 않았다. 물론 후속 보도를 통해 가족관계는 밝혀질 테고, 애타게 소식을 기다리고 있을 사랑하는 가족들의 인터뷰 역시 그 뒤를 따를 것이다. 토라는 선원들의 이름을 구글에서 검색해보았지만 셋 다 너무 흔한 이름이었다. 다행히 그 중 한 사람의 이름은 귀에 익었다. 할도르 토르스틴손. 카리타스와 굴람이 요트를 소유했을 당시 3개월 간 배에서 일한 적이 있는 선원이었다. 동일인물임에 틀림없었다. 동일인물이 맞다면, 그리고 그를 만날 수만 있다면, 틀림없이 구명장비나 요트에서 벌어진 일에 대해 머리를 쥐어뜯으며 고민하지 않아도 될 것이다.

토라는 시신이 요트에서 나온 것이기를 바라는 마음과 그렇지 않은 마음 사이에서 갈피를 잡지 못했다. 시신이 발견되면 적어도 보험금을 확보하는 데 유리해질 것이다. 그리고 가족들 입장에서는 이미도 사랑하는 이의 시신이라도 발견해야 그나마 위안이 될 것이다. 하지만 토라가 무엇을 확신할 수 있단 말인가? 만약 그녀의 아이들이 실종됐다면 사고가 마무리되기를 원할까 아니면 실낱같은 희망에 매달려 오랜 시간을, 어쩌면 여생을 살아가기를 원할까? 모든 것을 감안할 때 토라는 차라리 불확실한 상황 속에서 살아가는 쪽을 택했을 것이다. "이유는 정확히 모르지만 기사를 읽다 보니 왠지 남자의 시신인 듯한 인상을 받았어. 상황을 서술하는 방식이 그렇더라고. 아무리 21세기라지만 사람들은 아직도 여자들에 관해서는 다르게 글을 쓰지. 기사에서 어딘가 좀 더 조심스러워 하는 느낌이 들었달까."

"기사에 사진이 실렸어요?" 열의에 찬 벨라의 말이 토라에게는 품위 없게 들렸다.

"아니, 당연히 안 실렸지." 온라인 매체 중에서 시신 발견과 직접적으로 연관된 사진을 공개한 곳은 하나도 없었다. 어느 매체는 레이캬비크 항구에 정박한 다 스러져가는 어떤 요트의 사진을 실었고, 또 다른 매체는 시신이 발견된 해안의 사진을 실었다. 다른 매체들은 대충 바다와 관련됐다 싶은 이미지들을 가져다 사용했다. 현장조사가 진행되는 동안 경찰이 사진기자들의 매 같은 눈을 피한 덕이었을 것이다. 거기에다 시신이 쓸려온 해변이 사람의 발길이 거의 닿지 않는 곳이라는 점도 사진기자들을 피하는 데 한몫 했을 것이다. 시신이 발견된 곳은 레이캬네스반도 서쪽 끝에서 45킬로미터쯤 떨어진 산드게르디 마을의 남부와 인접한 해변이었다. 설사 기자들이 사건현장을 우연히 발견했다고 하더라도 시신의 사진을 그대로 싣는 정신 나간 매체는 없을 것이다.

"제 생각엔 여자 같아요." 벨라는 커피를 후루룩 들이켰다. "그리고 시신의 정체도 알아맞힐 수 있어요."

"뭐, 그 정도는 신통력이 없는 사람도 맞출 수 있지. 요트에 탄여자는 라라밖에 없었잖아."

"그 여자가 아니에요. 카리타스라고요."

모니터를 쳐다보던 토라는 고개를 들었다. "대관절 무슨 근거로그런 말을 하는 거야? 터무니없잖아."

"일단 카리타스는 뭔가 냄새를 먹은 게 틀림없어요."

"맡은 게, 틀림없겠지." 토라는 벨라의 말을 바로 정정해줬다. 애들 셋이랑 살다보니 자기도 모르게 습관이 튀어나와 버린 것이다. 이런 자신의 습관을 이번에는 그냥 넘어간다 쳐도 이전에 의뢰인이나 동료들에게까지 그런 무례를 저질렀을 때는 차마 얼굴을 들 수가 없었다. 가장 최악인 것은 판사의 말실수를 바로잡았을 때였다. 토라는 여전히 자신의 잘못 때문에 당시 의뢰인이 더 무거운 형량을 판결받은 것이라고 확신했다.

"먹은 거나 맡은 거나, 그게 그거죠."

"그건 신경 쓰지 말고, 왜 그렇게 생각하는 거야?"

"카리타스에 관해 언급이라도 하는 뉴스사이트나 블로그가 있으면 하나도 빠짐없이 뒤져봤어요. 그런데 아무리 샅샅이 봐도 자기물건 챙기러 포르투갈로 떠난 이후 시점에 나온 사진이나 정보가전혀 없어요. 의심스러운 상황이죠."

"기사 하나 써보겠다고 지구 반 바퀴를 돌아 쫓아갈 만큼 유명인사는 아니잖아. 모친 말대로 브라질에서 그냥 조용히 지내고 있지 않겠어? 모습을 잘 감췄다고 해서 염려할 필요는 없지. 종적을 감춘 게 그리 오래된 것도 아니고."

"걔에 대해서는 눈곱만큼도 염려 안 해요. 시신 운반용 부대에 담겨서 영안실이나 남미 해변의 일광욕 의자에 누워있다고 해도 눈 깜짝 안 한다고요." 벨라의 어조에서 진정성이 느껴지지 않았다. 사람들은 흔히 어린시절 자신에게 상처를 준 타인을 절대 용서하지 않는 데다 벨라는 너그러운 성격과도 거리가 멀었다. "국내 웹사이트만 그런 게 아니라니까요. 인터넷 전체에서 흔적을 찾을 수가 없다고요. 카리타스가 참석한 파티 사진이며 관련 기사며 셀 수 없이 많은데, 모두 다 걔가 포르투갈에 가기 전에 나온 것들뿐이에요. 거기다가, 최근 기사 두 건이 그 늙은 남편이랑 채권자들 사이의 계약 내용에 대해 다뤘는데 카리타스에 관한 건 단 한 글자도 나오지 않았어요. 아주 구린내가 나요. 걔가 자진해서 세상의 눈을 피했을 리 없어요. 어디 있든지 말예요. 관심받으면서 흥분을 느끼는 종자라고요." 벨라는 커피를 꿀꺽꿀꺽 넘기면서 과장된 태도로 음미했고, 그 모습을 보며 토라는 몹시도 샘이 났다. "걔는 끝났어요. 늙은 남편이 죽인 거라고요."

토라도 그 가능성에 대해 생각해봤지만 남의 목소리로 설명을 들으니 더욱 믿기 어려웠다. 토라는 이제야 자신이 그 가정을 제기했을 때 매튜가 왜 그렇게 회의적인 반응을 보였는지 이해할 수 있었다. "아무것도 확신할 수 없어. 딱 한 가지, 해변에서 발견된 시신은 그 여자가 아니란 것만 빼면. 들어맞지가 않잖아. 더구나 남편이 그 여자를 죽였다면 어떻게 시신이 해변으로 밀려왔겠어?"

"어쩌면 남편이 시신을 요트에 숨겼는데, 승객들이 그걸 발견하고 너무 놀라서 배 밖으로 던져버렸을지도 모르죠. 그런 다음 뒤늦게 후회하고 시신을 되찾으려 하다가 뭔가 잘못되는 바람에 오히려 자기들이 바다에 빠져버린 거죠."

토라는 비아냥으로 응수하고픈 마음을 꾹 삼켰다. 이 사건을 맡게 된 후로 줄곧 토라에 대한 벨라의 태도는 이전과는 다르게 부드러웠다. 한동안 껄끄러웠던 둘의 관계가 이번 휴전으로 반가운 변화를 맞이한 것이다. 토라로서는 벨라가 자신의 등뒤에서 무슨 음모를 꾸미지는 않을까 마음 졸이지 않은 게 언제였는지 가물가물할 지경이었다. 그러니 평화를 지킴으로써 토라가 득을 봤으면 봤지 잃을 것은 하나도 없었다. 심지어 토라는 복사기 고장에 대해 벨라를 크게 질책하고 싶은 마음도 들지 않았다. 수리점에서는 여전히 감감 무소식이었다. "누가 알겠어? 정말 그럴지도." 토라는 이렇게 대답을 해주었다.

벨라는 눈살을 찌푸렸다. "아니, 어쩌면 외계인이 걔를 통째로 집어삼켰다가 레이캬네스 해안에 대충 뱉어놨을지도 모르죠. 순전히 우연으로요." 벨라는 토라를 도발하려는 듯 빤히 노려보았다. "변호사님이 언제 진심으로 이야기하는지 아닌지 정도는 나도 다 알아요. 난 바보천치가 아니라고요. 제 가설이 헛소리라고 생각하시면 솔직히 그렇다고 하세요."

"벨라, 이 사건에서는 도무지 뭐가 헛소리인지 나도 잘 모르겠어. 그게 문제야. 네 말이 옳다고 증명되면 놀라겠지만, 마찬가지로 다른 가설들이 진짜로 판명된다고 해도 이미 놀랄 기야. 이 시건의 전말은 예상을 훨씬 뛰어넘을 수밖에 없어. 그러니까 기분 나빠하지 않아도 돼."

"저 기분 안 나빠요." 나쁜 게 틀림없었다. 벨라의 커피에서는 더 이상 김이 올라오지 않았고 향긋한 커피향이 사라지면서 퀴퀴한 토사물 냄새가 그 자리를 채웠다. 옅어지기는 했지만 여전히 메스꺼운 냄새가 감도는 듯했고 토라는 이제 악취가 혹시 자신의 상상 속에 존재하는 것은 아닌지 궁금할 정도였다. 만약 그렇다면 냄새는 영원히 사라지지 않을 터였다. 토라는 코를 찡그렸다.

"수리점에 전화해서 복사기 수리 상황 문의 좀 해줄래? 내가 전화해봤는데 아주 느긋한 태도로 부품이 곧 도착한다는 얘기만 하더군. 네가 전화해서 귀찮게 굴면 부품이 더 빨리 도착하게끔 노력하는 시늉이라도 할지 모르잖아." 두말할 필요 없이 벨라보다 그 역할에 더 적합한 사람은 이 사무실에 없었다. "이번 주 안으로 복사기를 사무실에 돌려놓으면 네가 계속 졸라댔던 초고속 브로드밴드 설치해줄게."

벨라는 이것이 불공평한 거래라는 듯 눈을 가늘게 떴다. 하지만 그녀의 셈은 틀렸다. 토라와 동료들은 인터넷 연결 속도를 업그레이드할 계획이 전혀 없었다. 따라서 벨라가 공을 들여 얻을 수 있는 것도 없는 셈이었다. 어쨌든 인터넷 연결 속도와 다운로드 속도에 대해 불평하는 직원은 벨라밖에 없었으며, 업그레이드의 목적이 업무와는 전혀 상관없다는 점을 모두 알고 있었다. 토라와 브라기가 벨라의 요구를 한 귀로 흘리며 시간을 끈 것도 그래서였다. 만약 자신들의 로펌이 대규모 불법 다운로드로 경찰조사를 받게 된다면 그 얼마나 낯부끄러운 일이겠는가.

"좋아요. 약속한 거예요. 그리고 조른 게 아니라 부탁드렸을 뿐이에요." 벨라는 토라를 노려보더니 밖으로 나갔다. 필시 가장 성능 좋은 업그레이드 상품을 찾아볼 요량이겠지만, 동시에 복사기 수리점에 대한 대대적 진상 조사에 착수하기를 바랄 뿐이었다.

벨라가 밖으로 나간 뒤에도 토라는 집중을 하기가 힘들었다. 보험사에 통지서와 동봉해 보낼 서류 취합이 아직 한참이나 남아있는데도 어디서부터 시작해야 할지 감이 잡히지 않았다. 설령 발견된 시신이 라라나 아이에르의 것이라서 서류작업 일부를 줄여준다고 해도 별 도움이 될 게 없었다. 선원들이 병에 걸리거나 무언가에 중독되었을 확률을 배제할 수 없기 때문에 부검 결과 사망원인이 질병으로 밝혀질 가능성도 있었다. 토라는 전 남편 한스에게 전화를 걸기 위해 수화기를 들었다가 이내 마음을 고쳐먹었다. 전 남편이 자신의 부탁을 불쾌하게 생각할 거라고 여겨서가 아니었다. 흔치 않기는 했지만 오히려 그는 토라의 의학 관련 질문들에 성의껏 조언을 해주었다. 이혼 이후 두 사람이 지뢰밭을 지나는 기분으로 행여 말실수를 하지나 않을까 전전긍긍하지 않고 대화를 나눌 수 있는 주제라곤 이것이 유일했다. 사실 토라는 아들 길피를 북극해 한가운데 떠있는 석유굴착시설로 보내겠다는 전 남편의 터무니없는 생각에 욱하지 않을까 걱정이 됐다. 만일 토라가 작정하고 부모로서 한스의 문제점을 모두 적어 내려간다고 해도 차마 이런 것까지는 떠올리지 못했을 것이다. 석유굴착기라니. 토라는 크게 한숨을 내쉬고 수화기를 내려놓았다. 지금 전 남편과 통화를 하면 복

193

설이 오가는 말싸움밖에 나지 않을 것이고, 그렇게 되면 전염성을 지닌 질병에 대한 답은 완전히 물 건너간다. 게다가 한스의 잘못을 종이 한 가득 써내려간다고 한들 무슨 소득이 있겠는가. 여전히 승객들의 실종 내막은 설명되지 않을 테고, 스스로 바다에 몸을 던지게 유도하는 질병 같은 것이 있을 리도 만무하지 않은가.

토라는 브라우저의 새로고침 버튼을 클릭해 시신에 관한 새로운 기사가 올라온 것을 발견했다.

브리냐르는 이직할 시점이 왔다는 것을 직감했다. 누구도 이 사실을 자신만큼 절실하게 느끼지는 못할 것이다. 5년 전 이곳에서 항구 감시원으로 일을 시작했을 때나 지금이나 야간근무가 힘들기는 마찬가지였다. 금방 익숙해지리라는 믿음은 여지없이 빗나갔다. 이 일에 코가 꿰는 건 애초 그의 계획이 아니었다. 그저 대학을 중퇴하고 남는 시간 동안 돈을 좀 벌다가 적성에 맞는 학과에 재등록하려 했다. 밤에 근무하면서 미래 계획을 세워볼 생각이었지만, 수천 번의 야간근무를 반복한 지금 브리냐르의 머릿속에 떠오른 결론이라고는 이곳에서 더 이상 일하고 싶지 않다는 생각이 전부였다. 그 호화 요트가 항구에 정박하고 난 이후 그는 정신을 번쩍 차렸다. 브리냐르와 마찬가지로 요트의 승객들 역시 삶이 눈앞에 길게 펼쳐져 있다고 확신했겠지만 결과는 달랐다. 그는 현재의 삶이 영원히 반복되는 걸 원치 않았다. 그럼에도 자신의 운명을 바꿀 힘이 없었다. 사회적으로 고립된 채 친구들과 다른 시대에 사는 것만 같았다. 얼른 손 쓰지 않으면 레이캬비크의 밤거리를 배회하는 인생 낙오자들이나 상대하는 늙고 외로운 꼰대가 되기 십상이었다.

저 두 사람처럼 말이다. "여기 들어오시면 안 됩니다. 제한구역이에요." 브리냐르는 부두를 따라 비틀거리며 걷고 있는 남녀 한 쌍을 향해 잽싸게 다가갔다. 여자는 항구와는 절망적일 정도로 어울리지 않는 하이힐을 신고 있어서 걷는 모양이 마치 좀비 같았다. 적어도 뒤에서 볼 때는 그랬다. 동행한 남자는 힐을 신지는 않았지만 상태가 여자보다 나을 것이 하나도 없었다. 브리냐르는 남자가 술만 들어가면 폭력적으로 변하는 부류가 아니기를 바랐다. 그런 치들은 이미 충분히 겪었으니까.

여자가 몸을 돌리자 게슴츠레하게 뜬 시선과 입술 주위로 마구 번진 립스틱이 눈에 들어왔다. "에?" 여자는 앞으로 계속 걸어가고 있던 남자를 향해 소리를 질렀다. "롤리! 이 남자랑 얘기 좀 해봐." 여자는 입 속의 혀가 퉁퉁 부어오른 듯한 목소리로 말했다.

"뭐라고?" 뒤를 돌아본 남자는 여자보다 나이가 많은 듯했다. 아마 브리냐르와 비슷한 연령대일 것이다. 남자는 균형을 잡으려고 몸을 이리저리 흔들었다. "넌 뭐야?" 그는 중력과 사투라도 벌이는 듯 잠시 동안 몸을 움직이지 않았다. "파티 할래?"

"그럼요. 안 될 거 있겠습니까." 브리냐르는 두 사람을 향해 손짓했다. "이쪽으로 오세요. 안 그러면 바다에 빠져요."

"바다?" 여자는 자신이 어디에 있는지 모르는 눈치였다. "멘 소뤼야?" 여자의 혀가 꼬였다. "우린 파티 가는데."

"여기선 파티 안 열려요. 파티 찾고 계시는 거면 시내로 돌아가세요. 아님 집으로 가시든가."

"안 돼. 파티 있어. 우리가 봤어." 마침내 곁에 도착한 남자가 여자에게 몸을 기대고 섰다. 그렇게 서니 따로 떨어져 있을 때보다 좀 더 안정감이 느껴지기는 했다.

"잘못 보신 겁니다. 여긴 배밖에 없어요. 빌딩도 없고, 당연히 파티도 없고요."

남자가 멍청하게 미소를 지었다. "아냐, 있어. 우리한테 보여." 남자는 뒤로 돌더니 허공을 가리켰다. "저기 저 멋진 요트 있잖아."

브리냐르는 남자가 어떤 요트를 말하는 건지 단번에 알아챘다. 아무리 술에 취했어도 작은 어선이나 트롤선을 멋진 요트라고 표현했을 리 없다. 해안경비대 구역에 정박된 요트를 가리키는 게 틀림없었다. "저기도 파티 없어요. 이제 나가주세요. 술 좀 깨시면 내일 다시 오세요."

"저기 파뤼 있다니까! 내가 봤다고. 손님 한 명이 갑판 위에 있었어." 여자는 자기만의 생각에 사로잡혀 고집부리는 철부지 아이처럼 말했다. "당신이 뭔데 파뤼 못 가게 우리를 막아."

"잘못 아신 겁니다. 요트 위에 아무도 없고, 파티도 없어요. 망가진 배라고요. 누가 저 위에서 파티를 열겠습니까." 브리냐르의 심장이 쿵쾅거렸다. 위험에 대비라도 하듯 혈액이 온몸으로 퍼지는 것을 그는 느꼈다. "다시 말씀드립니다. 빨리 나가주세요."

"저기 누가 있다니까." 여자는 남자를 향해 부주의하게 고개를 홱 돌리면서 비틀거렸다. 브리냐르는 여자가 뒤로 나자빠지지 않게 손을 내밀었지만, 옆에 있던 남자는 무슨 상황인지 전혀 눈치채지 못했다. 그는 브리냐르가 처음 발견했을 때보다 상태가 더 안 좋아보였다. 처음에는 여유롭게 막사에 앉아 두 사람을 지켜보면서 귀찮은 일 따위 만들지 않고 돌아가기를 바랐다. 브리냐르가 기억하기로 요트에서는 어떤 움직임도 포착되지 않았지만, 이제 와서 생각해보니 처음 제한구역으로 진입했을 당시 두 사람은 멈춰서서 요트를 바라보고 있었다. 여자가 남자의 옆구리를 쿡쿡 찌르며 요트를 가리켰지만 브리냐르는 그저 뉴스를 통해 사고 소식을 접했겠거니 했다. 게다가 누군가 무단으로 요트에 올라갔다면, 그걸 본 순간 브리냐르가 막사에서 튀어나왔을 것이다.

"아무래도 집에 가야겠어." 남자의 안색이 잿빛으로 변했다. "속이 안 좋아. 뱃멀미 하나봐. 부두가 움직이나?" 브리냐르는 두 사람이 튼튼한 콘크리트 위에 서있다는 사실을 굳이 지적하지 않았다. 남자는 비쩍 마른 여자에게 몸을 기댔고, 여자는 그게 썩 즐겁지 않은 눈치였다. "고마워, 친구. 만나서 반가웠다고." 남자는 브리냐르가 누군지도 까먹어 버렸다. 비틀비틀 멀어져 가는 동안 여자는 '끝내주는 선상파티'를 놓치게 됐다며 남자를 나무랐다.

브리냐르는 두 사람이 완전히 사라진 것을 확인하고 나서야 요트 주위를 둘러보았다. 요트는 방파제와의 충돌로 인한 손상 때문인지 부둣가를 향해 약간 기울어져 있었다. 브리냐르도 알아채지 못하는 사이 취객이 요트 위로 올라가 갑판 위에서 어슬렁대는 게 가능한 일일까? 그는 파도의 찰싹거림을 제외한 어떤 소리나 움직임도 포착하지 못했다. 하지만 브리냐르의 시야가 닿지 않는 곳에 누군가 있을 가능성까지 배제할 수는 없었다. 모든 입구는 안전하게 잠긴 상태였기에 억지로 침입을 한 것이 아니라면 아래층 집판에 있을 가능성은 낮았다. 누군가 정말 침입한 것이 맞다면, 배를 이미 떠났거나 배 위에서 정신을 잃었을지도 모른다. 그렇지만 배 주변을 수색하는 것은 브리냐르의 업무였으므로 내키지 않는다 해도 다른 도리가 없었다. 그는 요트를 향해 걸어갔다.

최근 들어 요트는 교대 시간의 뜨거운 감자였고 브리냐르는 이 배의 저주에 관한 온갖 소문을 주워들었다. 그는 헛소문 따위를 믿지는 않았지만 그 요트가 기묘한 분위기를 풍긴다는 사실까지 모른 척할 수는 없었다. 선정적인 뉴스나 승객들의 알 수 없는 행방만을 탓하기에는 어딘가 찜찜했다. 브리냐르는 새들이 유독 요트를 피하고 내려앉지도 않으며 심지어 요트 위로 날지도 않으려 하는 것을 두 눈으로 똑똑히 목격했다. 우연에 불과할지도 모른다. 하지만 외면할 수 없는 무언가가 있었다. 현재 위치로 옮긴 바로 그날 밤, 그는 폐사한 물고기 여러 마리가 요트 주변을 둥둥 떠다니는 모습을 발견했다. 비정상적인 현상이었다. 폐사한 물고기 두 마리 이상이 동시에 떠있는 모습은 단 한 번도 본 적이 없었다. 그는 업무 지시에 따라 그 현상을 보고했고 그 다음날 저녁 마티스식품연구소에서 파견한 조사팀이 검사를 위해 폐사한 물고기를 수거해갔다. 브리냐르의 정보원에 따르면 수면의 백색 막은 단순히 오염이나 유독물질이 원인일 수도 있었다. 하지만 그 분야에 빠삭한 사람들은 백색 막이 요트와 관련되었을 것으로 예측했다.

갑판에는 개미 한 마리 보이지 않았다. 브리냐르가 손전등을 켜고 요트를 비췄지만 순간적인 불빛의 그림자 외에 아무것도 눈에 띄지 않았다. "여보세요!" 브리냐르의 목소리가 고요함을 관통했다가 이내 사라졌다. 마치 그의 목소리가 불쾌하기라도 했다는 듯 뒤이은 정적은 더욱 무겁고 차분하게 내려앉았다. "여보세요!" 브리냐르는 다시 한 번 소리를 지르며, 몇 번이나 이걸 더 반복해야 자신의 소임을 다했다고 할 수 있을지 궁금해했다. 대답이 없었다. 그는 요트를 전체적으로 살펴볼 요량으로 한 발짝 뒤로 물러나 흰색 알루미늄 선체를 따라 손전등을 이리저리 비추었다. 전등의 불빛을 따라 그림자가 넘실거리며 또다시 춤을 췄다. 그는 불청객이 배 밖으로 추락한 것은 아닌지 확인하기 위해 흘수선을 비춰봤지만 이상한 건 전혀 발견되지 않았다. 빨간 코카콜라 캔이 요트 옆을 떠다니고 있었다. 이 캔마저 없었다면 바닷물은 모조리 빨려나간 것처럼 보였을 것이다. 손전등이 좀 더 먼 곳을 비추자 항구 입구의 수면 위로 하얀 선 같은 안개가 동그랗게 피어오르는 모습이 눈에 들어왔다. 해수면에서 불과 1미터 정도 높이였다. 늘 일어나는 현상은 아니지만 브리냐르는 이전에도 항구에서 사전 경보 없이 박무가 끼는 현상을 종종 목격했다. 그런데 이번에는 뭔가 달랐다. 그는 박무가 점점 짙어져 안개로 변해 자신을 포위하고 시야를 완전히 가려버릴 때까지 이 악명 높은 요트 옆에 서있고 싶지 않았다. 더 이상은 견딜 수가 없었다.

브리냐르는 서둘러 막사로 향했다. 아무도 없는 요트에서 속삭이는 소리가 들리는 듯한 착각이 일었을 때조차 뒤돌아보지 않았다. 정확히 무슨 소리인지 해독할 수가 없었다. 비슷한 톤이었지만 분명 두 사람의 목소리였다. 여자의 목소리, 그것도 성인 여성의 목소리가 아니라 어린아이에 가까운 목소리였다. 두 명의 아이들. 쌍둥이. 그는 순간 입이 바짝 말라오는 것을, 쥐고 있던 손전등이 부쩍 무거워진 것을 느꼈다. 브리냐르는 그 자리에 멈춰서서 청각신경을 곤두세웠다. 머릿속에서는 계속 움직이라는 고함이 울려 퍼지고 있었다. 이제 아무 소리도 들리지 않았지만 그 사실이 두려움을 줄여주지는 않았다. 그는 여태 자신이 무언가를 두려워하고 있다는 사실조차 인지하지 못하는 상태였다. 바로 지금 아이들의 목소리가 그의 내면에서 어떤 감정을 불러일으키기 전까지, 그것이 공포일 거라고는 전혀 예상도 못 했다. 어쩌면 그것은 자신의 부모나 출구를 찾아 요트 위를 배회하는 죽은 쌍둥이 자매의 심상에 불과한지 몰랐다. 자신들의 인생을 통째로 앗아가 버린 배 위에 영원히 갇혀버린 자매의 심상. 브리냐르는 다시 걷기 시작했다. 한 가지는 분명했다. 절대 이 일을 일일보고서에 쓰지 않겠다는 것. 그랬다가는 사람들이 그가 드디어 맛이 가버렸다고 여길 것이다.

그는 발걸음을 재촉했다. 막사에 무사히 도착하자마자 그는 이 일을 시작한 이후 처음으로 문을 걸어잠갔다. 그리고는 경찰서에 전화를 걸어 요트에 침입자가 있는 것 같다고 신고를 했지만, 아이들의 속삭임에 대해서는 입도 뻥끗하지 않았다. 뭔가 심상치 않은 일이 벌어지고 있는 거라면 경찰이 알아서 처리할 것이다.

브리냐르에게는 정말이지 새로운 직업이 필요했다.

11장

전화선 반대편, 젊은 남자의 목소리는 음울하고 심란하게 가라앉아 있었다. 전화번호부에서 스네이바르 토르다르손이라는 이름의 남자는 딱 한 명뿐이었고, 이름 옆에 선박 엔지니어라는 직업명이 명기되어 있었다. 요트에 관한 제반 정보를 어디서 확보할까 머리를 싸매고 고민하던 토라가 이번 항해에서 갑자기 빠지게 된 선원을 떠올린 것이다. 선원에 관한 정보는 파나르가 넘겨준 서류뭉치에서 찾았다. 운이 좋으면 승선에서 제외된 자초지종을 듣는 과정에서 보고서에 유용한 정보를 얻게 될지도 몰랐다.

스네이바르는 기다렸다는 듯이 아이슬란드로 향하는 레이디 K에 승선할 예정이었다고 털어놓았다. 하지만 토라의 질문에 대한 그의 대답이 미리 연습이라도 한 듯 너무나 즉각적이고 단도직입적이었던 것에 비해 별 도움은 되지 않았다. 항해 준비에 있어서 그의 역할은 미미했던 것이다.

처음에는 그의 대답이 지나치게 유창한 세 수상했지만 알고 보니 그는 이미 경찰에 세 차례나 진술을 한 이후였다. 토라가 집요하게 질문을 던지자 그는 점점 불편한 기색을 보였는데, 아이에르가 대체 선원으로 승선하게 된 연유를 물을 때 유독 그랬다. 하지만 생각해보면 한 가족의 실종에 간접적으로 원인을 제공한 경험이 썩 유쾌하지는 않았으리라. 그는 최대한 차분하게 사실관계를 중심으로 이야기하려고 애썼지만 시간이 지날수록 눈에 띄게 감정이 북받쳐 목이 멨다. "솔직히 저는 아직도 충격에서 벗어나질 못하고 있습니다. 제가 그리 쉽게 흥분하는 사람은 아니거든요. 하지만 제 눈앞에서 요트가 부두를 향해 그대로 돌진하는데, 그걸 막으려는 선원들은 하나도 없고…, 그때 뭔가 크게 잘못됐다는 걸 알았어요. 본래 제가 그 요트에 타기로 했었거든요. 제가 그 배에 탔어야 해요. 그 부부와 불쌍한 여자애들이 아니라."

"재난이란 건 예측이 불가능하죠. 이 사건을 당신 탓으로 돌리지 마세요. 이번에 스네이바르 씨는 운이 좋았지만 다른 사람들은 그러지 못했던 거죠." 토라는 자신의 말이 얼마나 공허한지 잘 알았다. 그녀가 무슨 말을 하든 양심은 계속해서 그를 갉아먹으려 할 것이다. "그런데 요트가 항구에 들어오던 당시 왜 부두에 계셨던 건가요? 분명 우연은 아니었을 텐데요?"

"저는 할리를 데리러 나갔습니다. 제 친구거든요. 그 요트 일을 알아봐 준 것도 할리였어요. 저희 둘 다 트롤선을 전전하던 차였는데 할리가 저랑 같이 요트 일을 해보면 좋겠다고 제안했죠. 요트 관리자 쪽에서 이전에 그 배에서 일했던 경력 때문에 할리를 채용하고 싶어서 안달이 나있었던 터라 제 자리를 알아봐주는 건 일도 아니었어요. 저야 뭐 어찌 되든 상관없었지만 가는 것도 나쁘지 않았죠. 그렇잖아요, 급여도 짭짤하고 할리도 같이 가는 거니 재미있겠다 싶었어요. 둘이서 대모험을 떠나는 기분이었어요. 거기다 항공료도 공짜고 리스본에서 밤시간을 즐길 수도 있으니까요. 한데 그것마저 꼬여버렸어요. 그래도 처음에는 정말 끝내줬어요."

"사고 때문에요?"

"네. 다리 부러지는 게 진짜 장난이 아니더라고요. 게다가 할리 입장에서는 저 때문에 귀찮은 일을 도맡아야 했으니 정말 고역이었을 겁니다."

"그날 무슨 일이 있었는지 여쭤봐도 될까요?" 토라의 질문 뒤로 침묵이 이어졌다. "원치 않으면 말하지 않으셔도 됩니다만 그렇게 되면 저는 다른 방법을 통해 알아볼 수밖에 없겠죠. 아이에르 씨 부부와 관련된 문제를 해결하기 위해서는 그분이 왜 승선하게 됐는지 그 이유를 파악하는 것이 제게 매우 중요하거든요. 참고로 말씀드리자면 두 분에게는 어린 딸이 하나 더 있어요. 그 어린아이를 위해서라도 그분들의 재산 문제가 최대한 매끄럽게 매듭지어져야 하고요. 그러려면 사건들의 전후관계가 명확하게 정리되어야 합니다."

"무슨 말인지 알겠어요. 말씀드릴게요." 그는 잠시 수화기에서 얼굴을 떼고 목소리를 가다듬었다. "그렇지만 정말 내키지는 않아요. 워낙에 멍청한 사고라서."

"대부분의 사고가 그렇죠. 그 점은 걱정 안 하셔도 됩니다."

"꼭 그렇지만도 않을 걸요." 그는 심호흡을 하더니 입 안에 씁씁

한 뒷맛을 남기고 싶지 않다는 듯 빠른 속도로 말을 내뱉기 시작했다. "저는 취한 상태였어요. 완전히 맛이 간 채 리스본의 가파른 계단에서 넘어져 굴러버렸어요. 어쩌면 운이 좋은 편이죠. 한참을 구른 데다 거의 차에 치일 뻔했으니, 까딱하면 황천길로 갈 수도 있었거든요. 만약 그랬다면 결과적으로 모두에게 더 나았을 거예요. 어쨌든 저는 스스로 계속 그렇게 되뇌고 있습니다."

토라는 할 말을 떠올리지 못했다. 만약 스네이바르가 사고로 목숨을 잃었더라면 할도르는 보나마나 항해를 포기했을 테고, 선장은 아이에르를 대타로 끼워넣는 선에서 상황을 정리할 수 없었을 것이다. 그 대신 조정위원회는 울며 겨자 먹기로라도 선원 두 명을 새로 채용했을 것이다. 하지만 엎질러진 물이었다. 한탄을 한들 무슨 소용이 있겠는가.

"그리고 말씀드릴 게 하나 더 있어요." 스네이바르가 말을 이었다. "그게 이 사건이랑 무슨 관련이 있는지는 모르겠지만 사실은 계단에서 누가 저를 밀었어요. 포르투갈 병원 의사들도 그렇고, 아무도 제 얘기를 들으려고 하지를 않더라고요. 제가 워낙 제정신이 아니긴 했지만 분명히 누가 저를 뒤에서 밀었어요. 순식간에 일어난 일이지만 거의 100퍼센트 확신합니다."

"사고와 관련된 증거를 좀 넘겨주시면 정말 감사하겠어요. 누군가 당신을 밀었다는 사실을 명확히 입증하는 증거가 아니더라도 상관없습니다."

"뭐, 제 다리라도 드릴까요?" 농담으로 하는 말이었겠지만 딱히 즐거워하는 목소리도 아니었다.

"그러니까 병원 측에서 작성한 간단한 서신이나 스네이바르 씨가 자필서명한 진술서 같은 걸 말씀드린 겁니다."

"진술서야 써드릴 수 있는데 어쩌면 진술서 작성할 때 변호사님 도움이 필요할 수도 있어요. 저한테는 서류가 하나도 없어요. 사회보험국에서 다 알아서 처리했거든요. 원하시면 그쪽에 전화해서 관련 서류를 가지고 있는지 물어봐드릴 수 있어요. 어차피 지금은 할 일도 별로 없으니까요. 만약 사회보험국도 도움이 안 되면 변호사님이 직접 리스본에 있는 병원에 연락해보셔야 할 거예요."

"알겠습니다. 언제 뵙는 게 좋을까요? 내일이나 모레 중에 제 사무실로 방문하시는 건 괜찮으세요? 그럼 제가 직접 타이핑을 할 수 있으니까요. 그리고 사회보험국 담당자와 먼저 통화를 해놓으시면 진행에 도움이 될 겁니다." 토라는 스네이바르와의 대화 전개가 마음에 들었지만 통화를 하기 전까지만 해도 큰 기대를 걸지 않았다. "잠시 딴 얘기를 하자면, 할리 씨와는 친구 사이였으니 애초 레이디 K에서 단기간만 일하고 그만두게 된 사연을 알고 계실 거 같은데요. 혹시라도 안전수칙에 문제가 있었던 건가요? 아니면 엔진에 문제가 있었나요?"

"아, 그런 문제는 아니었어요. 할리 말로는 다 좋았다고 했어요. 장비도 문제 없이 갖춰져 있고 엔진도 새것 같다고요. 그 부분에 있어서는 불만이 없었죠."

"그럼 뭐가 문제였나요?"

"아마 선장이랑 관련됐을 거예요. 할리가 선장이 완전 머저리인 떼디기 엄청 낀들이라고 욕했거든요. 서는 요트에서 일한 경험이 전혀 없지만 할리 얘기로는 항해 막바지에 선장이 고용주한테 팁을 받는데 그걸 다른 스태프들과 나누는 게 룰이라고 했어요. 그런데 선장에는 두 가지 종류가 있거든요. 모든 스태프와 공평하게 돈을 나누는 사람이 있는가 하면, 팁의 60퍼센트를 항해사와 수석 엔지니어와 나눈 다음 40퍼센트를 나머지 스태프에게 떨궈주는 인간도 있다는 거죠. 얼핏 그리 나쁘게 들리지 않으실 수도 있지만 상류층이 타는 요트에는 스태프가 열두 명까지 승선하기도 해요. 항해사, 요리사, 청소부, 웨이터까지 다 합하면 그 정도 되거든요. 그러니까 저희 입장에서는 팁을 어떻게 나누느냐가 관건이죠. 레이디 K에는 보통 열 명의 스태프가 승선했는데, 항해사 세 명이 각각 팁의 20퍼센트를 챙기고, 힘없는 나머지 스태프가 40퍼센트를 나눠먹게 되는 거죠. 할리는 엔지니어로 채용되었으니 그 녀석도 운 없는 편에 속했어요. 그 팁이라는 게 쥐꼬리만한 금액이 아니에요. 팁 액수가 급여보다 높을 때도 많아요. 그런 돈은 세금을 낼 필요도 없잖아요." 토라에게는 그 말이 편법으로 들렸지만 굳이 그 점을 지적하지는 않았다. "그 녀석 평소 같았으면 그런 선장 밑에서 한두 번만 하고 그만뒀을 거예요. 그런데 그때는 좀 더 길게 있었어요. 요트를 소유한 아이슬란드 여자가 할리를 곁에 두고 아이슬란드 말로 수다 떠는 걸 좋아했던 모양이더라고요. 그런 거 있잖아요, 다른 손님들은 알아듣지 못하는 말로 호박씨 까는 거. 하지만 그런 게 오래 남아서 일할 이유는 못 되었으니 결국 그만뒀죠. 다른 일자리를 구하자마자 바로 그만뒀어요."

"그 이후에도 할리 씨는 카리타스와 연락을 하며 지냈나요?"

"농담이시죠?" 스네이르바르는 이번에야말로 진심으로 웃음을 터뜨렸다. "둘은 그런 관계가 전혀 아니었어요. 그런 관계를 생각하신 거라면 완전히 빗나간 겁니다. 선원들은 그런 호화 요트의 소유주나 손님들과는 전혀 섞이지 않아요. 할리도 카리타스랑 시시덕거리는 게 재밌었는지 모르지만 그것도 하루 이틀인 거죠. 제가 기억하기로는 그만두고 나서 카리타스를 딱 한 번 봤는데 그것도 멀찌감치 떨어져서 본 거래요. 그 여자는 요트 갑판 위에 서있었다는데, 할리가 그만둔 직후 지중해 어디에 있는 섬에 요트가 정박해있었다고 하더라고요. 그때쯤엔 할리도 다른 요트에서 일하고 있었죠. 그리고 호화 요트 일을 그만두고 얼마 안 돼 다시 트롤선 일을 구했어요."

"그럼 카리타스와는 페이스북으로도 연락을 안 했나요?"

"할리는 페이스북 안 해요." 예상대로였다.

"몇 가지만 더 여쭤볼게요." 토라는 전화를 너무 오래 붙들고 있다가 스네이르바르가 인내심을 잃고 사무실로 찾아오지 않겠다고 할까봐 잠시 주저했다. "스네이바르 씨가 보기에는 무슨 일이 일어난 것 같아요? 요트에 직접 타보셨으니 누구보다 승객들에게 무슨 일이 있어났는지 더 잘 추리하실 수 있을 듯해서요."

그는 대답을 하기 전에 잠시 망설였다. 어쩌면 지금까지 고려해본 모든 가능성을 곱씹고 있었는지도 모른다. "그러니까 만약 한둘이나 세 사람 정도가 사라졌다면 여러 가지 해석이 가능할 거예요. 그런데 전부가 사라졌다? 이런 경우에는 정말 어떻게 설명을 해야 좋을지 모르겠습니다. 제가 생각해낼 수 있는, 유일하게 앞뒤가 맞는 가정은 이거예요. 요트가 가라앉고 있다고 착각을 한 승객들이, 살기 위해서는 배를 버리는 수밖에 없다고 생각한 거죠. 어쩌면 배가 폭발할지도 모른다고 겁을 먹었을 수도 있지만, 선장이나 선원들이 그런 착각을 했을 가능성은 거의 없어요. 그건 말도 안 됩니다. 사실 선원들은 위험상황을 정확하게 파악하도록 훈련받지요. 그래서 저는 사건이 벌어졌을 때 선원들이 주위에 없었을 거라고 생각합니다. 솔직히 승객들에게 무슨 일이 있었던 건지 저는 짐작도 못 하겠어요. 도저히 이 사건을 그럴싸하게 설명할 수가 없습니다."

"그럼 일단 승객들이 정말 배가 가라앉을 거라고 착각했다고 가정해보죠. 그렇다면 왜 구명정을 꺼내지 않았을까요?"

"제가 그걸 어떻게 알겠어요? 어쩌면 그럴 만한 시간이 없다고 판단했나 보죠. 아니면 인근에 승객들을 구해줄 다른 배가 있었을 수도 있고요."

"마지막으로 하나만 더 여쭤볼게요. 대체 어떤 것이 선원이나 승객들로 하여금 상황을 그토록 잘못 해석하게 만들었을까요? 예를 들어 선체에 구멍이 나거나 할 경우 경보기가 울리지 않나요? 혹시라도 경보시스템이 오작동해서 승객들에게 잘못된 메시지를 준 것은 아닌지 궁금해서요."

"물론 배에는 경보시스템이 있지만 우연히 경보기가 오작동하더라도 선원들은 무작정 배 밖으로 뛰어내리지 않습니다. 승객들이라면 그럴 수 있죠. 하지만 선원들은 달라요. 무슨 일인지 점검했을 테고 말 그대로 배가 화염에 휩싸인 상황이 아니라면 배를 버리지 않았을 겁니다. 누군가 강제로 배를 떠나도록 협박을 했거나 그도 아니라면 다른 이유 때문에 죽었겠죠. 그 밖에 다른 설명은 전혀 말이 되지 않아요."

토라는 그에게 고맙다는 인사를 남기고 전화를 끊었다. 알아낸 것은 거의 없었지만 토라는 만족스러웠다.

경찰은 무척이나 이해심 있는 태도를 보였지만 토라는 어떻게든 질문에 대한 답을 얻기 위해 애를 먹었다. 토라는 경찰이 자신에게 정보를 공개하기 전에 재확인해야 할 의무가 있겠거니 추측했다. 다행히 그녀와 대화를 나눈 경관들은 사건의 심각성을 이해하는 기색이었고 아이에르의 부모와 어린 막내딸에 대한 동정심이 더해져 어떻게든 토라를 돕고 싶어했다. 나아가 아이에르 부부의 생명보험에 대해 언급하자 경관들은 반사적으로 눈을 크게 떴으며, 특별히 보험금의 액수를 공개할 때는 눈이 더욱 휘둥그레졌다. 물론 생명보험에 대해 비밀을 지킬 수도 있었겠지만 장기적으로 봤을 때 그건 의뢰인의 이해관계에 전혀 도움이 되지 않았다. 토라는 해안에서 발견된 시신이 요트와 어떠한 관련이라도 있는지 알아내기 위해 한동안 집요하게 물고 늘어졌지만 경관들의 인내심 역시 바닥을 드러내고 있다는 것을 알아채고는 포기하고 말았다.

"아직은 수사보고서를 넘겨주실 수 없다는 점 잘 알겠어요. 하지만 보고서에 어떤 내용이 포함되어 있는지 대충이라도 알려주실 수 없을까요? 제가 가장 알고 싶은 건 요트에 의무적으로 비치되어야 할 서류들이 배 안에 그대로 남아있었는지, 만약 그랬다면 어떤 서류들이 남아있었는지예요." 토라는 중요한 몇몇 서류에 대해 언급할까 망설이다가 누락된 것이 있을 경우를 대비해 구체적인 목록은 나열하지 않기로 했다. "그중에서도 공식 항해일지와 기타 일지들, 그리고 내항성 관련 증명서들에 대해 알고 싶어요. 요트의 안전장비와 관련된 규정준수 인증서에 대해서도요."

"그 부분에 대해서는 알려드릴 수 있습니다." 토라가 경관들과 한참을 씨름한 끝에 겨우 만나게 된 형사는 풍선껌의 포장지를 뜯더니 껌을 입 안에 넣었다. "이게 니코틴 껌만 아니었어도 하나 드렸을 텐데. 제가 이제 막 담배를 끊었거든요. 그 대신 니코틴 껌에 중독돼 버렸지만 적어도 이 껌이 담배만큼 몸에 해롭지는 않으니까요. 니코틴 껌 업체에서는 뭐 그렇게 말하더군요." 형사의 표정을 보아하니 니코틴 껌 맛에 익숙해지기까지는 시간이 더 필요한 듯했다. "서류들은 대부분 배 안에 남아있었어요, 변호사님한테도 곧 사본을 넘겨드릴 수 있을 겁니다. 다만 서류 이곳저곳에 몇 장이 빠진 상태라 받아보실 사본도 완본은 아니라는 점만 유념하시면 됩니다."

"몇 장이 빠져있다고요?" 문제의 서류들은 법에 따라 선박 내에 반드시 비치해야 하는 공식문서였다. 그 서류의 일부를 제거한다는 것은 위법의 소지가 다분했다. "빠져있는 부분이 혹시 이번 아이슬란드로의 항해와 관련된 것들인가요?"

"네, 십중팔구 그럴 겁니다. 서류가 언제 찢겨나갔는지 확인할 길은 없지만 아마도 선장이 요트를 인계받은 후가 아닌가 싶습니다. 그게 아니라면 서류에 선장의 메모가 남아있을 리 없겠죠. 문제는 저희도 선장이 언제 실종됐는지 파악하지 못했다는 겁니다. 출항 이후 추가된 항목들이 몇 개 있기는 한데, 그 이전의 항목들 중 일부가 삭제된 것 같단 말이죠. 어쨌든 사라진 서류들은 발견되지 않았으니까요. 이게 사건에 있어서 중요한지 아닌지 단정할 수는 없지만 이상해 보이는 것만은 분명합니다."

토라는 형사의 말을 받아적었다. "그럼 다음 질문요. 요트 안에 있는 카메라나 휴대폰을 검사해보셨나요? 승객들이 언제까지 살아 있었는지 확정적으로 밝힐 수만 있다면 보고서를 작성할 때 도움이 될 듯해서요."

"아뇨." 형사는 턱 근육을 쉴새없이 움직이며 계속해서 껌을 씹어대고 있었다.

"언제쯤 검사를 진행할 예정인지는 아시나요?"

"예정 없습니다."

"없다고요?" 토라는 형사의 반응에 주춤했다.

"그렇습니다." 껌을 윗입술 아래에 박아두기 위해 옮기는 동안 형사의 안면 근육들은 이완됐다. "배 안에서는 휴대폰이나 카메라가 전혀 발견되지 않았으니까요."

"좀 이상한 거 아닌가요?"

"저도 모르겠습니다. 배를 버리면서 소지품을 몽땅 챙겨갔을 수도 있고, 아니면 애초에 그런 물건을 들고 타지 않았을지도 모르죠. 하지만 그럴 가능성이 아주 낮다는 건 저도 인정할 수밖에 없군요."

"매우 낮죠." 토라는 수첩에 '휴내폰'과 '카메라'라는 단어를 급

211

하게 휘갈기고는 그 옆에 물음표를 세 개나 그렸다. 아이에르와 라라가 노부부에게 남긴 목록에는 휴대폰 번호가 적혀있었다. 그러니 틀림없이 배 안에서도 전화기를 소지했을 것이다. 게다가 라라는 요트가 항구를 떠나는 사이 갑판 위에서 시부모에게 전화까지 걸지 않았던가? 따라서 두 사람이 호텔이나 리스본 시내 다른 곳에서 휴대폰을 분실했을 가능성은 제로에 가까웠다. 또한 선원들도 분명 각자 휴대폰을 소지했을 것이다. 요즘 같은 시대에 70세 이하 인구 중에서 휴대폰을 한 대라도 소유하지 않은 사람이 어디 흔하단 말인가. 단순한 의구심 정도로 그칠 문제가 아니었다. "한 가지 더 여쭤볼 게 있는데, 요트의 GPS에 저장된 데이터에 대해 알 수 있을까요? 접속 가능한 포맷이 뭔지 모르겠더라고요."

"요트의 항해 코스는 GPS 데이터를 활용해서 이미 파악했습니다. 그 정보를 변호사님께 공개할 수만 있다면 지도를 출력해서 보여드리는 게 가장 간편한 방법이겠죠. 그러면 저희가 한 작업을 또다시 반복하는 번거로움을 더실 수 있을 테니까요."

"그래 주시면 감사하죠. 그리고 마지막으로 한 가지 더 여쭐 게 있어요. 이 질문에만 답해주시면 당분간 형사님을 더 귀찮게 하는 일은 없을 겁니다. 요트가 항구를 떠난 이후 육지나 다른 선박들과 교신한 기록 개요를 가지고 계신가요? 날짜와 시간을 포함한 것으로요. 관련 기록을 빠짐없이 제출하지 않으면 보험사에서 틀림없이 그걸 약점 삼아 소송을 지연시키려 할 테니까요."

"음, 안 그래도 좋은 질문을 해주셨네요." 형사는 껌이 아직 그 자리에 남아있는지 확인하기 위해 혀끝으로 윗입술 안을 뒤적였다.

"사실은 그게 좀 웃기는 부분이거든요."

"왜죠?" 토라의 머릿속에 가장 먼저 떠오른 생각은 통신기록 역시 사라져버렸을 거라는 추측이었다. 이 사건에 예상대로 돌아가는 거라곤 없었다.

"무선통신기가 모두 고장이 나버렸거나 항해 도중 말썽을 일으켰을 겁니다. 어쨌든 저희가 선장의 일지를 보고 파악한 건 그 정도입니다. 위성전화도 작동하지 않고 있었는데, 선장의 메모 내용을 보니 애초에 항해 중 사용할 계정을 신청하지 않았더군요. 고장난 무선통신기 두 대 모두 검사 중인데, 요트가 항구를 떠날 때만해도 멀쩡히 작동했던 것만은 확실합니다. 어쨌든 선장이 통신기를 점검했고 둘 다 정상적으로 작동 중이라고 체크를 했으니까요. 아직까지 밝혀지지 않은 건 누군가 통신기를 의도적으로 망가뜨린 것인지, 아니면 그냥 우연히 두 대가 한꺼번에 고장이 난 것인지 여부입니다."

"바로 그런 통신장애에 대비해서 두 대의 통신기를 설치한 게 아닌가요?"

"그럴 수도 있죠. 하지만 제가 알기로는 두 통신기의 전파 범위가 각각 달라요. 초단파 통신기 또는 VHF라고 불리는 통신기는 오직 인근의 선박하고만 교신을 할 수 있는 반면 원거리 교신이 가능한 통신기도 있답니다. 제가 그쪽 기술에 빠삭한 사람은 아니라서요. 아무튼 어느 시점에서 적어도 한 번은 다른 선박과 교신을 한모양입니다. 연결 상태가 나빠서 메시지를 정확히 알아들을 수는 없지만 출항하고 30시간가량 지난 후에 영국 화물선의 항해사와

213

교신을 했답니다. 대화가 영어로 이루어져서 언어 차이로 인한 오해가 빚어질 수 있지만, 선장의 메시지가 사실일 가능성을 배제하지 않고 있습니다."

"메시지가 정확히 뭐였습니까?" 토라는 희망을 걸고 싶은 마음을 꾹 눌렀다.

형사는 입술 안쪽에 있던 껌을 꺼내더니 다시 활력 있게 씹기 시작했다. "선장은 요트에서 시신이 한 구 발견됐으니 아이슬란드 정부에 신고를 해달라고 부탁했답니다. 요트의 원거리 통신기는 고장이 났고 위성전화는 작동하지 않는다고요. 영국인 항해사가 이해하기로는 시신이 여자의 것이었답니다. 두 사람은 다른 문제들에 대해서도 간단히 대화를 나누었는데, 현재로선 그 내용을 변호사님께 알려드릴 수 없습니다. 들리는 얘기로는 시신이 라라일 가능성은 낮지만 완전히 배제할 수는 없겠죠. 그리고 시신의 정체가 누구든 간에 사망 원인에 대해서는 저희도 전혀 아는 바가 없습니다." 형사는 껌 씹기를 멈추더니 가만히 토라를 바라보며 말했다. "다시 말해서, 죽은 여자의 흔적이 전혀 발견되지 않았으니 어쩌면 실종된 사람은 일곱 명이 아닌 여덟 명일지도 모른다는 겁니다."

12장

"아침까지 기다리는 수밖에 없겠군." 선장은 위태로울 정도로 난간 깊숙이 기대고 있던 몸을 갑판 위로 다시 일으켜세웠다. 그 모습이 아슬아슬해 보인 아이에르는 선장이 추락할 경우 그를 붙들기 위해 본능적으로 가까이 다가섰다. "제대로 보이지 않아. 빌어먹을 컨테이너거나 그 일부쯤 되겠지. 진작 나를 불렀어야지, 로푸투르. 바다에 저런 잔해가 떠다니다가 레이더에 잡힌 것만도 운이 좋은 편이야. 그 정도는 알고 있겠지. 저게 레이더에 포착됐을 때 바로 발견했더라면 충돌은 피할 수 있었을 거야. 지금 이런 문제까지 걱정해야겠냐고."

"이미 너무 늦어버린 상황이었어요." 로푸투르는 부끄러운 표정이었다. "저게 레이더에 걸리자마자 곧바로 충돌한 거였어요. 저 사람이 나타나서 저를 산만하게 만들기 전까지만 해도 제대로 지켜보고 있었다고요." 아이에르를 쳐다보는 그의 표정이 눈에 띄게 험악해졌다.

"괜히 저 사람 탓하면서 핑계대지 말라고." 트라인 선장은 두 손을 바지에 닦았다.

아이에르는 두 사람 사이에 어떤 문제도 일으키고 싶지 않았으므로 그들의 대화를 애써 못 듣는 척했다. 결과는 뻔했다. 두 사람은 곧 화해할 테고 그렇게 되면 둘은 이전보다 훨씬 더 그에게 분개할 것이다. 아이에르는 몸을 수그려 발아래 암흑을 응시했다. 바다의 어슴푸레함 외에 어떤 것도 눈에 보이지 않았다. "아침쯤이면 떠내려가 버리지 않을까요?"

"어쩌면요. 그랬으면 좋겠습니다." 선장은 로푸투르에게로 몸을 돌렸다. "오늘 밤에는 배가 떠가게끔 하는 게 좋겠어. 그렇지만 할리는 잔해가 주위에서 추가로 발견될 경우를 대비해 나랑 같이 경계를 서도록 해야겠네. 일단 자네는 가서 눈 좀 붙이고, 나와 할리가 교대로 저 망할 컨테이너를 지켜보면서 VHF에 쓸 만한 정보가 뜨지 않는가 확인하지. 자네가 들었다는 소리는 아마 누군가 컨테이너에 대해 반복적으로 경고하는 내용이었을 거야." 그는 요트의 측면을 다시 한 번 살펴보았다. "운이 좋으면 저게 밤 사이에 떠내려갈 거고, 그렇지 않으면 해가 떴을 때 해결해야지."

로푸투르는 여전히 퉁한 얼굴로 고개를 끄덕였다. 컨테이너를 발견하자마자 그는 아이에르를 보내 잠자는 선장을 깨워 데려오게 했다. 요트와 컨테이너가 충돌할 때의 소음은 그리 크지 않았고, 충돌로 인해 배의 진행이 심각하게 방해받지도 않았지만 로푸투르는 바짝 긴장해서 선장이 상황을 파악할 때까지 엔진을 중립에 두어야 한다고 주장했다. 선장 역시 상황을 심각하게 받아들였다. 그

때문에 아이에르는 조금도 안심을 할 수 없었다. 선장마저 걱정을 하는 상황이라면 두려워하고도 남을 만하다는 뜻이다. 선장은 아무것도 아닌 일로 호들갑을 떨 성격은 아니었다.

"특별히 하는 일 없이 시간만 보내도 되는 거라면 제가 선장님과 경계를 서겠습니다." 아이에르는 난간을 잡았던 손을 놓으며 무의식적으로 몸을 곧추세웠다. "아무래도 그게 더 합리적이지 않을까요? 로푸투르와 할리는 잠을 보충해야 하니 이번 여행에서 오늘 밤이 유일하게 저한테 야간경계를 맡기실 수 있는 기회인 듯한데요." 선장과 로푸투르는 아무런 대꾸도 하지 않았다. 아이에르는 둘의 표정에서 어떤 생각도 읽어낼 수 없었다. "만약 정말 내일 아침에 해결해야 할 상황이라면 지금 잠을 자는 게 두 사람한테 도움이 되지 않겠습니까? 혹시라도 무슨 일이 생기면 언제든지 깨울 수도 있고요."

두 남자는 여전히 침묵을 지켰다. 보아하니 로푸투르는 선장이 결정을 내려주기를 기다리는 눈치였지만, 선장이 할리 대신 아이에르를 선택하기를 원하는지 혹은 그 반대인지는 분명하지 않았다.

파도가 배의 측면으로 표류물을 떠밀자 또다시 낮은 굉음이 정적을 깨뜨렸다. 아이에르는 선체가 얼마나 견고한지, 이만한 충돌을 몇 번이나 더 버텨낼 수 있을지 궁금해 못 견딜 지경이었다. 어쩌면 경계를 서겠다고 나선 건 어리석은 행동인지 몰랐다. 그가 조타실을 지키는 사이 요트에 구멍이라도 난다면 없느니만 못한 존재가 될 것이다.

이런 생각들이 머리를 스치는 사이 선장은 그의 제안을 받아들이며 단호하게 고개를 끄덕이기까지 했다. "만약 상황이 악화되면, 로푸투르 자네나 할리를 깨울 거야. 운이 좋아서 해류가 컨테이너를 쓸어가 버려 귀찮은 일을 대신 해결해준다면 더더군다나 야간경계에 둘씩이나 세워둘 필요가 없겠지. 과도한 조치일 수도 있지만 이런 잔해가 어떤 말썽을 일으킬지는 아무도 모르니까."

"알겠습니다." 아이에르에게 밤을 새우는 일이 이번이 처음일 리 없었다. "잠깐 아래층에 내려가서 책만 가져오겠습니다."

라라는 객실 침대에서 이불에 휘감긴 채 잠들어 있었다. 그녀의 숨소리는 거칠었고 꿈이라도 꾸는 듯 눈꺼풀은 파르르 떨렸다. 아이에르는 조심스럽게 침대 한켠에 걸터앉아 아내의 귀에 대고 밤새 조타실에 있겠노라고 속삭였다. 라라는 알아들을 수 없는 말을 웅얼거리고는 등을 돌렸다. 아내가 자신의 말을 알아듣지 못한 듯했다. 그녀를 깨워야 하나 갈등했지만 그랬다가 라라가 다시 잠들지 못하고 침대에서 뜬눈으로 밤을 지새울지도 모른다는 생각에 돌아섰다. 방을 나와 아이들의 선실로 살짝 고개를 들이밀어 보니 더블침대 한가운데 쌍둥이가 이상한 포즈로 뒤엉켜 자는 모습이 눈에 들어왔다. 머리판에 붙어있는 사진 속 시가 뒤그의 눈이 아무 일도 없을 거라고 아빠를 안심시키듯 그를 향해 반짝였다. 그가 요트를 지키는 동안 시가 뒤그는 쌍둥이 언니들을 보살펴줄 것이다.

아이에르가 문을 닫자 아이들의 선실은 다시 짙은 어둠 속으로 빠져들었다.

아이에르는 잠시 문앞에서 주춤거리며 문을 다시 열까 고민했다. 불을 켜두거나 최소한 문을 살짝 열어두기만 해도 방은 그리

깜깜하지 않을 것이다. 하지만 둘 다 좋은 생각은 아니었다. 불을 켜면 아이들이 깰 수 있고, 계속해서 흔들리는 요트의 문을 열어두면 그때마다 쾅쾅거리며 소리를 낼 것이 뻔했다. 잠깐 고민 끝에 복도를 따라 걸어가던 아이에르는 복도 끝 출구 앞에 다다라서야 멈춰섰다.

모든 것은 정상적으로 보였다. 천정 조명은 흐릿하고 문들은 죄다 닫혀있었다. 그 덕에 선실 안으로는 어떤 소리도 새어 들어가지 않을 듯했다. 심지어 엔진의 웅웅거림조차 배 안의 어떤 곳보다 더 낮게 들려왔다. 그럼에도 아이에르는 자신이 가족들을 버리고 떠나는 듯한 불안감에서 벗어날 수가 없었다. 어쩌면 그의 본능이 가족들과 소중한 시간을 보내는 데, 이 배 위에 있는 매순간을 사용하라고 경고하는지도 몰랐다. 마치 그들의 미래가 몇십 년이 아니라 몇십 분으로 환산되기라도 하는 것처럼.

조타실에서는 선장이 그를 기다리고 있었다. 선장은 등을 돌려 아이에르를 바라보았는데, 그 모습이 꼭 통신기에 대고 뭔가를 말하다가 아이에르가 나타나자 그 사실을 숨기려는 듯한 인상이었다. "또 메시지 들어온 거 있어요?"

"뭐라고요?" 선장은 질문을 이해하지 못했다는 듯 얼굴을 찡그렸다. 잠시 후 아이에르의 말뜻을 이해한 선장은 이렇게 대답했다. "그러니까 VHF를 말한 겁니까? 아, 없었소." 그는 손바닥으로 스크린을 가볍게 쓸어내렸다. "고장난 모양이에요. 원인이 뭐든, 교신하는 데 애를 먹고 있습니다. 하필 원거리 통신기까지 말썽이니 정말 짜증나는 노릇이오. 아까 스피커에서 났디는 소리는 이미 힙

선이 원인이었을 거요. 어쩌면 퓨즈가 나가면서 통신기 두 대에 모두 영향을 미쳤을 수도 있고. 좋은 점은 더 이상 통신기에 신경 쓰지 않아도 된다는 거요. 스피커에서 찍소리도 들리지 않을 테니 말이오. 내일 애들이랑 통신기를 대충이라도 점검해보기 전까지는 그 상태일 겁니다. 오늘 밤에 손을 보기에는 문제가 많이 복잡해 보이거든요."

"저야 상관없습니다." 아이에르는 VHF를 바라보며 선장의 말이 들어맞기를 간절히 바랐다. 조타실에 혼자 있을 때 또다시 그 음산한 목소리가 울려퍼지는 건 상상도 하고 싶지 않았다. 하지만 선장의 설명은 어딘지 미심쩍었다. 합선이 일어나면서 스피커 너머로 요트의 이름을 전송했다는 게 말이 되는가? 그렇더라도 선장은 베테랑이었다. 더구나 아이에르에게는 지금 이 시점에서 선장의 전문성을 의심할 여력이 없었다.

아이에르는 여러 대의 스크린을 확인하는 선장을 바라보면서 그가 어떤 사람인지 궁금해졌다. 그의 성격에 대해서는 어떤 결론도 내릴 수 없었다. 상냥하게 굴다가도 금방 퉁명스러워졌다. 심지어 나이도 가늠하기 어려웠다. 그의 외모에서 도출할 수 있는 거라곤 막연하면서도 모순적인 단서뿐이었다. 숱 많고 검은 머리칼은 온갖 풍상을 겪은 듯 주름진 얼굴과 대조를 이루었고 다부진 체격은 안 그래도 키가 큰 선장을 더욱 거대해 보이게 했다. 아이에르의 키는 선장의 귀 정도밖에 닿지 않았다. 두 팔은 까무잡잡하게 그을렸고, 오른쪽 손등에는 정체를 알 수 없는 수많은 하얀 흉터가 뒤얽혀있었다. 어쩌면 작게 베인 여러 상처들이 누적된 것일지도 모른다. 아이에르는 해상 생활에 대해서는 일자무식이었다. 때문에 그런 흉터를 입는 것이 일상적인 일인지조차 알지 못했다. 어깨가 떡 벌어진 강인한 선장 옆에 서있으니 그는 이제껏 자신의 삶이 얼마나 온실 속 화초와도 같았는지, 선원의 삶과는 얼마나 천지차이였는지 실감이 났다. 그가 매일 아침 가장 큰 위험이라고는 종이에 베이는 것이 전부인 사무실로 출근하는 동안 선장은 예측불가의 해류와 사나운 폭풍과 씨름했을 것이다. 분명 살아서 집에 돌아갈 수 있을지 장담하기 어려운 순간들도 많았으리라. 그는 직장생활을 하면서 단 한 번도 그런 종류의 위험을 경험하지 못했다. 아이에르는 목소리를 가다듬으며 말했다. "바깥을 살펴볼까요, 아니면 실내를 둘러볼까요?"

"아무래도 내가 먼저 나가서 경계를 서는 게 좋겠소."

"제가 특별히 신경 써서 봐야 할 건 없나요?"

선장이 조타장치들을 살폈다. "뭐, 지금은 완속 운항 중이니 제어판을 건드릴 필요가 없소. 그러니 장비조작법을 알려주느라고 시간 낭비할 필요도 없겠죠. 무슨 일이 생기거든 날 찾으시오."

아이에르는 조타실에 혼자 남겨졌다. 책은 더 이상 눈에 들어오지 않았다. 어차피 어둑어둑한 조명 아래서는 글을 제대로 읽기 힘들었다. 선장의 부재에도 불구하고 아이에르는 선장 놀이하는 다 큰 성인 남자처럼 감히 선장의 조종석을 차지할 엄두도 내지 못했다. 대신 그는 구석에 놓인 의자에 옹송그리고 앉아 사이드테이블에 두 다리를 올려놓았다. 아이에르는 책이 제대로 펼쳐져 있는지 확인하지도 않고 테이블에 책을 내려놓았다. 어차피 항해 동안 책을 다시 펼칠 것 같지 않았으므로 상관없었다.

긴 밤이 될 것 같았다. 그는 두 손을 무릎에 올리고 앉아있었다. 밖은 칠흑 같은 어둠뿐이었다. 별도 없이 달은 구름에 가려졌다. 리스본의 밤은 이 빽빽하고 끝없는 암흑과는 완전히 다른 세상이었다. 암흑은 거의 손에 만져질 듯했다. 난간 너머로 팔을 멀리 뻗기만 하면 차가운 점액처럼 유연하고 미끈거리는 암흑의 질감을 느낄 수 있을 것만 같았다. 아이에르는 자리에서 일어나 조타실 한가운데 동그란 조명 빛 아래로 들어왔다. 다행히 VHF는 잠든 상태였지만 그 악의에 찬 목소리는 여전히 귓가에 맴돌았다.

아이에르는 선장에게 이 시간에 조타실 밖으로 나가 신선한 공기를 쐬거나 음료수를 가지러 가도 괜찮은지 묻지 않은 걸 후회했다. 조리실로 잽싸게 내려가 음료수 캔을 들고오는 데 몇 분이면 충분하지 않을까? 그는 차가운 맥주 생각이 간절했지만 유혹의 손길을 뿌리쳤다. 우회적으로 선박의 지휘를 맡고 있어서가 아니라 졸음이 쏟아질까 두려웠기 때문이다. 어떤 이유에서인지 그는 이 안에서 혼자 잠들고 싶은 마음이 눈곱만큼도 들지 않았다. 아마도 트라인 선장에게 그런 모습을 들키고 싶지 않았을 것이다.

조리실의 조명은 잠시 지체되는 것 같더니 곧바로 켜졌다. 이전에는 냉장고의 윙윙거리는 소음을 알아채지 못했다. 새삼 그 소리가 신경 쓰이는 것은 아마 지금이 훨씬 더 고요하기 때문이리라. 갑작스럽게 외로움이 엄습해오자 그는 라라를 깨워 같이 있을까 망설이다가 곧바로 고민을 떨쳐냈다. 만약 아내를 지금 깨우면 내일 아침 부모가 피곤에 곯아떨어진 사이 아이들끼리 남겨지게 될 테고, 돌봐주는 사람도 없이 갑판에 나갔다가 사고라도 당하면 스스로를 용서할 수 없을 것이다. 쌍둥이는 아이에르의 바람보다 더 빠른 속도로 자라고 있었지만 아직 어린아이였다. 어처구니없는 실수를 저지르기에 충분할 정도로 철이 없었다.

커다란 양문형 냉장고는 반쯤 차있었다. 승선할 때 힘들게 끌고 온 식료품들은 냉장고의 깊은 선반을 다 채울 만큼 양이 많지 않았다. 식량이 얼마 남지 않았다는 것을 눈으로 확인하고 있자니 두려운 마음마저 들었다. 여행이 끝나기도 전에 음식이 동나버리는 상황을 상상이나 하고 싶겠는가? 그렇지만 다시 생각해보면 요트 바로 아래 가장 거대한 수산물 창고가 자리한 셈이니 배를 곯을 가능성은 낮아보였다. 아이에르는 음료수 캔이 숨어있지 않을까 기대하며 케첩 통을 옆으로 치워보았지만 그런 운은 없었다. 널찍한 냉장고 구석구석을 모조리 뒤졌지만 마찬가지였다. 잠시 동안 그는 라라가 곁에 없다는 사실이 다행스럽게 느껴졌다. 옆에 있었다면 오후에 음료수를 꺼내 마시고 냉장고에 캔을 다시 채워두지 않았다고 나무랐을 것이다. 이 문제는 둘 사이에서 끊임없는 다툼의 원인이었다. 냉장고에서 음료수를 꺼내 마시는 건 두 사람 모두 마찬가지였지만 아이에르는 라라가 음료수를 다시 채워놓을 거라는 사실을 당연하게 받아들였다. 하지만 그는 이런 순간에 미지근한 콜라 따위나 마시고 싶지 않았다. 이렇게 큰 냉장고에 제빙기도 없다니 얼마나 쓸모없는 기계인가. 제빙기만 있었어도 이 궁지에서 벗어났을 텐데.

괜히 신술이 난 아이에르는 콜라를 들고 니오드기 잊고 있던 딮

개형 대형 냉동고를 발견하고는 기운이 살아났다. 항해 내내 보관해둘 요량으로 빵 몇 덩어리와 닭가슴살과 다진 소고기 몇 봉지를 냉동고에 아무렇게나 넣어둔 것이다. 그때는 워낙 정신이 없어서 얼음이 있는지 확인하지 못했다. 다만 전 소유주가 냉동고를 넘치도록 채워놓아서 정작 자신들의 식료품을 맨 위에 겨우 끼워넣었던 것은 똑똑히 기억했다. 그러니 냉동고 안 어딘가에 얼음이 있을 가능성이 충분했다.

커다란 냉동고 덮개가 열리면서 삐걱거렸다. 냉랭한 증기가 얼굴을 감싸자 아이에르는 잠시 움츠러들었다가 몸을 구부려 냉동식품들을 헤집기 시작했다.

처음에 큰 힘 들이지 않고 봉지들을 이리저리 옮기며 확인했지만 얼음은 보이지 않았다. 그는 쉽게 포기하지 않기로 마음먹었다. 계속해서 더욱 더 깊이 파헤쳤지만 갈수록 얼얼해지는 손가락들 때문에 속도는 점점 더뎌졌다. 냉동고를 뒤적이면서 그는 냉동고의 디자인이 얼마나 비효율적인지 절감했다. 위에 있는 물건들을 죄다 치우지 않고는 이 동굴 같은 냉동고 맨 밑바닥에 있는 물건에 닿기란 불가능했다.

겨우 반쯤 파헤쳤을 때 아래 공간을 다 차지한 듯한 검정색 쓰레기봉투를 발견했다. 그는 혹시라도 전 소유주가 대형 파티를 준비하느라 수 킬로그램짜리 얼음을 구입했을지 모른다는 실낱같은 희망으로 검은 봉투를 쿡 찔러보았다. 놀라울 것도 없이 실낱같은 희망은 헛된 기대로 판명났다. 봉투에 무엇이 들었는지는 몰라도 얼음보다는 부피가 훨씬 큰 것이었다. 새끼 돼지 한 마리나 소 반 마리보다 더 컸다. 그는 팔을 구부려 꽁꽁 언 손가락에 입김을 불었다. 아쉽지만 미지근한 콜라에 만족할 수밖에 없었다.

각양각색의 식료품 봉지들은 이제 냉동고 양 옆에 수북하게 쌓였고 아이에르는 그것들을 제자리에 돌려놓을 참이었다. 하지만 애초 냉동고가 터질 듯 가득 차있었기 때문에 생각처럼 쉽지가 않았다. 그는 생선살을 검은 봉투 옆으로 우겨넣다가 의도치 않게 차디찬 검은 봉투를 손으로 건드렸고, 불쾌하게도 내용물을 가늠하고 말았다.

그는 천천히 손을 거둬들이면서 냉동고를 가만히 들여다보았다. 냉동고는 숨이라도 내쉬는 듯 냉기를 뿜어냈다. 대체 방금 그가 만진 내용물의 정체는 뭐란 말인가? 소 반 마리가 아니란 것만은 확실했다. 그렇다고 새끼 돼지도 아니었다. 그것은 뭔가 뻣뻣한 손가락에 더 가까운 느낌이었다. 그는 손을 저어 냉기를 몰아내면서 검은 봉투가 감춘 물체의 형태를 알아내려고 머리를 굴렸지만 아무런 소득도 없었다. 추리를 멈추고 당장이라도 덮개를 닫아버린 다음 콜라 캔을 집어 조타실로 돌아가고픈 충동에 휩싸였지만 그럴 수가 없었다.

행동에 돌입하기 전 잠시 동안의 고요한 순간, 고독감이 그의 가슴을 파고들었다. 지금쯤 두툼한 이불 아래에 있을 라라의 따스한 체온과 부드러운 숨결이 너무나 그리워졌다. 저 검은 봉투 안에 든 것이 무엇이든 그는 이곳에서 아주 멀리 달아나고만 싶었다. 갑자기 이 상황을 단 1초도 더 견딜 수 없어진 그는 손이 닿았던 곳의 봉투를 찢어비졌다.

다음 순간, 조명이 하얀 손가락을 비추었다. 살짝 서리가 앉아 반짝이는 손가락의 손톱에는 빨간 매니큐어가 발라져 있었다.

그들은 비좁은 식료품 저장고에 겨우 모여있었다. 누구도 냉동고 가까운 곳에 서고 싶어하지 않았다. "그럼, 이제 어쩌죠?" 잠에서 깬 라라의 목소리는 허스키했다. 머리칼은 헝클어졌으며 뺨에는 베개에 눌린 자국이 선명했다. 방금 깨어난 로푸투르와 할리의 상태 역시 별반 다르지 않았지만 라라보다는 평점심을 유지하고 있었다. "이제 어쩔 거냐고요." 라라는 떨리는 목소리로 반복했다. "냉동고에서 죽은 여자가 발견됐는데 아무 일도 없었다는 듯 그냥 집으로 돌아갈 수는 없잖아요."

"이게 누군 것 같소?" 선장은 몸을 구부려 냉동고 안을 들여다보았다. 냉동고는 아이에르가 남겨둔 상태 그대로였다. 아이에르가 자신이 헛것을 본 게 아님을 증명하기 위해 덮개를 연 이후로 선장을 제외한 누구도 검은 봉투를 건드리려 하지 않았다.

"저는 별로 알고 싶지 않은데요." 할리가 말했다. "그리고 개인적으로는 죽은 여자의 얼굴을 보고 싶은 마음도 없습니다. 본다고 해서 뭐가 달라지겠어요? 제가 아는 사람일 리도 없고." 그는 몸서리를 쳤다. "아무튼 제가 아는 사람은 아니었으면 좋겠습니다."

라라는 입술을 깨물었다. "누구라도 제 말에 답 좀 해주세요. 이제 어떻게 할 거예요?"

아이에르는 말을 하려고 입을 열다가 바로 마음을 고쳐먹었다. 그 역시 아는 게 없기는 마찬가지였다. 게다가 선장이 책임자이니 이건 그가 처리할 문제였다. 자신이 선장이 아닌 게 다행스럽기만 했다. 다른 사람들에 대한 책임감은 고사하고 자기 정신을 가다듬는 것만으로도 이미 벅찬 상황이었다. 아이에르는 검은 봉투의 내용물을 확인한 이후부터 의식 세계로부터의 어떠한 개입도 없이 자신의 뇌가 내려주는 즉각적인 명령에만 충실히 따르고 있었다. 냉동고 덮개를 닫고 선장을 불러오고 로푸투르와 할리를 깨우고 아내와 딸들이 깨어나지 않도록 그들을 조타실로 모을 것. 라라는 도중에 깨어났지만 아이들은 여전히 평온하게 잠들어 있었다.

선장은 이의를 인정하지 않는 단호한 목소리로 말했다. "우리는 아무것도 하지 않을 겁니다. 그냥 덮개를 닿아두고 진로를 유지할 겁니다. 이 문제를 우리가 처리하려고 하면 자칫 중요한 증거만 훼손하는 꼴이 될 겁니다."

"경찰에 신고해서 시신을 처리하라고 해야 하는 거 아닌가요? 올 때까지 기다리면 되잖아요. 아니면 우리가 경찰이 있는 곳으로 가도 되고요." 라라는 냉동고에서 올라오는 한기가 느껴지자 카디건을 좀 더 단단히 여몄다.

선장이 코웃음을 쳤다. "경찰을 기다리는 일은 없을 겁니다. 경찰이 어디서 출동을 할 거라고 생각하십니까? 우린 지금 공해 상에 있어요. 경찰서나 특정 국가의 사법권으로부터 수백 킬로미터 떨어진 곳에 있다고요." 선장의 말이 옳았다. 아이에르는 조타실에 있을 때 해도에 표시된 코스를 보고 요트가 포르투갈 해상에서 멀리 떨어져 나왔다는 사실을 확인했었다.

"그런 이게 어떡해요? 아무것도 하지 않겠나는 말씀이세요? 해상에서 적용되는 법규 같은 게 있지 않나요?" 라라는 냉동고를 힐 끗 쳐다보고는 몸을 떨었다. 그녀는 냉동고 안을 슬쩍 들여다보는 것 이상의 용기를 낼 수 없었다. 네 사람을 따라 저장고로 들어온 이유도 오로지 조리실에 혼자 남겨지고 싶지 않아서였다.

"물론 있습니다." 하지만 선장은 법률의 내용을 상세하게 설명해 주거나 어떤 방식으로 그 법률을 준수해야 하는지, 혹은 어떻게 조사에 대비해야 하는지 부연하지 않았다. 그렇더라도 선장은 분명히 알고 있을 것이다. 심지어 아이에르도 항해강습을 듣는 동안 국제해상법에 관한 간략한 설명을 들었다. 어쩌면 선장은 그저 라라의 입을 다물게 하고 싶었는지도 모른다. 아이에르는 나서지 않기로 했다. 단둘이 남게 되면 언제든 아내에게 상황을 자세히 설명해줄 수 있을 것이다. 하지만 이번에는 그럴 필요가 없었다. 라라가 안쓰럽게 느껴졌는지 선장이 직접 상황을 명확히 설명했기 때문이다. "진로를 유지하는 것 외에는 다른 선택의 여지가 없습니다. 덮개 좀 닫으라고. 시신이 발견된 사실은 제가 신고할 것이고, 계획대로 아이슬란드로 항해를 이어갈 겁니다. 아이슬란드에 도착하면 거기서부터 경찰 당국이 인계를 하겠죠. 이 요트는 아이슬란드 국적선이고 선박이 국제해상에 있을 때에는 선박의 국적에 따라 관할권이 결정됩니다." 그는 아이에르를 향해 덧붙였다. "모든 서류작업이 빈틈없이 처리된 거겠죠? 위성전화 건처럼 일을 어설프게 처리한 거 아니죠?"

아이에르는 선장과 눈을 마주쳤다. 굳이 거울이 없어도 그 순간 자신의 표정이 얼마나 멍청해 보일지 추측하는 건 어렵지 않았다.

"네. 그러니까 제 말은 문제 없다고요. 이 요트는 이제 아이슬란드 국적선입니다." 그는 진심으로 자신의 말이 맞기를 바랐다. 어쨌든 선박 등록 업무를 처리한 건 이번이 처음이고, 모든 서류가 포르투갈어나 프랑스어로 되어있어서 그에게는 더욱 까다로운 일이었다. 중간에 실수를 저질렀을 가능성이야 있겠지만 모든 게 제대로 처리됐을 거라고 믿는 수밖에 없었다.

"다행입니다. 그렇지 않을 경우에는 되돌려보내질 가능성도 있습니다."

"어디로 말예요?" 라라는 기겁을 하며 선장을 쳐다보았다. "포르투갈로요?"

"네. 아니면 요트가 마지막으로 등록됐던 모나코로 갈 수도 있죠. 소유권 변동 절차가 제대로 처리되지 않아서 이 배가 아이슬란드 국적선이 아닌 경우 발생할 수 있는 상황입니다."

"그렇지만…." 로푸투르가 갑자기 끼어들었다.

"그렇지만 뭐요?" 라라는 더 최악의 상황이 닥칠까 두렵다는 목소리였다. 하지만 이보다 상황이 더 악화될 수 있단 말인가?

"아뇨, 그냥 생각한 건데요." 로푸투르는 모든 시선이 자신에게 쏠린 게 부끄러운 기색이었다. 하지만 라라가 폭력을 사용해서라도 실토하게 만들고 남을 사람처럼 보였기 때문에 내키지 않더라도 그냥 말하는 쪽을 선택했다. "저 시신은 분명 우리가 출항할 때 이미 냉동고에 있었던 거잖아요. 그렇죠?"

"당연하죠." 아이에르는 뻔한 소리에 실망했다. 그러기 힘든 상황이라는 점은 알지만 풍부한 경험을 가진 선원의 통찰력에 더 많은 것을 기대했기 때문이다. "우리 중에 사라진 사람은 없잖아요."
그는 서둘러 말을 이었다. "그리고 저희가 시신을 가지고 탄 것도
아니고요." 아이에르는 식료품을 냉동고에 넣는 모습을 선장이 지
켜보았던 사실을 떠올리고는 검은 봉투를 그곳에 감춘 것이 자신
과 아내라는 혐의에서 어떻게든 벗어나야겠다고 생각했다.

로푸투르는 고개를 끄덕였다. "그 경우 시신은 배가 아이슬란드
국적기로 등록되기 전에 이미 저 안에 있었다는 얘기가 되잖아요.
그러면 상황이 달라질까요?"

선장은 입술을 가늘게 했다. "그건 알 방법이 없지. 어딘가 완전
히 다른 곳에서 배에 실렸을 수도 있으니. 아이슬란드의 사법권은
오직 국제해상에 있는 아이슬란드 선박 위에서 벌어진 범죄에만 적
용되는데, 만약 이 사건이 다른 나라의 영해에서 벌어진 거라면 나
에게는 해당 국가의 경찰에 신고할 의무가 발생하지. 이 법은 해안
에 있는 모든 국가에 적용되기 때문에 선박의 국적은 부차적인 문
제로 밀려나게 된다고." 선장은 팔을 뻗어 덮개를 닫았다. "이봐.
지금 이 문제를 여기서 더 논의해봤자 소용없어. 우리는 사건이 언
제, 어디서, 어떻게 벌어졌는지 전혀 알지 못하잖아. 심지어 정말
범죄가 발생했는지 여부도 확실치 않다고. 어쩌면 그럴 만한 사정
이 있는지도 모르지."

"그럴 만한 사정이라고요?" 라라는 이제 더 이상 실수로라도 시
신을 보게 될 위험이 없어져서인지 좀 더 대담하게 따져물었다.
"요트 냉동고에서 쓰레기봉투에 담긴 시신이 발견됐는데 대체 어떻
게 그럴 만한 사정이 있을 수 있죠?"

"물론 아닐 수도 있습니다." 선장은 저장고를 나가면서 다른 이들에게도 따라오라고 손짓을 했다. "그렇다고 해서 제가 이 요트의 책임자이고, 이 사건을 아이슬란드 당국에 인계할 거라는 사실은 변하지 않죠. 사건을 신고하고 나면 그 사람들 손에 맡겨질 겁니다."

라라는 선장에게 이의를 제기해봤자 아무것도 얻지 못한다는 사실을 깨달았다. 선장은 계속 항해하길 원했고 그건 나머지 사람들도 마찬가지였다. 사건이 포르투갈 법정으로 넘어가면 심문을 위해 모두가 소환될 테고 조사가 끝날 때까지 출국도 금지될 것이다.

"나는 가서 교신을 시도해보지." 선장이 말했다. "두 사람은 들어가서 잠이나 더 자두라고." 그는 로푸투르와 할리에게 이렇게 이르고는 아이에르에게 덧붙였다. "선생 도움은 당분간 필요하지 않을 겁니다."

아이에르는 아무런 대꾸도 하지 않았다. 자신이 다시 혼자 경계를 서겠다고 자원을 하기까지는 많은 시간이 필요할 것이다. 이 요트는 무언가 한참 잘못되어 있었다.

침대에 누웠지만 아이에르와 라라는 천정만 멀뚱히 쳐다볼 뿐 잠을 잘 수 없었다. 두 사람은 객실로 내려온 이후 시신에 대해서는 입도 뻥끗하지 않았다. 그저 아무 일도 없었다는 듯 양치를 하고 잘 준비를 했다. 둘은 사소한 이야기만 주고받았다. 그런 식의 대화는 아이에르에게 마치 형편없는 연극에서 연기라도 하듯 찜찜함만 남겼다.

"난 시신이 누구인지 알아." 라라가 몸을 남편 쪽으로 돌리지도 않고 말했다.

"그래?" 아이에르 역시 꼼짝 않고 누워있었다. "누군데?"

"카리타스야. 덮개가 닫히기 직전에 그 냄새를 맡았거든."

"왠지 나는 시신에서 산 사람이랑 같은 냄새가 날 리 없다는 생각이 드네. 당신 정신이 농간을 부리는 거야."

"그건 시신이 부패하는 냄새가 아니라 향수 냄새였다고. 화장대 서랍에 있던 향수 말이야. 그거랑 같은 냄새가 났어."

"물론 수백만 명의 여자들이 그 향수를 쓰고 있겠지?"

"아니, 그건 굉장히 값비싼 브랜드야. 내가 지금까지 어떤 가게에서도 본 적이 없는 향수였어. 그래서 내가 일부러 냄새를 맡아본 거라니까. 한 번도 맡아보지 못한 거라 궁금했거든."

"그야, 그런 향수는 우리가 절대 갈 일 없는 해외 명품 백화점 같은 데서만 파니까 그렇지. 상류층 아줌마들 사이에서 인기 있는 제품인지 우리가 알게 뭐야. 아마 그 시신은 지난 몇 년 동안 이 요트에 손님으로 초대된 수백 명 여자들 중 하나일 거야." 아이에르는 눈을 감았다. "그렇더라도 그 시신은 거기 숨겨진 지 그리 오래되진 않았을 거야. 만약 전 소유주가 그걸 냉동고에 숨겼더라면 십중팔구 이미 바다에 던져버렸겠지. 다시 말하면 냉동고에 보관된 게 비교적 최근 일이라는 거야." 아이에르는 다시 눈을 크게 떴다. 눈을 감을 때마다 핏기 없는 그 손의 이미지가 아른거렸기 때문이다. "아니면 요트가 압류되기 직전이었을 수도 있고." 잠시 깊은 생각에 잠긴 듯 말이 없더니 그가 다시 입을 열었다. "요트가 항구에 정박한 사이에 숨겨졌을 수도 있어. 봉쇄 테이프가 뜯겨나갔다고 했잖아, 기억나? 아마 누군가 시신을 배에 몰래 숨겨 들여왔을 거야.

열쇠를 가진 누군가겠지. 침입의 흔적은 없었다고 했으니까. 그렇다면 용의자는 몇 명으로 압축될 거야. 전 소유주였던 그 부부를 포함해서 말이야."

"카리타스는 아니야. 그 여잔 지금 냉동고에 누워있으니까."

"그걸 어떻게 확신해. 아무리 향수 냄새가 났다고 해도 그렇지."

"단지 그것 때문만은 아니야. 선장이 나무 숟가락으로 냉동고 안을 뒤져볼 때 잠깐이지만 틀림없이 빨간 게 반짝이는 걸 봤어. 향수 냄새를 맡기 전까지는 몰랐는데, 분명히 그 목걸이였어. 그림에 나온 그 빨간 보석목걸이."

아이에르는 두 손 두 발 다 들었다. 이 세상에 빨간색 물건이 카리타스의 목걸이만 있는 게 아니라는 사실을 굳이 지적해서 아내와 언쟁하고 싶지 않았다. 그런다고 달라질 것도 없었다. 시신의 정체가 카리타스든 신원을 알 수 없는 다른 여자든, 예상치 못한 죽음을 맞고 얼음처럼 차가운 냉동고에 묻힐 운명이었던 것은 매한가지였으므로.

13장

아침식사는 이상한 맛이었다. 어쩌면 분위기 때문이었는지 모른다. 누구도 아이들 앞에서 간밤의 사건에 대해 언급하지 않았지만 쌍둥이는 어른들 사이에 맴도는 긴장을 감지한 듯했다. 차례대로 시리얼을 각자 그릇에 붓기만 할 뿐, 아무런 잡담이나 질문도 하지 않았다. 쌍둥이는 이따금 시리얼을 한 숟가락 떠서 입에 넣고는 평소와 달리 한참이나 오물거렸다. 폭우가 창문을 세차게 두드리고 배는 격렬한 날씨에 요동을 쳤다. 때문에 묶여있지 않은 물건들은 모두 테이블에 고정시켜야 했다.

"저한테 뱃멀미 약이 더 있으니 필요하면 가져가세요." 선장의 관심은 반쯤 먹다 만 토스트 조각에 쏠려있었다. 지친 모습이었다. 눈 아래 다크서클은 컨디션이 좋지 않음을 암시했지만 그의 목소리에서는 누구도 그런 기색을 찾아볼 수 없었다.

"당연히 선장님께 도움을 구해야죠." 아이에르는 선장이 말을 꺼내기 전까지는 아무런 불편함을 느끼지 못했다. 그러다 뱃멀미라는 단어를 듣자마자 뱃속에서 불안한 동요가 일기 시작했다. 만약 배가 하루 종일 이렇게 내동댕이쳐진다면 모르긴 몰라도 가족 모두가 침대로 퇴각하고 말 것이다.

"메스꺼울 때까지 기다리지 말고 지금 드시오. 미리 먹는다고 손해볼 건 없으니." 선장은 토스트를 들었다가 다시 접시에 내려놓았다. 그는 요동치는 배 안에서 미동도 않는 무거운 머그컵에 담긴 커피를 꿀꺽 삼켰다. "나중에 컨테이너랑 맞장떠야 하는 상황이 되면 선생도 거드는 게 나을 거요. 날씨가 이렇게 안 좋을 때는 세 명은 필요한데, 로푸투르는 좀 자둬야 합니다. 통신시스템을 작동시키려고 우리 셋이서 밤새 씨름했거든요."

라라의 눈이 휘둥그레졌다. 안 그래도 그날 아침 라라는 남편에게 이런 날씨에는 아무도 갑판에 나가서는 안 된다고 일러둔 상태였다. 까딱 잘못하다가는 배 밖으로 휩쓸려나가기 십상이었다. 아이에르는 아내를 안심시키기 위해 그녀의 허벅지를 꽉 붙들었다. "선장님도 좀 쉬셔야 하잖아요. 밤새 경계를 서신 거 아닌가요? 저는 좀 기다렸다가 컨테이너를 둘러봐도 괜찮지만요."

"저도 괜찮습니다." 할리는 이 중에서 유일하게 식욕을 잃지 않은 사람이었다. 그는 토스트를 한 조각 집더니 딱딱하고 차가운 버터를 어렵사리 빵에 바르기 시작했다. "제가 그 동안 측면을 살피면서 할 일을 생각해볼게요. 서두를 거 없잖아요. 지금 당장 컨테이너를 떼어놓는다고 해도 바다가 이렇게 사나워서야 어디로 가지도 못한다고요. 완속 상태를 좀 더 유지해도 되잖아요. 서두른다고 달라질 것두 전처 없고요."

"그럴지도 모르지. 하지만 난 이 골칫덩어리를 최대한 빨리 처리하고 싶네. 시간만 보내는 건 아무 소용도 없어. 육지에서 오는 전파를 받을 수가 없으니 일기예보를 들을 수도 없단 말이지. 네비텍스가 폭풍경보를 예고했지만, 이게 얼마나 지속될지 알 수 없다고. 며칠이나 계속될 수도 있어. 출항 이후 예보가 달라졌는데 이게 어떻게 변할지도 전혀 알 수 없고." 선장은 또다시 커피를 들이켰다. "방수복은 창고에 있어. 따로 준비해온 게 아니라면 말이지."

아이에르와 할리 둘 중 누구도 선견지명이 없었다. 아이에르는 항해 자체를 예상치 못했고, 할리는 필요한 장비 모두 요트에서 지급받을 것이라고 짐작했을 것이다. 다른 사람이 입었던 냄새나는 방수복을 입어야 한다는 생각 때문에 두 사람은 갑판에 나가는 일에 흥미를 잃었다. 특히 아이에르의 입맛은 완전히 사라졌다.

"이런 날씨에 밖에 나가는 건 미친 짓이에요." 라라는 자신의 허벅지를 잡고 있던 남편의 손을 밀어냈다. "재앙이 될 거라고요." 은연중에 라라의 시선이 저장고 문에 가닿았다. 저장고의 문은 이제 자물쇠로 잠겼다. 아이들이 우연히 저장고에 들어갔다가 냉동고를 들여다보게 되는 사고를 미연에 방지하기 위해 선장이 밤 사이에 잠가놓았을 것이다. 아니면 어른들 중 누구도 증거에 함부로 손대지 못하게끔 취한 조치였을 수도 있다. "그냥 속도를 높여 표류물을 두고 이곳을 떠나버리면 왜 안 되는 건가요?"

선장의 표정에는 변화가 없었다. 그저 냉정하고 지친 두 눈으로 라라를 바라볼 뿐이었다. "왜냐면 그건 위험하기 때문이에요. 표류물이 프로펠러에 끼거나 선체를 망가뜨릴 수가 있어요. 그런 일을 겪고 싶지는 않으실 겁니다. 그게 아직까지 떠내려 가지 않았다는 건 어딘가에 걸려서, 아마도 요트 어딘가에 매달려 있다는 뜻이겠죠. 바로 그것 때문에 걱정이 됩니다. 이런 문제에 있어 저의 판단력을 의심하실 이유는 전혀 없습니다." 선장은 자신의 말이 가혹하게 들렸다는 걸 깨달았는지 분위기를 완화시켜 보려고 했다. "저희가 갑판에 나간다고 해서 걱정하실 필요는 없습니다. 이게 조금이라도 위험하다고 생각했으면 애초에 남편 분을 데리고 갈 생각도 안 했을 겁니다."

"한번은 어떤 남자가 배 밖으로 쓸려나가는 걸 본 적 있어요. 운도 없게시리. 큰 파도가 몰아쳐 와서는… 휙, 하고 사라져버렸죠." 할리는 입 안에 음식을 가득 물고 말했다. 그는 벌써 두 접시를 비운 뒤였다. "하지만 그때는 폭풍이 지금보다 훨씬 더 심했어요."

라라는 할리를 향해 눈을 가늘게 떴다. "세상에! 그래서 그 사람은 어떻게 됐어요?"

할리는 어깨를 으쓱했다. "모르죠. 다시는 못 봤거든요."

쌍둥이가 입을 떡 벌렸다. "죽었어요?" 아르나가 물었다.

"아니야, 그 아저씨 안 죽었어." 아이에르는 할리가 아이들을 더 겁먹게 하기 전에 잽싸게 끼어들었다. "그 아저씨는 지나가던 다른 배에서 내려준 구명정을 타고 구조됐어." 쌍둥이는 아빠가 급조해낸 해피엔딩을 그대로 받아들이는 듯했다. 실제로 아이들은 그 나이에 어울리는 결말을 믿는 경향이 있었다. "자, 얼른 아침밥 다 먹어야지. 빈속에 뱃멀미 약 먹는 건 안 좋아요." 아이에르는 자신의 해피엔딩에 빈빅하지 못하도록 할리를 향해 눈을 부라렸다. 할리는

237

땅속으로 숨어들고 싶기라도 하듯 몹시 당황한 기색이었다. 붉어진 안색은 염색한 머리칼의 뿌리 부분에서조차 선연하게 드러났다.

아이에르는 할리의 불편한 감정은 무시한 채 딸들에게 집중했다. "잔에 있는 우유를 약 먹을 정도만 남겨두고 다 마셔야 한다."

"우웩!" 빌쟈가 얼굴을 찡그리며 말했다. "그 약 구역질 나. 또 먹기 싫은데."

아이에르는 자연스럽게 주제가 전환되어 다행스러운 나머지 굳이 알약이 아무 맛도 나지 않는다는 걸 가르쳐주지 않았다. "얼른 다 먹어야지." 배 밖으로 쓸려나간 불행한 남자의 이야기는 저장고 안 냉동고에 무엇이 들어있는지 상기시키는 불편한 화제였다. 허공을 향해 구부려진 하얀 손가락의 이미지가 아이에르의 뇌리에서 사라지지 않았다. 어찌된 영문인지 시신 전체를 보지 않은 게 상상력을 더 자극한 셈이다. 그는 등받이에 몸을 기대고 마지막 토스트 조각을 입에 넣었다. 그가 모범을 보였더라면 아이들을 먹이는 게 더 쉬웠겠지만 빵은 처음 베어물었을 때와 마찬가지로 맛없고 바싹 말라있었으며 버터는 고무 같은 맛이 났다. 어쩌면 그는 이번 여행 내내 무엇을 먹어도 한결같이 맛이 없다고 느낄 운명인지 모른다. 입에 댈 수 없는 음식과 남이 입던 방수복의 조화라니. 호화 요트가 다 무슨 소용이란 말인가.

"어제 통신해보셨어요?" 아이에르는 사정없이 충돌하는 파도와 강풍, 폭우 속에서 대화를 하기 위해 목소리를 높여야만 했다. 그의 희망과는 반대로 갑판 위의 상황은 매우 안 좋았다. 어둠 속에서 유일하게 빛을 내는 건 방수복뿐이었다. 알고 보니 방수복은 사용한 적 없는 새것이었다. 그와 할리는 장비를 골라야 했는데, 모든 장비는 사실상 사람 손이 닿은 적도 없는 상태였다. 요트가 주로 온화한 기후의 바다에서 순항하는 데만 이용되었기 때문이리라. "우리가 어떤 조치를 취해야 하는지 구체적인 지침은 받으셨어요?" 강풍에 맞서 대화를 이어가는 게 어렵기는 했지만 지금이 유일한 기회였다. 아이에르가 논의하고 싶었던 문제들은 아이들이 듣기에 적절치 않거니와 가급적 라라도 엮이지 않게 하고 싶었다. 그녀는 예기치 못한 상황 전개에 커다란 충격을 받은 상태였다.

"아이슬란드 해안경비대와는 연락을 못 했습니다." 선장이 대답했다. "하지만 VHF를 통해서 영국 선박과는 교신을 했어요. 잡음 때문에 소리를 제대로 듣지는 못했소만 그쪽에서 우리 메시지를 받고 아이슬란드 당국에 전달했을 거라고 확신합니다. 운이 좋아서 원거리 통신기가 고쳐지면 내가 직접 당국에 전화도 걸고 메시지도 재전달할 겁니다. 그렇지만 이것과는 별개로 어제 말씀드렸다시피 진로는 그대로 유지합니다." 선장은 이제 더 이상 유령처럼 보이지 않았다. 맹렬한 폭풍 덕분에 오히려 기운을 되찾은 듯했다. 뺨에는 홍조가 돌고 두 눈은 초롱초롱 빛났다. 푹 쉬어서 원기 왕성하게 보이는 할리 역시 자연의 불가항력과 전투를 벌이고 싶어 못 견디겠다는 얼굴이었다. 두 선원과 아이에르의 격차는 그 어느 때보다 극심해보였다. 선장과 할리가 힘든 육체노동과 위험한 상황을 즐기는 데 반해 아이에르는 안전한 실내환경에서 일하는 걸 선호하는 사람이었다.

"영국 선박에 컨테이너가 요트 아래 끼어있다는 이야기는 안 하셨어요?" 파도가 치면서 물보라가 아이에르의 얼굴 전체에 튀었다. 오늘 아침 면도한 볼 위로 소금기가 튀어 따끔거렸다. 부상당한 선원을 대신하겠다고 자원한 것은 지금껏 그가 내린 결정 중에서 의심의 여지없이 가장 심각한 오판이었다. 그는 곧 집으로 돌아간다는 생각에 집중하면서 겨우 이런 생각을 떨쳐냈다. 어떻게든 버티기만 하면 아이슬란드에 도착할 것이고, 지금까지와는 다른, 더 멋진 삶이 그들을 기다릴 것이다.

"안 했습니다. 시신 이야기를 전달하는 게 더 중요하잖소. 여러 메시지를 전달해서 그들을 헷갈리게 하는 위험부담을 지고 싶지 않았소. 게다가 그 얘기를 한들 그쪽에서 뭘 해줄 수 있겠습니까? 선생네 위원회에서 구조비용을 낼 준비는 되어있답니까?"

"아마도 아니겠죠." 아이에르는 선장이 건네주는, 끄트머리에 고리가 달린 긴 막대기를 받아들었다. 축축한 나무막대기가 그의 손안에서 미끈거렸다. "어쨌든 선장님이 보시기엔 그 영국인들이 메시지를 이해하고 시신이 발견됐다는 사실을 신고할 거라는 말씀이시죠?"

"그러길 바라야죠. 하지만 확신할 수는 없소. 일단 기다리면서 상황을 지켜보는 수밖에. 차라리 일찌감치 상황이 밝혀졌으면 하는 바람입니다. 그 문제는 아마도 원거리 통신기나 VHF 수리 여부에 따라 판가름나겠죠. 그렇게 되면 적어도 다른 선박들과 교신이 가능해질 겁니다. 다행히 네비게이션은 영향을 받지 않은 모양이더군요. 다시 말해서 이번 고장은 전기 결함 때문이 아니라는 거요.

솔직히 말해서 도대체 뭐가 잘못된 건지 모르겠소."

"제가 한번 살펴볼까요?" 선장이 장비 여러 개를 꺼내는 동안 할리는 흰색 장비함의 뚜껑을 잡고 있었다. 요트를 뒤흔드는 폭풍 속에서 그는 뚜껑을 꽉 붙드느라 애를 먹었다. "저도 전기에 대해선 좀 알아요. 예전에 전기기술자가 되려고 교육도 받을까 했어요."

"그거 잘됐네. 그런데 말이야, 로푸투르도 통신기에 대해선 좀 아는 거 같더니만 쩔쩔매더군." 선장은 몸을 펴고 바로 서더니 꺼내놓은 장비들이 굴러가지 않게 한 발로 고정시켰다. "어쩌면 그냥 우연일지도 모르지. 폭풍이 우릴 엿 먹이려고 하는 건지도." 선장은 아이에르에게 준 것과 비슷한 막대 두 개를 할리에게 건네고 자신도 두 개를 챙겼다. "이 정도로 충분해야 할 텐데." 그는 바닥에 있던 줄 뭉치를 집어들더니 두 사람에게 나눠주었다. "이 줄을 몸에 고정시켜요. 선생이 배 밖으로 쓸려가기라도 하면 선생 아내가 날 잡아먹으려고 할 거요. 그리고 할리 자네한테도 무슨 일이 생기면 엄청 골치 아플 거라고."

아이에르는 막대를 내려놓고 뭉쳐진 줄을 풀었다. 알고 보니 줄 뭉치는 요트의 안전선에 고정시킬 벨트였다. 그는 할리가 하는 걸 지켜보면서 어설픈 몸부림을 친 끝에 간신히 벨트를 몸에 채울 수 있었다. 장비함에 여분의 벨트가 남아있었지만 선장은 정작 자신의 몸에는 벨트를 채울 생각이 없어보였다. 아마도 그건 체면을 떨어뜨리는 일이었을 것이다. 약간 불편하기는 했지만 벨트를 차고 나니 아이에르의 마음이 한결 편했다. 이제 벨트를 안전선에 고정하면 훨씬 더 마음이 놓일 것 같았다. 갑자기 용기가 솟아나면서 더 이상 앞으로 닥칠 일이 두렵지 않았다. "좋았어." 막대기까지 집어들자 자신의 손에 쥐어진 이 강력한 도구의 중량감에 모험정신이 용솟음쳤다. 어쩌면 자신은 잘못된 직업을 선택한 것인지도 모른다. 대출과 신용에 관한 지식보다는 육체적 지구력과 남성성을 시험할 수 있는 직업을 선택하는 게 나았을지 모른다. 이런 상상에 빠져있는 동안 돌풍이 그를 옆으로 밀쳤고 덕분에 그는 바로 현실로 돌아올 수 있었다. 강풍에 넘어지지 않으려고 버둥거리다가 팔꿈치를 심하게 부딪혔다. 통증에 척골신경이 쩌렁쩌렁 울렸다. 갑판은 빗물과 바닷물로 흥건했다. 난간까지 걸어가는 건 위험천만한 데다 방수복은 돛처럼 몸을 움직일 수 없게 했다. 그는 균형을 잃지 않기 위해 한 발 한 발 조심스럽게 난간 쪽으로 내디뎠다. 바람은 그를 넘어뜨릴 것처럼 불어대면서도 어느 방향으로 쓰러뜨릴지 아직 결정 못 했다는 듯 사방에서 몰아쳤다.

"이걸 벨트 고리에 채워요." 선장은 아이에르에게 안전선 끝에 매달린 갈고리를 건네고는 난간에 튀어나온 강철 링에 안전선 반대편 끝을 고정시켰다. 그리고 아이에르의 벨트에서 늘어져나온 안전선을 꽉 붙들더니 홱 잡아당겼다. 하지만 할리에게는 아이에르와 같은 대우를 해주지 않았다. "준비됐어요?"

할리와 아이에르는 고개를 끄덕였다. 마침내 아이에르의 직관이 내내 거부해온 이해불가한 작전에 돌입한 것이다. 그들의 목표는 컨테이너를 요트에서 밀어내는 동시에, 요트가 다시 움직이기 시작했을 때 프로펠러나 방향키를 망가뜨릴 수 있는 뭔가가 수면 아래도사리고 있지 않은지 확인하는 것이었다. 그러나 세 사람이 막대기로 온갖 용을 쓰고 난간 아래로 있는 힘껏 몸을 구부려보아도 소용이 없었다. 녹슬고 미끈거리는 컨테이너는 꿈쩍도 하지 않았다. 세 남자가 몇 번이나 협공을 펼쳐도 결과는 똑같았다. 컨테이너는 삿갓조개마냥 요트 측면에 딱 달라붙어 있었다. 눈에 보이는 유일한 변화는 여러 개의 종이박스가 수면으로 올라와 요트 옆에서 둥둥 떠다니기 시작했다는 것뿐이었다.

"이 망할 게 열린 모양이군." 선장은 막대기를 거둬들였다. "이런 염병할."

"안 좋은 건가요?" 아이에르 역시 막대기를 잡아당기며 팔을 쉬게 할 기회가 생긴 것에 내심 기뻐했다.

"그럴 가능성이 있죠." 선장은 이마를 닦아 땀이 눈으로 흘러내리는 것을 막았다. "박스의 내용물과 컨테이너의 문이 열린 방향에 따라 달라질 겁니다."

"아, 이 쓰레기덩이가 정말 어디에 들러붙은 걸까요?" 할리는 입 안 가득 물고 있던 짜디짠 침을 내뱉었고 강풍 때문에 침은 그의 얼굴에 도로 달라붙을 뻔했다. "이거 시발, 너무 이상한데요."

선장은 다시 이마를 닦았다. "저 아래서 뭐가 잘못된 건지 도통 모르겠네. 아무리 봐도 용골에는 걸려서 찢어질 만한 게 전혀 없는데. 구멍이 난 게 아니라면 말이야. 어제 아랫부분 체크한 거 맞지?" 선장은 할리를 향해 물었다.

"아무 이상 없었어요. 적어도 제가 확인했을 때는요. 그 이후 선체에 구멍이 났을 거 같지도 않고요. 그랬으면 알아차렸겠죠. 우라질 컨테이너가 너무 무거워서 이 위에서는 제길 제대로 붙들 수가 없어요. 아, 시발! 아무것도 안 보인다고요." 할리는 요트의 측면으로 몸을 수그리더니 막대기로 컨테이너를 다시 찔러보았다. "여기 마무리하고 나면 아래층에 가서 다시 확인해볼게요."

"컨테이너가 하나뿐인 거 확실한가요?" 아이에르는 표류물이 한 개 이상일지 모른다는 생각을 하며 들썩이는 바다를 둘러보았다. "그리고 컨테이너를 실었던 배는 어디 있는 걸까요? 컨테이너를 빠뜨렸으면 건져내거나 아니면 아예 가라앉도록 하는 게 그 사람들 의무 아니에요?"

선장과 할리는 비웃는 듯한 시선을 주고받았다. "그게 그렇지 않소." 선장은 아이에르의 어깨를 툭 쳤다. "하지만 그렇게 멍청한 질문은 아니네요. 네비텍스 상에는 표류물이 하나라고 나왔어요. 바다에 빠진 컨테이너가 더 있었다면 추가로 경고음이 울렸을 겁니다. 그러니까 그건 걱정하지 마시고, 어떻게 하면 선체를 훼손하지 않고 이 망할 것을 떨구어낼지나 고민해봅시다."

"그냥 운에 맡겨보면 어떨까요? 다시 배를 움직이면서 어떻게 되는지 보는 거죠." 아이에르는 선장의 입에서 그가 가장 두려워하는 말이 나오는 걸 어떻게든 막아보고 싶었다. 표류물을 더 자세히 볼 수 있게끔 구명정을 띄워보자는 얘기 말이다. 엉성한 고무보트 위에서 사나운 바다에 맞서는 것에 비하면 갑판 위는 벽에 완충물을 댄 방처럼 아늑하게 느껴졌다. 그는 불현듯 뱃멀미 약이 목구멍에 딱 들러붙은 채 위장으로 내려가지 않고 있다는 걸 알아챘다.

선장은 말없이 고개만 내저었다. 할리는 선장 옆에 서서 망설이다가 그가 마음을 바꾸지 않을 듯하자 입을 열었다. "제 생각에는 여기서 할 수 있는 건 다 한 거 같은데요. 날씨도 전혀 달라질 거 같지 않고요." 그는 막대기로 난간을 가볍게 두드렸다. "어차피 여기서는 할 수 있는 것도 없는데 안으로 들어가는 게 어때요? 제가 엔진실이랑 아래 갑판 확인해볼게요. 만약 거기에도 이상이 없으면 다시 움직여보는 것도 아주 정신 나간 생각은 아닌 거 같은데요."

아이에르는 바람을 맞고 서있어서 두 남자의 얼굴을 제대로 보기 힘들었다. 해풍은 갈수록 거칠어지고 그의 얼굴을 휘갈기는 비는 빗방울과 우박의 중간쯤 되었다. 그는 바람이 불어오는 반대 방향으로 몸을 돌리다가 쌍둥이 중 하나가 둥근 창을 통해 자신을 지켜보는 것을 발견했다. 유리창이 물방울로 뒤덮여서 정확히 누구인지 알 수 없었다. 아르나이거나 아니면 안경을 쓰지 않은 빌샤일 수도 있었다. 어딘가 달라보이는 작은 얼굴은 아이의 얼굴 치고 무척이나 실의에 빠진 표정이었다. 어쩌면 유리창을 타고 흘러내리는 빗줄기 때문에 생기는 뒤틀림일지도 몰랐다. 그는 자신이 갑판 위에서 일을 하는 게 딸을 우울하게 만드는 원인이 아니길 바랐다. 그의 마음은 점점 무거워졌고 지금껏 그를 부채질하던 허세도 완전히 사라졌다. "저는 안으로 들어가는 데 대찬성입니다." 아이에르의 어조는 불안감이나 절실함을 조금도 드러내지 않은 채 그저 사실관계만을 서술할 뿐이었다. 거센 바람이 그의 머리를 덮었던 모자를 벗겨내자 빗물이 목을 타고 내리면서 등줄기에 서늘한 강을 만들었다. 서늘함은 이내 냉동고 속 가느다란 손을 뇌리에 떠오르게 했고 갑자기 더 이상은 못 참겠다는 생각이 솟구쳤다. "너무 피곤해서 끔찍도 못하겠어요."

그의 말에 선장은 화들짝 놀란 듯했지만 어쩌면 이쯤에서 마무리하기로 진작 마음먹었을 수도 있었다. 그들은 링에 고정했던 안전선을 빼고 장비와 막대기를 장비함에 넣었다. 너무 지친 탓에 바람소리보다 더 높게 소리칠 힘조차 없었으리라. 셋 중 그 누구도 말을 하지 않았다. 방수복이 보관되어있던 창고로 들어가면서 할리가 가장 먼저 침묵을 깼다. 거센 폭풍에 시달린 직후여서인지 창고 안은 교회 내부처럼 고요했다. "어떻게 된 게 내 방수복은 안쪽이 더 축축해." 청바지에 딱 달라붙은 방수복을 벗어내느라 그는 한바탕 씨름을 했다. "에이 시발, 이걸 왜 입었는지 모르겠어."

"이거 완전 쓰레기군. 이래 가지고 무슨 쓸모가 있겠어." 선장은 방수복 윗도리에서 물기를 대충 털어낸 다음 벽에 걸었다. "이걸 입었으면 훨씬 나았을 텐데." 그는 못에 걸린 잠수복의 바지 부분을 쓱 잡아당기며 말했다. 그 아래 산소통과 잠수마스크, 부력조절기가 놓여있었다. "그랬으면 안전선도 필요없었을 거야."

"됐습니다." 할리는 얼굴을 찡그렸다. "누가 뭐래도 저는 절대 잠수는 안 할 거예요. 물속에서 어떻게 숨을 쉬어요."

"나도 마찬가지야." 선장의 목소리는 아침식사 때처럼 지치고 잠겨있었다. "그게 뭐 그리 재밌는지 모르겠단 말이야."

수건으로 소매의 젖은 부분을 문지르던 아이에르가 행동을 멈췄다. 마침내 자신이 두 선원보다 용감하다는 걸 증명할 수 있는 기회가 눈앞에 나타난 것이다. "저는 잠수할 줄 알아요. 자격증도 땄거든요." 그는 자격증이 초보자들을 위한 것이며, 마스크에 찬 물을 빼내는 방법을 배웠다는 것 외에 아무것도 증명하지 못한다는 사실을 생략해버렸다.

"잠수할 줄 안다고요?" 선장은 아이에르로서는 전혀 마음에 들지 않는 표정으로 그를 쳐다보았다. 자신이 내뱉은 말에 보다 깊은 뜻을 부여하기라도 하는 표정이었다. 할리 또한 그 자리에 선 채 아이에르를 빤히 쳐다보다가 선장과 눈을 마주쳤다.

"아, 네." 아이에르는 주춤했다. 선원들이 그의 말을 믿지 않는 걸까? 그들이 보기에 아이에르가 너무 한심해서, 좋은 인상을 남기기 위해서라면 그런 거짓말도 지어낼 수 있는 사람이라고 생각하는 걸까? "몇 년 전에 외국에서 휴가 중일 때 강습을 들었거든요."

"그럼 다시 한 번 시도할 때도 되지 않았소?" 선장이 산소통을 발가락으로 툭 건드렸지만 산소통은 꿈쩍도 하지 않았다. "갑판 위에서 백날 들여다봤자 아무 소득도 없지만 잠수사가 있으면 누워서 떡먹기죠. 어때요? 몇 분밖에 안 걸릴 겁니다."

또다시 아이에르는 알약이 건조한 목구멍에서 화끈거리는 걸 느꼈다. 자신은 대체 얼마나 멍청한 인간인가. 성난 잿빛 바다에 뛰어들고 싶은 마음이 추호도 없었다. 뿐만 아니라 지금 요트가 떠있는 바다와 그가 잠수를 배웠던 따뜻한 에메랄드빛 바다는 비슷한 구석이라곤 손톱만치도 없었다. 이 바다 아래에서라면 그는 냉동고에 누워있는 시신의 포옹만큼이나 소름끼치게 차가운 물의 품에 안기게 될 것이다. 그는 침을 꿀꺽 삼켰고 알약은 목구멍 안쪽으로 극미하게 움직였다. 그는 어느 새 동네 아이들의 존경을 사기 위해 두 차고 사이를 건너뛸 수 있노라며 거짓말을 하던 어린시절로 돌아가 있었다. 아이들은 그의 말을 있는 그대로 받아들였다. 아이에르는 이웃집 차고로 기어올라가 10미터쯤 떨어진 옆집 차고로 건너 뛰려고 했다. 그는 아이들에게 이미 여러 번 건너뛰어 봤다고 허풍을 쳤지만 마음속으로는 절대 그럴 수 없다는 사실을 잘 알고 있었다. 그 이후 그는 부러진 다리 때문에 남은 여름을 집에 처박혀 보내야 했다. 그런 일을 겪고도 배운 게 없단 말인가?

할리와 선장이 아이에르를 바다로 내려보내는 사이, 그의 생각은 또다시 그해 여름으로 되돌아갔다. 만약 최악의 상황이 발생한다면 다리가 부러지는 것과는 비교도 되지 않을 것이다. 유일한 위안거리는 자신이 요트의 난간과 연결되어 있어서 비상상황에는 배위로 끌어올려질 수 있다는 사실이었다. 그는 공포심을 제어하는 데 도움이 될지도 모른다는 기대로 스스로에게 이 점을 반복해서 되뇌었다. 오래 전 차고 위에서 뛰어내릴 때에는 안전선도 없지 않았는가. 하지만 이러한 생각도 몸이 무자비한 바다에 닿는 순간 증발해버리고 추위가 그를 단단히 옥죄기 시작했다. 몸이 완전히 물에 잠겼을 때에도 상황은 나아지지 않았다. 그의 치아는 통제가 안될 정도로 딱딱거리며 부딪쳐서, 나가고 싶다고 온 힘을 다해 소리칠 수조차 없었다. 이제 그는 바닷속에 들어와 있었고 주어진 임무를 완수해야만 했다. 5분이면 끝날 거라고 스스로를 위로했지만, 사실이 아니라는 걸 너무 잘 알았다. 압력계를 확인해보니 산소통에는 여전히 충분한 산소가 남아있었지만 이제 막 잠수를 시작했으니 하등 놀라울 게 없는 일이었다. 어째서 산소통은 비어있지 않았던 것일까? 그랬더라면 누구도 그가 잠수를 할 거라고 기대하지 않았을 텐데.

아이에르는 부력조절기, 그러니까 BCD_{Buoyancy Compensator Device}에서 공기를 조금 방출한 뒤 아래로 가라앉기 시작했다. 머리 위로 수면의 빛이 완전히 차단되자 널빤지로 머리를 한 대 얻어맞는 기분이 들었다. 바닷속 추위가 주는 공포란 그런 것이다. 주위가 고요해지자 그는 자신이 숨을 참고 있다는 사실을 깨닫고 잠시 동안 호흡에 집중하기로 했다. 들이마시고 내쉬고, 들이마시고 내쉬고. 호흡은 곧 자연스러워졌고 그는 안도했다. 하지만 머리 바로 위에서 혼탁한 잿빛 파도가 몰아치는 지금, 그가 할 수 있는 거라고는 공황상태에 빠지지 않도록 정신을 똑바로 차리는 것이 전부였다. 그는 눈을 감은 다음 호흡기로 인해 실제보다 훨씬 더 크게 들리는 자신의 숨소리에 기대 스스로를 진정시키려고 했다. 마음이 다소 진정되자 그는 임무에 착수하기로 마음을 먹었다. 그러나 몸을 움직이는 바로 그 순간, 머릿속 가장 원초적인 부위에서 경고음이 울리기 시작했다.

끝이 안 좋을 거야.
끝이 안 좋을 거야.
끝이 안 좋을 수밖에 없어.
그리고 그는 두 눈을 떴다.

14장

"나는 눈이 여덟 개였으면 좋겠어요." 왜 하필 그 숫자를 선택했는지 오리는 설명하지 않았다. 아마 자기가 아는 숫자 중에서 가장 큰 수였을 것이다.

"우리 아가는 눈 여덟 개로 뭘 하고 싶은데요?" 토라는 유치원 앞 주차장에서 유일하게 비어있는 공간에 차를 댔다. "두 개면 충분하지 않을까?"

"나는 아주아주 많은 걸 보고 싶어요." 오리는 생각에 잠긴 표정으로 창밖을 내다보았다. 바깥풍경에는 네 살짜리 아이가 관심을 가질 만한 요소가 전혀 없었다. 설령 지금보다 눈이 네 배 많아진다고 해도 그 사실은 달라지지 않을 것이다. 가느다란 포플러 나무 몇 그루가 전부였는데, 그나마 아직 싹이 트지 않은 상태였다.

"할머니 생각에는 오리한테 눈이 여덟 개 있다고 해도 두 개일 때보다 더 많은 걸 볼 수 있을지 잘 모르겠네." 토라는 차에서 내려 손자가 앉아있는 좌석의 문을 열어주었다. "그리고 분명히 눈을 여넓 개나 감아야 하면 밤에 잠자기 훨씬 힘들어질 거야."

"그래도 눈이 여덟 개 있으면 좋겠어요."

토라는 손자의 안전벨트를 푼 다음 아이가 차에서 내릴 수 있도록 옆으로 비켜섰다. "우리 애기한테는 그럴 만한 자리가 없는데. 얼굴이 너무 작잖아."

"거미도 작은데 눈이 여덟 개 있어요."

그래서 그런 거였군. "거미는 다리가 여덟 개지 눈이 여덟 개가 아니에요." 바람이 포플러 나무를 흔들자 지난 여름에 남겨진 마른 이파리 몇 개가 달가락거렸다. 아이의 손을 잡고 유치원 입구로 걸어가면서 토라는 수십 명의 학부모가 훌쩍이는 아이들에게서 방한 점퍼를 벗겨내는 소리와 건물 안에서 놀고 있는 아이들의 목소리가 뒤섞여 점점 더 커지는 소음과 맞닥뜨렸다. 유치원 문을 열고 들어간 토라는 손자를 따라 두 손으로 귀를 틀어막았다. 그녀는 오리를 향해 몸을 굽히고 한 손을 귀에서 뗀 다음 속삭였다. "귀가 여덟 개가 아니라 다행이네, 우리 아기. 안 그랬으면 손도 여덟 개 필요할 뻔했잖아."

토라는 운전석으로 돌아와 차 문을 닫은 뒤 익숙한 죄책감에 또다시 사로잡혔다. 아이가 가족 아닌 사람의 손에 맡겨져도 정말 괜찮은 걸까? 유치원 교사들의 상냥함을 의심해서가 아니다. 토라가 걱정하는 것은 지나치게 많은 아이들 숫자였다. 집에서는 다섯 명이 오리를 돌봐주지만 유치원에서 그 비율은 거의 정반대로 뒤집어진다. 하지만 그건 토라가 어찌 할 수 없는 문제였다. 오히려 토라는 다른 할머니들보다 훨씬 더 많은 시간을 손자와 보낼 수 있는 것에 감사해야 했다. 적어도 지금은 그래야 했다. 길피는 아직도 석유시추선 일자리에 대한 생각에 사로잡혀 있고 이제는 그 집착이 다른 사람들에게까지 전염되는 중이었다. 오늘 아침에만 해도 솔리는 노르웨이에서 여름 단기 아르바이트를 하면 돈을 더 많이 벌 수 있는지 제 오빠에게 물었다. 매튜가 처음부터 이 일에 호의적으로 반응했던 것을 고려하면 그 다음에 매튜가 지원서를 제출한다고 해도 토라는 놀라지 않을 것이다.

"시신에 관해 새로운 뉴스는 없었어?" 토라는 외투를 옷걸이에 걸으며 물었다. 벨라가 지각을 하지 않았을 뿐더러 이미 접수처 컴퓨터 앞에 앉아있는 모습에 자신이 얼마나 놀랐는지를 티내지 않으려고 애썼다.

"몰라요." 벨라는 모니터에서 눈도 들지 않았다. 모니터의 파란 빛이 석회암처럼 허옇고 넙적한 벨라의 얼굴을 비추면서 시체 같은 창백함을 더욱 도드라지게 했다. "그 문제 가지고 더 고민하는 건 시간 낭비예요. 제가 말씀드렸잖아요, 시신은 카리타스라고."

"뭐, 그럴 수도." 토라는 옷장을 닫고 서류가방을 집어들었다. 그녀는 항해 도중 요트에서 여자일지도 모르는 시신이 발견됐다던 경찰의 말은 벨라에게 하지 않았다. 토라는 비서를 신뢰하지 않지만 자기가 아는 한 벨라는 단 한 번도 정보를 유출한 적이 없었다. 어쨌든 시신에 관한 세부사항은 아직 확인되지 않았으니 카리타스가 죽었다는 벨라의 믿음에 굳이 더 이상의 근거를 제공할 필요는 없었다. "왜 이렇게 일찍 나왔어?" 어쩌면 벨라는 이 사건에 몰두한 나머지 정규 근무시간이 시작되기도 전에 출근하고 싶은 마음이 들었을 수도 있다.

"저희 집 인터넷 사용료가 밀렸거든요." 벨라는 토라에게 경멸에 찬 시선을 던졌다. 두 말할 것도 없이 인간답게 살기 위해서는 그에 맞는 임금을 받아야 한다는 메시지를 전달하려는 거였다. 하지만 원하는 돈을 벌기 위해서는 그만한 일을 해야 하는 법이다. "이베이에서 경매 입찰 중이라 계속 지켜봐야 해요. 마감 시간도 다 됐는데 막판에 어떤 놈이 나타나서 저보다 비싼 값을 부르는 꼴을 어떻게 봐요."

토라는 멈칫하며 돌아섰다. "인터넷 사용료 낼 돈 없다면서 맨날 인터넷으로 쇼핑은 하네. 내가 너라면 작은 소비부터 줄여나가는 데 집중할 텐데."

벨라는 눈알을 굴렸다. "소액이 아니라고요." 그녀는 두 볼을 부풀렸다. "저는 거래를 하는 거예요, 아시겠어요? 만약 이 세트를 적당한 가격에 사면 나중에 수익을 남겨 되팔 수 있다고요. 즉, 난 지금 돈을 버는 거지 쓰고 있는 게 아니라고요."

"세트?" 토라는 당황했다. "얼마나 대단한 세트길래 수익을 남기고 되팔 수 있다는 거야?"

"배트맨 레고, 아캄 어설일럼 에디션요."

토라는 자신이 이 말을 반복하게 되리라곤 예상치 못했다. "도대체 어떻게 레고 세트를 사는 게 투자가 될 수 있지?" 벨라가 드디어 미쳐버린 게 아닌가 싶었지만, 지난 몇 년의 경험을 돌이켜보건대 아이슬란드 주식을 사는 것보다는 나은 투자가 될지도 모른다는 생각이 들었다. "그거 수집가들이 찾는 아이템이야?"

벨라가 고개를 끄덕였다. "네. 이 사람은 지금 자기 손에 쥔 물건이 어느 정도의 가치가 있는지 모르는 게 뻔해요." 벨라는 씨익 웃으면서 모니터를 향해 눈을 가늘게 떴다. "포장도 그대로고, 부클릿도 다 들어있고, 브릭도 분실된 게 하나도 없어요. 피규어가 일곱 개나 들어있는 세트라고요."

일곱이라는 숫자가 평균보다 많은 건지 아니면 적은 건지 파악할 수 없는 토라는 애매하게 미소를 지었다. "행운을 빌어." 벨라의 세계를 들여다보는 건 당분간 이걸로 차고 넘친다고 판단한 토라는 자기 사무실로 들어가 버렸다. 만약 자신이 집에서 레고 세트를 발견했다면 보나마나 오리에게 건넨 후 포장 뜯는 것까지 손수 도왔을 것이다. 왜 그리 야단인지 갑자기 궁금해진 토라는 이베이 웹사이트를 모니터에 띄웠다. 그리고 마침내 그 희귀한 세트를 찾아냈을 때 토라는 실망을 금치 못했다. 베트맨 코스튬을 입은 작은 피규어 하나와 여러 개의 악당 피규어, 그리고 감옥을 만들 수 있는 브릭 여러 개가 전부였다. 이런 걸 구입하는 게 투자가 된다니 믿기지 않았다. 30분 뒤에 경매가 끝난다는 사실을 알게 된 토라는 그저 장난이나 쳐볼 요량으로 벨라보다 조금 더 높은 금액을 입찰해볼까 싶었지만, 그 정도로 모진 사람은 못 되었다. 그 대신 그녀는 본격적으로 업무를 시작했다.

30분 간 생명보험과 실종사건 관련법들을 살펴보고 항해하던 선박에서 사라진 아이슬란드인 사건에 대한 레이캬비크 지방법원의 판결문을 읽어봤지만 토라는 여전히 사건 진행에 얼마나 많은 시간이 소요될지 아이에르의 부모에게 구체적으로 조언할 수가 없었다. 그녀가 확실히 말하는 수 있는 것은 시간이 다소 걸리며, 만약 새로운 증거가 발견되지 않는다면 법원에서 판결을 보류할 것이라는 사실 정도였다. 아이슬란드인 실종사건에서 결국 보험금이 지급되었다는 사실이 그나마 고무적인 신호였다. 만약 그녀가 빈틈없는 논거를 제시한다면 아이에르와 라라의 사건에서도 같은 결과를 이끌어낼 수 있으리라. 토라는 요청한 서류를 언제 받을 수 있는지 재촉하기 위해 경찰서에 전화를 걸었고 다행스럽게도 점심시간 이후에는 경찰이 공개하기로 결정한 모든 자료를 얻을 수 있다는 답변을 받았다. 다만 경찰은 상황이 정신없이 돌아가고 있어 언제 복사할 틈이 날지 모르니, 헛걸음하지 않으려면 방문 전에 전화를 달라고 요청했다. 통화를 마치기 전 토라는 해변으로 쓸려온 시신의 신원에 관해 추가로 밝혀진 사실이 없는지 물었지만 경찰은 아직 공개할 준비가 되지 않았다는 말만 반복했다. 어차피 모든 수사 결과는 결국 공개될 테니 그 동안 그녀는 보험사에 보낼 서한과 보고서를 작성하는 데 전념하면 될 거였다.

서류양식은 얼마 안 가 일련의 사건들을 설명하는 어설픈 문장으로 채워졌다. 하지만 그 논리가 너무 빈약해서 자칫 불쾌한 농담으로 묵살될 가능성이 농후했다. 토라는 까다로운 문장 하나를 마무리하지 못한 채 한참을 씨름하다가 포기하고 자리에서 일어나 기지개를 켰다. 아이에르와 라라가 왜 그런 거액의 생명보험에 가입했는지, 그 이유를 알지 못한다는 게 그녀를 곤혹스럽게 만들었다. 아이에르가 부상당한 선원을 대신해 그 자리를 채운 것 역시 그녀에게는 매우 비상식적인 행동이었다. 아이에르의 심사와 동화를 한 결과 비용을 줄이기 위해 그 제안을 승인해준 사실을 뚜렷하게 기억하지 못했다. 하지만 토라가 보고서 작성에 인용하기 위해 정확한 절감 비용을 요구하자 그는 잠시 망설였다. 사실 절감되는 비용은 무시할 수 있는 수준이었다. 외국인 선원의 일주일치 급여에 보너스 및 귀국 항공편 비용을 더한 액수였던 것이다. 상사는 그 금액이 당시 상황을 고려했을 때 대수롭지 않은 수준이었고, 따라서 불필요한 절감이었다고 인정했다. 그는 토라가 절대 듣고 싶지 않은 말로 결론을 맺었다. 아이에르가 항해를 하고 싶어 안달했기 때문에, 추가비용을 벌충하게 된 것은 아이에르 개인의 결정이라는 내용이었다. 다시 말해 항해는 그의 선택이었다.

　이것이 사건 전체에서 가장 약한 고리였다. 토라의 입장에서는 아이에르에게 어떠한 선택의 여지도 주어지지 않았더라면 더 좋았을 것이다. 그게 아니었으므로, 실종사건이 사전에 계획되었을 가능성을 배제할 수 없었다. 만약 이 상황에서 부부에게 엄청난 금액의 채무까지 있다는 사실이 드러난다면 상황은 더욱더 의심스러워질 것이다. 그러니 가능한 이른 시일 내에 최악의 변수들을 파악하는 게 중요했다. 다시 책상 앞에 앉은 토라는 아이에르의 부모에게 전화를 걸어 아들 부부가 은행을 비롯한 금융기관, 조세당국에 지고 있는 채무 수준을 확인해줄 수 있는지 물었다. 이러한 요청에 멈칫한 노부부는 자기들은 아무것도 모른다고 호소하면서 근거가 불확실한 이의를 수없이 제기했고, 결국 토라는 관련 정보를 자신이 직접 알아보기 위해 노부부의 동의를 얻었다. 하지만 유가족이 부부의 재산에 대한 권리를 행사하려면 여전히 아이에르와 라라가 모두 사망했다는 법원 판결을 받아야 하기 때문에 충분한 정보를 캐내기는 어려웠다. 최후의 수단으로 부부의 집을 뒤져서 영수증이나 예입 전표를 찾아보는 방법도 고려해야 했다. 전화를 받은 시그리두르가 토라의 처음 제안을 전혀 반기지 않았기 때문에 결국 노부부는 토라가 집을 수색하는 것까지 동의해야 했다. 시그리두르는 아들 부부의 집에 가게 되면 시가 뒤그의 옷이며 장난감을 가져다 달라고 덧붙였다. 노부부는 여전히 그 집에 발을 들일 엄두를 내지 못했다.

토라가 커피도 마시고 이베이 경매 결과도 확인할 겸 접수처 앞에 섰을 때 전화가 울렸다. "어떤 늙은 여자가 변호사님 찾아요." 벨라가 건네준 수화기에서 나이 지긋한 여자의 목소리가 들렸다. 그녀는 자신을 카리타스의 모친, 베가라고 소개했다. "일전에 저희 집에 오셨죠, 기억하세요? 연락할 일이 생길 수도 있다고 명함 놓고 가셨잖아요."

"물론입니다. 안녕하세요? 잘 지내시죠?" 토라가 물었다.

"오, 잘 지낸답니다." 베가는 상냥함을 가장한 목소리로 대답했다. "전화를 드린 이유는 어제 카리타스와 연락이 닿았다는 걸 알려드리려고요." 토라는 즉각적인 대답을 떠올리지 못한 채 잠시 침묵했고, 베가는 이러한 침묵이 불편하다는 기색을 그대로 드러냈다. "딸아이 안부를 물으셨었죠? 그래서 난 변호사님이 알고 싶어 하실 거라고 생각했는데요."

"맞습니다, 궁금했어요. 그리고 이 소식을 접하게 돼서 무척 기쁩니다. 안 그래도 따님한테 무슨 일이 생긴 것은 아닌가 걱정하던 참이었는데 차마 어머님께 그 말씀은 못 드리겠더라고요." 토라는 자신의 놀라움이 너무 빤히 보이지는 않기를 바랐다. 요트 안에서 발견되었다던 시신이 카리타스일 가능성이 매우 높다고 그녀는 추측해왔다. 그것은 벨라의 주장 때문일 수도, 라라 외에 사건과 관련된 유일한 여성이 카리타스라는 사실 때문일 수도 있었다. 게다가 경찰이 확인해준 내용에 따르면 해안으로 쓸려온 시신은 라라가 아니지 않았는가.

베가는 깔깔거림에 가까운 웃음을 짧게 터뜨렸다. "솔직히 말씀 드리면 저도 좀 걱정하던 참이었어요. 그런데 알고 보니 딸애는 잘 지내고 있고 아무 문제도 없다고 하더라고요."

"혹시 따님께 저와 잠깐 이야기하실 의향이 있는지 물어보셨나요? 지금 외국에 계신다면 제가 전화드릴 수 있어요. 해외통화료를 따님께서 내게 할 수는 없지요."

"오, 딸애는 그런 거 신경 쓰지 않을 거예요." 노부인의 자신감은 공허하게 들렸다. 사실 베가는 딸의 지불 능력이 어떤 수준인지 알지 못했다. "물어보기는 했는데 안타깝게도 급하게 나가봐야 한다면서 대답을 안 했어요. 다음에 다시 물어볼게요. 인터넷을 사용할 수 있게 됐다고 했으니 틀림없이 곧 연락이 올 거예요."

"인터넷요?" 토라는 카리타스가 벨라와 같은 곤란에 빠진 것은 아닌지 궁금했지만 노부인이 그토록 유지하고 싶어하는 허상 속 호화로운 라이프스타일을 지켜주기 위해 굳이 묻지는 않았다. "그러면 그 동안 문명의 이기와는 멀리 떨어져 지냈나봐요?"

"네, 굉장히 분주했던 모양이에요. 여기저기 많이 다니다보니까.

아시잖아요."

토라는 알 수 없었다. 곤란한 상황이 발생했다고 해서 갈라파고스로 떠나버리는 식으로 문제를 해결할 여력 같은 건 자신에게 없었다. "그러면 이제 집으로 돌아온 건가요?" 토라는 재빨리 덧붙였다. "따님은 어디 사세요?"

베가는 또다시 깔깔거렸다. "아, 변호사님이 그거 물으실 거 같더라고요. 딸아이는 브라질에 있어요. 제 생각엔 그래요. 사실 그 주제에 대해서 이야기를 한 건 아니지만 거기에 집도 있고, 브라질은 지금 가을이지만 여기보다 따뜻하잖아요. 그래서 거기 있겠구나 생각한 거죠."

"전화번호는 가지고 계신가요?"

이번에는 웃음소리가 들리지 않았다. "아니요. 걔가 말해주지 않았고 저도 묻는 걸 깜빡했어요. 이 사단이 났을 때 언론이 하도 애를 들들 볶아서 번호를 바꿨거든요. 심지어 휴대폰을 없애버리기까지 했다니까요. 어땠을지 상상이 가세요? 불행히도 제가 번호를 물어보지 않았고 사실 지금 휴대폰을 가지고 있기는 한 건지도 모르겠어요. 워낙에 짧은 대화였거든요, 말씀드렸다시피."

"그러면 발신번호도 확인을 안 하셨나요?"

"오, 아뇨. 통화를 한 게 아니에요. 페이스북으로 채팅을 한 거랍니다. 제가 말씀 안 드렸나요?"

"제가 착각을 한 모양이네요." 베가의 말은 뜻밖이었다. 토라였다면 어머니와 몇 주 동안이나 이야기를 나누지 못한 상황에서 어떻게든 시간을 내 소셜미디어가 아닌 전화로 통화하려고 애썼을 것이다. 하지만 매체는 중요한 문제가 아닐지도 모른다. 만일 누군가 카리타스를 가장해 그녀의 어머니를 속이려 했다면 전화 통화가 아닌 다른 경로로 최대한 짧은 대화만을 시도했을 것이다. 대화가 길어질수록 실수할 확률도 높아질 테니까. 더구나 상대가 구글 번역 기능을 이용한다면 말이다. 토라는 베가에게 혹시 두 사람만 알고 있는 개인적인 문제에 대해서도 이야기했는지 묻고 싶은 마음이 간절했다. 하지만 그럴 경우 페이스북 채팅 덕에 크게 안도하고 있는 베가의 마음을 들쑤셔 불안하게 만들 것이다. "잘 지낸다는 것 말고 다른 문제에 대해서도 이야기를 하던가요?"

"아뇨. 그런 얘기는 안 했어요. 그냥 잘 지내고 있고 날씨가 좋다는 말만 했어요. 그리고 아이슬란드 날씨는 어떤지 물었어요. 자세한 내용까지는 기억이 안 나네요."

"물론 그러실 겁니다. 아무튼 따님이 무사하다니 정말 다행이고 곧 다시 연락하기를 바라야겠네요. 만약 다시 연락이 오면 제 요청을 전달해주실 수 있을까요?" 갑자기 토라의 머릿속에 이런 생각이 떠올랐다. 누군가 카리타스를 사칭하고 있다면 그 사람은 분명 아이슬란드인일 것이라고. 구글 번역이 어느 정도까지는 쓸 만하더라도 외국인이 자신의 정체를 무심결에 드러내지 않으면서 두 문장 이상을 정확히 전달하기는 불가능하지 않은가. "제가 지난번에 여쭌다는 것을 깜빡했어요. 혹시 외국에 머무는 따님을 찾아갈 만한 아이슬란드인 친구가 있나요?"

"글쎄요. 별로 없을 거예요. 해외에 있을 때는 항상 분주하게 지내서 예전 친구들이랑 어울릴 시간이 없거든요. 나이든 엄마랑 보낼 시간도 없을 정도인걸요." 베가는 다시 웃음을 터뜨렸지만 그 소리는 비참할 만큼 유쾌하게 들리지 않았다. "딸애가 여행 중에 유일하게 어울리는 아이슬란드인은 그애 밑에서 일했거나 일하는 사람들이에요. 제 기억이 맞는다면 요트에서 한동안 일했던 아이슬란드인 선원 하나와 하녀인지 개인 비서인지 하는 아이슬란드 여자가 하나 있었어요. 딸애는 언제나 자기 조국과 국민에 대해 호의적이었어요. 그러니까 금융위기 이후 딸애 부부에게 쏟아진 부정적인 여론은 너무나 부당한 거죠."

"그 개인 비서 이름은 기억하시나요? 혹시 그 여자가 따님이랑 같이 포르투갈에 가지 않았을까요?" 토라는 수화기를 턱 밑에 끼운 다음 펜을 찾았다. 그리고 수첩을 열어 모든 것을 잃어버리게 된 한 가족의 사건에 관한 메모들이 적힌 페이지를 펼쳤다. 이 가족이 처한 비극의 뿌리에는 전 세계 슈퍼리치들, 카리타스의 남편과 같은 부도덕한 범죄자 부류가 저지른 금융사기가 있었다. 따라서 그들을 같은 페이지에 메모하는 것은 아주 적절한 선택 같았다. "따님과 직접 통화를 할 수 없는 상황이니 비서라도 접촉을 해보려고요. 혹시 비서도 따님과 같이 브라질에 체류 중인가요?"

"그건 아닌 듯해요. 카리타스가 콕 집어 말한 건 아니지만, 어쨌든 혼자 있다고 했거든요. 하지만 밑에서 일하는 직원은 포함시키지 않았을 수도 있네요. 딸애한테는 직원을 두는 게 우리가 부엌에 식기세척기를 두는 것만큼이나 익숙한 일이거든요. 그러니까 세척기를 집에 온 손님이라고 말하지는 않잖아요."

자기라면 사람을 가전제품과 비교하는 짓은 하지 않았겠지만 도라는 반박하고 싶은 충동을 억눌렀다. "비서 분이 브라질에 있는 게 아니라면 국내에 머물 확률이 매우 높아지는군요. 그렇다면 저로서는 그분을 찾기 훨씬 더 수월할 테니 열심히 시도해봐야죠."

"글쎄요. 그 여자가 변호사님한테 뭘 알려줄 수 있을지 모르겠어요. 카리타스와 굴람 밑에서 일하는 사람들은 엄격한 기밀유지 계약서에 서명을 해야 하는데, 그 사람이 계약을 위반하지는 않을 테니까요. 아니지, 그 여자라면 그러고도 남을 거예요. 저는 항상 그 여자가 난감한 사람이라고 생각했는데 카리타스는 그걸 모르더라고요. 심지어 제가 직접 도와줄 테니 그 여자를 자르라고도 했는데 걔는 그러고 싶어하지 않았어요. 딸애는 저를 이용하는 것도, 그 여자를 해고해서 마음의 상처를 주는 것도 내키지 않았던 모양이에요. 어쩌면 그렇게 한결같이 심성이 착한지."

토라의 해석은 달랐다. 카리타스는 해외에 자신의 모친을 달고 다니고 싶지 않았을 것이다. "혹시 그분 이름은 기억하시나요?"

"알디스예요. 성은 잘 모르겠네요."

'퍽이나 큰 도움이 되는 정보군.' 통화를 마친 토라는 전화번호부를 뒤적여 알디스라는 이름을 가진 여자가 219명이나 있다는 사실만을 확인했을 뿐 그 비서를 찾아내는 데 도움이 될 만한 다른 단서는 발견하지 못했다. 해결 방법이 떠오르지 않자 토라는 페이스북에 로그인해 카리타스가 자신의 친구 신청을 받아주는지 확인해보기로 했다. 하지만 토라의 계정은 방치된 상태였고 처음 가입할 때 올린 손자의 사진을 제외하면 흥미를 끌 만한 게 전무했다. 당연히 카리타스가 친구 신청을 받아주고 싶은 마음이 들 거라 기대하기도 힘들었다. 만에 하나 카리타스가 모든 친구 신청을 차별 없이 받아주는 타입이라면 모를까, 신중하게 신청 내역을 걸러낸다면 토라는 관문을 통과하기 어려울 것이다.

카리타스의 페이스북 페이지는 전체 공개로 설정되어서 다행히 아무런 방해 없이 살펴볼 수 있었다. 토라는 가장 먼저 카리타스가 황송하게도 비서의 친구 신청을 수락해 수백 명에 이르는 친구 목록에 포함시켰는지 알아보았지만, 어디서도 알디스라는 이름은 찾을 수 없었다. 두 사람의 관계가 어떠했는지 선명하게 드러나는 대목이었다. 두 말할 것도 없이 직원은 친구로 쳐주지 않았던 것이다. 식기세척기가 그런 것처럼. 사진앨범을 제외하면 특별히 관심을 가질 만한 게 없었다. 앨범에는 어마어마하게 많은 사진이 저장되어 있었다. 카리타스는 분명 누군가를 고용해 사진을 대신 올리게 했을 것이다. 아니면 모친의 말처럼 일정이 바쁘다는 것은 순전히 지어낸 이야기일지도 몰랐다. 토라는 알디스의 사진이나 그와 관련된 사소한 정보라도 찾을 수 있지 않을까 하는 기대로 앨범을 주욱 살펴보기로 마음먹었다. 그러나 수백 장의 사진을 보고 나자 흥미가 시들해졌다. 사진은 주로 근사하게 차려입은 사람들과의 모임에서 촬영된 것이었다. 사진 속 여자들은 착용한 보석의 무게로 어깨가 축 쳐져 있었는데, 보석의 무게를 지탱하기에는 몸매가 하나같이 수척해보였다. 여러 은쟁반에 카나페가 가득 놓여있었지만 여자들 중 누구도 그것을 먹는 모습이 찍힌 사람은 없었다. 반면 남자들의 경우 정반대였다. 남자들의 키와 몸매는 가지각색이었고 입안 가득 음식을 우겨넣은 모습이 카메라에 자주 포착되있다.

몇몇 사진에는 좀 더 일상적인 환경에서 카리타스 혼자 있거나 남편과 단둘이 있는 모습이 보이기도 했다. 모든 사진에서 공통적으로 관찰되는 사실은 그녀의 몸매가 최대한 아름답게 보이도록 부부가 신중하게 자세를 취하고 있다는 점이었다. 어떤 사진에서도 카리타스의 머리칼이 헝클어지거나 일상복을 입은 모습을 찾을 수 없었다. 더욱더 이상한 점은 사진 속 주변 환경으로 짐작하건대 전 세계를 돌아다니면서도 정작 모든 사진은 오로지 사람들의 모습에만 초점이 맞춰져 있다는 사실이었다. 사람들, 사람들, 사람들. 오직 사람들 모습뿐이었다.

이제 막 포기를 하려는 순간 토라는 한 장의 사진과 마주했다. 카리타스가 어느 젊은 여성의 도움을 받아 의상을 입는 사진이었다. 사진 속에서 젊은 여성은 고용주의 길고 늘씬한 등을 따라 이브닝드레스 지퍼를 조심스럽게 올리고 있었다. 얼굴의 일부밖에 안 보였지만 그 여자의 표정이 다른 곳에 있고 싶어하는 것처럼 보인다는 사실은 틀림없었다. 사진에는 이런 설명이 달려있었다. '비엔나에서 열릴 자선무도회에 늦겠어요. 알디스 덕분에 지각은 면할 듯!' 알디스의 부계 성은 언급되지 않았지만 토라는 최소한 그녀의 생김새는 파악할 수 있었다. 나머지 사진을 살피다 보면 이름 전체를 알아낼 수 있을지 모른다. 하지만 그럴 가능성은 높지 않아보였고 토라는 자아도취에 빠진 전시물들을 보는 데 진력났다. 그래서 수화기를 들어 벨라를 연결했다. 인터넷 중독자로서 벨라는 이 업무를 감사하게 생각할 것이다. 용건을 꺼내기에 앞서 토라는 레고 세트에 대해 물었고 어떤 개자식이 막판에 끼어들어 벨라보다 월등히 높은 가격을 제시했다는 사실을 알게 됐다.

"아, 아깝네. 다음번에는 꼭 낙찰받았으면 좋겠다." 토라는 벨라가 이 말을 듣고 싶어할 거라고 예상했다. 하지만 되돌아온 것은 해석이 불가능한 툴툴거림뿐이었다. 카리타스의 페이스북 페이지를 샅샅이 훑어봐 달라는 부탁에도 같은 반응이 돌아왔다. 수화기를 내려놓고 난 뒤에도 토라는 여전히 자신의 비서가 그 업무를 하겠다는 건지 아닌지 확신할 수 없었지만 이런 일이야 다반사였다.

컴퓨터로 다시 몸을 돌렸을 때에도 화면에는 카리타스가 알디스의 보조를 받으며 옷을 입는 사진이 떠있었다. 사진을 빤히 바라보던 토라는 몹시 짜증이 나 한숨을 내쉬었고 이 모든 상황에 천천히 고개를 가로저었다. 여태까지 보고 들은 것에 지나치게 의미를 부여하는 건지도 모르지만, 토라는 카리타스가 출세에 눈이 먼 비열한 속물이라는 결론에 도달했다. 그녀는 무일푼에서 상상도 할 수 없는 벼락부자로 신분상승했고 그 과정을 경솔하게 처리했다. 아니면 벨라가 적나라하게 표현한 대로 본래 악녀였을 것이다. 사진을 자세히 들여다보니 지퍼로 고용주의 피부를 꼬집지 않으려고 신경 쓰는 젊은 비서의 표정은 많은 감정을 담고 있었다. 처음에는 이 버르장머리 없는 공주에게 관심을 쏟아야 하는 현실에 대한 짜증과 억눌린 분노만 읽혔다. 하지만 사진을 확대해 자세히 보니 그녀의 표정은 그 이상을 이야기했다. 거기에는 분노를 넘어선 증오가 깃들어 있었다.

15장

바다 깊은 곳에서는 최소한의 시야만 확보됐다. 아이에르의 잠수용 손전등은 어설프기 짝이 없는 그의 손 안에서 곡예하듯 사방으로 흔들렸다. 거센 바닷물은 무슨 일이든 저지를 수 있다는 듯 위협적으로 몰아쳤다. 그의 유일한 잠수 경험은 이렇게 끝이 보이지 않는 광대함과는 전혀 딴판이었다. 당시 그는 컨디션도 좋았고 대부분의 잠수 훈련 동안 자기 존재의 허약함을 망각할 수도 있었다. 하지만 지금은 심장이 가슴 속에서 방망이질을 쳐대고 있었다. 때문에 매 호흡 정신을 바짝 차리고 호흡기를 통해 충분한 공기를 들이마시면서 차분함만 잃지 않으면 모든 것이 괜찮아질 것이라고, 스스로에게 끊임없이 되뇌야 했다. 그는 도저히 진정할 수 없었다. 숨을 쉴 때마다 플라스틱 호흡기의 맛이 입 안에서 퍼지고 정신은 갈수록 혼미해졌다.

자신의 머리 바로 위 수면의 모습이 진정효과를 가져다주기 바랐다. 그러나 수면의 불빛은 코로 숨쉬고 싶은, 제어하기 힘든 욕구만 불러일으켰다. 감각을 마비시키는 듯한 추위 속에서 너무 급하게 시선을 아래로 돌리다가 그는 자신의 목뼈가 삐걱거리는 느낌을 받았다. 삐걱거리는 소리는 가느다랗게 들렸고 자신은 달팽이의 속도로 물속을 떠도는 것 같았다. 서두를 이유가 뭐란 말인가? 그는 바닷속 소리에 귀를 기울였다. 요트는 알루미늄에 가해지는 장력으로 인해 쉬지 않고 삐걱거리는 소리를 냈고, 이 소리는 바짝 긴장한 아이에르의 신경을 이완하는 데 전혀 도움이 되지 않았다. 만약 선체에 문제가 생긴 거라면 어쩌지? 선원들은 아이에르에게 장비를 들고 다시 물속으로 들어가 파손된 부분을 수리하라고 강요할까? 그는 눈을 질끈 감으며 이런 생각을 떨쳐버렸다. 숨을 세 번 들이마신 뒤 자신의 귀를 지나쳐 상승하는 공기방울을 보고 있자니 수면 위로 올라가는 그 공기방울들이 부러워졌다. 그는 마음을 단단히 먹고는 눈을 크게 떴다. 빨리 작업에 착수할수록 이 지옥에서 탈출하는 시간도 빨라진다.

아이에르는 손전등을 세게 쥐고 불빛이 흔들리지 않도록 주의를 기울였다. 불빛을 고정하는 요령을 터득하자 가까운 곳 어딘가에 있을 컨테이너를 찾기 위해 전등을 이리저리 비췄다. 선장은 아이에르의 장비가 컨테이너에 걸려 파손될까봐 그를 너무 깊은 곳까지 내려주려고 하지 않았다. 아이에르는 선장의 말을 떠올렸다. 문득 자신이 조사를 위해 바짝 접근했다가 산소통이 컨테이너에 걸리게 되면 어떻게 될지 궁금해졌다. 그런 상황이 발생한다면 무사히 벗어날 수 있을까? 갑판 위에서 선원들의 도움을 받아 장비를 착용하는 것과 제정신이 아닌 상태로 물속에서 장비를 벗는 것은 완전히 다른 문제였다.

불빛이 부유하고 있던 컨테이너 표면에 닿자 아이에르는 물갈퀴를 저어 조심스럽게 앞으로 헤엄쳐갔다. 전등으로 컨테이너 전체를 비추려고 해보았지만 물은 혼탁하고 전등 역시 그러한 임무를 해내기에는 역부족이었다. 그는 스스로에게 잠수마스크 때문에 모든 것이 실물보다 더 크게 보인다는 사실을 환기시켰지만 갑판 위에서 컨테이너의 크기를 과소평가했다는 사실만은 분명했다. 선장은 어떤 위험이 도사리고 있는지 꿰뚫어보았다. 프로펠러나 방향타가 이 강철로 만든 거대한 상자와 충돌하게 되면 박살이 나고도 남을 것이다. 컨테이너는 모서리 쪽이 걸려버린 듯 요트에 기대어있었다. 한쪽 끝의 양문 중 하나가 열려서 늘어진 반면 다른 문은 여전히 꽉 닫혀있는 듯했다. 틀림없이 이 때문에 컨테이너가 가라앉지 않았을 것이다. 닫힌 문 내부 모서리에 공기가 갇혀있는 것이다. 이제껏 그들은 이 모서리를 밀어내는 데 거의 모든 에너지를 써버렸다. 그 각도에서 컨테이너를 바라보자 어째서 지금까지 그걸 밀어낼 수 없었는지가 한눈에 보였다. 그들은 수면 위에서 보이는 부분을 떠밀어내려 안간힘을 썼지만 그와 같은 면의 하단 모서리가 선체 아래에 끼어 떨어져 나가지 않았던 것이다.

다른 각도에서 보아도 컨테이너를 한쪽에 매단 채 요트에 다시 시동을 거는 게 안전할지 그는 판단하기 어려웠다. 보다 전체적인 상황을 고려해볼 필요가 있었다. 보호장비라고는 가련한 잠수복밖에 걸치지 않은 채 이 커다란 물체의 거친 표면 위로 끌려가고 싶은 마음은 없었지만 금속끼리 갈리면서 발생하는 파손을 요트가 감당할 수 없을 것이라는 생각이 들었다. 혹 컨테이너가 프로펠러나 방향키를 강타하지만 않는다면 과감하게 전속력으로 앞으로 나아가 볼 수 있지 않을까.

그는 조심스럽고도 느리게 다리를 움직였지만 자신의 의도보다는 훨씬 더 빠른 속도로 컨테이너에 접근하고 있었다. 그는 전등을 쥐고 있던 두 손 중 하나를 재빠르게 빼내 조심스레 요트를 짚었다. 손바닥이 얼음장 같은 요트의 표면에 닿는 사이 그의 두 다리는 물살을 거슬러 미친 듯이 발장구를 쳐댔다. 컨테이너의 열린 문짝은 봄바람이라도 맞은 듯 그의 옆에서 부드럽게 흔들렸다. 열려있는 어두컴컴한 틈으로 불빛을 비추자 갈색 종이상자들이 눈에 들어왔다. 상자에는 수취인 정보가 선명한 하얀색 라벨지가 이제 막 벗겨질 듯 부착되어 있었다. 아이에르는 내부를 좀 더 제대로 살펴보기 위해 손의 위치를 바꾸었다. 바보 같은 상상이기는 했지만 그는 컨테이너 안으로 빨려 들어가지는 않을까, 이제 원래의 목적지에 영원히 도달할 수 없게 된 상품들 옆에서 목숨을 잃을까 두려웠다. 그는 허리춤에 매단 끈을 흔들어보며 자신이 여전히 산 자들의 세계와 연결되어 있다는 사실을 확인했다. 끈은 안전하게 고정되어 있었지만 그의 기운을 되살려 주지는 못했다. 컨테이너 안에 갇혀버린다면 이런 끈 따위는 아무 소용도 없을 것이다.

어쨌든 그는 컨테이너의 내용물을 조사하거나 죽음에 대한 상상의 나래를 펼치기 위해 이곳에 내려온 게 아니었다. 그의 임무는 선체에 구멍이 난 것은 아닌지, 그리고 이 거대한 표류물을 어떻게 떼어낼 수 있는지 알아보는 것이다. 다시 말해 사나운 물살도 해내지 못한 위업을 달성해야 했다. 그는 산을 옮겨야 하는 한 마리의 개미 같은 심정이었다.

아이에르는 건성으로 컨테이너를 배의 측면에서 떼어내려고 시도했지만 열린 문짝만 조금씩 흔들릴 뿐 표류물 전체는 꿈쩍도 하지 않았다. 이 임무를 완수하기 위해서는 그보다 힘이 센 남자, 아니 여러 명의 남자가 필요했다. 그에게는 지지대 같은 것도 없어서 노력은 안쓰러울 정도로 허약하기만 했다. 두 번째 시도에서 좀 더 힘을 써보았지만 결과는 같았다. 열린 문짝이 살짝 흔들리기는 했지만 컨테이너는 선체에서 채 1센티미터도 움직이지 않았다. 컨테이너를 미는 동시에 전등도 잡아야 하기 때문에 더 힘들었지만 벨트에 전등을 고정하는 잠금장치를 찾아낼 생각은 감히 하지도 못했다. 그의 신경은 오로지 컨테이너의 날카로운 금속 모서리를 피하는 데만 집중되었다.

그때 난데없이 간단명료한 묘안이 그의 머릿속에서 번뜩였다. 만약 반대편 문까지 열어버린다면 컨테이너는 물로 들어차고, 지금까지 그것을 떠있게 만들어준 공기도 흩어져 버리지 않을까. 그러면 이 골칫덩어리는 가라앉을 테고 요트는 항해를 이어갈 수 있을 것이다.

유일한 문제는 문짝의 빗장을 푸는 일이다. 만약 빗장이 휘어있기라도 하면 문제는 더욱 복잡해진다. 그는 문손잡이가 있는 지점까지 헤엄쳐 내려가 빗장의 걸쇠를 풀어야만 했다. 이 임무가 그리 버거운 것은 아니지만 아이에르는 어떻게 하면 한 손으로 자신의 몸이 흔들리지 않게 고정하면서 다른 한 손으로 빗장을 풀 수 있을지, 자신이 서지 않았다. 그는 여전히 컨테이너 안으로 빨려 들어갈 지도 모른다는 강렬한 공포에서 한시도 벗어날 수가 없었다. 한 쪽 겨드랑이 아래에 손전등을 끼우면 좋겠지만 그러면 문을 잡는 악력이 약화될 것이다.

어떻게든 가까이 접근해 방법을 찾는 수밖에 없었다. 아이에르는 부력조절기의 공기를 살짝 빼내서 빗장이 있는 곳까지 잠수해 내려갔다. 다행히 빗장의 상태가 꽤 멀쩡해보였다. 손전등을 겨드랑이 밑에 끼우고 문 한쪽에 필사적으로 매달렸다. 두 발이 서서히 열린 문 틈 사이 컴컴한 곳으로 빨려 들어가기 시작하자 그는 젖먹던 힘까지 동원해 발버둥치며 발을 빼냈다. 다시 이런 일이 반복되지 않도록 그는 신중하게 몸의 위치를 조정하면서 닫힌 문에 몸을 기댈 수 있도록 했다. 그렇게 하면 빗장을 여는 동안은 문짝의 지지를 받을 수 있을 것이다.

몸무게의 혜택도 누릴 수 없는 상태에서 한 손으로 걸쇠를 돌리는 작업은 진땀을 빼게 했다. 안 그래도 아침 내내 막대기를 휘두르느라 저릿하던 팔뚝의 근육이 아파왔다. 그 일이 벌써 몇 시간 전 일처럼 느껴졌다. 잠수하는 매 분이 수면 위에서의 한 시간처럼 길게 느껴졌기 때문이다. 그는 심호흡을 하며 자신이 가진 모든 근력을 동원했다. 걸쇠가 끼익하는 소리와 함께 살짝 움직이더니 스르르 돌아가기 시작했다. 그는 기뻐서 팔짝팔짝 뛰고 싶은 심정이었다. 기쁨도 잠시. 자신이 멀찌감치 헤엄칠 틈도 없이 컨테이너가 가라앉을지도 모른다는 갑작스런 깨달음이 들면서 그의 몸과 마음이 그대로 굳어졌다. 빗장을 완전히 푸는 순간 문짝은 왈 열려버릴 테고, 컨테이너가 자신을 매단 채 더욱 깊은 곳으로 처박혀 들어가는 동안 호흡기에 대고 덧없는 비명을 질러댈 것이다. 절박한 심정이 된 아이에르는 온 힘을 다해 컨테이너에서 떨어졌다. 잠시 후 그런 사고는 절대 일어나지 않을 것이라는 생각이 들면서 다소 안도했지만 그 덕에 잠재적 위험요소가 뭔지 직시할 수 있었다.

그는 조심스럽게 컨테이너로 다시 헤엄을 쳤고 아까처럼 문에 몸을 기댔다. 그리고 있는 힘껏 문을 잡아당겼지만 아무리 애를 써도 열리지 않았다. 물의 저항력과 문 자체 무게로 인해 그로서는 문을 여는 게 불가능했다. 계속 문을 당기는 것은 시간 낭비였다. 그에게는 혼자 임무를 완수할 만한 힘이 없었다. 하지만 이 상황에서 실망은 감당할 여력 없는 사치였다. 어떻게든 착수한 임무를 끝내야만 했다. 컨테이너를 선체에서 떼어놓을 수는 없다 해도 시동을 다시 거는 게 안전할지는 두 눈으로 확인해야 했다. 그러기 위해서는 선체를 따라 용골 아래로 헤엄쳐가야 했다.

아이에르는 압력계를 확인했다. 압력계 바늘은 100을 가리켰지만 그가 파악할 수 있는 거라곤 바늘이 빨갛게 표시된 부분으로 떨어지기까지 50 정도 남았으며 그렇게 되면 다시 수면 위로 돌아가야 한다는 사실뿐이었다. 정작 그 숫자가 무엇을 의미하는지 자신은 전혀 모른다는 생각에 속으로 바보 같은 웃음을 터뜨렸다. 이제 추위도 느껴지지 않는다는 사실이 좋은 징조일 리 없다는 생각까지 들자 그는 더욱 더 어처구니없는 웃음을 참기 힘들었다. 하지만 지금 소리내어 웃을 경우 호흡기가 입 밖으로 빠져나와 자신은 영영 가라앉고 만다는 사실을 떠올리면서 가까스로 정신을 수습

했다. 그는 다시 한 번 부력조절기에서 공기를 빼고 더 깊이 내려 갔다. 시간 낭비는 무의미했다. 더 빨리 아래로 헤엄쳐 들어갈수록 원래의 자리로, 그리고 가족의 곁으로 더 빨리 돌아갈 수 있다.

불현듯 배영을 하는 것이 가장 매력적인 선택지라는 생각이 들 었다. 그렇게 하면 위를 보고 헤엄칠 수 있으니 산소통이 컨테이너 아래 끼일 위험도 피하겠지만 그게 물리적으로 가능할지는 확신하 지 못했다. 신중을 기하기 위해 아이에르는 필요 이상으로 깊이 내 려갔다. 이렇게까지 깊이 내려올 마음은 없었지만 적어도 머리 위 의 위험요소와 거리를 둘 수 있는 방법이었다. 양쪽 귀가 먹먹해지 자 그는 압력을 줄이기 위해 손가락으로 코를 잡았다. 귀가 아픈 것쯤이야 지금 자신이 처한 상황에 비하면 사소한 대가에 불과했 지만, 그렇더라도 후유증은 최대한 피하고 싶었다. 무사히 갑판 위 로 돌아갔을 때 행복감을 망칠 만한 요소는 배제하는 게 마땅했다.

하지만 막상 닥쳐보니 산소통은 생각보다 훨씬 더 무거웠다. 안 간힘을 써서 배영을 하려 해도 몸이 계속 뒤집어지면서 제어력을 상실했다. 엎드린 자세로 미끄러지듯 헤엄쳐 나가면서 방향타가 손상된 것은 아닌지 확인하기 위해 주기적으로 위를 쳐다보는 수 밖에 없었다. 매번 위를 쳐다볼 때마다 점점 높이 떠오르면서 컨테 이너에 더욱 가까워지고 있다는 사실에 아드레날린이 혈관을 따라 펌프질했다. 하지만 좀 더 아래로 헤엄쳐 내려가는 데 집중을 하자 컨테이너와 어느 정도 거리를 유지할 수 있었다.

그러다가 갑자기 덜컥하며 멈추었다. 처음에는 강철 원자재나 날카로운 목재 조각에 걸렸던 줄 알았다. 스스로를 세어하지 못

273

한 그의 사지가 활짝 벌어졌다. 본능적으로 그는 숨을 헐떡이며 위쪽으로 부유했다. 주변을 가득 메운 물방울 때문에 시야도 확보되지 않았다. 그 순간 산소통이 컨테이너에 부딪혔고, 그는 퍼뜩 긴장하며 정신을 다시 차렸다. 자신이 아직 손전등을 쥐고 있다는 사실을 인식하고 나서야 감각들이 되살아났다. 그는 자신이 난데없이 멈춰선 이유가 허리에 감긴 생명선의 조임 때문이라는 사실을 알아차렸다. 정신을 수습해 전등을 왼손으로 옮겨쥔 아이에르는 덜덜 떨리는 오른손으로 허리를 더듬거렸다. 생명선은 팽팽하게 당겨져 있었다. 그 말인즉 갑판 위의 두 선원이 자신을 끌어올리고 싶어하거나 장애물이 선 어딘가에 얽혀버렸다는 뜻이었다.

이제 아이에르는 더 이상 나아갈 수 없었다. 생명선을 벗어낸 뒤 선 없이 계속 가는 방법이 있기는 했지만 그 상태로 물살을 거슬러 헤엄쳐 되돌아가기는 어려울 것이다. 그런 상태에서 만약 갑판 위의 두 남자가 자신을 발견해내지 못한다면? 그는 물살에 휩쓸려 다시는 찾을 수 없는 존재가 되고 만다. 그건 상식 밖의 일이었다. 생명은 아이에르 자신과 가족 모두에게 너무나 소중했다. 선원들이 자신의 임무 수행능력에 대해 어떻게 생각하는지 따위 신경 쓸 필요가 있단 말인가? 그냥 선원들이 시도해서 성공하게 내버려두면 그만이다. 그는 멀리까지 내다볼 수 있게끔 목을 최대한 길게 뻗었다. 손전등 불빛이 혼탁한 바닷물을 꿰뚫을 수는 없지만 컨테이너의 끄트머리와 그 너머 암흑을 언뜻 볼 수는 있었다. 그러니까 아이에르는 끝까지 다 온 것이다. 이러한 깨달음에 그는 살짝 기운을 차릴 수 있었다. 이제는 그 누구도 문제를 해결해보려고 애쓴 그의 노력에 흠집을 낼 수 없었다. 다시금 용기가 솟아오르는 것을 느낀 아이에르는 컨테이너 사이 아래로 들어가 선체에서 조심스럽게 떼어내 보기로 마음먹었다. 요트와 컨테이너 한가운데쯤으로 헤엄쳐 간 그는 방향키를 지지대 삼아 온 힘을 다해 컨테이너의 아래쪽 모서리를 잡아당길 수 있게끔 자리를 잡았다.

허벅지 사이에 손전등을 끼운 그는 몸을 웅크려서 두 발은 방향키에 대고 두 손으로는 컨테이너의 모서리를 꽉 붙잡았다. 그리고 컨테이너를 밀어내면서 몸을 바로 펴보려고 했지만 강철 덩어리는 여전히 꿈쩍도 하지 않았다. 여러 차례 컨테이너를 밀어내 보려고 했지만 자신의 투지에 대한 놀라움만 커져갈 뿐 아무런 성과도 얻을 수 없었다. 한동안 안간힘을 쓰는 데만 열중하던 그는 순간적으로 가슴이 철렁하면서 현실감각을 되찾았고, 마침내 해결 시도를 포기하고 말았다. 그의 시간감각은 뒤죽박죽이 되어버렸다. 이 표류물과 얼마나 오랫동안 씨름을 한 건지, 물 아래 들어온 지는 몇 분이 흐른 건지 전혀 알 수 없었다. 압력계는 이제 60을 가리켰고 그는 소름끼치게 엄습해오는 두려움을 느꼈다. 어쩌면 너무 많은 산소를 소모해버려서 즉시 수면 위로 돌아가야만 하는지 모른다. 그는 최대한 차분하게 몸을 돌려 물살에 역행해 헤엄치기 시작했다. 지금 머리 위에 컨테이너가 위치한 덕분에 좀 더 수월하게 앞으로 나갈 수 있는 것에 감사한 마음까지 들었다. 하지만 두 손이 반드시 자유로운 상태를 유지해야 했기에 손전등은 골칫거리였다. 그는 불빛이 위를 향하도록 손전등을 벨트에 채워보려고 했다. 그렇게 하면 시야를 확보하는 동시에 긴데이니 아래쪽 부분 어니는 손으로 잡을 수 있게 된다.

컨테이너에서 두 손을 모두 떼기가 두려웠던 그는 한 손으로 벨트를 더듬거렸고 그 선택이 참변을 불렀다. 손전등이 벨트에 잘 고정되었다고 믿은 아이에르가 쥐고 있던 손전등을 놓고 모험을 계속하려는 순간, 손전등은 그에게서 떨어져 하강하기 시작했다. 두려움에 사로잡힌 그는 불빛이 음울한 물을 따라 느리면서도 가차 없이 더 깊은 아래로 빠져드는 모습을 지켜만 보았다. 그 순간, 불빛이 아이에르의 아래쪽에서 떠다니던 허연 팔을 비췄다. 피의 금속 맛이 그의 입을 가득 채웠다. 시선을 돌리고 싶은 충동이 이토록 강렬하게 든 적이 없었지만 그는 고개를 돌릴 수가 없었다. 손전등의 빛이 잠시 팔 주변 물을 비추는 동안 그는 시신 일부를 언뜻 보았다. 마르고 뒤틀린 몸통이 칙칙한 색상의 천에 휘감겨 해파리마냥 부드럽게 펄럭이고 있었다. 머리는 몸통과 엇갈린 방향으로 틀어져 아이에르는 간신히 옆 얼굴만 보았다. 그렇지만 그에게 접근이라도 하려는 듯 위를 향해 휘날리는 긴 머리칼 사이로 눈이 번득이는 것만은 분명하게 목격할 수 있었다.

모든 것이 컴컴해졌다. 아이에르는 손가락과 발가락을 향해 몰려드는 어둠을 느꼈다. 반쯤 정신이 나간 상태에서 그는 무의식적으로 위를 향해 더듬거리며 나아가기 시작했다. 그는 이전보다 두 배는 빠른 속도로 움직였다. 이렇게 움직이는, 아니 달아나는 동안 아마도 숨 한 번 쉬지 않았고, 그러는 사이 딜커덕 컨테이너의 끝에 다다랐다. 있는 힘껏 호흡기를 빨아들이자 압축된 공기의 인위적인 맛이 그의 입을 채우며 폐로 흘러 들어갔다. 알 수 없는 희열을 동반한 극도의 불쾌감을 느끼며 잠시 한숨 돌린 아이에르는 안정된 손길로 부력조절기를 부풀려 위로 올라갔다. 안도감이 너무나 커서 하마터면 통제력을 상실할 뻔했다. 다시 자연스럽게 코로 숨쉬고 싶은 욕구가 간절한 나머지 그는 호흡기를 떼지 않기 위해 자신의 의지력을 총동원해야만 했다. 마침내 머리가 수면을 뚫고 올라오자 그는 비명을 지르고 싶은 충동을 제어할 수 없었다.

줄사다리는 여전히 그 자리에 매달려 있었다. 아이에르는 온 힘을 다해 맨 아래 가로대를 꽉 붙잡은 다음 마우스피스를 뱉어내고 부력조절기를 완전히 부풀려 몸이 물 위에 둥둥 뜰 수 있게 했다. 간신히 바다를 벗어나고서야 그는 비로소 산소통의 무게를 다시 기억해냈고 산소통 없이 얼마나 버텨낼 수 있을지 궁금해졌다. 그러나 위로 올라가면 삶이 기다리는 반면 아래는 냉랭한 무덤일 뿐이었으니 위로 올라가야 했다. 그는 차가워진 팔뚝의 근육을 풀어준 다음 통증에 신음하며 사다리를 타고 위로 올라갔다. 물속에서 본 여자는 환각이었을까? 바다를 벗어나고 나니 모든 것이 비현실적으로 느껴져 더 이상 확신할 수 없었다. 하지만 실제로 일어난 일임에 틀림없을 것이다.

"지금까지 마셔본 맥주들 중 제일 맛있네요. 한 병 더 줘요." 아이에르는 맥주병을 비우는 동안 담요를 두르고 앉아있었다. 그런데 담요는 몸을 전혀 데워주지 못하는 모양이었다. 그는 보통 정오 전에는 술을 마시지 않았지만 지금은 만취하고 싶은 생각이 간절했다. 이상하게 보이겠지만 그에게 필요한 것은 차가운 맥주였다.

맥주를 넘길 때마다 이파리처럼 몸이 덜덜 떨린다는 사실도 아랑곳하지 않았다. 그의 몸은 그다지 멀쩡한 상태가 아니었지만 아이에르는 개의치 않았다. 라라가 난리법석을 피운 것 또한 마찬가지였다. 라라는 남자들이 안으로 들어와 남편의 상태가 왜 이 지경인지 설명을 하자 자제력을 잃고 흥분했다. 그녀는 남편이 자신과 한 마디 상의도 없이 그런 결정을 내리고 이기적인 인간처럼 행동한 것은 가족에 대한 배신이라며 소리를 질렀고 이게 다 아드레날린 중독이거나 다른 사람들을 기쁘게 하려는 한심한 욕망 때문이라고 주장했다. 그런 식으로 라라는 한참을 날뛰었다. 현재 그의 상태로는 이성적으로 생각하라고 아내를 설득할 힘이 없었다. 아이에르는 지금 몸을 떨며 앉아있는 조리실의 의자에서 한 발짝도 움직일 수 없었다. 어떤 것도 놓치고 싶지 않은 쌍둥이는 엄마가 고성을 지르는 동안 조용히 앉아있었다. 아이들은 아빠 맞은편에 앉아 크고 까만 눈을 빛내며 호기심에 차있었다. 아이들이 썩 유쾌하지 않은 광경을 목격하는 것조차 개의치 않는다는 것은 그의 현재 상태를 보여주는 징후였다.

그는 한 가지만은 아무에게도 말하지 않기로 결심했다. 여자의 시신. 추워서 이가 딱딱 맞부딪치는 상태로 설명하기에는 너무도 까다로운 문제였다. 어쨌든 그 일은 체온이 심각하게 떨어져 발생한 환각일 가능성도 높았다. 또 선원들의 비웃음거리가 되거나 의심을 살 만한 이야기를 해서 자신의 영웅적 행위에 집중된 관심을 분산시키고 싶지도 않았다. 그는 살아서 돌아왔고 그보다 더 중요한 것은 없었다. 당장은 말이다.

"추워요, 아빠?" 아르나는 왜 그렇게 바보 같은 질문을 하냐며 팔꿈치로 빌쟈를 툭 쳤다. 덕분에 빌쟈의 안경이 비뚤어졌고 아이는 움찔했다.

"얼마나 추운지 오줌을 누면 얼음조각이 나올지도 몰라." 아이에르는 할리로부터 건네받아 이제 막 뚜껑을 연 맥주를 한 모금 들이켰다.

"물고기도 봤어요?" 아르나는 테이블에 몸을 기울이며 두 손으로 턱을 받치고는 두 눈을 가늘게 떴다. "물고기를 잡아왔으면 좋았을 텐데."

"물고기는 한 마리도 못 봤어. 물고기들한테도 바닷물이 너무 차갑거든. 너무 추워서 다 죽어버렸을 거야."

선장의 표정은 전혀 유쾌해 보이지 않았다. 그는 조리실 반대편 싱크대에 팔짱을 끼고 기대서 있었다. "내가 제대로 이해한 건지 모르겠소. 빗장은 풀었는데 문은 못 열었다, 이 말입니까? 그리고 파손의 흔적도 발견하지 못했다고요?"

아이에르는 고개를 끄덕였고, 이에 맞춰 몸이 떨리자 그의 머리도 따라 흔들렸다. "네. 구멍이 뚫린 건 보지 못했습니다. 여기저기 긁힌 자국들은 많았지만 위험할 정도로 깊이 파인 흔적은 없었어요. 문의 잠금장치는 풀었지만 열 수가 없었어요, 저 혼자서는요. 어쩌면 문에 줄을 연결한 다음 갑판 위에서 여러 사람이 동시에 줄을 잡아당겨 여는 건 가능할지, 저도 잘 모르겠습니다. 하지만 저 아래서는 못 열어요."

"선생 같은 부류들은 못 하겠죠, 적어도." 힐리가 신징을 향해 눈을 찡긋했다. 파도의 비말이 그의 하얀 머리칼과 이마까지 뒤덮고 있었다.

아이에르가 물속에 있을 때 합류한 로푸투르가 비아냥거리며 덧붙였다. "나는 물 아래에선 뭐든지 아주 가벼운 줄 알았는데. 그런데 별로 가볍지 않은 모양이네."

"아, 입 다물어요. 그렇게 용감한 분들이면 직접 산소통을 몸에 감고 내려가지 그랬어요?" 아이에르는 맥주를 한 모금 더 들이켰다. 버럭 화를 내고 나니 몸이 조금 따뜻해졌다. "저는 그냥 상황을 설명하는 겁니다. 문제를 어떻게 풀어야 할지는 저도 전혀 모르겠다고요. 당신들은 선원이잖아요. 나한테 어려운 일 떠맡기지 말고 이 난장판을 해결해보라고요."

"맥주를 많이 드신 모양입니다." 갑자기 선장은 몸을 바로 세웠다. "가서 아내 분이랑 대화라도 좀 해보시죠? 아까 달려나갈 때 보니 화가 많이 난 것 같던데. 그러고 나서 따뜻한 물에 샤워도 하고 잠을 좀 자는 게 좋겠소. 추위를 이기려면 그 방법뿐입니다."

"엄마 엄청 화났어." 아르나가 씩 웃었다. "아직 아빠랑 얘기하고 싶지 않을걸." 여기 남아서 어른들의 말싸움을 듣고 싶어하는 속마음이 빤히 보였다. 이런 상황은 자주 일어나지 않으니 아이에게는 절대 놓치고 싶지 않은 기회이리라. "나라면 더 기다릴 거야."

빌쟈는 언니를 책망하는 표정이었다. "엄마는 화가 난 게 아니야. 아빠, 엄마는 그냥 속상한 거야. 아빠가 너무 오랫동안 안 보이니까 엄마는 아빠가 바다에 떨어진 거라고 생각한 거야. 창밖을 내다봐도 아저씨 둘만 있고. 그래서 엄마는 아빠가 물에 빠진 거라고 생각했어. 엄마는 우리가 창밖을 보지 못하게 아래층으로 내려가라고 했어. 나는 아빠가 다시 올라오는 걸 보고 싶었는데."

아이에르는 자신의 입술이 말라있는 걸 알아챘다. 혀로 입술을 적시자 소금 맛이 났다. "엄마는 괜찮아질 거야."

"나도 그렇게 추워보고 싶다." 아르나는 테이블에 몸을 더 기댔다. "만약에 내가 아이스크림을 아주 많이 먹고 얼음도 많이 씹어 먹으면 아빠처럼 추워질 수 있을까?"

"그래, 분명 추워질 거야. 하지만 아빠는 추천하고 싶지 않다."

"배에는 아이스크림도 없어요." 선장은 할리에게서 남은 맥주병을 건네받아 도로 냉장고에 집어넣으며 말했다.

"있어요." 아르나는 고집스럽게 되받아치며 선장의 권위에 굴복하지 않으려고 했다. 아이가 보기에 선장은 자기들을 통제하려고 드는 또 다른 어른에 불과했다. "냉동고에 식료품 넣을 때 아이스바 있는 거 다 봤어요. 나 하나 먹어도 돼요, 아빠?"

"안 돼." 아이에르는 쾅하고 맥주를 내려놓았다. 딸의 질문에 그는 정신이 번쩍 들었고 현실의 곤혹스러운 상황으로 돌아왔다. "아래층에 내려가서 엄마 찾아보자. 선장 아저씨 말이 옳아." 그는 선장과 눈을 마주친 다음 시선을 식료품 저장고 문으로 옮겼다. 그때쯤에는 술기운이 완전히 달아나 버렸다. 자물쇠가 바닥에 떨어져 있었다. 누군가 클립 같은 것으로 자물쇠를 딴 듯했다. 갑판으로 나갈 때만 해도 자물쇠가 멀쩡하게 잠겨있었는데. 아이에르는 기침을 했다. "자물쇠 건드렸어요?" 그는 최대한 아무렇지도 않다는 듯 저장고를 향해 고개를 끄떡했다. 세 선원은 고개를 저었다. "아무래도 라라나 쌍둥이들이 저런 게 아닌가 싶군요."

아르나와 빌쟈는 이해할 수 없다는 표정으로 아빠를 빤히 쳐다
봤다. "뭘 했는데?"

"아무것도 아냐." 아이에르는 선장이 저장고로 걸어가 문을 여
는 모습을 바라보았다. 선장이 안으로 들어가는 틈으로 저장고 안
의 상태를 얼핏 본 그는 숨이 턱 막혔다. 냉동고의 덮개가 열려있
고 안에 들어있던 식료품들은 죄다 바닥에 흩어져 있었다. 시신이
사라졌다는 사실을 확인하기 위해 굳이 냉동고 안을 들여다볼 필
요도 없었다. 선장의 표정에서 충분히 짐작할 수 있었다.

도대체 무슨 일이 벌어지고 있는 걸까? 아이에르는 시신이 어디
에 있는지 알 듯했다. 바닷속 여자의 시신은 환각이 아니었다. 사
실을 바로 털어놓지 않다니, 자신은 얼마나 어리석은 실수를 저지
른 것인가. 이제 와서 그 이야기를 털어놔봤자 믿기도 힘들거니와
의심스럽기까지 할 것이다. 대체 누가, 왜 시신을 배 밖으로 던져버
린 것일까? 분명 아이에르의 소행은 아니었고 선장과 할리 역시 서
로에게 들통나지 않고 그런 일을 저지를 수는 없었다. 그렇게 되면
남는 사람은 단 한 명이었다. 아이에르는 로푸투르를 쳐다봤고, 로
푸투르는 얼른 그의 눈을 피했다.

16장

책상 위에 놓인, 모서리가 잔뜩 접힌 사본들을 보니 그간 얼마나 험하게 다뤄졌는지 짐작이 갔다. 토라는 접힌 부분을 펴다가 담뱃잎과 보풀 조각들을 발견했다. 이것들은 사본이 결코 깨끗한 점퍼 주머니에 보관되지 않았음을 암시했다. "사본 가져다 주셔서 감사합니다. 다리에 깁스까지 하고 이런 날씨에 돌아다니시려면 엄청 불편하셨을 텐데요." 토라는 연신 접힌 서류를 펴면서 재빨리 낱장들을 들춰보았다. 언뜻 보기에는 필요한 서류가 모두 포함되어 있는 듯했다. 그녀는 스네이바르를 쳐다보며 미소를 지었다. "서류 취합하시는 데 어려움은 없으셨나요?"

"오, 아뇨. 별로 그렇지 않았습니다. 제 방 쓰레기더미를 뒤지다 보니까 이 병원 서류들이 나오더라고요. 할리가 분명 제 가방을 대신 싸다가 거기에 쑤셔넣었을 겁니다. 그리고 사회보험국에서 받은 서류도 가져왔어요, 혹시라도 변호사님이 뭔가 공식적인 걸 필요해하실지도 몰라서요. 지금은 딱히 할 일도 없거든요. 어쩌면 변호사

283

님한테 별 쓸모가 없는 서류일 수도 있어요. 그냥 제 유럽 건강보험카드와 관련된 지불내역인데요, 병원 처치기록이랑 뭐 그런 것들이 좀 나와있어요. 어쨌든 이제 관련된 서류는 다 드린 거예요. 또 도와드릴 게 있으면 말씀하세요. 할 일이 있다는 게 기분 전환에 도움이 되거든요."

"물론 한동안은 바다에 나가시지 않겠죠. 다리는 언제쯤이면 다 낫나요?"

"잘 몰라요. 그렇지만 2~3주 안에는 나았으면 좋겠습니다." 스네이바르가 어깨를 으쓱하자 입고 있던 화려한 점퍼의 늘어날 대로 늘어난 목둘레 선이 벌어지며 안에 입은 흰색 티셔츠를 드러냈다. 그는 지저분한 트레이닝복 하의를 입고 있었는데 특정한 형태가 잡히지 않은 보풀투성이 아크릴 소재 점퍼와는 조금도 어울리지 않았다. 짙은 머리칼은 두피에서 1밀리미터도 채 되지 않을 정도로 짧게 깎았지만 머리 감을 때가 지난 듯 냄새를 풍겼고, 턱수염은 면도기로 턱 주변을 좀 더 바짝 깎아야 할 상태였다. 토라는 젊은 남자의 단정치 못한 용모에 주목하지 않으려고 애썼다. 어쩌면 그의 외모가 항상 이렇지는 않을 것이다. 깁스를 한 다리에 들어갈 만큼 폭 넓은 바지를 찾기란 분명 어려울 테고, 샤워 역시 쉽지 않을 것이다. "저는 두 달에 한 번씩 바다에 나가요. 제가 쉬는 달에 이 사건이 터졌으니까 다음 달에 바다 나가기 전까지는 몸을 움직일 수 있어야죠. 안 그러면 또 두 달 연속으로 일을 못 하게 되니까요. 아니면 저랑 엇갈리는 주기로 일하는 녀석이랑 거래를 해야죠."

책상 아래를 내려다보니 국영 주류판매점 리기드의 비닐봉지에 싸인, 그의 깁스한 다리가 토라의 눈에 들어왔다. "네. 그런 다리로는 절대 멀리 나갈 수 없을 테니까요."

"그렇죠." 스네이바르는 이를 드러내지 않은 채 잠시 미소를 지었다. "해변에서 발견된 시신이 누구 것인지 아세요?" 잡담이나 나눌 생각은 없다는 게 확연히 드러났다. 토라는 그가 무엇을 염려하는지 잘 알았다. 그의 친구 할도르가 몇 안 되는 실종자 중 하나였으니 말이다.

"네. 스네이바르 씨 친구 분은 아닙니다." 그날 아침 일찍 아이에르의 부친이 전화를 걸어 시신의 신원이 아이에르나 그의 가족은 아닌 것으로 경찰이 확인해줬다고 토라에게 알렸다. 경찰은 부검을 통해 시신의 신원을 확인한 후 실종자의 가장 가까운 친족에게 이 사실을 통지한 것이다. 어차피 경찰의 성명이 정오에는 언론에 발표될 예정이기 때문에 토라는 시신의 신원을 스네이바르에게 알려도 문제없을 거라고 판단했다. "시신은 항해사 로푸투르였습니다." 토라는 그의 안색이 안도감에서 곧바로 자신의 이기심에 대한 수치심으로 눈에 띄게 옮겨가는 것을 지켜보았다. 시신의 신원이 누구이든 이 일 자체가 비극이라는 사실은 변하지 않았다.

"그분과는 아는 사이였나요?" 토라는 질문을 던졌지만 그의 반응으로 보아 답은 뻔했다.

"아뇨. 한 번도 만난 적 없습니다, 제가 기억하기로는. 하지만 제가 사람 얼굴을 잘 기억 못 하는 편입니다. 어쩌면 예전에 짧게 같이 일했을 수도 있지요. 아마 그럴 리는 없을 겁니다."

"그러면 리스본에서도 못 보셨겠네요?"

"네. 선장도 못 봤어요. 그 사람들이 도착하기 전에 사고를 당해서요. 물론 모든 게 계획대로 진행됐으면 만났겠죠. 그런데 로푸투르라는 사람이 누군지는 알 거 같습니다. 사람들이 그에 대해서 이야기하는 걸 들은 적은 있으니까요."

"아, 어떤 이야기를 들으셨나요?"

"나쁜 얘긴 하나도 없었어요. 그 반대였죠. 정확한 말은 까먹었지만 아무튼 나쁜 건 아니었어요. 그 사람이 존나 능력 있는 항해사라는, 뭐 그런 말이었어요. 엄청 어렸을 때 항해사 자격증을 땄다고 했어요. 제 기억이 정확하다면요." 스네이바르는 눈을 천정을 향해 치켜뜨며 기억을 되짚어보려고 애썼다. "아, 생각났다. 사람들 말로는 그가 아주 앞날이 창창한 사람이라서 어업 일을 그만둔 게 안타깝다고 했어요. 저도 일한 적이 있었던 트롤선에서 근무를 했었대요. 제가 거기서 일을 시작하기 직전에 그만두기는 했지만요. 선장 눈 밖에 났다고 했었나, 암튼 그런 어처구니없는 이유 때문이었대요. 그래서 사람들이 이제 저 사람은 무슨 일을 할까 궁금해했답니다. 그게 다예요."

"친구 할리 씨는 그분을 알았나요?"

스네이바르는 천천히 고개를 흔들었다. "아닐 거예요. 그렇지만 확실히는 모르겠어요." 그가 고개를 심하게 뒤로 젖히는 모습을 본 토라는 순간적으로 그의 목젖이 튀어나오는 것은 아닌지 걱정스러웠다. "맙소사, 진짜 너무 끔찍한 사건이에요."

"정말 그렇죠." 토라는 스네이바르가 고개를 원래대로 되돌리는 모습을 지켜보면서 문득 그와 같은 사람들은 감정을 있는 그대로 드러내는 사람보다 슬픔을 더 잘 견디는지 궁금해졌다. 하지만 그의 표정을 보면서 토라는 어쩌면 과묵한 이들이 더 힘겨워하는 건지도 모른다고 생각했다. "아마 이 소식을 접하시면서 다른 실종자들의 생존 확률도 크게 떨어졌다는 걸 알아채셨을 겁니다."

그는 눈알을 굴렸다. "생존자는 없어요. 그렇게 믿는 사람이 있다면 그게 더 놀랍죠."

토라는 팔짱을 끼며 말했다. "저도 그 생각에 대체로 동의합니다만, 사람들은 극단적인 조건 속에서도 살아남고는 하죠."

스네이바르는 고개를 내저었다. "아뇨. 실종자들이 구명정을 타고 표류할 확률은 없어요. 혹시라도 그들이 구명정에 올라탔다고 생각하신다면요, 이미 오래 전에 뒤집어졌을 겁니다."

"그 말이 맞을 겁니다." 입 밖으로 꺼내어 말하지는 않았지만 토라는 시신이 로푸투르라는 소식에 대해 그가 보인 반응에서 그 또한 할리가 아직 살아있을 것이라는 희망을 놓지 않았다고 짐작했다. 하지만 그의 말에도 일리가 있었다. 지금쯤이면 모두 다 사망했을 것이 확실하다. 공식적인 수색은 중단되었고 헬리콥터도 더 이상 요트가 지나간 바다 위를 맴돌지 않았다. 그 대신 경찰은 해변을 샅샅이 뒤지고 있었다. 산 사람이 아닌, 죽은 사람을 찾기 위해서. "마지막으로 친구 분이랑 대화를 나눈 건 언제였나요? 아이에르 씨와 가족들은 요트가 리스본에서 출항할 때 집에 전화를 했는데 그 이후로 아무런 연락도 못 받았다고 하더라고요. 할리 씨는 출항 이후 스네이바르 씨에게 연락을 했었나요?"

"아니요." 스네이바르는 망설임 없이 대답했다. "떠나기 전에 서한테 진통제랑 코카콜라, 사탕 같은 것들을 갖다줬어요. 그리고 나서 출항하기로 예정된 당일에 호텔에서 헤어졌죠. 이후 아무 연락도 못 받았습니다. 컨디션도 아주 좋아보였어요. 저한테 집으로 돌아갈 비행기 표도 사주고 이것저것 챙겨줬거든요. 집에서 랩톱을 안 챙겨와서 제가 비행기 표를 직접 살 수 없었는데 운 좋게도 호텔 로비에 컴퓨터가 한 대 있었어요. 표 값을 어떻게 갚아야 좋을지 모르겠어요. 가족 분들한테는 아직 연락하고 싶지 않아요. 그 친구가 살아서 발견되기만을 여전히 기다리고 있겠죠. 좀 더 기다려보려고요. 그런데 제가 깜빡하고 연락을 못 드린 상태에서 카드 사용내역서를 받아보시고 이게 대체 무슨 일인가 놀라실까봐 걱정됩니다."

서류들을 휙휙 넘기던 토라는 여행 서류를 발견하고는 재빠르게 훑어보기 시작했다. 익스피디아에서 런던 행 항공편과 런던 발 아이슬란드 행 항공편을 구입한 영수증이 눈이 띄었다. 카드 소지자의 이름은 할도르 토르스틴손이었다. 토라는 영수증을 스네이바르에게 보여주었다. "제가 복사하고 나서 이 사본을 돌려드릴게요. 그러면 영수증을 보고 상기하실 수 있을 겁니다." 그녀는 서류를 다시 내려놓았다. "좀 바보같이 들릴 수 있는 질문 하나 드리겠습니다. 할리 씨한테 휴대폰이 있었나요? 아니면 카메라라도?"

스네이바르는 어딘가 모자란 사람이라도 보는 듯 토라를 쳐다봤다. "휴대폰은 당연히 있었죠. 그런데 카메라가 있었는지는 모르겠어요. 적어도 저는 그 친구가 카메라 들고 다니는 걸 본 적이 없어요. 사진을 찍고 싶었다면 휴대폰을 사용했겠죠. 그렇지만 사진 같은 걸 찍고 싶어했는지도 잘 모르겠어요." 그는 고개를 갸우뚱했다. "그건 왜 물으세요?"

"그러니까 경찰은 배 위에서 휴대폰이나 카메라는 전혀 발견되지 않았다고 하는데, 그게 좀 이상하잖아요. 만약 다급하게 배를 버린 상황이라면 적어도 그 중 한 명은 휴대폰을 떨어뜨렸을 법하잖아요. 파도에 휩쓸려 나갔을 경우는 말할 것도 없고요." 토라는 화제를 바꿨다. "혹시 당신은 배를 타고 돌아오실 생각은 안 해보셨나요? 비행기 대신 요트를 타면 호텔에서 며칠씩 머물 필요도 없었을 테고요. 다리 부상을 입었다고 교대로 조타장치를 지키는 일조차 불가능한 건 아니지 않나요?"

"첫 48시간 동안은 별로 쓸모가 없었을 거예요. 그 이후로는 말씀하신 것처럼 거들 수 있었겠죠. 저는 3일 후에 집으로 돌아왔는데 비행기 타는 것도 선박 경계 서는 일만큼이나 지치더라고요. 이런 상태로 여행을 하는 건 악몽이지만 조타실에 앉아있는 데 대단한 육체노동이 필요한 건 아니잖아요. 리스본에 혼자 남겨진 후 호텔에 돈 쓰지 말고 그냥 할리랑 같이 요트에서 숙박을 해결할 걸 그랬다는 후회가 밀려와서 화가 났던 기억이 납니다. 제가 요트에 머물고 있었다면 분명히 집까지도 태워다줬을 거예요. 아시다시피 지금은 그렇게 하지 않았던 게 천만다행이라고 생각하지만요."

"요트에서 자는 게 가능한가요?"

"그럼요. 안 될 게 뭐가 있겠어요? 열쇠도 가지고 있고 불평할 사람도 전혀 없었는데요. 다른 사람들이 도착하기 전에 항해 준비도 시작하고 엔진이랑 정비 점검도 해야 했어요. 그러니 누가 그런 문제로 호들갑을 피우겠어요."

"선장한테 전화해서 제안할 생각은 안 해보셨나요?"

"네. 선장이 너무 열받아 있어서 말할 생각을 못 했어요. 사람이 화가 나있을 때 논리적으로 설득해봤자 아무 소용도 없다는 걸 잘 아니까요. 할리가 지나가는 말로 꺼내기는 했는데 선장이 받아들이지를 않았대요. 어쨌든 그쯤에는 이미 저 대신 그 가족이 승선하기로 결정되었을 거예요. 솔직히 말씀드리면 더 열심히 설득하지 않은 게 다행이라고 생각합니다. 다리 통증이야 할리가 겪었을 일에 비하면 아무것도 아니잖아요."

토라는 그 전날 늦게 경찰이 인계해준 서류 파일을 꺼냈다. "괜찮으시다면 의견을 여쭙고 싶은 부분이 있습니다." 그녀는 스네이바르에게 파일을 보여줬다. "이건 요트의 GPS에 입력되어 있던 경로입니다." 토라는 손가락으로 리스본에서 레이캬비크 사이를 연결하는 원 모양에 가까운 선을 따라 그렸다. 그러고는 책장을 넘겨 다음 두 쪽을 보여주었다. 한 쪽에는 아이슬란드 영해 내 경로를 나타내는 해도의 확대된 사진이, 다른 한 쪽에는 레이캬비크 항구와 멀리 떨어지지 않은 곳에서 원을 그리고 있는 요트의 여러 이동 경로를 나타내는 해도가 나와있었다. "이 자료를 넘겨준 경찰과는 연락이 닿지 않았지만 제가 이해하기로 요트는 여기 어디서쯤부터 원을 그리며 움직이기 시작했어요." 토라는 첫 번째 확대 사진을 가리켰다. "저는 이게 날짜라고 생각하고 있습니다. 그러니까 요트는 항구로 돌진하기 약 24시간 전에 이런 모양으로 움직였다는 뜻입니다. 여기서 대체 무슨 일이 벌어진 건지 짐작이 가시나요?"

스네이바르는 믿을 수 없다는 표정으로 해도를 자세히 들여다보았다. "어쩌면 자동조종 장치가 고장을 일으켰거나 아니면 방향키가 작동을 멈췄을 수도 있겠죠. 하지만 그럴 가능성은 아주 낮아요. 선장이 요트가 빙글빙글 도는 동안 손 놓고 기다렸다가 나중에야 조치를 취했을 리 없으니까요. 선원 중 누군가 배 밖으로 떨어져서 그 사람을 찾고 있었다고 하면 오히려 말이 되겠죠. 아니면 여자 승객이거나. 어쩌면 여러 명일 수도 있죠."

"저도 그런 생각이 들었습니다. 물에 빠진 게 누구인지 출력물에 나오지 않은 게 아쉽네요."

"항해시스템이라는 게 그렇게 정교하지 않습니다."

"그냥 농담으로 해본 소리였습니다." 토라는 확대된 해도가 나와 있는 곳을 펼쳤다. "그럼 항해의 마지막 부분은 어떤가요? 이 부분도 이상하긴 마찬가지입니다. 제가 바로 이해한 거라면 요트는 아이슬란드로 접근하던 중 경로를 변경했어요. 그로타 해안에 아주 가까이 다가갔다가 다시 바다 쪽으로 나와서 또 한 번 거대한 원을 그리며 항해한 다음 레이캬비크 항구로 직행했습니다. 이건 항해 마지막 부분에서 요트의 움직임을 보여주는 확대사진이고요."

스네이바르는 해도를 세세하게 살펴보았다. "이게 뭐죠?" 그는 페이지 끄트머리마다 표시된 글씨를 가리켰다.

"제 생각에는 날짜인 듯해요. 그러니까 GPS에 경로가 입력된 날짜를 알려주는 거죠."

스네이바르는 납득한 표정이었다. "다시 말해서 배 위의 누군가는 요트가 육지로 접근할 때 틀림없이 살아있었을 거라는 뜻이죠?" 그는 두 번째 해도의 날짜를 가리켰다.

"네. 제 해석이 맞다면요." 토라는 요트의 경로를 따라 손가락을 움직였다. "혹시 이 사람이 그로타 인근에서 배를 버리고 육지로 올라오는 게 가능할까요? 그 지역 해류에 대해서 좀 아시나요?"

"맙소사." 스네이바르는 두 손으로 머리칼을 어찌나 세게 빗어넘겼는지 양쪽 눈이 찢어져 보일 정도였다. "이럴 수가."

"그렇죠." 처음 해도를 접했을 때 토라의 반응도 똑같았다. 무엇보다도 사건이 아주 복잡해질 것이 뻔했기 때문에 당혹스러웠다. 아이에르와 라라가 몰래 육지로 숨어들었을 가능성이 있는 상황에서 어떻게 두 사람의 사망 판결을 내리도록 판사를 설득한단 말인가? 사실 그 단계에서는 배 위의 어느 누구라도 배를 버리고 빠져나갈 수 있었다. 심지어 모든 사람이 그랬을지도 모른다. 물론 로푸투르는 제외하고. 어떤 이유에서든 모든 사람들이 허둥대다가 육지를 바로 앞에 두고 익사한 것이 아니라면 말이다. 하지만 그것은 로푸투르의 시신이 레이캬네스 반도에서 남쪽으로 45킬로미터가량 떨어진 해안에서 발견되었다는 사실과 앞뒤가 맞지 않았다. 시신이 그로타에서 그 지점까지 그 먼 거리를 파도에 휩쓸려온다는 건 불가능했다. 정상에 등대가 우뚝 서있는 그로타는 레이캬비크 최서단 교외에 위치한 셀티아르드나르드네스 해안에서 돌출되어 나온 자그마한 해협이었다. "그로타 해안의 바다는 어떤가요? 거기서 육지까지 헤엄치는 게 가능한가요?"

"글쎄, 그건 저도 진짜 잘 모르겠네요. 수영을 얼마나 잘 할 수 있는지 그리고 바다 상태가 어떤지에 따라 달라지겠죠. 바다 수영 경험이 있는 사람한테 물어보시는 게 좋겠어요." 보아하니 스네이바르는 여전히 예상치 못한 새로운 전개를 제대로 파악하지 못하는 듯했다. "이럴 수가. 저였으면 절대 시도하지 않았을 겁니다."

"잠수복을 입은 상태였다면요?"

그는 미소를 지었다. "엉뚱한 사람한테 물어보시는 거예요. 한 번 시도는 했었는데 저랑은 안 맞더라고요. 저라면 아이슬란드 주변 바다에서는 절대 잠수하지 않겠지만, 프로라면 별로 대수롭지 않은 일일 수도 있죠."

"하나 더 여쭤볼게요. 그 지점에서 육지 가까운 곳까지 배를 몰아 접근할 만한 이유가 있나요? 암초나 천해, 해류 같은 것을 피한다거나 뭐 그런 이유가요?"

"아뇨. 전혀 없습니다."

"알겠습니다." 토라는 그로타의 등대 인근에서 출발해 레이캬비크 북쪽 팍사플로이 만으로 연결되는 곡선을 손가락으로 따라 그렸다. "그럼 이건요? 요트가 항구로 직행하지 않은 이유에 대해서는 짐작하는 바가 있으세요?"

스네이바르는 고개를 저었다. "아뇨. 전혀 갈피를 못 잡겠어요. 이건 미친 짓이에요. 완전히 제정신이 아니라고요. 누군가 또다시 배 밖으로 떨어진 게 아니라면요. 누군가 추락했다고 해도 이 곡선을 설명해줄 수는 없어요. 곡선이 그리는 지역이 너무 광범위한 데다 왔던 길을 되돌아가지도 않잖아요. 정말 미친 짓이에요."

"저도 그렇게 생각했습니다." 토라는 파일을 다시 자기 쪽으로 잡아당겼다. "항해시스템을 몰라도 좌표를 입력할 수 있나요? 힝

해시스템도 자동차 GPS와 같은 방식으로 작동하나요?"

"아뇨. 그러니까 GPS 자체는 같은 방식으로 작동하지만 자동조종 장치를 설정할 줄 알아야 해요. 요트에 있는 특정한 기기를 조정할 수 있어야 하죠. 만약 그 방법을 모른다면 시스템을 가지고 저런 장난을 칠 수 없어요. 뭐, 기기를 만지작거린 그 누군가가 시스템 작동법을 몰라서 요트가 그렇게 이상하게 이동한 거라면 모를까요. 그렇다면 가능할 수도 있겠네요."

"그렇군요." 토라는 잠시 생각에 잠겼다. "유람선 해기사면허증 소지자라면요? 그 사람이라면 시스템 작동법을 알았을까요?"

스네이바르는 가소롭다는 듯 코웃음을 쳤다. "아뇨. 그런 강습에서는 온통 쓸데없는 것들만 가르친다니까요. 해도에 좌표를 입력할 때 필요한 자기편차에 대해서조차 알려주질 않아요. 작동법을 알아내는 일에 있어서는 변호사님이나 유람선 해기사면허증을 가진 천재나 큰 차이 없을 겁니다."

그렇다면 쌍둥이는 물론이고 아이에르와 라라가 그랬을 가능성은 제외된다. 로푸투르는 말할 것도 없고.

이제 남는 사람은 선장과 할리뿐이다.

구글 번역 기능이 쓸모가 있었다. 토라는 스네이바르가 치료를 받았던 리스본 응급병동 입원신청서로 짐작되는 서류에 의사나 간호사가 휘갈겨놓은 내용을 빠짐없이 입력하고 있었다. 번역기를 돌려보니 서류의 한 항목은 '사고 경위'인 것으로 드러났고, 그 항목의 내용을 가능한 한 모두 번역기에 입력한 결과는 토라의 호기심

을 자극하기에 충분했다. 입원 수속을 밟는 와중에 만취한 스네이
바르가 자신을 뒤에서 민 것은 아이슬란드 사람이었다고 주장했다
는 것이었다. 그는 범인이 누구인지는 알지 못하지만 그의 일행이
었던 할도르가 범인이냐고 묻는 질문에는 아니라고 부인하고는 알
아들을 수 없는 말로 횡설수설하기 시작했다고 적혀있었다. 의사
는 환자가 멀쩡하게 진술할 수 있을 정도로 술이 깰 때까지 경찰에
신고하는 것을 미루기로 결정했다. 첨부된 서류에 이 해프닝에 대
한 추가적인 언급이 없었기 때문에 사건이 어떻게 마무리되었는지
는 파악할 수 없었다. 스네이바르는 토라에게 사건에 대해 설명하
면서도 자신을 뒤에서 떠민 가해자가 아이슬란드인이라는 점에 대
해서는 일체 언급하지 않았었다.

토라는 스네이바르가 버스나 택시에서 전화를 받는 상황을 피하
기 위해 그가 집에 도착했을 즈음 전화를 걸었다. 사람들은 낯선
이들이 자신의 통화내용을 듣고 있을 때 스스럼없이 이야기하지 못
하는 경향이 있다. 그녀는 면담 이후 이렇게 금방 귀찮게 만들어서
죄송하다고 사과를 한 다음 병원 진단서 내용을 설명했다. "그때
했던 말 다 기억하시나요?"

"네. 흐리멍덩하게요." 스네이바르는 약간 당황한 목소리였다.

"병원에서 정확하게 기록한 건가요? 당신을 뒤에서 민 게 아이
슬란드 사람이었다고 적혀있는데요?"

"그게…, 당시에는 그렇게 생각했어요. 그런데 확신할 수는 없
습니다. 그때는 만땅 취한 상태였거든요. 그렇지만 그 사람이 저를
밀기 직전에 아이슬란드어로 뭐라고 중얼거린 것은 확실합니다."

295

"그럼 할도르 씨가 아니라는 것도 확실한가요? 그날 저녁에 함께 외출하셨잖아요, 그렇죠?"

"그럴 리 없습니다. 할리는 안에서 계산을 하고 있었어요. 저는 맑은 공기를 좀 쐬려고 먼저 나왔고요. 말씀드렸다시피 술에 떡이 돼있었어요. 그러니까 절대 할리가 그랬을 리는 없습니다."

토라는 잠시 침묵했다. "경찰에 그 사실을 알리셨나요?"

"아뇨. 외국에서 경찰이랑 엮이는 일은 만들고 싶지 않았거든요, 어차피 신고한다고 해도 달라질 게 없었고요. 그 나라 경찰이 뭘 할 수 있겠어요? 제 외투에서 범인 지문 채취하기?"

"병원에서 문제 삼지는 않던가요?"

"네. 병원에서는 저를 퇴원시킬 수 있어서 한시름 놓았죠. 할리가 저랑 병원에서 하루 묵었거든요. 그래서 다음날 아침에 제가 그녀석을 시켜서 병원에다가 그날 귀국할 예정이라고 거짓말을 하게 했어요. 검사받는다고 귀찮게 왔다갔다 하기 싫어서요. 어차피 응급처치는 다 했으니 뼈가 붙기만 기다리는 것 외에 다른 치료는 필요 없었으니까요. 병원은 다행히 거짓말을 있는 그대로 받아들였고 귀국하고 나서 제출해야 할 서류를 할리에게 전달해줬어요."

"그러면 제가 어떻게 원본을 받게 된 건가요? 귀국 이후에 진료를 받으러 가지 않았어요?"

"네." 스네이바르는 통화를 시작했을 때보다 더 멋쩍어하는 목소리였다. 토라는 그의 엄마라도 된 기분이었다. "계속 가려고 생각은 하고 있었어요."

"병원은 꼭 가셔야 합니다. 제가 서류 복사하고 원본은 돌려드릴게요. 원하시면 제가 스네이바르 씨 사는 지역보건소에 직접 갖다줄 수도 있어요." 그러나 스네이바르는 서류를 자신에게 돌려달라고 부탁했고 토라는 그가 진료예약을 최대한, 아마도 깁스를 풀어야 할 때까지 미루려고 할까봐 걱정스러웠다. 어쩌면 그처럼 터프한 남자들은 아예 깁스도 직접 풀지 모를 일이다. "한 가지만 더 여쭤볼게요. 선장이랑 로푸투르가 언제 리스본에 도착했는지 알고 있어요?" 아이슬란드에서 포르투갈까지 직항이 없다는 점을 고려했을 때 그 시기에 아이슬란드인 관광객이 많았을 가능성은 높지 않았다. 게다가 아이에르와 그의 가족들이 알지도 못하는 같은 나라 사람을 공격했을 가능성은 극도로 낮았다.

"저희가 도착하고 3~4일 뒤쯤 도착할 예정이었던 거 같습니다."

"그게 언제였죠?" 토라는 스네이바르의 리스본 행 항공표를 찾아내 그의 입원날짜와 비교해보았다. 두 날짜는 3일 간격이었다. "사고를 당하고 그 다음날인가요?"

스네이바르는 기억을 더듬는 모양인지 잠시 말이 없다가 다시 입을 열었다. "네. 사고 다음날이었던 것 같아요." 그는 다시 말을 멈췄다. "아무리 머리를 쥐어짜도 날짜는 기억이 안 나요. 잠깐만요. 맞다, 두 사람은 3월 3일 오후에 도착하기로 되어있었어요. 그러니까 아마 제 다리가 부러진 그날일 거예요."

토라는 입원신청서의 날짜를 확인했다. 역시 3월 3일이었다. 그렇다면 선장이나 로푸투르 둘 중 한 사람이 이 사건과 연관되었을 가능성이 있는 것이다. 토라는 간호사들이 스네이바르의 진술과 관련해 추가적인 내용을 기록했을 경우를 대비해 병원 기록을 모두 구글 번역기에 입력하는 일을 벨라에게 맡기기로 했다. 사고 당일에 관한 당사자의 기억이 매우 흐릿하기 때문에 어쩌면 병원 기록으로부터 사건 전말을 밝혀내는 행운을 얻을 수 있을지 모른다. 토라는 고맙다는 말을 남기고 전화를 끊었다.

이 모든 전개는 사건에 있어 무척이나 나쁜 소식이었다. 이제는 리스본의 병원 기록을 인용하거나 계획했던 대로 기록 자체를 사건 개요에 첨부할 이유가 완전히 사라져버렸다. 어쩌면 스네이바르에게 지역보건의의 진료를 받은 다음 다리가 부러졌다는 사실만을 기재한 서명진단서를 받아오라고 설득하고, 추락사고를 유발했을지 모르는 신원 미상의 아이슬란드인에 관한 언급은 일체 배제하는 쪽이 더 나을 것이다. 만약 보험사가 이 서류를 손에 넣기라도 한다면 그 내용을 이용해 아이에르와 라라의 실종에 관한 가설을 지어낼 수도 있다. 이 서류만 있으면 두 사람이 실종사건을 사전에 계획했으며 요트 승선 또한 우연이 아니었다고 주장하기란 아주 간단한 일이다. 아이에르는 요트에 자리를 얻기 위해 고의적으로 스네이바르를 밀어버린 명백한 가해자가 될 것이다. 개연성은 매우 낮지만 가능성 자체까지 배제할 수는 없다. 오, 왜 이토록 모든 게 복잡하단 말인가?

토라는 자세를 바로 하고 앉아 스트레칭을 했다. 어쩌면 석유시추선에 변호사가 할 만한 일이 있을지도 모른다.

17장

창턱에 앉은 고양이가 살아있다는 유일한 신호는 휙휙 흔들어대는 꼬리뿐이었다. 고양이는 강풍이 닿는 곳마다 납작하게 변하는 정원을 노려보고 있었다. 고양이에게 폭풍우는 체면을 깎아먹기 좋은 환경이었다. 고양이는 감히 이런 태도로 행동하는 비바람에 대한 혐오감을 드러내기 위해 꼬리를 날카롭게 흔들었는지도 모른다.

"고양이들은 쓸모없어." 고양이를 바라보던 솔리가 지루하다는 듯 투덜거렸다. 엄마와 딸은 함께 소파에 드러누워 있었다. 솔리는 도서관에서 빌린 책을 배 위에 펼쳐놓고 말했다. "아무것도 하는 것이 없잖아."

"고양이들이 얼마나 많은 일을 하는데." 토라는 자신의 애완동물을 옹호해야만 한다고 느꼈다. "단지 자기가 하고 싶은 일을 할뿐이지, 사람들이 원하는 일이 아니라." 토라는 딸을 발로 살짝 찼다. "괜히 불쌍한 고양이한테 화풀이하지 마. 날씨가 이런 게 고양이 잘못은 아니잖아." 솔리는 원래 그날 오후 아이슬란드 동부 세이 일스타디르 시에서 온 팀과 축구경기를 할 예정이었지만 상대팀의 항공편이 취소되고 말았다. 상대팀을 완파할 거라며 자신만만하던 솔리와 같은 팀 친구들은 실망감으로 무너졌다. "사실 고양이도 너만큼이나 실망했을 거야. 밖에서 돌아다니고 싶을 텐데, 바다로 쓸려 갈까봐 무서워서 내놓을 수가 없더라."

"바람도 정말 못 참아주겠어. 바람 같은 게 왜 존재하는 거야?" 오늘따라 솔리는 전 세계의 모든 부당함을 혼자 짊어진 듯했다.

"아마도 옛날에 범선을 움직이려고 만들어진 게 아닐까. 아니면 풍차를 돌리거나." 토라의 말에 솔리는 여자주니어 4부 리그 축구경기에 비하면 그깟 것들 아무짝에도 쓸모없다는 표정으로 눈알을 굴렸다. 토라는 몸을 일으켜앉아 딸을 껴안았다. "아이고, 심통이 나있기는 해도 딸이랑 같이 있으니 너무 좋네." 그녀는 딸을 놓아주고는 자리에서 일어났다. "그러니까 너는 노르웨이에서 여름 아르바이트 자리 찾을 생각은 꿈에도 하지 마."

"내 얘기하는 거예요?" 길피가 하품을 하며 나타났다. 시가는 오리를 데리고 친척집 생일파티에 갔지만 이 팔팔한 아이 아버지는 감기에 걸려 꼬마 떼거리한테 옮길 수 있다며 불참을 선언했다. 아들의 말을 되받아치려던 토라는 오리의 생일파티 때 매튜가 얼마나 힘들어했는지를 떠올리며 꾹 참았다. 다만 그녀는 매튜를 짜증나게 한 게 아이들의 떠드는 소리였는지 아니면 엄마들의 수다 소리였는지 정확히 알지 못했다. 토라는 길피의 결정을 이해할 것 같다. 무엇보다 그녀는 최근 들어 시가와 길피의 관계에 간섭하지 않기로 마음먹었다. 같은 지붕 아래 산다고 해도, 젊은 부부는 토라가 끊임없이 심판자 노릇을 하지 않도록 둘의 문제를 알아서 해결하는 법을 터득해야 했다.

"아니, 네 얘기하고 있던 거 아닌데." 토라는 아들에게 미소를 지었다. "너랑 아무 상관 없이도 노르웨이는 우리의 대화 주제가 될 수 있지." 그녀는 아들을 가만히 바라보며 자신에게는 여전히 어리기만 한 아이가 무서운 속도로 성장하고 있음을 다시 한 번 절감했다. 눈앞에 서있는 청년 길피에게서 어린시절의 모습이 언뜻 스치기는 했지만 어른이 되어가는 속도는 앞으로 더욱 눈부실 것이다. 토라는 만약 아들이 정말 일년 간 외국에서 살게 된다면 돌아올 무렵에는 알아볼 수 없을 정도로 변해있을 거라고 생각했다. 자신이 고집을 부리는 것도 어쩌면 그런 이유 때문인지 몰랐다. 토라는 아들이 성장해 스스로의 인생을 살며 위험도 기꺼이 감수하기를 바랐다. 하지만 아들이 안전그물 없이도 아슬아슬하게 줄타기하기를 바라는 만큼이나 그 과정을 놓치고 싶지 않은 마음도 컸다.

"노르웨이가 얼마나 가까운지는 잘 알죠, 엄마?" 길피는 엄마의 마음을 읽는 게 틀림없었다.

"아니." 토라는 이제 사실을 받아들여야만 했다. 나이 어린 아들은 해외로 떠나 자기 두 발로 서는 법을 배울 것이다. 그리고 그녀는 장남과 손자가 보고 싶을 때마다 공항 보안검색대를 통과해야 하는 자신의 운명을 받아들여야 한다. "얼마나 가까운데?"

길피는 얼버무렸다. "나도 정확하게는 몰라요. 그렇지만 멀지는 않아요. 그리고 엄마는 면세점도 갈 수 있게 되잖아요."

마쳐 말하던 아들 가족이 떠나버리는 반대급부로 수류와 초콜

릿을 저렴한 가격에 구입할 수 있다는 논리였다. "잘됐네. 그 생각을 못 했어." 토라의 말에 안심하며 웃는 길피의 표정을 보니 비아냥거림을 감지하지 못한 모양이었다. "결과는 언제 알 수 있는데?" 시추업체에서 아들을 뽑지 않을 수도 있다. 그러면 토라의 걱정은 모두 괜한 것이 된다. 사람들은 흔히 일어나지도 않을 일을 걱정하느라 대부분의 시간을 보낸다고 말하지만 그런 통계는 끊임없이 쓸데없는 일에 초조해하며 뜬눈으로 밤을 지새우는 토라의 어머니 같은 사람에게나 해당한다. 토라의 모친에게 모든 뉴스는 곧바로 가족들에 대한 심각한 위협으로 다가오곤 했다. 가령 전국적으로 펼쳐지는 과속 방지 캠페인은 가족의 파멸을 경고하는 것과 다름없다. 이유인즉, 가족들이 갑자기 난폭운전을 하는 습관에 빠지거나 어떤 정신 나간 난폭 운전자의 희생양이 될 것이기 때문이다. 우크라이나 대통령의 다이옥신 중독사건이 터졌을 때는 본래 해외 고위관료가 마셨어야 할 캔 음료를 토라가 우연히 사마시는 바람에 불운의 주인공이 되고 말 거라고 확신하기까지 했다. 토라가 늙은 부모에게 길피의 계획에 대해 이야기하지 않는 데에는 그만한 이유가 있었다. 이미 자신의 불안을 감당하는 것만으로도 벅찬 마당에 어머니의 걱정까지 떠안고 싶지는 않았다.

"잘 모르겠어요. 다음주 초까지 소식이 없으면 아빠가 그쪽에 전화해볼 거래요. 아파트 청소까지 다 하신 모양인데. 그래야 우리가 학기 끝나자마자 바로 와서 지낼 수 있다고요. 짐 싸는 거야 금방이니까."

토라는 눈을 감고 열까지 세었다. 아들은 여행가방은 고사하고 양말 한 켤레도 자기 손으로 싸본 적이 없었다. 엄마가 언제나 대신 해줬으니까. 하지만 그거야 토라 자신을 탓할 문제였으니, 정작 그녀를 분노케 하는 사람은 따로 있었다. 그랬다, 가장 큰 불만은 전 남편에게로 향했다. 그는 왜 쓸데없이 참견질을 해댄단 말인가? 전 남편이 말을 꺼내지만 않았어도 아들은 그런 생각일랑 꿈도 꾸지 않았을 것이다. 길피는 지금쯤 대학지원서를 쓰고, 시가는 자신이 남편보다 한 살 어리며 1년 간 학교생활을 더 해야 한다는 사실에 기뻐했겠지. 공정하게 말하자면, 토라는 전 남편이 선의로 그런 제안을 했다는 사실을 잘 알았다. 보나마나 노르웨이에서 혼자 외로우니까 아들을 곁에 두고 싶었을 것이다. 격월로 타국에서 지내는 일은 결코 녹록치 않겠지.

"이렇게 촉박하게 해외 장기거주를 계획할 수는 없는 노릇이잖아. 너희 둘이야 어떻게든 참고 지낸다고 쳐도 오리까지 가능할 거라고 생각하지 마." 토라는 표정 관리를 하려고 애썼다. 아들에게 설교하지 않고 강압적으로 말하지 않겠다고 매튜와 철석같이 약속했다. 길피는 이제 자기 인생을 책임져야 한다. 토라는 이 사실을 하루라도 빨리 받아들여야 했다. 분노는 아이 아빠가 아니라 자신에게 향해야 마땅하다. 아들이 좀 더 도전을 즐기고 최선을 다해 살아주기를 바라지 않았던가. "어쨌든 곧 알게 되겠지. 지금부터 호들갑 떨 필요는 없으니까."

"지금이든 나중이든 호들갑을 떨 필요는 전혀 없어요." 길피는 토라가 누워있던 자리에 풀썩 앉으며 투덜거렸다. 솔리는 오빠와 소카가 조국을 떠나는 게 대수롭지 않다는 듯 아무런 반응도 보이지 않았다.

고양이는 느긋하게 고개를 돌리며 길피와 솔리를 향해 하품을 했다. 그들 감정의 암류에 대해서는 철저히 무관심한 태도였다.

기계음 같은 여자의 목소리가 아이슬란드 남동부에 위치한 해상 운송 구역의 폭풍경보를 발표했다. 이런 방송을 들은 게 벌써 몇 번째인지 기억조차 나지 않지만 토라는 선박에 관심을 갖게 된 지금에야 그 의미를 제대로 이해했다. 그녀는 바다에 나가있는 사람들을 떠올렸다. 뱃머리 위로 파도가 부서지고 휘몰아치는 바다 위에서 마구 요동치는 선박을 머릿속으로 그렸다. 한 가지는 분명했다. 자신에게는 선원이 되고 싶어 몸부림치는 내면의 자아 같은 건 없었다.

"여기서 꺾어." 그녀는 매튜가 항구 옆에 차를 댈 수 있도록 길을 안내했다. "그 남자랑은 요트 옆에서 만나기로 했어." 그녀는 계기판 위의 시계를 흘끗 쳐다보고는 자신들이 조금 일찍 도착했다는 것을 확인했다. "주차하고 기다리자. 그 사람 혼자서는 건널판자에 올라갈 수가 없으니까, 기다렸다가 같이 가는 게 나을 거야."

"누가 침입한 걸로 봐서 자물쇠가 별로 좋은 게 아니었나봐." 매튜는 주차공간으로 차를 후진해 들어갔고 덕분에 항구의 전망이 시야에 들어왔다. "게다가 주말 야간에 배를 무방비 상태로 두는 건 말썽을 자초하는 꼴이라고."

파나르는 토라에게 전화를 걸어 전날 밤 항만 보안요원이 누군가 요트에 침입했다고 신고한 사실을 알려주었다. 경찰은 도난이나 기물 훼손의 흔적은 발견하지 못했고, 직접 배를 살펴본 파나르는 경찰의 조사결과에 동의했다. 그러나 그의 어조에서는 아무것도 도난당하지 않은 이번 절도사건에 대해 우려하는 마음이 선명하게 드러났다. 토라는 그가 전화를 했다는 사실이 만족스러웠고 직접 현장을 둘러보고 싶다면 요트 열쇠를 넘겨주겠다는 제안은 훨씬 더 기뻤다. 그녀는 기꺼이 제안을 받아들이며 스네이바르와 동행해도 되겠냐고 물었다. 다리가 부러져 중도하차한 선원이지만 요트에 대해 문외한인 사람들이 간과한 세부사항들을 잡아낼 수 있을 거라고 설명했다. 파나르는 아주 잠깐 고민을 하더니 곧바로 승낙했고 열쇠를 찾아가는 방법까지 친절하게 설명해주었다.

"나까지 같이 와도 정말 괜찮은 거야?" 매튜가 걱정스레 물었다. 빗물이 앞 유리를 타고 내리면서 요트의 모습이 흐릿하게 보였다. 마치 요트가 움직이고 있는 듯한 착시를 불러일으켰다.

"당연하지. 내 조수로 온 거잖아." 토라는 와이퍼를 켰다. "스네이바르를 부축해줄 사람이 필요할 때 당신이 여기 있어주면 두 말할 것도 없이 좋지. 나는 자주 그런 부분을 깜빡해서 아무 생각 없이 그 사람만 남겨두고 나와버릴지도 몰라."

물방울이 유리창에 맺히자 토라가 매튜에게 히터를 틀어달라고 부탁하려던 찰나, 세차할 때가 지난 오래된 고물차를 끌고 스네이바르가 나타났다.

"어부들은 돈을 잘 버는 줄 알았는데." 매튜는 고물차가 다가오는 모습을 보며 실망감을 숨기지 않았다. 차 표면은 찌그러진 자국으로 뒤덮였고 부분부분 녹까지 슬어있었다.

"험한 도로를 달리는 걸 좋아하나 보지."

"아닐걸." 매튜의 표정은 바뀌지 않았다. "경주용 차는 고성능 엔진이 장착돼 있다고. 저건 그냥 녹슨 차야. 출발선에서 100미터도 채 못 나갈걸."

"쉿! 다 들리겠다." 토라는 스네이바르가 차문을 열고 깁스한 다리에 비닐봉지를 씌우느라 한참이나 몸부림한 끝에 겨우 차에서 내리는 모습을 지켜보았다. 함께 요트 앞까지 걸어간 세 사람은 토라가 가방에서 열쇠 꾸러미를 꺼내는 동안 잠시 서있었다. 추적추적 내리는 빗속에서 이 우아한 요트는 놀라울 만큼 극명한 위화감을 불러일으켰다. 요트는 마치 덮개로 보호를 받았어야 마땅한 존재처럼 보였다. 스네이바르가 조명 스위치를 켜는 순간 시야에 들어온, 화려하게 장식된 내부는 이러한 인상을 한층 가중시켰다. 하지만 흐릿한 빛은 이제 먼지에 뒤덮여 광택조차 드러나지 않는 비싼 가구들을 전혀 돋보이게 만들지 못했다. 안을 둘러보던 토라는 이런 곳에 며칠씩이나 꼼짝없이 갇혀있어야 하는 기분은 어떨지 궁금해졌다. 물론 대다수 다른 요트에 비하면 무척 널찍했지만 그렇다고 해도 공간이 넉넉하지는 않았다. 오랜 기간 이곳에 머무는 생활은 아마 작은 저택 안에서 가택연금을 당하는 기분일 것이다. "이런 배 위에서 유람을 하는 게 정말 그렇게 재미있을까요?"

스네이바르는 토라의 말뜻을 제대로 이해하지 못한 듯했다. "네, 그럼요. 그럴 거예요. 그러니까 사실 승객으로서는 어떤 기분일지 모르겠지만 이런 요트를 모는 건 멋진 경험이겠죠. 선원이든 승객이든 중요한 건 무엇보다 항해를 즐길 수 있다는 점이니까요."

"선원은 승객이나 소유주들과는 섞이지 않는다고 하셨는데, 그럼 주로 어디서 시간을 보내나요? 직원들이 일광욕도 하고 서로 친분을 쌓을 만한 별도의 갑판 같은 곳이 있나요?" 토라는 요트에 갑판이 몇 개나 있었는지 기억해내려고 애썼지만 설계도를 머릿속에 그릴 수는 없었다. 두 개 이상이라는 것은 알았기에 갑판 한 곳 정도는 선원 전용으로 사용하는 게 타당하다고 느꼈다.

스네이바르는 폭소를 터뜨렸다. "선원들은 일광욕이나 하면서 시간을 보내지 않아요. 혹시 그런 걸 생각하셨다면 말입니다. 거의 하루 24시간 내내 일하고 경계 서는 사이사이 짬이 날 때마다 눈을 붙이는 정도죠. 이런 호화 선박에 수억씩 들이는 사람들이 직원을 위한 특별 갑판에 돈을 쏟아부을 리가 없죠. 그렇다고 해서 누가 그 사람들을 탓하겠어요?"

매튜는 요트에 크게 감명을 받은 듯했다. 하지만 어찌 보면 그는 요트를 둘러보는 게 처음이었고 승객들의 비극적 운명에 대해 그녀가 느껴야 했던 슬픔의 영향도 받지 않은 상태였다. 눈이 닿는 곳마다 이제 곧 고아가 될 운명에 처한 어린 여자아이를 떠오르게 하는 물건들이 보이는 이 배 안에서 토라는 설계나 정교함에 대해 떠들어댈 수가 없었다.

"이 배는 얼마나 빨리 나가요?" 매튜는 손가락으로 창틀을 만지며 물었다. 어딘가 설명할 수 없는 이유 때문에 그 부분이 흥미롭게 느껴진 모양이었다.

"한 16노트 정도입니다. 하지만 그 속도로 운항하는 일은 거의 없죠. 보통은 12노트 정도로 운항할 겁니다."

토라는 요트의 속도에 관한 이야기에 지루함을 느끼며 여기저기 두리번거렸고 이제 곧 두 남자의 대화 주제는 엔진으로 전환될 것이라고 확신했다. "저는 배 안을 둘러보면서 이상한 데는 없는지 확인해볼게요. 두 팀으로 갈라져서 찾아보면 더 빨리 끝날 테고 매튜와 같이 다니는 게 당신한테 도움이 될 거예요."

토라는 두 남자를 라운지에 남겨둔 채, 이 표현이 적절한지 모르겠지만, 침실 구역으로 내려갔다. 물론 숙소가 있는 구역은 선실이라고 지칭해야 마땅하지만 토라가 보기에 그렇게 큰 방은 침실이라는 표현이 더 적절했다. 복도로 들어선 순간 토라는 자신의 결정을 후회했다. 조명을 켜고 나자 기분은 조금 덜 불안했지만 불빛은 불길하게 깜빡거렸다. 부두를 따라 요트로 걸어오는 동안 스네이바르는 엔진이 얼마간 작동하지 않아서 아마 요트의 배터리가 거의 다 떨어졌을 거라고 말했었다. 복도는 텅 비고 모든 문은 닫혀있었다. 그래서 더욱 더 음산했다. 이 문들 중 어디엔가 침입자가 숨어 있을지도 모른다는 두려움을 토라는 떨쳐낼 수 없었지만 말도 안되는 생각이라고 일축하려 애썼다. 경찰이 절도범을 못 보고 지나쳤을 리 없지 않은가.

토라는 마음을 가다듬고 선실을 하나씩 확인하기 시작했다. 이미 심쩍은 침입 사건이 일어나기 전에 선실이 정확히 어떤 모습이었는지 기억해낼 수는 없었지만 얼핏 보기에 선실에 손을 댄 흔적은 발견되지 않았다. 하지만 주선실의 문을 여는 순간 토라는 뭔가 잘못되었다고 직감했다. 문간에 선 채 방안을 살펴보던 그녀가 머뭇거리며 발을 들여놓았다. 문이 그녀의 뒤에서 쾅하고 닫혔다. 소스

라치게 놀란 토라의 심장이 미친 듯이 뛰었지만 가까스로 평정심을 유지하며 방안을 둘러보기 시작했다. 문이 세게 닫힌 건 배의 움직임 때문이란 걸 잘 알았고 심지어 예상도 했었다. 이 요트는 흠잡을 데 없이 멀쩡한 배라고 말하면서 토라는 스스로를 안심시켰다. 심하게 고급스러울지언정 강철과 알루미늄으로 만들어진 배일 뿐이었다. 토라의 자동차나 토스터기와 전혀 다르지 않은…. 그러니 지레 겁을 먹거나 요트가 자신에게 원한을 품기라도 한 것마냥 행동할 이유는 없었다. 그럼에도 불구하고, 토라는 이 배에 뭔가 악랄한 기운이 감돈다는 불편한 느낌을 지울 수 없었다.

주선실에서는 어떠한 강제 침입의 흔적도 발견되지 않았다. 침대는 적당히 정돈돼 있고 커다란 목욕 수건이 화장대 옆 의자 등받이에 걸려있었지만 그 이외 모든 것은 이전과 똑같아 보였다. 아이에르와 라라의 소지품만 치워진 상태였는데, 토라가 감지한 변화라는 게 아마 그 부분이었을지 모른다. 토라는 방 한가운데 서서 천천히 다시 돌아봤지만 어떤 차이도 발견해낼 수 없었다. 요트가 또다시 그녀의 상상력에 날개를 달아준 게 틀림없었다. 토라는 자신의 의식이 지난번 조사 때 침대 아래에서 봤다고 착각한 아이의 발에 대한 생각으로 엇나가버리지 않도록 마음을 다잡았다. 대신 그녀는 시선을 잡아끄는 옷장 앞으로 다가가 옷장 문을 열었다. 토라가 굳이 그런 수고를 할 필요조차 없었다. 옷장은 마지막으로 봤을 때와 일치했다. 다른 옷장들 역시 많은 의상들로 가득 차 있었다. 옷들은 시트러스 나무로 만든 선반 위와 서랍 안에 우아하게 진시되거나 가로징에 길건 꽤 많은 옷길이들에 매달려 있있디.

가로장이 은으로 만들어졌다고 해도 토라로서는 전혀 놀랍지 않을 지경이었다. 여성 의류에서는 플로랄 계열의 향수 냄새가 아주 강하게 풍겨서 토라는 약간의 메스꺼움마저 느꼈다. 유일하게 옷이 걸리지 않은 옷걸이는 나머지들과 기묘한 대조를 이루었다. 만약 요트가 리스본에 정박해있는 동안 카리타스가 여기 있는 옷들을 회수하러 온 게 사실이라면 그녀는 도중에 계획을 접어버렸거나 어떤 의상 한 벌만 챙겨갔을 것이다.

굴람의 것임이 분명한 또 다른 옷장 안에서 토라는 빼곡하게 걸린 셔츠들 뒤편으로 눈금판을 발견했다. 셔츠를 옆으로 밀자 옷장 뒤편으로 붙박은 견고한 금고가 나왔다. 금고는 당연히 잠겨있었다. 혹시나 하는 마음으로 다이얼을 돌려볼 만큼 어리석지는 않았지만, 그렇다고 해서 내용물을 짐작해보는 것까지 단념할 수는 없었다. 금고 안에는 체리만한 다이아몬드가 당당한 위용을 자랑하는 커프스 단추세트나 돈다발이 들어있는지도 모른다. 아이에르나 그의 가족들이 이 금고를 열었을 가능성은 매우 낮기에 이번 조사와 관련된 증거가 은폐되어 있을 리는 없지만, 토라는 카리타스를 포르투갈로 불러들인 게 의류나 소지품이 아닌 금고의 내용물일 거라는 심증이 들었다. 보나마나 이제 금고는 비었을 것이다. 나머지 서랍들을 열어 롤드 업 타이와 양말, 벨트가 들어있는 것을 확인한 토라는 옷장으로부터 등을 돌렸다.

스스로의 어리석음을 나무라던 토라는 문득 무엇이 자신을 신경 쓰이게 했는지 깨달았다. 전혀 특별할 게 없는 물건이었다. 화장대 위 나무상자가 사라진 것이다. 상자 안에는 카리타스가 어떤 이

유에서인지, 아마도 상류사회를 추억할 만한 기념품으로 보관하고
싶어했을 사진과 종잇조각들이 들어있었다. 한데 누가 그런 것에
관심을 갖는단 말인가? 경찰이 그랬을 리는 없다. 토라는 화장대
앞으로 다가가 상자가 다른 곳으로 치워진 건 아닌지, 서랍과 선반
안을 들여다보았다. 어디에도 없었다. 그녀는 도대체 누가 수많은
귀중품이 여기저기 흩어진 호화 요트에 침입해 하필 그 물건을 훔
쳐간 것인지 짐작할 수가 없었다. 그런 물건에 관심을 둘 만한 부
류는 타블로이드 지 기자들뿐이지만, 아무리 그렇더라도 기자들이
절도를 감행했을 거라고 믿기는 어려웠다.

　복도에는 별로 살펴볼 만한 게 없었으므로 토라는 여기서 할 일
은 모두 마쳤다고 생각했다. 서둘러 선실 밖으로 나와 복도 조명을
껐다. 어둠을 뒤로 한 채 허둥지둥 계단을 올라온 토라는 매튜와
스네이바르를 찾기 시작했다. 토라가 두 사람을 찾아낸 곳은 요트
깊숙한 곳이었다. 둘은 제트스키와 낚시 용품을 비롯해 토라가 용
도조차 알 수 없는 여러 장비가 보관된, 차고처럼 생긴 창고를 조
사하던 중이었다. 벽에는 사람들이 이 장난감을 가지고 놀고 싶을
때면 바깥쪽으로 열 수 있게 만든 커다란 해치가 나있었다. 매튜가
제트스키를 살펴보고 있다는 사실로 미루어 이 두 남자는 더 이상
침입의 흔적을 찾지 않았고, 적어도 조사가 딴길로 새는 데 아무런
조치도 하지 않고 있었다. 하지만 엄밀하게 말하자면 스네이바르
는 해치 옆에 선 채 부러진 다리를 쉬게 하면서 해치의 잠금장치를
점검하는 중이었다. 토라가 창고에 들어서는 순간 요트가 예고도
없이 흔들렸고 그녀는 넘어지지 않기 위해 문틀을 잡아야 했다. 문

틀을 붙잡았던 토라의 손에 걸쭉한 기름기가 잔뜩 묻어나왔다.

"어떻게 되어가고 있어요?" 토라는 제트스키를 쳐다보지도 않은 채 매튜를 지나쳐 그의 뒤편 벽에 설치된 커다란 개수대로 걸어갔다. "카리타스의 화장대에 있던 상자 하나가 사라진 것 같아요. 관심을 가질 만한 물건이 들어있지 않은 상자라서 절도범이 무슨 생각으로 그걸 가져간 건지 도통 모르겠어요. 보석함이라고 착각했을 수도 있겠지만 제가 처음 요트를 조사하러 왔을 때 열어봤는데 사적인 메모 같은 것들밖에 없었거든요." 그녀는 얼음장같이 차가운 물줄기에 대고 손을 문지르다가 개수구가 막혀있기라도 한 듯 물이 개수대에 차오르는 모양을 바라보았다. "그게 보석함이라고 생각하고 가져갔을 수는 있어요. 그런데 상자를 열어보지 않았다는 게 이상해요."

매튜가 얼굴을 찡그렸다. "별로 설득력 있는 가설은 아니지만 오늘 아침 경찰이 수색 중에 가져간 게 아닐까? 추가 침입을 막기 위해 요트 안에 있는 귀중품들을 옮기려고 했겠지."

"그런데 경찰이 그 상자만 가져갔다고?" 토라는 손을 확인하며 이만하면 깨끗하다고 생각했다. 물이 천천히 빠져나가는 것을 유심히 바라보던 그녀는 물이 거의 다 빠졌을 즈음 개수구 흐름을 개선할 요량으로 필터를 잡아 뺐다. 필터에 금발 머리카락이 끼어있었다. 그녀는 두 사람에게 머리칼을 보여줬다. "도대체 어떤 사람이 여기까지 내려와서 면도를 하거나 머리를 잘랐을까요?"

스네이바르가 토라를 돌아보더니 어깨를 으쓱했다. "누구라도 그럴 수 있죠. 어쩌면 선원들 중 하나일 수 있고요. 아님 옛날부터 끼어있던 것일 수도 있어요. 아무튼 이 요트를 아이슬란드로 운행한 선원들이 개수대를 쓰려고 여기까지 내려왔을 거 같지는 않네요. 다른 곳에 세면대나 욕실이 부족한 것도 아니고요."

매튜는 또다시 얼굴을 찌푸렸다. 그는 필터에 낀 머리칼에 유난을 떨었다. "도로 집어넣어. 그게 절도사건이랑 관련이 있을 리 없잖아."

토라는 머리칼을 도로 배수구에 집어넣고는 두 손의 물기를 바지에 닦았다. 그녀의 관심은 유심히 해치를 조사하는 스네이바르에게로 다시 옮겨갔다. 그는 묵직한 강철 잠금장치를 풀고 손잡이를 잡은 다음 천천히 해치를 밖으로 밀어냈다. 해치에서는 끼익, 소리가 났다. "뭐하시는 거예요?" 찰나였지만 토라는 그와 매튜가 드디어 제트스키를 타보기로 마음먹은 거라고 생각했다.

"이게 대체 뭔지 모르겠어요." 스네이바르는 얇은 나일론 밧줄을 가리켰다. 밧줄의 한 쪽 끝은 벽에 달린 고리에 묶여있고 다른 한 쪽은 해치를 통해 밖으로 뻗어나간 상태였다. "배가 움직이는 동안이 줄이 해치 밖으로 매달려 있었을 리 없어요. 한번 확인해봐야겠습니다. 어쩌면 부낭이나 이 제트스키와 관련된 뭔가가 있을지도 몰라요." 그는 해치가 거의 수평이 될 때까지 기다렸다. 해치를 통해 항구의 모습이 한눈에 들어왔다. 무섭게 퍼붓는 빗방울로 인해 해수면은 요동치고 있었다. 부낭은 보이지 않았고 밧줄은 어두운 물 아래로 자취를 감추었다. "잠깐 좀 도와주실래요?" 스네이바르가 매튜에게 말했다. "저는 몸을 구부리기가 힘들어서요. 같이 줄좀 집아딩거 주세요."

매튜가 급하게 해치 앞으로 다가가 밧줄을 단단히 잡았다. 놀란 표정이 그의 얼굴에 스쳤다. "밧줄이 어디에 끼이거나 끝에 뭔가 무거운 게 매달려 있나봐요."

스네이바르가 쏘아보며 대꾸했다. "그럴 리 없어요." 그는 간신히 상체를 구부리며 시험 삼아 밧줄을 살짝 당겨보았다. "정말 그런가봐요." 그가 몸을 바로 폈다. "어떤 망할 게 매달려 있는지 모르겠어요. 누군가의 실수로 줄이 해치 밖에 걸쳐있다가 용골이나 어딘가에 끼었을 거예요." 턱을 긁적이던 그가 다시 입을 열었다. "우리끼리 해결해보려고 애쓰지 않는 게 좋겠어요. 나중에 은행에서 요트 수리를 위해 조선소에 맡기면 뭐가 문제인지 알아내겠죠."

매튜는 줄을 흔들어보았다. "이건 고정된 게 아니에요. 반대쪽 끝에 뭔가 있어요."

토라는 목을 길게 빼 줄이 바닷물 아래로 사라져가는 곳을 바라보았다. "그물망일 수도 있을까요? 어쩌면 배에서 낚시를 했을 수 있잖아요."

스네이바르의 표정은 그가 토라의 가설을 어떻게 생각하는지 노골적으로 드러냈다.

"방법을 알아냈어요." 매튜는 있는 힘껏 밧줄을 잡아당기더니 헐거워진 밧줄을 나지막한 강철 기둥에 휘감았고 두 남자는 물에 젖은 밧줄을 함께 잡아 끌어올렸다. 마침내 옅은 녹색 방수포 뭉치가 밧줄 끝 강철고리에 연결된 채 모습을 드러내기 시작했다.

"빌어먹을! 이게 대체 뭐지?" 스네이바르가 말했다. 매튜가 녹색 뭉치를 해치 앞까지 끌어올리자 스네이바르는 팔을 뻗어 방수포

뭉치를 움켜쥐었다. 두 사람은 힘을 합쳐 묵직한 짐을 배 위로 끌어올리고는 숨을 헐떡이며 방수포 뭉치를 가만히 내려다보았다.

"이걸 열어봐서 좋을 게 있을까요?" 토라는 방수포 뭉치 전체가 시야에 들어오자 두 걸음쯤 뒤로 물러나며 말했다.

물론 그녀의 추측이 잘못됐을 수도 있지만 모든 신호가 방수포의 내용물은 시신이라고 가리키고 있었다. 방수포 표면을 뒤덮었던 바닷물이 반짝이는 금속 해치 위로 쏟아지면서 방수포는 내용물을 향해 점점 더 쭈그러들었고 그 형태는 그들이 절대 보고 싶지 않은 그것과 불길할 정도로 유사해졌다. 스네이바르나 매튜 어느 누구도 토라의 물음에 대답하지 않았다. 대신 두 사람은 충격에 휩싸인 채 물이 뚝뚝 떨어지는 방수포를 바라만 보았다.

마침내 스네이바르가 침묵을 깼다. "안에 뭐가 있는지 봐야겠어요." 그는 천천히 그리고 조심스럽게 몸을 구부리고는 숙련된 솜씨로 잠금쇠와 밧줄을 풀어나갔다. 이제 남은 것은 방수포를 풀어헤치는 일뿐이었다. "젠장." 그는 두 사람을 쳐다보며 숨을 내쉬었다. "어떻게 해야 할지 모르겠네. 열어서 볼까요?"

토라와 매튜 모두 대답을 하지 못했다. 스네이바르는 시선을 방수포로 떨구더니 결심한 듯 다시 한 번 숨을 내쉬었다. 방수포를 획 열어젖힌 그는 죽어있는 친구를 발견하고는 시신 여기저기에 구토를 해댔다.

18장

"항상 바다에 나가고 싶어했어요?" 여전히 아이에르에게 화가 난 라라는 남편을 없는 사람 취급해버렸다. 대신 그녀는 라운지에 함께 앉아 솔리테어 게임을 하고 있는 젊은 선원에게 관심을 집중했다. 선장은 여자 시신이 사라진 경위에 대해 로푸투르가 아는 것은 없는지 확인하러 갔다. 아이에르는 라라가 사건에 연루됐을 경우에 대비해 할리가 부부를 감시하도록 지시받은 게 아닌지 의심스러워했다. 아직까지는 아무도 라라에게 여자의 시신이 사라졌다는 사실을 알리지 않았다. 라라에게 그 사실을 알리는 일은 암묵적으로 아이에르가 맡기로 했지만 그녀가 남편을 쳐다보지도 않는 상황에서는 그도 별 도리가 없었다. 아이에르는 아내가 어떤 사람인지 잘 알았다. 빌쟈가 말한 대로 아내는 화가 난 것이 아니라 속상해 한다는 것쯤은 파악하고 있었지만 오히려 이런 경우 해결이 어려웠다. 더 최악인 것은 그 역시 아내의 말이 옳다는 걸 누구보다잘 알고 있었다. 아내와 상의도 없이 절대 그런 위험을 감수해서는 안 됐다. 그렇다고 해도 그는 여전히 아내가 일어나지도 않은 일을 가지고 난리법석을 피운 건 지나치다고 여겼다. 무엇보다 상황이 무사히 종료되지 않았나. 아내와 말다툼을 벌일 때 그는 어떻게 처신해야 할지 종종 알 수 없었다. 어떻게든 끝까지 설득을 해야 하는지 아니면 아내의 요구대로 가만히 놔둬야 하는지 말이다. 이런 상황에서 라라는 때때로 A라고 말하면서 정작 B를 의도하는가 하면, 또 어느 때는 말과 의도가 정확하게 일치했다. 그는 아직도 아내의 신호를 읽는 데 어설펐고 대부분의 경우 아이에르가 하는 말은 내용과 상관없이 상황을 악화시키기만 했다. 때문에 최선책은 태풍이 지나가기만을 잠자코 기다리는 것이었다. 그래서 아이에르는 입을 다물었고 그 동안 라라는 할리와의 대화에만 집중했다. 젊은 선원은 이 예상치 못한 관심에 부담을 느끼는 기색이었다. 라라가 할리에 대해 아는 것이라곤 그가 선원이라는 사실이 전부였다. 이로 인해 제한적인 범위에서 적당한 화제를 찾느라 라라는 애를 먹었고 대화는 겨우 이어졌다.

"바다요? 아, 잘 모르겠는데요." 젊은 선원의 볼에 떠오른 열기는 라운지의 온도와는 아무런 상관이 없었다. 라운지는 오히려 쌀쌀한 편이었지만 그들 중 누구도 이 사실을 지적하거나 감히 선장에게 난방기구를 틀어달라고 요구하지 못했다. "음, 그랬던 거 같아요."

"고향이 시골이에요?" 라라는 미소를 지으면서, 자신과의 대화를 내켜하지 않는 선원의 기색을 알아채지 못한 척했다.

"이노. 코피보기르(레이카비크 남부 인구 3만의 중소도시―옮긴이)

317

출신입니다."

"아." 라라는 머리칼을 만지작거리며 할 말을 생각해내느라 머리를 쥐어짜고 있었다. "할리 씨도 가정이 있어요?"

"아뇨, 아직요." 할리는 카드 더미 아래를 살짝 들춰보고는 과감히 맨 위에 놓여있는 카드를 집어들었다. "쉽지 않을 거 같아요. 저 같은 경우 바다에서 보내는 시간이 워낙 많거든요."

라라는 대답이 단음절 이상으로 길어졌다는 사실을 잽싸게 포착하고는 청년의 외피를 파고들 틈을 노렸다. "그럼 직업을 바꾸고 싶지는 않으세요?"

할리는 그녀의 말이 일고의 가치도 없다는 듯 코웃음을 쳤다. "그러면 뭘 하라고요?" 그는 당황한 듯한 시선으로 라라를 바라보았다. "저 같은 바다 사람이 바다에 오래 나가있지 않고도 할 수 있는 일들이 있나요?" 그는 다시 솔리테어 게임에 몰두했고 또다시 카드 더미 아래를 훔쳐보며 말을 이었다. "대형 트롤선은 돈은 많이 주지만 항해 기간이 길어요. 물론 어획 사정에 따라 달라지기도 하고요. 운이 좋을 때도 있지만 반대일 때도 있으니까요. 선박 크기와는 상관없이 중요한 문제죠."

"특별히 뭔가를 위해 돈을 저축하고 계시나요?" 라라는 격려하듯 미소를 지었지만 할리는 알아채지 못했다. "혹시 보금자리를 마련할 생각을 하고 계세요?"

"네? 뭐하려요?" 할리의 붉은 안색이 한층 짙어졌다. "아뇨. 다른 걸 위해서 돈을 모으고 있어요."

아이에르는 화제를 전환해서 젊은 선원을 구출해주고 싶은 충동을 느꼈다. 하지만 그가 생각해낼 수 있는 거라곤 시신을 발견한 이후 줄곧 그를 괴롭히는 질문뿐이었다. "만약 영국 선박이 여자 시신 발견 사실을 신고했다면, 우리가 아이슬란드에 도착할 때쯤 큰 소동이 벌어지지 않을까요? 경찰조사라든가 뭐 그런 것들 때문에요?"

"아마도요." 보아하니 할리는 아이에르가 던진 구명벨트를 붙잡을 생각이 없는 모양이었다. "곧 알게 되겠죠."

아이에르는 라라가 개인적인 질문을 가지고 측면공격을 감행하기 전에 서둘러 또다시 참견을 했다. "무선통신기를 수리할 수 없으면 어떤 방법으로 우리가 항만 쪽에 도착할 예정이라는 사실을 알리죠?"

"요트가 육지에 접근하면 그 즉시 항만 레이더에 잡힐 겁니다. 그리고 영국 선박을 통해서 우리 메시지를 접수했다면 아마 우리를 맞아들일 팀이 꾸려졌을 거예요. 다른 건 몰라도 우리를 바로 집으로 돌려보내 주지는 않겠죠. 그러니 와인을 몰래 국내로 들여갈 생각일랑 안 하시는 게 좋을 겁니다."

아이에르는 가슴이 철렁했다. 이런 이야기를 들으려던 게 아닌데. 귀향이 경찰조사와 세관 단속으로 얼룩지는 것은 상상도 하고 싶지 않았다. 집 문턱을 밟으며 익숙한 냄새의 환영인사를 받고 자기 침대에서 잠이 드는 상상은 이제 사라져버렸다. 빌어먹을! 대체 왜 비행기를 타고 귀국하지 않았단 말인가.

남편이 입을 닫은 틈을 놓치지 않고 라라가 다시 끼어들어 질문을 이어갔다. "그러니까 아까 하던 얘기로 돌아가서, 그럼 뭘 위해서 저축을 하는 건데요?"

누구라도 할리의 표정을 봤다면 라라가 그에게 옷을 벗으라는 요구라도 한 줄 알았을 것이다. 아이에르는 이 소심한 젊은 남자의 속내를 아내가 알아차리지 못하는 것에 적잖이 놀랐다. 할리는 개인적인 질문에 대해 답하는 것은 고사하고 라라와 말을 섞고 싶은 마음이 추호도 없어보였기 때문이다. 보통 라라는 아이에르보다 훨씬 더 능숙하게 사교적인 상황을 읽어냈다. 어쩌면 지금 남편에 대한 분노가 그녀의 직관적 능력을 무디게 했는지도 모른다.

"모터보트를 사려고 돈을 모으고 있어요. 친구랑 같이요."

"멋진데요." 아이에르는 반칙에도 불구하고 결국 솔리테어 게임을 포기해버린 할리를 향해 격려하듯 웃어보였다. 요트가 위아래로 요동쳤고 아이에르는 누군가 공짜로 준다고 해도 절대 모터보트를 갖고 싶은 마음이 들지 않을 것 같았다. 이제 바다라면 지긋지긋했다. 계속되는 흔들림과 바다에 곤두박질치는 경험도 진력이 났다. 공동으로 범선을 소유하고 싶었던 과거의 소망은 절대 되살아나지 않을 터였다. 돈은 얼마든지 다른 곳에 쓸 수 있었다. 새로운 차라든지, 해외여행이라든지, 라라를 위한 제대로 된 보석이라든지. 배와 무관한 것이라면 무엇이든 상관없었다. 이런 상황 속에서도 선장이 준 알약 덕분에 마침내 뱃멀미에 시달리지 않게 되고 요트의 쉴새없는 요동 역시 첫 이틀 동안만큼 괴롭지 않다는 사실은 역설적이었다. 이제 그는 요트와 한 몸이라도 된 듯 본능적으로 파도를 타며 걷게 된 것이다. 만약 아이슬란드에 돌아가면 육지가 위아래로 움직이는 착각에 빠지게 될지도 모른다고 그는 생각했다. 그의 얼굴에 퍼지던 미소는 '만약'이라는 단어가 대체 왜 머릿속에 떠오른 것인지 곰곰이 생각하는 동안 점차 옅어졌다. 그들은 당연히 육지로 안전하게 돌아갈 터였다. 아이에르는 억지로라도 대화에 집중했다. "분명히 잘 되실 겁니다."

"그러길 바라야죠." 할리는 자리에서 일어나 창문 쪽으로 걸어가더니 망망대해 말고도 다른 볼거리가 있다는 듯 밖을 내다보았다. 측면에서 본 그의 얼굴은 실의에 찬 표정이었다. 아이에르는 이 젊은 선원 역시 집에 무사히 돌아가지 못할까 걱정하는 것은 아닌지 궁금해졌다. "당연히 그러길 바라야죠." 할리는 대답을 반복했다.

소파에 앉아있던 라라는 아이에르가 대화에 불쑥 끼어든 데 약이 올라 조바심을 내며 자세를 바꿨다. 그녀는 다음 행동을 고민할 때 늘 하는 습관대로 입술을 핥았다. "혹시 일기예보가 어떤지 아세요, 할리? 애들한테 신선한 공기도 마시게 할 겸 갑판에 올라갈까 했거든요. 그러려면 이 폭풍우가 가라앉아야 하잖아요."

할리는 고개를 돌리지 않았다. "제가 보기엔 하루 종일 이 모양일 겁니다. 보통 그러거든요. 금방 지나가는 건 좋은 날씨죠."

아이에르는 소파 반대편으로 손을 뻗어 쭈뼛쭈뼛 아내의 손을 잡았다. 라라는 남편의 손을 뿌리치지 않았고 이것은 아이에르가 기다려온 신호, 즉 얼마 안 있어 용서를 받으리라는 신호였다. 용서의 정확한 과정은 여전히 그에게 미스터리였지만 그는 처벌이 종료되었다는 사실에 그저 감사할 뿐이었다. 라라의 눈치를 봐야 하는 일이 아니더라도 배 위의 상황은 이미 충분히 나빴다. 아이에르는 과감하게 아내에게 접근해 옆자리에 앉았고 그녀가 서부하시 않는 것을 보고 안심했다. 화해 과정의 다음 단계를 밟기 위해 그는 건방지게도 아내를 껴안으며 귀에 대고 사과의 말을 속삭였다. 그리고 위험하지는 않지만, 꽤 심각한 이야기를 해야 한다고 덧붙였다. 이 마지막 말은 그의 의도와는 전혀 딴판의 효과를 불러왔다. 최근에 일어난 일들을 생각했을 때 배 위에 정말 심각한 위험이 닥칠 것처럼 들린 것이다.

냉동고에 시신이 있다는 사실만으로도 충분히 끔찍하긴 했지만, 적어도 시신이 배 위의 사람들과는 관련이 없어보였다. 그러나 지금 알 수 없는 누군가가 시신을 바다로 던지는 모험을 감행했다. 범인이 여전히 배 위에 있으며, 자신의 이해관계를 보호하려 한다는 사실이 자명해진 것이다. 아마도 시신에 자신의 DNA나 다른 증거들이 남아있을 경우를 대비해 없애야만 했을 것이다. 영 내키지 않았지만, 불안감이 머릿속을 가득 채우자 아이에르는 이 사실을 아내와 공유하기로 마음먹었다. 어쩌면 아무 일도 일어나지 않은 척하는 게 더 나을지도 모른다. 하지만 그건 옳지도, 공정하지도 않은 방법이었다. 그는 아내가 부지불식간에 범인이 위협을 느낄 만한 행동을 하지는 않을까 너무 두려웠다. 그는 의문으로 가득 차 휘둥그래진 아내의 눈을 바라보았다.

"뭐?" 라라가 큰 소리로 물었다. 할리는 자신에게 말을 건넨 거라고 착각한 듯 뒤를 돌아다 보았지만 라라가 자신을 외면한 채 질문을 반복하자 다시 창 쪽으로 고개를 돌렸다. "뭐라고? 무슨 문제라도 생겼어?"

"응, 맞아." 아이에르는 억지로 쓴웃음을 지었다. "시신이 사라졌어. 내가 잠수 중일 때 누군가 바다로 던진 모양이야. 그게 내 옆을 지나쳐 떠다녔거든. 그땐 내가 헛것을 본 줄 알았는데 나중에 보니 냉동고가 비어있더라고."

라라는 입을 열려다가 다시 닫았다. 그녀의 눈빛은 방금 한 말을 취소하거나 아니면 농담이라고 자백하라는 듯 애원하는 시선이었다. 그녀는 확실히 남편의 유머감각을 과대평가했다. "어떻게 그런 일이 일어날 수 있어?" 그녀는 답을 기다리지 않고 벌떡 일어나 남편을 잡아끌었다. "애들 어디 있지?"

"아래층에 있어. 우리가 남겨두고 온 곳에." 아이들끼리만 내버려둔 걸 자책하며 아이에르도 자리에서 벌떡 일어났다. 부모의 갈등을 목격하는 일이 없도록 쌍둥이를 지키고 싶었다. 마지막으로 그가 봤을 때 쌍둥이는 침대에 앉아 영화를 보고 있었다. 아이에르나 라라 모두 영화의 관람 등급을 확인하지 못할 정도로 평정심을 잃어버린 상태였다. 아이들은 영화에 완전히 빠져들어 있었고 여전히 그런 상태이길 간절히 바랐다. 하기야 어떤 방법으로든 영화에 몰입한 쌍둥이를 TV에서 떼어놓기는 어려웠을 것이다. 게다가 시신을 처리하는 것과 살아있는 아이들을 해치는 건 하늘과 땅만큼이나 다르지 않은가. "여기서 기다려. 잘 있는지 내가 보고 올게." 아이에르는 라라를 소파로 떠밀다시피 했다. 아이들한테 안 좋은 일이 생겼을까 염려할 이유는 전혀 없지만, 상황이 어떻든 아내가 최초 목격자가 되지는 않기를 바랐다.

할리는 두 사람 사이에서 일어나는 일을 감지했는지 창문에서 시선을 뗐다. 어쩌면 선상이 그에게 부부를 시켜보라고 지시한 게

맞을지도 모른다. 부부가 일어서자 할리는 라운지를 나가지 못하
도록 두 사람을 막아야 하는지 고심이라도 하듯 혼란스러운 표정
으로 고개를 돌렸다. 아이에르가 라라를 설득해 제자리에 앉게 하
자 할리는 안도한 표정이었다. 당연하게도 아이에르가 바다에 잠
수해있는 동안 시신을 직접 배 밖으로 던졌을 가능성은 제로였으
니 의심을 받는 쪽은 라라였다. 그러나 선장이 잠시라도 라라를 의
심할 수 있다는 게 어처구니가 없어서 아이에르는 폭소가 터질 지
경이었다. 그러다가 자신이 자연스럽게 선원 중 한 사람이 범인일
거라고 추정하는 것과 마찬가지로, 선장 또한 자기 구성원 바깥에
서 범인을 찾으려고 할 것이란 생각이 퍼뜩 들었다. 사람들은 절대
자기와 가까운 사람을 의심하지 않는 법이다. 그러나 선장과 선원
들의 관계는 아이에르와 라라의 관계와는 전혀 달랐다. 아이에르와
라라는 10년을 이어온 부부지만 선원들은 특정한 업무를 수행하기
위해 구성된 낯선 사람들이었다. 어쩌면 선장이 자연스럽게 선원의
편에 서야 한다고 생각하는 건 그의 리더십 능력을 드러내는 신호
일지 모른다. 아니면 그냥 그가 어리석다는 신호일 수도 있고.

"내가 애들 데려올게. 걱정하지 마. 할리가 같이 있을 거잖아."
차분하게 걸어나간 아이에르는 라운지 문을 벗어나자마자 발걸음
을 재촉했다. 이성적으로 그는 자신의 우려가 불필요하다는 것을
잘 알았다. 하지만 지금 상황은 어떻게 봐도 평범하거나 이성적인
축에 속하지 않았다. 이제야 그는 진심으로 뭔가 엄청난 일이 배
위에서 벌어지고 있으며, 냉동고의 시신은 그 일부에 불과하다고
인정했다. 이 배는 정말, 그야말로 해로운 공간이었다. 객실로 다

가가던 아이에르는 TV 소리가 들려오기 시작하자 좀 더 편안하게 숨을 쉴 수 있었다.

아이들은 여전히 침대 머리판에 허리를 꼿꼿이 기댄 채 나란히 앉아있었다. 아빠가 문 앞에 나타나자 쌍둥이는 겨우 들릴 만한 목소리로 인사말을 웅얼거릴 뿐 화면에서 눈을 떼지도 않았다. 웬만하면 웃는 얼굴로 아빠를 맞아줄 법도 했건만, 한시도 눈을 뗄 수 없을 만큼 영화가 흥미진진한 게 분명했다. "뭐야, 인사도 없어?" 아이에르는 슬픈 표정을 지어보였다.

"진짜 재밌는 영화거든. 지금 말 시키지 마."

요트가 갑자기 뒤흔들리자 그는 문틀을 붙잡았다. "미안, 얘들아. 영화 끄고 아빠엄마랑 같이 위층으로 올라가 있어야겠다. 영화 멈출 수 있지?"

아이들은 놀란 표정으로 고개를 돌렸다. 이미 천 번쯤 그래왔지만 그는 다시 한 번 유전자의 마법에 혀를 내두를 수밖에 없었다. 아이에르는 두 아이의 외모가 똑같아 보인다는 사실이야 당연하게 받아들였다. 하지만 어떻게 두 명의 개별적인 인간이 저토록 비슷한 반응을 보이도록 세포들이 조합되는지 이해하는 건 그의 능력 밖이었다. 때로 두 아이는 땅 위에서 수중발레라도 하듯 동일하게 움직였다. 지금이 바로 그런 순간이었다. 쌍둥이는 찡그린 눈썹 아래 눈마저 동시에 깜빡였다. "왜?" 당연히 한 목소리로 말했다. "거의 다 끝나간단 말이야."

"왜냐면 바다가 너무 사나워서 너희들을 엄마아빠 곁에 두고 싶어서 그래. 영화는 원할 때 언제든지 볼 수 있잖아. 발 달려서 도망가는 것도 아니고."

아이들은 더 이상 동시에 반응하지 않았다. 아르나는 반항적으로 팔짱을 낀 반면 빌쟈는 무릎을 세우고 가차 없는 논리로 반박했다. "원할 때 언제든지 볼 수 있는데 왜 지금은 볼 수 없는 거야?"

"무슨 뜻인지 알잖아. 아빠 말 비틀면 안 되지. 엄마가 위층에서 기다리셔. 빨리 안 가면 엄마 걱정할 거야." 아이에르는 리모컨을 집어들었다. "라운지에 TV 있으니까 원하면 거기서 영화 이어서 볼 수 있어." 그가 TV를 끄자 방은 갑작스럽게 어두워졌다. "커튼은 왜 닫아놨어? 빛이 화면에 반사됐어?"

"아니. 바깥을 보기 싫어서. 징그러웠어." 이번에는 아르나가 대답했다.

"징그럽다고? 그건 정확한 표현이 아닌 거 같은데요, 공주님. 이런 날씨는 거칠다거나 폭풍우가 친다고 하는 거지. 징그러운 게 아니라."

"날씨 얘기 아니야."

"어?" 아이에르는 당황스러웠다. "그럼 뭔데? 파도?"

"아니." 빌쟈가 얼굴을 찡그리며 고개를 흔들었다. "그 아줌마. 그 아줌마가 창문 아래 바다로 떨어졌어. 아까 아래층으로 내려왔을 때 우리 둘 다 봤어. 아빠가 물에 들어가는 거 보고 나서 잠수하는 것도 보고 싶었거든. 갑판에 나가는 건 허락 안 해주니까 여기로 내려와서 창문으로 보려고 한 거야. 위층에서는 갑판 모습만 보이니까. 그런데 우리 방 창문은 반대쪽으로 나있더라고. 그래서 아빠는 볼 수가 없고 그 아줌마가 떨어지는 것만 봤어. 처음에는 엄만 줄 알았어. 그런데 아줌마가 바다에 누워있을 때 자세히 보니까 엄마가 아니었어."

아이에르는 침을 꿀꺽 삼켰다. "꿈꾸고 있었던 거 아니야?" 이제 적어도 여자의 시신이 아이들의 선실 위쪽 갑판에서 던져졌다는 사실은 분명히 알았다. 자신은 반대편 갑판에서 바다로 내려갔으니, 그가 시신을 볼 수 있었던 것은 틀림없이 시신이 물살에 의해 용골 아래로 밀려났기 때문이다.

"아니야, 꿈꾼 거 아니야." 두 아이는 입을 모아 대답했다.

"배에는 엄마 말고 다른 아줌마는 없잖아. 그리고 엄마는 지금 위층 라운지에 앉아있어." 어쩌면 아이에르는 이런 말을 해서는 안 될지도 몰랐다. 나중에 경찰에 진술을 해야 할지도 모르는데 이런 식으로 아이들을 혼란스럽게 하는 건 옳지 않았다.

"엄마 아니야. 그림 속에 있던 아줌마였어. 똑같은 드레스 입고 그랬단 말이야." 빌쟈가 몸서리를 쳤다. "아줌마 얼굴이 소름끼치게 보였어. 그리고 아래로 가라앉았어."

아이에르는 심호흡을 했다. 표정 관리를 하기 위해 젖 먹던 힘까지 끌어냈다. 아이들 말이 사실이라면 냉동고에 있던 시신은 분명 카리타스였을 것이다. 그는 섬뜩한 시신 주위로 펄럭이던 의상의 재질을 떠올렸고 어쩌면 그림에 나오는 것과 같은 옷일 수도 있다고 인정했다. 색상이 좀 더 칙칙해 보이기는 했지만, 바닷속이라면 소리만큼이나 색깔도 약화될 수 있었다.

"우리 말 안 믿어줄 거라고 그랬잖아." 아르나가 침대에서 일어났다. "아빠는 절대 우릴 안 믿어주잖아."

327

"당연히 믿지." 아이에르는 아이들의 주의를 돌릴 만한 적당한 말을 찾으려고 머리를 쥐어짰다. 하지만 그의 머릿속은 백지 상태였다. "엄마를 데려오지 그랬어? 아니면 다른 사람들이라도?"

"처음엔 무서워서 선실을 못 나갔는데, 나중에 겨우겨우 위층에 올라갔을 때는 아빠가 바다에 빠진 줄 알고 엄마가 엄청 흥분한 상태였어. 아빠는 잠수를 하는 중이라고 우리가 말하려고 했는데 엄마는 들으려고 하지도 않았어. 그 아줌마 이야기도 듣고 싶지 않아 했어." 아르나는 의심스러운 눈초리로 아빠를 쳐다봤다. "아빠 화났어?"

"화났냐고? 아니, 전혀 안 났어. 그런데 있잖아. 너희들이 그 이야기를 안 한 건 잘한 일이야. 사실 아주 잘한 일이지. 아빠는 이거 비밀로 했으면 좋겠어. 아무한테도 말하면 안 돼. 아무한테도 말이야. 아주아주 중요한 문제거든. 무슨 말인지 알겠어?" 이 사실이 알려질 경우 시신을 처리한 장본인이 쌍둥이가 자신의 범행을 목격했다고 착각할지도 모른다는 갑작스러운 공포가 밀려들었다. 괴물 같은 인간이 아니고서야 아이들을 공격할 리 없겠지만 아이에르는 어떤 위험도 용납할 수 없었다. "엄마한테도 안 돼. 그리고 선원 아저씨들도 안 되고. 알겠지?"

쌍둥이는 놀란 눈빛을 교환했다. "왜 안 되는데?" 빌랴는 아빠의 행동에서 어딘가 이상한 기운을 감지하고 경보기를 작동시킨 것이 분명했다.

"왜냐면 이건 우리들만의 비밀이어야 하니까. 이유는 나중에 집에 돌아가서 설명해준다고 약속할게. 약속." 그는 아이들 옆에 무릎을 꿇고 말했다. "우리 셋은 무슨 일이 있었는지 알지만 다른 사람들은 절대 알아선 안 돼. 그러니까 시간이 지날 때까지 아무한테도 말하지 않는 거야."

물론 그의 말은 틀렸다. 범인은 언제 어디서 사건이 벌어졌는지 알고 있다. 그리고 범인은 선원들 중 한 명이었다. 선장이나 할리 아니면 로푸투르. 셋 다 똑같이 범행 가능성이 낮았지만 반대로 세 사람 모두 범행을 저질렀을 가능성이 있었다. "여기에 내려온 게 몇 시였어, 빌쟈? 창문으로 아빠가 내려가는 걸 본 직후였어?"

빌쟈는 고개를 끄덕이며 자기가 뭘 잘못한 건 아닌지 걱정스러워했다. 아이에르는 이것이 무슨 뜻인지 파악하려고 애썼다. 빌쟈는 아빠의 입수 장면을 본 직후 창문에서 떨어져 자기가 본 것을 언니에게 말했을 것이다. 그런 다음 둘이 함께 엄마에게 아래층으로 내려가겠다고 했을 테고, 이곳으로 와 창밖을 내다보았을 터이다. 그렇다면 그가 입수한 시점과 시신이 바다로 던져진 시점 사이에는 10~15분 정도의 시간 차가 발생한다. 다시 말해 선장이나 할리 역시 용의선상에서 제외될 수 없다는 뜻이다. 비록 둘은 아이에르와 함께 갑판에 있었지만, 자신이 물에 들어간 뒤에도 계속 자리를 지켰는지 알 수 없는 노릇이었다.

아이에르는 자리에서 일어섰다. 도저히 참을 수가 없었다. 이놈의 바다와 자신이 가족을 위험에 빠뜨렸다는 생각을 더는 견딜 수가 없었다. 배를 타고 집으로 돌아가기로 한 것은 그의 인생에서 가장 멍청한 선택이었다. 그의 시선이 책상 옆 벽에 기대어있는 서류가방에 가닿았고, 그것은 거의 전생만큼이나 멀게 느껴지는 시간을 떠올리게 했다. 지루한 일상이 큰돈을 벌게 해주지는 못했을 망정 최소한 고군분투하거나 위험에 빠지는 일은 아니었다. 지금 껏 자신은 바보였다. 두 딸아이의 검은 머리를 내려다보면서 아이에르는 자신이 아이들에게 실망만 안겨주었다는 걸 깨달았다. 라라에게도 마찬가지였다. 집에서 가족들을 기다리고 있을 시가 뒤그에게도. 어금니를 너무 세게 앙다문 나머지 턱이 아플 정도였다. 집으로 돌아가야 했다. 빠를수록 좋다.

그는 자장가라도 되는 듯 선원들의 이름을 머릿속으로 계속 외웠다. 트라인, 할리, 로푸투르. 할리, 로푸투르, 트라인, 로푸투르, 트라인, 할리. 셋 중 누가 이런 짓을 했을까? 신이시여, 제발 셋이 함께 저지른 짓은 아니기를.

19장

또 다른 시신이 발견되면서 요트 미스터리는 완전히 새로운 각도에서 보이기 시작했다. 로푸투르의 시신이 해안으로 쓸려왔을 때만해도 승객 실종은 분명 단일 참사의 결과일 거라는 추정을 뒷받침하는 데 그쳤다. 하지만 또 다른 시신이 방수포에 싸여 밧줄 끝에 매달린 채 남겨졌다는 사실은 전혀 다른 문제였다. 시신 발견 이후 토라의 경찰서 방문은 이번이 벌써 세 번째였다. 매튜와 스네이바르는 두 차례만 소환됐다. 어쩌면 추가적인 소환이 이뤄질지도 모르지만, 토라는 경찰이 매튜에게 영어로 심문하는 것에 겁을 집어먹었다. 두말 할 것도 없이 스네이바르는 친구 할도르가 그토록 끔찍한 상태로 발견된 것을 목격한 충격에서 벗어나려면 시간이 좀더 필요할 터였다. 격한 감정 상태는 명료하게 진술하는 데 방해만될 것이다.

토라는 눈을 즐겁게 해줄 요소라고는 찾을 수 없는 복도를 형사를 따라 걸어갔다. 토라가 요트와 관련해 며칠 전 대화를 나눈 바로 그 형사였지만 그녀는 지금 목격자로 출석을 한 것이고, 사건 역시 훨씬 더 심각한 국면에 접어든 후였다. 형사는 피곤한 데다 정신도 딴 데 팔려있는 듯했다. 이전의 니코틴 껌은 찾아볼 수 없었고, 대신 희미한 담배연기 냄새만 그의 주위를 맴돌았다. 경찰 예산이 삭감되면서 토라의 경찰 측 연줄들에게도 부담이 가중된 상황이었다. 그러므로 이번 사건처럼 복잡하고 시간을 많이 잡아먹는 사건을 경찰이 반길 리 없다고 그녀는 짐작했다. 하지만 형사는 그런 내색을 하지 않았다. 토라는 그 배려가 고마웠다. 이유는 정확히 알 수 없지만 그녀는 이 모든 상황이 자신의 잘못인 양 느껴졌다. 그래서 번거로운 일을 만든 것에 대해 사과하고 싶어하는 자신을 계속해서 말려야만 했다.

형사는 작은 취조실 문 앞에서 멈춰섰다. 방안 내부 장식은 복도보다도 더 끌리지 않는 모양새를 하고 있었다. 딱딱한 의자에 앉은 토라는 감정이 경직되고 불편한 기분이었다. 하지만 그건 의자가 아니라 가급적 빨리 대화를 끝내버리고 싶어하는 스스로의 욕망 때문이었다. 취조실은 덥고 답답했다. 그녀는 외투 맨 위 단추를 끄른 다음 심문을 받는 동안 얼굴이 시뻘게지지 않도록 옷깃을 약간 풀어헤쳤다. "수사에 진전은 없나요?"

"그렇기도 하고 아니기도 합니다." 서류철을 테이블에 내려놓고 의자에 앉는 형사의 얼굴은 무표정했다. "시신 샘플에 대한 첫 검사결과가 드디어 나왔어요. 예상하시다시피 누군가 증거에 구토를 했다는 사실 때문에 검사도 많이 지연될 수밖에 없었습니다."

"그야 잘 알죠." 토라는 복사기 사건을 끄집어내고 싶은 충동을 아슬아슬하게 자제했다. 이런 생각이 머릿속을 스쳐 지나갔다는 사실만으로 그녀의 두 뺨이 벌게졌다. "시신의 신원이 할도르라는 건 확인됐나요? 스네이바르는 확실하다고 말했지만 시신 상태가 워낙 엉망이어서, 어떻게 그리 장담할 수 있는지 모르겠어요." 선원과 승객들의 사진도 바로 오늘 공개가 되었다. 토라는 오늘 아침 차와 토스트를 먹으며 신문을 읽는 동안 흑백사진으로 그들의 얼굴을 마주했다. 아이에르와 그 가족의 사진은 이미 봤지만 세 선원의 얼굴과 그들이 남기고 떠난 가족들에 관한 이야기를 접한 건 이번이 처음이었다. 선장은 부인과 사별한 상태로 성인이 된 세 자녀를 두었고 나머지 두 선원은 미혼에 아이는 없었지만 부모와 형제들이 있었다. 사진 속 할도르의 얼굴은 낯설었다.

"네. 신원 확인됐습니다." 형사는 서류철을 휙휙 넘겼다. "의심의 여지가 없습니다." 그는 유난히 짙은 녹색 눈동자로 토라를 바라보았다. 컬러렌즈라도 낀 것일까? 하지만 그런 부류로는 보이지 않았다. 타고난 홍채의 색깔이 그런 듯했다. "무엇보다 중요한 건 사망 원인까지 밝혀내기는 했는데, 부검결과 때문에 사건이 더 복잡해졌다는 점이죠. 그러니까, 이 남자는 익사한 것으로 파악됐어요. 어쩌다 밧줄에 매달리게 되었는가 하는 문제와 별개로 말이죠. 그래서 변호사님께 연락을 드린 겁니다. 몇 가지 사항에 대해 변호사님 의견을 여쭈려고요."

토라는 당혹스러웠다. 할리가 사고로 죽었을 거라고는 예상하지 못했다. 그녀는 그가 살해당했다고 확신했고 부검을 통해 칼에 찔린 상처나 기타 흔적이 발견될 것이라고 믿었다. 처음 요트에서 시신 일부에 시선이 닿았을 때는 어떤 상처도 발견하지 못했다. 토라의 추정은 온전히 시신이 처리된 방식에 근거한 것이었다. 시신을 아주 가까이서 살펴본 것도 아니고, 심하게 부패한 머리통의 이미지가 뇌에 각인된 순간 그저 소름끼치는 광경에 넋을 잃었다. 그녀는 스네이바르의 전철을 밟지 않으려고 곧바로 고개를 돌려버렸을 뿐이다. 당시 기억을 떠올리자 위장이 뒤집어질 것 같았다. "아, 분명 뭔가 새로운 사실이 밝혀졌을 거라고 믿었거든요."

"그러셨군요. 아직은 이 사실을 공개하지 않았어요. 그리고 변호사님도 사건 관련자를 제외한 다른 누구에게도 이 사실을 공유하지 않으실 거라고 믿습니다."

"그럼요, 물론이죠." 토라는 이 사실을 페이스북에 올리거나 친구들과 쑥덕공론하는 자신의 모습을 상상도 할 수 없었다.

"그러시다니 다행입니다. 부검결과는 명백합니다. 남자는 익사했고 강압이 있었다고 볼 만한 흔적은 발견되지 않았습니다. 긁힌 자국과 타박상이 발견됐지만 물리력이 동원됐다고 간주할 만한 부위들은 아니었습니다. 게다가 이 상처들은 그가 사망했을 당시 이미 치유되기 시작했어요. 이전에 생긴 상처로 보입니다."

"그렇군요." 토라는 뾰족한 답을 기대하지 않으면서 다음 질문을 했다. "그가 어쩌다가 천에 싸여 바다에 잠기게 되었는지, 그 연유에 대해서는 파악이 되었나요?"

"아, 그 부분에 대해서는 자세히 말씀드릴 수 없습니다만," 형사가 대답했다. "전면적인 수사가 진행 중인 것만은 확실합니다. 사건과 관련된 사람들이 모두 죽거나 실종된 상태이니 어려움이 많죠. 골치 아픈 수사가 되겠지만 결국에는 전말을 밝혀낼 거라고 기대하고 있습니다."

"그러시길 바랍니다." 토라는 외투의 단추를 하나 더 풀었다. 예산 삭감이 중앙난방에까지는 마수를 뻗치지 못한 모양이었다.

"알고 계신지 모르겠지만 충돌 직후 요트에 올라갔을 때 유일하게 잠겨있던 문은 할도르의 시신이 해치를 통해 매달려있던 창고 문뿐이었습니다. 이게 얼마나 중요한 건지 모르겠지만 창고 열쇠는 계단통의 구석에서 발견되었고요."

처음 듣는 이야기였지만 토라는 별로 중요하지 않은 단서라고 여겼다. "그럼 로푸투르는요? 그 사람도 익사한 건가요?"

"제가 좀 전에 부탁드린 것과 마찬가지인데요. 이 정보는 반드시 기밀을 유지해주셔야 합니다." 토라는 고개를 끄덕였다. "바다에 너무 오랫동안 잠겨있어서 그의 시신은 상태가 아주 안 좋았어요. 다시 말해 부검결과가 정확하지 않을 수 있지만, 그 역시 익사한 것으로 확인됐습니다. 문제는 그가 어쩌다가 염소 처리한 바닷물에 빠져죽었는가 하는 점이지요."

"염소 처리요?"

"결과가 그렇습니다. 전적으로 정확한 검사를 위해 해외에 조직 샘플을 보냈는데 아직은 결과를 받아보기 전이지만, 최초 부검과 모순되는 결과가 나오지는 않으리라 생각합니다."

"할도르는요? 그 사람도 염소 처리된 바닷물에 빠져죽었나요?"

"아뇨. 그의 폐 조직과 다른 물적 증거에 비춰봤을 때 그 사람은 전형적인 방식으로 익사한 게 맞습니다." 형사는 두 손을 머리 뒤에서 맞잡은 다음 의자를 살짝 뒤로 젖혔다. "작은 갑판에 있던 자쿠지 욕조 기억하세요?"

토라는 형사의 의도를 눈치챘다. "로푸투르가 거기서 익사한 건가요?"

"그럴 가능성이 매우 높습니다. 사실 그게 유일하게 가능성 있는 추정입니다." 그는 팔을 내리고 의자에 바로 앉아 책상에 몸을 바짝 기댔다. "물론 누구라도 그런 사고를 당할 수 있어요. 특히 술에 취한 상태라면 더 그렇겠지만, 로푸투르는 달라요. 그의 혈액에서 어떤 알코올의 흔적도 발견되지 않았습니다. 그런데도 그 딱한 녀석은 빠져죽고 말았죠. 철저하게 맨 정신인 상태로, 1미터 깊이밖에 안 되는 물에서요."

"누군가 물리력을 행사했다는 말씀을 하시려는 건가요?"

"아뇨. 꼭 그렇지는 않습니다. 가능성은 있지만 욕조 안에 있는 동안 발작 같은 걸 일으켜서 기절했다거나 아니면 다른 이유 때문에 욕조를 벗어날 수 없었다는 추정 역시 가능하니까요." 형사는 토라의 코멘트를 기다리는 눈치였다. 토라가 아무런 말도 보태지 않자 그는 계속 말을 이었다. "그 사람이 뭘 입고 있었는지 묻지 않으실 건가요?"

"뭘 입고 있었는데요?" 토라는 힌트를 알아차렸다. 만약 로푸투르가 옷을 입고 있었다면 자연사했을 가능성은 거의 없다고 봐야 한다. 누구도 뜨거운 욕조에 옷을 입고 들어가지는 않으니까.

"옷을 모두 입은 상태였습니다." 형사는 눈을 치켜떴다. "아주 석연치 않죠. 일반적으로 사람들은 시신에 옷을 입히는 귀찮은 짓은 하지 않거든요. 게다가 자쿠지에서 익사한 이후에 어떻게 다시 바다에 빠질 수 있을까요? 저는 다른 누군가가 관여한 게 틀림없다고 봅니다. 그가 배 위의 다른 사람들까지 살해했을 수 있고요." 그는 혀를 차며 미소를 지었다. "어쩌면 아닐 수도 있겠지만요."

토라는 말이 없었다. 새로운 소식은 그녀를 공포로 몰아넣었다. 그 때문에 자신이 얼마나 더운지조차 잠시 잊었다. "차마 그 어린 여자애들에 대해서는 생각하고 싶지 않군요. 이미 끔찍한 사건이지만 모든 게 더 암울해졌으니까요. 차라리 승객들 모두 하나의 사고로 목숨을 잃었다고 생각하는 쪽이 살인자의 손에 희생된 것보다 낫겠어요." 그녀는 한숨을 쉬었다. "어차피 결과는 똑같지만요"

"매우 참담한 상황입니다." 형사의 표정이 다시 무거워졌다. "하지만 다시 사건 이야기로 돌아오면 변호사님의 역할은 복잡할 게 전혀 없죠. 따라서 추가질문을 할 필요도 없겠고요. 혹시라도 변호사님이 덧붙이고 싶은 뭔가가 있다면 모를까요."

"없습니다." 토라의 첫 심문은 긴 시간 동안 철저하게 진행됐고 경찰은 중요하거나 그녀가 말할 수 있는 내용은 뭐든 다 털어놓게 만들었다. 애석하게도 의뢰인에 대한 기밀유지 의무규정을 지키기 위해 관련 정보를 숨기고 있지도 않았다. 만약 그런 게 있었다면 적어도 승객들의 운명에 대해 짐작하는 바가 있다는 뜻일 게다.

"우리의 이해관계는 상충되지 않죠. 동의하세요?" 형사가 말을 이었다. 토라는 고개를 끄덕였다. 그들의 목표가 정확히 일치하지 않을지는 몰라도 격차는 무시해도 좋은 수준이었다. 그녀는 아이에드와 라라가 사망했다고 믿게 할 만한 근거가 필요했고 그러기 위해서는 사건과 관련된 세부적인 내용을 가능한 많이 파악해야 했다. 경찰은 이보다 한 걸음 더 나가야 하는 상황이었다. 가능성만으로는 충분하지 않았다. 합리적인 의혹을 넘어 사건의 진상을 증명해야만 했다. 형사는 계속해서 말했다. "그래서 변호사님과 저희가 힘을 합쳐야 할지 고민하던 차였습니다. 경찰을 위해 일해 달라고 부탁드리는 게 아닙니다. 그건 피차 부적절할 수 있으니까요. 다만 이번 사건과 관련한 정보를 얻을 때마다 업데이트해주시는 건 가능하지 않을까 생각합니다. 그러면 변호사님을 수시로 소환해 닦달하지 않아도 되니까요. 이런 관계가 의뢰인에 대한 변호사님의 의무에 위배될 거라고 보지 않습니다. 사실 이 사건을 해결하는 것은 공동의 목표라 할 수 있으니까요."

"네, 동의합니다." 토라는 잠시 침묵하다가 말을 이었다. "물론 제 의뢰인 분들께는 알려야겠지만 그분들이 반대하시지는 않을 겁니다. 제가 뭐 대단한 사건을 다루는 것도 아니고, 그저 실종된 부부가 사망했다는 사실만 밝혀내면 됩니다. 지난번 소환 이후 보험사에 공식적으로 두 사람의 사망추정 통지서를 제출했고 정식보고서도 제출할 예정이라고 통보했습니다. 정식보고서를 제출받기 전에 보험사에서 반응을 보일지는 미지수이지만, 그거야 기다려보면 알겠죠. 보험사에서 서류를 충분한 증거로 받아들일 거라고 낙관하지는 않아요. 그렇게 될 경우, 사건을 법정으로 가져가는 것 외에 다른 대안이 없겠죠. 하지만 논거를 빈틈 없이 입증해서 법정다툼을 피할 수 있다면 더할 나위 없이 좋을 겁니다. 제 조사과정에서 형사님께 도움이 될 만한 정보를 입수할 가능성은 충분하죠."

"제 말의 요지가 뭔지는 아시죠? 저희는 변호사님이 들인 시간에 대해 금전적인 보상을 할 수 없습니다. 다만 이 사건은 변호사님의 사회적 의무이기도 하지 않습니까. 법률가이시니까 굳이 형사소송법 73조를 상기시킬 필요는 없겠지요." 형사가 헛기침을 하자 토라는 잠시 동안 그가 정말 조항 전체를 읊을 거라고 추측했지만 이런 걱정은 기우에 불과했다. "변호사님은 공공의 이익에 부합하는 사건조사에 있어 경찰에 협조해야 할 의무가 있습니다. 그리고 경찰이 조사를 위해 요구할 경우, 본인이 입수한 서류 및 여타 증거품을 경찰에 넘겨야 한다는 점 역시 유념하셔야 합니다."

"분명히 말씀드리지만 저는 어떤 증거도 숨기지 않습니다. 이미 스네이바르가 병원 입원 및 항공권과 관련해 넘겨준 서류도 모두 제출했어요. 지금까지 제가 입수한 자료는 그게 전부예요. 며칠 후에 아이에르와 라라의 재정 관련 서류와 두 사람 모두 건강했다는 내용을 담은 지역보건의의 소견서도 받을 예정입니다. 두 말할 것도 없이 원하시면 그 서류 사본 역시 넘겨드릴 테고요. 그 다음 스네이바르를 설득해서 사고로 부러진 다리 때문에 업무 부적격자가 됐다는 내용을 담은 진단서를 아이슬란드 의사에게 받아오게 할 생각입니다. 그걸 확인서 삼아 대체 선원 한 명이 필요했다는 걸 입증할 겁니다. 그렇지만 당장 진단서를 요청하지는 않을 거예요. 충격에서 회복할 시간은 줘야 하니까요." 특별한 근거가 없음에도 불구하고, 토라는 형사가 증거은폐 혐의로 자신을 의심하고 있다는 불편한 느낌이 들었다. "이 부분을 좀 더 명확히 해두고 싶은 마음에서 말씀드리면, 형사님이 인용하신 조항에는 예외가 있어요. 형사님도 분명 알고 계시겠지만요. 이걸 굳이 언급하는 이유는 어느 단계에서는 예외조항에 기대야 할 수도 있고, 제가 처음부터 각 증거의 가치를 평가할 권리를 갖고 입증해나가는 편이 더 나을 수도 있기 때문입니다. 물론 제가 할 수 있는 최대한 수사에 협조할 겁니다."

형사는 대체로 만족스러운 표정이었다. 그녀가 아무런 단서도 달지 않고 깔끔하게 동의했다면 훨씬 더 만족스러워 했을지도 모른다. "알겠습니다. 변호사님이 입수하는 서류 일체의 사본을 받아볼 수 있다면 좋겠어요. 적은 것보단 넘치는 게 나으니까요." 그는 다시 서류철로 시선을 돌렸다. "변호사님이 시신 발견 이후 진술에서 언급하신 함인지 상자인지 하는 물건 말입니다, 저희가 요트에서 수거한 물건에는 포함되지 않은 것으로 드러났습니다. 그러니까 요트에 침입한 범인이 가져간 게 틀림없겠죠. 어쩌면 그들이 보석함으로 착각했을 수도 있고요."

"어쩌면요. 하지만 상자가 잠겨있지 않았어요. 그저 뚜껑을 열어보기만 했어도 안에 귀중품이 들지 않았다는 걸 알았을 텐데요."

"확실합니까? 내용물을 모두 확인해보셨나요? 귀중품이라는 게 꼭 금이나 돈일 필요는 없으니까요."

토라는 자신이 상자를 철두철미 살펴보지 않았다는 사실을 인정하지 않을 수 없었다. "깜빡하고 한 가지 말씀드리지 않은 게 있어요. 주선실 옷장 안쪽에 금고가 있던데, 그건 알고 계셨나요?"

"네. 열어봤는데 비어있더군요. 유용한 단서들이 들어있지 않더라고요, 안타깝게도." 그의 어조는 반어적이었다. "가시기 전에 몇 가지 의견을 여쭐 게 있는데, 현재로서는 혼자만 알고 계셔야 하는 내용입니다. 변호사님 사건과는 전혀 관련 없을 가능성이 높지만 장담할 수는 없으니까요. 어쩌면 제가 말씀드리는 부분과 관련된 증거를 두 눈 크게 뜨고 찾아보실 수도 있겠죠."

"물론입니다."

"좋습니다." 말을 잇기에 앞서 형사는 정직함의 증거를 찾기 위해 토라를 찬찬히 살피기라도 하듯 그녀의 눈을 뚫어지게 바라보았다. 이렇게 사람을 뚫어져라 볼 때면 그의 녹색 홍채가 훨씬 더 인위적으로 보였다. "변호사님 말씀으로는 시신이 부분적으로만 드러났고, 그래서 머리만 봤다고 하셨죠. 맞나요?"

"그렇기도 하고 아니기도 합니다. 제가 본 게 머리뿐이라는 사실은 맞아요. 곧바로 고개를 돌려버렸으니까요. 매튜에게 듣기로, 스네이바르는 반쯤 정신이 나간 상태에서 방수포를 열어젖혔고 그다음 순간 구토를 했다고요. 저는 시신도, 토하는 모습도 도저히 견딜 수가 없었거든요. 두 개를 동시에 보는 건 말할 필요도 없고요. 그래서 시신을 스치듯 보기만 한 거죠. 그것만으로도 충분히 끔찍했어요. 혹시라도 제가 첫 심문 때 정확히 설명을 못 드렸더라도 절대 일부러 그런 건 아니에요."

형사는 자기 앞에 펼쳐진 서류의 한 페이지를 읽고 있었다. 아마 토라의 진술내용이었을 것이다. "아뇨, 아닙니다. 여기 다 나와 있네요. 그저 제가 기억을 못 한 겁니다." 그는 다시 고개를 들었다. "그럼 시신을 훼손하려는 흔적이 있었는지 여부는 확인을 못 하셨겠군요?"

"네. 못 봤습니다." 토라는 또다시 당혹감에 빠졌다. 요트 미스터리가 살인사건으로 전개되는 것만으로도 참담하기 짝이 없는데 시신이 토막나기까지 했다니. "매튜도 그런 얘기는 안 했어요."

"그분 역시 못 보셨을 수 있죠. 아니면 방수포가 시신 아랫도리를 가렸을 수도 있습니다. 현장사진을 확보했으니 어렵지 않게 확인할 수 있죠. 하지만 그건 핵심이 아닙니다. 제가 알고 싶은 건 남자 분들이 방수포를 배 위로 끌어올릴 때 풍덩하는 소리를 들은 기억이 있는가 하는 겁니다." 심호흡을 하고 옷깃을 만지작거리는 걸로 봐서 형사 역시 더위를 느끼고 있었다.

"없습니다. 들었어야 하나요?" 토라는 형사의 의도를 이해할 수 없어 혼란스러웠다.

"누군가 시신을 훼손하려다 범행 현장에서 들통이 났거나 아니면 어떤 이유에서인지 도중에 멈춘 것 같습니다. 어쨌든 범인은 다리의 무릎 부분을 잘라내는 데 성공했고 현재 두 다리는 발견되지 않은 상태입니다. 사고로 다리가 절단됐을 가능성도 생각해봤지만 어떻게 두 다리가 잘려나갔는지 추측하기는 어렵더군요. 현재로서는 인간의 물리력이 동원되었을 거라고 추정하지만, 잘려나간 다리가 있다면 원인을 밝혀내기 훨씬 수월할 겁니다. 잠수사들을 동원해 요트 주변 바다를 훑고 있는데 전혀 성과가 없네요. 혹시 변호사님이 무슨 소리를 들으셨다면, 다리가 방수포에서 떨어져 나가는 소리일 수도 있어서 여쭤봤습니다. 그리고 결정적인 문제는 아닙니다만 두 다리만 따로 떨어져 나왔다면 또 다른 의문이 발생합니다. 왜 시신 전체를 토막내지 않은 걸까? 터무니없는 추정일 수도 있지만 저는 이에 대한 답을 얻고 싶은 겁니다. 이 특이한 수술의 흔적을 찾으려고 과학수사팀을 다시 요트로 파견했어요. 설령 할도르가 이미 사망한 상태라고 해도 상당량의 혈액이 흘러나왔을 테니까요. 범행 장소로 추정되는 곳을 찾아냈습니다. 범인이 범행 후에 청소를 했겠지만, 시신 훼손이 배 위에서 이루어졌다는 데에는 의심의 여지가 없죠."

토라는 마음속으로 사건의 순서를 나열해보았다. "그게 어디인가요?"

"아래 갑판 물탱크 사이의 외진 구석이었습니다. 그러니까 범인이 범행 사실을 숨기기 위해 공을 들였다는 뜻이죠."

"범행 시점에 여전히 한 명 이상의 다른 승객이 살아있었다는 의미겠죠?"

"바로 그렇습니다." 그의 시선은 흡사 최면이라도 걸 듯했다. 어쩌면 그는 이런 효과를 위해 정말 렌즈를 착용했을지도 모른다. "그게 현재 저희 가설입니다만, 100퍼센트 확신할 수는 없어요. 혈흔은 전혀 다른 사고의 결과일 수도 있으니까요. 그리고 다른 곳에서도 혈흔이 발견됐는데 상당히 깨끗하게 뒤처리를 해서 정확히 어떤 일이 벌어졌는지 파악하기가 더 까다롭더군요. 현재 검사 중입니다."

"거긴 어디였나요?"

형사는 손가락으로 테이블을 두드렸다. "솔직히 말씀드리면 혈흔은 사방에서 발견됐습니다. 조타실, 계단, 라운지로 통하는 출구 옆에서도요. 지금은 흔적을 찾을 수 없지만 갑판에도 피가 흘렀을 가능성이 있습니다. 파도가 치면서 증거는 아주 빠르게 씻겨나갔겠죠. 악천후를 만났으니 폭우는 말할 것도 없고 물보라가 엄청나게 튀었을 겁니다. 그런 이유 때문에 시신의 다리도 갑판에서 절단됐을 수 있고요. 생각해보면 그곳이 단연 최적의 장소죠."

토라는 요트의 여러 창문을 통해 갑판 대부분을 내다볼 수 있다는 점을 상기했다. "다른 사람들이 알아챌 수도 있지 않았을까요?" 그녀는 형사가 대답을 하기 전에 자신의 말을 정정했다. "아, 밤이라면 달랐겠네요. 그 시간이면 대다수 승객이 자고 있었을 테니까요. 하지만 애초에 시신은 왜 자른 걸까요? 그냥 배 밖으로 던져버리면 간단했을 텐데요. 그런 망망대해라면 분명 흔적도 없이 가라앉거나 물고기에게 먹혀버렸을 수 있잖아요?"

"그렇게 생각하실 수도 있죠."

"하나만 더 여쭤볼게요. 선장이 영국 선박과 교신했을 때 혹시 할도르의 시신을 언급했을 가능성이 있나요? 선장이나 승객 중 다른 누군가가 범인을 놀라게 하는 바람에 살인을 마무리하지 못했을 수도 있잖아요?"

"그럴 가능성도 있겠죠. 하지만 선장은 여자의 시신을 언급했어요. 오해가 있었던 게 아니라면요. 연결 상태도 엉망이었고 언어 차이까지 고려하면 메시지 내용이 뒤죽박죽됐을 가능성은 충분하니까요."

"솔직히 말씀드리면 뭐가 뭔지 전혀 모르겠네요."

형사가 그녀를 향해 친근한 미소를 지었다. "이게 위안이 되실지 모르겠지만 저희도 이 사건을 해결하는 데 그만큼 골머리를 앓고 있습니다. 어째서 시신이 배 밖으로 매달려있던 걸까요? 배 위에는 다른 사람의 시선이나 냄새 따위 신경 쓰지 않고도 숨길 수 있는 장소가 차고 넘쳤을 텐데 말입니다."

시신을 숨길 만한 장소가 얼른 떠오르지 않았다. 곰곰이 생각하던 토라는 혈흔이 발견됐다는 아래층 갑판의 창고 공간과 물탱크를 기억해냈다. "시신이 물탱크 중 한 군데나 용골의 연료탱크 안에 숨겨졌을 가능성은 없나요?"

"지금 물탱크를 검사 중입니다. 그렇지만 연료탱크는 굳이 의심할 필요가 없을 듯하군요." 그는 펜으로 서류철을 가볍게 두드렸다. "아무래도 기이한 사실을 하나 더 말씀드려야 할 것 같습니다."

"제가 졸도라도 할 일은 없을 거예요. 형사님이 걱정하시는 게 그거라면요. 더 받을 충격도 없거든요."

그는 서류를 두드리던 펜을 멈췄다. "부검결과에 따르면 시신에서 얼었던 흔적이 발견되었답니다."

"얼었던 흔적이라고요?" 토라는 자신이 방금 내뱉은 말에도 불구하고 아연실색했다. "항해 기간 동안 기온이 영하로 떨어진 적이 있나요?"

형사는 고개를 저었다. "폭풍이 불기는 했지만 추운 날씨는 전혀 아니었습니다. 좀 더 현실성 있는 해석을 하자면 시신이 배 위 냉동고 중 한 곳에 보관됐다는 거죠. 하지만 방수포에서 어떤 유전자나 섬유질의 흔적도 검출되지 않았기 때문에 다른 해석도 가능합니다. 그러니까 시신이 비닐봉지에 싸여있었을 수도 있죠. 기왕 이 얘기까지 꺼낸 김에 한 가지 더 말씀드리지면 여자의 시신이 냉동고에 보관돼 있었던 것으로 파악됩니다. 선장의 메시지가 정확하다면요. 하지만 과학수사팀에서 이를 입증할 단서는 전혀 발견하지 못했습니다."

토라는 말문이 막힌 자신의 표정을 거울에 비춰보고만 싶었다. "무슨 말을 해야 할지 모르겠네요. 제가 찾은 단서에서는 그런 흔적을 전혀 발견하지 못했거든요." 그녀는 뭔가 합리적이고 구체적인 정보가 나오기를 간절히 바랐다. "할도르의 사망 시각은 아세요?"

형사는 또다시 고개를 저었다. "안타깝게도 모릅니다. 사망 시각을 알아내기 위해 사용하는 대부분의 검사법은 사망 이후의 상태까지 감안해야 하거든요. 그런데 이번 경우 시신이 여러 환경에 보관되었던 모양인지 근거로 삼을 만한 게 별로 없었습니다. 바다에 잠겨있었고, 냉동고에 보관되기도 했고, 어쩌면 운송용 상자에 보관되었을 가능성도 있는지라 불행히도 사망 시각은 매우 불투명합니다. 항해 기간 중 어느 시점에 사망했겠지만, 요트가 항구에 도착한 이후 살해됐을 가능성은 전혀 없습니다. 그리고 부검결과 여러 생물학적 화합물이 이미 분해되기 시작했다는 사실도 밝혀내기는 했지만, 제가 전문가가 아닌지라 그 부분에 대해서는 설명을 못하겠습니다. 아무튼 시신이 바다에 오래 잠겨있었던 것은 아니랍니다. 적어도 배가 움직이는 내내 거기 있지는 않았다는 거죠. 만약 그랬다면 훨씬 더 처참한 상태로 발견되었을 겁니다. 사실 요트가 항구에 진입할 때에도 여전히 밧줄에 매달려있었던 건 기적이나 다름없죠."

"그 부분은 제 전문 분야가 아니라 아쉽네요." 토라는 이제 푹푹

찌는 지경에 도달했고 외투를 벗어던져 버리고 싶은 강렬한 욕망에 사로잡혔다.

"그러실 겁니다." 형사는 맞은편에 앉은 토라를 살펴보았다. 그녀의 얼굴은 빨갛게 달아올라 차가운 바깥공기를 들이마시고 싶어 하는 게 빤히 보였다. "뭐. 제가 전할 얘기는 이 정도입니다. 그럼 저는 최초 현장수사를 진행했던 경관들이나 족치러 가봐야겠습니다. 못해도 하루에 한 번은 반드시 경관들을 혼내려 하고 있죠." 그의 눈이 반짝였다. "그 녀석들 중 한 놈도 밧줄을 발견하거나 밧줄이 거기 있어서는 안 된다고 생각하지 못했다는 게 도저히 믿기지 않습니다. 물론 경력 있는 선원이나 최소한 선박에 대해 조금이라도 아는 사람을 데려갔어야 알아낼 수 있는 사실이지만, 저는 어차피 그 녀석들을 혼내는 게 재밌으니 이걸 말해주지는 않을 겁니다. 이게 또 혈액순환에 좋거든요." 그는 자리에서 일어나 토라를 문 앞까지 배웅했다.

토라는 어리둥절한 상태로 스콜라뵈르두스키그르까지 운전을 했다. 그리고 사무실로 들어가 한동안 생각에 잠겼다. 마침내 그녀는 책상 위로 몸을 구부리고 소리를 질렀다. "벨라! 잠깐만 와줄래?" 이제는 관습적인 접근법을 버려야 할 때가 왔다. 이 사건에 있어서 상식이란 장애물에 불과했다. 다소 어처구니없는 비주류적 사고를 도입해야 했다. 그 분야에 있어서는 벨라가 적격이었다.

20장

모녀는 커다란 더블침대 위에서 깊이 잠들어 있었다. 서로 부둥켜 안은 그들은 머리칼마저 베개 위에 뒤엉켜 있었기 때문에 아이에 르는 어떤 게 누구의 머리칼인지 정확히 구분해낼 수 없었다. 다들 볼이 발그레했지만 그건 몸의 열 때문이 아니었다. 쌀쌀해지기 시 작한 날씨를 걱정해 누군가 난방장치를 켰기 때문이었다. 아이에 르는 누가 난방기구를 작동시켰는지 알지 못했고, 솔직히 그게 누 구든 관심조차 없었다. 자기 옆에 가족들이 누워있다는 사실만이 유일하게 중요했다. 아르나가 웅얼거렸지만 무슨 말인지 알아들을 수 없었다. 아이의 두 눈꺼풀이 파르르 떨리고 두 다리는 움찔거렸 다. 그러고는 다시 잠잠해졌다. 그는 아이가 악몽을 꾸는 게 아니 기를 바랐다. 그와 라라는 두려움과 불안을 감추며 아무 일도 없다 는 듯 행동하려고 최선을 다했지만 어쩌면 둘의 태도가 오히려 억 지스럽게 보였을지도 모른다. 딸들이 갑자기 상황의 심각성을 알 아챌 수도 있다는 생각에 부부는 견딜 수가 없었다. 적어도 아직은 몰라야 했다. 하지만 쌍둥이가 부모 곁에서 절대 떨어지지 않도록 하기 위해서라도 조만간 무슨 일이 벌어지고 있는지 설명해야만 할 것이다.

아이에르는 머리 위에서 들려오는 발자국 소리에 귀를 기울였다. 그는 범인이 당장이라도 자신들의 머리 위로 석고가루를 뿌리며 톱으로 천장을 뚫기라도 하지는 않을까 걱정하며 위를 올려다보았다. 선실 문이 안에서 잠기기는 했지만 잠금장치의 보안수준은 형편없었다. 성인 남자라면 얼마든지 힘으로 밀고 들어오는 게 가능한 데다 어딘가 안전한 곳에, 아마도 조타실에 마스터키를 보관하고 있을 게 분명했다. 그러니 범인이 마음만 먹는다면 문을 부술 필요조차 없을 것이다. 하지만 아이에르는 이 결과에 대해서는 걱정하지 않았다. 그는 범인이 자신들에게는 눈곱만큼도 관심이 없을 거라고 생각했다. 적어도 당장은.

아내와 딸들을 데리고 선실로 내려와 스스로를 가둬버린 지 7시간 넘게 흘렀다. 그 시간 동안 선원들은 그들의 존재를 잊었다는 듯 누구도 선실 문을 두드리거나 문 앞에서 그들을 부르지 않았다. 아이에르와 가족들에게는 딱 좋은 상황이었다. 비록 배가 고파진다고 해도 아이에르는 요트가 항구에 도착할 때까지 선실 안에서 은신할 준비가 되어있었다. 자신은 화장실에서 나오는 수돗물만으로도 충분히 버틸 수 있지만 문제는 아이들이었다. 쌍둥이는 아마 음식도 없이 며칠 동안 버틸 용의가 없을 것이다. 게다가 아이에르는 어느 시점에는 얼굴을 내비쳐야 했다. 딸들의 불만을 달래기 위해서가 아니라 선원들의 호기심을 자극하는 일을 방지하기 위해 그래야만 했다. 만약 선원들이 호기심을 갖기 시작했다가는 누군가 이리저리 추측해보다가 아이에르와 가족이 자기들이 말해준 것 이상을 알고 있다는 결론에 도달할지도 모른다. 게다가 범인이 선실에 몰려있는 그들을 몰살하는 것쯤은 애처로울 만큼 간단한 일이다. 특히 무방비 상태로 잠들어 있다면 더욱 더.

위층의 발자국 소리가 멈추었다. 아이에르는 혈관에서 아드레날린이 솟구치기 시작하는 것을 느꼈다. 가만히 멈춰있는 것은 움직일 때보다 훨씬 더 공포스러웠다. 범인이 계략을 꾸미고 있다는 걸 암시하기 때문이다. 아이에르는 이런 상상이 터무니없다는 것을 알았지만 그렇다고 생각이 바뀌지는 않았다. 심지어 그는 위층의 발자국이 다시 움직이길 기다리는 동안 숨조차 쉬지 않았다. 그러나 아무 일도 일어나지 않았다. 잠시 후 의자나 소파로 추정되는 뭔가가 긁히는 소리가 들려왔고 그는 선실 바로 위가 어디인지 파악하기 위해 머리를 짜냈다. 라운지일 가능성이 아주 높았다. 이 상황을 해석해보면 두 남자가 일어나서 돌아다닐 공산이 컸다. 한 명은 조타실에서, 다른 한 명은 라운지에서 바쁜 시간을 보내고 있다는 걸 암시했다.

아이에르는 몸을 일으켜앉아 아내와 아이들이 깨지 않도록 조심스럽게 이불을 옆으로 밀어젖혔다. 지금쯤 밖으로 나가 선원들에게 말을 거는 편이 나을지도 몰랐다. 그렇게 하면 내일 점심시간까지 얼굴을 다시 비추지 않아도 될 것이다. 그들의 부재는 가능한 자연스럽게 보여야 한다. 예를 들어 그가 일정한 시차를 두고 위층으로 올라가 아이들이 뱃멀미를 한다고 불평을 늘어놓을 수도 있었다. 그렇게 하면 생필품을 챙겨오기도 훨씬 수월할 것이다. 아무 일도 없다는 듯, 선원 중 한 명은 분명히 냉동고 속 여자 시신과 관련이 있다는 생각일랑 머릿속을 스쳐 지나가지도 않았다는 듯, 그가 느긋한 모습을 보이기만 하면 가능할 터이다. 비록 최근 벌어진 일들을 감안하면 그렇게 순진한 상상은 현실과 거리가 멀었지만 그 정도만 해도 충분할 것이다. 그가 두려움을 아주 조금이라도 무심결에 내비치는 날엔, 돌이킬 수 없는 결과를 초래할 위험이 도사리고 있었다.

그는 침대에서 내려와 잠시 동안 배의 움직임에 익숙해지기 위해 몸의 균형을 잡았다. 그들이 선실로 들어와 문을 잠그고 한 시간쯤 흘렸을 때 갑자기 엔진이 다시 작동하기 시작했다. 어쩌면 선장이나 할리가 컨테이너를 밀어내는 데 성공했을지도 모른다. 아니면 선장이 배 위의 상황이 더 악화되기 전에 그냥 모험을 감행하기로 결심했을 수도 있다. 구조를 기다리며 망망대해 한가운데서 시간을 보내는 것은 아무 의미가 없었다. 통신시스템이 제 기능을 못하는 상황에서 조난신호조차 내보낼 수 없었다. 다른 선박을 본 지도 너무 많은 시간이 지나버린 뒤라 아이에르는 앞으로 몇 주 동안이고 발견되지 않은 채 기다리기만 할지도 모른다고 모호하게 걱정했다. 그런 와중에 선장이 보여줬던 비상버튼을 기억해냈다. 비상버튼을 누르면 SOS 신호가 선박의 위치와 함께 전송되도록 설계되었다는 사실을 떠올렸다. 덕분에 그들의 운명은 남은 시간 동안 바다를 표류하지 않아도 될 가능성이 높아졌다. 그냥 지금 당장 조타실로 올라가 버튼을 눌러버리면 SOS 신호에 응답한 해외 선원들

351

이 그의 말을 믿어줄지도 모르는 일이었다. 하지만 외국 선원들이 아이에르의 말을 믿어주지 않고 가족의 승선까지 거부해버린다면? 상황이 그렇게 흘러갈 바에는 시도하지 않는 게 나을지 모른다. 상황이 악화될 경우를 대비해 적어도 비상버튼이 조타실에 있다는 사실을 아는 것만으로도 안심이 됐다.

아이에르는 자신의 행선지와 누구도 자기를 찾으러 와서는 안 된다고 강조하는 내용의 메모를 빠르게 끄적였다. 그리고 신발을 신은 다음 조용히 선실을 나왔다. 그는 문을 닫으면서 아내를 깨우는 게 좋을지 고민했다. 아내와 아이들은 두 시간 넘게 잠을 자는 중이었다. 낮잠을 이 이상으로 잔다면 오늘 밤 다시 잠들기 힘들 수도 있었다. 아내와 아이들은 두 번째 영화를 보면서부터 눈꺼풀이 감기기 시작했고 아이에르 혼자만 곯아떨어지지 않고 버텨냈다. 그도 가족들을 따라 낮잠을 자고 싶었지만 선원 중 한 명이 선실로 들어오려고 할 경우를 대비해 불침번을 서야 한다고 느꼈다. 하지만 오늘 밤을 어떻게 지새울 것인가 하는 문제는 사정이 달랐다. 그는 며칠을 연속으로 자지 않고 버틸 수 없었다. 설사 그게 가능하다고 쳐도 밤을 새워 지친 상태로 싸움이 벌어지면 아무짝에도 쓸모가 없을 것이다. 라라 역시 돌아가며 불침번을 서야 하는 상황이니 일단은 좀 더 자도록 내버려두는 게 나을 수도 있었다.

카리타스의 향수병 때문에 라라는 큰 충격을 받았다. 그녀는 남편에게 시신에서도 똑같은 향수 냄새가 났다는 것을 증명하기 위해 향수병을 가지러 갔다가 병이 사라졌다는 사실을 알았다. 선실이나 욕실 어디에서도 향수병이 보이지 않자 라라는 온갖 음모를

상상하기 시작했다. 반면 아이에르는 그런 문제에 대해 걱정을 할
여유가 없었다. 그의 머릿속에는 사라진 향수병보다 더 긴박한 다
른 문제가 들어있었다. 그는 문을 닫으면서 잠금쇠가 너무 큰 소리
를 내지 않도록 신경을 썼다.

위층으로 올라가면서 자신이 발걸음마다 감각을 곤두세우고 있
다는 것을 깨달았다. 지금까지 그는 자동조종 모드로 움직이는 배
안을 별 생각 없이 돌아다녔다. 그러나 이제는 발아래 번쩍이는 나
무 바닥재가 눈에 들어왔으며 발을 들 때의 움직임을 정확히 자각
했다. 처음으로 그는 자신의 손바닥이 감싸쥔 차갑고 딱딱한 난간
을 느낄 수 있었다. 위층의 소음 역시 전보다 더 또렷하게 들려왔
지만 그 중 어느 소리도 유난히 시끄럽거나 귓가에 박히지는 않았
다. 지금까지 의식하지 않던 끼익 소리와 낮은 윙윙거림은 분명
항해 시작 이후 줄곧 존재한 소리들이었다. 의자를 긁는 소리 역
시 마찬가지일 것이다. 난데없는 과민함은 틀림없이 가족을 지켜야
한다는 원초적인 본능에서 비롯됐을 테고, 팽팽해진 신경이 자기
자신만을 위한 게 아니라는 사실을 아이에르는 퍼뜩 깨달았다. 지
금 중요한 것은 아내와 아이들을 무사히 집으로 데리고 가는 것뿐
이다. 이러한 인식은 그에게 용기를 불어넣었다. 새로이 충전한 자
신감을 갖고 그는 계단을 올라갔다. 자기 자신의 안위를 걱정하지
않는 사람은 단연 우위를 점하게 된다.

그는 가장 먼저 조타실에 들르기로 했다. 조타실이라면 적어도
그간 어느 정도 진전이 있었는지, 더불어 일기예보 상황을 확인할
수 있었다. 선원들이 통신시스템 수리 방법을 찾았기를 바라는 나

음이야 간절했지만 그럴 가능성이 별로 없다는 것 역시 잘 알았다. 시신을 바다로 던진 범인이 누구든, 그가 장비를 망가뜨린 장본인 이라는 사실은 분명했다. 그게 아니라면 정말 예사롭지 않은 우연 의 일치일까. 그 우연은 불길한 징조였다. 범인은 요트가 육지에 도착한 이후에는 어떻게 승객의 입을 틀어막을 작정인가? 아이에 르의 머릿속에 떠오른 답은 오직 하나뿐이었다.

조타실에는 선장만 남아있었다. 그는 조타석에 앉아 정신이 딴 데 팔린 듯 허공을 바라보고 있었다. 아이에르는 그의 주의를 끌기 위해 헛기침을 했다. 선장이 고개를 돌렸다. 그의 눈은 충혈되어 있었다. 점심시간 이후 휴식을 취한 기색이 전혀 보이지 않았다. 그 말인즉슨 선장은 36시간 동안 연속으로 깨어있었다는 뜻이다.

"안녕하세요. 다시는 얼굴을 안 보이시려나 생각하던 참이었습 니다." 선장은 대화를 위해 근육이라도 풀어주는 듯 입을 한 번 떡 벌린 다음 손으로 턱을 문질렀다.

"라라와 아이들 컨디션이 좋질 않아서요. 또 뱃멀미가 났어요."

"그래요." 선장은 속아 넘어가지 않았다. "금방 나아지길 바라야 겠군요."

선장을 속이려고 해봤자 아무 소용이 없었다. 그는 어차피 자기 가 믿고 싶은 것만 믿을 사람이었다. "네, 그래야죠. 저는 그냥 콜 라랑 간식거리나 가져가려고 올라왔어요. 아내와 애들이 식욕을 되찾을 경우를 대비해서요. 그러다가 상황이 어떤지 궁금해서 들러 봤어요. 좋은 소식이라도 새로 들어왔나 싶어서요."

선장이 툴툴거렸다. "좋은 소식이라." 그는 고개를 천천히 내저으며 하품을 참았다. "보나마나 알아채셨겠지만 다시 운항을 시작했습니다. 이 정도면 좋은 소식이라 할 만하죠."

"네. 알고 있습니다. 어떻게 된 거죠?"

"컨테이너가 가라앉았습니다. 아마도 선생이 문을 헐겁게 해서 그런 모양입니다. 컨테이너가 흔들리면서 문이 열리고 안에 있던 공기가 빠져나간 게 틀림없습니다. 그러니까 선생이 해결을 한 셈입니다. 브라보." 무뚝뚝하기 짝이 없는 선장의 성격으로 봤을 때 이 정도면 극찬이었다. "어쨌든 지금 중요한 건 해결 과정이 아니라 우리가 집으로 향하고 있다는 사실이죠. 지금까지보다 속도를 더 높일 겁니다. 최대한 빨리 항구에 도착하는 게 급선무니까요."

아이에르는 선장에게 시신 발견과 이후의 실종 때문인지 물으려고 입을 벌렸지만 굳이 묻지 않아도 뻔했다. "얼마나 남았나요?"

선장은 해도로 팔을 뻗어 가장 최근의 좌표를 가리켰다. 아이슬란드는 아이에르의 기대보다 훨씬 멀리 떨어져 있었다. 사실 그들은 가장 가까이에 있는 여러 육지들로부터 거의 등거리로 떨어져 있었기 때문에 집이 아닌 다른 곳으로 향한다고 해서 더 빨리 육지에 닿을 수도 없었다. "모든 게 순조로우면 집까지 도착하는 데 48시간쯤 걸릴 겁니다." 선장은 해도를 내려놓았다. "모든 게 순조로우면 말이죠." 선장은 아이에르를 차분한 눈으로 바라보았다. "사실 선생이 올라와서 다행이오. 안 그래도 그쪽 선실을 찾아가볼 생각이었거든요. 우리끼리 할 얘기가 좀 있습니다."

"그런가요?" 순간 요트가 또다시 지긋지긋하게 내리꽂혔고 아이에르는 벽에 있는 손잡이를 붙잡았다.

선장은 아이에르에게서 시선을 거두고 조타실의 너비만큼 가로로 넓게 뻗어있는 검은 창으로 밖을 내다보았다. "아시다시피 상황이 심각합니다. 아주 이상한 일이 벌어지고 있고 현재 상황에서 저는 할리나 로푸투르를 신뢰할 수가 없어요."

"그래서요?" 아이에르는 설마 선장이 힘을 합쳐 다른 선원 둘을 제압해 가둬버리자는 제안을 하는 게 아니길 바랐다. 세 선원 중 누가 범인인지 그는 알아낼 방도가 없었다. 선장과 아이에르만 살아남았는데 만에 하나 선장이 범인으로 밝혀지기라도 하면 그가 대체 무엇을 할 수 있겠는가? 라라의 도움을 받아 때려눕히기라도 한단 말인가? 불가능했다.

"나는 대체 누가 시신을 바다에 던져버렸는지 전혀 모르겠소. 할리, 로푸투르, 당신 아내? 아니면 쌍둥이들?" 선장은 아이에르를 바라보며 말을 이었다. "내가 분명히 아는 건 나랑 선생은 아니라는 사실입니다. 선생이 잠수해있는 동안 나는 난간을 잠시도 떠나지 않았지만 할리는 자리를 비웠어요. 작업을 지켜보기 위해 나왔던 로푸투르 역시 마찬가지로 자리를 비웠고요. 당신 아내에 대해서는 아는 바가 전혀 없지만 선원 두 놈 중 하나를 제치고 당신 아내가 그런 짓을 했을 가능성은 거의 없다고 생각합니다. 어디를 가든 쌍둥이가 엄마를 따라다녔을 테니까요. 그리고 아이들은 그런 짓을 저질렀을 리 없지 않습니까."

아이에르는 시신이 바다로 던져졌을 즈음 쌍둥이들끼리만 아래층으로 내려와 있었다는 사실은 언급하지 않기로 했다. 만약 선장이 조치를 취할 계획이라면, 아내가 의심을 살 만한 소지는 조금도 남기고 싶지 않았다. 라라가 그런 일에 관련됐을 거라고 상상하는 것 자체가 말도 안 되지만, 그의 직감은 선장을 만족시켜줄 생각이 없었다. "할리와 로푸투르가 그런 일을 저지를 정도로 오래 자리를 비웠나요?"

"뭐, 로푸투르는 잠수 시작했을 때 옆에 없었으니 그때 기회가 있었을 겁니다. 그리고 할리는 한동안 난간을 떠나있었는데, 그때는 나도 대수롭지 않게 생각했죠. 선생이 바닷속에서 여자 시신을 보았다는 사실을 곧바로 이야기했어도 그놈이 자리를 떠났다는 사실을 다르게 받아들였을 겁니다."

"이미 말씀드리지 않았습니까, 헛것을 본 줄만 알았다니까요."

"네, 선생을 탓해서는 안 된다는 걸 나도 압니다. 그냥 피곤해서 그래요. 너무 피곤해서 정중하게 굴 힘조차 없어요." 그는 마치 평소에는 정중함이 자신의 강점이라도 된다는 듯 말했다. "걱정 마요. 내가 하려는 말은 선생은 잠수 중이어서 이 사건과 관련됐을 리 없고 따라서 나를 제외하고 내가 유일하게 믿을 수 있는 사람이 선생이란 뜻이니까요. 다음 48시간 동안 내가 계속해서 깨어있을 수는 없으니 나를 도와 이 배를 항구에 닿게 할 수 있도록 당신을 설득해보려던 거요. 선생이 할 일은 내가 이 옆에서 누워 자는 동안 경계를 서는 게 전부예요. 만일 무슨 일이 생기면 나를 쿡 찌르기만 하면 됩니다."

"알겠습니다." 아이에르는 선장의 제안이 다른 두 선원을 때려눕히는 게 아니라는 사실에 안도했지만 여전히 불안했다. "한데 아내와 딸아이들은 어쩌고요? 그 동안 가족들은 어떻게 해야 합니까?

내가 여기 서서 멍하게 창밖이나 내다보는 동안 아내와 아이들끼리만 남겨둘 생각은 없습니다."

"예. 물론 그렇겠죠." 선장은 깎지 않은 수염을 긁으며 이번에는 참으려는 노력도 없이 하품을 했다. "가족들은 여기서 우리와 함께 머물면 됩니다. 매트리스가 뒷방에 있으니 내가 방해가 되지도 않을 겁니다." 선장은 자기 뒤에 있는 문을 가리켰다. "좀 좁기는 해도 가족들이 불편함을 느낄 정도는 아닐 겁니다. 얼마든지 작은 테이블이랑 의자들을 이 안으로 옮겨놓을 수도 있구요."

"네, 그럴 수 있겠네요." 아이에르는 조타실 안을 살펴보았다. "그래도 아직 잘 모르겠습니다."

"고민하느라 너무 시간을 잡아먹지는 말아요. 나는 좀 쉬어야 하고 선생이 조타실을 봐주지 않는다면 시신을 버린 게 누군지는 몰라도 둘 중 한 놈이 경계를 서게 됩니다. 선생은 어떤지 몰라도 나는 그 그림이 전혀 마음에 들지 않소."

아이에르는 버럭 화를 냈다. "그럼 당신은 어떻고요? 당신이 아무 관련이 없다고 내가 어떻게 확신합니까? 내 생각에는 당신도 충분히 그런 짓을 저질렀을 수 있다고요. 내가 물속에 들어가 있는 동안 당신이 난간을 지키고 있었는지 내 두 눈으로 본 것도 아니잖습니까. 그럼 뭐예요? 내가 당신을 도우면, 아무 죄도 없을지 모르는 다른 사람들과 맞서는 꼴이 되잖아요. 나는 차라리 이 일에서 손을 떼는 게 나아요. 우리 가족 안전하게 지키는 데에만 집중하면서 당신들끼리 알아서 하게끔 빠져주는 게 낫다고요."

"미안하지만 그건 말도 안 되는 소리예요. 선실에 가족과 갇혀있는다고 해도 다음에 선실 밖으로 나왔을 때는 한 사람이 줄어있을 겁니다. 그 다음에는 두 명이 줄어들겠죠. 그럼 그때는 어느 편에 설 겁니까? 아내랑 아이들은 어쩔 거고요? 별로 즐거운 상황은 아닐 겁니다." 아이에르의 말에 잠시 굳어졌던 선장의 표정이 다시 부드러워지고 피곤한 기색이 되돌아왔다. "물론 난 선장으로서 당연히 선생한테 경계를 지시할 권리가 있어요. 그 정도는 이미 알고 있겠죠? 하지만 선생을 위협하지 않고 설득할 수 있다면 선장으로서 좀 더 권위를 지킬 수 있을 거라고 생각합니다." 선장은 희미하게 미소를 지었다. "단, 물리력을 사용해야 할 상황이 오면 내가 망설일 거라고 생각하지 말아요."

항해강습에서는 선장의 권한 등에 대해 한 번도 가르쳐준 적이 없었다. 때문에 아이에르는 그의 명령을 따르지 않았을 경우 어떤 결과가 초래될지 전혀 알 수가 없었다. "그래도 내가 명령을 거부하겠다면요? 갑판으로 나가 바다로 뛰어들기라도 해야 합니까?"

"그렇게 극적일 리 없죠. 그냥 할리와 로푸투르에게 선생을 가둬두라고 시킬 겁니다. 물론 가족들과 선실에 가둬두라는 뜻은 아니겠죠. 그 동안 아내와 쌍둥이는 자유롭게 이리저리 돌아다니게 될 겁니다. 그리고 아시다시피 배 위의 어떤 손님은 그렇게 좋은 사람이 아닙니다. 이봐요, 이건 농담으로 하는 소리가 아니에요."

아이에르는 선장에게 욕설을 쏟아내다가 그 결과로 안전한 곳에 갇히기라도 할까봐 두려웠다. 다시 말해 선장의 말은 자신을 도와주지 않으면 라라와 쌍둥이로부터 아이에르를 격리하겠다는 뜻이었다. 자신이 뜻대로 하지 않으면 아이에르의 가족이 위험에 처하도록 할 각오가 되어있다는 의미다. 아이에르의 분노가 가라앉았다. 선장에게 이것은 중요한 목적을 이루는 수단에 불과했다. 목적이란 무사히 집으로 돌아가는 것이다. "도울게요." 아이에르는 미소를 짓거나 이 계획에 찬성한다는 어떤 신호도 내비치지 않았다. "가서 아내와 아이들을 데려와야겠어요. 아래층에서 자고 있거든요. 그 동안 깨어계셔야 합니다."

"그럼요." 아이에르와 마찬가지로 선장은 둘이 방금 맺은 허술한 우호적 관계를 상기시키려는 어떤 노력도 하지 않았다. "살면서 이것보다 더 오래 안 잔 적도 있었습니다."

아이에르가 뭐라고 말을 보태기도 전에 문이 열리면서 할리가 모습을 드러냈다. 선장과 아이에르 둘 중 누구도 입을 열지 않았다. 젊은 선원은 처음에 뭔가 잘못됐다는 낌새를 전혀 알아채지 못한 듯했다. 그러나 금세 분위기를 읽고는 얼굴을 붉혔다. 분명 쑥스러움이나 분노로 인한 것은 아니었다. "무슨 일이에요?"

"이 사람한테 조타실을 몇 시간만 봐달라고 부탁하던 참이야. 나도 좀 쉬어야 하고 자네도 휴식이 필요하잖아." 선장은 할리를 똑바로 응시했고 아이에르는 굳건해 보이는 선장의 정신력에 감탄을 금치 못했다. 그는 부하직원에게 밖에 나가있으라고 말하면서도 어색함이나 불안함을 조금도 내비추지 않았다.

"알겠어요." 할리의 빨개진 얼굴이 염색한 머리칼과 심하게 대조를 이루었다. 그는 턱을 내밀며 말했다. "혹시라도 제가 그 일이랑 관련됐다고 생각하신다면 오해예요. 완전히 오해하신 거라고요."

"정확한 사정은 아무도 몰라. 그러니까 지금 그 얘길 하는 건 아무 의미도 없어. 모두들 앞으로 이틀 동안 내 지시에 따라 움직이기만 하면 되는 거야. 그러면 모두 무사히 집으로 돌아갈 수 있어. 내가 보기엔 다들 그게 우리 목표라는 데 동의한 거 같은데?" 선장이 말했다.

할리는 어금니를 꽉 깨물었다. 그러자 턱이 하얗게 불거져 나왔다. "물론이죠." 그러고는 턱을 살짝 이완시키더니 당황스러운 표정을 지었다. "로푸투르는 어디 있어요?"

"로푸투르?" 선장은 지친 목소리로 반문했다. "보다시피 여기에는 없는데. 마지막으로 봤을 때는 욕조에 물 데우러 간다고 했어. 아마 지금쯤 거기 있을 거 같은데."

"그래요?" 할리는 문간에서 머뭇거리며 가야 할지 말아야 할지 갈피를 잡지 못했다. "제가 봤을 때는 욕조가 덮개로 닫혀있는 상태였어요. 아래층에도 없고요."

"라운지에 있는 건 아닐까요?" 걱정스러운 상황일 때 흔히 그러듯 아이에르는 말을 빠르게 내뱉었다. "아까 거기에 누군가 있는 것 같았어요. 무슨 소리가 들렸거든요."

할리가 고개를 저었다. "그건 저였습니다. 로푸투르는 거기 없었어요. 선실도 확인해봤는데 거기에도 없었고요." 그는 계속해서 혀로 입술을 핥았다. "어쩌면 서로 엇갈렸을지도 모르겠네요. 아니면 갑판에 나갔는지도 모르고요."

"대체 지금 밖에서 무슨 짓을 하고 있는 거야?" 선장은 조타석에서 일어났다. 그는 계기판 앞으로 걸어가더니 두 남자를 등지고 잠시 계기판을 만지작거렸다. 할리와 눈을 마주치지 않으려고 그입

하면서 아이에르는 선장의 등을 살펴보는 척했다. 선장은 계기판 살펴보는 일을 끝내고 돌아섰다. "찾아보는 게 좋겠어." 그는 두 남자를 번갈아 보면서 말했다. "셋이 같이 다니자고."

누구도 그 말에 반대하지 않았다. 두 남자는 말없이 선장을 따라 조타실 밖으로 나갔다. 둘의 어색한 움직임은 이 작은 패거리의 멤버들 간에 신뢰라곤 손톱만치도 없다는 것을 그대로 드러냈다. 마침내 로푸투르를 발견했지만, 서로에 대한 피해망상은 전혀 줄어들지 않았다. 로푸투르는 옷을 모두 입은 채 자쿠지의 닫힌 덮개 아래 물에 빠져 죽어있었다.

21장

한 줄기 햇빛이 어두컴컴한 실내를 관통했다. 먼지들은 광선을 받으며 반짝이다가 빛이 희미해지는 곳에서 모습을 감췄다. 퀴퀴한 공기를 들이마시며 토라는 건물이 얼마나 신속하게 사람이 살지 않는 징후를 내뿜어내는지 실감했다. 지난 여름 3주 간의 휴가를 마치고 돌아왔을 때 그녀의 집도 냉랭하고 건조한 공기와 낯선 냄새로 가족들을 맞이했다. 환기를 충분히 시키고 라디에이터를 켠 다음에야 집은 예전의 모습을 되찾았다. 아이에르와 라라의 집 역시 그만큼의 시간 동안 텅 비어있었고, 이번이 첫 방문이었음에도 토라는 그들 역시 분명 집안에 발을 들여놓으면서 얼굴을 찡그렸을 것이라고 생각했다.

"불을 켤까요?" 마르게이르는 어리벙벙한 표정으로 문간에 선 채 토라처럼 빛 속에 떠다니는 먼지들에 순간적으로 사로잡혔다. "아니면 그냥 커튼을 젖힐까요?"

"불은 켜주세요. 그게 낫겠어요." 토라는 가죽부츠를 벗으면서 반쯤 내려간 양말을 바로 신었다. "만일의 경우를 대비해 집안은 가급적 손을 적게 대야 해요. 물론 서랍장 같은 곳들은 뒤져봐야겠지만요. 운이 좋아서 은행 입출금 내역서와 기타 서류들을 바로 찾아내면, 뭐 그럴 필요도 없겠죠."

"아들 내외가 이 집 샀을 때 하늘 위로 날아갈 것처럼 좋아했답니다." 노인은 암담한 얼굴로 조명 스위치를 찾아 더듬거렸다. "애들이 이사 들어오기 전에 제가 페인트칠하는 것을 도와줬지요."

토라는 뭐라고 대답해야 할지 몰랐다. 모든 상황이 너무나 절망적이라 노인의 상처를 위로하기에 언어 자체가 무능할 지경이었다. 실내장식은 칭찬을 받을 만큼 훌륭하지는 않았다. 집은 젊은 사람들 사이에서 인기가 많은 모노톤 색채 조합을 보이고 있었다. 그러나 요즘 시장에 나와있는 수많은 비슷한 주택들과는 달리 이 집 부부는 가구에 큰돈을 들이지 않았다. 대부분의 가구들이 일반적인 이케아 제품이었고 벽에는 그림 한 점 없이 인쇄된 이미지만 몇 개 걸려있었다. 어쩌면 결혼선물로 받은 것들인지 모른다. 토라는 어디에서도 부부가 분수에 넘치는 생활을 한 흔적을 찾을 수 없는 것이 반가웠다. 이럴 경우 부부가 받은 주택담보 대출 금리가 최근에 치솟은 것만 아니라면 두 사람이 심각한 돈 문제를 겪었을 가능성은 더 낮아진다. 나아가 둘의 재정 상태가 정상이었다면 토라의 주장에도 힘이 실릴 것이다.

두 사람은 현관에 쌓여있던 우편물과 신문을 걸러내는 작업부터 시작했지만 최근 카드 사용 내역서를 제외하고는 관심을 가질 만한 게 전혀 없었다. 가족들은 이번 달 초 해외로 나갔고 아직 한 주 정도는 더 있어야 한 달이 끝난다. 입출금 내역서도 분명 그때쯤 쏟아져 들어올 테지만, 토라는 예전 내역서를 활용해 재정 상태를 확인할 수 있다면 굳이 그때까지 기다릴 필요가 없다고 생각했다. 대출금은 매월 크게 상승하지 않았다.

"이걸 어떻게 진행하는 게 좋을까요? 가령 위층이나 아래층에서 먼저 시작한다든지요?" 토라는 말라 죽어가다 못해 물을 달라고 아우성치는 듯한 화분에서 시선을 떼며 물었다. 죽음을 목전에 둔 싸움을 겨우 며칠 더 연장시키는 건 별 의미가 없었다.

"저는 그냥 여기부터 살펴보겠습니다. 차마 애들 침실을 볼 수 있을지 모르겠어요. 비어있는 쌍둥이 방은 도저히 마주할 수 없을 것 같습니다." 노인은 고개를 떨궜다. "이 모든 게 정말 견디기 힘들군요."

"그렇죠. 끔찍하죠." 토라는 어디서부터 시작하면 좋을지 주위를 둘러보았다. "부엌부터 할까요? 어쩌면 카드 내역서를 냉장고 문에 붙여놨을지도 모르잖아요." 사실 그럴 가능성은 제로에 가까웠다. 그녀라면 절대 내역서를 그런 곳에 붙여놓지 않을 것이다. 손님들은 말할 것도 없고 솔리가 매월 대출금과 다른 지출에 얼마만큼의 돈이 들어가는지 알게 하고 싶지는 않았다. 하지만 냉장고 위에나 부엌 안 다른 장소에 보관했을지도 모른다. 토라나 마르게이르 모두 이 방문에 긴 시간을 들이고 싶지는 않았다.

"내역서를 찾으면 그게 법정에 제출할 증거물로 충분한 겁니까?" 마르게이르는 앞장서서 부엌으로 들어가며 물었다. 토라는 마르세이트가 실종된 가족들의 일상이 스며있는 텅 빈 공간으로부터 자신의 주의를 분산시키기 위해 일부러 말을 하는 것은 아닐까 생각했다.

"네. 재정적인 부분에서는 그렇지요. 아드님 부부가 경제적으로 곤란한 상황이 아니었다는 걸 증명하는 게 아주 중요합니다. 왜냐면 가족 분들이 일부러 종적을 감춘 거라고 주장하려는 보험사 측의 근거를 모두 약화시킬 수 있거든요. 결론적으로 가정에 아무런 문제가 없는데 도주를 해서 얻을 게 뭐냐는 거죠. 이런 세부사항은 판사에게 중대한 판단 근거가 될 거예요. 만약 법정으로 문제를 가지고 가게 된다면 말이죠. 또 아드님 부부의 부동산을 그분들이 남긴 유산으로 인정해달라고 요청할 때도 이런 정보를 포함시키면 도움이 됩니다."

"어떻게 우리 애들이 일부러 이런 짓을 했다고 생각할 수 있는지 모르겠어요. 있을 수 없는 일이에요. 제가 몸 상태만 더 좋았어도 서류에다가 그런 역겨운 암시를 늘어놓는 보험사를 고소해버렸을 겁니다."

"안타깝지만, 보험사는 이와 유사한 사건에서 사람들이 실제로 도주하는 사례를 직접 겪었을 거예요. 아이에르와 라라는 정직하게 살아온 사람들이지만 사기를 쳐서 보험금을 청구하는 것에 대해 전혀 거리낌이 없는 치들도 있으니까요. 보험사가 이의를 제기한다고 해서 의도적으로 두 사람의 명예에 먹칠을 하려는 건 아니에요. 다만 어마어마한 돈이 걸려있으니 아이에르와 라라가 정말 사망했다고 확신하기 전까지는 보험금을 지급하지 않으려는 겁니다. 우리가 법원에 사망인정 신청을 해서 승소하면 보험사는 판결을 받아들이고 보험금을 지급할 거예요. 혹시 알아요? 어쩌면 법정에 가기 전에 돈을 내놓을지도 모르죠."

대답 대신 마르게이르는 서랍을 무작위로 열었다가 내용물을 살펴보지도 않은 채 곧바로 닫아버리기를 반복했다.

토라는 식탁에서 발견한 깨끗한 칼로 카드 내역서 봉투를 뜯었다. 거래 내역은 양면을 가득 채웠지만 전체 금액은 심각한 정도로 높거나 낮지도 않은 정상적 범위에 해당했다. 직불카드와 현금 거래 역시 같은 수준의 패턴을 보인다면 부부의 지출 규모는 비교적 검소한 것으로 간주될 것이다. 토라는 눈으로 빠르게 지불금 목록을 훑었다. 대부분 슈퍼마켓이나 주유소에서 사용한 내역이었다. 그리고 토라가 모르는 한 업체에 지불한 내역이 여러 건 있었는데 소액에 불과했다. 해외 거래요약 내역은 별도로 하단에 인쇄되어 있었다. 청구인 가운데 토라가 알아볼 수 있는 이름은 하나도 없어서 무엇에 대한 지불 내역인지 정확히 파악하는 게 불가능했지만 대부분 식음료와 관련된 내역으로 추정해도 무방했다. 내역 가운데에 금액이 유난히 높은 건 거의 없었고, 리스본 항구를 떠나던 날 사용한 내역이 유일하게 큰 금액이었다. 호텔 숙박비였음에 틀림없었다.

"어떻게 생각하실지 모르겠지만 카드 사용 내역은 꽤 소박하네요. 은행에 연락해서 카드 값이랑 대출금 이자 갚는 문제에 대해 이야기를 해보셔야 할 것 같아요. 원하시면 제가 연락을 해보겠습니다. 입출금 내역서 공개는 거부하더라도 이 문제에 대해서는 융통성 있게 처리할 거예요. 세가 조정위원회에도 언락을 취해서 나

음달 아이에르의 급여를 정상적으로 지급할 건지 확인해볼게요."

"고마워요. 그래 주면 도움이 되겠어요. 잔고가 충분하지 않다면, 정말 어찌해야 할지 모르겠습니다. 우리는 저축해놓은 것도 이미 바닥나 버려서요."

"상황이 그렇게까지는 되지는 않을 겁니다. 다른 것들과 비교가 불가능할 정도로 복잡한 사건이니, 분명 다들 그 점을 참작해줄 거예요." 토라는 커다란 흰색 냉장고 앞으로 걸어갔다. 그림과 쪽지들이 잡다하게 뒤섞여 붙어있는 냉장고 문에는 잡지 구독료와 치과 치료비 납부를 위한 두 장의 은행 지로용지도 붙어있었다. "아이들이 그림 그리는 걸 좋아했나봐요?" 토라는 빌쟈의 이름이 쓰여진 그림 한 장을 떼어서 노인에게 보여주었다. 그것은 다섯 명의 가족이 손을 잡은 채 활짝 웃으며 초록잔디 위에 한 줄로 서있는 모습이 담긴, 행복한 아이가 표현할 수 있는 전형적인 그림이었다. "이 그림 좀 빌려갈 수 있을까요? 가족이 행복했다는 걸 보여줄 유용한 증거라서요. 물론 이것만으로는 충분치 않겠지만요."

"가져가십시오. 도움이 될 만하다 싶은 건 뭐든 가져가세요. 나중에 돌려주시기만 한다면 좋겠지만 당분간 애들 물건을 살펴볼 일은 없을 것 같군요. 보고 있으면 마음이 너무 아픕니다." 그는 그림을 들고 자세히 들여다보았다. "두 녀석 다 그림 그리는 걸 좋아했어요. 아주 어릴 때부터 크레용만 있으면 몇 시간씩 정신없이 그림을 그리곤 했지요. 시가 뒤그도 똑같아요. 하지만 지금은 애가 너무 불안해해서. 그 불쌍한 어린 것이 뭔가 아주 잘못되었다는 걸 느낄 수 있나봅니다."

"아동보호국에서는 제가 지난번에 그쪽 변호사와 이야기를 나눈 이후로 연락이 없었나요?" 마르게이르가 식탁에 내려놓은 그림을 토라는 다시 찬찬히 보았다. 그림 속 사람들의 눈은 하늘을 향하고 진홍빛 입은 미친 듯이 활짝 웃고 있었다. 그림 속 풍경이 왠지 사람을 불편하게 만드는 구석이 있었다. 토라는 카드 내역서로 그림을 덮어버리고 싶은 충동을 느꼈다. 하지만 그림 속 가족들은 계속해서 미소를 지을 테고 아무것도 달라지지 않을 것이다. 그녀는 다시금 쌍둥이가 살아서 발견될지도 모른다는 마음속 희망을 되살려 내려고 애썼다. 어쩌면 아이들은 그로타에서 육지로 옮겨졌다가 어딘가에 몸을 숨겼거나 아니면 비밀리에 해외로 보내졌을지 모른다. 희망은, 미약하지만 아직 마음속에 남아있었다.

"네. 없었던 거 같습니다." 또 다른 서랍의 손잡이를 잡았던 노인은 자신이 서랍을 열려고 했는지 아니면 닫으려고 했는지 기억하지 못해 머뭇거렸다. "죄송합니다, 요즘 제 기억력이 정상이 아니에요. 머리가 계속 울리거든요. 집사람은 쓰러지기 직전이고 저도 그 지경이 되지 않을까 싶은 생각이 듭니다. 희망이 없다는 생각 때문에 마음이 자꾸만 무너져요. 장기적으로 막내를 키울 수 있는 형편도 안 되는데, 우리는 어쩔 수 없이 그 사실을 받아들여야 하잖아요. 돈이 있어도 그리 달라지는 않을 겁니다. 보호국 직원들에게 문을 열어주고 그 사람들한테 손녀를 넘겨줘야 하는 시간이 찾아오겠죠. 누군가를 사랑하는 마음이 바로 그 사람을 힘들게 하고 있다고 생각하니 억장이 무너져요. 그 사람을 지켜줘도 모자랄 판에 말입니다."

토라는 노인의 어깨에 손을 얹었다. "저 역시 아이가 젊은 부부 손에서 키워지는 게 더 좋다고 생각해요. 하지만 마찬가지로 할머니 할아버지와도 가급적 자주 연락을 하고 지내는 게 아이를 위해 최선이라고 생각합니다. 두 분은 아이와 다른 가족들을 연결해주는 유일한 끈이고 조부모님이 곁에 계시는 게 아이에게도 무척이나 중요하죠." 토라는 노인의 어깨에 올렸던 손을 내리며 말을 이었다. "이번 주에 사회복지부의 관련 부서 책임자와 면담을 갖기로 했어요. 그리고 저는 두 분과 시가 뒤그 모두에게 가급적이면 상처가 되지 않는 선에서 양육권 문제를 정리할 수 있다고 봅니다. 물론 아이에게 장기적으로 최선의 결과를 이끌어내야 하겠지만요. 당국이 조부모님의 방문권을 거부한다면 그건 정말 가혹한 짓이죠. 가혹할 뿐만 아니라 멍청한 짓이기도 하고요."

그 뒤로 두 사람은 말을 거의 하지 않았다. 마르게이르는 잠시 쉬어야겠다면서 토라에게 양해를 구하고 부엌 식탁 앞에 앉아있었다. 토라는 계속해서 부엌을 뒤져보았지만 돈과 관련된 서류는 하나도 찾을 수 없었다. 그녀의 시선을 잡아끈 것은 선반에서 썩고 있는 식료품이었다. 빵 반 토막이 녹색 곰팡이에 뒤덮였고 플랫케이크 두 조각 역시 같은 상태였다. 곧바로 선반 문을 닫았지만 시큼한 냄새는 코 주변을 한동안 맴돌았다. "오래된 빵 같은 건 내다 버려도 괜찮을지 모르겠네요." 토라는 냉장고를 열었다. 냉장고 안은 그나마 상황이 좀 나았다. 눈에 띄게 곰팡이가 핀 것은 없어보였지만 우유 곽의 유통기한 날짜를 보고 나니 식욕이 뚝 떨어졌다. "경찰에 저희가 집을 둘러보겠다고 알렸는데 반대하지 않더라고요. 보아하니 아직 이 집을 수색하지 않은 것 같고 조만간 방문할 계획도 없는 듯해요. 그렇다고 해도 뭔가 중요한 증거일지도 모르는 물건을 내다버려서 당혹스러운 상황을 만들면 안 되니까요."

"왜 경찰이 집을 보고 싶어하는 겁니까? 여기에 실종과 관련된 물건이 있는 것도 아닐 텐데요." 마르게이르는 다시 기운을 회복한 듯한 목소리였다. 자신의 가족을 비방하려는 사람들에 대한 분노가 타오르면서 일시적으로 비통함을 가린 것이다. "게다가 오래된 빵 한 조각 따위가 그리 중요할 거 같지는 않군요."

토라는 다시 냉장고 문을 닫으며 미소를 지었다. "그렇죠. 직접적으로 연관되지 않죠. 가족들이 한동안 이 집을 비웠다는 것을 증명하거나 언제 아이슬란드를 떠났는지 확인하려는 게 아니라면요." 토라는 자신의 말이 너무 뻔한 소리처럼 여겨져 뭔가 재치 있는 코멘트를 덧붙이고 싶었지만 아무 말도 떠오르지 않았다. "저는 위층에 올라가서 얼른 둘러보고 올게요. 여기에는 아무것도 없네요."

마르게이르는 고개만 끄덕일 뿐 일어서려는 시늉도 하지 않았다. "내려오실 때까지 저는 여기 있겠습니다." 토라는 자신이 아무 말 없이 이 집을 나가버리면 노인 혼자 몇 시간이고 식탁의자에 앉아 생각과 기억에 침잠할 거라고 생각했다.

위층 계단참에는 카펫이 깔려있어서 토라의 발소리를 흡수해버렸고 덕분에 아래층보다 더욱 고요하게 느껴졌다. 토라는 문이 열려있는 네 개의 방을 지나치면서 안을 들여다보았다. 상당히 깔끔하게 정리된 아이들 방이 두 개 있었는데 2층 침대가 있는 곳은 쌍둥이의 방인 듯했고, 영유아용품으로 가득 찬 또 다른 방은 시가 뒤그의 방이 분명해보였다. 시가 뒤그의 방에는 침대 없이 오래된 서랍장 하나와 흰색 페인트가 칠해진 테이블 하나, 그리고 테이블과 세트인 듯한 두 개의 작은 의자가 놓여있었다. 자신이 찾는 것이 아이들 방에 있을 가능성은 낮았기 때문에 토라는 굳이 안에 들어갈 이유를 찾지 못했다. 노부인에게 시가 뒤그의 옷가지와 장난감을 챙겨가겠다고 약속했으나 그건 중요한 용무를 마무리한 뒤에 해도 충분했다. 터질 듯한 쇼핑백을 양손에 끌고 돌아다니는 게 수색에 도움이 될 리 없었다.

온가족이 함께 사용하는 것으로 보이는 널찍한 욕실도 건너뛰었다. 내부가 마구 어질러져 있어서 가족들이 분명 집으로 돌아올 계획이었다는 것을 보여주기에 가장 적합한 증거가 될 수 있었다. 개인적으로 토라 자신이 도주할 계획을 세우고 있었다면 더러운 빨랫감들을 깨끗하게 세탁해놓지 양말, 티셔츠, 속옷으로 넘쳐나는 빨래바구니를 그대로 남겨두지 않았을 것이다. 샴푸통 역시 깔끔하게 정리하고, 다 쓴 치약도 세면대 옆 바닥에 내버려두는 대신 쓰레기통에 갖다버렸을 것이다. 그야말로 욕실 안은 계속해서 일상을 이어나가겠다는 암시로 가득 차있었다.

부부용 침실은 가구들 때문에 실제보다 더 작아보였다. 이부자리가 정돈되지 않은 아기침대가 킹사이즈 침대 옆에 놓여있었다. 토라는 침대 협탁 앞으로 가기 위해 두 침대 사이를 비집고 들어갔다. 이 협탁을 사용한 건 라라였다는 사실이 한눈에 들어왔다. 협탁 위에는 싸구려 목걸이와 남자들은 죽어도 착용하지 않을 핑크색 프레임의 독서용 안경이 놓여있었다. 두 개의 서랍 안에는 다 먹은 알약통과 근육질 남자들이 긴 머리 미녀들을 끌어안은 모습이 표지에 담긴, 귀퉁이가 너덜너덜해진 로맨틱 소설 몇 권뿐, 흥미로운 것이라고는 없었다. 당연히 은행 입출금 내역서도 없었다.

아이에르의 협탁 서랍은 좀 더 성과가 있었다. 토라는 손목시계와 스포츠카를 다루는 해외 잡지 몇 권 밑에서 은행 서류는 아니지만 업무와 관련된 각종 서류를 발견했다. 이들의 운명을 잘 아는 토라는 부부가 침대를 러브스토리와 자동차 잡지, 업무서류를 읽는 것 외에 다른 용도로도 사용했을 것이라 직감했다. 그녀는 서류를 넘기며 혹시 은행계좌와 관련된 내용은 없을지 뒤적였지만 아무것도 발견되지 않았다. 대신 토라는 어떤 그림 한 장에 멈칫했다. 그림은 선박의 설계도처럼 보였다. 한눈에 봐도 이번 사건의 요트와 매우 유사했다. 요트 안 여러 선실의 모습을 머릿속으로 떠올리던 토라는 이 그림이 실제 레이디 K의 갑판 배치도라는 것을 깨달았다. 그림에서 요트의 이름은 발견되지 않았다. 복사 상태가 워낙 엉망이기도 했다. 설계도는 비스듬히 기울어져 있었다. 그러니까 더 큰 도면의 일부일 가능성도 있었다. 더욱 꼼꼼하게 나머지 서류를 살펴보던 그녀는 몇몇 페이지의 내용에서 이상한 점을 발견했다. 그 안의 정보들은 하나같이 요트의 가구와 장비에 관한 것이었다. 조정위원회의 일개 직원이 왜 이런 서류를 자기 집 침대에서 읽고 있었는지 이해할 수 없었다. 그녀는 좀 더 세부적으로 검토하기 위해 서류뭉치 전체를 가져가기로 했다. 이 상황에 대한 합리적인 설명이 뒤따른다고 하더라도 그것이 명쾌한 것일 리 없었다. 어쩌면 아이에르는 가치평가를 위해 요트 제조사 및 설계에 대해 검토하라는 지시를 받았는지도 모른다. 하지만 그런 업무를 굳이 침대에서 처리한단 말인가?

마지막으로 들어간 계단참 바로 앞의 방에서 토라는 드디어 결정적인 자료들을 찾아냈다. 서재로 사용 중인 그 방의 컴퓨터 옆 작은 책상에 놓인 명세서 뭉치를 토라는 힐끗 보았다. 명세서들을 빠르게 넘겨보던 그녀는 두 건의 주택담보 대출금과 자동차 구입 자금 대출이자 납부를 위한 은행 지로용지들을 발견했다. 세 건의 대출금 잔금은 토라의 바람보다 높았지만 걱정할 수준은 아니었다. 그 다음으로 책꽂이를 살펴보다가 올해 연도를 포함해 '세금-집'이라고 표시된 여러 개의 파일을 발견한 토라는 그 중 가장 최근의 것을 꺼내보았다. 그 안에 영수증과 은행 입출금 내역서가 가득했던 것이다.

토라가 다시 아래층으로 내려갔을 때에도 마르게이르는 여전히 부엌에 앉아있었다. 낡은 지갑이 식탁에 놓여있고 그는 지갑의 투명 포켓 안에 든 사진을 응시하고 있었다.

"손녀들 사진인가요?" 토라는 파일을 내려놓으며 노인의 맞은편 의자에 앉았다. 3주 동안 할 일 없이 서있기만 한 탓에 약해지기라도 했는지 의자가 삐걱거렸다.

"네, 쌍둥이 사진이에요." 그는 지갑을 돌려 토라가 사진을 제대로 볼 수 있게 했다. 지갑을 들어보니 반질반질하게 다 해져버린 가죽의 촉감이 토라의 손에서 빠져나갈 듯 미끄럽게 느껴졌다. 그녀는 사진에 집중했다.

"얘는 둘 중 누구예요?" 토라는 진지한 표정의 어린 소녀를 가리켰다. 그 옆에는 복제품처럼 똑 닮은 아이가 서있었는데, 진지한 표정의 아이와 대조적으로 얼굴에 미소를 머금고 한 팔을 자매의 어깨에 걸치고 있었다.

마르게이르는 사진을 보기 위해 몸을 수그리더니 대답했다. "빌쟈예요."

"얘는 항상 이 안경을 쓰나요?" 토라는 아이의 코에 걸린 빨간 안경테를 가리켰다.

"네. 둘이 거의 똑같이 생겼는데 빌쟈가 아주 심한 근시예요. 애가 안경 쓰는 걸 싫어하는데 콘택트렌즈를 끼거나 레이저 수술을 받기에는 아직 어려서요. 애가 마음에 들어하는 안경을 찾아주려고 엄마가 사방으로 돌아다녔어요. 통통 튀죠, 그렇지 않나요?" 토라는 배시시 웃으며 동의했다. 토라의 표정이 이상하다는 것을 눈치채지 못한 마르게이르는 계속해서 말을 이었다. "그런데 이 안경을 쓰고 찍은 사진이 별로 없어요. 보통 사진 찍을 때는 안경을 벗어버리거든요. 그래서 제가 이 사진을 무척 아낍니다. 평소 아이 모습을 보여주는 사진이니까요."

토라는 사진을 다시 한 번 바라본 다음 말없이 지갑을 노인에게 돌려주었다. 사진이 작고 화질이 떨어지기는 했지만 빨간 안경테는 의심의 여지 없이 토라가 요트의 옷장 안에서 발견한 것과 동일했다. 대체 그 안경이 어쩌다가 그 안에 들어가게 된 것일까? 옷장 안에서 아이는 뭘 하고 있었을까? 몸을 숨기고 있었음이 분명하다. 누구로부터 숨었는가. 문제는 그것이었다.

22장

"경관님 시간 빼앗으려고 이러는 게 아니에요. 분명히 거기 있었다니까요." 토라는 엉덩이를 공중으로 쳐든 채 새빨개진 얼굴로 정교하게 짜맞춘 옷장 안을 이리저리 헤집는 경관 뒤에 서있었다. 시트러스 나무 향기나 자신의 당황스러운 얼굴을 그대로 되비추는 옷장문 거울도 그녀의 불편한 심기를 전혀 덜어주지 못했다. "빨강과 오렌지색이 섞인 칵테일드레스였고, 안경은 그 드레스 치맛단 장식에 뒤엉켜 매달려 있었어요."

"색깔을 잘못 보신 건 아니고요?" 경관의 목소리가 이브닝드레스들 사이에서 뭉개져 들렸다.

"아뇨. 절대 아니에요. 안경이랑 드레스 색깔이 거의 똑같아서, 그 안경이 발견되지 않은 것도 전혀 무리는 아니라고 저 혼자 생각했던 것까지 기억나요. 하지만 그때는 카리타스에 대해 골몰해서 안경이 중요할 거라고는 생각을 못 했어요." 경관은 아무 대꾸도 하지 않고 계속해서 옷가지 사이를 뒤져보고 있었다. "그러니까 저는 안경이 요트 압류 전부터 거기 있었던 거라고 짐작했죠."

경관은 드레스 사이에서 몸을 빼내더니 뻣뻣한 자세로 일어섰다. "저희한테 즉시 알리셨어야죠."

짜증이 난 토라는 눈가의 앞머리를 불어 날렸다. 그녀가 요트 옆에서 경관을 만난 이후 벌써 열 번쯤 이 소리를 들은 듯하다. 토라에게 안경 발견 사실을 처음 신고받은 경관 역시 같은 반응을 보였다. 그녀는 진녹색 눈의 형사가 그리워졌고 지금 요트를 수색 중인 경관과 처음 신고 전화를 받은 동료 경관, 이 둘이 할도르의 시신을 간과한 문제로 형사로부터 질책당한 사람들은 아닐지 의심스러웠다. 토라의 짐작이 맞는다면 그녀에 대한 두 경관의 태도는 충분히 설명가능하다. 다른 누군가에게 책임을 전가할 위치에 있다는 게 얼마나 신나는 일이겠는가. "설명했다시피 저도 몰랐어요. 오늘 아침 아이가 안경을 끼고 있는 사진을 보기 전까지만 해도 관련성을 파악하지 못했다고요. 그 전에 본 사진에서는 애가 안경을 안 쓰고 있었어요. 제가 얼마나 이 안경에 신경을 안 썼냐면요, 두 번째로 요트를 수색했을 때 안경이 거기 있는지 확인조차 안 했다니까요. 옷장을 열어보기까지 했는데 말입니다."

"어쨌든 저희한테 얘기를 하셨어야죠. 뭐가 중요하고 안 중요한지 결정하는 건 변호사님 소관이 아닙니다."

"그렇죠. 그건 경관님 얘기가 맞네요." 토라는 이를 악물며 평정심을 유지하려 애썼다. 그녀는 눈 뒤쪽에서 욱신거림을 느꼈다. 곧 요트를 떠나지 않으면 욱신거림은 완전한 두통으로 발전할 듯했다. 창구에만 있어도 뱃멀미에 시달릴 기미가 보이니 선원에 석압

한 체질은 분명 아니었다. "그럼요. 뭔가 하나라도 발견할 때마다 일일이 전화를 걸어서 말씀드렸어야 하는데. 그렇죠? 욕실 수건 같은 것처럼요. 아니, 두 장이니까 수건들이 맞네요. 그런데 제가 잊고 말았네요."

경관이 몸을 바로 세우고 일어섰다. 토라가 큰 키임에도 불구하고 경관은 그녀보다 한참이나 더 컸다. 선실은 호화로웠지만 천정이 낮았다. 그 탓에 경관의 키가 더욱 두드러졌고 그를 거의 거인처럼 보이게 했다. "빈정댈 것까지는 없습니다."

"네, 죄송해요." 토라는 턱의 힘을 뺐다. 경찰과의 관계를 망치고 싶지 않다면 어떻게든 분위기를 바꿀 방법을 찾아야 했다. 하지만 지금은 그 문제를 젖혀두고 요점만 이야기하는 게 더 나았다. "어쨌든 저는 그 드레스가 대체 어디로 간 건지 모르겠어요." 토라는 옷장 문을 차례대로 열어 안을 들여다보았지만 이미 한 차례 철저하게 수색을 한 뒤였다. "누군가 가져간 게 틀림없어요." 그녀는 열려있는 옷장 안을 더 자세히 보기 위해 한 걸음 뒤로 물러났다. "이전에는 몰랐는데 지금 와서 생각해보니 다른 드레스들 역시 사라졌을 수도 있겠어요." 그녀는 옷장 문을 열 때 손에 묻은 지문 채취용 파우더를 털어냈다. 과학수사관이 먼저 요트 안을 돌면서 최초 수색 이후로 새로운 지문이 나타났을 경우를 대비해 옷장과 조명 스위치, 선실 안 서랍장에 묻은 지문을 채취했기 때문이다. 수사관은 또한 빌쟈나 아르나가 실제로 옷장 안에 숨었는지 증명할 수 있는 생물학적 증거를 찾기 위해 옷장 전체를 진공청소기로 빨아들였다. 그가 작업을 진행하는 동안 토라와 경관은 어쩔 수 없이 복도에서 시간을 때우며 한담을 나눴지만 시간이 지날수록 대화는 현저하게 껄끄러워졌다. 어쩌면 그래서 두 사람이 선실 안으로 들어오기 무섭게 서로의 신경을 긁어대기 시작한 것인지도 모른다.

"요트가 처음 항구에 들어왔을 때 내부 사진을 촬영해뒀으니까 확인하기는 그리 어렵지 않을 겁니다." 경관은 옷걸이에 걸린 형형색색 의상들을 쳐다봤다. "그렇지만 어떻게 뭔가 달라졌다는 걸 알아채신 건지 모르겠어요. 옷장은 안 그래도 이미 꽉 차서 옷이 더 들어갈 공간이 없었던 것 같은데 말입니다."

"옷이 더 있었어요." 토라는 뒤로 더 물러나서 처음 옷장을 봤을 때 내부가 어땠는지 떠올리기 위해 머리를 짜냈다. 비어있는 옷걸이는 여전히 하나뿐이지만 의상들은 예전만큼 빼곡하지 않았다. "맞아요. 분명히 옷이 더 있었어요." 그녀는 옷장 문을 닫았다.

경관은 미간을 찌푸리고 선실을 둘러보았다. "만약 변호사님 말이 맞고 그래서 안경뿐만 아니라 옷도 사라진 게 맞다고 치면, 누군가 옷을 치웠을 수 있다는 건가요?"

토라는 참을성 있게 웃었지만 두통은 더 심해졌다. "이건 명품 의상들이에요. 당연히 이 중엔 엄청난 고가의 옷도 있죠."

"그렇지만 입던 옷이잖아요. 누가 헌 옷을 가져가려고 하겠어요? 아무리 비싸다고 해도."

"아시겠지만 사람들이 중고의류를 입는 건 흔한 일이에요." 개인적으로 토라는 옷장에 걸린 드레스들을 갖고 싶은 마음이 추호도 없었다. 중고라서가 아니라 저렇듯 화려한 데다 바닥을 쓸고 다니는 이브닝드레스를 입을 일이 전혀 없기 때문이었다. "제가 김이 추측을 해보자면, 이 의상의 원래 주인 혹은 그와 가까운 누군가가 가장 가능성 높은 용의자라고 봅니다. 카리타스와 그 비서를 추적하는 일은 어떻게 돼가고 있나요?"

"저는 알 수 없죠."

"그렇군요." 토라는 자신의 생각을 드러내지 않았다. 벨라는 알디스가 사는 곳을 알아내는 것은 고사하고 카리타스와 연락을 취하는 일에도 전혀 운이 없었다. 하지만 적어도 벨라는 알디스의 이름 전체를 알아내는 데는 성공했다. 전화로 자신을 못살게 구는 벨라의 성화에 굴복한 카리타스의 모친이 결국 수고스럽게도 알디스의 성을 찾아낸 것이다. 토라는 노부인이 애초부터 알디스의 성을 알고 있었을 거라는 의심을 거둘 수 없었다. 하지만 노부인에게서 얻은 정보로 알디스의 가족에게 연락을 취하자 그들은 철저하게 무관심한 태도를 보였다. 그러면서 고용주를 따라다니느라 너무 바쁜 나머지 몇 달씩 알디스의 소식을 못 듣는 일도 많다고 주장했다. 벨라가 딱히 심리학적 통찰력이 뛰어난 편은 아니지만, 알디스와 그녀의 가족 사이에는 분명 아무런 애정도 없다고 논평을 하자 토라조차 동의할 수밖에 없었다. 그러나 알디스가 꼬리를 내리고 집으로 돌아가지 않았다는 사실은 그녀가 카리타스와 함께 브라질에 머물 가능성을 나타내는 징후였다. 두 번째 가능성은 두 여자 모두 비참한 최후를 맞았을 수 있다는 것이다. 그리고 세 번째 가능성은 알디스가 카리타스의 죽음에 일조했다는 것이었다. 실제로 이런 일들이 일어나기도 한다. 사진 속 알디스의 얼굴에서 드러난 증오심을 확인한 후 이러한 추측은 더욱 강해졌다. 알디스는 카리스타의 지퍼를 올려주느니 차라리 그녀의 어깨뼈에 칼을 꽂는 게 낫겠다는 표정을 하고 있었다.

"이 번호들을 보고 생각나는 게 전혀 없나요?" 휘갈겨 쓴 아이에르의 필체를 해독하기 위해 끙끙거리는 스네이바르를 지켜본 토라는 그의 멍한 표정에 실망하고 말았다. 다시 육지를 밟고 나니 기분은 훨씬 좋아졌다. 하지만 못해도 두 시간 전 사무실로 돌아오는 차 안에서 진통제를 삼켰건만 두통은 여전히 가시지를 않았다.

"네. 요트랑 관련이 있을 거 같지는 않아요. 어쩌면 등록번호인지도 모르죠. 아무튼 저한테 익숙한 번호는 아니에요." 종잇조각을 내려놓는 스네이바르의 표정은 토라만큼이나 기운이 빠져있었다. 토라가 전화로 사무실에 들러줄 수 있냐고 물었을 때 그는 단번에 좋다고 대답했다. 이런 반응으로 미루어 그는 집에서 혼자 뒹굴거리는 데 신물이 난 게 틀림없었다. 아무리 여자라고 해도 변호사를 만난다는 소식에 뛸 듯 기뻐할 젊은 남자는 거의 없다.

"그건 그렇고 와주셔서 고마워요." 토라는 스네이바르에게 도움을 청하는 게 자신에게 얼마나 중요한 일인지 그가 눈치채주기를 바랐다. 그녀에게는 이런 문제를 가지고 접촉을 할 만큼 잘 알고 지내는 선원이 전혀 없었다. 때문에 다리가 부러져 육지에 발이 묶인 선원이, 그것도 문제의 요트에 대해 실제로 잘 아는 선원이 있다는 것은 하늘이 준 선물이나 다름없었다. "아이에르의 사건과 관련해서 조언을 구할 수 있어서 정말 감사해요. 그렇지만 앞으로의 면담 요청에 대해서는 얼마든지 거부하실 수 있습니다." 그녀는 스네이바르를 향해 미소를 지었다.

토라의 맞은편 의자에 풀썩 주저않은 그는 자세를 바로 고쳤다. 지난번보다 멀끔하게 보이는 그는 훨씬 덜 부끄러운 점퍼에 면도도 깔끔하게 한 상태였다. 꾀죄죄한 운동복 바지만 지난번과 같았다. "정말 별거 아닙니다. 집에 갇혀있으면 미쳐버릴 것 같아서요. 집을 나올 핑계만 생기면 뭐든 반갑죠. 그냥 제가 좀 더 도움이 될 수 있으면 좋겠어요."

"오, 아니에요. 저도 이제 막 들여다보기 시작한 걸요. 걱정 마세요." 토라는 자신이 커피도 권하지 않았다는 걸 깨달았다. 스네이바르는 커피가 필요한 얼굴이었다. 신경을 많이 쓰기는 했지만 그의 외모는 여전히 창백하고 핼쑥했다. "할도르를 발견한 뒤로 어떻게 버티고 있어요? 매우 끔찍한 경험이었을 텐데요."

"아, 아시다시피요." 그의 반응은 누구라도 예상할 수 있는 것이었다. 눈은 토라를 피하고 있었고 무릎 위 손가락은 경련을 일으켰다. 토라에게 심리학 학위가 없더라도 그가 힘든 시간을 보낸다는 것쯤은 충분히 알 수 있었다.

"트라우마 상담 같은 건 받았나요, 스네이바르?"

"아뇨. 경찰에서 제안은 했는데 거절했어요. 그게 무슨 도움이 될지 정말 모르겠더라고요." 그는 코를 홀쩍이고는 자세를 고쳐 앉았다. "이건 그냥 저 혼자가 헤쳐나가야 할 일이에요."

"알겠어요." 그가 트라우마를 헤쳐나가고 있지 못하다는 건 자명했다. "어쨌거나 전문가 상담은 받아야 해요. 아예 안 하는 것보단 늦게라도 받는 게 낫죠. 상담이 얼마나 큰 도움이 되는지 알면 깜짝 놀랄 거예요. 손해볼 것도 전혀 없고요."

스네이바르는 어정쩡하게 투덜거리기만 했다. 토라는 이제 그 문제는 내버려두고 좀 더 구체적인 질문을 하기로 했다. "그나저나 다리는 어때요? 좀 나아지기는 했나요?"

"6주 동안은 깁스를 하고 지내야 한대요." 그는 운동복 바지 아래로 비어져 나온 플라스틱 부목을 탁 쳤다. 이전과 마찬가지로 비닐봉지에 싸여있었지만 이번에는 노아툰 슈퍼마켓의 비닐봉지였다. "이제 시간이 반 정도 남기는 했지만 솔직히 하루라도 빨리 다시 두 발로 설 수 있으면 원이 없겠어요. 그리고 제가 좋아하는 옷을 입고 싶어요. 유일하게 제 발을 끼울 수 있는 이 바지가 아니라요." 활짝 미소를 짓자 그의 얼굴이 달라보였다.

"눈 깜짝할 사이에 깁스를 풀게 될 거예요." 한층 밝아진 스네이바르 얼굴을 보자 토라의 기분까지 좋아졌다. "아, 이제 생각났어요. 포르투갈 병원에서 준 서류예요. 아마 여기서 진료를 받을 때 필요할 거예요. 더 빨리 돌려주지 못해 미안해요."

그는 손을 뻗어 서류를 집었다. "괜찮습니다. 아직까지는 그럴 짬이 안 나서요. 그러니 상관없습니다. 그런데 저는 이제 슬슬 가봐야 할 거 같아요."

"원하시면 제가 차로 데려다드릴게요. 아니면 다른 사람을 보내도 되고요. 실은 의사 소견서를 부탁드리려고 했어요. 본래 배를 타고 돌아올 예정이었는데 다리가 부러지는 바람에 업무에 부적합하게 되었다는 걸 확인해주는 소견서요."

"그렇지만 저는 배를 타고 집으로 돌아올 수도 있었잖아요."

토라는 짜증을 감추려고 노력했다. 사실 짜증은 스네이바르를 향한 것이라기보다 자기 자신과 자신을 괴롭히는 아이에르에 대한 의심 때문이이었다. "네. 물론 가능했겠지만 그러지 않았잖아요. 그게 부러진 다리 때문이라는 확인서가 필요해요. 포르투갈어로 된 서류만으로는 충분치 않거든요." 그녀는 이유에 대해서는 설명하고 싶지 않았다. "언제든 의사인 제 전 남편한테 방문해서 다리를 봐달라고 부탁할 수도 있어요. 저한테 갚을 빚이 있거든요." 길피는 결국 석유시추시설에 일자리를 얻었고 마지막 학기만 마치면 곧바로 일을 시작할 예정이었다. 3개월 후면 그녀의 일상은 돌이킬 수 없이 달라질 것이다. "그러면 집에서 나올 필요도 없잖아요."

"오, 아니에요. 그러실 필요 없어요. 주치의한테 진료받으러 갈 거예요. 걱정 마세요." 표정을 보아하니 스네이바르는 토라의 전 남편으로부터 방문을 받고 싶은 마음이 추호도 없었다. 그는 목소리를 가다듬으며 말했다. "할리가 어떻게 죽었는지에 대해서는 경찰에서 좀 밝혀낸 게 있나요?"

"아마 없을 거예요." 토라는 초록 눈의 형사가 털어놓은 사실을 공개할 수 있는 입장이 아니었다. 할리가 물에 빠졌다는 것은 분명했지만 그의 죽음과 관련한 세부사항들은 너무나 기이해서 가급적이면 아무 말도 하지 않는 게 최선이었다. "적절한 때가 되면 밝혀지겠죠."

"그렇군요." 말할 것도 없이 그는 토라의 말을 믿지 않았다.

"무슨 일이 있었는지에 대해 혹시 짐작해보신 게 있나요?"

"아뇨." 스네이바르는 자신의 자세가 다시 구부정해졌다고 느겼는지 눈에 띄게 몸을 바로 세우려고 애썼다. "물론 머릿속으로는 계속 고민해보고 있어요. 틀림없이 여러 가지 원인이 복합적으로 뒤섞였을 거예요. 이제는 셋 중 두 선원이 죽었다는 사실을 알기 때문에 선장 역시 살해당했을 거라고 봐요. 그 가족들이 바보같이 배를 버리기로 작정한 이후에 말이에요." 그는 손을 휘휘 저었다. "하지만 생각해보면 그 가설도 말이 안 돼요. 그러면 누가 자동조종 모드로 설정해서 먼저 그로타에 들른 다음 항구로 가게끔 진로를 입력할 수 있었겠어요?"

토라는 유람선 해기사면허증 취득 기준을 확인하고 난 후 아이에르가 항해강습에서 자동조종 장치 사용법을 배웠을 수도 있겠다는 추측을 배제해버렸다. 물론 선원 중 하나가 시간을 들여 아이에르나 라라에게 사용법을 가르쳐줬을 가능성은 있다. 그렇다고 해도 요트가 그로타로 진로를 잡은 이유에 대해서는 설명해주지 못했다. 그 상황에서 최우선의 선택지는 요트를 레이캬비크 항구로 직행시키는 것이었다. 토라의 머릿속에 떠오른 선택지 중 그 어떤 것도 전혀 말이 되지 않았다. 답이 나오지 않는 의문들, 증명할 수 없는 가설들이 너무나 많았다. "한 가지만 더 물어볼게요, 스네이바르." 토라의 질문에 그는 원하는 답을 주고 싶어 안달이라도 났다는 듯 기대감을 품고 그녀를 바라봤다. "혹시 배에 밀항자가 탔을 가능성이 있을까요?"

그의 얼굴이 이완되는 모양새로 보아 이 질문에 대한 답은 간단한 듯했다. 하지만 그의 입에서 나온 대답은 그리 간단하지 않았다. "아닐 거예요. 하지만 가능성을 배제할 수는 없죠. 그러려면 끝내주게 똑똑한 사람이어야 할 거예요. 그리고 조용해야죠. 배 구석구석 모든 공간은 최대한으로 활용되기 때문에 누구에게도 들통나지 않으려면 엄청나게 운이 좋아야 할 거고요. 누군가 빈 선실에 숨어들었을 수는 있지만 웬만한 배짱으로는 어림도 없어요."

"아래층 갑판에 있는 엔진실이나 창고 같은 공간은 어떨까요? 거기에는 숨을 만한 곳이 없을까요?"

"있을 수도 있죠. 그렇지만 엔진실은 아닐 거예요. 왜냐면 거기는 정기적으로 점검을 하거든요. 제가 만약 배에 숨어든다면 엔진실이랑 조타실 근처에는 가지도 않을 거예요. 보나마나 걸릴 게 뻔하니까요."

"그러니까 가능성은 있다는 거네요. 운만 좀 따른다면?"

"뭐…, 그럴 수 있죠. 요트를 훤히 알고 있다면요." 스네이바르는 부러진 다리 때문에 불편했는지 얼굴을 찡그리며 다리를 움직였다. "하지만 누가 그럴 수 있었겠어요? 그리고 대체 왜 그런 빌어먹을 짓을 하겠어요?" 그는 말을 하면서 분노를 감추지 않았고 토라는 만약 밀항자가 정말 있었다면 가장 먼저 그를 찾아내는 게 스네이바르가 아니기를 바랄 뿐이었다. 만약 그랬다가는 절대 목숨을 구할 수 없을 것이다.

"저는 짐작도 못하겠어요." 사실 토라는 이미 나름의 의견을 갖고 있던 참이지만 스네이바르의 의심을 증폭시키고 싶지는 않았다. 만약 누군가 배에 몰래 탔다면 그는 십중팔구 전 소유주와 관련 있는 사람일 것이다. 말이 되는 결론은 이것뿐이었다. 카리타스, 알디스, 그리고 심지어 명의자인 굴람 가운데 한 사람. 아니면 요트를 되찾기 위해 그가 심어둔 똘마니일지도 몰랐다. 하지만 배를 훔친다고 해서 얻을 게 하나도 없는 마지막 용의자는 가능성이 아주 낮았다. "전혀 모르겠어요."

스네이바르가 떠나자 벨라가 들어와 토라 맞은편 의자에 주저앉았다. "있잖아요. 제가 주말 전에 복사기 문제를 해결하지 못한 건 아는데요, 그래도 알디스에 대한 정보를 드리는 대가로 인터넷 업그레이드를 해주시면 안 될까요?"

"뭐?" 토라의 목소리는 간절했다. "어디서 알아낸 거야?"

"알디스가 카리타스 밑으로 가기 전에 같이 일했던 여자한테 전화를 걸어봤어요. 일종의 친구라고 할 수 있죠."

"그 여자에 대해서는 어떻게 알아냈는데?"

"알디스네 엄마한테 전화해서 물어봤죠. 급하게 연락을 해야 할 일이 생겨서 그러는데 친구들 중 연락하고 지내는 애 없는지 알려달라고 했어요. 그러니까 이 여자애 이름을 알려주더라고요. 그래서 전화번호를 찾아봤죠."

"젠장! 벨라 이거 근무시간에 사무실에서 알아본 거잖아. 네 할일 했다고 해서 너한테 뇌물을 줄 수는 없어. 어차피 엊그제 브라기랑 의논해 초고속인터넷 설치하지 않기로 결정했어. 10년 뒤에나 재고하게 될 거 같아." 토라는 벨라를 골려주지 않고는 배길 수가 없었다. "미안해."

벨라는 의자를 뒤로 밀었다. "네, 알겠어요. 걱정 마세요."

"이봐, 그냥 일이나면 어떡해. 그 친구가 뭐랬는지 알려줘야지."

387

"무슨 친구요? 무슨 말씀하시는 건지 모르겠네요. 10년 뒤에나 다시 물어보시든지요. 어쩌면 그때는 기억이 날지도 모르죠." 벨라는 육중한 몸을 의자에서 일으켰다.

"맙소사, 이러지 마. 그냥 좀 놀려본 거야. 그 망할 업그레이드 설치하기로 했어. 적당한 때를 봐서 이야기해주려고 한 거지. 협박에 넘어가는 것처럼 보이기 싫어서 그런 거야."

"그건 협박이 아니에요. 교환이라고 하는 거죠." 그러나 업그레이드 소식이 벨라의 좋은 면을 이끌어냈고 그녀는 얼굴을 빛내며 다시 의자에 앉았다. 말할 것도 없이 벨라는 이제 이베이 경매 마감 직전에 끼어들어 빛의 속도로 입찰을 하게 된 자신의 모습에 대해 공상을 하는 게 분명했다. "그러니까 이 여자애 말에 따르면요, 알디스가 별로 사교적인 타입은 아니었대요. 좀 고상한 척하기는 해도 그렇게 나쁜 편은 아니었나봐요. 그냥 돈 많은 유명인사가 되는 게 꿈이었지만, 전반적으로는 부자가 되고 싶어했대요."

"뭘로 유명해지고 싶었는데?"

벨라는 동정하는 듯한 표정으로 토라를 쳐다봤다. "대체 어디 갔다 오셨어요? 요즘에는 유명해지려고 뭘 잘할 필요가 없어요. 그냥 돈 많은 셀러브리티가 되고 싶었던 거죠. 근데 계획한 대로 안 풀려서 좀 실망했다고 하더라고요. 그 친구 말로는 알디스가 카리타스 밑에서 일을 시작하면 상황이 나아질 거라고 예상했는데, 뜻대로 안 된 거죠. 그런데 그렇게 지긋지긋해하면서도 대체 왜 계속 그 여자 밑에서 일하는지 도저히 이해할 수가 없었다네요."

"급여가 별로였대?"

"뭐, 그런 얘기는 안 했으니 어쩌면 걔도 몰랐을 거예요."

"그럼 왜 그렇게 지긋지긋해한 거래?" 토라가 보기에 알디스는 해외여행을 꿈꾸며 오페어가 됐다가 결국 외국에 나가서 설거지를 하든 아이슬란드에서 설거지를 하든 지루하기는 매한가지라는 걸 깨닫는, 흔해 빠진 젊은 여자 같았다.

"제가 맞게 이해한 거라면 알디스는 카리타스 뒤꽁무니만 따라다니느라 짜증나 죽을 지경이었대요. 그리고 카리타스한테도 짜증이 나있었대요."

"그래서 참아줄 수가 없었던 거야?"

벨라는 눈알을 굴렸다. "네에…. 그럼 뭐겠어요? 알디스가 늘 카리타스를 씹어댔대요. 그 친구 말로는 알디스가 스트레스를 풀려고 허구한 날 자기한테 전화를 했다네요. 카리타스 귀에 들어갈까 봐 다른 직원들한테는 얘기할 수가 없었나봐요. 둘이 엄청 친한 사이는 아니었지만 알디스가 너무 실망한 거 같아서 안쓰러웠다고 하더라고요. 알디스는 분명 자기도 파티에 데려가주고 재밌는 일에도 끼워줄 거라고 생각한 모양이지만, 진짜 어이없는 착각이었죠."

토라는 이제 이해할 수 있었다. 그녀는 격식 있는 장소에서 열리는 연회에 참석했다가 자신의 역할을 잊고 손님들과 어울리기 시작한 웨이터들을 본 적이 있었다. 그런 상황은 적어도 이론상으로 모두가 평등한 곳에서나 일어날 수 있는 일이었다. 계급 격차가 극심한 사회에서라면 그런 그림은 무척이나 이질적인 풍경이었을 테고, 불쌍한 알디스는 쓰라린 경험을 통해 교훈을 얻은 듯했다.

"그러니까 알디스는 기껏해야 개인 비서이고, 그, 심하게 말하면 일종의 하녀였던 거군?"

"네. 그런 일을 하면서 돈을 벌었나봐요. 알디스는 그걸 받아들이기 힘들었던 거죠."

"알디스가 그만두고 싶다는 이야기를 한 적이 있었대?"

"안 물어봤어요. 그치만 알디스한테 연락을 못 받은 게 벌써 몇 주째고, 이게 평소보다 훨씬 더 긴 기간이라는 얘기는 들었어요." 벨라는 손가락의 반지를 만지작거렸다. 반지가 어찌나 큰지 마치 갑옷처럼 보였다. "변호사님이 보기에는 알디스가 이 사건에 관련된 거 같으세요? 어쩌면 카리타스를 직접 죽였을 수도 있다고요?" 벨라의 얼굴은 남의 불행이 가져다주는 쾌감을 내뿜고 있었다.

흡족해하는 비서의 얼굴을 보고 있자니 토라는 불편한 기분이 들었다. "아닐 거야. 그렇지만 두 사람 다 연락이 닿지 않는다는 게 신경 쓰이긴 해. 우연이라고 보기에는 너무 석연치가 않아서 무슨 일이 생겼는지 알고 싶은 거지." 토라는 창문을 열었다. 신선한 공기가 사무실 안으로 밀려 들어오자 요트에 올랐을 때부터 그녀를 괴롭히던 머리가 빠개질 듯한 두통이 약간 가라앉았다. "알아낸다고 해도 우리 사건에는 전혀 도움이 안 될 수 있어. 그렇더라도 모르고 있는 건 기운 빠지잖아."

벨라는 토라만큼이나 신선한 공기가 절실했던 모양인지 숨을 가득 들이마셨다. "그렇지만 변호사님은 알디스가 배 위의 사람들을 죽였는지 궁금하시잖아요."

가라앉는 듯하던 두통이 맹렬히 되돌아왔고 토라는 집에 가고 싶은 마음이 간절해졌다. "그런 건 전혀 궁금하지 않아. 그냥 둘 중

한 사람 혹은 둘 다 실종사건과 관련이 있는지 알고 싶을 뿐이지. 두 사람 다 살인범이 아닐 수 있어. 다만 간접적으로 연관됐을 수는 있지."

벨라는 인터넷 업그레이드를 신청하기로 한 게 사실인지 직접 확인하겠다며 브라기를 찾으러 나갔다. 토라는 사무실에 남아 두통을 가라앉힐 요량으로 관자놀이를 주물렀다. 어쩌면 알디스는 사망한 것으로 의심되는 카리타스와 아무 관련이 없을지도 모른다. 머릿속으로 여러 개의 날짜를 떠올리던 토라는 카리타스의 모친이 알려준 정보를 통해 선원들이 리스본에 도착했을 당시 카리타스 또한 그곳에 있었을 확률이 높다는 점을 간파해냈다. 카리타스는 자신의 승선을 거부하는 선원들 중 한 명과 말다툼에 휘말렸을 수도 있다. 어쩌면 여전히 법적으로 자신의 소유라고 생각하는 요트를 선원들이 몰수하려고 하자 언쟁을 벌였을지도 모른다. 그런 싸움이 정도를 넘어서면 어떤 결과를 초래하는지 상상하기란 어렵지 않다. 하지만 그 다음 어떻게 됐다는 건가? 아이에르와 가족이 의도치 않게 진실을 알기라도 했다는 건가. 한 명 혹은 여러 명의 범인이 육지에서 안전할 만큼 멀리 떨어진 지점에서 시신을 배 밖으로 집어던지는 현장을 목격하면서? 그것 때문에 가족들이 똑같은 방식으로 살해당했을 가능성이 있을까? 아무리 머리를 쥐어짜도 토라는 일련의 상황들을 머릿속으로 그려낼 수가 없었다. 대체 어떤 사람이 그런 짓까지 서슴지 않을까?

23장

"뭘 얻을 가능성은 낮지만, 그래도 시도는 해봅시다." 잠이 심각하게 모자란 상태였는데도 선장은 여전히 존경심을 불러일으켰다. 아이에르는 잠시 배 위 모든 승객에 대한 권한을 가진 선장이 된다는 것은 어떤 기분일지, 마치 극소 국가의 독재자가 되는 것과 같은 기분일지 궁금했다.

"다른 설명은 필요없어요. 이 미친놈을 잡아 족친 뒤에 당장 집으로 돌아가자고요." 숨을 거세게 몰아쉬며 할리는 선장과 아이에르가 다 같이 자신의 제안대로 밀항자를 제압하는 행동에 나서기로 했다는 데 안도감을 표했다. 그의 반응은 전혀 놀랍지 않았다. 유력한 용의자로서 그는 세 사람이 힘을 합칠 경우 가장 얻을 것이 많았다. 반대의 상황이라면 홀로 나머지 사람들과 대면해야 하는 처지였다. 그러니까 새롭게 형성된 세 사람의 연대는 분명 초대받지 않은 누군가가 시신을 배 밖으로 던지고 로푸투르까지 죽였을 거라는 할리의 주장에 의지한 결과였다. 결백을 주장하는 그의 태도는 확고부동했고 선장과 마찬가지로 매우 설득력이 있었다. 아이에르는 자신과 라라의 결백에 대한 자기 주장도 그렇게 설득력이 있기를 바랄 뿐이었다. 아내와 아이들이 자는 동안 자신은 한 시간 넘게 깨어있었다는 사실에 대해서는 함구했다. 그렇지 않으면 할리처럼 궁지에 몰릴 게 뻔했다. 자신은 범인이 아니라는 사실을 확신시키기 위해 선장에게 절박하게 애걸해야 할 것이다.

"이 일을 어떻게 처리하죠?" 아이에르는 복도의 어두운 모퉁이가 나올 때마다 할리인지, 선장인지, 아니면 밀항자인지 알 수 없는 범인이 문 뒤에서 잠복해있을지 모를 위험을 감수해야 한다는 사실에 홀로 몸서리를 쳤다. 할리가 범인일 거라는 쪽으로 생각이 기울기는 했다. 하지만 그들 중 누구도 로푸투르의 사망 시각이나 사망에 이른 경로를 확신할 수가 없었다. 때문에 선장이 범인일 가능성을 완전히 배제할 수는 없었다. 선장과 할리 모두 오후 시간 대부분을 혼자 보낸 데다 한사코 결백을 주장하는 상황에서, 도대체 누가 진실을 말하는지 알 길이 없었다. 차분한 선장과 안절부절 못하는 할리 사이에서 아이에르는 결백한 사람의 태도로 어떤 것이 더 정상적인지 판단할 만큼의 경험이 없었다. 어쩌면 이런 상황에서 정상성이라는 것은 애당초 존재하지 않을지도 모른다. 로푸투르의 시신을 목격한 일로 충격에서 헤어나지 못하는 그 자신조차 신경질적인 웃음을 터뜨리고 싶은 충동을 억누르느라 괴로울 뿐이었다.

세 사람이 도착했을 때 자쿠지 덮개 틈으로 수증기가 새어나오고 있었다. 그들은 힐 말을 잃은 채 그 자리에 우뚝 서버렸고, 얼마

393

간 시간이 흐른 뒤 결국 덮개를 열기로 마음먹은 선장이 걸음을 옮겼다. 선장이 육중하고 미끌거리는 덮개와 씨름을 하는 동안 아이에르와 할리 둘 중 누구도 다가서거나 도움을 주지 않았다. 마침내 덮개가 열리고 옷을 모두 입은 로푸투르가 눈과 입을 활짝 벌린 채 뜨거운 물에 잠겨있는 광경을 마주했을 때에도 세 사람은 한 마디도 하지 않았다. 무수히 많은 은빛 물방울이 로푸투르의 머리칼에 왕관처럼 달라붙어서 그의 얼굴을 한층 더 그로테스크하게 만들었다. 로푸투르의 초점 없는 시선을 목도한 아이에르가 다시 욕조에 들어갈 수 있게 되려면 오랜 시간이 필요할 것이다. 그의 시신을 꺼내 바로 눕히자 코와 입에서 물이 흘러나오던 모습 역시 상황을 더욱 악화시켰다. "아내랑 아이들만 남겨놓고 온 게 잘 한 짓인지 모르겠어요." 아이에르가 중얼거렸다.

"우린 뭉쳐있어야 합니다, 셋 다 말이오. 이건 의논해서 결정할 문제가 아닙니다." 하품을 참는 선장의 말에는 여전히 권위가 있었다. "당신 아내와 아이들은 조타실에서 대기하면 됩니다. 안쪽에서 잠글 수도 있어요. 문에도 창이 나있으니 누군가 들어오려는 사람은 없는지 눈으로 확인할 수도 있고요."

"침입할 의도를 가진 사람을 안에서 눈으로 확인한다고 무슨 도움이 될까요? 그런 사람이 정말 있다면요." 아이에르의 머리는 바쁘게 굴러갔다. 지금이야말로 아내와 딸들의 목숨이 날아갈지도 모르는 계획의 결함을 찾아낼 유일한 기회라는 사실을 그는 잘 알고 있었다. 그에게 중요한 건 가족에 대한 사랑뿐. 돈이야 어찌 되든 이제 상관없었다. 가족들 외에 아무것도 관심 없었다.

"조타실에 침입하는 건 그리 쉬운 일이 아닙니다. 창문은 강풍과 파도에 견딜 수 있도록 특수제작된 강화플라스틱이란 말이오. 인간의 물리력보다 훨씬 더 강력합니다. 하지만 설령 그런 상황이 온다고 해도 가족들이 무방비 상태로 남진 않을 거요."

"하?" 입에서 새된 소리가 새어나오자 아이에르는 마음을 다잡기 위해 잠시 말을 멈췄다. 도무지 말이 안 되는 상황 앞에서 또다시 헛웃음이 치밀어오른 것이다. 라라는 여태껏 단 한 번도 자기 방어를 위해 무기에 의존할 필요가 없었다. 평범한 일상은 그 어느 때보다 멀게 느껴졌다. 식료품을 사고, 수도꼭지의 나사받이를 교체하고, 부모님을 저녁식사에 초대하고, 화재경보기의 배터리를 가는 일. 이 모든 게 이제 너무나 터무니없이 느껴져 그의 가슴이 아릴 정도였다. 아이에르는 자제력을 잃기 일보직전이었다. "뭐, 그럼 라라한테 도끼라도 쥐어주실 계획이세요?" 그는 조타장치 옆 벽에 걸린 무기를 가리키려고 했지만 손이 너무 심하게 떨리는 바람에 얼른 팔을 내려야 했다. 다른 두 사람이 자신의 상태를 알아서 득될 게 전혀 없었다.

"아니오." 동요하는 아이에르와 대조적으로 선장은 침착하기만 했다. "리볼버를 한 자루 드릴 겁니다."

자제력을 상실한 아이에르는 마침내 키득거리기 시작했다. 얼마 지나지 않아 키득거림은 걷잡을 수 없는 폭소로 증폭됐고 그로 하여금 고등학교 시절 짧디짧았던 대마초 흡연의 경험을 떠올리게 했다. 아무 의미도 없는 자기증식적 웃음. 다른 두 남자는 아이에르가 더 이상 웃을 수 없어 귀에 거슬리는 딸꾹질 소리를 낼 때까지 그를 지켜보았다. "라라는 총을 어떻게 쏘는지도 몰라요." 또 한 번 격렬한 웃음소리가 짧게 뒤따랐다.

"그리 어렵지 않습니다." 선장은 라라의 무기 사용 능력보다 아이에르의 심리상태가 더 걱정스럽다는 듯 우려스러운 표정을 지었다. "그냥 타깃을 겨냥한 다음 방아쇠를 당기기만 하면 됩니다."

"그게 좋은 생각일까요?" 불쑥 내뱉고 나서야 할리는 자신의 말이 어떻게 받아들여질지 깨달은 듯했다. 그의 입장에서는 라라가 비무장 상태여야 제압하기 손쉬울 테니 말이다. "그러니까 제 말은, 자기 자신에게 더 위험이 될 수도 있고, 아니면 실수로 아이들을 쏠 수도 있잖아요."

"내가 보기에 그런 실수를 하기에는 지나치게 현명한 사람인 것 같던데. 당신들 둘을 믿느니 차라리 그 여자한테 총을 맡기고 말지." 두 사람을 가만히 바라보는 선장의 눈빛을 보건대, 둘이 별반 다를 것도 없다고 여기는 눈치였다.

아이에르는 지금 자신과 할리가 얼마나 한심하게 보일지 깨달았다. 연신 입술을 핥으며 몸을 떨어대는 할리가 자신보다 하등 나을 게 없어보인다는 사실이 다소 위안이 되기는 했다. 선장의 말이 옳았다. 라라가 두 사람보다 상황을 악화시킬 리 없었다. "제가 가서 아내랑 아이들을 데려올까요?"

"예. 우린 여기서 기다리고 있겠소." 선장은 의자를 가리키며 할리에게 자리에 앉으라고 지시했다. 그러고는 조타석을 돌려서 할리가 시야에 들어오도록 했다. "어서 앉아. 미적거리지 말고."

선실로 향하며 아이에르는 웃다가 젖어버린 눈가를 닦아냈다.

그는 몇 번이나 심호흡을 하면서 자제력을 되찾을 수 있기를 바랐다. 라라에게 말하는 동안 조금이라도 긴장감을 드러냈다가는 라라는 말할 것도 없고 쌍둥이에게까지 금세 불안감이 전염될지 모른다. 침착함을 잃지 않는 게 중요했다. 로푸투르를 발견한 이후 그가 자신의 감정을 인정하기는 이번이 처음이었다. 그는 단순히 충격을 받거나 두려운 게 아니었다. 공포에 질려있었다.

선실 안으로 들어서기 전 아이에르는 목청을 가다듬고 두려움의 흔적을 지워볼 요량으로 얼굴을 문질렀다. 그런 다음 힘없이 웃으며 문을 열었다. 아내와 아이들은 잠에서 깨어 침대에 앉아있었지만 여전히 이불은 덮은 채였다. 똑같이 생긴 세 쌍의 눈이 그를 바라봤고, 세 여자의 눈에서 자신이 두려움을 감추는 데 실패했다는 사실을 읽어냈다.

"왜 그래? 무슨 일이야?" 라라가 이불을 홱 젖히더니 침대에서 일어났다.

"별일 아니야. 그런데 문제가 좀 생겨서 다 같이 조타실로 올라가야 돼. 걱정할 일은 아니야. 배 안을 수색하기로 했는데 그 동안 당신이랑 아이들이 조타실에서 기다렸으면 하거든. 너희들도 마찬가지야, 얘들아." 그는 라라에게 단둘이 대화를 하자고 신호를 보냈다. "책이랑 카드 챙겨서 나와. 엄마랑 아빠가 복도에서 기다릴게." 아이들은 놀란 표정이었지만 아무 말도 하지 않았다.

라라는 서둘러 신발을 신고 어깨에 카디건을 둘렀다. "너희는 서두를 필요 없어. 천천히 챙겨서 나와" 행복한 표정으로 이렇게 말하던 그녀는 아이들만 남은 선실 문이 닫히기 무섭게 얼굴에 긴장을 드러냈다. "제발 나쁜 일이 생긴 건 아니라고 해줘. 제발, 그냥 아무런 문제도 없고 집에 돌아갈 때까지 시간만 보내면 된다고 믿게 해줘. 부탁이야." 그녀는 간절한 눈빛으로 애원을 하면서 그 안에 몸을 숨길 수 있다는 듯 카디건을 바짝 여몄다.

아이에르는 목구멍에서 할 말을 잡아 빼내기라도 하는 기분이었다. 거짓말이라도 해서 이 모든 게 사실은 단둘이 있을 시간을 만들려는 구실에 불과하다고, 서두르기만 하면 지금 당장 이 자줏빛 복도에서 서로를 가질 수도 있다고 말하고 싶었다. "나도 그럴 수 있으면 좋겠어." 그는 서둘러 라라에게 로푸투르의 소식을 전했다. 배 안에 불청객이 있는 건 아닌지 한시라도 빨리 파악해야 하며 배 안을 뒤지는 동안 그녀 홀로 아이들을 데리고 조타실에서 기다려야 한다고 말했다. 아내가 자신의 말을 제대로 이해하도록 잠시 기다린 뒤 총에 대해서도 말을 꺼냈다.

"총? 당신 정신 나간 거 아니야?" 라라가 남편의 뺨을 쳤다. 강도가 세거나 고통을 줄 의도가 있었던 것은 아니지만 두 사람 사이에 물리적인 폭력이 끼어든 건 이번이 처음이었다.

"라라!" 아이에르는 할 말을 잃었다.

"그 말도 안 되는 수색을 해서 아무것도 찾아내지 못하면 어쩔 건데? 응?" 그녀는 대답을 기다리지 않았다. "조타실로 돌아온 게 당신이 아니라 선장이라면 난 어떡해야 하는데? 할리면 또 어쩌고? 그 사람들을 쏘기라도 하란 말야?"

"아니야." 아이에르는 딸들에게 서두르지 말라고 한 자기 자신을 저주하면서 머뭇거렸다.

"만약 할리가 당신이랑 떨어지게 됐다고 하면서 안으로 들어오려고 하면 어떡해? 애들 앞에서 그 사람을 쏴야 하는 거야? 피 흘리는 시신 옆에서 당신이랑 선장이 돌아오기를 기다려? 당신들 다 정신이 나가버린 거 아냐?"

"아니야." 아이에르는 아내의 눈을 바라볼 수도, 이 상황을 견딜 수도 없었다. 그는 선장이 이곳으로 내려와 아내를 설득해주기를, 선실 문을 벌컥 열어젖히고 아이들에게 빨리 움직이라고 소리 지르고 싶은 자신을 말려주기를 바랐다. 선장이라면 라라가 상황을 분별 있게 파악하도록 했을 것이다. 아이에르는 감정을 추스르며 말했다. "만약 그런 일이 생기면 절대 할리는 들여보내지 마. 그리고 선장이랑 내가 금방 나타나지 않으면 어떤 조치를 취해야 할지 결단을 내려야 할 거야. 만약 할리나 선장, 아니면 진짜인지 가짜인지 모를 밀항자가 침입을 하려는 상황이 발생하면 최소한 당신이 무기를 지닌 셈이잖아." 그는 내심 자신의 논리에 만족했다.

"하지만 만약 선장이 모든 일의 배후면 어떡해? 그 사람이 정말 장전된 총을 나한테 줄 거 같아? 당신 실탄이 들어있는 총이랑 비어있는 총 구분할 줄 알아?" 라라는 남편의 얼굴에서 당혹감을 감지했다. "그럴 줄 알았어."

천만다행으로 아이들이 양 팔 가득 책과 다른 물건들을 들고 나타났다. 아까 아이에르와 라라가 아이들과 함께 선실에 틀어박힐 때 챙겨온 것들이었다. 아이들은 뭔가 심각한 상황이 벌어졌다는 걸 알고는 조용히 눈치만 살폈다. 아이에르는 장난감이 많아서 심심할 일은 없겠다면서 재미없는 농담을 했다. 이제 그들은 조타실로 올라가야만 했다. 잠시 후면 배의 선장 노릇을 하고, 결국 모든 게 다시 정상으로 돌아올 것이다. 누구도 웃지 않았다. 아무런 대화도 없이 조타실로 들어가니 선장과 할리가 기다리고 있었다.

선장은 라라를 한쪽으로 데리고 가, 아이에르가 쌍둥이에게 요트의 조종 장비를 보여주는 동안 단둘이 이야기를 나누었다. 그는 선장과 아내가 무슨 이야기를 주고받는지 확인하기 위해 끊임없이 눈을 힐끔거렸고 라라가 떨리는 손으로 리볼버임에 분명한, 회색 헝겊에 싸인 꾸러미를 받아드는 것을 보고 침을 꿀꺽 삼켰다. 라라는 괴로운 표정으로 꾸러미를 서툴게 허리띠에 끼운 다음 윗도리로 덮었다. 아이에르는 바로 고개를 돌리고는 아이들에게 의미 없는 말들을 늘어놓았다.

"배가 가라앉는 거야, 아빠?" 빌쟈는 안경을 쓰지 않을 때 습관적으로 그렇듯이 고개를 한쪽으로 기울였다. 아이는 책 읽고 싶을 때를 대비해 안경을 손에 들고 다녔다.

"아니야." 아이에르가 의도한 것보다 더 날카로운 대답이 튀어나왔지만 목소리에 담긴 분노는 빌쟈가 아니라 자신을 향한 것이었다. "맙소사, 당연히 아니지. 잘못된 거 하나도 없어. 모두 다 괜찮을 거야." 그는 라라가 듣고 싶어하던 말을 아이에게 들려주었다.

"요트가 가라앉으면 우리도 물에 빠져죽는 거야?" 확실히 그는 딸을 설득하는 데 실패했다.

"배는 안 가라앉아. 그리고 가라앉는다고 해도 물에 빠져죽지 않아요. 구명정 본 거 기억나?" 두 아이 모두 의심스런 얼굴로 고개를 끄덕였다. "배에는 구명정이 있어서 만약 배가 가라앉으면 그걸 타는 거야. 하지만 이 요트는 가라앉지 않는 배니까 걱정할 필요 전혀 없어요."

"그런데 왜 구명정 싣고 다녀?" 아르나는 비아냥거리지 않고 끼어들었다. 온전한 대답을 요구하는 논리적인 질문이었다.

"왜냐면 그건 의무사항이기 때문이에요, 공주님. 모든 배는 구명정을 싣고 다녀야 해. 법으로 정해져 있거든."

"바보 같아." 아르나는 레이더 화면을 손가락으로 만졌다. 아이에르는 아이들에게 화면이 무엇을 나타내는지 알려주지 않은 게 다행스럽게 느껴졌다. 화면은 그들의 고립을 냉혹하게 드러내는 상징물이었다. 만약 도움이 필요한 상황이 오더라도 요트 주변에서는 어떤 것도 찾아볼 수 없었다.

"이런 말도 있잖아요, 공주님. 나중에 후회하는 것보단 조심하는 것이 났다고." 그는 선장이 자신에게 손짓을 하고 있다는 걸 알아차렸다. 라라는 남편의 시선을 피한 채 선장과 조금 거리를 두고 서있었다. 그녀의 날씬한 허리춤에는 뚜렷하게 뭔가가 불룩하게 튀어나와 있었다. "나중에 후회하는 것보단 조심하는 것이 났다."

"맹세하는데 저는 로푸투르한테 손도 까딱 안 했어요. 제가 만약 로푸투르를 죽였으면 걔가 어디 있는지 뭐하러 물었겠어요?" 할리가 머릿속으로 문장을 떠올릴 때만 해도 분명 그 말은 논리적이었겠지만 막상 입 밖으로 튀어나오고 나니 공허하기 그지없었다. 이제 빈손으로 돌아갈 것이 확실해지자 젊은 선원은 더욱 안달이 난 듯했다. 세 사람은 두 층을 샅샅이 뒤졌지만 밀항자의 흔적은 어디에서도 찾지 못한 채 엔진실에 내려와 있었다. 그들은 엔진실과 잇닿은 할리의 선실은 물론이고 그 옆의 작은 작업장까지 철저히 살펴보았다. "아마도 우리가 여기저기 둘러보는 동안 범인이 장소를 옮겼나봐요." 할리는 가쁘게 숨을 쉬었다. "저는 로푸투르 근처에도 가지 않았어요. 정말이라고요."

"내가 보기에 저 친구는 극구 부인을 하는 것 같소만." 선장의 얼굴에 중압감이 드러났고 목소리에서는 피로감이 느껴졌다. 그는 벽 옆에 놓인 화물용 목재상자에 앉아 머리가 금속재질 벽에 부딪히며 쿵 소리를 낼 때까지 몸을 뒤로 젖혔다. "두 사람이 이 안을 둘러봐요. 누굴 찾으면 날 부르고. 여기 꼼짝 않고 앉아있을 테니까."

할리는 선장에게 자신의 결백을 납득시키는 일을 완전히 포기한 듯 아이에르에게 몸을 돌렸다. "당신은 제 말을 믿는 거죠?"

"저는 누구를 믿어야 할지 모르겠습니다. 저는 두 사람 다 똑같이 위험하다는 가설을 세웠거든요. 이게 가장 안전한 선택이니까요." 아이에르는 눈으로 방 한가운데 서있는 엔진을 훑어보았다. 그는 엔진 외에도 한 대는 비상용일 수도 있는 두 대의 발전기와 펌프가 있을 거라고 확신했다. "어디서부터 시작할까요?" 그는 불안할 정도로 자신에게 밀착한 할리로부터 몇 발자국 떨어졌다. "여기는 당신 영역이니까 분명 속속들이 알고 있겠죠. 이곳에 숨을 만한 곳이 많은 것도 아니고요." 그는 발전기 뒤쪽에 자리한 방 뒤편 문을 힐끗 쳐다봤다. "저건 뭐죠?"

"창고로 통하는 문이에요. 저기서부터 시작해도 되겠네요." 아이에르의 마음을 돌리는 걸 포기하고 그냥 무슨 일이든 받아들이기로 마음먹기라도 한 듯 할리의 목소리는 다소 가라앉았다. 할리의 이런 태도는 예상 밖의 효과를 가져왔다. 처음으로 아이에르는 할리가 정말 결백할지도 모른다고 믿고 싶어진 것이다. 이게 무슨 의미일까? 경계해야 할 대상은 선장이란 뜻인가? 두 사람은 상대가 당장이라도 자신을 칼로 찌를 것을 예상하고 있다는 듯 이상할 정도로 멀찌감치 떨어진 채 문 앞으로 다가갔다. 한 순간 할리가 멈춰서는 바람에 아이에르는 하마터면 그와 부딪칠 뻔했다. "향수 냄새가 나요."

아이에르는 코를 킁킁거렸다. 항해 첫날 밤 선실 문 앞을 가득 메웠던 바로 그 냄새, 진하고 달콤한 냄새가 났다. 어쩌면 향기는 요트의 환풍기에서 나오는 냄새일 수도 있지만 엔진실에까지 방향제를 사용할 가능성은 거의 없었다. 아니면 라라가 찾아내려고 했던 그 향수병이 어쩌다 이곳으로 굴러 내려와 깨진 것일지도 모른다. 이번 여행에서 기이한 일이 벌어진 게 어디 한두 번이던가. "이게 어디서 나는 냄새죠?" 열심히 킁킁거리던 아이에르는 자신의 후각이 향기에 마비되어 버렸다는 걸 깨달았다. 냄새는 여전히 그곳을 맴돌았지만 어디서부터 풍겨나오는 것인지 알아내기가 불가능했다.

할리는 제자리에서 한 바퀴 돌면서 냄새의 출처를 알아내려고 애썼다. "이런 빌어먹을. 분명히 맡았는데."

"그 미스터리한 승객이 여자인가보네." 상자에 앉아 그들의 대화를 듣고 있던 선장이 외쳤다. 그가 농담을 하는 건지 아니면 진심인지 구별하기 어려웠다. 두 사람 모두 아무런 대꾸도 하지 않았다.

창고는 아이에르의 예상보다 넓었다. 화장실용 휴지와 세제, 침대시트가 선반 위에 쌓여있었다. 그리고 한쪽 벽에 와인쿨러와 덮개형 냉동고가 서있었다. 냉동고 덮개를 열 생각을 하니 아이에르는 온몸이 떨렸다. 반대로 할리는 곧장 임무에 착수했다. 선반 뒤의 벽을 손으로 두드리며 혹시 뒤편에 숨겨진 선실이 있지나 않은지 확인했다. 아이에르는 목적 없이 종이상자 몇 개를 옆으로 밀었다. 사실 상자들은 사람이 숨기에는 너무 작았지만 뭐라도 해야 한다는 생각이 들었기 때문이다.

"여긴 아무도 없네요." 그리고 마음의 준비를 한 다음 냉동고의 덮개를 열었다. 아이에르를 맞이한 건 훅 끼쳐오는 냉랭한 공기가 아니라 향수 냄새와 구역질나게 뒤섞인 역한 악취였다. 향수 냄새가 또다시 강렬하게 피어올랐다. 그는 코를 막고 안을 들여다보았다. 안에는 이제 절대 먹을 수 없게 된, 진공포장된 육류와 야채들이 쟁여져 있었다.

"그 망할 덮개 얼른 닫아요." 할리가 팔로 코를 틀어막으며 말했다. "전력 아끼느라고 그 냉동고 전기를 끊었단 말이에요. 나 토하기 전에 빨리 닫아요."

아이에르는 손으로 잡고 있던 덮개를 놓은 다음 창고 밖으로 나가 선장에게 다가갔다. "이제 어떡해요? 요트를 이 잡듯 뒤졌잖아요. 여긴 아무도 없다고요."

"물탱크가 있는 아래 갑판은 아직 안 내려가 봤잖소." 선장의 눈은 피로로 심하게 충혈되어 꼭 뱀파이어처럼 보였다. "이제 거기를 살펴보러 가야겠네요. 그렇지 않으면 우리가 들인 노력이 죄다 수포로 돌아갈 거요."

"그럼 서두릅시다." 선장만큼 오래 깨어있었던 것은 아니지만 아이에르 역시 지친 상태였다. 끊임없이 긴장 상태로 지내는 건 자학과 다름없었다. "저는 한시라도 라라와 아이들에게 돌아가고 싶거든요."

"괜찮아요. 우리가 두려워해야 할 사람은 분명 여기 우리와 같이 있어요. 더 직접적으로 말하자면, 우리 중 하나라는 겁니다." 선장은 잠시 눈을 감더니 자신의 허벅지를 탁 치고 자리에서 일어났다. "빨리 해치워버리는 게 좋겠군요."

할리를 부르기 위해 돌아서던 아이에르는 그 자리에서 굳어지고 말았다. 귀를 찢을 듯한 엄청난 소음이 방안에 울려퍼진 것이다. "이게 대체 무슨 소리죠?"

아이에르가 물으며 돌아서는 순간 선장은 출구를 향해 냅다 뛰기 시작했다. 그는 뒤를 돌아보지도 않은 채 소리쳤다. "총소리요. 아마 조타실에서 났을 겁니다."

역겨울 만큼 달콤한 향수 냄새가 아이에르를 질식시키기라도 할 것처럼 짙어졌다. 그는 죽을힘을 다해 선장 뒤에서 달렸다.

24장

요트의 항해일지가 토라의 책상에 이리저리 흩어져 있었다. 경찰에서 순서가 뒤죽박죽 뒤섞인 채로 보내왔기 때문에 토라는 전후 사정을 고려해 일지를 순서대로 정리해야 했다. 일지에 날짜가 기입돼 있었지만 일자당 기록 내용이 한 장을 넘는 경우에는 순서를 맞추기가 까다로웠다. 일부가 분실됐다는 점도 상황을 골치 아프게 했다. 사라진 곳이 가장 결정적인 정보를 담은 부분이기 때문에 더욱 그랬을 것이다. 누가 뜯어갔는지 알 수는 없지만 일지를 통째로 바다에 던져버리지 않은 것은 아무리 봐도 기이했다.

토라는 처음에 일지가 친필로 쓰였다는 사실을 알고 당황했다. 실종되어 사망한 것으로 추정되는 남자가 손으로 쓴 글씨를 두고 머리를 쥐어짜낸다는 것은 어딘가 으스스했다. 선장이 항해 초반부터 쓴 엔진과 요트 전반의 만족스러운 상태라든지, 일기예보와 선원 및 승객 목록에 대한 코멘트를 읽어 내려가는 일 또한 마찬가지였다. 5일 간의 유쾌한 순항이 자신들을 기다리고 있다고 철석

같이 믿은 사람들이었다. 첫 번째 일지에서는 그들의 운명이 이미 정해져 있었다는 어떤 암시도 발견할 수 없었다. 오히려 모든 것이 순조롭게 진행된다는 인상만 풍겼다. 엄밀히 말하자면 선장은 조정위원회의 명령에 따라 요트 문에 붙어있던 봉쇄 테이프가 뜯겨 나갔다는 사실을 언급했지만 침입이나 기물 훼손의 흔적은 없다고 기록했을 뿐, 이 사실을 우려스럽게 여기지 않았던 듯하다. 하지만 선장을 비롯한 다른 선원들은 과학수사를 경험해본 일이 전혀 없기 때문에 중요한 증거를 알아보지 못했을 수 있다. 가령 선장은 테이프를 뜯은 사람이 열쇠를 가졌을지도 모른다는 생각까지는 하지 않은 듯하다. 하기야 얼마든지 열쇠로 문을 따고 들어올 수 있는 사람이 무슨 이유로 굳이 침입을 시도하겠는가?

그 다음에는 배에 오른 승객에 관한 간략한 설명과 함께 여행 기간 동안 반드시 지켜져야 할 두 아이의 안전에 관한 염려가 몇 마디 적혀있었다. 선장은 스네이바르의 사고와 관련해 대놓고 비난하지는 않았지만 행간을 통해 불쾌감을 확인하기란 별로 어렵지 않았다. 그는 아이에르를 대타로 배에 승선시키는 것이 결코 기쁘지 않았지만 최소안전운항인원 규정을 충족하고 항해 일정에 맞추기 위해서는 부득이 받아들여야 했다. 일지의 초반 내용은 토라에게는 희소식이었다. 아이에르가 순전히 우연하게 승선했으며, 그의 승선이 자발적 선택이 아니라 선장의 간청 때문이었다는 점이 명확히 드러났기 때문이다. 생판 모르는 사람이 레이디 K에 승선해달라고 제안하는 상황이라면 아이에르가 생명보험 사기를 기획하는 것 역시 애초에 불가능하다. 여기에는 논쟁의 여지가 없었다.

마지막 일지에서도 비정상적인 사건의 전조가 될 만한 내용은 찾아볼 수 없었다. 그러나 이후의 일지가 모두 뜯겨나간 것으로 보아 얼마 지나지 않아 상황이 급변했다는 것을 짐작할 수 있었다. 선장은 통신시스템이 고장났으며 선원들이 그것을 고치려 노력하고 있다는 것을 기록해두었다. 그 시점에서 요트는 아직 제한적인 수준이나마 무선통신기로 교신이 가능한 상태였다. 하지만 그 다음날 선장이 영국 트롤선과 겨우 알아들을 수 있는 대화를 나눈 것을 제외하면 그 이후 누구도 요트로부터 소식을 듣지 못했다. 일지가 끝나는 시점에서 상황이 비극으로 치닫기 시작했다면 적어도 선원들이 조난신호나 신고 메시지를 전송하려고 노력하지는 않았을까. 하지만 그런 시도는 없었고 요트에 탔던 누군가가 살아남았을지도 모른다는 생각이 들자 마음이 복잡해졌다. 살아남은 그가 요트를 그로타 인근으로 몰고 갔고, 그 이후 굳이 팍사플로이만까지 우회한 다음 레이캬비크 항구로 보낸 것이다. 만약 진로를 설정한 사람이 자동조종 장치나 GPS 사용법을 몰랐다면 요트가 이렇듯 말도 안 되는 경로를 택한 것이 납득될 수 있다. 이 가설은 토라에게는 나쁜 소식이기도 했다. 요트 승선자들 중 배와 관련한 경험이 거의 없는 사람은 아이에르와 라라뿐이었다. 물론 쌍둥이가 있기는 했지만 토라는 아이들이 그런 일을 저질렀을 리 없다고 생각했다.

자신이 놓친 것은 없는지 확인하고 사건을 좀 더 심도 있게 이해하기 위해 일지를 꼼꼼히 검토하다 보니 눈알이 빠질 것 같았다. 일지들을 한꺼번에 모아놓고 보니 사라진 페이지들을 볼 수 없다는 사실에 새삼 기운이 빠졌다. 도난당한 일지들의 내용을 알 수만 있다면, 선장의 알아보기 어려운 옛날식 메모를 검토할 수만 있다면, 그래서 그녀를 괴롭히는 무수한 의문들에 답을 얻을 수 있다면 더 이상 바랄 게 없을 것 같았다. 그렇게만 된다면 선장이 고장난 통신기를 통해 발견 사실을 알렸던 시신에 대한 설명과 승객들의 실종으로 이어진 일련의 사건들에 대한 정황도 파악할 수 있을 터였다. 상황이 그렇게 전개된 것이 맞다면 말이다.

어쩌면 비극은 예고 없이 닥쳤을 수 있지만, 만약 그렇다면 일지가 사라진 이유가 설명되지 않는다. 어딘가의 구멍을 메우거나 하다못해 그림 그릴 종이가 필요해서 뜯어간 게 아니라면 말이다. 둘 중 어느 것도 그럴 듯해 보이지는 않지만 머리를 쥐어짜내며 시간을 허비해봤자 얻을 것도 없었다. 사라진 일지는 지금쯤 바다 어딘가에 떠다니거나 물속에 가라앉아 물고기들이 부질없이 그 비밀을 해독하고 있을지 모른다. 일단 남아있는 항해일지와 선박규정 준수인증서, 그리고 여타 서류들을 보고서의 근거자료로 제출할 수밖에 없었다. 이 정도 보고서로 보험사의 의문을 해소시킬 수 있을지는 두고 보면 알겠지.

토라는 새로 추가된 정보를 포함해 보고서를 다듬었다. 이미 백 번쯤 읽어본 보고서를 다시 한 번 검토한 뒤 의기소침한 기분으로 브라기의 사무실에 있는 프린터로 보고서 파일을 전송했다. 이제는 내용에 너무 익숙해져버린 나머지 사건 해결에 성공할 수 있을지 확신할 수도 없었다. 커피나 마시며 한숨 돌리고 머리를 비워야 할 때가 온 것이다. 보고서를 현재 상태로 아이에르의 부모에게 보낼지는 그 이후에 결정하면 된다.

"날씨 엿같네." 벨라가 접수처에서 으르렁대고 있었다. 점퍼 어깨부분에서는 다 녹은 눈이 뚝뚝 흘러내리고 머리칼에는 눈송이들이 반짝였다.

토라는 벨라가 강아지처럼 몸을 터는 동안 물세례를 피하기 위해 재빨리 비켜섰다. "어디 갔다 오는 거야?"

"브라기 변호사님한테 뭐 좀 갖다 드리느라고 지방법원에 다녀오는 길이에요." 벨라는 신발 밑창에 들러붙은 눈을 떼어내려고 발을 쿵쿵 굴렀다. 두 개의 시커먼 발자국이 밝은 색상 바닥재에 찍혔다가 금세 따스한 목재 속으로 스며들었다. "법원 건물에서 엄청 떨어진 곳에다 주차를 할 수밖에 없어서 어쩌다 보니 돌아오는 길에 해안가를 지나쳐 왔거든요. 그런데 경찰이 또 요트 주변을 쿵쿵거리며 돌아다니는 거 같더라고요."

"정말?" 토라는 자신이 왜 놀라는지 알 수 없었다. 조사를 하다 보니 새로운 사실이 밝혀졌을 수도 있고, 검사를 다시 진행하거나 더 넓은 구역에 세밀한 과학수사를 적용하는 것일지도 몰랐다. "경찰들이 뭘 하고 있는지도 봤어?"

"아뇨. 그냥 경찰차 두 대와, 경찰 한 명이 갑판 위에서 어슬렁거리는 것만 봤어요. 아마 자쿠지를 수색하고 있는 모양이죠."

벨라의 말을 듣는 둥 마는 둥하며 토라는 이제 밖에 나가 신선한 공기를 좀 쐬기로 했다.

조정위원회의 커피는 토라네 사무실 커피보다 월등히 맛이 좋았다. 덕분에 여러 번 헛걸음을 하느라 불만스러웠던 마음이 사르르 녹아내리는 듯했다. 아이에르 부모 자택을 방문했을 때는 집에 아무도 없어서 보고서를 어떻게든 우편함에 끼워넣느라 한참 씨름을 했다. 전단지와 봉투들이 실패한 꽃꽂이마냥 우편함 투입구 밖으로 여러 각도에서 비어져 나와있었다. 그 지경이 된 이유를 이해하는 건 어렵지 않았다. 우편함으로 들어오는 것 중 이제 그들에게 중요한 게 뭐 있겠는가? 결국 그녀는 광고물과 여타 중요해보이지 않는 우편물들을 뽑아 공간을 만들 수밖에 없었다. 서류가 의뢰인에게 제대로 전달되도록 그녀는 나중에 전화를 걸어 우편함에 보고서를 넣어두었다고 알리기로 했다. 서류가 황색지들 사이에 끼어 한동안 방치되어서는 안 될 일이다. 또한 아이에르의 월급이 평소대로 지급될 예정이며 조부모에게 방문권을 보장하는 문제를 두고 복지국과 긍정적으로 면담했다는 것 역시 알려줘야 했다. 좋은 소식의 전령사 역할을 하는 것도 기분 전환에 도움을 주었다.

"진전이 좀 있나요?" 파나르가 물었다. "정보가 부족하기 때문에 여기서도 미친 듯이 조사 중입니다. 경찰 쪽에서는 계속 매몰차게 저희를 퇴짜 놓고 있고요." 그는 작은 회의실 안에서 그녀의 맞은편에 앉아있었다. 평소처럼 말끔한 정장차림인 그는 금융위기 이전 도시의 거리와 바에서 거드름을 피우던 젊은 금융인과 꼭 닮은 모습이었다. "경찰이 확실하게 밝혀낸 게 조금이라도 있기는 해요?"

토라는 커피를 한 모금 더 마시고는 고개를 흔들었다. 의도하지는 않았지만 그녀는 벨라와 다를 바 없이 회의실 안에 물방울을 뿌려대고 있었다. 반질거리는 테이블에 물방울이 튀자 참아주기 힘든 자신의 비서를 떠올리고 싶지 않은 마음에 컵을 내려놓고 휴지로 물기를 닦아냈다. "아뇨, 안타깝게도. 유일하게 반박 불가능한 사실은 아이에르와 그의 가족이 사망했다는 것뿐인 듯합니다. 더 이상 누구도 그들이 살아있을 거라고 기대하지 않네요."

파나르는 이 소식에 크게 놀라지 않았다. "살아있다고 생각한 사람이 있기는 했을까요?"

토라는 어깨를 으쓱했다. 이번에는 물방울을 뿌리지 않기 위해 조심했다. "글쎄요. 사람들은 가능한 오래 희망의 끈을 놓지 않는 경향이 있잖아요. 하지만 이제는 일곱 명 가운데 두 명이 시신으로 발견됐으니 다른 사람들도 구조됐을 가능성이 현저히 떨어진 데다 시간만 자꾸 흘러가고 있으니까요." 그녀는 그 중 한두 명이 살아남아 육지로 올라왔을 가능성에 대해서는 말하지 않았다. 아직 대중에 공개하지 않은 자세한 수사내용을 파나르와 공유할 마음이 없었다. 계략이 먹혀들게 하려면 알려서는 안 되는 내용까지 드러내는 듯한 인상을 풍겨야 했다. "그런데 그 내용에 대해서는 본인만 알고 계실 거죠?"

"물론이죠. 믿으셔도 됩니다." 파나르의 눈이 반짝거렸다. "여기서 말씀하신 내용이 밖으로 새어나가는 일은 없을 겁니다. 이 회의실로 모신 것도 그래서죠. 예상하시다시피 다들 상황이 어떻게 돌아가고 있는지 궁금해 죽으려고 하죠. 아이에르는 저희 동료니까요." 그는 토라를 바보천치로 여기는 게 분명했다. 그녀가 주차해 놓은 차에 도착하기도 전에 그는 새로운 정보를 최소한 한두 명의 동료와 공유할 것이다. 그리고 그녀가 스콜라뵈르두스키그르의 사무실에 도착할 때쯤에는 그 한두 명의 동료가 소문을 퍼뜨리기 시작하고 그렇게 눈덩이 불어나듯이 소문은 퍼져나갈 게 틀림없었다.

"지난번에 주신 서류를 보니 그 안에 카리타스의 이름과 전화번호가 적힌 종이가 들어있던데요. 그게 왜 거기 있었는지 아시나요? 여쭤보려고 했는데 계속 까먹었네요." 토라는 문제의 사본을 내밀었다.

파나르는 놀란 기색이더니 금세 웃는 시늉을 해보였다. "아, 그 거요." 그는 각설탕을 집어 입에 넣었다. "그건 대출 관련 내용이랑 요트 압류에 관한 아이에르의 서류파일에 들어있던 메모였습니다. 그 연락처를 어디서 알아냈는지 혹은 그걸 어떻게 사용할 생각이었는지 전혀 모르지만 어쨌든 같이 보내드렸죠."

"아이에르가 카리타스와 조금이라도 안면이 있었나요?"

파나르는 각설탕을 빨다가 잠시 멈췄다. "아뇨. 분명 아니었을 거라고 봅니다."

"업무상 카리타스에게 연락을 취할 필요가 있지는 않았을까요? 재산 압류에 관해 고지하거나 서명을 받으려고요?"

"그럴 가능성은 없습니다. 대출과 요트 명의 모두 그 여자 남편으로 되어있었거든요. 카리타스에게 연락을 취할 이유는 전혀 없었을 거예요. 남편의 행방을 물어볼 의도가 아니었다면요."

토라는 커피를 좀 더 마시면서 이게 무슨 의미인지 따져보았다. 아이에르의 침대 협탁에서 발견한 요트 관련 서류는 그가 업무를 중요하게 여겼거나 사건에 집착했다는 뜻일 수 있었다. 어쩌면 그보다 더 안 좋은 의미일 수도. "위원회 직원들은 사무실 밖에서도 업무를 보시나요? 그러니까 치리힐 일이 많을 때는 시큐를 집으로 가져가기도 하나요?"

"아뇨, 절대 아닙니다. 물론 랩톱에 파일을 담아서 가지고 다니기는 하지만 인쇄본을 집으로 가져가는 건 있을 수 없죠. 그건 왜 물으세요?"

"혹시라도 아이에르의 집에 사건 관련 서류가 있을까 싶어서요. 확인 차 집을 둘러보는 게 의미 있을까 싶어서 여쭤봤습니다." 역시 전후 사정을 다 들려주지 않는 편이 좋겠다고 그녀는 생각했다.

"굳이 그럴 필요가 있을까요. 카리타스 전화번호를 메모한 건 단순히 예외적인 상황일 거예요. 아이에르는 무척 프로페셔널한 사람입니다. 서류를 몰래 집으로 가져갈 부류는 아니거든요. 중요한 서류는 회사에만 보관해야 합니다. 변호사님과 경찰에 전달한 서류 사본에도 기밀에 해당하는 건 포함시키지 않았습니다. 요트의 전 소유주 재정상황 정보가 어떻게 변호사님의 사건과 관련이 있는지 잘 모르겠어요."

토라는 애매한 미소를 짓고는 커피를 다 마셔버렸다. 한 잔 더 마시고 싶은 마음이 간절했지만 부탁하고 싶지는 않았다. "아이에르가 카리타스의 번호로 연락을 했었는지 확인해주실 수 있나요? 업무와 관련된 일이라 그가 사무실 전화로 연락했을 거라고 추정하고 있거든요."

"아, 글쎄요. 보통은 통화기록을 남겨두지 않지만 전화사용료는 항목별로 명세화되고 장시간 통화의 경우 특별항목으로 기록되기도 하니까요. 원하시면 확인 요청을 할 수 있습니다. 비서들이 얼마나 바쁜가에 따라 달라질 수 있는 문제라서, 어쩌면 오늘 안으로 확인이 안 될 수도 있어요." 그는 사본을 집어들었다. "이건 제가 가져도 될까요? 그럼 원본을 따로 찾을 필요가 없어서요."

"물론이죠." 토라는 진심으로 그런 통화는 없었기를 바랐다. 상황을 복잡하게 만들 뿐, 그 이후 어떤 일이 일어났는지 영영 알아내지 못할 수도 있었기 때문이다.

"네." 파나르는 과시라도 하듯 값비싼 손목시계를 힐끗 쳐다보았다. 시계는 소매 끄트머리에 반쯤 감춰졌는데 아나나 다를까, 소매는 화려한 커프스 단추로 고정되어 있었다. "아, 한 가지 여쭤볼 게 있습니다." 그는 고개를 들더니 물었다. "혹시 시신에서 총상이 발견된 게 있었나요?"

"총상요?" 토라는 자기가 잘못 들었다고 생각했다. "그럴 리가요. 그건 왜 물으세요?"

"방금 전 경찰에 어제 입수한 새로운 서류를 제출했습니다. 그랬더니 바로 전화를 해서 요트에 총이 있었다거나 요트 출항 전 저희가 총을 수거한 것은 아닌지 묻더군요. 저로서도 금시초문이죠. 총이 있었다는 얘기는 처음 들었으니까요."

처음 듣는 소식이기는 토라도 마찬가지였다. "그러면 경찰에서는 그걸 왜 묻는지에 대해서 설명을 해주던가요?"

"아니요. 제가 답을 하자마자 경찰이 전화를 끊었어요." 파나르는 입에 남아있던 설탕 조각을 삼켰다. "하지만 제가 경찰에 제출한 서류와 관련됐을 수도 있겠다는 생각이 들었는데 그게 맞더라고요."

"무슨 서류였는데요?" 토라는 우스꽝스럽게도 자신은 그 정보를 전달받지 못했다는 사실에 질투심을 느꼈다.

"요트의 가치평가와 관련해서 저희가 진행한 조사가 있는데, 그 조사서에서 조타실에 리볼버 한 자루가 있다고 언급했어요. 제가 이리저리 알아봤더니 해적의 공격을 받을 경우에 대비해 선장에게 총을 한 자루 전달했다고 하더군요. 상상이 가세요? 해적이라니!"

"보아하니 요즘에도 해적이 있는 모양이더라고요." 토라는 해적들이 요트에 올라타 승객들을 죽인 다음 아무런 흔적도 남기지 않은 채 왔던 배를 타고 유유히 사라졌을 가능성이 있는지 궁금했다. "제가 받은 물품 목록에는 총에 대한 언급이 없었는데, 다른 목록인가요?"

"네, 변호사님에게 드린 건 전 소유주가 요트를 구입하려고 은행에서 대출 승인받을 때 작성한 목록입니다. 최신 가치평가에는 적합하지 않아서 사용할 수가 없었어요. 최신 목록은 어제에야 입수했어요. 요트가 리스본을 떠나기 며칠 전에 물품 목록을 조사해달라고 해외 에이전트에게 의뢰했는데 이 자식이 조사서를 이제야 정리해서 보낸 겁니다." 그는 한숨을 쉬었다. "이제 저희한테는 별 쓸모도 없게 됐지만 말입니다. 요트는 하자 있는 물건이 돼버렸어요. 선체만이 아니라 평판도 망가져버렸죠. 변호사님이 사건을 해결하신다면 모를까요." 그는 미소를 지었다.

토라는 반사적으로 웃어보였지만 그녀의 신경은 다른 곳에 쏠려 있었다. "새 목록 사본을 받아볼 수 있을까요?"

"물론입니다. 경찰에서도 상태가 더 좋은 걸 보내달라고 요청했어요. 이메일로 스캔본을 보냈는데 화질이 별로 좋지 않았는지 복사본을 원하더라고요. 한 부 더 복사해서 드리겠습니다."

토라가 위원회 접수처에서 기다리는 동안 경찰도 사본을 가져가기 위해 접수처에 모습을 드러냈다. 다름 아닌 녹색 눈의 형사였다. 여기서 토라와 마주친 걸 어떻게 생각하는지 알 수 없지만 그는 아무런 내색도 하지 않았다. 형식적인 인사만을 나누기에는 마음이 너무 급했던 토라는 바로 형사에게 총에 대해 물었다. 그는 처음에는 어떤 정보도 공개할 의사가 없는 듯하더니 곧 마음을 바꿔버렸다. 최신 목록에 포함되었다는 총이 배 위에서 발견되지 않았던 것이다. 최초 수색 당시 조타실에서 작은 탄창이 하나 발견되긴 했어도 요트에 총이 있었다는 보고가 없으니 별로 중요하지 않은 증거물로 치부되었다. 그런데 새로운 물품 목록이 그 추측을 뒤집어버린 것이다. 배 위에서 총이 발사되었다는 법의학적 증거는 없지만 탄창에서 탄약 6개가 사라진 상태였다. 이는 에이전트의 조사 이후 리볼버가 사용되었다는 걸 암시했다. 그 보고서에는 탄창이 가득 찬 상태로 총포에서 분리된 상태라고 언급되어 있었기 때문이다.

토라는 목록 사본을 받아 가방에 넣었다. 떠나기 전 형사는 그녀의 의뢰인에 대해 논의할 문제가 있으니 점심시간에 경찰서에 들러달라고 부탁했다. 라라에 관한 이야기라고 했다. 구체적인 이야기는 들려주지 않았지만 토라는 그의 표정에서 나쁜 소식이라는 것을 직감했다.

한동안 전화기를 붙들고 있었지만 통화 내용은 이 모든 시간이 얼마나 비극적이며 라라의 동료들이 그녀를 얼마나 보고 싶어하는 지에 대해서만 맴돌았다. 토라는 몇 번이나 본론으로 대화를 돌리려 했으나 효과가 없었다. 전화기 반대편 여자는 매우 흥분한 상태였다. 조정위원회가 아이에르의 실종을 둘러싼 전후 사정과 직접적으로 연관되어있기 때문에 경찰조사는 그쪽으로 집중되었다. 반면 라라의 동료들은 조사에서 철저히 배제된 채 언론 기사로만 소식을 접하는 실정이었다. 전화 속 라라의 동료는 참견하고 싶어 안달이 난 게 아니었다. 질문 내용으로 미루어 그녀는 진심으로 홀로 남은 막내 시가 뒤그의 앞날과 가족의 참담한 심정을 걱정하고 있었다. 시간이 꽤 지나고 나서야 토라는 말을 꺼낼 기회를 잡았다. "제가 전화 드린 이유는 동료들에게, 그러니까 라라를 호의적으로 생각하시는 동료 분께서 성격 증인으로 나서주십사 부탁하기 위해서입니다. 그걸 증명할 증인이 있어야 라라가 실종을 가장했다는 추측을 일축할 수 있거든요"

"실종을 가장해요?" 그녀의 어조가 하고 싶은 모든 말을 압축적으로 전달했다.

"그냥 의례적인 추측에 불과해요. 누구도 라라가 정말 그랬으리라고 진지하게 의심하지는 않습니다. 혹시 증인으로 나서주실 의향이 있나요? 라라와 매우 가까우셨던 것 같은데요."

"그럼요. 바로 옆 자리 동료라서 누구보다 서로를 잘 알죠. 회계부서 직원이래야 다섯 명에 불과하지만요." 라라가 근무하는 소프트웨어 업체는 규모가 큰 편에 속했다. 그러므로 토라가 그처럼 가까운 동료와 연락이 닿은 건 행운이었다. "말씀드렸듯이 정말 무슨 말을 해야 할지 모르겠어요. 모든 게 다 잘 풀리는 중이었고 아이에르도 이제야 자기 일이 좋아지려던 참이었는데…."

토라가 끼어들었다. "그 전에는 자기 일을 별로 안 좋아했나요?"

"아, 네. 뭐, 그런 셈이죠. 예전에 은행에서 근무했는데 지금은 망해서 없어졌죠. 조정위원회가 문닫게 만든 은행 중 한 곳이었어요. 아이에르는 거기서 별로 행복하지 않았나봐요. 자기랑 같이 졸업한 친구들이 먼저 승진하고 돈도 더 많이 만지게 됐으니까요. 라라 말로는 남편이 쌍둥이 때문에 발목 잡혔다고 했어요. 아이들이 어릴 때 번갈아가며 아픈 탓에 라라랑 아이에르가 육아를 분담했었어요. 은행에서는 그걸 별로 좋게 보지 않았죠. 이곳과는 다르게요. 저희 회사에서는 아이가 아프면 부모가 휴가내는 걸 당연하게 생각하거든요. 은행은, 사람들이 애를 그만 낳기라도 하면 어쩌려고 그럴까요? 저는 그게 궁금하더라고요. 사람들 무덤에 대출을 해주려나? 그럼 그때 가서는 무슨 돈으로 보너스를 받겠어요?"

토라는 이런 여담을 못 들은 척하고 넘어갔다. "그런데 새로운 직장은 마음에 들어했다고 하셨죠?"

"네. 적어도 라라는 그런 식으로 말했어요. 조정위원회에서 하는 업무는 상당히 달랐어요. 사치스러운 라이프스타일을 끝도 없이 자랑하는 동료들 이야기를 들을 필요가 없었죠. 몇 번밖에 못 보기는 했어요, 뭐 직장행사나 그런 데서요. 그런데 정말 좋은 사람 같더라고요. 제 생각에 그 사람은 돈을 좇을 타입은 아니었어요. 그런 사람이 운명의 장난처럼 은행에서 더 이상 일할 필요가 없게 되었으니 행운이었죠. 그런 환경에서 오래 일하는 게 사람들 심리에 어떤 영향을 미칠지 알 수 없잖아요. 틀림없이 속물적인 근성이 몸에 배겠죠."

"그렇지만 제때 잘 빠져나왔죠?" 토라는 상대가 자신의 말에 동의해주길 빌었다. 이 단계에서 아이에르의 정직함을 의심할 만한 일이 또 생긴다면 토라는 더 이상 견딜 수 없을 것 같았다. 그의 부모 또한 마찬가지리라.

"네. 운 좋게도요. 두 사람은 무모한 결정을 내리는 일도 없고, 분수에 맞게 살았어요. 아이에르의 위치에 있는 많은 사람들과는 다르게요. 제가 라라한테 들었던 이야기 중 유일하게 어이가 없었던 건 아이에르가 생명보험에 들었다는 거였어요."

"라라가 그 얘기를 했군요?" 토라는 똑바로 앉았다.

"네, 몇 년 전이었어요. 아이에르가 아직 은행에서 근무할 때였는데 동료들이 맨날 자랑해대는 게 거액의 생명보험금 이야기였대요. 얼마나 우스운 일인지 상상이나 가세요?"

토라는 그럴 수 없었다. 브라기에게 그런 일을 자랑 삼아 떠들어대는 자신의 모습을 머릿속에 떠올릴 수도 없었다. 그런 문제라면 벨라에게도 자랑할 수 없을 것이다. 하지만 이건 좋은 소식이었다. "그러니까 동료들 사이에서 체면을 살리려고 거액의 생명보험을 들었다는 말씀이시죠?"

"네. 그 무렵엔 연봉도 높았고 만에 하나 부부가 죽고 나면 남은 가족에게 어마어마한 재산이 굴러 들어오잖아요."

25장

차가운 금속 갑판 위에서 검은 물웅덩이에 고개를 대고 누워있는 라라의 모습은 몹시도 작아보였다. 핏자국은 조타실까지 이어졌다. 아내의 모습을 발견하고부터 비록 단속적이지만 그녀가 숨을 쉰다는 사실을 알게 되기까지, 아이에르의 세계는 소리를 잃어버렸다. 물속에 들어간 것처럼 모든 음이 소거된 것이다. 선장과 할리가 입을 뻥끗거리는 모습을 보았지만 그는 말을 할 수도, 그들이 뭐라고 고함을 지르는지 신경 쓸 수도 없었다. 머릿속에는 오직 어떻게 하면 피를 라라의 몸 안으로 다시 집어넣을 수 있을까 하는 생각뿐이었다. 그는 네 팔다리로 기면서 피를 퍼담으려고 했지만 거칠게 흔들리는 요트에서 피가 사방으로 흘러내리는 모습을 지켜봐야만 했다.

"때려." 말소리가 아주 멀게 느껴졌다. 마치 저 세상에서 들려오는 소리인 양 누가 하는 말인지 알 길도 없었다. "때리라니까!"

목소리에 개의치 않고 아이에르는 계속해서 손으로 피를 쓸어담으려 애썼다. 주변 말들은 안중에 없었다. 그에게는 할 일이 있었다. 손 하나가 아이에르의 어깨를 거칠게 움켜쥐고는 무릎 꿇은 자세로 앉힌 후에야 그는 정신을 차렸다. 볼륨이 갑자기 켜지기라도 한 듯 다시 소리가 들려오기 시작했다. 적어도 쫙 펴진 손바닥이 온 힘을 다해 자신의 뺨을 후려치는 소리는 똑똑히 들었다.

"아, 시발 비키라니까! 길을 막고 있잖아. 정신을 차리든가 아니면 물러서." 할리가 그를 난폭하게 밀쳤다. 벽에 내동댕이쳐질 뻔하던 아이에르가 한쪽 어깨로 간신히 몸을 지탱하고 비틀거리다 두 다리를 대자로 뻗고 바닥에 주저앉았다. 할리가 얼굴을 너무 가까이 들이미는 바람에 생김새가 흐릿하게 보일 정도였지만 그의 얼굴에 드러난 분노만은 선명하게 읽혔다. 할리는 아이에르의 양쪽 어깨를 붙잡더니 흔들었다. "정신 차리라니까요."

"그 정도면 됐어. 나 좀 도와줘." 지치고 패배감에 젖은 선장의 목소리가 귀에 들어왔다. 그 목소리에 아이에르는 마침내 정신을 번쩍 차렸다. "그 사람은 놔두고 여기 좀 잡아봐."

숨을 헐떡이던 아이에르는 두 사람이 무슨 일을 벌이는지 보기 위해 몸을 틀었다. 순간 그는 피 웅덩이를 밟으면 안 된다고 소리를 지르고 싶었다. 라라가 필요로 하는 것이었다. 잠시 후 그는 숨쉬는 데에 집중했지만, 막상 귀에 들리는 소리는 산소를 마시기보다 물을 꿀꺽 삼키는 것에 더 가까웠다. 두 선원의 바지 무릎에 덧대어진 검정색 천을 바라보던 그가 문득 시선을 돌려 스스로의 모습을 내려다보았다. 옷이 피에 흠뻑 젖어있었다. "오, 세상에! 오, 이럴 수가."

"닥쳐요."

할리가 고개를 돌려 소리를 지르자 아이에르는 두 선원이 무슨 짓을 하고 있는지 다시 바라보았다. 그들은 라라의 몸을 굴려 바로 눕힌 상태였다. 선장은 양 손으로 그녀의 복부를 누르고 있었다. 양 손이 그의 몸무게를 모두 실은 듯한 모습이었다. 손은 어두웠지만 여전히 많은 양의 피가 벌어진 손가락 사이로 솟아오르는 게 보였다. 아이에르는 기절할 것 같았지만 이번에는 정신을 완전히 잃지 않았다. 정신을 차려야만 했다. 라라와 선장에게로 돌아간 할리가 아이에르의 시야를 막았다. 아이에르도 그 모습을 보고 싶지 않았다. 시선이 닿은 광경이 너무 끔찍해서 고통스러웠다. 자신이 갈갈이 찢겨나가는 기분이었다. 눈을 질끈 감고 아무 일도 없었던 거라고 자신을 속이고 싶은 욕망이 라라를 지켜보고 싶은 간절함만큼이나 강했다.

선장은 잠시 라라에게서 시선을 떼고 아이에르에게 물었다. "괜찮소?" 그렇다고 대답하고 싶었지만 알아들을 수 없는 웅얼거림만 목구멍에서 새어나왔다. "이런 젠장. 이봐, 정신을 좀 차려." 선장은 속이 터진다는 목소리였고 아이에르는 수치심을 느꼈다. 그는 중상을 입은 아내에게 아무런 도움도 되지 못했다. "당신은 애들한테 가봐요. 우린 여기 있어야 하니까. 애들은 아직 조타실에 있을 거요."

아이에르는 비틀거리며 겨우 일어서다가 끈적거리는 피 웅덩이를 밟는 바람에 하마터면 아내를 향해 몸을 수그리고 있는 두 선원 위로 넘어질 뻔했다. 지금 당장 딸들에게 가야 한다는 것을 잘 알

앉지만 잠시 지체할 수밖에 없었다. 조심스럽게 균형을 잡으면서 그는 라라의 얼굴을 보기 위해 선원들 위로 목을 길게 뺐다. 그녀의 얼굴은 그를 향했지만 반쯤 떠진 눈은 그의 눈을 찾지 못했다. 라라는 창백하기보다 잿빛에 가까웠다. 얕은 숨을 쉴 때마다 입가에서 붉은 거품이 생겨났다. 거품은 부풀어 올랐다가 터지고, 부풀어 올랐다가 터지고를 반복했다. 눈물을 참으려고 안간힘을 썼지만 눈물은 기어코 라라의 둥근 뺨에 떨어져 볼을 타고 내려가 피와 섞여버렸다. 라라의 두 눈이 감겼고 아이에르는 완전히 무너지기 전에 그곳을 벗어났다. 아이들을 위해서라도 지금 무너질 수는 없었다. 성큼성큼 두 걸음을 걷고 나니 라라가 더 이상 보이지 않았다.

두 다리가 납덩이처럼 무거웠다. 한 걸음 한 걸음, 다리를 질질 끌며 조타실 문 앞에 다다랐다. 공포스러운 이미지들이 차례로 그의 머릿속을 스쳐 지나갔다. 아르나와 빌쟈가 반짝이는 피 웅덩이 위에 누워있는 모습. 그의 환상 속에서 피 웅덩이는 같은 모습이었다. 딸들은 마지막까지도 쌍둥이였다. 아이에르의 가슴 속에서 메스꺼움과 극도의 통증이 뒤얽혀 심장마비가 올 것만 같았다. 만약 아이들에게까지 무슨 일이 생긴다면, 그는 기꺼이 죽을 기회를 맞을 것이다. 하지만 심장마비는 오지 않았고 가슴을 옥죄던 느낌도 수그러들면서 안도감과 어지러움이 밀려들었다.

아르나와 빌쟈는 몸을 옹송그린 채 조타실 뒤편에 서 있었다. 이해할 수 없는 상황과 순수한 공포로 인해 두 눈을 크게 뜬 모습이었다. 아이에르의 예상대로 아이들은 아빠의 품으로 달려와 안기지 않았지만 그는 아이들이 그래주기를 간절히 바랐다. 아주 잠시라도 딸들을 힘껏 끌어안고 아이들의 부드러운 머리칼에 얼굴을 묻고 싶어 견딜 수가 없었다. 지금 벌어지는 일들로부터, 자신이 도저히 견뎌낼 수 없는 상황으로부터 숨고만 싶었다. 그는 조타실 안으로 들어와 문을 닫은 뒤 침착함을 잃지 않기 위해 초인적 힘을 발휘했다. "너희들 다 괜찮니?" 그 목소리는 꼭 아이들이 정원에서 놀다가 넘어지기라도 했다는 듯, 이상하리만큼 멀쩡하게 들렸다. 아이들의 눈은 조금 전보다 더 커졌고, 아이에르는 자신의 등장이 아이들에게 어떤 효과를 가져왔는지 깨달았다. "선장 아저씨랑 할리는 엄마를 도와주고 있어. 다 괜찮아질 거야." 이것은 지금껏 그가 아이들에게 한 가장 끔찍한 거짓말이었다. "다친 데는 없어?"

긴장이 조금 풀렸는지 쌍둥이는 동시에 고개를 끄덕였다. "엄마는 어디 있어? 왜 아빠랑 같이 안 있어?" 딸꾹질하듯 말하는 아르나는 머지않아 눈물을 터뜨릴 것 같았다.

"엄마가 다쳐서 할리랑 선장 아저씨가 도와주고 있어." 회색빛 미래가 그의 앞에 놓였다. 라라가 없는 미래. 그는 터무니없는 걱정들로 괴로워했다. 누가 아이들의 머리를 묶어줄 거며, 생일파티에 갈 때 옷을 고르는 일은 누가 도와준단 말인가? 불안감을 덜어주는, 정상적인 태도와는 거리가 한참 멀었다. "하지만 이제 다 괜찮을 거야. 너희만 안전하면 다 좋아질 거야." 쌍둥이에게 다가서면서 그는 아이들이 한 번도 자신의 얼굴을 쳐다보지 않았다는 걸 문득 알아차렸다. 아이들의 시선은 피로 흠뻑 물든 그의 옷에 고정되어 있었다.

"왜 엄마가 총을 사시고 있었던 거야, 아빠?" 밀샤가 눈물을 올리기 시작했다. 흐느끼지는 않았지만 눈물은 말없는 슬픔과 두려움의 줄기가 되어 아이의 얼굴을 타고 내렸다.

"나쁜 사람이 나타날까봐 그런 거야. 총은 보호용이야. 너희랑 엄마를 보호하려고." 쌍둥이 앞에 다다른 그는 아이들의 눈높이에 맞게 몸을 쪼그렸다. 딸들의 눈에 서린 의혹을 견딜 수 없었던 그는 시선을 피하는 대신 똑바로 보기 위해 몸부림을 쳤다. 아이들을 이렇게 실망시킬 수는 없었다. "무슨 일이 있었던 거야? 무슨 일인지 너희들은 봤어?"

아이들은 동시에 말을 시작했고 아이에르는 누가 무슨 말을 하는 건지 구분할 수가 없었다. 쌍둥이는 정신없이 지껄이다가 딸꾹질 때문에 말을 멈추거나 이따금씩 흐느꼈다. "뭔가 문을 쿵하고 쳤어. 그러니까 엄마가 바지에서 총을 꺼낸 다음에 문을 겨눴어. 그런데 그냥 쓰레기라는 걸 알고 엄마는 우리를 보고 웃었어. 엄마가 그냥 좀 스트레스를 받은 거라고 말했어. 우리는 아무 말도 안 하고 그냥 총만 쳐다봤는데, 그런데 엄마가 갑자기 이상한 표정을 짓더니 총을 다시 허리띠에 꽂으려고 했는데…, 빵 소리가 났어. 엄마 눈이 엄청나게 커져서 흰자가 다 보였어. 그리고 엄마는 기침을 하더니 배를 붙잡고 우리한테 여기서 기다리라고 했어. 엄마가 밖으로 나가고 난 다음 피가 보이기 시작했어." 아이들은 총이 우발적으로 발사된 지점에서부터 문까지 이어진 핏자국을 가리켰다. 그는 조금 전 아이들에게 다가가면서 핏자국을 번지게 했다. 갑판에서 너무 많은 피를 목격한 터라 바닥에 몇 방울 떨어진 피를 알아채지 못했던 것이다.

"공주님들, 엄마가 배를 다쳤어." 아이에르의 입은 바짝 말랐고 머리는 화끈거렸다. 그는 또다시 무너지기 직전이었지만 사력을 다해 정신력을 다잡고 띄엄띄엄 말을 했다. "엄마가 다쳤어." 자신의 고통을 목격할 수 없도록 아이들을 끌어당겼다. 그의 눈물이 아이들의 머리칼로 스며들었다. 머리칼에서는 리스본의 슈퍼마켓에서 아이들이 직접 고른 딸기향 샴푸 냄새가 났다. 그때로 돌아갈 수만 있다면. 되돌릴 수 없는 것들을 되돌릴 수만 있다면. 그는 코로 숨을 들이마시며 감정을 제어하기 위해 애썼다. 그는 우는 법을 알지 못했다. 아주 어릴 때 이후 단 한 번도 울 이유가 없었다.

"총이 엄마를 쐈어?" 아르나가 물었다. 두 아이는 정답을 짜내기라도 하려는 듯 아빠의 허리에 작은 양 팔을 감고 꼭 끌어당겼다. 하지만 잘못된 답이었다.

"스치고 지나간 거예요, 공주님. 살짝 스치기만 한 거야. 심하게 다친 거 아니야. 그리고 선장님이랑 할리가 엄마 나을 수 있게 도와주고 계셔." 선장은 대체 무슨 몽상에 사로잡혀서 라라에게 리볼버를 쥐어준 걸까? 대체 자신은 왜 말리지 않은 걸까? 나쁘게 끝날 걸 진작 알았어야 했다. 이 물지옥에서는 어떤 것도 좋게 끝날 수 없었다.

아이에르의 등 뒤로 문이 열리자 아르나와 빌쟈가 발작적으로 그의 몸을 세게 끌어안았다.

"잠깐 얘기 좀 할 수 있을까요, 아이에르? 둘이서만요." 할리의 목소리에는 감정이 전혀 없었다. 그것이 상황을 더욱 비관적으로 보이게 만들었다.

427

"여기서 기다려, 얘들아. 아빠 금방 올게. 멀리 가는 거 아니야. 다 괜찮아." 아이에르가 쌍둥이의 팔에서 벗어나 멀어지자 아이들은 심란한 표정을 지었다. "제발 출혈이 멈추었다고 말해줘요." 그는 굴욕적인 행동이 도움이 되기라도 하는 양 무릎이라도 꿇고 싶었다. "부탁입니다."

할리는 자신의 발을 내려다보았다. "아내 분을 라운지로 옮겼어요. 어서 가보시는 게 좋겠습니다. 애들은 제가 보고 있을게요."

"안 돼." 몸을 곧추세운 아이에르의 두 주먹이 힘껏 쥐어졌다. 그는 할리의 얼굴을 알아볼 수 없는 지경이 될 때까지 때리고 싶은 충동에 휩싸였다. 그래서 더 이상 듣고 싶지 않은 말을 떠들어댈 수 없을 만큼 묵사발을 만들어놓고 싶었다. "당신을 애들이랑 같이 둘 수 없어." 그의 심장은 미친 듯이 펄떡거렸다. 온갖 생각들이 머릿속을 휘저어 도무지 한 가지 생각에 집중할 수가 없었다. 라라와 아이들. 그들을 지키는 건 자신의 일이었다. 할리가 할 일이 아니었다. "난 애들한테서 한시도 눈을 떼지 않을 거야. 애들은 나랑 같이 가."

"그게 좋은 생각일지 모르겠네요." 할리는 자기 신발이 신기하기라도 하다는 듯 연신 아래만 내려다보았다. "정말 좋은 생각이 아닌 거 같습니다."

말을 하기 위해, 소리를 지르기 위해 입을 열던 아이에르의 모든 투지가 일순 차갑게 식어버렸다. 고함을 지르고 한 방 날린다고 무슨 소용이 있겠는가. 바꿀 수 있는 건 아무것도 없었다. "만약 애들한테 무슨 일이 생기기라도 하면 할리, 당신 눈을 도려낼 거야." 목소리에서는 분노가 느껴지지 않았다. 그는 그저 마음 그대로 말할 뿐이었다.

"제가 아이들을 잘 돌볼게요. 애들한테 무슨 일이라도 생긴다면 제가 차라리 죽겠습니다." 자기 앞에 선 남자가 당장이라도 폭발할지 모른다는 사실을 알 정도의 세상 경험은 할리에게도 있었다. 그는 어색하게 아이에르의 어깨를 두드리고는 조타실 안으로 홀로 들어갔다.

아이에르는 조타실 안으로 머리를 들이밀고 엄마와 이야기하러 가는 동안 잠시 할리 아저씨와 같이 있으라고 아이들을 안심시켜야 했다. 하지만 그럴 수가 없었다. 지금 상태로는 한 가지 이상의 일에 집중할 수가 없었다. 다른 사람도 아닌 라라가 목숨을 구해줄 의료시설로부터 수백 킬로미터 떨어진 대서양 한복판 요트에서, 이미 숨을 거두거나 곧 죽음을 맞이할 상태로 소파 위에 누워있었다.

라운지 안으로 들어서 소파에 누운 아내를 보는 순간, 그의 목구멍에서 도저히 억누를 수 없는 감정이 울컥 터져나왔다. 앞을 살피지 않고 아내를 향해 달려가던 그는 두 선원이 한쪽으로 밀어둔 커피테이블에 정강이를 세게 부딪혀 공중에 붕 떠버렸다. 아이들의 컬러링북이 옆으로 밀려나고 크레용 몇 개가 바닥으로 굴러 떨어졌지만 선장이 제때 아이에르의 팔을 붙잡아 넘어지는 불상사는 막을 수 있었다.

"고맙습니다." 이런 상황에서 예의를 지킨다는 게 참으로 부조화하게 느껴져 아이에르는 웃음을 터뜨릴 뻔했다. 어린시절 어머니에게 받은 가정교육이 하도 뿌리 깊이 박혀서 이렇게 큰 재앙 앞에서도 떨쳐지지 않았다.

"잠들었어요." 여전히 그의 팔을 잡은 채 선장은 억지로 아이에르가 시선을 맞추도록 했다. "무슨 일이 생길지 모르겠어요. 출혈은 일단 멈췄습니다. 상처 부위를 최대한 단단히 묶어두었지만 붕대 때문에 출혈이 멈춘 게 아닐지 몰라요. 몸 안의 혈액이 남지 않았을 수도 있다는 말입니다." 선장은 아이에르가 고개를 돌리려고 하자 그의 얼굴을 잡아당겼다. "나는 의사는 아니지만 상황이 안 좋다는 것 정도는 압니다. 아내 곁에 앉아서 정신이 돌아오면 말을 걸어줘요. 아내가 듣고 싶어할 말을 들려주란 말예요. 이번이 아내에게 말을 할 수 있는 마지막 기회일지도 모른다는 걸 명심해요." 선장은 아이에르의 얼굴을 놓고는 그가 라라에게 갈 수 있도록 했다. "그러지 않길 바라지만, 마음의 준비를 하는 게 최선이에요. 나는 밖에서 기다리겠소."

선장이 나가든 말든 아이에르는 관심도 없었다. 그는 무릎을 꿇고 앉아 아내를 안으로 실어나를 때 사용한 것으로 보이는 밝은 색상의 모직 담요를 손에 쥐었다. 처음에는 아내 손이 바스라지기라도 할까봐, 부당하기만 한 이 모든 상황에 대한 분노를 감당할 수 없게 될까봐 아내의 손을 잡을 수가 없었다. 라라는 여태 파리 한 마리 죽이지 않은 사람이었다. 이것보다 훨씬 나은 삶을 누릴 자격이 있었다. 그는 담요를 놓고 아내의 하얀 손을 잡았다. 다행히 손은 뜨겁고 축축했다. 그는 손이 차가울 것이라고 예상했었다. 아내를 덮고 있는 담요가 수의처럼 보이는 게 너무 거슬려서 그는 담요를 잡아 젖혔다. 그러자 아내의 맨살과 선장이 처음 감을 때 분명 하얀색이었을 분홍빛 붕대가 드러났다. 총알은 그녀의 복부를 관통해 왼쪽 엉덩이 옆으로 파고 들어간 듯했다. 아이에르는 그게 다행인지 불행인지, 아니면 애초에 복부를 관통한 게 나쁜 일인지 어떤지 알지 못했다.

두 눈을 꽉 감자 눈물이 솟구쳤다. 처음에는 눈을 감은 채 손을 쓰다듬기만 하다가 겨우 눈을 뜨고 아내를 바라보며 말을 걸어보려고 정신을 집중했다. 나중에 후회하지 않을 말을 떠올리려고 애썼다. 그는 아내의 눈썹과 관자놀이에 입을 맞추고 젖은 이마에 달라붙은 머리칼을 옆으로 쓸어넘겼다. 아내를 그토록 괴롭히던 가느다란 주름이 사라져버리기라도 한 듯 이마는 부자연스러울 정도로 팽팽했다. 머릿속에 다른 무엇도 떠오르지 않는 상황에서 그는 아내의 귀에 속삭였다.

라라는 눈을 떴다. 의미를 담은 말이었을지 모를 컥컥 소리가 낮게 들렸지만 아이에르는 알아들을 수 없었다. 하고 싶은 모든 말들이 한꺼번에 입으로 몰려들자 아이에르는 아내가 여전히 들을 수 있다고 믿으며 말을 쏟아냈다. 하지만 그녀의 넋은 이미 떠나버린 뒤였다. 감기지 않은 라라의 텅 빈 두 눈만이 망연히 남편을 향하고 있을 뿐, 용서를 구하는 그의 간청에는 어떠한 대답도 남기지 않았다.

26장

"혈흔은 라라의 것으로 판명이 났습니다." 형사가 하급자를 흘끗 쳐다보자 손에 들고 있던 서류뭉치를 빠르게 넘겨보던 경찰이 그 중 한 장을 상급자에게 넘겨주었다. 이번에는 형사에게서 담배 냄새도, 껌을 씹고 있는 기색도 느껴지지 않았다. 토라는 그의 기분에 나쁜 영향이 없기를 바랐지만 한참 어린 하급자가 형사의 지시를 따르겠다고 민첩하게 뛰어다니는 모습은 좋은 신호가 아니었다. "검사결과를 보니 의심의 여지가 없는 듯하지만, 언제나 오류의 가능성까지 배제할 수는 없죠. 원하시면 사본을 드리겠습니다. 변호사님 사건에도 아마 도움이 되겠죠."

"물론입니다." 토라는 서류를 받아 수치들을 살펴보았지만 검사 개요를 제외하면 아무것도 알아먹을 수가 없었다. "비교할 수 있는 라라의 혈액이나 유전자는 어떻게 채취하셨나요?" 그녀는 서류를 나이 어린 하급자에게 넘기고 사본을 요청했다.

"막내딸에게서 혈액 샘플을 채취했고 요트에 있던 화장품 가방

안에서 빗에 낀 머리카락 몇 가닥을 발견했습니다. 말씀드렸다시피 검사결과가 100퍼센트 확실하지는 않아요. 그건 불가능하죠. 하지만 저나 판사가 보기에는 충분하겠죠." 형사는 오늘따라 진지해보였다. 그가 보인 유일한 호의가 커피 한 잔이었는데 라라는 이를 거절했고, 그게 오히려 다행스럽게 여겨졌다. 쓰기만 한 경찰서의 커피는 몇 시간 전 조정위원회에서 맛본 격조 높은 커피의 기억을 망쳐놓기만 했을 것이다. "살인사건 수사가 아주 뒤늦게 시작되었기 때문에 검사결과 분석은 최우선적으로 처리될 거라고 분명히 말씀드릴 수 있습니다." 그는 두 손을 책상 위에 올리고는 깍지를 꼈다. "물론 그 원인은 애초에 저희가 이 사건을 사고로 취급했기 때문이죠. 범죄가 발생했다는 확신 없이 돈이 많이 들어가는 수사를 진행할 수는 없으니까요."

"혈흔은 소파에서 발견됐다고 하셨죠?" 토라는 너무 늦어버려 바꿀 수 없는 문제에 대해 논의하는 건 무의미하다고 생각했다. 과연 처음부터 요트를 살인사건 현장으로 보고 조사를 했다면 많은 게 달라졌을까? 그렇지 않을 거라고 그녀는 생각했다. 새로운 증거가 발견될 때마다 그녀는 더 혼란스럽기만 했을 뿐이다. 사실 그녀는 아직도 살인사건이 실제로 벌어졌다고 확신할 수가 없었다. 경찰 역시 이런 의구심에 동의할지도 몰랐다. "소파에서 핏자국을 본 기억이 없어요. 실은 요트 어디에서도 핏방울 하나 본 적 없는 것 같아요."

"많지는 않지만 검사를 진행하기에 충분한 양이 발견됐습니다. 과학수사팀이 요트에서 자외선 반응검사를 실시하고 나서야 네 개

433

의 쿠션 중 두 개에서 혈흔을 발견했어요. 모두 한 사람의 혈액으로 판명났고요, 라라의 것으로요."

"치명적인 수준의 출혈이 있었던 것으로 들리지는 않네요."

"뭐라고 장담하기가 어렵습니다. 누군가 갑판에서부터 라운지까지 이어졌던 핏자국을 닦아낸 흔적이 발견됐거든요. 경미한 사고였는지 아니면 훨씬 더 심각한 사건이 벌어진 건지 알 수가 없습니다. 어찌 되었든, 요트의 다른 곳에서는 많은 양의 혈액이 쏟아진 흔적이 전혀 발견되지 않았어요. 하지만 다시 생각해보면 그게 사고였는지조차 알 수가 없습니다. 라라는 어쩌면 칼에 찔리거나 흉기 같은 걸로 강타당했을 수도 있습니다." 형사는 하급자가 들고 있던 서류뭉치를 받아들었다. "물론 총에 맞았을 수도 있지요. 최신 물품 목록을 참고하면 잠재적인 사건 순서를 완전히 새로운 각도로 재구성해볼 수 있어요."

"리볼버에 관한 정보 말씀이죠?" 토라가 질문을 했지만 대답은 들어보나 마나였다. 그녀는 젊은 경찰이 어색하게 발을 이리저리 움직이는 모습을 지켜보았다. 이제 서류까지 상사에게 넘기고 나니 자신의 역할이 불분명해진 것이다. 대화에 끼어들 수도, 그렇다고 앉을 의자가 있는 것도 아닌 상태에서 그는 별 수 없이 상급자 옆에 선 채할 일이 있는 시늉을 해야 했다. "총이 발견되지는 않았겠죠?"

"네. 요트를 샅샅이 뒤져봤다고 자신하지만, 총이 여전히 그 안에 있을 가능성은 배제할 수 없으니까요. 신중을 기하기 위해 더욱 빈틈없는 수색을 지시했고 저희가 지금 이야기를 나누는 동안에도 수색은 진행 중입니다."

요트가 넓기는 해도 숙소 공간은 제한적이었고 경찰은 모든 공간을 현미경으로라도 들여다볼 준비가 되어있었다. 그렇지만 총이 바다로 빠진 거라면 희망은 없다. "아래 갑판의 탱크들 사이에서 발견된 혈흔에 대한 결과는 나왔나요?"

"네. 할도르의 혈액이었습니다. 저희가 시신을 보관하고 있으니 비교가 쉽더군요."

토라는 시신을 발견하던 때의 소름끼치는 기억을 지우기 위해 급하게 말을 이었다. "그러면 할도르와 로푸투르가 사망했다는 확증은 나왔고 라라에게도 뭔가 안 좋은 일이 생겼을 가능성이 높지만 선장과 아이에르, 쌍둥이의 운명은 아직 미스터리인 거군요?"

"네, 그렇다고 할 수 있습니다." 형사의 어깨 옆에서 하급 경찰이 상사의 대답을 강조라도 하듯 진지하게 고개를 끄덕였다.

"그리고 만약 그 세 명이 범죄로 인해 그 같은 운명을 맞이한 거라면, 용의자는 몇 명으로 좁혀지겠네요."

"그렇습니다." 형사는 토라의 눈을 뚫어져라 바라보며 말했다. "그리고 용의선상에는 변호사님의 의뢰인인 아이에르도 포함되죠." 젊은 경찰의 표정은 한층 엄숙해졌다. 누가 보면 그의 역할이 마임으로 둘의 대화 내용을 설명하는 것인 줄 알았을지도 모른다. 토라는 그 모습을 찬찬히 살피며 벨라를 저렇게 훈련시키는 게 가능할지 궁금해졌다. 그녀라면 틀림없이 이 풋내기 경관과는 비교가 되지 않을 정도로 무시무시한 표정을 연기할 수 있을 것이다. "알고 계신지 모르지만 수사 초반 마약탐지견을 보내 요트를 샅샅이 둘러보게 했는데 이무런 소득이 없었습니다. 밀수 가능성을 추정했지만 단 하나의 증거도 발견되지 않았습니다. 포르투갈 마약 전담 수사과에서도 그쪽 마약 거래선 관련자가 요트에 승선한다는 제보는 전혀 없었다고 확인까지 해줬어요. 그 가능성은 거의 배제됐다고 봐야죠. 물론 탐지견조차 감지할 수 없도록 치밀하게 마약을 요트에서 수거했을 가능성은 있어요. 하지만 누가 그런 일을 저지를까요? 만약 마약이 거래되었다면, 어디를 통해 육지로 밀반입했는지 추정하기는 어렵지 않죠. 그로타 말입니다. 그런 경우라면 대기했다가 물건을 받아간 사람이 있을 테고, 당연히 밀수범도 있었겠죠."

"요트에 밀항자가 탔을 가능성에 대해서는 확인해보셨나요?" 토라는 이런 질문이 바보 같다는 생각을 했지만 어쨌든 대답은 들어야 했다. 희생자가 발견될 때마다 아이에르나 라라가 용의선상에 오를 가능성은 높아지고, 만약 선장의 시신까지 해안으로 쓸려온다면 전망은 더욱 어두워진다.

"상당한 수의 지문을 채취했지만 결정적인 단서는 없었어요. 정기적으로 청소를 하지 않는 지점들에서는 모르긴 몰라도 몇 년치에 해당하는 양이 검출됐거든요. 반면 라운지와 조리실, 심지어 조타실 같은 공용공간에서는 지문이 거의 발견되지 않아서 저희도 깜짝 놀랐습니다. 누군가 의도적으로 지웠을 가능성이 높죠. 그 장소들만 유독 청결을 유지한 게 아니었다면 말예요." 형사는 이 문제에 골몰하며 턱을 긁적였다. "말씀드렸다시피 조사결과가 혼란스러운데다 아이에르와 라라, 두 아이의 지문을 정확히 식별해내지 못했다는 점도 수사에 난항을 초래하고 있습니다. 네 사람 모두 전과기록이 없으니 당연히 등록된 자료가 있을 리 없죠. 집에서 직접 지문을 채취할 계획인데 아직 그럴 시간이 없었습니다. 물론 로푸투르와 할도르의 지문은 시신에서 채취했습니다. 시신이 심하게 부패한 상태였지만 과학수사팀에서 무슨 수를 쓴 건지 채취를 했더군요."

"선장은요? 선장의 지문도 발견됐나요?"

"네. 10년 전에 주먹다짐 때문에 체포된 적이 있습니다. 심각한 건 아니지만 유치장에 하루 구금되었더군요."

"수상한 점은 전혀 없었나요? 가령 이번에 배에 탄 사람들의 프로필에 들어맞는 최근 지문들이 이상할 정도로 많았다든지요?"

"그 가능성도 배제할 수는 없습니다. 요트 전체에 찍혀있던 두 명의 지문을 발견했는데, 선원 중에는 여기에 들어맞는 사람이 없었어요. 모든 걸 감안했을 때 두 지문은 여성의 것일 확률이 아주 높지만, 그것만으로는 파악할 수 있는 게 별로 없습니다. 요트가 압류되기 전에 찍힌 지문일 가능성도 얼마든지 있으니까요."

"누구의 지문이라고 생각하세요? 카리타스랑 그 비서였던 알디스의 지문일 수도 있을까요?"

"단언할 수 없습니다. 두 사람 다 경찰 기록이 없지만 요트 출항 전쯤 리스본에 있었다는 게 확실하니 둘의 지문일 수도 있어요. 아직은 두 사람 가족에게 자택이나 부모의 집에서 비교 목적으로 지문 채취를 요청할지 말지 결정하지 않았습니다. 지금 상황에서는 그런 요청을 해서 불필요하게 가족들을 긴장시킬 이유는 전혀 없으니까요. 어쨌든 두 사람이 사건과 연결됐다는 징후도 발견되지 않았잖습니까. 혹시 변호사님한테 그걸 반박할 만한 근거가 있는 게 아니라면요?"

"없습니다. 그런데 카리타스와 그녀의 개인 비서가 리스본을 떠난 건 확인하셨나요? 항공편이라든지 뭐 그런 건 알아보셨고요?"

형사는 기묘한 초록 눈으로 그녀를 가만히 바라보더니 가볍게 앞니를 빨았다. 젊은 경찰은 자기도 상사처럼 그녀의 질문에 대답하는 게 옳은 일인지 고민을 하는 것마냥 다 알고 있다는 듯한 표정을 지어보였다. "예, 그것도 확인을 했습니다. 선장의 교신 내용을 고려했을 때 관련 정보를 요청하는 게 좋겠다고 판단했죠. 하지만 보통은 직접적인 실종신고가 들어오지 않는 이상 그렇게까지 하지 않습니다. 둘 중 하나가 요트에서 발견된 시신일 확률을 제거할 수도 있다는 기대를 가지고 다른 교통수단을 이용해 리스본에서 귀국했는지 확인한 겁니다."

"그리고요?"

"비서는 요트가 항구를 떠나던 날 항공편을 이용해 프랑크푸르트로 떠났어요. 카리타스는 리스본을 떠난 기록이 없더군요. 적어도 항공편을 이용하진 않았습니다." 그는 혀를 찼다. "물론 다른 수단을 이용하지 말라는 법은 없습니다. 기차를 타거나 자가운전을 했을 수도 있죠. 심지어 배를 탔을 수도 있고요. 아니면 셍겐조약 가입국 국민이니 다른 이름으로 비행기를 탔을 가능성도 있습니다. 그런 부류 사람들이 어떻게 사는지 저는 알 도리가 없으니, 어쩌면 가명을 사용했을 수도 있겠죠. 하지만 그 여자가 지금 어디에 있으며 어떻게 거기까지 갔든, 확실한 건 지금 리스본에는 없다는 사실입니다. 그녀의 모친은 드문드문 딸과 연락이 닿으며 아주 팔팔하게 브라질에서 지낸다고 주장하고 있어요. 아무래도 좀 이상한 게 지난 한 달 간 그 여자 이름으로 브라질 행 항공편을 탑승한 사람이 없습니다. 직접 확인을 해봤죠. 거기까지 가려면 반드시 여권이 필요하니 분명 아이슬란드 여권으로 이동했을 겁니다. 모친 역시 딸이 해외 여권을 신청하지 않았다고 확신하고 있습니다. 하지만 모친이 나서서 딸이 살아있다고 주장하는 한 저희가 할 수 있는 건 거의 없죠."

토라는 의자에 몸을 기댔다. 그녀는 이제 요트에서 발견된 여자 시신이 카리타스라고 확신했다. 마침내 깔끔한 결론에 도달한 것은 안도할 만했다. 하지만 토라는 여전히 당혹스러웠다. 이 깔끔한 결론은 '누가, 왜 카리타스를 죽였는가'와 같은 질문들만 또다시 양산할 뿐이었다. 더 최악인 것은 아이에르가 그 죽음에 책임이 있는가라는 의문이었다.

"당신한테는 이게 같은 필체처럼 보여?" 토라는 매튜에게 종이 두 장을 들어보이고는 그가 두 필체를 비교하는 모습을 지켜보며 물었다.

"아니. 비슷한 데가 거의 없는데. 하나는 그냥 서명이고 다른 하나는 짧은 텍스트이지만 말이야. 그리고 사람들은 서명을 할 때 평소 필체와 전혀 다른 필체를 사용하기도 하거든." 그는 더 자세히 들여다보았다. "그렇지만 이 두 개는 확연히 달라서, 동일인이 썼을 가능성이 거의 없는 것 같아. 추측을 해야 한다면 나는 이건 여자가, 이건 남자가 쓴 글씨라고 하겠어." 그는 종이를 다시 토라에게 들이밀었다.

이게 바로 토라가 듣고 싶은 말이었다. 한 장은 아이에르의 서명이 포함된 생명보험 증서의 마지막 페이지였고, 다른 한 장은 알 수 없는 누군가가 카리타스의 이름과 전화번호를 적은 종이였다. "내 말이 그 말이야. 그런데 아이에르를 대신해서 이걸 써준 여자는 누굴까? 카리타스가 직접 썼을까?"

"꼭 그렇지 않을 수도 있지." 매튜가 하품을 했다. 일찍 퇴근을 한 매튜는 토라 역시 얼른 일을 마치게끔 설득해볼 요량으로 그녀의 회사에 들렀다. 하지만 토라는 일찍 퇴근하는 대신 매튜를 사무실 안으로 끌고 들어와 자신을 괴롭히는 여러 문제들에 대해 머리를 짜내도록 만들었다. "누구든 썼을 수 있지."

"대체 누가?" 토라는 필체의 주인이 종이에서 튀어나오기를 기대하듯 종이를 뚫어져라 보았다. "셀러브리티의 전화번호는 아무 데서나 얻을 수 있는 게 아니야. 카리타스는 해외에 거주했으니 전화번호부에 연락처가 나와있을 리도 없어. 그리고 벨라에게 알아보니 그 여자는 아이슬란드 친구도 많지 않았대."

매튜는 무심하게 어깨를 으쓱했다. "나야 모르지. 어쩌면 그의 모친일 수도 있고. 모친이 아이슬란드에 산다고 하지 않았어?"

"모친은 아니야. 당신이 도착하기 전까지는 나도 딱 그렇게 생각했거든. 그래서 모친에게 전화를 해봤지. 그런데 아이에르를 비롯한 그 누구에게도 카리타스의 연락처를 알려주지 않았다고 부인했어. 굉장히 단호하게 부인하던걸."

"근데 그게 무슨 상관인데?" 매튜는 흥미를 잃어버린 게 분명했다. "만일 당신이 그걸 쓴 사람을 찾아낸다고 해도 그게 왜 그렇게 중요한 문제인지 나는 모르겠네."

"안 중요할 수도 있지. 그렇지만 나는 카리타스와 아이에르가 아는 사이도 아니며 말을 섞어본 적도 없다는 걸 확신할 수 있다면 더 행복할 거 같아. 두 사람이 만났다는 사실이 난데없이 밝혀지면 보험사에서는 당장 둘의 관계에 의혹을 제기할 거야."

"이유를 모르겠네. 그 사람은 요트 압류 건을 처리하던 중이었잖아? 요트의 전 소유주와 대화를 나누는 게 의심을 살 만한 상황이야? 어쩌면 그 메모는 위원회가 요트를 압류하는 과정에서 나온 것일지도 모르고. 그 사람은 카리타스에게 합의를 한다거나 빚의 일부를 갚는 선택지를 제시하고 싶었을 수도 있고."

"그 여자는 요트에 아무 지분도 없어. 그러니까 아이에르가 합의를 이유로 카리타스에게 연락을 했다면 매우 이례적인 일이지."

"카리타스가 아이에르에게 연락을 취한 것일 수도 있겠네? 남편을 대신해 그를 설득해볼 생각으로?"

"모르겠어." 토라는 사무실에서 벗어나고 싶어 안달이 난 매튜의 태도를 애써 무시했다. "어쩌면 파나르가 이 문제에 대한 답을 알아냈을지도 몰라. 내가 확인해달라고 부탁했더니 알아본 뒤 연락하겠다고 약속했거든. 5분만 기다려줄래? 내가 전화로 확인해보는 동안만? 그런 다음에는 당신이 하자는 대로 할게."

매튜는 김이 새어버린 기색이 역력했지만 마지못해 5분만 기다려주기로 했다. "10분 아니야. 6분도 안 돼. 딱 5분이야." 그는 자리에서 일어나 로비에서 기다리겠다고 선언했다.

덕분에 토라는 숨가쁘게 위원회로 전화를 걸어 파나르를 연결해 달라고 요청했고 그에게 용건을 설명할 때까지 허둥거려야 했다. 다행히 그는 토라의 의도를 바로 알아차리며 안 그래도 그 문제 때문에 전화를 하려던 참이었다고 말했다. 알고 보니 위원회 접수처 여직원이 유명인사와의 관련성 때문에 그 일을 바로 기억해낸 것이다. 그러니까 어느 날 카리타스가 위원회로 전화를 걸어 누가 요트 압류 건을 처리하고 있는지 문의했고, 그 직원은 담당자 정보를 알려줄 수 없다고 했다. 하지만 카리타스가 괴로워하는 목소리로 실수로 두고온 개인소지품을 찾기 위해 요트에 올라야 한다고 주장했다는 것이다. 당시 아이에르가 사무실에 없었기 때문에 여직원은 그의 이름을 알려주는 대신 카리타스의 메시지를 그에게 전달해주기로 약속했다. 메시지를 전달받은 아이에르는 예상대로 무척 놀라워했다. 접수처 직원은 둘 사이 전화 통화에 대해서는 전혀 관여하지 않았지만 어느 시점엔가 두 사람이 분명 통화했을 거라고 믿고 있었다. 이유인즉 일주일 뒤 카리타스가 다시 전화를 했고, 이번에는 아이에르를 직접 거명하며 전화 연결을 부탁했다는 것이다. 파나르는 덧붙이기를, 접수처 직원이 그 이후 아이에르에게 카리타스와의 대화에 호기심을 보이자 얼굴이 새빨갛게 달아오르더니 자신은 카리타스와 연락하지 않았다며 펄쩍 뛰었다고 했다. 게다가 그 여직원은 카리타스와의 통화 이후 아이에르가 두세 차례 해외전화를 받았으며, 그가 직통전화를 받지 않을 때 해외전화가 자기 전화로 돌려졌던 사실까지 기억하고 있었다. 전화를 건 쪽에서 메시지를 남기지 않겠다고 해 용건은 알 수 없었지만, 아이에르에게 그걸 언급할 때마다 얼굴에 떠오르던 이상한 표정을 그녀는 또렷이 기억했다.

통화를 마친 토라는 자리에서 일어났다. 평소보다 일찍 퇴근해서 기분 좋았지만 동시에 단서를 계속 추적할 수 없다는 사실이 실망스러웠다. 이로써 나쁜 소식만 하나 더 추가된 셈이다. 이제 토라는 요트에서 발견된 정체불명의 시신이 카리타스라는 점과 그녀가 리스본에서 사망했을 거라는 점을 조금도 의심하지 않았다. 아이에르와 그의 가족이 리스본에 머물던 바로 그 시점에 말이다.

다행스럽게도 그녀는 매튜와의 약속대로 5분을 넘기지 않았다.

27장

하늘은 제트기가 남긴 하얀 자취를 흡수해버렸다. 엄청난 고도에도 불구하고 비행기의 날개와 윤곽은 매우 또렷했다. 비행기는 사람들로 가득 차있을 테고 그 중 몇은 휴가를 위해, 다른 누군가는 출장을 위해 집을 나섰을 것이다. 아이에르는 승객들 하나하나가 부러울 뿐이었다. 요트를 장악해버린 이 지옥에 비하면 저곳은 천국이었다. 그는 눈으로 떨어지는 햇빛을 손으로 가렸다. 제트기가 멀리 사라지는, 하늘에서 구원의 손길이 내려오리라는 미련스러운 꿈과 함께 사라져가는 모습을 지켜보고 있자니 이상스런 불안감이 더욱 가중되었다. 그는 손을 내리고 아래를 보았다.

"아빠." 빌쟈가 그의 점퍼 소매를 잡아당기고 있었다. 아이가 얼마나 오래 소매를 잡아당겼는지 알 길은 없지만 고집스러운 말투로 보아 한동안 그러고 있던 듯했다. 아이를 내려다보는 그의 마른 눈이 따끔거렸다. 그는 평생 동안 지금처럼 정신적으로, 육체적으로 지쳐본 적이 한 번도 없었다. "아빠. 아빠 입술에서 피나."

아이에르는 찢어진 입술을 핥으며 금속 맛을 느꼈다. 그의 입술이 마른 것은 하등 놀라울 게 없었다. 마지막으로 뭔가를 마신 지 벌써 여러 시간이 지났다. 마실 게 없어서는 아니었다. 그는 아이들과 함께 선실에 처박히기 전에 많은 양의 캔 음료와 생수를 방안으로 날라두었다. 다만 그는 갈증이나 배고픔을 느끼지 못했다. 심장이 고무기계에 낀 채 한계점에 다다를 때까지 팽팽하게 조여드는 것 같은 상태에서는 그런 감각을 느낄 틈이 없었다. 지칠 대로 지쳐버렸다는 사실도 상황을 악화시키기만 했다. 그는 얼마나 오랫동안 깨어있었던 걸까? 기억도 나지 않았다. 상관없다. 아이들만 아니라면 그는 이미 바다로 몸을 던져 물과 한 몸이 되었겠지만 아이들을 위해서라도 그런 도피는 허락할 수 없었다. 어떻게든 아이들이 무사히 집으로 돌아가도록 최선을 다해야 했다. 그러기 위해서는 깨어있어야 했다. 지금 그들이 갑판에 나와 초저녁의 마지막 햇살 아래 서있는 것도 그런 이유였다.

답답한 선실 안에서 졸음에 압도당해버린 아이에르는 짧게라도 밖에 나와 신선한 공기를 마셔야만 했다. 그는 가슴 한가득 바다 공기를 들이마시고 눈을 감았다. 커튼이 쳐지기라도 한 듯 안개가 슬그머니 머릿속에 드리우면서 그를 놓아주지 않은 채 괴롭히던 온갖 끔찍한 생각들을 덮어버렸다.

"아빠, 아빠. 잠들면 안 돼." 쌍둥이 중 누가 말을 하는 건지 알 수 없었다. "아빠!"

아이에르는 정신을 차리려고 눈을 크게 떴다. 신선한 공기는 본래 그를 깨우고 기운을 북돋워야 마땅했다. 그를 끌어당기어서 난

들어서는 곤란했다. "아빠 안 자." 효과가 없었다. 졸음의 유혹을 물리칠 다른 방법을 찾아야 했다. 할리나 선장을 믿을 수만 있다면 비상용 구급상자에 각성제는 없는지 물어봤을 것이다. 그러나 이 것은 피로가 불러온 비이성적 생각에 지나지 않았다. 만약 그가 둘 중 누구라도 믿었다면 돌아가며 쉴 수 있었을 테니 애초에 깨어있 을 필요도 없었다. "이 정도면 됐다. 안으로 들어가자."

"꼭 다시 아래로 내려가야 해?" 아르나의 얼굴은 두려움으로 가 득했다. "만약 배가 가라앉으면 어떡해?"

"안 가라앉아." 아이에르는 너무 지쳐서 다정하거나 이해심 있 게 굴 여력이 없었다. 아이들에게 필요한 건 단지 보디가드가 아니 라 아빠라는 걸 잘 알았지만 두 역할을 모두 해낼 수가 없었다. 그 는 남은 항해 동안 깨어있을 수 있다고 믿었다. 다만 멋대로 치닫 는 자신의 감정을 그대로 내버려둬서는 안 됐다. 만약 그랬다가는 완전히 무너져 버리고 말 것이다. "얼른. DVD 보면 되잖아."

"볼 수 있는 영화는 벌써 다 봤어." 빌쟈는 울음을 터뜨릴 것 같 은 목소리였다. 하지만 그건 얼마 되지 않는 영화 목록 때문이 아 니라는 사실을 아이에르도 알고 있었다. 그렇다고 엄마를 잃은 일 에 대해 아이들과 이야기할 수는 없었다. 나중에 시간을 내서 적당 한 단어를 찾아 아이들의 슬픔을 위로할 수 있는 문장으로 다듬어 낼 것이다. 다만 지금은 그런 임무까지 감당할 수가 없었다. 아이 들에게는 이미 엄마가 사고로 죽었다는 사실을 설명하며 용감해져 야 한다고 당부했다. 그리고 아이슬란드에 도착할 때까지 꿋꿋함 을 잃지 말아야 하지만 그 다음부터는 세 식구가 슬픔을 나누며 엄마 없는 미래에 맞서야 한다고 강조했다. 지금으로서는 그것이 그가 할 수 있는 전부였다. 작은 뺨 위로 눈물이 흘러내리기는 했지만 아이들은 나이에 비해 감정을 훨씬 더 잘 제어하고 있었다. 쌍둥이는 지금이 얼마나 위태로운 상황인지 충분히 감지했다. "어른 영화는 보기 싫어." 빌쟈는 울음을 삼켰다.

"그럼 제일 웃기는 걸 다시 보면 되지." 주위를 둘러보던 아이에르는 갑자기 선실로 내려가는 일이 걱정스러워지기 시작했다. 위로 올라오는 동안, 혹은 누구도 뒤에서 몰래 다가올 수 없는 아래 갑판의 모퉁이에 서있는 동안 선장이나 할리를 보지 못했다. 요트는 꽤 속도를 냈지만, 그렇다고 해서 조타실에 사람이 꼭 있으라는 법은 없다. 선원들은 어디에든 갈 수 있었고 둘 중 누군가 아이에르와 아이들을 해치려 마음먹는다면 그들이 아래층으로 내려가는 동안 손쉽게 공격할 수 있을 것이다. 그러나 다시 생각해보면 이제는 둘 중 한 명만 살아남았을지도 모른다. 어쩌면 둘 다 죽었을지도. 그는 선실을 떠나온 자신의 어리석은 결정을 몹시 후회했다. 갑판에 올라온 것은 오히려 그를 더 지치게 만들었다.

"다른 할 일을 찾아보자. 영화를 하나라도 더 보면 생각에 빠질 것 같아. 그런데 나는 생각하고 싶지 않단 말이야." 빌쟈는 이렇게 말하며 아빠를 바라보았고 아이에르는 차마 아이의 말에 반박할 수가 없었다. 그 역시 아이와 똑같은 심정이었다.

"색칠공부하면서 놀까?" 만약 아이들이 거절한다면 아이에르에게도 다른 대안이 없었다. 그는 색칠공부를 생각해낸 것만으로도 스스로 대견스러웠다. 눈꺼풀이 다시 감기기 시작했다.

"응, 좋아." 빌쟈는 아빠의 손에 자신의 손을 올리고는 꽉 잡았다. "자면 안 돼, 아빠."

"컬러링북 우리 방에 없어." 아르나가 아빠의 다른 손을 잡았고 아이에르는 딸들에게 하고 싶은 말을 모두 전하려는 마음으로 아이의 손을 꼭 쥐었다.

"그럼 어디 있는데?"

"라운지에." 아르나가 갑자기 말을 멈추었다. "엄마 있는 곳." 그의 손에 쥐어있던 아이의 손가락이 비틀렸다. "나 엄마 보고 싶어. 엄마한테 작별인사 하고 싶어. 빌쟈도 하고 싶대." 그에게 고정된 아이들의 눈에는 불안감이 가득했다. 아이에르는 두려움의 흔적까지 감지할 수 있었다. 상황을 감안하면 전혀 놀랄 일이 아니었지만, 그가 충격을 받은 건 아이들이 자신을 두려워하는 듯 보였기 때문이다. 그는 미치광이처럼 보이는 게 틀림없었다.

"거긴 들어갈 수 없어." 아이에르는 생각 없이 말했다. "그건 불가능해. 어차피 엄마는 이제 거기 없어."

"그럼 어디 있는데?" 크고 묵직한 눈물이 빌쟈의 뺨을 타고 흘러내리기 시작했다. 그는 입을 벌렸지만 아무런 말도 새어나오지 않았다. 만약 라라가 숨을 거두었던 곳에 누워있는 것이 아니라면, 그 역시 아내의 시신이 어디로 옮겨졌는지 알 길이 없었다. 그는 선장과 할리가 로푸투르의 시신을 어떻게 처리했는지 몰랐지만 아마 라라의 시신과 같은 곳에 보관했을 것이다. 라라와 로푸투르의 시신이 어딘가에서 나란히 누워있는 모습을 상상하니 어지러워졌다. "아빠, 엄마도 바다로 던져질까. 바다로 가라앉은 그 아줌마처럼.

아니면 로푸투르 아저씨도?"

"아니야." 그의 몸 전체가 돌로 굳어져 서서히 금이 가는 것처럼 느껴졌다. 곧 그것은 산산조각 나서 먼지만 남길 것이다. 그는 차라리 그렇게 되기를 기대하는 지경이었다.

"엄마가 바다로 던져질 거라면 엄마한테 작별인사하고 싶어, 아빠. 안 그러면 영영 기회가 오지 않을 거잖아." 눈물이 여전히 소리 없이 흘러내리면서 빌쟈의 얼굴 전체를 반짝이게 만들었다.

"가자." 아이들의 말이 그에게 충격요법이라도 되었는지 느닷없이 피로가 싹 가셨다. 자신은 지금껏 뭘 하고 있었던 걸까? 예컨대 총이 어디 있는지는 알고 있나? 그리고 정말 아내의 시신을, 다른 사람도 아닌 쌍둥이의 엄마를 그 사이코패스들에게 맡겨둘 작정이었단 말인가? 죽어도 그럴 수는 없었다.

"아저씨들이 오면 어떡해, 아빠?" 아르나는 그 자리에서 움직이지 않으려고 했지만 아이에르는 무시하고 아이를 자기 쪽으로 끌어당겼다. "그 아저씨들 안 보이게 숨어야 한다고 아빠가 그랬잖아." 아이는 울음까지 터뜨렸다. 동생과 달리 아르나는 소리내어 울기 시작했다. 자신의 안전에 대한 걱정과 마지막으로 엄마를 보고 싶은 간절함 사이에서 아이는 분명 괴로웠을 것이다.

"다 괜찮아질 거야. 아빠가 약속할게." 아이에르는 아이들의 손을 놓고 문을 열었다. 아이들을 먼저 안으로 들여보낸 다음 자신의 등 뒤로 문을 닫았다. 그리고 아이들을 조용히 시키기 위해 입술에 손가락을 갖다대었다. 아이들의 얼굴에 나타난 공포와 슬픔에 가슴이 미이져 그는 딩깅이라도 힐리와 신징을 찾아내 두 손으로 목을 조르고 싶은 충동에 휩싸였다. 둘 중 하나가 결백하든 말든, 혹은 둘 다 결백하다고 해도 상관없었다. 그들이 아래층 갑판을 제대로 둘러보지 못했으니 이론적으로는 배 안에 밀항자가 숨어들었을 수 있었다. 그는 아이들을 데리고 조심스럽게 라운지가 있는 위층으로 올라갔다. 안에서 무엇이 그들을 기다릴지 알 수 없는 상황에서 무턱대고 들어가고 싶지 않아 문 밖에서 머뭇거렸다. 안에 누가 있는지 확인할 유일한 방법은 갑판으로 나간 뒤 창문을 통해 안을 들여다보는 것이었다. 하지만 여전히 해가 떠있는 상태에서 방안의 누군가에게 자신들을 노출시키게 될 위험도 있었다. 아이에르는 아이들을 등 뒤에 세운 다음 문의 잠금쇠를 풀었다. 천천히, 그리고 차분하게 아무런 말도 없이 문을 열어 뭐든 상대할 준비가 되었다는 듯 고개를 문 틈으로 집어넣었다.

그의 조심성은 불필요한 것이었다. 안에는 개미 한 마리 없었다. 소파도 비어있었다. 라라는 깔고 있던 담요와 함께 사라져버렸다.

"엄마 어딨어?" 빌자는 최선을 다해 속삭이려고 해봤지만 정적 속에서 아이의 목소리는 거의 비명처럼 울렸다.

"아빠도 모르겠어요, 공주님. 엄마 찾아보자." 아이에르의 눈이 아려왔다. 눈을 비비던 그는 수면 부족으로 눈이 부었다는 사실을 그제야 알아차렸다. 얼굴을 문지르자 까끌까끌한 수염이 그의 손을 긁었다. 그의 모습은 내면의 고통을 고스란히 드러내고 있었다. 그가 만약 선장과 할리에게 위협을 가하려 한다면 분명 두 사람은 그의 말이 농담이 아니라는 사실을 금세 알아차릴 것이다. 아이들을 쳐다보지 않은 채 그는 커피테이블에 올려진 컬러링북과 크레용을 집어들어 건넸다. "가자." 방안에서는 낯설고 역한 악취가 감돌았다. 악취가 라라의 시신과 어떻게든 연관될 거라고 생각하니 냄새가 자신의 코 주위를 맴도는 게 싫었다. 그는 생전에 아내에게서 얼마나 향기로운 냄새가 났는지 기억해내고 싶었다.

아래층으로 내려갈 때는 발끝으로 살금살금 걸으려고 애쓰지 않았다. 이제 아이에르는 적극적으로 두 선원을 찾아나서고 싶었다. 더 이상 숨을 이유가 없었다. 방금 전까지의 계획에서 완전히 엇나가는 것이었지만 차갑게 식은 라라의 시신이 홀로 버려져 있을 것을 생각하니 얼마 남지 않은 분별력마저 사라져버렸다. 아내가 어디 있는지 알게 되면 대체 어쩔 셈인가? 그 역시 알지 못했지만 한 가지만은 분명했다. 무슨 일이 있어도 선장과 할리의 손에 아내를 남겨두지는 않을 것이다.

조타실 앞에 다다르자 아이에르는 쌍둥이에게 멈추라고 손짓했다. 사람 목소리나 움직이는 소리가 들리지는 않는지 살펴려고 문에 바짝 다가섰다. 정적뿐이었다. 빈틈없이 방음 처리가 된 게 아니라면 안에 아무도 없다는 뜻이었다. 아이들은 말없이 컬러링북만 움켜쥐고 있었다. 그는 아이들에게 가까이 오라고 손짓한 다음 이전처럼 자기 뒤편으로 밀어세웠다.

안에는 선장과 할리가 눈싸움이라도 하는 것처럼 얼굴을 마주한 채 앉아있었다. "라라 어딨어?" 두 남자가 마침내 시선을 돌렸다. 선장의 얼굴을 본 아이에르는 순간 충격을 받았다. 허연 수염은 그를 10년쯤 더 늙어보이게 했고, 두 눈은 시뻘겋게 충혈되어 있었다. 눈 아래 다크서클은 귀신도 울고 갈 정도였다. 힐리의 얼굴도 전혀

451

나을 게 없었다. 염색한 머리칼은 눌러붙고 얼굴도 부어있었다.

"뭐요?" 낮고 거친 쉰소리로 보아 할리는 한참 동안 말을 하지 않은 모양이었다.

"라라 어딨냐고. 그리고 총은 어딨어?"

"당신이 총을 가지고 가는 게 좋은 생각 같소? 이미 다칠 만큼 다쳤잖아요." 선장의 목소리는 마른 종이가 버석거리는 것처럼 들렸다. 조타실 안에는 음료 캔 하나 보이지 않았다. 아마도 두 남자는 갈증으로 목이 타는 채 몇 시간 동안이나 거기 앉아있었을 것이다. 보아하니 물이나 콜라를 가지러 갈 만큼 상대를 믿지 않는 게 분명했다.

"그건 걱정 마요. 그리고 이제는 그런 걸 걱정하기엔 많이 늦어버렸어. 애초에 라라한테 총을 맡긴 당신 잘못이야." 선장은 아이에르의 원망에 아무런 반응도 보이지 않았다. "그리고 혹시나 해서 말해두는데 난 그걸 바다로 던져버릴 거야. 내가 갖고 싶지도 않지만 당신들 둘이 갖는 것도 맘에 안 드니까." 말을 하는 중에 그는 자신의 실수를 알아차렸다. 자신에게 총이 있다고 믿게 했다면 더 좋았을 것이다. 피로는 생각을 제대로 할 수 없도록, 생각 자체를 할 수 없도록 만들었다. 그는 자신의 말을 되돌릴 수 있는 그럴싸한 방법을 떠올릴 수도 없었다.

"첫 번째 서랍에 있어요." 선장은 창문 아래 제어반을 가리켰다. "난 신경도 안 쓰니까 바다에 버리든 말든 마음대로 하쇼."

"뭐라고?" 할리는 먼저 일어나 총을 가지려고 했지만 몸이 너무 굳어져 의자에서 제대로 일으킬 수도 없었다. "내가 말했잖아요.

배 위에 다른 누군가가 있다고요. 그 총이 필요할지도 몰라요. 정신이 나가버린 거예요?" 아이에르는 제어반 앞으로 걸어가 서랍을 열었다. 그는 아무 말도 하지 않았고 선장 역시 아무 대꾸도 하지 않을 생각인 듯했다. 총은 행주에 싸인 채 서랍 안에 놓여있었다. 아이에르가 행주를 벗기는 동안 할리가 다시 입을 열었다. "그리고 경찰은 어쩔 건데요? 육지에 도착하면 경찰이 총을 요구할 게 뻔하다고요." 그의 목소리는 거의 가성으로까지 치달았다.

"육지에 도착이라도 할 수 있다면 말이지." 선장은 기침을 하더니 이마를 긁적였다. 그 역시 아이에르와 비슷한 상태라면 설상가상 그는 머리가 쪼개질 듯한 두통에 시달리고 있을 것이다.

아이에르는 총을 다시 행주로 감싸고는 서랍에서 꺼냈다. "라라는 어디 있어요?"

"엔진실에 있소." 선장은 아이들을 흘끔 쳐다봤고 순간 아이에르는 선장의 얼굴이 약간 부드러워졌다는 인상을 받았다. 아이들은 두 손으로 컬러링북을 붙든 채 공포에 질려 커다래진 시선으로 눈앞에서 벌어지는 상황을 지켜보고 있었다. 빌쟈의 안경이 코를 타고 미끄러져 내렸지만 아이는 안경을 제대로 쓰기 위해 책을 쥐고 있던 손을 놓을 생각이 없었다. "거기 내려가는 게 좋은 생각인지 모르겠소. 24시간 정도 지나면 육지에 도착할 테고 모든 게 순조롭게 돌아가면 그때 가서 얼마든지 아내를 볼 수 있을 거요."

"아래 내려가면 안 돼요!" 할리는 이제 정신이 나간 듯 소리를 꽥 질렀다. "살인범이랑 정면으로 부딪히기라도 하면 어쩔 건데요, 네? 설마 애들까지 데려갈 생각은 아니죠?"

아르나와 빌쟈는 더욱 겁에 질린 표정이었고 아이에르는 할리가 아이들을 발작 상태로 몰아가기 전에 끼어들어야만 했다. 아이들은 이미 감당하기 힘든 상태였다. "당신 알 바 아냐." 그는 딸들의 시야를 가려볼 마음에 아이들 앞으로 다가섰다. 하지만 아이들이 등 너머로 이 광경을 모두 지켜보고 있다는 것을 그는 알았다. "난 갈 거예요. 그리고 레이캬비크에 도착할 때까지 당신 둘 다 꼴도 보고 싶지 않아. 아니면 영원히."

"이야기를 해봐야 하지 않겠어요?" 선장은 충혈된 눈을 가늘게 뜬 채 여전히 머리를 주무르고 있었다. "이대로 가다가는 다 죽어요. 셋이 돌아가면서 잠을 자면 안 되는 겁니까? 두 사람이 경계를 서면서 서로를 감시하면 되잖소?"

"아니." 아이에르는 쌍둥이를 문 쪽으로 밀었다. 지칠 대로 지친 귀에 너무나 달콤하게 들리는 이 제안에 굴복하기 전에 여기서 나가야 했다. "내 딸들은 내가 돌볼 거야. 당신들은 지옥에나 가."

"그게 유일한 방법이오, 아이에르." 선장은 아이에르를 붙들어 움직이지 못하게 하겠다는 듯 손을 뻗었다. "유일한 방법이라고요."

"선장님 말 들어요." 바다는 고요했지만 할리는 앞뒤로 흔들리며 두 발로 서있었다. "범인은 우리 중 하나가 아니에요. 내가 계속 말했잖아요."

"그럼 둘이서 여기 계속 남아있으면 되겠네. 둘이 돌아가면서 잘수도 있고. 내가 없어도 되잖아." 아이에르는 문을 열고 아이들을 떠밀었다. "문제는, 난 더 이상 댁들을 믿지 않는다는 거야. 둘 다."

"아이에르." 선장은 고함을 지르거나 목소리를 높이지 않았지만 그를 설득할 수 있는 마지막 기회라는 것을 알았던 게 틀림없다. 그의 목소리에는 모든 희망이 거세돼 있었다. 그리고 선장의 안쓰러운 노력은 거의 먹혀 들어갈 뻔했다. 선장의 목소리에 아이에르는 문 밖으로 몸을 반쯤 내민 채 멈춰섰다. "비상버튼을 눌렀어요. 그런데 아무 일도 안 일어났어요. 누군가 전선을 끊어버렸는데 난 그걸 고칠 줄 모릅니다. 구명튜브도 망가졌어요. 하지만 원거리 통신기가 비상주파수에 맞춰져 있으니 당신이 교신을 시도해볼 수 있어요. 나는 잘 안 됐지만." 그의 목소리에서 힘이 빠져버렸다. 선장은 목을 가다듬고 쉰소리로 한 마디를 겨우 내뱉었다. "아이들을 지켜줘요."

아이에르는 문을 제대로 닫으려는 생각도 하지 않았다. 문을 휙 밀어버린 채 아이들과 함께 급히 갑판을 따라 걸어갔다. 걷는 동안 그는 한치의 망설임도 없이 행주로 싸인 총을 바다로 던져버렸다.

"저 아저씨들 정말 나쁜 사람 맞아, 아빠? 할리랑 선장 아저씨?" 아르나는 컬러링북을 쥐고 있던 한 손을 빼더니 계단을 내려가면서 난간을 붙잡았다.

"그래, 맞아."

"난 아닌 거 같은데." 아르나는 마지막 계단에서 머뭇거렸다. "만약 배 위에 다른 사람이 있으면 어떡해. 할리 아저씨 말처럼?"

"할리가 헛소리 한 거야, 아르나. 생각하지 마. 선실에 들어가 있으면 다 괜찮아질 거야."

"나는 기다렸다가 나중에 임마 보고 싶은데. 닌 엔진실에 내려가

455

기 싫어. 거기 누가 있으면 어떡해."

"나도 싫어." 언니를 따라 내려온 빌샤가 아르나 옆에 멈춰섰다.

"알았어." 아이에르는 안도감이 들었다는 사실을 인정할 수밖에 없었다. 그 또한 네 번째 사람이 숨어있을지도 모르는, 좁고 사방이 막힌 엔진실에 들어가는 게 두려웠다. "그럼 선실로 돌아가서 쉬자. 간식도 좀 먹고. 그런 다음에 두고 보면 되니까. 어때?"

선실로 돌아가 문을 꼭 잠그고 아이들에게 빵 한 조각과 요거트 한 개씩을 주고 나서야 그는 앉아서 생각에 잠길 수 있었다. 아이들은 간식을 손에 들기는 했지만 입에 대지 않았다. 컨테이너가 요트에 매달리지만 않았더라도 지금쯤 집에 도착했을 거라는 생각이 들자 아이에르는 쓴웃음이 터져나왔다. 아이들이 불안한 눈으로 아빠를 바라보자 그는 웃음을 꾹 눌렀다. 자제력을 잃어서는 안 된다. 아이들을 위해서라도. 10분이라도 누울 수만 있다면. 아니면 5분 만이라도 좋았다. 그 정도면 피로감을 조금이라도 덜어내는 데 충분할 테고, 남은 항해 동안 더 좋은 컨디션으로 깨어있을 것이다. 눈을 감자 모든 근심들이 증발해버렸고 그는 꿈조차 꾸지 않는 평안한 잠 속으로 서서히 빠져들었다.

정신이 들었을 때 자신이 얼마나 오래 세상 모르고 잠에 빠졌는지 알 수가 없었다. 아이들은 옷을 입은 채 침대 위에 깊이 잠들어있었다. 그 옆에 펼쳐진 컬러링북과 크레용들이 이리저리 흩어져있었다. 밖은 어두웠지만 선실로 내려올 때 이미 일몰에 가까웠기 때문에 그것으로 시간을 짐작하기는 어려웠다.

아이에르는 자리에서 일어났다. 자신이 녹다운된 동안 아무 일도 벌어지지 않은 것에 신에게 감사했다. 경계 의무를 져버린 자신에게 화가 났지만 사실 아무 탈 없이 잠을 조금 비축했으니 심하게 자책하지는 않았다. 그렇지만 충분히 쉬었다는 느낌 대신 안락한 의자로 돌아가 다시 무의식 속으로 빠져들고 싶은 마음만 간절했다. 있을 수 없는 일이었다. 행운이 영원히 지속될 리 없다. 천정에서 들려오는 소리를 감지한 아이에르는 그것 때문에 자신이 잠에서 깼는지도 모른다고 생각했다. 마치 뭔가가 갑판을 가로질러 질질 끌려가는 듯한, 정체를 알 수 없는 소리였다. 그러고는 이내 조용해졌다. 그런데 갑자기 선실 환기를 위해 열어둔 현창 바깥쪽에서 풍덩, 소리가 들렸다. 그는 무엇이 물에 빠졌는지 확인하기 위해 급히 창으로 다가갔다.

복부를 한 방 가격당한 기분이 들었다. 반짝이는 파도의 표면 위로, 마치 바다가 그를 거부하기라도 하듯 한 남자가 밀려 올라왔다. 너무나 초현실적인 광경 앞에서, 아이에르는 잠시 시간이 흐른 뒤에야 정신을 집중할 수 있었다. 시신은 얼굴을 아래로 한 채 떠있었지만 배의 후미를 향해 어둠 속으로 사라지기 직전, 아이에르는 눈에 익은 근육질 등판과 회색빛 머리칼을 알아보았다. 요트는 이제 선장 없는 배가 되었다.

아이에르와 아이들을 이 극악무도한 범죄자로부터 지켜주는 것은 나무로 만든 빈약한 문뿐이었다. 문 저쪽에서 할리가 기다리고 있을지도 모른다는 사실을 깨달은 아이에르의 심장이 미친 듯이 요동쳤다.

28장

"제가 뭐랬어요?" 벨라의 태도는 10대 시절 부모의 현명한 조언을 무시했다가 잘못된 길로 들어섰을 때 토라의 모친이 매번 보이던 반응을 연상시켰다. "제 말을 들으셨어야죠. 저는 첨부터 이럴 줄 알고 있었어요." 벨라는 엄청나게 풍만한 가슴 위로 팔짱을 끼었다. "전 이런 문제에 있어 절대 틀림이 있을 수 없는 직감을 가지고 있다고요."

"틀림없는." 토라는 눈을 굴리려다가 벨라가 알아차릴까 싶어 참았다. 벌써 몇 분째 비서의 호통을 듣고 있던 토라는 더 이상 견딜 수가 없었다. 카리타스가 리스본을 절대 떠나지 못했을 거라고 말한 건 정말 바보 같은 실수였다. 벨라는 동창생의 운명을 알아내는 데 집착에 가까울 정도로 과도한 열정을 쏟았다. 최악인 것은 토라 역시 벨라의 생각에 동의하지 않을 수 없다는 점이었다. "틀림없는 이야. 틀림이 있을 수 없는 게 아니라."

"뭔 상관이에요." 벨라는 문법에 대한 트집이 자신의 기분을 망치게 내버려두지 않았다. "걔는 죽었어요, 제가 말씀드렸잖아요. 간단한 문제라고요. 그러니까, 걔가 무슨 지미 추라도 신고 포르투갈을 걸어서 벗어난 줄 아신 거예요? 퍽이나. 그리고 제가 봤을 때 걘 운전면허도 없을 거라고요."

휴대폰이 울리자 토라는 발신자를 확인하지도 않고 바로 받았다. 어떤 전화 통화라도 벨라 말을 듣는 쪽보다는 나을 것이다. 벨라는 무신경한 토라의 태도에도 끄떡없이 떠들었고, 오히려 경쟁자의 소리가 묻힐 만큼 목소리를 높였다. 전화를 끊은 토라가 환하게 웃으며 비서를 바라보았다. "미안, 벨라. 아까 뭐라고 했더라?"

벨라가 노려봤다. "지금 저 놀리시는 거예요?"

"아니. 전혀 아닌데. 뭐였더라? 자기가 너무 똑똑해서 처음부터 카리타스가 죽었을 거라고 확신했다고 했나? 그게 아니었나?"

"네." 벨라는 수상한 기운을 알아챘다. "왜 그런 표정 지어요?"

"그냥. 방금 카리타스의 모친과 통화했거든. 따님이 집에 돌아왔다네." 토라의 미소는 점점 밝아졌다. "아까 하던 얘기 계속해봐. 이런 문제에 틀림없는 직감을 갖고 계시다고. 더 해봐."

벨라의 두 팔이 아래로 떨어졌다. "농담이죠?" 아래로 축 처진 벨라의 입을 보고 있자니 불독이 떠올랐다. 토라는 좋은 소식에 이토록 실망감을 보이는 사람을 한 번도 본 적이 없었다.

"곧 알게 되겠지. 직접 찾아가겠다고 했거든. 하지만 먼저 경찰에 알려야지. 그쪽도 카리타스와 대화를 원할 거고 나도 경찰에 빚진 정보가 있잖아. 지금까지는 내 의무를 다하지 못했으니까."

"뭐예요? 기리디스기 변호사님을 만나고 싶어하기라도 한다는 거예요?" 벨라는 몹시 놀란 표정이었다. 정작 경찰에 빚진 정보에 대해서는 신경도 쓰지 않았다. "그거 이상하네. 페이스북 친구신청도 안 받아줬다면서요. 페북 친구가 수백 명도 넘는 애가."

토라 역시 같은 생각을 했다. "모친의 말에 의하면 카리타스가 직접 나한테 전화를 해보라고 부탁을 했다네. 이유야 뭐, 곧 알게 되겠지. 어쩌면 변호사가 필요한 건지도 모르고. 만약 그렇다면 괜히 헛걸음만 하는 걸지도 몰라. 아이에르의 부모가 내 의뢰인인데 그 여자를 대리할 수는 없잖아."

"저도 같이 가요. 변호사님은 걔 같은 차브(교육수준이 낮은 노동계급 젊은층을 가리키는 속어—옮긴이)를 다룰 줄 모르잖아요."

"그 여자가 어떻게 차브야." 토라가 반박했다. 사진에 등장하는 카리타스는 늘 우아했다. 다소 인위적인 분위기가 풍겼지만 차브라니, 당치 않았다.

"그건 변호사님 생각이고요. 어쨌든 전 따라갈 거예요." 벨라는 서둘러 접수처로 달려가더니 외투를 챙겼다.

"정말? 나는 기억이 전혀 안 나는데." 카리타스는 크고 파란 눈을 최대한 휘둥그렇게 뜨고 벨라를 보았다. 하지만 그런 눈은 그녀에게 어울리지 않았다. 순진한 소녀처럼 보이려는 의도와 달리 그냥 백치처럼 보였다. 모친의 거실 소파에 몸을 길게 늘어뜨리고 앉은 탓에 그녀의 긴 두 다리가 소파 전체를 차지했고 토라와 벨라는 어쩔 수 없이 의자에 따로 앉아야 했다. "같은 반은 아니었지?"

"응." 벨라는 카리타스와 달리 꼿꼿하게 앉아있었다. 카리타스의 모친이 자신을 예전 학교 친구로 소개하자 벨라는 불편한 기색을 드러냈다. 자신의 정체를 곧바로 밝힐 생각은 없었던 것이다. 그러나 정작 카리타스가 자기를 기억하지 못하자 벨라는 매우 불쾌해 했다. 이를 지켜보는 토라로서는 벨라가 진짜 원하는 게 무엇인지 도통 알 수가 없었다.

"신기하네." 카리타스는 불꽃이라도 튈 듯한 벨라의 적대감을 전혀 감지하지 못한 모양이었다. 함께 음모라도 꾸미는 양 벨라를 향해 미소만 지을 뿐이었다. "그러니까, 뭐랄까, 참 이상하다. 혹시 학교 다닐 때는 날씬했니? 너무 그렇게…, 무슨 말인지 알지?"

토라는 폭력사태가 일어나는 것을 막기 위해 얼른 끼어들었다. "언제 귀국하셨어요?"

"이제 막 도착했어요."

카리타스의 모친이 불쑥 끼어들었다. 빨갛게 부은 그녀의 눈은 애써 쾌활함을 가장했다. "어쩌면 이렇게 건강해 보이는지. 그렇게 오래 여행을 했는데 말예요. 브라질에서 여기까지, 보통 비행기를 그렇게 오래 타면 생기가 돌지 않잖아요, 그렇죠?" 그녀는 벨라를 바라보며 말했고, 벨라의 표정은 아까보다 더 굳어졌다.

"미국을 거쳐 오셨나요?" 토라는 카리타스가 모친의 말에 얼마나 이상한 반응을 보였는지 알아챘다. 마치 옆에 있는 크리스털 꽃병으로 자기 엄마의 머리를 내려치고 싶어하는 표정이었다.

"아뇨." 그녀는 자세한 설명을 덧붙이는 대신 양손의 손가락을 격자로 모양으로 깍지 꼈다. 손가락 끝에 살짝 벗겨진 핫핑크 매니큐어가 발리져 활기를 더했다. "있잖아요, 제기 항공편 같은 지루한 이야기나 하려고 변호사님을 오시라고 한 게 아니에요." 그녀는 깍지를 빼고 양 옆에 있는 쿠션 위에 얌전히 손을 올렸다. 핫핑크색 손톱은 쿠션의 진홍색 벨벳 커버와 지독하게 충돌했다. "요트사건 맡고 계신다고요, 맞죠?"

"직접적으로는 아닙니다." 토라는 창피한 표정을 짓는 카리타스의 모친을 곁눈질로 살피면서 대답했다. 아마도 그녀가 딸에게 이미 얘기를 한 모양이었다. "저는 실종승객 중 한 명의 부모를 대리하고 있습니다. 그러니까 간접적으로만 요트와 관련된 셈이죠."

"그 요트 타보셨나요?" 카리타스는 몸을 쭉 펴더니 다리를 몸통 아래로 접어앉으며 물었고 토라는 고개를 끄덕였다. "죽을 만큼 갖고 싶은 물건이죠?"

"글쎄요. 제가 요트에 오른 건 다소 음울한 사건 때문이라, 그건 진지하게 생각을 안 해봤네요." 카리타스의 얼굴에 일순 그늘이 드리워졌다. 그녀의 심기를 건드리지 않기 위해서라도 배를 칭찬해야 한다는 사실을 간파한 토라가 재빨리 덧붙였다. "물론…, 죽을 만큼 탐나죠." 토라는 열의를 보이려고 노력했다. "멋진 배예요."

"네, 뭐." 카리타스는 토라의 연기를 꿰뚫어본 게 분명했다. "물론 변호사님은 그런 요트를 타보신 적이 한 번도 없으시겠지만 정말이지, 레이디 K는 끝내주는 배예요." 자신의 말이 허세로 들린다는 걸 알아차렸는지 모르지만 카리타스는 개의치 않는 표정이었다. "그것 때문에 변호사님을 뵙고 싶었어요. 그러니까, 제가 요트에 올라가 봐야 하거든요. 저 대신 그 문제를 해결해주실 수 있겠죠? 경찰을 귀찮게 하고 싶지는 않아요."

"경찰은 어차피 도움을 줄 수 없을 겁니다. 수색을 완료했으니 경찰에서 열쇠를 가지고 있기는 한 건지도 모르겠네요. 이제 요트에 대한 권한은 조정위원회가 가지고 있으니 그쪽에 이야기를 해보시는 게 좋겠습니다."

"그건 너무 번거로운 일이에요." 분노의 홍조가 카리타스의 양볼에 떠올랐다. "변호사님이 저를 그냥 들여보내 주시는 게 훨씬 간단해요. 제가 요트를 훼손한다거나 뭐 그럴 것도 아니잖아요."

"왜 요트에 오르고 싶어하는지 물어봐도 될까요?"

"거기에 아직도 제 물건들이 많아서 가져오려고요. 옷이랑 기타 등등요. 요트가 유럽을 떠나기 전에 물건들을 챙겨올 수가 없었어요. 저한테는 충분히 그럴 권리가 있지만, 시간이 없었죠."

토라는 아이슬란드 역시 유럽의 일부라는 사실을 지적하고 싶은 충동을 간신히 잠재웠다. "바로 그 용무 때문에 리스본으로 출국하신 걸로 알고 있는데요. 개인소지품을 가지러 가려고. 오해가 있었던 건가요?"

"네. 제 말은, 아니에요. 그럴 예정이었는데 기회가 없었죠."

"그러니까 소지품을 챙기러 갈 기회가 없었다는 건가요, 아니면 리스본에 가지 못했다는 건가요?"

"있죠, 제가 기억이 잘 안 나네요. 워낙에 여행을 많이 다녀서." 카리타스는 토라의 눈을 피했다. 그녀의 말은 뒤이은 침묵 속에서 애매하게 떠다녔다. 거짓말이라는 게 너무 빤히 보이자 결국 그녀는 어색하게 말을 보탰다. "생각해보니까, 리스본에 갔던 거 같아요. 가긴 갔는데 요트가 이미 떠나버렸던가, 뭐 그랬던 거 같아요.

적어도 요트에 오르지는 못했어요."

"아." 토라는 지뢰밭을 걷는 듯한 기분이 들었다. 만약 발을 헛디 뎠다가는 문 밖으로 쫓겨날 상황이었기 때문이다. 단어 선택보다 자신의 질문과 코멘트에 악의가 없다고 여기도록 하는 게 훨씬 더 까다로웠다. "제가 오해를 했나봐요. 왜냐면 제가 옷장을 들여다봤 을 때 드레스 중 하나가 사라졌다고 생각했거든요. 최소한 옷걸이 하나가 비어있었으니까요. 제가 이런 부분에는 아는 게 전혀 없어 서 분명히 그 한 벌만 챙겨가고, 나머지 옷들은 유행이 지나서 남 겨두신 거라고 짐작했어요."

"그런 의상들은 절대 유행을 타지 않아요. 오트 쿠튀르니까요." 카리타스의 발음은 프랑스어라기보다 아쿠레이리(아이슬란드 북부 도시) 억양에 더 가깝게 들렸다. "어쨌든 저는 기회가 없어서 아무 것도 챙겨오지 못했고, 그래서 변호사님과 이야기를 하고 싶었던 거예요. 제가 요트에 탈 수 있게 해달라고요. 오래 걸리지 않을 거 예요." 그녀는 아주 작은 변덕까지 기분을 맞춰주는 하인을 두고 사는 데 익숙한 사람 같았다.

"혹시 개인 비서인 알디스 양이 선생님의 부탁으로든 아니면 순 전히 본인 의지로든 요트에 올랐을 가능성이 있나요? 선원들이 요 트에 도착했을 당시 문에 붙어있던 테이프가 뜯겨나갔다고 말했거 든요. 강제 침입의 흔적이 없는 걸로 봐서 분명 열쇠를 가지고 있 었을 겁니다. 그리고 만약 일반적인 절도사건이었다면 도난당한 물건이 있었겠죠. 배에 귀중품이 많았으니까요."

"알디스가 뭘 할 생각이었는지 제가 알 수 없죠. 더 이상 제 밑에서 일하지 않거든요."

"해고를 한 거야, 아니면 월급을 줄 돈이 없어서 그런 거야?" 대화에 불쑥 끼어든 벨라 덕분에 토라는 안도감을 느꼈다. 벨라는 어디로 튈지 모르는 인간이지만 얄팍하게 위장한 심문 도중 잠시 한숨 돌릴 수 있게 되었다는 건 반가운 일이었다.

카리타스는 벨라에게 버럭 화를 냈다. "직원 월급 주는 데에는 전혀 문제없어." 그녀는 고개를 빠르게 움직여 머리칼을 뒤로 넘겼다. "궁금해할까봐 말해두는데, 내가 자른 거야."

"왜?" 확실히 벨라는 돌려서 말할 줄을 몰랐다.

"왜냐고?" 카리타스가 반문했다. "왜 자르면 안 되는 건데? 게으르기 짝이 없고 내 물건을 슬쩍하는 애였다고." 그녀는 눈에 띄게 입을 꾹 다물기 시작했다.

"한 가지 더 여쭤볼게요." 토라는 유쾌하게 미소를 지어보였다. "혹시라도 아이에르라는, 조정위원회 직원과 연락을 한 적이 있나요? 당신 연락처가 그분 서류에서 발견됐거든요. 요트 탑승 허가 문제로 그분한테 접근하셨나요. 저한테 연락하신 것처럼요?"

"아이에르라고 하셨죠?" 카리타스의 연기는 형편없었다. 거실 안에 있는 사람들 모두 그녀가 기억을 더듬느라 머리를 짜내는 게 아니라는 것을 확신했다. "네, 어디서 들어본 기억이 나네요."

"그 사람은 가족들과 함께 요트에 탔습니다. 제가 그분 부모님을 대리하고 있어요. 그분 아내와 두 딸 역시 실종 상태입니다. 카리타스 씨가 그분과 이야기를 나눴다면 중요한 단서가 될 수도 있어요. 경찰에서도 이미 그 문제를 싱의하기 위해 연락을 할 거예요.

465

분명 그쪽에서도 당신과 이야기를 나누고 싶어할 겁니다."

"경찰요?" 카리타스는 이제야 자세를 바로 하고 앉았다. "그 사람들이 원하는 게 뭔데요? 저는 잘못한 거 하나도 없는데."

"아마도 요트에서 여자의 시신이 발견됐을 가능성 때문에 그럴 겁니다. 정확히 말씀드리면 냉동고에서 발견됐죠. 처음에는 다들 그 시신이 카리타스 씨일 거라고 생각했어요."

"젠장, 왜 그렇게 생각했대요?" 카리타스가 냉동고에서 죽은 여자가 발견됐다는 사실보다 사람들이 그 시신의 신원을 잘못 파악했다는 데에 더 흥분하는 모습은 분명 흥미로웠다. "그건 그렇고. 그게 무슨 말씀이세요? 여자라뇨? 냉동고에서요?"

"제가 요트가 올랐을 때는 냉동고에 아무도 없었습니다."

토라의 말에 카리타스의 모친은 격분한 표정으로 물었다. "대체 이게 무슨 말도 안 되는 소리인가요?"

"제가 아는 건 경찰이 그 문제를 수사 중이라는 사실뿐입니다. 말씀드렸듯 제 역할은 간접적인 수준이기 때문에 잘못 알고 있을 수도 있고요. 그런데 좀 전에 아이에르에 대해 무슨 얘기를 하던 중이었죠? 그분이 요트에 타기 전에 대화를 나눈 적이 있나요? 아니면 리스본에서 직접 만나신 건가요? 분명 두 분은 같은 시기에 그 도시에 계셨을 텐데요."

카리타스는 목을 긁적거리다가 목에 빨간 자국을 남겼다. "아뇨, 만나진 않았어요. 하지만 전화통화는 했죠. 그건 범죄가 아니잖아요. 실은, 그 사람이 저한테 전화를 걸었죠."

"정말요?" 토라는 최대한 상냥하게 말하려고 애썼다. "그분이 포르투갈에 계실 때였나요?"

"아뇨. 아이슬란드에 있을 때였어요. 제가 그 망할 조정위원회에 전화를 걸었는데 전화받은 여자가 그 사람이 요트 건을 담당한다고 알려줬어요. 그런데 그때 사무실에 없다고 해서 제 전화번호를 알려주고, 그 사람한테 나중에 전화 달라고 메시지를 남겼죠. 그랬더니 전화가 온 거예요. 대단한 것도 아니죠."

"뭘 부탁하시려고 했나요?"

"요트에 타고 싶었어요, 지금처럼요. 그 사람이 열쇠를 가지고 있었고요."

"그래서 어떻게 됐죠? 도와주겠다고 하던가요?"

"그런 셈이죠. 처음에는 굉장히 비협조적이었어요." 카리타스는 토라를 기분 나쁘게 째려보았다. "변호사님처럼요. 하지만 제가 잘 구슬렸더니 기회를 마련해보겠다고 했죠."

"그 대가로 뭘 약속했는데?" 벨라가 툭 치고 들어왔다. 토라는 벨라가 사람을 격분시키는 말을 내뱉을까 염려스러웠지만 그럴 만한 기회가 없었다.

"들인 시간이 아깝지 않게 보상을 해주겠다고 했어." 히죽거리는 벨라의 얼굴을 본 카리타스가 얼굴을 살짝 붉혔다. "네가 상상하는 그런 뜻이 아니고, 돈을 줄 생각이었지. 큰돈 말이야."

"단지 드레스를 되찾기 위해서요?" 옷을 되찾아주는 대가로 누군가에게 거액의 돈을 약속하는 자신의 모습을 토라는 상상하기 어려웠다.

"옷이 다가 아니에요. 나른 물건 몇 개도 챙겨야 했거든요." 그녀는 입이 거의 보이지 않을 만큼 입술을 얇게 찌그러뜨렸다.

"그래서 어떻게 됐나요?"

"요트가 떠나기 전에 리스본에서 만날 예정이었어요. 그런데 일이 잘 안 풀렸죠."

"왜요?" 토라는 이제 상냥하게 굴려는 노력조차 하지 않았다.

"제가 안 나갔어요. 일이 생겨서 그의 도움이 필요 없어졌거든요. 그때는 그럴 줄 알았죠." 카리타스는 이를 드러내며 미소를 지으려 했지만 실패하고 말았다. "그렇지만 이제 변호사님이 저 대신 빨간 테이프를 처리해서 제가 들어갈 수 있게 도와주셨으면 합니다. 아시잖아요, 안 하는 것보단 늦게라도 하는 게 낫다는 말."

토라는 천사를 닮아 아름다운 껍데기를 지녔지만 그 안에 무서울 정도로 사악한 면을 감춘 이 여자를 찬찬히 바라보았다. 이 여자에게 실종자들은 안중에도 없었다. 그저 귀찮은 일에 불과했다. 실종자에 어린 여자아이 둘이 포함되어 있다는 사실 따위는 전혀 문제되지 않는 듯했다. "되찾으려는 물건이 뭔지 말씀해주시면 한번 고려해보겠습니다. 경찰이 이미 요트 안을 샅샅이 뒤져본 상태예요. 솔직히 드레스 외에 뭐가 그리 중요한 물건인지 잘 모르겠네요."

"그 부분은 변호사님이 걱정하실 필요 없어요. 그렇게 찜찜하시다면 돈을 드리죠. 어떠세요?"

"아뇨, 됐습니다." 토라는 곁눈으로 베가의 안심하는 표정을 보고는 그쪽으로 몸을 돌리며 물었다. "뭐가 잘못됐나요?"

베가는 깜짝 놀랐다. "오, 아뇨. 아무것도 아니에요. 그냥 돈 문제 때문에 걱정이 돼서요. 요즘 사소한 어려움을 겪고 있거든요.

물론, 일시적인 일이랍니다." 그녀는 딸을 향해 고개를 돌렸다. "얘, 이렇게 작은 문제들이 걸려있을 때에는 돈을 주는 것보다는 정보를 교환하는 게 더 합리적이란다. 게다가 변호사님은 돈이 필요 없다고 하시잖니." 그녀는 애원하듯 딸을 쳐다보며 눈을 가리고 있던 머리칼을 쓸어넘겼다. 지난번 토라와 벨라가 이 집을 방문한 이후로 노부인의 모근은 여전히 회색빛을 띄고 있었다.

카리타스는 모친의 간섭에 조금도 고마워하는 기색을 보이지 않았다. 그녀는 앙심이라도 품은 눈빛으로 엄마를 쳐다봤다. "엄마, 나 이 집 팔 거야. 그건 의논할 문제가 아니지. 문제가 해결되기 전까지는 혼자 힘으로 버텨야 한다고." 그녀는 토라에게 고개를 돌리더니 말했다. "변호사들이 부동산 양도 문제도 처리하지 않나요?" 그녀의 모친은 이제 곧 역사 속으로 사라져 호화로운 삶의 상징이 될 휘황찬란한 의자에 앉아 쪼그라드는 것처럼 보였다.

"저는 부동산중개인이 아닙니다." 토라는 벨라의 얼굴에 떠오른 히죽거림을 포착했다. 벨라는 생전 처음으로 상사의 모습에 흡족해하는 표정이었다. "그리고 왜 아이에르와의 약속을 지키지 않으셨는지도 궁금하네요. 이게 카리타스 씨한테 그토록 중요한 문제라고 하시니까요."

"얘기했잖아요, 상황이 바뀌었다고. 그 사람이 더 이상 필요 없어졌어요. 다른 누군가가 더 적은 돈으로도 해주겠다는데 굳이 그 사람한테 큰돈 줄 이유가 없잖아요."

"다른 누구요?"

"네. 리스본 시내에서 예전 요트에서 근무한 선원과 마주쳤어요.

제가 먼저 알아봤죠. 그 선원이 아이에르보다 몇 배는 더 친절했다고요. 선원이랑 상의를 했더니 흔쾌히 도움을 주겠다더군요. 그런데 그 멍청한 친구라는 놈이 사고를 당하는 바람에 갑자기 상황이 꼬여버렸어요. 그래서 계획한 대로 저를 만날 수가 없었어요. 그 선원이 나한테 전화를 해서 요트가 레이캬비크로 돌아오면 자기가 알아서 처리하겠다고 했어요. 내가 뭘 어쩔 수 있었겠어요? 그때쯤엔 아이에르에게 연락해 날 만나달라고 설득하기에도 너무 늦어버렸어요. 선장이 이미 도착해서 요트에 머물고 있었거든요. 저는 괜히 리스본까지 헛걸음만 한 셈이고, 어쩔 수 없이 레이디 K가 레이캬비크로 돌아올 때까지 기다려야 했어요." 카리타스는 눈을 감았다. "그런데 갑자기 사람들이 사라지면서 저만 손해를 봤다고요."

"그 선원 이름이 뭐였나요?" 토라는 질문을 했지만 리스본에서 친구가 사고를 당한 선원이라면 답은 이미 나와있었다.

카리타스는 기억을 되살리는지 잠시 조용했다. 그러더니 마스카라를 잔뜩 칠한 눈으로 토라를 바라보며 말했다. "할리였던 거 같아요. 예전에 레이디 K에서 일했던 사람이에요. 네, 맞아요. 분명히 이름이 할리였어요."

29장

아이에르에게 있어 가장 곤혹스러운 점은 요트가 목적지에서 얼마나 멀리 떨어져 있는지 도통 감을 잡을 수 없다는 사실이었다. 그는 자신이 얼마나 오랫동안 잠들어 있었는지, 선장이 남은 항해시간을 얼마라고 알려줬는지 정확히 기억해낼 수 없었다. 24시간이라고 했나, 아니면 하루? 만약 후자라면 하루란 정확히 얼마를 뜻할까? 12시간? 육지까지 몇 시간밖에 안 남았다는 건가? 그는 마지막으로 조타실에 갔을 때 시계를 확인하거나 더 상세한 정보를 요구하지 않은 자신을 책망했다. 만약 그랬더라면 잠들어 있는 동안요트가 얼마나 이동했는지 계산했을 테고, 그에 맞춰서 아이들과함께 구명정을 타고 요트를 탈출해도 문제가 없을지 가늠하는 등다음 계획을 세울 수 있었을 것이다.

아마도 구명정에는 바다에 닿으면 자동으로 활성화되는 비상송신기가 장착되었을 것이다. 하지만 송신기의 신호가 얼마나 멀리까지 전송되는지 아이에르는 알지 못했으므로, 구명정은 요트가 아이슬란드 인근 해안에 다다랐을 때에만 사용해야 했다. 그들을 둘러싼 바다는 끝도 없이 거대했고, 육지까지 여전히 하루의 여정이 남은 상황이라면 다른 선박을 만나게 될 가능성이 거의 없어보였다.

너무 늦어버렸다. 선장은 적어도 이 세상에서는 어떤 조언도 해줄 수 없었다. 할리에게 질문을 하는 순간 목숨이 날아갈 수 있으므로 그를 찾아나설 이유는 더욱 없었다. 아이에르는 드러누워 천장을 바라보다 눈을 감았다. 눈꺼풀 위에서 하얀 얼룩들이 춤을 추었다. 지금껏 이렇게 무거운 중압감을 느끼며 결정을 내려본 적이 없었다. 지금처럼 길을 잃었다는, 혼자라는 느낌이 든 적도 없었다.

"아빠, 지금 몇 시야?" 그는 눈을 비비며 몸을 일으켜앉는 아르나를 바라보았다. 아이는 크레용 위에서 잠이 들었는지 자신도 알지 못하는 사이에 크레용 한 자루가 점퍼에 달라붙어 있었다.

"아빠도 모르겠어." 그는 손목시계를 차지도, 수신이 끊긴 휴대폰을 충전해두지도 않았다. 아이의 옆에 걸터앉아 크레용을 잡아떼었다. 새빨간 크레용이 아이의 가슴 한켠에 달라붙은 모양이 영거슬렸기 때문이다. "밤시간이야, 아빠가 보기에는 그래."

"우리 언제 집에 도착해? 나 배 아파."

"곧 도착해야 할 테데." 아이에르는 아이의 머리칼을 쓸어내렸지만 금세 곱슬곱슬한 형태로 되돌아갔다. "구명정을 타고 돌아가야 할지도 몰라. 어떻게 생각해?"

"상관없어. 난 그냥 집에 가고 싶어." 아이는 아빠의 손을 밀어냈다. "그러면 더 이상 용감해질 필요도 없잖아."

"네 말이 맞아." 아이에르는 다른 할 말을 떠올리지 못한 채 침묵에 잠겼다. 가장 간단한 방법은 두려워할 필요가 전혀 없다고 거짓말하는 것이었다. 눈 깜빡할 사이에 집에 도착할 테고 그러면 더 이상 얌전히 굴어야 할 이유도 없을 거라고. 하지만 그건 사실이 아니었다. 누구도 그들이 레이캬비크에 돌아간다고 장담할 수 없었고, 설령 집으로 돌아간다 해도 라라가 없는 상태에서 이제는 예전만큼 위안받을 수도 없었기 때문이다. "아르나, 지금까지 정말 잘 견뎠어. 아빠가 감히 상상도 못할 만큼. 운이 좋으면 그렇게 오래 견디지 않아도 될 거야."

"잘됐네." 아르나는 다시 벌렁 드러누웠다. 아이는 자고 있는 동생을 바라보다가 물었다. "시가 뒤그는 지금 뭐하고 있을까?"

"아마 지금쯤 쿨쿨 자러 갔겠지." 아이에르는 낮은 목소리로 말했다. 막내딸 생각에 견딜 수 없을 만큼 가슴이 아파왔다. 아이는 이제 엄마 없이 커야 했다. 라라가 쏟아부었던 애정만큼 막내를 잘 돌볼 자신이 없었다. 그는 딸들을 어떻게 달래야 하는지, 머리를 어떻게 빗겨야 하는지, 무슨 옷이나 선물을 골라줘야 하는지, 어떻게 숙제를 도와줘야 하는지 알지 못했다. 게다가 요리에는 젬병이었다. 그저 회사 일만 너무 열심히 해서 탈이었다. 그렇게 하지 않고는 배길 수가 없었기 때문이다. 만약 단축업무를 신청하게 되면 그는 얼마 안 가 해고대상자에 오를 것이다. 돈 때문에 하는 걱정이 아니었다. 사실 어쩌면 그게 최선의 방법일지 몰랐다. 일을 그만두고 육아에만 매달리기, 딸들에게 전념하기. 하지만 얼마 안 가 사람들은 그가 무슨 돈으로 자신과 아이들을 먹여살리는지 궁금해하시 않을까? 1~2년, 아니면 3년쯤 설리려나? 그선 숭요하지 않았다. 언제가 되든 그런 순간은 찾아올 테니까. 난데없이 떠오른 라라의 생명보험금은 찜찜한 입맛을 남겼다. 보험금이 경제적 문제를 해결해줄 것이다. 그렇지만 자신의 계좌에 거액의 돈이 찍힌 것을 보면 어떤 기분이 들까? 그는 오랫동안 부자가 되는 꿈을 꾸었지만 이런 식으로 돈이 들어올 거라는 생각은 전혀 못 했다. 너무나 크나큰 대가를 치른 것이다.

"시가 뒤그는 엄마가 죽은 걸 몰라." 아르나는 눈을 감았다. "진짜 운이 좋아."

"곧 알게 될 거야. 우리를 보자마자 알게 되겠지. 그런데 막내는 그게 뭔지 이해할지 모르겠다. 너무 어려서."

"그래도 운이 좋아. 나도 모르고 싶어."

"아빠도." 라라를 다시 살릴 수만 있다면 무슨 짓이든 할 수 있었다. 그게 불가능하기 때문에, 단 며칠이라도 아니면 항구에 도착할 때까지만이라도 자신을 속일 수 있으면 좋겠다고 생각했다. 두려울 정도로 불확실한 상황과 슬픔을 동시에 견뎌내는 일은 참기 힘든 고통이었다. 지금 이 순간 견뎌내야 하는 게 불확실한 상황뿐이라면 행복한 결말을 맺을 가능성이 몇 배는 높아질 것 같았다. 하지만 인생이 그런 식으로 돌아가지 않는다는 것을 그는 잘 알고 있었다. 이 상황에는 좋은 해결책이라는 게 있을 수 없었다.

"갑판에 올라가서 아이슬란드가 보이는지 눈으로 확인해볼까?"

"안 돼." 말을 툭 내뱉은 그는 자신이 너무 가혹하게 반응한 것 같아 곧 후회했다. 뭔가 더 끔찍한 일이 벌어졌다는 것을 아르나가 알게 하고 싶지 않았다. "너무 어두워. 아무것도 안 보일 거야."

"볼 수 있어. 빛이 있을지도 모르잖아. 우주공간에서도 지구의 불빛이 보이는걸."

"그건 큰 도시들만 가능한 거야. 레이캬비크는 우주나 이렇게 먼 바다에서는 보이지 않겠지. 그 부분에 있어서는 말이지." 그는 지구 표면의 만곡에 대해 설명할 기운이 남아있지 않았다. "눈에 보이는 거라고는 검고 검은 바다들뿐이지."

"어쩌면 선장 아저씨한테 밤에도 볼 수 있는 쌍원경이 있을지 몰라. 가서 선장 아저씨 찾아보면 되잖아. 난 선장 아저씨가 나쁜 사람이라고 생각하지 않아."

"그래. 아빠가 보기에도 아닌 것 같지만…, 그런 쌍원경은 군인이나 특공대원들만 가지고 있는 거야. 쌍원경이 엄청나게 비싸거든. 거기에다가 선원들은 밤에 앞을 내다볼 필요도 없어. 그 일을 대신해줄 레이더랑 온갖 종류의 장비들이 다 있거든." 아이에르는 서둘러 대화의 주제가 선장에게서 멀어지도록 떠들어댔다. 차라리 쌍원경에 대해 헛소리를 지껄여대는 게 훨씬 쉬웠다. 선장의 시신이 바다 위에 떠다니는 장면은 너무나 참혹했고, 아이에르의 마음 한켠 어딘가에서 선장이 바다로 던져질 때 숨이 완전히 끊어진 상태는 아니었다는 속삭임이 들려오기까지 했다. 속삭임은 끈질기게 그를 따라다녔지만 아이에르는 애써 부인했다. 그게 사실이라면, 선장은 최소한 바다에서 고개를 들어보려는 시도는 하지 않았을까? 선장이 창문 가까운 곳에서 익사했다고 쳐도 그게 무슨 상관인가? 어쨌든 그는 라라에게 총을 쥐어준 장본인이고 아이에르는 죽을 때까지 그를 용서하지 못할 것이다. 선장이 어둠 속으로 지켜를 감추는 동안 아이에르가 아무런 조치도 취하지 않는 데에는 틀림없이 이러한 사정이 영향을 미쳤을 것이다. 선장은 라라의 죽음에 책임이 있었다. 눈에는 눈, 이에는 이다. "목마르지 않아?"

아르나는 고개를 가로젓고는 등을 대고 누웠다. 아이는 아까 아이에르가 뚫어져라 쳐다보았던 그 천정 타일을 응시했다. 어쩌면 아빠처럼 아르나도 아무것도 없이 텅 빈 표면을, 아무것도 연상시키지 않는 무언가를 바라보는 게 마음 편안하다고 생각했는지 모른다. 딸 옆에 누워 똑같이 하고 싶은 마음이 간절했지만 참았다. 그에게는 고민해야 할 중요한 문제들이 있었다. 가령 궁지에 몰린 현재의 상황에서 무엇이 최선책인가? 머리 위에서 들려오는 소음에 그의 정신이 퍼뜩 들었고 자기도 모르게 천정으로 눈길을 돌렸다. 선장의 시신이 끌려간 바로 그 갑판에서 들려오는 소리 같았다. 그 자체로는 아무런 악의가 없는 소리였다. 다른 상황이었다면 전혀 놀라지 않았겠지만, 지금은 할리가 여전히 활개를 치며 아이에르와 쌍둥이를 노려 뭔가를 계획하는 게 틀림없다는 불안한 생각만 떠오를 뿐이었다.

"왜 그래, 아빠?" 아르나의 얼굴에 긴장감이 그대로 묻어났다.

"아무것도 아니야, 우리 딸. 그냥 피곤해서 그래."

"나쁜 사람이 나타난 거 같아? 할리 아저씨가 말한 그 사람이 배 위에 있는 거야?"

"아니야. 배에는 아무도 없어. 그냥 할리 아저씨일 거야." 무슨 일이 있어도 아르나나 빌쟈 모두 선장에게 무슨 일이 일어났는지 몰라야 했다. 아이들이 공포에 질려버리기라도 하면 상황은 더 최악으로 치달을 것이다. 안 그래도 상황은 이미 나쁠 대로 나빠져 있었다. "아니면 선장 아저씨일 수도 있지."

돌연 그는 총을 바다로 던져버린 걸 후회했다. 총을 버리지 않았더라면 할리를 찾아내서 쏴죽일 수 있을 것이다. 그 상상은 조금도 끔찍하지 않았다. 오히려 너무 구미가 당기는 나머지 아이에르는 상상을 순서에 맞게 완성해나갔다. 상상 속 총알이 젊은 선원의 등을 관통하자 그의 입가에는 미소가 떠오르기까지 했다. 그가 겨우 정신을 차리는 순간 달콤한 상상도 사라져버렸다. 정신을 집중시켜야 했다.

빌쟈가 몸을 뒤척이더니 눈을 반쯤 떴다. 아이는 잠에서 깨지 않은 듯 보였지만 시선은 자기 앞에 펼쳐진 컬러링북에 가닿았다. 아르나가 동생에게 안경을 건넸다. 빌쟈는 몸을 일으켜앉아 정신을 차리려고 애쓰면서 하품을 하고 안경을 꼈다. "엄마 꿈꿨어."

"난 안 꿨는데." 아르나는 엄마가 저세상에서 동생을 편애하기라도 했다는 듯 상처받은 표정이었다. "난 아무 꿈도 안 꿨어."

아이에르는 딸들의 목소리를 차단하고 밖에서 들려오는 소리에 집중하려고 노력했다. 할리 역시 아이에르만큼이나 쉬지를 못했으니 어느 시점에서는 잠을 보충해야만 한다. 만약 아이에르가 조는 사이에 할리가 눈을 붙일 기회를 잡았다고 해도 그렇게 짧은 낮잠으로는 피로감을 극복하지 못할 것이다. 그러니까 할리가 언제 다시 잠을 자러 가는지 알 수만 있다면, 아이에르는 딸들의 안전을 보장할 조치를 취할 수 있을 것이다. 그러기 위해서는 계획이 필요했다. 지금까지 그의 머릿속에 떠오른 생각이라고는 구명정을 나고 탈출하는 것뿐이었다. 어쩌면 그게 맞을지도 모른다. 그에게는 모든 선택지를 검토해서 어떤 것이 옳은 방법일지 판단할 시간이 없었다. 어차피 이 상황에서는 옳은 결정이라는 게 없었다.

복도 끝 문이 열리는 소리가 들리더니 이내 쾅하고 닫혔다. 아이에르는 순간적으로 심장이 멈춰버릴 듯 숨이 막혔다. 만약 배 위에 총이 한 자루 더 있고 할리가 그걸 손에 넣는다면 어떻게 될까? 탈출을 계획하거나 자신과 아이들을 방어하기 위해 몸부림치는 게 무슨 의미가 있을까?

"저건 누구야, 아빠?" 아르나가 불안하게 속삭였다. 아이는 밖에 있는 게 누구든, 아빠가 위협감을 느꼈다는 걸 직감했다.

아이에르는 입술에 손가락을 갖다댔다. 아이들의 눈이 커졌고 빌쟈는 비명이 터져나오기라도 할까봐 두 손으로 자신의 입을 틀어막았다. 문에 귀를 바짝 붙이고 있던 아이에르는 누군가 복도를 따라 걸어오면서 선실 문의 손잡이를 차례로 돌려보는 소리를 듣고는, 하마터면 빌쟈처럼 입을 틀어막을 뻔했다. 자신이 선실 문을 잠갔는지 의심이 들자 아주 짧은 순간 아드레날린이 그의 혈관을 타고 솟구쳤다. 선실 바깥쪽에서 문손잡이가 돌려졌지만 문은 다행히 잠겨있었다. 세 사람의 시선이 손잡이에 고정되었다. 잠시 동안 꿈쩍 않는 것 같던 손잡이를 난데없이 누군가 더욱 세게 잡아서 돌렸다. 그들 중 누구도 입을 열거나 새끼손가락 하나 까딱하지 않았다. 마치 정지버튼이 눌린 영화 속 배우들 같았다. 발자국 소리가 멀어지고 복도 끝 문이 열렸다가 닫히는 소리를 듣고 나서야 세 사람은 숨을 돌렸다.

"저게 누구야?" 아르나는 문이 당장이라도 벌컥 열릴까봐 겁을 먹은 듯했다. 아이에르 역시 마찬가지였다. 복도에는 아무도 없는 듯했지만 어쩌면 함정일지도 몰랐다. 그리고 발소리의 주인은 대체 누구란 말인가? 할리는 아이에르와 라라가 어느 선실에 묵는지, 아이들의 방이 어딘지 정확하게 알고 있었다. 그렇다면 왜 선실 문을 일일이 열어본 것일까? 할리가 범인이 아니라는 말인가? 그 가능성에 대해 생각해볼수록 아이에르의 의심은 커져갔다. 할리는 분명 마스터키가 어디 보관돼 있는지 알 것이다. 처음부터 그런 열쇠가 없었던 게 아니라면 말이다. 어쩌면 할리가 범인이며, 지금은 선실 문을 부수기 위해 조타실에 도끼를 가지러 간 것일지도 모른다. 아니면 이 모든 게 다른 사람의 소행인지도 몰랐다.

"방금 누구였어, 아빠? 할리 아저씨가 말한 나쁜 사람이야?" 아르나는 아빠의 답을 듣기 전까지는 물러서지 않을 태세였다.

"분명 할리 아저씨였을 거야. 아까 전에 아빠가 그랬던 것처럼 아저씨도 너무 피곤해서 어디가 자기 방인지 기억하지 못했을 거야." 딸들이 알아야 하는 사실 대신 듣고 싶어하는 이야기를 지어낸 걸 아이에르는 곧바로 후회했다. 끝까지 살아남으려면 아이들도 무엇이 그들을 위협하고 있는지 알아야 했다. 만약 아이들이 할리와 마주쳤을 때 그에게 달려가 도움이라도 청한다면, 그건 자살 행위나 다름없다. 만일 두 아이 중 하나라도 그의 손아귀에 들어가기라도 하면 아이에르는 완전히 허물어져 버리고 모든 게 끝장나고 말 것이다.

"할리 아저씨 아니야." 빌라는 몸을 따뜻히 하려는 듯 자신의 마른 가슴을 두 팔로 감싸안았지만 선실 안은 춥지 않았다. "할리 아저씨 아니었어."

"그걸 어떻게 알아?" 아르나는 동생의 말이 틀리기를 원하는 건지 아닌지, 갈피를 못 잡겠다는 말투였다.

"할리 아저씨는 정말로 아니었다니까." 빌쟈는 침대 머리판에 몸을 더 가까이 가져갔다. "그냥 위층에 올라가서 아저씨들한테 도와달라고 하면 안 돼, 아빠? 할리 아저씨랑 선장 아저씨는 나쁜 사람 잡는 걸 도와줄지도 몰라."

"지금은 안 돼. 곧 선실 밖으로 나가기는 할 거지만 지금 당장은 아니야." 아이들은 더 이상 캐묻지 않았지만 어딘가 불만스러운 표정이었다. 아이에르도 답답하기는 마찬가지였지만 어쩔 수가 없었다. 밖에 누가 있는지, 그 누군가가 여전히 주위를 배회하고 있는지 알지 못하는 상태에서는 할 수 있는 게 하나도 없었다. 하지만 반대로 생각해보면 선실 안에 머문다고 해서 상황을 파악할 수 있는 것도 아니었다. 그렇더라도 아직은 이런 사실에 정면으로 맞설 수가 없었다. 그 자리에 남아서 회피하는 게 어쩌면 더 나은 방법이라고 생각했다. 그렇지 않을까?

아이에르는 또다시 잠에 굴복하고 말았다. 꿈도 꾸지 않을 만큼 깊이 잠들었던 그는 갑작스러운 철렁함에 번쩍 잠에서 깨어났다. 의자 앞으로 굴러 떨어지지 않은 게 다행일 정도였다. 무언가 달라져 있었다. 불침번을 서는 와중에 또다시 잠들었다는 두려움으로 그는 처음에는 누군가 선실에 들어온 것이라고 생각했다. 그러나 그를 깨운 것은 오래 기다려온 고요함이었다. 이전에는 낮게 웅웅거리는 엔진 소리가 배경음악처럼 끊임없이 들려왔지만 지금은 모든 게 조용했다. 요트는 더 이상 움직이지 않았다. "배가 멈춘 지 얼마나 됐어? 언제 멈춘 거야?" 그는 가급적 절망감을 드러내지 않으려 애쓰며 물었다. 엔진이 멈춘 것은 좋은 징조가 아니었다.

"아까 전에." 아르나는 침대 위에서 뒹굴더니 컬러링북을 덮었다. "아빠가 너무 피곤해보여서 깨우고 싶지 않았어."

"아빠가 잠든 지는 얼마나 됐니? 아빠 잠들고 나서 바로 멈췄어? 아니면 좀 전에 멈춘 거야?" 아이들은 서로를 쳐다봤다. 둘 다 전혀 모르는 게 분명했다. 밖은 여전히 어두컴컴했다. 그가 24시간을 잤을 리 없으니 틀림없이 아직 같은 밤이었다. "누가 또 들어오려고 하지는 않았어?"

"아니. 아무도 없었어." 빌쟈 역시 자신의 컬러링북을 한쪽으로 치웠다.

아이에르는 문 앞으로 다가갔다. 복도에서는 아무 소리도 들리지 않았다. 어쩌면 이것이 그가 기다려온 기회일 수도 있었다. 두 번 다시 이런 기회가 오지 않을지도 모른다. 잠을 자기 위해 엔진까지 끌 필요는 없지만 어쩌면 이것은 할리가, 아니면 누가 되었든 범인이 쉬고 있다는 사실을 의미하는지도 몰랐다. 범인은 세상 모르고 잠들었다가 늦잠을 자는 사이 배가 아이슬란드 영해에 접어들기라도 할까 두려웠는지 모른다. 아니면 지금 아이에르처럼 선실 문에 귀를 대어본 다음 아이에르가 잠든 것을 확인한 뒤 범인 자신이 잠을 자도 안전하겠다고 판단했을 가능성이 있었다.

"얘들아, 아빠 코골았니?" 쌍둥이는 고개를 끄덕였다. 그는 결정을 내릴 수가 없었다. 지금 조타실로 달려가 비상신호탄과 도끼를 챙겨오거나 그냥 요트의 위치만이라도 확인하고 온다면 훨씬 더 마음이 놓일 것이다. 그리고 다른 선박을 발견하게 된다면 신호탄을 쏘아올릴 수도 있을 것이다. "좋아. 이제 아빠는 너희 둘이 마지막으로 딱 한 번만 더 용감해졌으면 좋겠어." 이렇게 말하는 아이에르의 표정이 어두워졌다. "아빠는 위에 올라가서 상황이 어떻게 돌아가는지 확인할 거야. 그 동안 너희 둘은 여기서 아빠를 기다려야 해. 절대 선실을 벗어나서는 안 돼. 무슨 일이 있어도. 우리 공주님들, 그렇게 할 수 있겠지?"

"우리만 여기 남고 싶지 않아." 빌쟈는 지원을 바라는 눈빛으로 언니를 보았다. "아빠 없는 동안 누가 들어오면 우린 어떡해?"

"아무도 들어오지 않을 거야. 아빠가 나가면 문을 잠가."

"하지만 그 사람이 아빠인 척하면 어떻게 해?"

"아무도 아빠인 척할 수 없지. 너희들은 아빠 목소리를 알잖아." 아이들은 마지못해 그의 부탁을 받아들였지만 표정으로 보아 내키지 않는 게 확연했다. 아이들에게는 그가 필요했다. 그는 아이들의 아빠였다. 하지만 달리 방법이 없었다. 위층에 무엇이 기다리고 있을지 신만이 아는 상황에서 아이들을 데려갈 수는 없었다. "정말로 조심하고 싶으면 옷장에 숨어있어. 그럼 누가 이 방을 들여다봐도 너희들이 아빠를 따라갔다고 생각하고는 그냥 가버릴 거야."

"하지만 그러면 아빠가 문을 두드려도 우리가 그 소리를 들을 수 없잖아."

"아빠가 문을 아주 세게 두드릴게." 그는 다시 문에 귀를 댄 다음 주의를 기울였다. 여전히 아무런 소리도 들리지 않았다. "그리고 엄청 빨리 갔다올게." 그는 겁이 나기 전에 문을 열어젖히고 곧바로 작전에 돌입하려 했지만 아이들을 내버려두고 가기 전 마지막으로 쌍둥이에게 키스를 해주고 싶은 갈망에 사로잡혔다. 아이들의 볼은 따뜻하고 보드라웠다. 어린 볼에서 풍기는 체취는 그가 여태껏 맡아본 가장 향기로운 냄새였다. 그는 도대체 무슨 생각으로 아이들의 삶이 완벽해지려면 더 많은 돈이 필요하다고 믿었던 것일까? 이미 완벽한 것을 더 완벽하게 만들 수는 없는 노릇이다. 그저 완벽한 걸 망치기만 할 뿐. 그의 시선이 처음 내려놓은 그대로 벽에 기대어있는 서류가방에 가닿았다. 그는 성대가 갈라질 때까지 소리를 지르고 싶은 심정이었다. 그 대신 그는 슬픈 눈빛으로 어찌할 줄 몰라하는, 절망적으로 연약하고 섬세한 아이들을 바라보았다. "옷장에 숨어서 아빠가 노크할 때까지 기다려. 너희들이 헷갈리지 않게 아빠가 아빠 이름을 크게 외칠게." 그는 두 딸의 눈썹에 오래도록 입을 맞췄다.

복도는 텅 비어있었고 아이에르는 조타실로 가는 동안 누구와도 마주치지 않았다. 모든 근육과 신경, 힘줄이 긴장감으로 팽팽해졌다. 살인범이 할리든 낯선 사람이든, 맞설 준비가 되어있었다. 물론 그런 일이 없기를 바라지만, 그의 마음 일부는 범인을 찾아내 곤죽이 될 때까지 두들겨 패주고 싶은 열망으로 가득 차있었다. 몸싸움을 제대로 벌여본 적은 없지만 그는 자신이 이길 거라고 확신했다. 범인을 추동하는 게 무엇인지 알 수 없어도 아이에르에게는 증오가 끓어오르고 있었다. 조타실 창문에 비친 자신의 얼굴을 본 그는 그 자리에 정지하고 말았다. 분노가 그의 얼굴을 뒤틀리게 만든 것이다. 그는 아이들에게 마지막 인사를 할 때 자신이 이런 꼴은 아니었기를 간절히 바랐다. 만약 그에게 무슨 일이라도 생긴다면 이런 모습으로 아이들의 기억에 남고 싶지는 않았다.

조타실 안에는 아무도 보이지 않았다. 조명이 모두 꺼져 있었지만 컴퓨터 화면과 제어반에서 새어나오는 빛만으로도 몸을 숨긴 자가 없다는 것을 충분히 확인할 수 있었다. 그럼에도 아이에르는 매우 조심스럽게 조타실의 문을 열고 안으로 들어섰다. 등 뒤로 문을 닫은 그는 곧장 GPS 앞으로 다가갔다. 화면을 보니 요트는 여전히 걱정스러울 만큼 육지에서 멀리 떨어져 있었다. 엔진이 정지됐기 때문에 본래 화면 하단에 나타나던 요트의 진로 정보가 지금은 보이지 않았다. 따라서 목적지에 도달하는 데 얼마만큼의 시간이 걸릴지 전혀 예상할 수가 없었다. 그러나 아이에르에게는 그게 별로 중요치 않았다. 10시간 정도의 항해가 남아있을 거라고 생각했지만 요트가 움직이지 않은 채 시간을 지체할 경우 바다 위에서 그만큼의 시간을 더 보내야 했다. 그가 직접 엔진을 재작동하는 게 좋지 않을까? 아이에르와 쌍둥이는 이런 바다 위에서 탈출을 감행할 수 없었다. 그렇다고 남은 항해 내내 어떤 공격도 받지 않고 선실에 머무는 게 가능하지도 않을 것이다. 반면 엔진을 다시 켠다면 살인범은 그의 존재를 알아차리고 처리하려 들 것이다. 아이에르는 범인이 곧바로 선실로 내려가 아이들을 먼저 해칠지도 모른다는 생각에 덜컥 겁이 났다. 상상도 할 수 없는 일이었다.

제어반을 뒤로하고 그는 신호탄을 찾기 시작했다. 그가 정말 엔진을 다시 작동시킬 요량이라면 아이들에게 돌아가기 직전, 가장 마지막 단계에 실행해야 했다. 아이에르는 얼마 안 가 서랍 안에 든 하얀 종이상자에서 여러 개의 신호탄을 발견했다. 그는 그저 신호탄들이 멀쩡하게 터져주기를 바랄 뿐이었다. 하지만 벽에 걸려있던 도끼가 사라진 것을 발견한 그는 순간적으로 공황상태에 빠졌다. 정신을 가다듬은 그는 서랍장으로 다가가 무기로 사용할 만한 게 없는지 뒤지기 시작했다. 적당히 무게감이 있는 스패너를 발견하고 챙기기는 했지만 도끼 앞에서는 별 쓸모가 없을 것이었다. 무거운 금속공구를 손에 쥐자 그는 무척이나 흡족한 기분에 취해 이 무기를 사용할 기회를 고대하는 마음까지 들었다. 기회가 오면 절대 망설이지 않을 것이다. 공구를 움켜쥔 그는 갑판으로 나서 구명정이 여전히 제자리에 있는지 확인해보기로 결심했다. 시간이 허락한다면 구명정을 물에 띄우는 방법도 미리 파악해두어야 한다. 빠르게 탈출해야 할 상황이 오면 어떠한 실수도 없이 재빨리 움직여야만 한다. 이 일을 마치고 나면 조타실로 돌아와 다시 엔진을 켜야 했다. 그 다음 쏜살 같이 아이들에게로 돌아갈 것이다.

갑판 위로 나오자 상쾌한 바다의 거센 바람이 그를 맞았다. 기이하게도 바람에 실려온 것은 소금기가 아니라 향수 냄새였다. 아이에르는 자기도 모르게 멈춰서서 냄새의 출처를 파악하겠다는 마음으로 코를 킁킁거렸다. 요트는 바람이 불어오는 방향을 향해 서있었다. 그는 경계심을 늦추지 않고 뱃머리를 향한 조타실의 모퉁이

쪽을 가만히 응시하며 향수 냄새가 거기서부터 뿜어져 나오는 건지 확인해보았다. 앞 갑판의 조명은 꺼져 있었지만 아무도 없다는 것을 확인할 만큼의 시야는 확보되었다. 향수 냄새는 그곳에서 피어 나오고 있었다. 그는 본능적으로 상관하지 않는 게 좋겠다고 직감 했지만 호기심은 생각보다 강했다. 여성용 향수였다. 남자라면 누 구도 이렇게 달콤하고 강한 플로랄 향수는 사용하지 않는다. 그리 고 범인이 여자라면 두 가지는 확실했다. 요트에 밀항자가 있다는 점, 몸싸움이 나면 분명코 상대를 제압할 수 있겠다는 점. 자신이 여자를 찾아내 제압한다면 빈약한 구명정에 목숨을 의지할 필요 없이 아이슬란드를 향해 당당하게 항해할 수 있을 것이다.

살금살금 조타실 모퉁이를 돌면서 아이에르는 냄새를 놓치지 않 으려고 했다. 그러나 얼마 가지 못해 그는 심장이 멈춰버릴 듯한 광경과 맞닥뜨리고 말았다. 뱃머리 위 하얀 벤치 아래 다리 두 개 가 불쑥 튀어나와 있었던 것이다. 순간 그는 다리에 신겨진 신발이 할리가 항해 내내 신었던 것과 같다는 사실을 알아차렸다. 잠을 자 고 있는 게 아니라는 사실 또한 분명했다. 지극히 부자연스러운 각 도로 보아 그 다리는 부러진 게 틀림없었다. 신중해야 한다는 것도 잊은 채 아이에르는 재빨리 벤치로 다가가 더 자세히 보려고 몸을 구부렸다. 향수의 악취가 코를 찔렀다. 살아있는 동안 구역질을 하 지 않고서는 절대 이 향수 냄새를 맡을 수 없을 것만 같았다. 차가 운 한 쪽 다리를 잡아당기고 나서야 그는 다리가 몸에서 절단되었 다는 사실을 깨달았다.

욕지기가 치밀었다. 겨우 다리를 다시 볼 수 있게 된 후에야 그는 주변에서 할리의 나머지 시신이 보이지 않는다는 것을 알아차렸다. 그는 얼른 손을 거두고 자리에서 벌떡 일어났다. 살인자가 여자든 남자든, 이곳에서는 안전할 수 없었다. 범인은 제대로 미쳐버린 게 분명했다.

아이들에게 돌아가려고 계단을 향해 달리는 동안 엔진을 다시 작동시켜야 한다는 생각 따위는 완전히 잊었다. 아이들의 이름을 외치며 몸조심하라고, 아빠가 가고 있다고 소리를 지르고 싶었다. 그는 이 모든 열망을 억누르며 전력 질주를 위해 호흡을 아꼈다. 그러나 계단으로 통하는 문을 여는 바로 그 순간, 아이에르는 굳이 그럴 필요가 없다는 걸 깨달았다. 이제 절대 아이들에게로 돌아갈 수 없을 것이다. 이 생각은 자신의 배를 파고드는 도끼보다도 그를 고통스럽게 했다. 도끼가 들어올려지더니 이번에는 그의 가슴 아래쪽을 찍어내렸다. 근육들이 더 이상 말을 듣지 않게 되면서 들고 있던 신호탄과 스패너를 떨어뜨렸다. 그것들은 금속 갑판 위로 쿵 소리를 내며 우르르 떨어졌다. 마지막으로 그의 뇌리를 스친 이성적인 생각은 배의 통증이나 부모 없이 남겨질 딸들에 관한 것이 아니었다. 그보다는 세상에 어떻게 이런 일이 일어날 수 있을까 하는 어리둥절함이었다. 죽은 자가 살아서 돌아오는 일이 어떻게 가능한 것일까?

30장

"그러니까 이 부분에 대해 아는 게 전혀 없다고요? 할도르가 리스본에서 카리타스를 만나기로 한 약속에 대해서 한 마디도 안 했다는 거예요?" 토라는 자기 등 뒤의 음향기기에서 터져나오는 음악 소리보다 더 크게 말하기 위해 목소리를 높일 수밖에 없었다. 어떤 밴드의 음악인지 알지 못했고, 자세히 알고 싶은 마음도 들지 않았다. 베이스 소리가 너무 커서 자신의 몸이 그 소리에 맞춰 요동치는 듯했다. 심장마저 끊임없이 두드려대는 드럼 소리에 맞춰 쿵쾅거리지는 않을까 걱정될 정도였다.

벨라와 함께 카리타스의 모친 집에서 나오자마자 토라는 스네이바르에게 전화를 걸어 만날 수 있는지 물었다. 그녀는 용건에 대해서는 전혀 밝히지 않은 채 몇 가지 의견을 묻고 싶다고만 설명했다. 그는 흔쾌히 수락했다. 다만 오늘따라 다리 상태가 유독 좋지 않아 외출을 하는 게 어려우니 자기 집으로 와달라고 했다. 그녀가 스네이바르를 사무실에서 만나고자 했다면 약속은 내일로 미뤄질 상황이었다. 하지만 토라는 그러기에는 너무 급박한 문제라고 판단했다. 그래서 벨라와 함께 아르나르네스에서 곧장 스네이바르가 살고 있는 교외의 그라바르보귀르로 향했다. 스네이바르는 고층 아파트에서 살고 있었는데, 건물 외벽은 보수공사가 필요한 상태였다.

그의 집 상태 역시 나을 게 없었다. 토라는 스네이바르의 명예를 위해서라도 집이 이렇게 불결한 이유가 부러진 다리 탓이라고 믿고 싶었다. 이 상태로는 방에 널린 쓰레기 더미에 걸려 넘어져 다른 쪽 다리마저 부러지지 않은 게 다행스러울 정도였다. 그는 태연하게 집이 엉망이라 미안하다며 사과했다. 손님이 찾아와 반가운 기색이 역력했다. 어쩌면 이런 소음과 혼란 속에서도 기꺼이 손님을 맞아들인다는 건, 그만큼 그가 외롭다는 신호일지 몰랐다. 하지만 토라가 정보를 숨긴 게 아니냐며 그를 다그치자 반가운 기색은 눈에 띄게 사라졌다. "그렇지만 솔직히 말하자면 모든 얘기가 믿기지 않기는 해요." 그녀는 계속해서 이야기를 했다. "그리고 경찰도 분명 그렇게 생각할 거예요."

스네이바르는 다 마신 머그컵 안에 동그랗게 굳어진 커피거품 자국을 멍하니 들여다보고 있었다. "아무한테도 말하고 싶지 않았어요. 사람들이 할리를 의심할까봐 무서웠거든요. 할리를 아는 사람은 하나도 없으니 나쁘게만 볼 게 뻔하잖아요. 그리고 할리가 그 여자랑 이야기를 했다고 해도, 걔는 아무 짓도 안 했어요. 저는 할리가 그랬을 거라고 믿을 수도 없고 믿지도 않을 거예요."

"확실히 경찰에 대한 신뢰는 별로 없으신 것 같네요." 토라는 다리를 뻗을 공간을 만들기 위해 로봇청소기를 옆으로 밀었다. 보아하니 청소기는 딱하게도 배터리가 다 된 모양이지만 바닥에 널린 장애물들 때문에 충전기가 있는 곳까지 닿지 못하고 있었다. "경찰이 진실을 밝혀낼 거라고 믿으셔도 됩니다."

"무슨 수로요. 사건에 대해 증언할 사람이 하나도 남지 않았는데요? 변호사님도 분명 그 사실을 알고 계신 거죠?" 스네이바르는 자수가 놓인 쿠션을 등 뒤로 밀어넣었다. 쿠션은 그의 할머니가 물려주신 가보처럼 보였다. "어쨌든 아무 일도 없었어요. 사고로 제 다리가 부러지는 바람에 할리는 저를 돌봐주는 동시에 출항을 위해 요트에서 준비작업도 해야 했어요. 몸이 두 개라도 모자랄 판이었다고요. 그 녀석한테 카리타스를 도울 시간이 있었을 리 없고, 그래서 저는 상관없는 일이라고 생각한 거죠."

"뭐가 상관이 있고 없는지는 당신이 결정할 문제가 아니에요. 적어도 경찰에서 보기에는 그래요. 그렇지만 원하지 않으면 제 질문에는 답하지 않아도 돼요."

"대답하고 싶어요." 스네이바르는 상황이 이렇게 달라져 버린 것에 괴로움을 느끼는 듯했다. 연민이라도 이끌어볼 요량으로 그는 토라와 벨라를 번갈아 바라보았다. "미리 말씀드리지 못해서 제가 얼마나 후회하고 있는지 차마 말로 설명할 수 없을 정도예요."

"방금 전까지만 해도 얘기 안 하고 있었잖아요." 그녀와 함께 앉은 벨라는 이 난장판에 짜증을 내기는커녕 유난히 편안한 얼굴이었다. "카리타스가 아무 말 안 했으면 계속 입 다물고 있었겠죠."

"저기요, 변호사님은 이해하실 수 있잖아요? 한번 거짓말을 하거나 뭔가를 생략하기 시작하면 멈추기 어려워지잖아요. 그리고 그게 왜 그렇게 중요한 건지 저는 잘 모르겠어요."

"그냥 무슨 일이 있었는지 좀 말해줄래요?" 토라는 계속되는 그의 변명에 인내심을 잃어버렸다. "지금 우리가 이렇게 이야기하는 동안 경찰은 카리타스와 면담 중이에요. 그 면담이 끝나면 곧장 이리로 올 거라고요. 그때가 되면 어차피 다 털어놔야 할 텐데 지금 우리한테 먼저 말하는 게 어때요?"

스네이바르의 얼굴이 창백해지고 눈 밑 다크서클이 더욱 짙어졌다. "물론 경찰에 다 말하겠지만 두 분한테 털어놓는다고 해서 나쁠 건 없겠죠. 경찰을 만나기에 앞서 두 분 질문을 먼저 들어보는 게 더 나을 거예요."

"그러니까 우리를 상대로 거짓말을 연습해보고 싶다는 건가요?"

"아뇨. 그런 뜻이 아니에요." 그는 토라의 말에 상처받은 표정이었지만 그럼에도 계속해서 말을 이었다. "카리타스가 리스본에 있었다는 건 틀림없는 사실이에요. 그렇지만 절대 할리가 그 사실을 미리 알았다거나 그 여자가 할리를 만나러 리스본에 왔을 리는 없어요. 할리는 순전히 우연으로 그 여자랑 마주친 거라고요."

"당신도 거기 있었나요?"

"네." 그의 볼에 서서히 생기가 돌아오고 있었다. "리스본에 도착한 당일 저녁이었어요. 저희는 술집 순례를 하던 중이었고 카리타스는 좀 비싸고 고급스러운 바에 앉아있었죠. 할리가 그 여자를 발견하고 먼저 인사를 건네지 않았더라면 그냥 나와버렸을 거예요. 지아 싱관없었죠. 여자들을 꼬시는 일에도 선혀 운이 따라주실 않던 참이었는데 그렇게 세련된 여자랑 같이 있는 모습을 보이면 저희 인기도 높아지지 않을까 싶었어요. 또 카리타스가 상냥했어요. 아주 상냥했죠. 할리를 다시 만나서 좋아 죽겠다는 얼굴이었어요. 할리를 아주 잘 기억하고 있었죠."

"카리타스는 두 사람이 어떤 일 때문에 리스본에 온 건지 알고 있었나요?"

"네, 할리가 자리에 앉기도 전에 먼저 얘기했어요. 그게 기억이 나는 게, 저는 그 여자가 남편 파산 문제로 열받아 할 줄 알았는데 전혀 아니더라고요. 별로 신경 쓰지 않는 표정이었어요. 그냥 재미있는 우연 정도로 생각하더라고요."

"그럼 카리타스가 부탁할 일이 있다고 말을 꺼낸 건 언제였나요. 그리고 부탁할 게 정확히 뭐라고 이야기하던가요?"

"주문한 술을 막 받았을 때였으니까, 분명 바로 그 얘기를 꺼냈을 거예요. 그 여자가 할리에게 작은 부탁을 들어줄 수 있냐고 물었고, 할리는 별로 어려운 일은 아닐 거라고 생각했나봐요." 스네이바르는 기억을 더듬기라도 하는 듯 잠시 말을 멈추더니 이내 다시 입을 열었다. "그 여자 말이 요트에 올라가서 자기 물건을 좀 챙겨와야 하는데 열쇠를 빌려달라고 하더라고요."

"그래서 빌려줬나요?"

"네. 그랬던 거 같아요."

"정말요?" 벨라가 놀라며 외치자 토라는 비서를 예리하게 흘겨보면서도 스네이바르가 눈치채지 못하도록 신경 썼다. 토라는 그가 카리타스의 모호한 이야기와 상반되는 진술을 하고 있다는 사실을 알아채지 못하기를 바랐다. 사람들은 진술 속의 작은 결함들 때문에 은연중 잘못을 드러낼 때가 많다.

"네, 제가 기억하기로는 그렇습니다. 하지만 제가 틀렸을 수도 있죠." 그가 미심쩍은 눈빛으로 벨라를 쳐다봤다. "왜요. 그 여자가 열쇠를 못 받았다고 하던가요?"

"그런 언급은 없었어요." 토라가 재빨리 끼어들었다. "사건을 다른 각도에서 논의해본 거죠. 당신 이야기가 맞다고 가정해봅시다."

스네이바르는 잠시 혼란스러운 표정을 지었다. "그리고 저희는 잠깐 앉아있다가 바를 나왔어요. 그 여자가 저희 전화번호를 가져가면서 다음날 연락하겠다고 했어요. 할리는 카리타스에게 선장과 네 번째 선원이 나타나기 전에 요트에 올라야 한다고 말했고요. 그러니까 로푸투르말입니다." 그는 우물거리다가 벨라나 토라가 아무런 코멘트를 하지 않자 말을 이었다. "그러고서는 아무 일도 없었어요. 다음날 그 여자가 전화를 해서 할리와 통화한 것만 빼면요. 하지만 저도 그 여자가 할리한테 전화로 무슨 얘기를 했는지 자세히 몰라요. 할리가 알려준 건 다음날 그 여자랑 만나기로 약속을 잡았다는 것뿐이었어요. 그리고 그날 저녁 제 다리가 부러졌으니 둘이 만날 수는 없었을 거예요. 할리는 요트 출항 준비를 하지 않을 때에는 항상 저를 챙겨주느라 짬이 나지 않았거든요. 저 때문에 그 모든 일을 혼자서 감당하게 된 거죠. 그 친구한테는 카리타스를 만나러 갈 시간이 없었어요. 그건 확실합니다."

"카리타스가 요트에서 가져오고 싶은 물건이 뭔지 알려줬나요?"

스네이바르는 고개를 저었다. "아뇨. 자세히는 말 안 했어요. 그냥 쓸데없는 것들이었어요. 옷이랑 뭐 그런 것들요."

"예전에 입던 옷들을 챙기는 것 치고는 너무 난리법석을 부렸네요. 그렇게 생각하지 않아요?"

"여자들이 머릿속으로 무슨 생각을 하는지 저한테 묻지 마세요. 아마도 자기가 가장 아끼는 옷들이었나보죠."

"아마도요." 음악소리가 갑자기 뚝 끊기는 바람에 토라의 말은 중간쯤부터 고함소리처럼 들리기 시작했다. 다행히 CD가 재생을 마친 듯해 토라는 목소리를 낮추고 말을 이어갔지만 다음 트랙이 시작되면 당장이라도 스피커에서 쿵쾅대는 소리가 터져나올지도 몰라 마음의 준비를 하고 있었다. "고작 옷 몇 벌 때문에 카리타스가 굉장히 번거로운 일을 치른 모양이네요. 그럼 다른 얘기를 좀 해주시죠. 혹시 카리타스의 비서도 거기 함께 있었나요? 알디스라는 젊은 여자예요."

스네이바르는 잠시 멍한 표정을 지으며 소파에서 불편하게 자세를 고쳐앉았다. "저는 모르죠."

"그럼 바에도 없었고 대화중에 비서의 이름이 튀어나오지도 않은 건가요? 카리타스한테 혼자 왔냐고 물어봤을 법도 하잖아요? 적어도 저한테는 그게 자연스러운 질문처럼 느껴지는데요. 해외에서 아는 사람과 우연히 마주쳤다면요."

"어쩌면 그랬을 수도 있죠. 할리가 물어봤을지도 모르고요. 저는 기억이 안 나서요. 카리타스가 비서 얘기를 꺼냈는지도 기억이 안 나요. 그건 왜 물으세요?"

"그 비서의 행방이 묘연해요." 토라는 스네이바르의 목젖이 위아래로 움직이는 것을 보았다. "좀 이상한 일이죠. 그렇지만 리스본에 있었던 건 틀림없어요. 경찰이 두 여자의 동선을 확인해봤거든요. 2개월 기한 항공편으로 리스본에 갔지만 둘 중 한 사람만 귀국했어요." 토라는 비행기를 타고 포르투갈을 떠난 사람은 카리타스가 아니라 그녀의 비서였다는 사실을 스네이바르에게 말해줄 생각이 없었다. 비행기에 오른 사람은 비서로 기록돼 있지만 집으로 돌아온 건 카리타스였다. 카리타스가 어떤 방법을 이용했는지는 차치하더라도, 이 사실 그 자체로 매우 수상쩍은 상황이었다. 토라는 공항 보안용 CCTV 촬영기록을 통해 카리타스가 비서의 이름을 도용해 비행기에 탑승했다는 사실을 경찰이 이미 확인했을 거라고 짐작했다. 틀림없이 경찰은 그 사실을 밝혀냈을 것이다.

"그걸 경찰이 어떻게 알아요?" 스네이바르의 표정은 눈에 띄게 불안해졌다. "전 세계 모든 항공사의 항공편을 확인했을 리는 없잖아요."

"저야 자세히 모르지만 어쨌든 경찰이 그렇게 알려주더군요." 토라는 벨라의 눈을 바라보며 말을 이었다. "아무래도 우리는 이제 일어나야겠다. 곧 사건의 진상이 밝혀질 텐데, 경찰 측에서 어떤 이야기를 들려줄지 무척 궁금하네." 그녀는 스네이바르에게로 다시 고개를 돌리며 말했다. "제 생각은 어떤지 아세요?" 그녀는 대답을 기다리지 않고 바로 말을 이어갔다. "저는 요트 안에 돈이나 다른 값비싼 물건이 있었을 거라고 생각해요. 카리타스는 그 물건을 챙기고 싶었던 거지요. 아마 그 여자 남편이 요트에 거액의 비상용 재산을 숨겨놓았는데, 열쇠를 조정위원회에 강제 양도하기 전에 미처 회수하지 못했겠죠. 진실이 무엇이든 남편이 카리타스에게 그 물건을 찾아오라고 부탁했거나 아니면 카리타스가 알아서 발 벗고 나선 거겠죠. 그녀는 어떻게든 요트에 올라야 하는 상황이었고, 때마침 술에 취한 멍청이 둘이 자기 앞에 뿅, 하고 나타난 거예요. 할리는 술에서 깬 다음에야 카리타스가 단순히 옷과 보석뿐만 아니라 더 엄청난 것을 손에 넣으려 한다는 의심이 들기 시작했겠죠. 그래서 자기가 전부 혹은 일부라도 가져야겠다고 결심한 거죠. 당신은 거동이 불편한 상태였으니 그를 말릴 수 없었어요. 그러고 나서 무슨 일인가 생겼고, 카리타스의 비서가 그 대가를 치르게 되었을 테죠. 어쩌면 그 비서도 비슷한 걸 노렸을 거예요. 알디스의 항공권을 가지고 리스본을 떠난 걸로 봐서 카리타스가 그녀의 죽음에 관련됐을 가능성이 높아요. 진실은 밝혀지겠죠. 어쩌면 카리타스는 자기 항공권을 잃어버렸을 수도 있고, 아니면 실수로 항공권이 뒤바뀌었을 수도 있어요. 누가 알겠어요?"

"저는 모르죠." 스네이바르는 당장이라도 도망갈 준비가 된 것처럼 소파 끝에 바짝 당겨앉았다. "할리는 절대 여자를 해칠 애가 아니에요. 진실을 말씀드리는 거예요."

"하지만 지금껏 너무 많은 얘기를 들려주셨는데, 실은 확실한 근거를 지닌 게 거의 없었어요. 그러니까 제 이야기를 마저 들어보세요. 당신 친구와 카리타스가 공모한 이 사건 때문에 제 의뢰인들이 목숨을 잃었다는 게 거의 확실해지고 있어요. 그 딸들까지요." 토라는 쌍둥이의 사진을 가져와 그의 얼굴에 들이밀고 싶은 마음이 간절했다. "카리타스의 비서를 살해한 사람이 누구든, 그는 시신을 냉동고에 우겨넣은 뒤 요트가 바다로 나가면 거기서 처리하려고 했을 거예요. 그런데 의뢰인 부부와 쌍둥이 중 누군가가 시신이나 돈을 발견했겠죠. 아니면 다른 경로를 통해 요트에서 뭔가 수상쩍은 일이 벌어지고 있다는 걸 알아챘을 겁니다. 따라서 범인 입장에서는 이 가족을 없애버려야만 했을 테고요."

"할리는 무슨 일이 있어도 변호사님이 말씀하시는 그런 짓을 할 친구가 아닙니다. 절대로 아니에요."

"아닐 수도 있겠죠. 하지만 할리에게 공범이 없었다고 어떻게 장담할 수 있겠어요? 아니면 공범과 둘이서 요트에 승선했을 수도 있잖아요. 요트가 항구를 떠난 이후 선원들로부터 교신 내용을 거의 듣지 못했으니, 또 다른 승객들이 배에 타고 있었을 가능성은 농후하죠. 선원들이 그걸 알았든 알지 못했든 간에 말이에요. 아주 큰 요트잖아요."

"도대체 누가요?" 스네이바르가 눈살을 찌푸렸다. "선원들 모르게 배에 숨는 건 불가능해요. 이미 말씀드렸잖습니까. 요트를 속속들이 아는 사람이어야 하고, 배를 잘 안다고 해도 발각되지 않으려면 말도 안 되게 운이 좋아야 한다니까요. 그러니까 변호사님 추측은 말도 안 되는 생각이에요. 터무니없다고요." 그는 벨라에게로 고개를 돌리고 말했다. "이 헛소리를 진지하게 믿으시는 건 아니죠? 요트에 타면 어떤지 기억하시잖아요. 두 분 중 한 사람이라도 배 안에 숨어있는 게 가능해 보이던가요?"

"아뇨, 아마 어렵겠죠. 우리는 배 안을 전혀 모르잖아요. 하지만 배를 잘 아는 사람들은 분명히 수두룩하겠죠." 벨라는 어깨를 으쓱

497

했다.

토라는 의자 등받이에 걸쳐진 젖은 수건에 닿지 않는 선에서 최대한 몸을 뒤로 젖혔다. "경찰도 그 가능성을 검토할 거예요. 그리고 범인이 검거된 다음 모든 진실을 자백하고 나면 판사도 훨씬 더 수월하게 제 의뢰인들이 사망했다고 판결하겠죠. 그러고 나면 저야 다른 사건을 맡으면 그만이지만, 저와 달리 실종자 가족들은 남은 평생을 비탄에 빠져 살아야 할 거예요."

스네이바르는 다시 소파에 편안히 기대어앉았다. "낯선 사람이 요트에 몸을 숨겼을 리 없어요. 저라면 절대 믿지 않을 거예요."

"네, 아닐 수도 있어요. 혹시 카리타스가 그랬을 가능성은 없을까요?"

"아, 대체 그게 무슨 소리예요." 스네이바르는 믿을 수 없다는 표정을 지었다. 어쩌면 그는 여자들에게는 밀항할 능력이 없다고 생각하는지 모른다. 아니면 살인할 능력이 없거나.

"어쩌면 전혀 예상 밖의 사람일 수도 있잖아요." 벨라가 말했다.

"어떤 사람요?"

"당신 같은 사람요." 벨라가 이 말을 내뱉는 순간 토라는 이 집의 작은 면적과 공격으로부터 취약한 자신들의 상황이 거슬릴 정도로 피부에 와닿기 시작했다. 벨라는 그저 이죽거리고 싶었을 것이다. 맞은편에 앉은 스네이바르의 신경을 긁어 그가 적당한 대답을 찾기 위해 머리를 쥐어짜는 모습을 보고 싶었을 터이다. 하지만 수다쟁이들도 종종 무심결에 진실을 내뱉곤 한다. 벨라가 옳을지도 모른다는 생각이 토라에게 퍼뜩 들었다. 그녀가 알기로 비행기를 타고 귀국했다는 스네이바르의 주장을 그 누구도 확인해보지 않았다. 그러니 어쩌면 부러진 다리에도 불구하고 그가 요트에 승선했을지 모르는 일이다. 토라는 바지밑단 밖으로 비어져 나온, 깁스를 감싼 플라스틱 부목 쪽으로 시선을 떨궜다. 그녀가 앉은 자리에서, 부목 아래 양말을 신은 스네이바르의 발이 눈에 들어왔고, 그 순간 의사에게 진단서 받는 일을 영 내키지 않아하던 그의 태도가 이해되기 시작했다. 아주 불가능한 일은 아닐지언정 최소한 눈곱만큼의 자존심이라도 있는 의사라면 사지 멀쩡한 남자에게 다리가 부러졌다는 진단서를 발급해주는 짓은 절대 하지 않을 것이다. 토라는 당장이라도 야외로 뛰쳐나가고 싶은 마음이 굴뚝같았다.

31장

그날 아침, 토라는 아이에르의 부모에게 예의를 갖추기 위해 정장을 차려입었다. 하지만 작은 부엌 안 식탁에 앉아있자니 자기의 옷차림 따위는 전혀 중요한 문제가 아니라는 사실이 실감됐다. 그녀가 전하려는 소식에 비하면 복장 같은 건 사소하디 사소한 조각에 불과했다. 노부부는 초췌한 얼굴로 토라 맞은편에 앉아있었다. 그들은 그녀가 더 이상 아무 말도 하지 않기를, 최대한 서둘러 이 참담한 이야기를 끝내주기를 진심으로 바라는 표정이었다. 아무 말도 없이 식탁보 무늬에 시선을 고정한 채 토라의 설명에 귀기울였다. 이따금 둘 중 한 사람이 찻잔 받침에 놓인 티스푼을 만지작거리거나 식탁보의 주름을 펴기만 할 뿐이었다. 마치 토라가 들려주는 이야기가 하도 비현실적이라 이게 악몽이 아니라고 스스로를 다독이기 위해 견고한 뭔가를 만지기라도 하는 듯했다.

"그러니까, 결국 모든 게 다 돈 때문에 벌어진 사건입니다. 그리 놀랄 일은 아니지만요." 토라는 두 사람과 눈을 마주치려 애썼지만 누구도 고개를 들지 않았다. "배에는 거액의 돈이 있었습니다. 수백만 달러에 달하는 돈을 요트 소유주가 금고 안에 숨겨두었던 거죠. 경찰은 그렇게 주장하고 있습니다. 배에서 돈은 발견되지 않았지만 카리타스와 스네이바르 두 사람 모두 절대 자기들이 돈을 가져가지 않았다고 우기고 있어요. 보안코드를 알고 있었지만 그 보안코드로는 금고가 열리지 않았답니다. 두 사람이 진실을 말하는 건지 알 수 없죠. 앞으로 영원히 밝혀지지 않을 수도 있고요. 요트가 다시 발견되지 않도록 북극해로 진로를 설정할 수도 있었을 텐데, 그렇게 하지 않은 것으로 보아 두 사람은 정말로 돈이 배 안에 남아있다고 믿었던 모양입니다. 요트가 아이슬란드에 도착한 이후에도 또다시 금고를 열어볼 의도로 배에 침입했지만 건진 게 아무것도 없어요. 그런데 그때 카리타스가 유혹을 참지 못하고 드레스 몇 벌이랑 개인적인 사진과 편지가 든 상자를 챙겨나온 겁니다. 이후에 마지막으로 한 번 더 시도해볼 생각에 저를 설득해 배에 오르려고 했죠." 토라는 다음 말을 꺼내기 전에 자기도 모르게 목소리를 낮췄다. "그런데 아이에르가 조정위원회를 대신해 미국의 금고 제조업체에 연락을 취한 적이 있더군요. 그가 요트의 명의변경 사실을 증명하자 업체에서 금고의 보안코드 재설정법을 알려준 거죠. 아이에르는 이 정보를 다른 누구에게도 알리지 않았고, 따라서 금고 안의 내용물에 접근할 수 있는 사람은 오직 아이에르뿐이었어요. 그 안에 무언가 들어있었다면 말이죠."

"아이에르가요?" 마르게이르의 표정은 복잡미묘했다. 그는 토라의 말이 무엇을 암시하는지 아직 이해하지 못하는 아내의 시선을 피했다.

"네. 그렇지만 말씀드렸듯이 금고가 열렸을 때 그 안에 내용물이 들어있기는 했는지, 그건 저희도 모릅니다. 다만 누군가 보안코드를 사용했다는 사실만은 분명합니다. 무슨 일이 있었는지는 영원히 미궁일 테니, 금고는 이미 비어있던 상태라고 추정하는 게 최선이겠죠. 적어도 새로운 증거가 발견되기 전까진 말예요. 그 이상 다른 것은 밝혀지지 않았습니다."

요트에서 무슨 일이 벌어졌는지를 둘러싸고 여전히 많은 의문이 제기됐지만 정황은 훨씬 더 분명해졌다. 경찰은 계속해서 수사를 진행했으나 전날 이야기를 나눈 경찰의 말에 따르면 국면을 바꿔줄 새로운 사실들이 밝혀질 가능성은 낮았다. 스네이바르와 카리타스 모두 일방적인 진술을 하는 바람에 형사들은 둘의 진술을 바탕으로 사건의 순서를 개연성 있게 재구성할 뿐이었다.

"저희가 지금까지 알아낸 바에 따르면 선원 중 두 명이 리스본에서 카리타스와 우연히 마주치게 됩니다. 카리타스는 돈을 되찾아올 수 있도록 요트에 들여보내 달라며 두 선원을 설득했어요. 사실 카리타스는 자기가 배에서 뭘 찾으려고 하는지 솔직하게 말하지 않았지요. 그저 실수로 두고 온 개인소지품을 가지러 가는 양 두 선원을 속였답니다. 선원들은 그녀에게 요트 열쇠를 빌려주었고 카리타스는 바로 그날 저녁 비서인 알디스를 보내 요트에 있는 드레스를 챙겨오라고 했죠. 본인은 그 다음날 아침 금고를 비우기 위해 따로 요트에 오를 예정이었어요." 토라는 노부부가 자신의 말을 다 소화할 수 있도록 잠시 맘을 멈췄다. "그 다음 일어난 일에 대해서는 스네이바르와 카리타스가 서로 상충되는 진술을 했습니다. 카리타스는 그날 저녁 계획에 없이 요트에 올랐는데 열쇠만 자물쇠에 꽂혀있고 비서는 어디에서도 찾을 수 없었다고 진술했어요. 그 여자는 비서가 어떻게든 금고를 열어 내용물을 챙긴 다음 보안 코드를 바꿨다고 주장하고 있죠. 반면 스네이바르는 알디스가 요트에서 여주인의 옷을 마구 입어보며 놀다가 카리타스에게 들통이 난 거라고 주장합니다. 게다가 금고까지 열리지 않자 카리타스는 홧김에 비서에게 달려들어 밀쳐버린 거죠. 그럴 의도까지는 없었는지 모르지만, 어쨌든 밀려 넘어진 알디스가 욕실 대리석 세면대 모서리에 머리를 부딪혔다고 했어요."

"변호사님이 보시기에는 누가 진실을 말하는 것 같으세요?" 마르게이르의 질문은 정말 답이 궁금해서 묻는 게 아니라는 듯 의례적으로 들렸다.

"저는 스네이바르의 진술이 더 믿음이 갑니다. 하지만 경찰에서 대리석 표면에 대한 검사결과를 기다리는 중이니 곧 판가름이 나겠죠. 현재는 그저 확보한 증거에 의존하는 상황입니다. 그리고 스네이바르의 진술 내용이 여자 시신을 발견했다는 선장의 교신 메시지와도 일치해요. 반대로 카리타스의 진술에는 허점이 너무 많습니다. 가령 알디스의 여권으로 리스본 발 비행기에 탑승한 이유조차 명확하게 설명을 못 하고 있어요. 경찰은 알디스가 리스본에서 도망을 쳤다는 인상을 주기 위해 의도적으로 그랬을 거라고 보고 있습니다. 필요할 경우 알디스가 금고를 마음대로 건드렸고 심지어 내용물을 훔쳐갔을시노 모른나는 사신의 신술을 뒷맏짐하는 네 이용할 수도 있으니까요." 창문 밖으로 우편배달부가 반쯤 비어있는 빨간 손수레를 끌고 지나갔다. 우편배달부는 봉투 몇 개를 손에 쥔 채 노부부의 집을 지나치기 전에 우편함에 꽂을 게 없는지 봉투를 휘리릭 넘겨보았다. 어쩌면 이미 터져버릴 듯 가득 찬 노부부의 우편함에 편지를 억지로 더 끼워넣을 수 없었는지도 모른다. "스네이바르의 진술에 따르면, 겁을 먹은 카리타스는 그의 친구인 할도르에게 전화를 걸어 도움을 요청했을 거예요. 요트가 바다로 나간 뒤 시신을 처리해주는 대가로 그에게 큰 보상금을 약속했을 겁니다."

노부부의 표정에는 혐오감과 불신이 뒤섞인 감정이 고스란히 드러났다. 마르게이르의 이마는 심하게 찡그려져 주름이 자글자글했다. 그의 눈은 토라에게 더 이상 아무 말도 하지 말고 이쯤에서 그만 멈춰달라고 애원했다.

토라는 포기하지 않고 끈질기게 이야기를 이어나갔다. "하지만 할도르는 사건에 말려드는 걸 거부하는 대신 카리타스를 경찰에 신고하지는 않기로 합의했죠. 그는 알디스의 죽음이 사고였다는 카리타스의 주장을 그대로 믿었어요. 또한 조정위원회가 맡긴 요트 열쇠를 그녀에게 무단으로 빌려줬기 때문에 자기들 역시 어떻게든 사건에 연루된 거라는 말도 믿었고요. 그렇더라도 카리타스가 할리를 설득해 자신의 부탁을 들어주도록 하기에는 역부족이었죠. 만약 할리가 그 이야기를 혼자만 알고 있었다면 상황은 지금과는 완전히 달라졌을 거예요. 하지만 할리는 그러지 않았어요. 그날 저녁 스네이바르와 밖에서 술을 마시면서 친구에게 카리타스의 부탁에 대해 털어놓았던 거예요." 토라는 한숨을 돌리기 위해 말을 멈췄다. 노부부는 이야기를 들을수록 더 혼란스러워하는 듯했다. 토라로서는 이 노부부가 자신의 이야기를 계속 듣고 있는지조차 알 수 없었다. "이해가 잘 안 되시는 부분이 있으면 말씀해주세요. 제가 더 자세히 설명하겠습니다."

"무슨 말인지 다 이해하고 있습니다." 시그리두르가 카디건의 단추를 만지작거리며 대답했다. 양털 카디건은 낡아서 가장자리 솔기가 풀려있었다. 그 모습을 본 토라는 법정에 출두하는 사람처럼 정장을 갖춰입은 스스로를 자책했다. "저는 그 사람들이 도무지 이해되지 않아요. 대체 어떤 인간들이길래 그런 짓을 할 수가 있죠?"

"심각한 결함을 지닌 사람들이죠. 각자 나름의 방식대로요." 토라는 마른 입술을 핥았다. 물 한 잔만 마실 수 있다면 소원이 없겠지만 노부부를 귀찮게 하고 싶지 않았다. 지금 이 순간에도 충분히 고통받고 있는 사람들이었다. "그러니까 계속해서 말씀을 드리자면, 스네이바르는 그 얘기를 듣고 매우 흥분해서 할도르를 설득하려고 했어요. 카리타스가 부탁을 들어주는 대가로 제시한 큰돈을 당연히 둘이 나눠야 한다고 스네이바르는 생각했던 겁니다. 하지만 카리타스가 할도르에게 부탁을 할 때 중요한 사실 하나를 빠뜨렸어요. 그녀가 되찾으려는 돈은 금고 안에 들어있었어요. 이 금고가 열리지 않았기 때문에 사실 카리타스는 그들에게 단 한 푼도 줄 수 없는 상황이었지요. 그런데 카리타스도 알지 못하는 사이 금고의 내용물이 완전히 사라져버렸죠. 그 사실을 알 턱이 없는 스네이바르는 그녀가 돈을 줄 수 있을 거라 굳게 믿었고, 결국 혼자서라도 그 일을 해서 돈을 쟁기겠다고 발했죠. 할노르는 실실이 날

뛰었을 테고, 경찰에 모든 사실을 알리겠다고 협박하면서 스네이바르가 카리타스에게 연락을 하지 못하도록 했어요. 스네이바르의 말에 따르면 당시 둘 다 만취한 상태로 몸싸움을 벌이다가 할도르가 도로로 굴러떨어졌고 차에 치이면서 다리가 부러졌답니다. 그는 너무 취한 나머지 병원에 입원했을 때 어쩌다가 사고가 났는지 논리정연하게 설명을 할 수 없었어요. 하지만 그게 단지 술 때문만은 아니었어요. 그러니까, 스네이바르가 유럽건강보험 카드를 할도르에게 빌려줬던 겁니다. 할도르는 아이슬란드를 떠나기 전에 미처 카드 신청할 생각을 못 했어요. 둘이 비슷한 나이인 데다 카드에 사진도 부착되지 않았기 때문에 응급실 의료진도 그 점을 의심하지 않았던 겁니다. 그러니 할도르는 사고와 관련된 앞뒤 정황을 제대로 설명할 수 없었지요. 뿐만 아니라 엄청난 통증에 시달렸기 때문에 한시라도 빨리 진료와 응급처치를 받는 게 급하다고 생각했을 겁니다." 토라는 잠시 한숨을 돌린 후 말을 이었다. "카리타스와 스네이바르는 그 이후 일어난 상황에 대해서도 상반대되는 진술을 하고 있어요. 카리타스는 스네이바르가 할도르를 죽였다고 하는 반면, 스네이바르는 카리타스가 그를 살해했다고 주장합니다. 누구 말이 맞는지는 앞으로도 밝혀지지 않겠죠. 이 사건과 관련된 수많은 진실들과 마찬가지로요. 하지만 할도르가 다리에 깁스를 하고 병원을 나온 이후 스네이르바르가 그를 호텔로 데려다줬으며, 할도르는 그곳에서 거의 온종일 잠만 잤다는 건 확실합니다. 그러는 동안 스네이바르가 친구의 휴대폰을 이용해 카리타스에게 연락을 했고, 둘은 요트 앞에서 만나기로 약속합니다. 그곳에서 스네이바르는 작업을 시작했어요. 비서의 시신을 커다란 쓰레기봉투에 담아 대형 냉동고 밑바닥에 숨긴 거죠. 두 사람은 스네이바르가 시신을 바다에 유기하는 대가로 돈을 나누어갖기로 거래를 해요. 돈을 나누는 일은 절대 일어나지 않을 거란 사실을 몰랐던 겁니다. 경찰은 그 이후 깁스를 한 채 잠에서 깨어난 할도르가 항구에 가보고는 둘이 무슨 일을 벌이는지 알게 됐을 거라고 확신하고 있어요. 화가 난 할도르가 두 사람을 경찰에 신고하겠다며 으름장을 놓았고, 그의 입을 다물게 하기 위해 카리타스와 스네이바르 둘 중 한 사람 혹은 둘이 함께 할도르를 물에 빠뜨려 살해한 겁니다. 어쩌면 말다툼 도중 실수로 물에 빠진 할도르가 부러진 다리로 인해 나오지 못했을 수도 있어요. 스네이바르와 카리타스는 할도르의 숨이 끊길 때까지 손 놓은 채 그를 꺼내주지 않았을 거고요. 이미 냉동고에 시신 한 구를 숨겨둔 그들로서는 익사한 남자의 시신이 가져올 원치 않는 관심을 피하기 위해 무슨 짓이든 할 각오가 되어있었을 겁니다.”

“두 사람 중 누가 그 남자를 죽였을 가능성이 더 높은가요?”

“저는 카리타스라고 봅니다. 그 단계에서는 그 여자가 잃을 게 훨씬 많았거든요. 물론 스네이바르 역시 살인을 저질렀을 가능성은 농후합니다. 그렇게 할도르의 시신은 알디스의 시신과 함께 요트에 실리게 됐죠.”

“세상에.” 노부인은 안경 아래로 양쪽 눈 가장자리를 문질렀다. “그런 사람들이 존재할 거라고 누군들 상상이나 할까요.”

“안나샵세노 그래요.” 로라는 아이에드가 가족들과 티스본에 미

507

무는 동안 카리타스의 요트에 숨겨져 있던 돈의 유혹에 굴복하고 말았을 거라는 추정을 굳이 노부부에게 상기시키지 않았다. 금고 안에는 거액의 현금이 들어있었을 테고, 토라는 아이에르가 그 돈을 챙겼을 거라고 거의 확신했다. 그가 돈을 어떻게 처리했는지는 알 수 없지만, 배편으로 귀국하기로 한 아이에르의 결정에 돈이 영향을 미쳤을 가능성이 다분하다고 토라는 생각했다. 돈을 아이슬란드로 몰래 반입하기에는 비행기보다 배가 훨씬 용이하기 때문이다. 그러나 그의 부모가 이런 사실까지 알 필요는 없었다. 지금 이대로도 충분히 괴로울 테니까. "두 사람이 보인 그 다음 행동은 아마 할도르의 죽음으로 인한 충격 때문일 가능성이 큽니다. 스네이바르가 할도르로 위장해 배에 탄 다음 항해 도중 두 시신을 바다에 던져버리고는, 아무 일도 없었던 듯 연기하기로 한 거죠. 카리타스는 스네이르바르의 머리칼을 금발로 염색해 좀 더 할도르처럼 보이게 만들었고요. 다른 선원들은 이전에 할도르와 스네이바르를 만난 적이 없었기 때문에 들키지 않을 확률이 높았던 셈입니다."

"대체 무슨 생각으로 그랬을까요? 어떻게 그게 먹혀 들어갈 거라고 생각할 수 있죠?"

"이야기를 들어보니, 처음의 계획은 배가 아이슬란드에 도착하기 전에 스네이바르가 요트를 탈출해 마치 할도르가 실수로 바다에 빠져 익사한 것처럼 위장하는 거였답니다. 그런 사고는 드물지 않게 발생하기 때문에 의심을 살 가능성이 높지 않습니다. 그런 다음 스네이바르는 다리가 부러진 것으로 위장해 리스본에서 이미 비행기를 타고 돌아와 집에서 기다렸던 듯 연기할 계획이었습니다.

나중에 알고 보니 누구도 그의 알리바이를 확인해야겠다는 생각을 못 했던 거죠. 어쨌든 시각적으로 스네이바르는 다리가 부러진 것처럼 보인 데다 할도르가 그의 건강보험 카드를 사용한 덕에 리스본 병원에서 발급한 서류로 그걸 입증할 수 있었습니다. 아무도 그가 사건에 연루되었을 거라고 꿈에도 생각을 안 했던 거예요." 토라는 잠시 머뭇거렸다. "그리고 실종된 사람이 할도르뿐이었다면 분명 스네이바르는 빠져나갈 수 있었겠죠. 실종자가 한 명인 사건과 배에 탄 모든 사람이 감쪽같이 자취를 감춰버린 사건에 대한 조사는 전혀 차원이 다르니까요."

"더 이상 참고 들어줄 수 있을지 모르겠군요." 마르게이르의 표정은 험상궂게 변해있었다. "이 인간들 제정신이 아니에요."

"나머지 이야기를 듣고 싶지 않으시다면 여기서 그만둘 수도 있습니다. 하지만 이 비열한 공모자들이 피고인으로 지목되면 그때는 사건에 대한 기사나 뉴스를 피하기 힘드실 거예요. 소식을 차단하는 건 불가능합니다." 토라는 사건과 관련된 여러 세부사항에 대해서는 이 자리에서 언급하지 않기로 이미 마음먹은 상태였다.

가령 스네이바르가 할도르의 다리를 자르기로 결심한 이유는 시신이 해안으로 쓸려왔을 경우, 그가 바다에 빠져 죽었다는 일차적 증거로 작용하게 만들기 위함이었다. 동시에 할도르의 다리가 부러졌다는 사실을 감추기 위한 의도 역시 깔려있었다. 팔다리 한두 개가 잘린 채 바다에서 쓸려온 시신이 종종 발견되었기 때문에, 그렇게 하면 큰 의심을 사지 않을 것이라고 판단한 것이다. 그러나 부러진 다리만 자르는 대신 두 다리 모두 잘린 이유는 오직 스네이바르 자신만 알고 있을 것이다. 바다에서 입은 훼손으로 간주하기에는 두 다리 모두 잘려나간 쪽이 더 자연스럽다고 생각했을지 모른다. 친구의 두 다리를 자른 스네이바르는 자신의 다리에 둘러맬 요량으로 시신에서 깁스와 부목을 빼냈다.

또한 토라는 스네이바르가 애초에 할도르의 시신을 어떻게 자신의 선실에 은닉하려고 했는지에 대해서도 설명하지 않았다. 부패로 인해 냄새가 갈수록 심해지자 그에게는 시신을 숨길 새로운 장소가 필요해졌다. 그는 라라와 아이에르의 선실에서 슬쩍 훔쳐온 향수로 냄새를 숨기려고 했지만 고약한 악취를 덮기에는 역부족이었다. 할 수 없이 그는 시신을 엔진실과 붙은 창고의 냉동고에 우겨넣었다. 스네이바르는 한동안 그곳에 보관하던 시신을 이후 방수포에 감아 요트의 측면에 매달았다. 그래야만 바다로 유기했을 때 냉동고가 아닌 바다에 오래 잠겼던 것처럼 위장할 수 있기 때문이었다. 그는 조타실에 있던 도끼로 시신의 두 다리를 잘라냈다. 그리고 어망에 걸리거나 해안가로 떠밀려왔을 때를 대비해 시신의 발에 자신의 신발을 신기는 치밀함까지 보였다. 항해에서 살아남은 사람들이 잘린 다리를 할리의 것이라고 증언하게 만들기 위함이었다. 그런 다음 해치를 통해 할도르의 시신을 밀어내기 위해 요트의 메인 엔진을 껐다. 요트가 운항중일 때는 해치 개방이 불가능했기 때문이다. 항법용 컴퓨터를 통해 확인해보니 항구까지 예상 항해 시간이 불과 하루밖에 남지 않은 시점이었다.

그러나 스네이바르는 이 마지막 단계에서 결정적인 실수를 저질렀다. 시신을 해치 외부로 매달아둔 그는 아이에르가 제트스키를 타고 아이들과 탈출을 시도할지도 모른다는 데 생각이 미쳤고, 해치가 있는 창고 문을 잠가버렸던 것이다. 할리의 절단된 다리를 처리하기 위해 위층으로 올라가다 아이에르와 맞닥뜨린 그는 충동적으로 아이에르를 살해했고 이 과정에서 창고 열쇠를 분실했다. 아마 그즈음 스네이바르는 배가 이미 육지와 매우 가까워졌고 열쇠를 찾을 시간이 없다는 사실을 깨달았을 것이다. 계획대로 할리의 시신을 유기하는 데 실패한 건 그 때문이다.

집으로 돌아온 후 경찰이 요트를 수색하며 법의학적 증거를 수집하고 있다는 소식을 들은 스네이바르는 할리의 시신에서 자신의 유전자가 발견될지도 모른다는 사실에 불안해서 미칠 지경이었을 것이다. 카리타스와 함께 요트에 잠입해 증거를 없애려고도 했지만 호기심 많은 야간경비원으로 인해 시도는 좌절되고, 자리를 뜰 수밖에 없었다. 그러던 중 토라와 함께 다시 요트에 오를 기회를 얻은 그는 할리의 시신에서 자신과 관련된 흔적이 발견되더라도 의심을 살 일이 없게끔 우연을 가장할 계획을 세운다. 발견 당시 할리의 시신은 심하게 부패한 상태였으므로 억지로 구토를 할 필요조차 없었지만, 결과적으로 그의 계획은 먹혀들었다.

"나머지 이야기를 듣고 싶어요." 시그리두르는 감당할 수 있다는 듯 턱을 들어올렸지만 그녀의 젖은 눈가는 다른 이야기를 하고 있었다. "계속해주세요."

"불행히도 명확하게 밝혀진 것이 많지 않습니다. 스네이바르는 자신이 실종자들의 죽음과는 아무 관련도 없으며, 자기 잘못은 카리타스의 사주에 따라 시신들을 치리한 것뿐이라는 진술을 반복하고 있어요. 반대로 카리타스는 스네이바르가 집으로 돌아온 이후 자신에게는 전혀 다른 이야기를 들려줬다고 주장하고 있습니다. 통신사에 확인해보니 실제로 두 사람은 길게 통화한 사실이 있었고요. 카리타스의 진술에 의하면 스네이바르가 로푸투르를 살해했으며, 그 이유는 냉동고에 있던 여자 시신을 바다로 던진 게 스네이바르라는 사실을 그가 알아챘기 때문이라고 합니다. 로푸투르 입장에서는 추측이 어렵지 않았겠죠. 그 짓을 할 수 있는 사람은 자신과 스네이바르 둘 중 하나일 수밖에 없으니까요. 아니, 당시 신분을 위장했던 대로 할리라고 불러야겠죠. 로푸투르가 이 사실을 물고 늘어지자 스네이바르는 그를 자쿠지에서 익사시켰답니다. 당시 로푸투르는 자쿠지의 물을 데우는 중이었고요. 그 이후 스네이바르는 정체불명의 밀항자가 배 안에 있다고 이야기를 지어냈죠. 하지만 다른 사람들이 그 이야기를 믿지 않았고 의심의 화살이 점점 자신에게로 향하자 다른 이들까지 살해한 겁니다. 선장 트라인은 딱하게도 경계를 서던 중 잠이 들어버렸다고 합니다."

"그럼 그 사람은 어떻게…?" 마르게이르가 문장을 미처 마치지 못했지만 토라는 그가 누구를 가리키는지 곧바로 알아챘다.

"카리타스의 진술에 따르면 라라는 우발적인 총기사고로 사망했다고 합니다. 그게 거짓인지 아닌지 누구도 알 수 없지만, 본래 요트 안에 있어야 할 총이 분실된 상태입니다. 아이에르가 총을 바다로 던져버렸다고 스네이바르가 털어놓았다는데, 저는 그 말이 과연 사실일지 의심스러워요. 경찰은 스네이바르가 라라 역시 살해했을 거라고 추정하고 있고요."

"그럼 아이에르는요?"

"아이에르는 가장 마지막에 살해당한 걸로 추정됩니다. 카리타스는 아이에르를 죽인 건 우발적이었다고 진술했어요. 스네이바르는 아이에르와 쌍둥이가 아래층에서 가만히 있어주기를 바랐대요. 그러면 아이에르도 실종된 할리를 살인자라고 믿었을 테고, 자신이 배 위에서 할리로 위장했다는 사실을 누구도 알아채지 못했을 테니까요. 그렇게만 되었다면 아이슬란드에 도착하고 난 후 자신은 조용히 지낼 수 있었을 거라고요. 하지만 스네이바르가 그 정도의 위험을 감수했을 거라고 믿기는 힘들어요. 저는 스네이바르가 혼자만 살기 위해서 아이에르를 죽였을 거라고 추측하고 있습니다. 만약 배 위 모든 사람이 사라지면 사건은 사고로 결론나고, 출항 전 다리가 부러진 게 전부인 남자를 의심하지는 않을 테니까요. 알고 보니 스네이바르는 배 위를 수색하면서 자신의 모습이 담겼을지 모를 휴대폰과 카메라를 닥치는 대로 수거해 바다로 던져버렸습니다. 요트에서 지내는 동안에는 가급적 손으로 요트를 만지지 않으려고 각별하게 신경 쓰고, 다른 사람들 모르게 자신의 지문을 지웠어요. 그래서 배에는 그의 정체를 드러낼 만한 흔적이 거의 없었죠. 사실 스네이바르가 취한 모든 행동은 치밀하게 계획된 것입니다. 그의 소망처럼 단순히 카리타스에게 속아 넘어간 얼간이로 치부하기 어려울 정도로요."

"그 사람은 어떻게 육지로 돌아왔을까요? 분명 요트가 들어올 때 우리와 같이 부둣가에 있었거든요." 시그리두르의 목소리는, 자신이 멍청하게 그의 속임수에 넘어가 버렸으며 처음부터 그의 실제를 꿰뚫어보지 못해 통탄스럽다는 듯 분노에 차있었다.

"그는 요트를 자동조종 모드로 설정해 자신이 바다에 뛰어들어 육지까지 헤엄쳐갈 수 있을 만큼 가까운 곳에 정박했어요. 그리고 잠수복을 입은 채 누구에게도 들키지 않고 헤엄쳐서 무사히 육지에 도착한 것입니다. 방수낭에 갈아입을 옷과 부목, 깁스까지 챙기고 포르투갈 병원에서 대여받은 목발까지 담아 들여왔어요. 요트는 그 이후로도 사전에 설정된 진로대로 나아갔습니다. 요트가 항구에 도착할 즈음 스네이바르가 미리 부둣가에서 기다릴 수 있도록, 팍사플로이 만에서 커다란 원을 그리며 천천히 항해하게끔 설정해놓은 거예요. 자신에게 돌아올 혐의를 막기 위해 이 모든 걸 계획한 겁니다. 심지어 그는 이제 막 깎은 머리를 감추기 위해 털모자까지 쓰고 있었어요. 기억하실지 모르겠지만요."

"그랬군요." 노부부는 함께 고개를 끄덕였지만 시그리두르는 여전히 이해가 안 간다는 얼굴이었다. "레이캬비크 항구가 그로타에서 아주 멀지는 않다고 해도 목발을 짚은 채로 걸어서 오기에는 힘든 거리였을 거예요. 그런데 항구에서 그 남자를 봤을 때 숨 가빠하는 기색이 전혀 없었습니다."

"스네이바르는 마지막 순간까지 기다렸다가 깁스를 착용했을 겁니다. 그 전까지는 헐렁하게 다리에 둘러놓기만 했겠죠. 그가 그로타에서 항구까지 갈 수 있도록, 카리타스는 자신의 모친에게 차를 주변에 주차해놓으라고 시켰어요. 차 열쇠를 좌석 아래에 두도록 당부하고요. 요트가 항구에 도착하기 이틀 전 일이에요. 이건 본래 실종자가 할리 한 명뿐이던 시점에 스네이바르와 카리타스가 짜놓은 계획입니다. 카리타스는 계획을 충실하게 실행했을 뿐, 스네이바르가 항해 동안 저지른 만행들에 대해서는 자신은 전혀 무관하다고 주장하는 상황입니다. 그녀의 모친 역시 차를 주차해놓은 일에 대해서는 시인을 했어요. 모친은 그 지역에서 정비소를 운영하는 딸의 친구가 차를 점검해주는 모양이라고 짐작했답니다. 그렇지만 사실은 스네이바르를 위한 거였죠. 그는 옷을 갈아입고 친구의 다리에서 잘라낸 깁스를 자신의 다리에 두른 다음 반창고와 끈으로 고정시켰죠. 그러고 나서 다리에 비닐봉투를 씌운 뒤 차를 몰아 항구로 왔고 거기서부터 태연하게 연기를 시작한 겁니다."

"세상에, 그날 거기서 그 사람을 보지 말았어야 했는데. 요트를 보러 그날 나가지도 않았으면 좋았을 텐데. 그럼 그 사람 만날 일도 없었을 거예요." 마르게이르는 기억을 말소시키기라도 하겠다는 듯 이마를 문질렀다. "저희는 그저 들떠있었어요. 해안경비대에서 일하는 사촌한테 미리 부탁을 해놨거든요. 밤이든 낮이든 상관없으니 요트가 레이더에 잡히면 바로 알려달라고. 아들 부부한테서 소식을 듣지 못하던 터라 걱정이 많았어요. 그래서 사촌한테 전화를 받고는 얼마나 기쁘고 안도했는지 모릅니다."

"스네이바르는 배의 통신시스템뿐만 아니라 비상버튼도 망가뜨렸어요. 버튼만 멀쩡했어도 가족 분들이 구조될 확률은 크게 높아졌을 겁니다. 그는 안테나 연결마저 끊어버렸고 결과적으로 통신기들이 어떤 신호도 잡아내지 못하는 상태로 만들었죠. 그런데 한 선박이 인근에서 항해 중이던 배에서 컨테이너 한 개가 떨어져 나왔음을 레이디 K에게 경고하려 했었다는 사실은 확인했습니다. 그 선박 측은 메시지가 제대로 전달되지 않았을 거라고 추정하더군요."

토라는 이만하면 하루에 받을 충격으로는 차고 넘친다고 생각했다. 노부부에게는 희소식이 필요한 시점이었지만, 아직 그녀는 승객들의 최후에 대한 가장 중요한 질문에 답하지 않고 있었다. 그럼에도 그녀는 잠시 쉬어가는 게 좋겠다고 느꼈다. "보험사에 아이에르와 라라가 사망한 것으로 추정된다는 법원의 판결문과 함께 경찰의 발표문을 제출했어요. 발표문에는 부부의 실종에 관한 조사가 마무리 단계에 들어섰으며, 모든 증거로 볼 때 두 사람은 살해되었을 것이라는 서술이 들어있었습니다. 보험사에서 이의를 제기하기 위해 두 분께 추가로 서신을 보낼지 모르지만 그건 형식적인 절차입니다. 보험사에는 제가 대신 답신을 보낼 겁니다. 모든 게 순조롭게 돌아간다면 보험사는 몇 달 후 보험금을 지급할 거예요." 노부부는 토라의 말에 뭐라고 웅얼거렸지만 알아들을 수 있는 말은 아니었다. 그들이 잃은 것에 비하면 돈은 그리 중요하지 않았다. 다행스럽게도 토라는 그들에게 들려줄 희소식을 가지고 있었다. "게다가 두 분은 아동보호국의 평가도 아주 높은 점수로 통과하신 듯합니다. 시가 뒤그에 대한 매우 적극적인 방문권이 두 분에게 허용될 예정이라는 소식을 비공식적으로 전달받았습니다. 누가 입양하든, 아이의 상태에 대해 정확하고 상세하게 조부모에게 고지해야 한다는 단서조항이 추가될 겁니다. 그러니까 두 분은 앞으로도 조부모로서 손녀딸의 인생에서 중요한 역할을 하실 수 있는 겁니다. 그 점에 있어서는 아무것도 바뀌지 않을 겁니다."

"아무것도 바뀌지 않을 거라고요, 말이야 그렇겠죠." 시그리두르는 몸을 부르르 떨며 몸서리를 쳤다. "그렇지만 그 무엇도 예전 같지 않을 거예요." 토라는 아무런 대답도 하지 않았다. 노부인의 말이 맞았다. 당연히 어떤 것도 예전과 같을 수는 없을 것이다.

그녀의 남편이 기침을 하더니 창밖을 향해 고개를 돌렸다. "아이들한테는 무슨 일이 있었던 겁니까? 계속 그 이야기를 피하시는 것 같은데, 저는 꼭 알아야겠습니다. 알고 싶지 않더라도요."

토라는 식탁을 내려다보았다. "분명치가 않습니다. 스네이바르는 일관되게 아이들한테는 손 하나 까딱하지 않았다고 부인합니다. 아이들이 그냥 사라졌다고 맹세를 했어요. 아이들을 찾아 주변을 샅샅이 뒤졌지만 소용이 없었다고 하더군요. 지금으로서는 그가 거짓말을 하는 건지 아닌지 알 수 없지만 요트는 실제로 바다에 빠진 무언가를 찾고 있는 것처럼 한동안 제자리에서 빙글빙글 돌았고, 그 위치도 그의 진술과 거의 일치했습니다."

"그럼 카리타스는요? 그 여자와 통화를 하면서 그 얘기는 안 했답니까?" 마르게이르는 어느 때보다 골똘히 창밖을 내다보았다. 텅 빈 거리에는 지나가는 차 한 대조차 보이지 않았다. 마치 노부부의 상실을 배려라도 하듯 주변이 정지해버린 듯했다.

"카리타스의 말도 그 주장을 뒷받침하고 있어요. 스네이바르가 그녀에게도 아이들이 완벽하게 사라져버렸다고 털어놓았답니다."

"그 말을 믿으시나요?"

"아뇨, 안 믿습니다. 그렇지만 누가 제 의견을 중요하게 생각하겠어요."

"신은 중히 여길 겁니다." 시그리두르는 기다긴 속으로 손을 넣어 더듬거리다가 평범한 목걸이 체인에 매달린 작은 은십자가를 쥔 채 손을 밖으로 꺼냈다. "그렇게 되면 그때는 어떤 거짓말도 용서받지 못할 거예요."

대화를 마친 토라는 뭔가 새로운 소식이 들어오는 즉시, 늦어도 이번 주 후반쯤에는 다시 전화를 하겠다고 약속한 뒤 자리에서 일어났다. 그녀는 거실 문을 지나치다가 바닥에 앉아 만화영화를 보고 있는 시가 뒤그와 맞닥뜨렸다. 톰과 제리가 심하게 흔들리는 배 위에서 쫓고 쫓기는 와중에 톰이 골탕을 먹는 스토리였다. 만화영화는 막바지에 이르렀고, 토라는 문 앞에 선 채 톰과 제리가 배 밖으로 떨어지는 장면에 시선을 고정한 아이를 지켜보았다. 둘은 바닷속으로 첨벙 빠져들었다. 여전히 싸움을 벌이던 두 캐릭터의 입으로 물이 잔뜩 들어갔다. 다음 장면에서 하얀 예복을 걸친 채 날개를 달고 머리 뒤편에 후광까지 비추는 완벽한 모습으로 나타난 둘은 수면 위로 떠올라 천국으로 날아올랐다. 제리는 입이 귀에 걸렸고 톰은 지긋지긋해 죽겠다는 표정을 하고 있었다. 아이가 엄마 아빠와 언니들에 대해 이상한 말을 한 건 어쩌면 이 영화 때문인지도 모른다. 가족들이 모두 배에 올랐다는 사실을 알고 있었던 아이는, 그들이 돌아오지 않자 불쌍한 톰과 제리처럼 하늘나라로 올라갔을 거라고 결론내렸을지 모른다.

"아르나랑 빌샤가 제일 좋아한 영화였어요. 비디오테이프가 늘어나 버리지나 않을지 걱정이에요." 시그리두르가 옅은 미소를 지었다. "우리 손녀들은 이제 신경 쓰지 않겠지만요."

시가 뒤그는 할머니의 목소리를 듣고는 뒤를 돌아보았다. 아이는 토라와 할머니를 차분하게 바라보더니 다시 화면으로 시선을 돌렸다. 다음 에피소드가 막 시작되는 참이었다. 삶은 저렇게 계속 되겠지만 도중에 실패한 누군가에게는 그게 불가능하다.

사무실로 돌아가면서 토라는 산산이 부서져 내린 아이에르의 가족과 아마도 영원히 알 수 없을 어린 두 소녀의 최후에 대한 생각을 멈출 수 없었다. 신앙을 가진 사람은 아니지만, 자신의 가족이 안녕한 것에 대해 그녀는 신에게 감사의 기도를 드렸다. 하지만 이제 곧 노르웨이로 떠날 길피를 떠올리자 이내 두려워졌고 장담할 수 있는 건 아무것도 없다는 생각이 들었다. 미래는 절대 못으로 박아둘 수 있는 것이 아니었다.

갑자기 그녀는 벨라가 컴퓨터 앞에 딱풀처럼 붙어 새로 연결된 초고속 인터넷을 즐기고 있을 사무실로 돌아가려던 마음을 고쳐먹었다. 대신 그녀는 차를 돌려 오리의 유치원으로 향했다. 평소보다 일찍 손자를 데리러 가서 남은 하루를 즐겁게 보낼 생각이었다. 구름 뒤로 태양이 살짝 모습을 드러내자 세상은 아주 조금 더 밝은 곳이 된 듯했다.

32장

"아빠는 안 올 거야." 빌쟈가 울음을 그친 지도 한참이 지났다. 아이의 볼이 말라버린 건 울음을 그쳐서가 아니었다. 아이의 볼을 누르는 부드럽고 보송보송한 드레스의 술 달린 치맛단이 흘러내리는 눈물을 그 즉시 흡수해버렸기 때문이다. 아이의 얼굴은 처음부터 눈물을 전혀 흘리지 않은 듯 보일 정도였고, 이 때문에 아이는 더욱 슬퍼졌다. 자기가 아빠를 배신하고 걱정조차 하지 않은 것 같은 죄책감이 들었다. "아빠가 오지 않으면 어쩌지? 아빠가 그 얘기는 안 해주셨잖아."

아르나가 비좁은 공간에서 몸을 뒤척이자 드레스들이 두 아이의 대화에 끼어들기라도 하겠다는 듯 바스락거렸다. "나도 몰라."

"나쁜 사람이 우릴 찾아낼 때까지 여기 있어야 하는 거야?" 아르나의 팔꿈치가 자신의 배를 쿡 찌르자 빌쟈 역시 자세를 바꿔앉았다. 자세가 불편한 것 따위는 빌쟈에게 중요치 않았다. 두 개의 옷장에 각각 따로 숨느니 좁은 곳에서 함께 얽혀있는 게 훨씬 나았다.

"나도 몰라. 어쩌면 아빠는 우리를 못 찾을지도 몰라."

"옷장을 보면 우리를 찾을 수 있을 텐데."

"어쩌면 아빠는 우리를 찾지 않을지도 몰라." 아르나의 목소리는 아직도 울고 있는 듯했다.

"그럴지도." 빌쟈는 두 눈을 감았다. 자신들이 처한 곤경이 아닌 다른 무언가에 생각을 집중하고 싶은 마음이 간절했다. 아이는 엄마가 항상 꿈꾸던 휴가용 시골집을 떠올리고 싶었다. 엄마와 함께 살펴보면서 돈이 아주 많다면 사고 싶은 시골집을 고르던 신문 광고들을 생각해내고 싶었다. 눈을 감고 두 손으로 귀를 틀어막기만 한다면 엄마와 함께 식탁에 앉아 가장 마음에 드는 시골집을 찾아 신문을 훑어보는 자신의 모습을 상상할 수 있을 것이다. 파티오가 달려있고, 빌쟈와 아르나가 어른이 될 때쯤 아주 무성해질 나지막한 나무들이 자라는 시골집. 어두운 옷장 안에서 눈과 귀를 닫았지만, 요트의 격렬한 흔들림까지 차단할 수는 없었다. 그것이 모든 상상을 망쳐버렸다. "엄마 생각하는 거야?"

"응." 아르나가 다시 꼼지락거리며 대답했다.

"언니는 나쁜 사람이 엄마를 바다에 던져버렸을 거 같아?" 아르나가 대답을 하지 않자 빌쟈는 다시 재촉했다. "대답해. 언니가 말하는 거 듣고 싶어."

"엄마가 바다에 빠진 거에 대해서는 말하기 싫어." 아르나가 훌쩍였다. 아이 옆의 드레스는 아마 눈물 자국으로 뒤덮였을 것이다. "다른 거에 대해 이야기하자."

"이 옷장 밖으로 나가고 싶어." 빌쟈는 신경을 긁듯이 손을 디듬기렸다. 아이는 자신이 안경을 바닥에 내려놓았을 거라고 생각했다.

"기분도 너무 안 좋고, 아빠 찾아보고 싶어."

"그치만 나쁜 사람은 어쩌고?"

"어쩌면 나쁜 사람은 없을지도 몰라. 어쩌면 모든 게 다 실수였고 아빠는 우리를 까먹어버린 채 선장 아저씨랑 할리 아저씨랑 이야기하는 중인지도 몰라. 아빠가 얼마나 피곤해했는지 기억나? 분명 아빠는 잠들어 버렸을 거야. 귓속말하는 것도 지겨워죽겠어. 그리고 어쩌면 옷장 안에 있는 산소를 우리가 다 들이마셔 버려서 숨막혀 죽을지도 몰라."

난데없이 옷장 안이 밝아지자 빌쟈는 손으로 두 눈을 가렸다. 아르나가 옷장 문을 열어젖힌 것이다. 아이들은 가까스로 옷장 밖으로 나왔고 잠시 후 눈부심도 사라졌다.

"어쩌면 좋지?" 아르나가 속삭였다. 아르나는 주변을 둘러보며 아빠의 흔적을 찾아 시선을 이리저리 돌렸다. 화장대 의자에 셔츠가 걸렸고 바닥에는 서류가방이 놓여있었다. 아이에르가 항해 초반에 읽던 책 한 권은 아래로 펼쳐진 채 침대 협탁에 놓여있었다. 아르나는 아빠가 책을 다 읽기는 했는지 생각하고 싶지도 않았다. 심지어 아빠가 마시던 콜라 캔조차 이상한 기분이 들게 했다. 날카로운 통증이 심장을 겨냥하기라도 하듯, 발아래부터 위를 향해 올라왔다. "가자. 갑판으로 나가자."

"그래도 괜찮을까?" 빌쟈는 비좁은 옷장 안을 탈출하게끔 언니를 자극한 것을 불현듯 후회했다. 그 안에서라면 안전했을 것이다. 적어도 지금 당장은 말이다.

"응. 그럴 거 같아. 잊지 마, 아빠가 피곤했을 때 함께 갑판에 나 갔더니 다 괜찮아졌던 거 말이야. 갑판에 나가도 아빠가 야단치지 는 않을 거야."

"정말이야?"

"응. 언제든 원하면 여기로 다시 내려올 수 있잖아." 아르나는 아 빠의 침대 협탁으로 가더니 책을 집어들어 모퉁이를 접고는 책을 덮었다. "아빠한테 이 책 가져다 줘야지."

"아빠를 찾는다면 말이야." 빌샤가 눈을 찡그렸다. 아이는 다시 한 번 안경을 찾아볼까 하다가 마음을 접었다. 그럴 만한 가치가 없었다. 아이는 이 끔찍한 배 위에서 어떤 것도 또렷하게 보고 싶지 않았다. 안경이 없는 게 더 나을 것이다. 빌샤는 아빠의 책을 집어 든 언니가 부러워져서 주변을 둘러보며 챙겨갈 만한 것을 찾았다. "나는 이 서류가방 가져갈 거야. 이걸 가져가도 아빠가 기뻐할 테 니까."

두 아이는 하품을 했고 서로를 보며 미소를 지었다. "가자." 아르 나가 말했다.

아이들은 선실 밖으로 나온 뒤 최대한 소리를 내지 않고 움직이 려고 애를 썼다. 그럼에도 끊임없이 서로를 향해 쉬쉬거리는 소리 는 복도를 따라 계단으로 올라가는 아이들의 작은 발소리나 문을 여닫는 소리보다 더 큰 소음을 만들어냈다. 갑판 위로 나오자 거센 바람이 아이들을 향해 몰아쳤지만, 둘은 이런 환경 변화에 무방비 상태였다. 아르나는 들고 있던 책을 놓쳤고, 책은 갑판 위에서 팔 랑이고 강풍에 휩쓸려 날아가다가 난간에 부딪혀 비닥으로 곤두박

질쳤다. 아르나가 주우려고 따라갔지만 책은 또다시 바람에 날려 어둠 속으로 사라지고 말았다. 그리고 풍덩하는 작은 소리가 뒤이었다.

아르나가 난간으로 달려가 어둠 속을 내려다보았다. 언니의 뒤를 따르던 빌쟈는 요트가 움직이지 않는다는 사실을 불현듯 깨달았다. 배는 파도 위에서 흔들렸지만 앞으로 나아가지 못하고 있었다. 속도를 늦춰 걸어간 빌쟈가 난간 앞에 다다랐다. "책이 보여?" 빌쟈는 눈을 가늘게 뜨고 밤의 암흑 속을 응시했지만 아무것도 보이지 않았다. 요트의 조명 빛은 멀리까지 비추지 못했다. 아르나는 대답이 없었다. 아이는 뻣뻣하게 선 채 동생에게는 보이지 않는 무언가를 가리켰다. "왜? 뭔데?"

"아빠!" 아르나의 목소리는 절망으로 가득 차있었지만 바람은 아이의 비명을 재빨리 낚아채 바다로 실어가 버렸다.

빌쟈는 요트 측면 근처에서 떠다니는 길고 검은 그림자를 발견했다. 안경을 쓰지 않았다는 사실을 다행으로 여기며 아이는 그림자의 정체를 자세히 구별하기도 전에 난간에서 몸을 뗐다. "나는 보기 싫어." 아이가 몸을 돌리며 말했다.

아르나가 동생의 행동을 따라했고 두 아이는 요트 아래 수면에 떠있는 처참한 광경에 등을 돌린 채 나란히 서있었다. 두 아이의 세계는 무너져 내렸다. 아무것도 남은 게 없었다. 이제는 바다로 날아간 책을 읽고 싶어하는 사람도, 자신들을 돌봐줄 사람도 남아 있지 않았다. 아이들에게는 아빠도 엄마도 없었다. 앞으로 어떤 것도 좋아질 수가 없었다. 자신들의 비참한 운명을 생각하느라, 아이들은 얼마나 오래 그곳에 서있었는지도 잊어버렸다. 더 이상 추위를 느끼지도 않았다. 머리칼을 헝클어뜨리는 바람도 신경 쓰지 않았다.

마침내 아르나가 입을 열었을 때, 빌쟈는 그 어느 때보다 간절하게 편히 쉬고만 싶었다. 그곳에 서있다가 독감에 걸려 죽을 수 있다면 더 바랄 게 없었다.

"빌쟈, 톰과 제리 기억나?" 아르나의 목소리는 아무렇지도 않게 들렸지만 눈물이 쉴새없이 아이의 볼을 타고 흘러내렸다.

"응." 기계적으로 대답을 하는 것 외에 빌쟈는 움직이거나 흐느낄 수조차 없었다. 비명을 지르거나 다른 행동을 할 수도 없었다. 이제는 자기 자신이 아니라 전혀 딴 사람이 되어버린 것 같았다.

"걔네들은 바다로 떨어진 뒤에 천국으로 올라갔잖아. 어쩌면 우리도 그렇게 하는 게 좋을지 몰라. 하얀 드레스를 입은 날개 달린 천사가 되어서 엄마랑 아빠를 다시 만나는 거야."

"나는 괜찮아."

"나는 그 나쁜 사람이 우리를 죽이는 게 싫어, 빌쟈. 우리 둘이 바다에 빠지면 나쁜 사람으로부터 벗어나 엄마 아빠랑 같이 있게 되잖아. 엄마는 분명히 거기 어딘가에 계실 거야."

"그래." 빌쟈는 언니가 자신의 손을 잡아 난간으로 끌어당기는 것을 느꼈다. 빌쟈는 그때까지 들고 있던 서류가방을 높이 들어 배 밖으로 던져버렸다. 추락하던 가방이 열리더니 셀 수 없이 많은 초록색 종이가 한 무리의 새들처럼 아이들의 머리 위로 날아올랐다.

아이들은 난간 위로 기어올라 그 위에 걸터앉았다. "추워?" 아르나는 다시 동생의 손을 잡으며 물었다.

"아니. 언니는?"

"안 추워. 그냥 피곤해. 엄마 아빠랑 같이 있고 싶어."

"나도 그래. 더 이상 여기 있기 싫어."

아이들은 눈을 마주치고 미소를 지었다.

옮긴이 박진희

대학에서 영어영문학을 공부하고 지금은 외서를 한국에 소개하고 번역하는 일을 하고 있다. 옮긴 책으로는 《커피의 정치학》《더 좋아져요》《소박한 자유》《스파게티는 인생의 교훈》《어쿠스틱 해변 라이프》 등이 있다.

부스러기들

첫판 1쇄 펴낸날 2016년 12월 10일

지은이 | 이르사 시구르다르도티르
옮긴이 | 박진희
펴낸이 | 지평님
본문 조판 | 성인기획 (010)2569-9616
종이 공급 | 화인페이퍼 (02)338-2074
인쇄 | 중앙P&L (031)904-3600
후가공 | 이지&비 (031)932-8755
제본 | 서정바인텍 (031)942-6006

펴낸곳 | 황소자리 출판사
출판등록 | 2003년 7월 4일 제2003-123호
주소 | 서울시 영등포구 양평로 21길 26 선유도역 1차 IS비즈타워 706호 (150-105)
대표전화 | (02)720-7542   팩시밀리 | (02)723-5467
E-mail | candide1968@hanmail.net

ⓒ 황소자리, 2016

ISBN 979-11-85093-50-5 03850